鳥山定嗣

ヴァレリーの『旧詩帖』

——初期詩篇の改変から詩的自伝へ

水声社

はじめに

一二歳で詩を書き始めた文学青年が二〇歳を過ぎてまもない頃、文学を放棄する決断をする。それ自体はさほど珍しいことではないだろう。ポール・ヴァレリー（一八七一―一九四五）という作家の特異性は、青年期に一度放棄した文学の道に二〇年余りの沈黙を経て再び戻ったという点にある。

一八九二年の「危機」に端を発するヴァレリーの「沈黙」は文学全般に対するものであったが、その拒絶の中心にあったのは「詩」であり、「沈黙」を破ることになるのもまた一九一七年刊行の『若きパルク』に結実する詩作回帰であった。ヴァレリーの文学放棄と文壇復帰について考えるうえで「詩」がひとつの鍵となるのである。

ヴァレリーが再び詩作に手を染める大きなきっかけとなったのは、青年期に発表した昔の作品を出版してはどうかという友人からの提案であった。躊躇を重ねた末、ヴァレリーはこの計画に踏み出し、そこから本書で取り上げる詩集『旧詩帖』（一九二〇）が生まれることになる。だが、「昔の詩のアルバム」と称するこの詩集に収められた「昔の詩」はかつて幾つかの文芸雑誌に掲載されたものと決して同じではなく、それに改変の手が施されたものであり、詩篇によってはその様相が大きく変わっている。

ヴァレリーはどのようにして詩作の業に回帰するに至ったのか。昔の詩を書き改めたのはなぜなのか。約三〇年の歳月を隔てる旧作と改作にはどのような相違が見られるのか。以上が本書に通底する問いである。

副題として添えた「詩的自伝」という言葉は、七〇歳の頃ヴァレリーがマルセイユの親しい人々を前に行った講演の冒頭、詩人みずから用いた表現である――「私が〔講演のタイトルに〕選んだこのナルシスという主題は一種の詩的自伝なのです」。

もっとも、「自伝」という語の用法には注意を要する。『フランスの自伝』を著したフィリップ・ルジュンヌは文学ジャンルとしての「自伝」を定義するにあたり、それを「小説」の一ジャンルと位置づけており、「詩」はそもそも考察対象から外されるのである。

また「文学において真実など考えられない」「告白するものは偽る」と言って憚らないヴァレリーはむしろ、「自伝」とは縁遠い存在のように見えるかもしれない。が、いわゆる「自伝」を厳しく批判する一方で、この作家は自分自身の詩作品について通常とは異なる意味をこめて「自伝」という言葉を用いている。この事実は注目に値するだろう。「ナルシス」詩篇群を「詩的自伝」と呼ぶだけではなく、詩人は『若きパルク』を「形式における自伝」あるいは「知的な自伝」と称しているが、一体それはどのようなものなのか。

『旧詩帖』における〈初期詩篇の改変〉という問題はこの〈自伝性〉をめぐる問いとも深くかかわるものであり、そこにこの詩集を再評価するひとつの観点が見出されると思われる。

ヴァレリーの『旧詩帖』◉目次◉

[凡例]

一、ヴァレリーの『作品集』および『カイエ』からの引用は、慣例にならい略号の後に巻数とページ数を記す。『カイエ』の引用に伴う［　］内の数字は執筆年代を示す。

二、フランス国立図書館所蔵の草稿群（「旧詩」関連草稿、『旧詩帖』関連草稿、『若きパルク』関連草稿）からの引用はそれぞれ略号の後に巻号（ローマ数字）とフォリオ番号（アラビア数字）を記す。なお、草稿を転写するにあたり、抹消線と下線はそのまま復元する。改行箇所は／で示し、原草稿における追記部分は＜　＞、論者による補足事項は［　］内に記す。日本語訳においては追記部分を｛　｝、訳者による補足を〔　〕で示す。

三、フランス語原文を訳出・引用する場合、原則として拙訳をもちいる。拙訳にあたり参照させていただいた既訳についてはその情報を注記する。

[略号]

Œ : Paul Valéry, *Œuvres*, édition, présentation et notes de Michel Jarrety, 3 vol., Paris, Librairie Générale Française, « Le Livre de Poche / La Pochotèque », 2016.

ŒPl : Paul Valéry, *Œuvres*, édition établie et annotée par Jean Hytier, 2 vol., Paris, Gallimard, « Bibliothèque de la Pléiade », 2002 [1957] et 2000 [1960].

C, I, II, III... : Paul Valéry, *Cahiers*, édition intégrale en fac-similé, 29 vol., Paris, C.N.R.S., 1957-1961.

CI, *CII, CIII...* : Paul Valéry, *Cahiers 1894-1914*, 13 vol., édition intégrale, établie, présentée et annotée sous la co-responsabilité de Nicole Celeyrette-Pietri, Judith Robinson-Valéry (pour les tomes I-III), Robert Pickering (pour les tomes VIII-XII) et William Marx (pour le tome XIII), Paris, Gallimard, 1987-2016.

C1, *C2* : Paul Valéry, *Cahiers*, édition établie, présentée et annotée par Judith Robinson-Valéry, 2 vol., Paris, Gallimard, « Bibliothèque de la Pléiade », 1973 et 1974.

Corr. G/L/V : André Gide – Pierre Louÿs – Paul Valéry, *Correspondances à trois voix 1888-1920*, édition établie et annotée par Peter Fawcett et Pascal Mercier, Paris, Gallimard, 2004.

Corr. G/V : André Gide – Paul Valéry, *Correspondance 1890-1942*, nouvelle édition établie, présentée et annotée par Peter Fawcett, Paris, Gallimard, 2009 [éd. Robert Mallet, Gallimard, 1955].

Corr. V/F : Paul Valéry – Gustave Fourment, *Correspondance 1887-1933*, avec introduction, notes et documents par Octave Nadal, Paris, Gallimard, 1957.

LQ : Paul Valéry, *Lettres à quelques-uns*, Paris, Gallimard, 1952.

*AVA*ms : Paul Valéry, « Album de Vers anciens », BnF, Naf 19003.

*JP*ms : Paul Valéry, « La Jeune Parque », 3 vol., BnF, Naf 19004-19006.

*VA*ms : Paul Valéry, « Vers anciens », 2 vol., BnF, Naf 19001-19002.

『全集』：『増補版ヴァレリー全集』全一二巻補巻二巻、筑摩書房、一九六七—一九七九年

『集成』：『ヴァレリー集成』全六巻、筑摩書房、二〇一一—二〇一二年

『カイエ篇』：『ヴァレリー全集・カイエ篇』全九巻、筑摩書房、一九八〇—一九八三年

序章　『旧詩帖』の問題性

ヴァレリーの詩

フランス第三共和制を代表する「古典的詩人」、明晰さと調和をそなえた「地中海的知性の詩人」などと長らく称されてきたヴァレリーの詩は、その古典的な形式美を讃えられる反面、時代錯誤あるいは知性偏重と批判されることもしばしばであった。とりわけ意識的・反省的なその制作態度は、詩を理知的なものとは相容れないと考え、詩の言葉を理性の桎梏から解放しようとする人々から強い反撥を招くものであった。称賛・批判いずれの側からもヴァレリーは「知性の詩人」と認識されたのであり、後年名声が高まるにつれてその評価は揺るぎないものになってゆく。日本においても、ヴァレリーの詩を初めて紹介した訳者の一人である鈴木信太郎がそれを「偉大な知性」による「難解・晦渋なもの」と評する(一九六八年『ヴァレリー詩集』)など、ヴァレリーの詩はまず知性と結びつけて紹介された。(1)

他方、興味深いことに、ヴァレリーと同時代に生きた詩人たちは、そのような一般的な評価とはまったく逆の見解を示している。「ヴァレリーはなによりもまず肉感的な詩人であり、その芸術はすべて肉感的な注意力〔のたまもの」だ。それは肉体に注意深い精神であり、肉体を皮膚的意識のようなもので覆っている」と評したのはポール・クローデルである。[2] またジュール・シュペルヴィエルも、ヴァレリーを「フランス文芸において最も官能的な詩人の一人」とみなし、その「言葉が受肉した詩」を味読する快感を次のような言葉で語っている。「ヴァレリーは彼の詩句をまるで貴重な葡萄酒のように味わい、また私たちに味わわせる。彼がそれを自分の唇に、また私たちの唇に通すときに感じる悦びのすべてが感じられる。言葉の意味を越えたところで、その詩句は絶妙なひとつの総体をなしている。それは音の妙薬だ。[3]」ヴァレリーの詩をドイツ語に訳したライナー・マリア・リルケとパウル・ツェラン、またイタリアの詩人ジュゼッペ・ウンガレッティなどもヴァレリーの詩の肉感性・官能性を見抜いていたにちがいない。[4]

しかし、〈ヴァレリー＝知性〉という固定観念は根強く――それには知性の仮面をみずからかぶったヴァレリー自身の言説も関与していると思われるが――、ヴァレリー研究者や愛読者が夙《つと》にその評価を覆えそうとしてきたにもかかわらず、「知性の詩人」というレッテルが剥がれるまでには長い時間を要するようである。二〇〇四年『ヴァレリーの肖像』を上梓した清水徹はその序文において「日本でもいまだに広く行われている「ヴァレリー」の書き換えを願った」と記している。[5] さらに『ヴァレリー――知性と感性の相克』（二〇一〇年）の序においても「なによりもまず《知性のひと》と見られていたヴァレリーの像をくつがえしたいと思った[6]」と述べているが、同書に掲げられた「知性と感性の相克」という言葉にこの作家の本質が捉えられているだろう。

ヴァレリーの詩のもうひとつの特色を示す言葉は〈反時代的〉である。『若きパルク』（一九一七）の前後にアポリネールの『アルコール』（一九一三）と『カリグラム』（一九一八）が、詩集『魅惑』（一九二二）の前後にブルトンの『磁場』（スーポーとの共著、一九二〇）と『シュルレアリスム宣言』および『溶ける魚』（一九二四）が発表されていることを思いあわせれば、時代の「新精神」に逆行するヴァレリーの〈後進性〉は明らかである（もっとも、その後進性は二〇世紀初頭の前衛芸術が競って探し求めた〈新しさ〉や〈驚き〉それ自体に価値を認めなかったこの懐疑的な精神が意識的に選び取った態度であった[7]）。時代の流れとは逆行する『若きパルク』と『魅惑』がそれでも傑作として世に認められたのに対し、それらとほぼ同時期に「昔」の時代の作として発表された『旧詩帖』（一九二〇）は刊行当時からすでに新しい詩篇群の陰に隠れがちであり、今日まで注目される機会は少ない（近年ヴァレリーの散文詩に対する関心が高まっているが、それに比べても初期の韻文詩をもとに編まれたこの詩集は看過されるきらいがある）。

本書ではそのような詩集『旧詩帖』を取り上げるが、それは単に日の目を見ない作品に光を当てようというだけではない。以下に述べるように、『旧詩帖』はヴァレリーの作品中で特異な位置を占めており、『若きパルク』や『魅惑』には見られないこの詩集特有の諸問題をはらんでいる。〈初期詩篇の改変〉をはじめとするそれらの問題を検討することにより、詩人ヴァレリーの新たな一面が浮かび上がると思われる。『旧詩帖』の位置を確認するために、まず詩人ヴァレリーの生涯を概観しておこう。

詩作の三期

詩人としてのヴァレリーの生涯は、一八九二年の青年期危機――「ジェノヴァの夜」と称される精神的かつ情動的な危機――に象徴される詩作放棄の決意と、一九一七年の『若きパルク』刊行に結実する詩作回帰という二つの大きな局面によって次の三期に大別される。

初期　一八八四―一八九二年　「ジェノヴァの夜」以前（一二―二〇歳）[8]
中期　一八九二―一九一七年　危機以後「沈黙期」の終わりまで（二〇―四五歳）
後期　一九一七―一九四五年　『若きパルク』刊行以後（四五―七三歳）

初期は一二歳（一八八四年一月）で詩を書き始めてから二一歳を迎える直前に体験した「ジェノヴァの夜」（一八九二年一〇月初旬）を経て、二〇代前半で詩作放棄を決意するまでのセット・モンペリエ時代。一八八九年八月、自作の詩「夢」が初めて雑誌に載って以来、南仏やパリのさまざまな雑誌に投稿しはじめる。一八九〇年五月、ピエール・ルイスと出会い、まもなくアンドレ・ジッド、ステファヌ・マラルメ、ジョリス＝カルル・ユイスマンス、ジョゼ＝マリア・ド・エレディア、アンリ・ド・レニエらと知り合う。一八九一年にはルイスが創刊した詩の雑誌『ラ・コンク』にほぼ毎号寄稿するが、すでにこの頃、一九歳年上の未亡人マダム・ド・ロヴィラへの恋情や文学に対する疑念、先行詩人に対する劣等感と自負心などが複雑に絡み合った「危機」の兆候が見え始め、やがて「ジェノヴァの夜」が訪れることになる。

　中期は「ジェノヴァの夜」に象徴される「危機」以降、「沈黙期」に終止符を打つ『若きパルク』刊行まで（その間パリに上京し、ジャンニー・ゴビヤールと結婚、当時勤務していた陸軍省を退職してアヴァス通信社のエドゥアール・ルベーの私設秘書となる）。「沈黙期」は通常、評論「レオナルド・ダ・ヴィンチ方法序説」（一八九五）と小説「テスト氏との一夜」（一八九六）発表後から『若きパルク』（一九一七）刊行までの二〇年余りとされる。その間にも文筆活動が完全に途絶えたわけではないが、作品を公表することは稀になり、一八九四年から書き始めた『カイエ』〔ヴァレリーが生涯にわたって記録しつづける精神の日記ともいうべき思索ノート〕に向かって私的な思索に捧げる時間が多くなる。この孤独な探究が難航するなか、一九一二年頃、ジッドとガリマールの提案と慫慂《しょうよう》により昔の作の出版に乗り出し、旧詩に手を入れ始めたことがきっかけとなって新たに『若きパルク』が誕生することになる（このあたりの経緯については第一章で詳述する）。

　後期は『若きパルク』刊行を皮切りに、『旧詩帖』（一九二〇）、『魅惑』（一九二二）を立て続けに発表し、一躍脚光を浴びるヴァレリーの後半生である。それ以降、度重なる「注文」に応じて旺盛な文学活動を繰り広げ、さまざまな作品ジャンル（対話篇、音楽劇、戯曲、散文詩）を手掛ける一方、評論集『ヴァリエテ』にまとめられる種々の批評を書いてゆく。公的にはアカデミー・フランセーズ会員、国際連盟知的協力芸術文芸常任委員会議長、ニースの地中海大学センター長、コレージュ・ド・フランス「詩学」担当教授などの要職を歴任する一方、私的な生活は一九二〇年に出会ったカトリーヌ・ポッジから最晩年の愛人ジャンヌ・ロヴィトン（筆名ジャン・ヴォワリエ）にいたるまで、女性たちとの関係に染まってゆく[9]。

『旧詩帖』の位置と諸問題

ヴァレリーの文学活動をこのように三期に分けてみると、『旧詩帖』の特異な位置が見えてくる。というのも、この詩集に収録された詩篇の大半は、ヴァレリーが二〇歳ごろ雑誌発表した初期詩篇に後年四〇代に達してから改変の手を加えて公表したものであり、上記の区分でいえば初期・中期・後期のすべてにおよんでいるからである。この特異性によって『旧詩帖』は主に次のような問題をはらんでいる。

初期詩篇の改変――『旧詩帖』に収められた詩篇の大半（全二一篇のうち一七篇）は、初期詩篇に後年改変の手を加えたものであり、旧作と改作の間には看過しえない相違がある。また、一口に旧作と言っても、一八九〇年代に雑誌発表されたものや一九〇〇年代に同時代の詩のアンソロジーに収録されたものなど、『旧詩帖』に収録されるまでに幾つかの異文が存在する。さらに、詩篇によっては一九二〇年の初版以降も改変がつづき、後年の改変はヴァレリー最晩年の一九四二年の版にまでおよんでいる。「昔の詩」という題名を掲げるこの詩集の生成過程は、実に詩人の一生涯にわたるといっても過言ではないほどである。

「昔の詩」の偽装――『旧詩帖』にはまた、その題名とは裏腹に、『若きパルク』以後に書かれた作も含まれる。それらは初期詩篇の改作ではなく、まさしく後期の作であり、「昔の詩」の偽装という問題をはらむ。改めて言えば、『旧詩帖 *Album de vers anciens*』は字義通り「昔の詩 vers anciens」を集めた「アルバム」ではなく、そのようなものと詩人が見せようとしたものなのである。

収録詩篇の増補――一九二〇年の初版以降、『旧詩帖』は一九二六年の再版および一九三一年の版において収録詩篇を増補しており、各詩篇の改変のみならず、詩集自体の生成発展過程を考慮に入れる必要がある。

『若きパルク』との関連――第一に挙げた初期詩篇の改変という問題は『若きパルク』との関連という観点からも考察されなければならない。『旧詩帖』所収詩篇が推敲された時期（一九一二―一九二〇）と『若きパルク』の制作時期（一九一三―一九一七）は重なっており、両者には決定稿のテクスト間だけでなく草稿間においても関連性が認められる。

先行詩人の「影響」――『旧詩帖』における初期詩篇の改変という問題はまた、先行詩人が若いヴァレリーに与えた「影響」という問題を複雑にする。スザンヌ・ナッシュが指摘したように、一八九〇年代の旧作と一九二〇年以降の改作のあいだに横たわる距離が、かつて被った「影響」の書き換えを可能とするからである。ただし、この点はきわめて微妙であり、「影響」の痕跡に対して後年詩人が示しうる二つの反応――消去と放置――を慎重に検討しなければならない。

これまでの『旧詩帖』研究

ヴァレリー詩の代表作『若きパルク』と『魅惑』が連綿と積み重ねられてきた研究の歴史を有するのに比べると、初期詩篇をもとに編まれた『旧詩帖』は論じられる機会が少ない。この研究の動向と軌を一にして、日本におけるヴァレリー詩の受容においても『若きパルク』と『魅惑』の翻訳・注解に傾いている。[10] とはいえ、『旧詩帖』の翻訳もすでに戦中から始まっており、菱山修三（一九四二）と鈴木信太郎（一九六〇）による全訳[11]のほか、齋藤磯雄（一九五五）、井沢義雄（一九六四）、成田重郎（一九七六）、田中淳一（一九八五）、中井久夫（一九九六）による部分訳がある。[12]

以下、これまでの『旧詩帖』研究について略述する。

ヴァレリーの詩全般を広く論じたピエール＝オリヴィエ・ワルゼル[13]（一九五三）は、当時未刊であった初期詩篇を紹介するなどしてプレイヤード版『作品集』（ジャン・イチエ編）の注記に寄与したほか、『旧詩帖』詩篇について各詩篇の初出テクストから決定稿にいたる異文を紹介し、『旧詩帖』研究に道を開いた。が、この詩集を積極的に評価してはおらず、各詩篇の異文情報を記すにとどまっている。

ヴァレリーの諸作品を「劇的独白」という観点から論じたフランシス・スカーフ[14]（一九五四）も『旧詩帖』に一章を割いて論じており、特に「ナルシス語る」「セミラミスのアリア」「夕暮れの豪奢」における「劇的独白」のありようを分析した。またそのほかの詩篇についてもヴァレリー詩に特徴的な〈人称の変化〉に注目して興味深い指摘をおこなっている。ただし、ワルゼルと同様、『旧詩帖』を積極的に評価するものではなく、また初期詩篇の改変という問題を考慮に入れていない。

ヴァレリーの初期の詩作に注目したチャールズ・ホワイティング[15]（一九六〇）は、『旧詩帖』所収詩篇の初出テクスト（多くは一八九〇年代に雑誌発表された初期詩篇）を対象として、初期詩篇の生成発展について論じた。それまでほとんど注目されてこなかった初期詩篇を取り上げた意義は大きく、『若きパルク』および『魅惑』詩篇との関連や先行詩人の影響についても貴重な指摘を加えている。しかし、考察対象を『旧詩帖』に収められる以前の旧作に限定するというアプローチからは、この詩集がはらむ後年の改変という重要な問題が抜け落ちてしまう。また、各詩篇をそれぞれテーマ別（「純粋」「古代」「芸術」「ナルシス」「生成と官能性」「友情」「現実世界」「知性」「愛」「セミラミス」の一〇項目）に分類して並び替え、その順序にそって「若い詩人」の成長過程を論じてゆくという進化論的な論法には疑問を感じざるをえない。

ヴァレリー詩のみならずフランス近代詩の研究に大きく寄与したジェームズ・ローラーは、『魅惑』の精密な読解[16]（一九六三）のほか、『旧詩帖』詩篇などについても論じており、それらを一冊にまとめた『分析家としての詩人』[17]（一九七四）には「セミラミスのアリア」「夕暮れの豪奢」「ヴァルヴァン」および〈眠る女〉の主題についての論考が収められている。また同書には収録されていないが、「オルフェ」と「異容な火」についての雑誌論文もあり、とりわけ前者（一九五六）は『旧詩帖』研究史のなかでも一段と早く、先駆的研究として特筆に値する[18]。ローラーはその鋭く説得的な分析によって、また草稿を踏まえた堅実かつ精密な論述によって、ヴァレリー詩の研究に明確な足跡を残したが、二〇一三年に逝去したこの研究者が『旧詩帖』全体を考察の対象にしなかったことが惜しまれる。

それらの研究を引き継いで『旧詩帖』研究を発展させたスザンヌ・ナッシュ[19]（一九八三）は、初期詩篇の改変という問題――ナッシュの言葉によれば「過去の変形」――に着眼し、それを「影響」と「独自性」という観点から論じた。特に初期ヴァレリーにおけるボードレールとマラルメの影響を確認する一方、そうした文学的遺産を批判的に受容したところにヴァレリーの独自性を見出し、過去の自作に対する「批評的再解釈」、言い換えれば「詩としての批評」という点に『旧詩帖』の特異性があると主張した。『旧詩帖』を積極的に評価しようとする姿勢は新しく、また〈初期詩篇の改変〉に〈「影響」への自己批判〉を読みとろうとする着眼点は示唆に富む。その反面、自己凝視と自己言及的な言語に閉じこもろうとする「象徴主義的反自然」と、外界に向かって開かれた自己と自然の一体化を求める「《自然主義》的衝動」という相反する二つの力学を設定し、後年の改変の要点は前者から後者への方向転換にあるとする議論はいささか図式的であり、結論が分析に先行している感が否めない。また、ナッシュは考察対象を『旧詩帖』初版に収められた詩篇に限定すると述べており[20]、一八九〇年代の旧作と一九二〇年の改作を比較するのみで、それ以後の改変についてはほとんど言及がなく、関連草稿についても十分に活用しているとは言えない。

その他にも、一九七〇年代にジャン＝ベルマン・ノエルが精神分析学的な読解の視点から[21]、また一九九〇年にはミシェル・フィリッポンが〈詩作の詩〉という観点から『旧詩帖』の数篇を論じている[22]。ともに大胆かつ刺激的な解釈によってテクストの読みの可能性を広げるものであるが、それらの論点は先に挙げた『旧詩帖』の諸問題とは異なる。

また、二〇一六年に刊行されたミシェル・ジャルティ編纂による新版ヴァレリー『作品集』は、これまで共通の参照文献とみなされてきた《プレイヤード》版『作品集』と比べて、情報量とその正確さが増しただけでなく、プレイヤード版では巻末注にまわされていた初期詩篇の多くを本文として収録しており、『旧詩帖』詩篇の旧作と改作を比較するうえでも利便性が高い。

また『旧詩帖』と『若きパルク』との関連を考察するには、フロランス・ド・リュシーによる『若きパルク』の生成研究（一九七五）がきわめて貴重な参考文献となる[23]。

本書の構成

このように『旧詩帖』研究は一九六〇年頃から特に英米系の研究者を中心に進められてきたが、この詩集がはらむ諸問題についてはなお研究を深める意義がある。本書では、次の論点をめぐって考察をおこなう。

まず、初期詩篇の改変および『旧詩帖』の生成変化の全過程を考察対象とする。従来の研究ではしばしば考察対象をある特定の版に限定しているが、先に述べたように、『旧詩帖』詩篇の改変は一九二〇年の初版以降も一九四二年の版までつづいており、初期詩篇の改変の全容を把握するためには、各詩篇の初稿から最終稿に至るまでの全異文を考慮に入れなければならないだろう。『旧詩帖』という詩集自体の生成変化を捉えるためにも版の区別を明らかにする必要がある。また、フランス国立図書館所蔵の『旧詩帖』関連草稿は未だ部分的にしか参照されておらず、「旧詩」草稿とあわせてそれらをさらに活用する余地がある。(24) 各詩篇の異文および草稿を比較検討することにより、各段階における改変の諸特徴を拾い上げ、それらをもとに改変の全般的な傾向を導き出すことができるだろう。

次に、「昔の詩」の偽装という問題については、そのような作為を加えた詩人の意図を推し量るとともに、この問題を含む詩篇とその他の旧詩群との相違点、つまり「昔の詩」と「新しい詩」を分かつ特徴を探ることにする。また『旧詩帖』と『若きパルク』の関連についても未だ十分な研究がなされておらず、テクスト間の関連性を探るとともに、草稿間の関連性を洗い出す作業が残っている。本書では先述のフロランス・ド・リュシーによる『若きパルク』草稿研究に依拠しつつ、『旧詩帖』関連草稿を解読し、両者を比較検討することによりこの点を吟味しよう。また『若きパルク』においてしばしば問題となる「自伝」性をめぐって『旧詩帖』とのかかわりという観点から再考してみたい。

さらに『旧詩帖』の特徴を探るうえで、ヴァレリーが生前公表したもう一つの詩集『魅惑』と比較するという方法が有効と考えられる。『若きパルク』刊行後、新旧の対比が際立つかたちで刊行された両詩集は最終的に二一篇からなるという点でも格好な比較対象だが、〈昔の詩集〉と〈新しい詩集〉という単純な対比で捉えるのではなく、両者を形式面および内容面から比較し、それぞれの特徴を浮き彫りにする必要がある。

最後に、先行詩人の「影響」という問題については、これまでもユゴー、エレディア、ボードレール、ポー、マラルメ、ランボー、ヴェルレーヌなど、青年期のヴァレリーが感化を受けた詩人たちとの関連が指摘されてきたが、本書ではこれまであまり言及されることのなかった詩人たち（アンリ・ド・レニエやフランシス・ヴィエレ＝グリファンなど）にも目を向け、『旧詩帖』詩篇群のさらなる「影響」あるいは「間テクスト性」を探ることにしよう。

なお、ヴァレリーの初期詩篇およびその改変に「影響」を与えたのは先行詩人に限らない。特に二〇歳前に出会った同世代の友人、ピエール・ルイスとアンドレ・ジッドとの交流が初期のヴァレリーにおよぼした影響は大きく、『旧詩帖』および同詩集に収録されることになる初期詩篇の生成に深く関与している。また青年ヴァレリーを悩ませたモンペリエの未亡人マダム・ド・ロヴィラや、一九二〇年に運命的な出会いによって結ばれたカトリーヌ・ポッジなどの女性たちの存在も看過しえない。

以上のことを念頭に置き、本書では次のような構成で考察を進める。

第一章では、『旧詩帖』の経緯と構成について概説する。まず『旧詩帖』が編まれるに至った経緯について、詩作放棄から詩作回帰までの二〇年余りにおよぶ「沈黙期」に焦点を絞り、一度放棄した詩に再び手を染めることをためらうヴァレリーを出版へ導いた諸要因は何であったかという点について、近年刊行された伝記や書簡集などに基づいて推察する。また詩集の構成について、初版以降になされた収録詩篇の増補やテクストの大幅な改変を考慮して版の区別をおこなうとともに収録詩篇の選定基準、各版における詩篇の配列や増補詩篇の挿入箇所などについて考察する。

第二章、第三章、第四章では、『旧詩帖』の諸問題を具体例に即して考察するために幾つかの詩篇について読解・分析をおこなう。第二章では「紡ぐ女」「ナルシス語る」「詩のアマチュア」を取り上げるが、三篇はいずれも一九〇〇年代のアンソロジーに収録された初期ヴァレリーの代表作であり、『旧詩帖』の巻頭・中央・巻末に置かれ、詩集を支える〈三柱〉とみなされる。第三章では〈初期詩篇の改変〉の例として、『旧詩帖』詩篇のなかでも比較的改変の度合いが高く、その重要性が大きいと思われるソネ三篇、すなわち「夢幻境」「ヴィーナスの誕生」「水浴」を取り上げる。特に「夢幻境」はその異文「同じく夢幻境」とともに〈同一詩篇の変奏〉という点で注目される。この三篇はいずれも女性をうたったソネであり、若き日にヴァレリーを悩ませたロヴィラ夫人の影がうかがわれる作でもある。第四章では〈昔の詩の偽装〉の例として、「カエサル」と「セミラミスのアリア」を取り上げる。この二篇は『若きパルク』以後に書かれた後年の作であり、初期詩篇に根を下ろすその他の『旧詩帖』詩篇との相違が問題となる。とりわけ「セミラミスのアリア」は『若きパルク』との関連が深く、またカトリーヌ・ポッジとの関係という点でも興味深い。

第五章では、『若きパルク』および『魅惑』との関連・比較という観点から考察を発展させる。制作時期をほぼ同じくする『旧詩帖』と『若きパルク』については、第二・三・四章でもそれぞれの詩篇読解において触れるが、第五章ではそれらをまとめ、より広い視野から両者の関連性を探る。さらに『若きパルク』と「旧詩」のひそかな結びつきについて、この長詩のテクストに織り込まれた「旧詩」の位置と機能を考察するとともに、「自伝」性という問題をめぐって『若きパルク』と『旧詩帖』の関係を吟味する。また、ヴァレリーが生前発表した二つの対照的な詩集、『旧詩帖』と『魅惑』を形式面および内容面において比較することにより、それぞれの特色を浮かび上がらせ、『旧詩帖』の特異性を明らかにするよう試みる。

また、本書の付録として、『旧詩帖』全二一篇の原詩と拙訳を載せる。拙訳にあたり先述した既訳を参照した。『旧詩帖』という題名は一九四二年にこの詩集を初めて邦訳した菱山修三に負う。

第一章 『旧詩帖』の経緯と構成

一　『旧詩帖』が編まれるまで

「詩の放棄」から「沈黙の放棄」まで

一八九二年秋、「ジェノヴァの夜」――一〇月四日から五日にかけての嵐の一夜――に象徴される青春の危機を境に、二〇歳の頃、ヴァレリーは文学を放擲する決意をする。それは、情動と精神、感性と知性のすべてを巻き込む「嵐」であり、その最大の要因となったのはモンペリエの名家の未亡人シルヴィ・ド・ロヴィラ（別図10）への一方的な恋情、妄想、惑乱であった。一八八九年夏に夫人を見初めて以来、言葉を交わすこともなく、抽斗《ひきだし》には投函されなかった恋文が数通残る、そのような徹頭徹尾「内面の劇」あるいは「一人芝居」に苦しんでいた。もう一つの大きな要因は芸術・文学上の苦悶であり、特にマラルメとランボーの詩およびワーグナーの音楽に対する劣等感、裏を返せば単なる一詩人には甘んじえない自負心に苛まれていた。それに将来の生活上の不安なども絡み合い、「嵐」の夜、外界と内面の激動が共鳴するかたちで緊張が極点に達したものと思われる。が、清水徹が指摘したように、[1] 何らかの啓示の一夜にすべてがまるごと変化したわけではなく、感情的要因に文学的要因が分かちがたく絡み合って昂じた内面の劇はむしろ長い期間にわたり、激発と鎮静と再発を繰り返すなかでヴァレリーは徐々に変化していったと見るべきだろう。すでにロヴィラ夫人を初めて見かけた一八八九年の夏から内面に動揺は兆しており、一八九二年秋の「ジェノヴァの夜」以降も深刻な危機的徴候が断続的に現れている。その冬、家族と一緒にパリを訪れたヴァレリーは、一一月二七日シャンゼリゼ劇場へ行くが、そこで夫人の姿を認めたと錯覚してひどく動転した。(2) また一八九六年、セシル・ローズ卿の主宰するチャータード・カンパニーの仕事でロンドンに滞在した先で自殺の誘惑に駆られてもいる。

その後、一八九二年から一九一二年にかけて自己自身の立て直しに専心し、(3) 二〇年におよぶいわゆる「沈黙期」を経て、一九一七年『若きパルク』とともに詩に回帰することになるが、「沈黙」は絶対的なものではなく、作品の公表は稀になるとはいえ詩作がまったく途絶えたわけではない。「ジェノヴァの夜」以降も散発的ではあるが作品を発表しており、(4) 一九〇〇年代には同時代の詩のアンソロジー（『今日の詩人たち』および『現代フランス詩人選集』）にヴァレリーの詩数篇が収録され、(5) 一九一〇年代には昔の詩篇に手を入れたものを雑誌に発表している。(6) また、公けにされなかった詩作もあり、「アガート」（一八九八年に着手された未完の散文詩あるいは小物語《コント》）やマラルメの死を悼む詩を含め、数篇の詩や散文詩が書かれている。(7)

この相対的な「沈黙」期間におけるヴァレリーの実生活について略述すれば、一八九四年、単身パリに上京し、『カイエ』を開始する。一八九五年、陸軍省文部官試験に合格、任用されるのは二年後でまもなく砲兵局へ配属となる。一八九八年、マラルメの死に衝撃を受ける。一九〇〇年、ジャンニー・ゴビヤール（女流画家ベルト・モリゾの姉イヴの娘）と結婚、陸軍省を退職し、アヴァス通信社の重役エドゥアール・ルベーの個人秘書となる。一九〇二年、パリ五区ゲイ＝リュサックの小部屋から一六区ヴィルジュスト通り四〇番地へ移り住む。一九〇三年に長男クロードが、一九〇六年に長女アガートが誕生する一方、一九〇八年には妻ジャンニーが病気を患い、以後数年にわたって苦しい療養生活が続く。毎日一定時間ルベーの秘書を務める傍ら、残りの時間を自らの思索に充てる生活が続き、『カイエ』は毎朝の習慣となる。

こうしたなか一九一〇年代、ヴァレリーは詩作に復帰することになる。約二〇年前に幾つかの雑誌に発表した旧詩に再び手を入れ始め、それがきっかけとなって一九一七年『若きパルク』、一九二〇年『旧詩帖』、一九二二年『魅惑』が相次いで刊行される。が、その背景には何があったのか。以下に、ヴァレリーを詩作回帰へと導いた諸要因を

別図1　23歳のヴァレリー　1894年，ピエール・ルイス撮影

別図2　ギュスターヴ・クールベ《眠る糸紡ぎ女》1853年，ファーブル美術館蔵　© Musée Fabre, Montpellier（本書90頁参照）

別図3　エドガー・ドガ《バビロンを建設するセミラミス》1861 年, オルセー美術館蔵　© Musée d'Orsay, Paris（本書 277 頁参照）

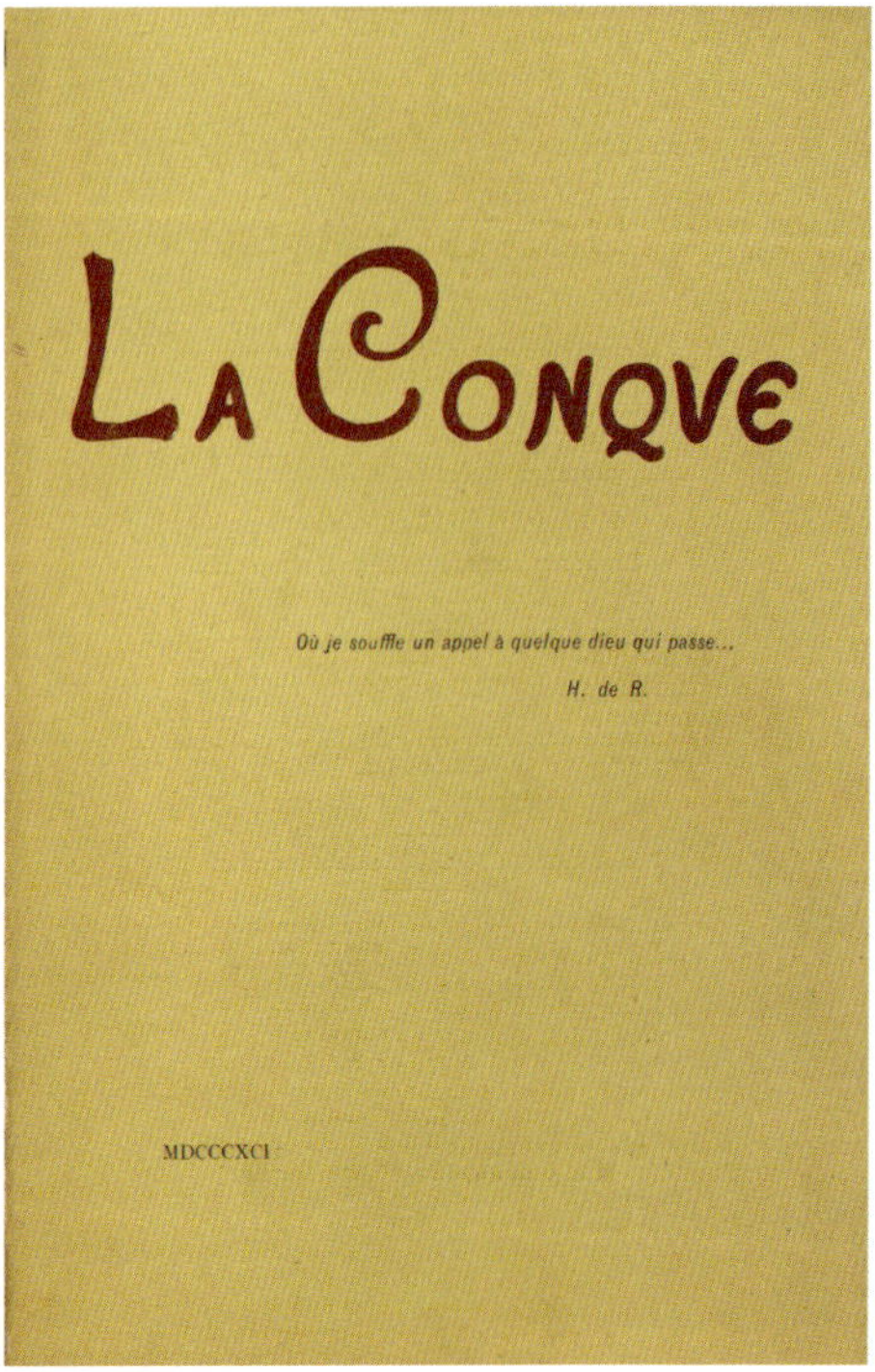

別図4　『ラ・コンク』誌の表紙　1891年，フランス国立図書館 BnF 蔵（本書 61 頁参照）

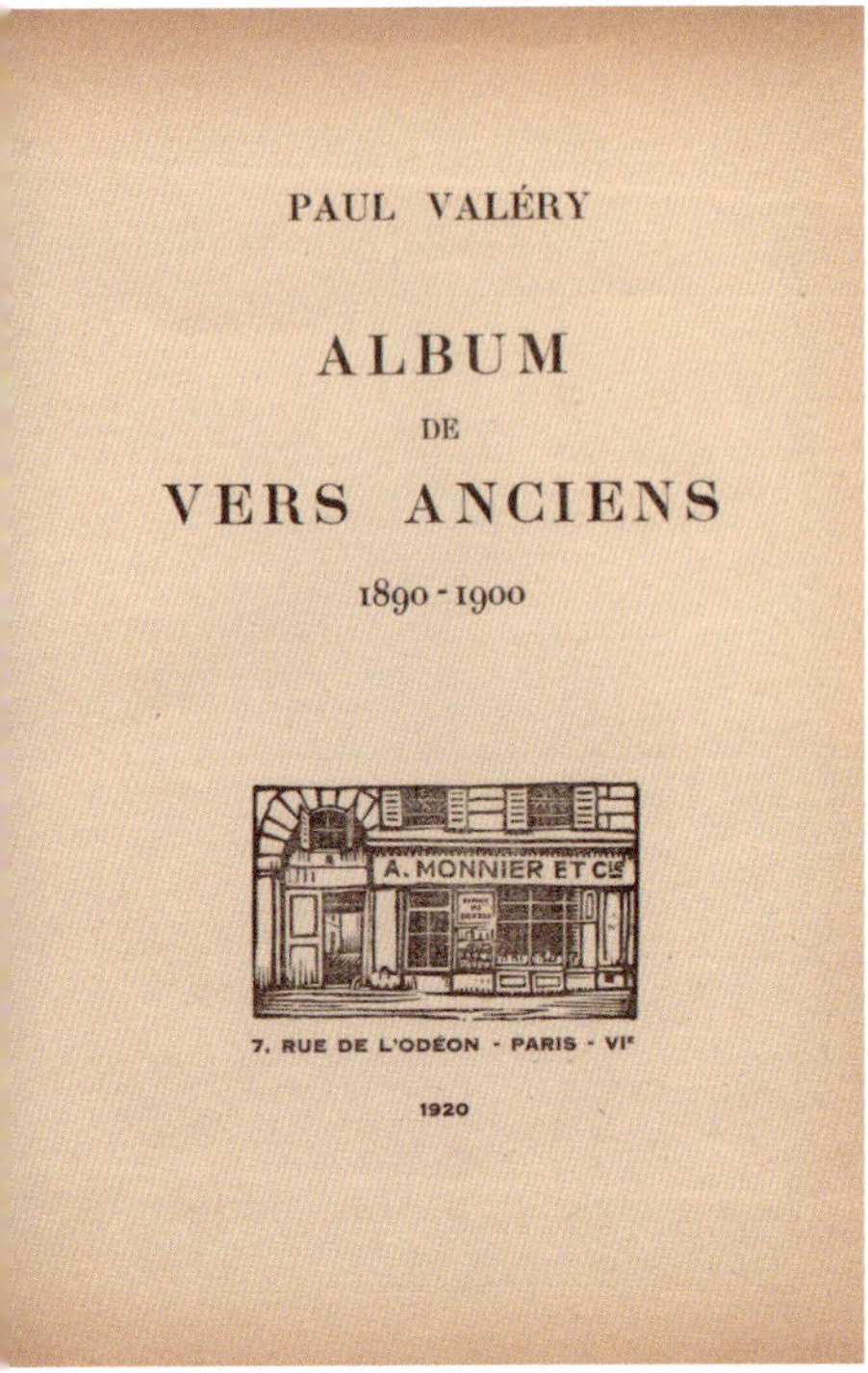

別図5　『旧詩帖』初版のタイトル・ページ　1920年，モニエ「本の友の家」社（本書 37 頁参照）

FÉERIE (Variante)

LA lune mince verse une lueur sacrée
Comme une jupe d'un tissu d'argent léger
Sur les masses de marbre où glisse et vient songer
Quelque vierge de perle et de gaze nacrée.

Pour les cygnes soyeux qui frôlent les roseaux
De carènes de plume à demi lumineuse,
Sa main cueille et disperse une rose neigeuse
Dont les pétales font des cercles sur les eaux.

Délicieux désert, solitude pâmée,
Où le remous de l'eau par la lune lamée
Compte éternellement ses échos de cristal,

Quel cœur pourrait souffrir longuement votre charme
Et la nuit éclatante au firmament fatal
Sans tirer de soi-même un cri pur comme une arme?

別図 7 「夢幻境（異文）」同右

FÉERIE

LA lune mince verse une lueur sacrée
Toute une jupe d'un tissu d'argent léger,
Sur les bases de marbre où vient l'ombre songer
Que suit d'un char de perle une gaze nacrée.

Pour les cygnes soyeux qui frôlent les roseaux
De carènes de plume à demi lumineuse,
Elle effeuille infinie une rose neigeuse
Dont les pétales font des cercles sur les eaux...

Est-ce vivre?... O désert de volupté pâmée,
Où meurt le battement faible de l'eau lamée,
Usant le seuil secret des échos de cristal...

La chair confuse des molles roses commence
A frémir, si d'un cri le diamant fatal
Fêle d'un fil de jour toute la fable immense.

別図 6 「夢幻境」1926 年『旧詩帖』再版，ストルス社
（本書 194 頁参照）

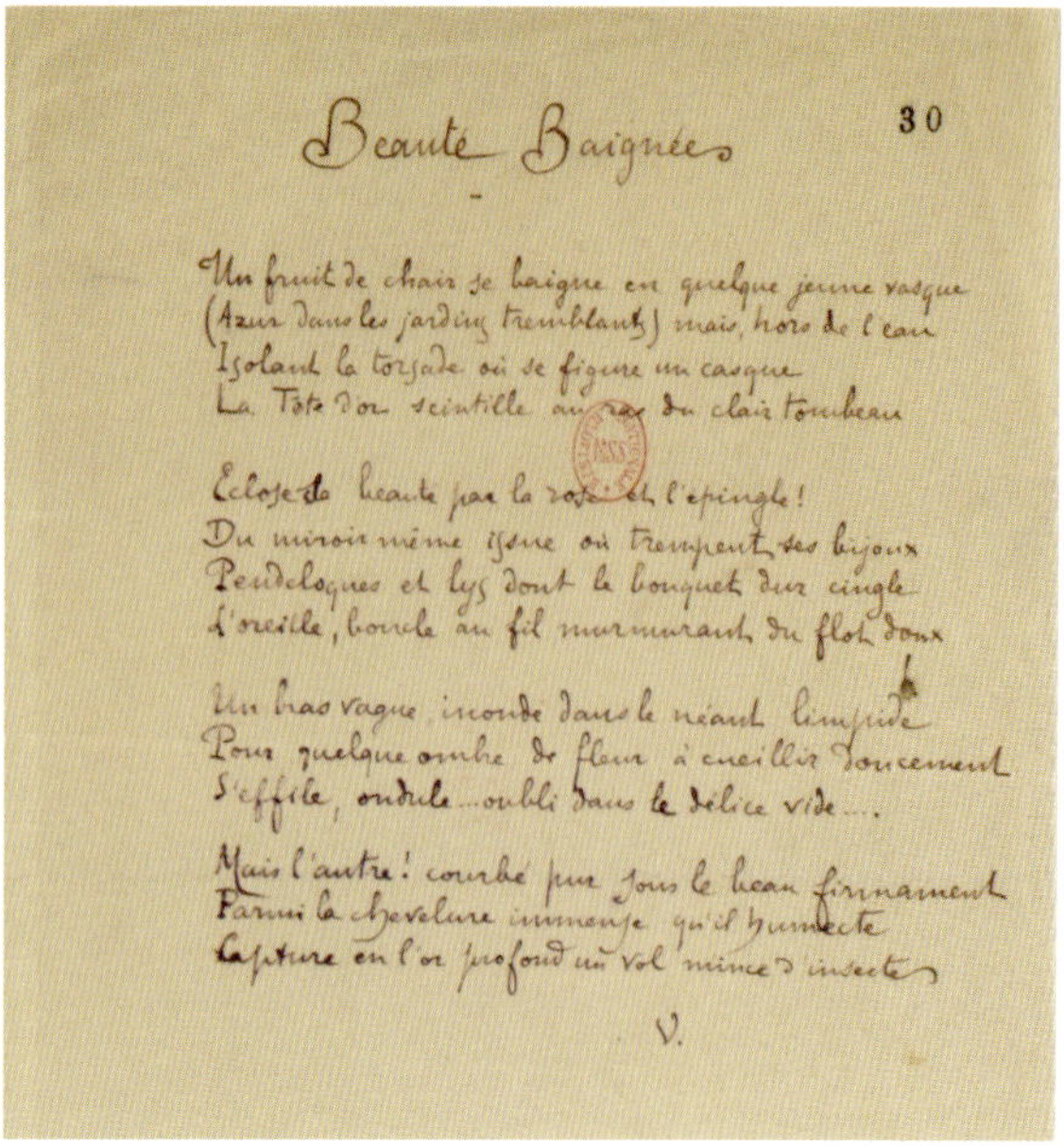

Beauté Baignée 30

Un fruit de chair se baigne en quelque jeune vasque
(Azur dans les jardins tremblants) mais, hors de l'eau
Isolant la torsade où se figure un casque
La Tête d'or scintille au ras du clair tombeau

Eclose de beauté par la rose et l'épingle!
Du miroir même issue où trempent ses bijoux
Pendeloques et lys dont le bouquet dur cingle
L'oreille, boucle au fil murmurant du flot doux

Un bras vague, inondé dans le néant limpide
Pour quelque ombre de fleur à cueillir doucement
S'effile, ondule... oublié dans le délice vide....

Mais l'autre! courbé pur sous le beau firmament
Parmi la chevelure immense qu'il humecte
Capture en l'or profond un vol mince d'insecte

V.

別図 8 「水浴」草稿 1892 年推定, フランス国立図書館 BnF 蔵（本書 239 頁参照）

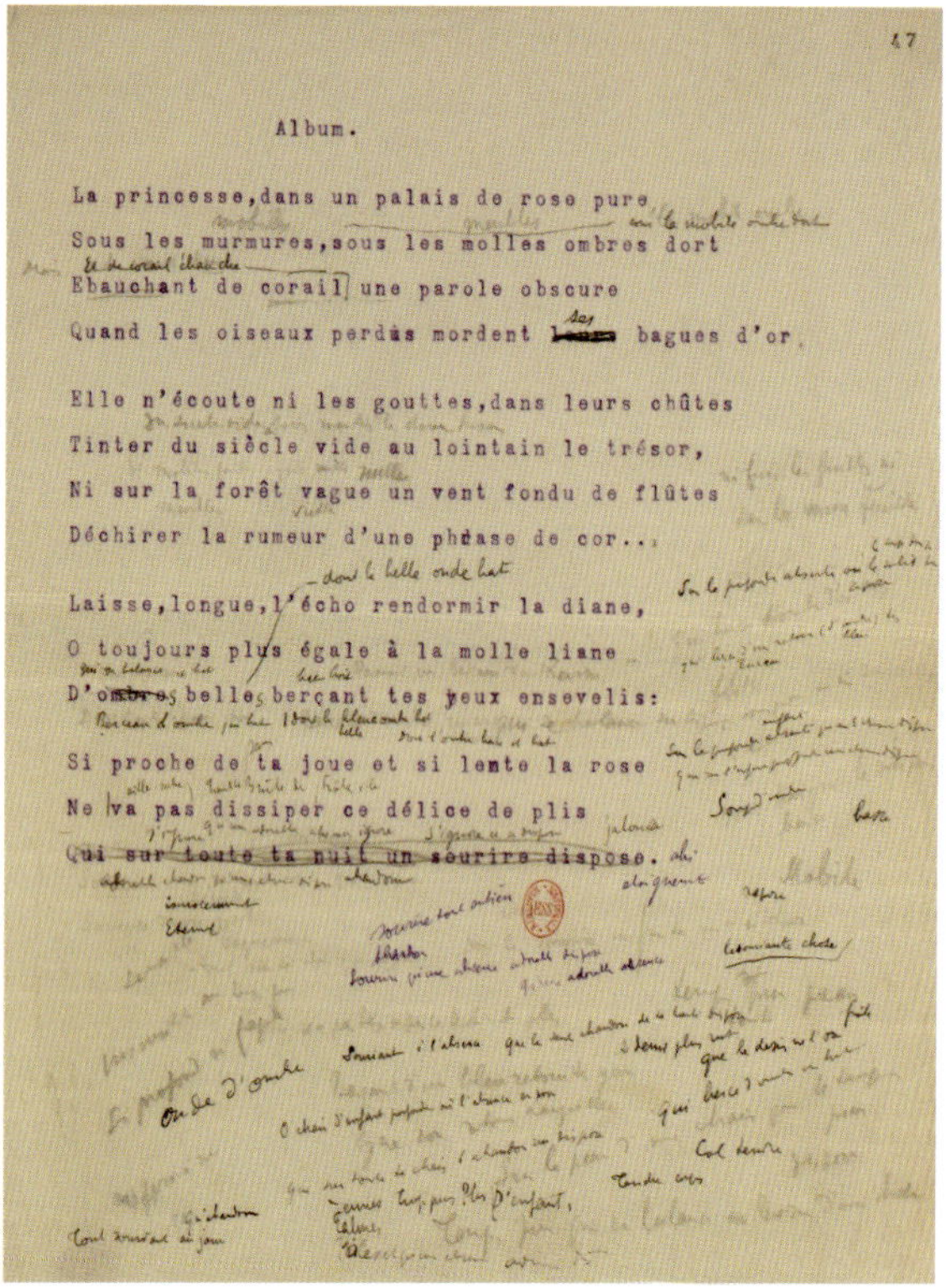

47

Album.

La princesse, dans un palais de rose pure
Sous les murmures, sous les molles ombres dort
Ebauchant de corail une parole obscure
Quand les oiseaux perdus mordent ses bagues d'or.

Elle n'écoute ni les gouttes, dans leurs chûtes
Tinter du siècle vide au lointain le trésor,
Ni sur la forêt vague un vent fondu de flûtes
Déchirer la rumeur d'une phrase de cor...

Laisse, longue, l'écho rendormir la diane,
O toujours plus égale à la molle liane
D'ombres belles berçant tes yeux ensevelis:

Si proche de ta joue et si lente la rose
Ne va pas dissiper ce délice de plis
Qui sur toute ta nuit un sourire dispose.

別図 9 「アルバム」と題された「眠れる森で」草稿 1915-1916 年推定, フランス国立図書館 BnF 蔵（本書 50 頁参照）

別図 10　ヴァレリーによるロヴィラ夫人のデッサン　1892 年推定，フランス国立図書館 BnF 蔵（本書 31 頁参照）

別図 11 『ナルシス』（1926 年，ストルス社刊）限定 38 部のうち日本局紙刷り 3 部に添えられたヴァレリーによる水彩画。写真は A・A・M・ストルスのために刷られた革表紙装丁の 1 冊から。ジャック・ドゥーセ文学図書館蔵　© Bibliothèque littéraire Jacques Doucet（本書 124 頁参照）

探ってみたい。

詩作回帰の諸要因

ジッドとガリマールからの提案

最も直接的な要因は、アンドレ・ジッドとガストン・ガリマールによる提案である。一九一一年一〇月、ジッドはヴァレリーに「かつて書いた散文を一巻にまとめて出版」してはどうかと「かなり漠然とした提案」を口頭でしたらしい(8)。ヴァレリーはすぐには動かない。翌年五月にはジッドの妻マドレーヌが、ヴィルジュスト通りのヴァレリー家に立ち寄ったついでにその話を思い起こさせるが(9)、依然としてヴァレリーからの返答はない。一九一二年五月末から七月にかけて、ジッドは今度は手紙のかたちで、前年『新フランス評論（ＮＲＦ）』誌の刊行責任者となったガストン・ガリマールの名を挙げつつ、ヴァレリーにかつて発表した「詩と散文」を刊行するよう働きかける(10)。その間、ガリマールも丁重な手紙を送ってくる(11)。しかもジッドはその出版計画が単に旧作の再刊にとどまらず「作品集の第一巻」の後には「未刊の作品」が続くことを期待していると述べ、友人に再び文章を書き文学の道に復帰するよう促した(12)。当初尻込みしていたヴァレリーも、この友情のこもった度重なる懇請の末、躊躇しながら出版計画に足を踏み入れることになる。六月二〇日頃ジッドに宛てた長文の手紙には、拒否と承諾のあいだを揺れる心理が打ち明けられている。

僕の方は、つまり文集というか干からびた草花の標本のことだが、そのことを思って抽斗《ひきだし》のなかを引っ掻き回しては嫌気がさしている――その方がいいんだ――というのも、もし未練などが残っていたら、なんと余計な仕打ちだろう！／　今のところ、その本がどんなものになるのか見えてこない、形も、内容も、必要性も。
〔……〕
昔書いたものを出版するとは、かつて自分の書いたものを放棄したその理由を放棄しご破算にしたという事実を永遠に残すことではないか。
よく心の中で、苦しみから一瞬逃れるように、昔書いたもの一切合財を君にゆだねてどこか遠くへずらかって何もかもから解放されて一人に戻ったものだ。
〔……〕
《とにかく》僕はこれらのいまいましい詩に数を振っている。ほんのわずかしかない——詩だけでは。[13]

このようにまず否定的な反応を示しながらもきっぱり断ることはせず、「干からびた草花の標本」も同然の「いまいましい詩」の詩篇数（あるいは行数）を数えている。その後もいろいろ逡巡があったと想像されるが、七月下旬ジッドに宛てた手紙のなかで諦念ともいえる言葉を漏らしている。「ガリマールが会いに来た。ああ！　これで決まりだろう[14]……」

〈詩と散文〉

昔の作品を出版するにあたってヴァレリーが最初に気にしたのは「本の薄さ」であり[15]、第二に問題となったのは詩と散文を混ぜ合わせるかどうかという点であった。ジッドから出版の話を初めてもちかけられた旨を妻ジャンニーに告げる手紙では「かつての散文」だけに言及していたが[16]、一九一二年五月から七月にかけてジッドがヴァレリーに送った手紙では、詩と散文の両方を一巻に入れることが前提となっている[17]。ヴァレリー自身も当初、詩だけを集めるよりも、詩と散文を混在させる案に傾いていたようだ。先に引用したジッド宛の手紙において「テスト氏」を中核とした次のような構成を考えている。

〔詩集とは〕別の案がある。かなり雑多な本にする——散文と詩を混ぜ合わせて——きわめて人工的な習作ノートという風に、自分がとりわけ詩人であるとは固定しないで。
時代の趣味にあうようなら、「テスト氏」をこねくりかえして次のように三部にすることもできるだろう。一、

「〔テスト氏との〕一夜」、二、昔の「アガート」の冒頭部分、それはテスト氏の夜の内部となるだろう。三、テスト氏とひとめぐり、その出だしはできている。それらを腹〔中心〕にして、あとはノート〔カイエ〕の断章を添えればいい。

とにかく詩だけの本は退屈だ。たしかネルヴァルがこういう風に混ぜ合わせていたし、ごく小詩人には悪くない方法だろう(18)。

ネルヴァルの名が挙がっているのは、ヴァレリーが幼い頃に愛読した『粋な放浪生活』、あるいはそれをもとに編まれた『ボヘミアの小さな城』のことだろう（後者にはまさしく「散文と詩」という副題が付されている(19)）。

七月二一日消印のジッド宛の手紙では(20)、ピエール・ルイスに出版計画を打ち明けたところ詩と散文を取り混ぜた本の標題として「混淆集《メランジュ》」を提案され、妙案と思うと述べている。また翌日ジャンニーに宛てた手紙では、未来の詩文集を「あるがまま《テル・ケル》」と呼んでいる(21)。「混淆集」と「あるがまま」という標題は、いずれも晩年のヴァレリーの詩文集に冠されることになるものだが、すでに一九一二年の段階で過去の作品をまとめようとした時に浮上したものであったことは興味深い(22)。

他方、ヴァレリーは同じジッド宛の手紙において、詩と散文を混淆させるという案のほかに、詩だけを別途「洒落た版本」として出す意向のあることを打ち明けている。一〇月には「印刷術に夢中の青年」アレクサンドル・ガスパール＝ミシェルのことをジッドに話し、まず詩集のみこの青年に任せて瀟洒な冊子にし、そのあと散文と詩の『混淆集』をNRF社から出版することは可能かと尋ねている(23)。詩集は少部数の豪華本として、一部は友人たちに贈呈し、残りは破格な値をつけて売り出す。NRF社の承諾が得られるようなら表紙に社名を入れる。そうすれば『混淆集』の呼び水にもなるだろうとヴァレリーは言う。ジッドはこれに賛同の意を示し、一一月には、『NRF』誌の同胞ジャン・シュランベルジェと話し合って「原則は決定」した、ガリマールとガスパール＝ミシェルを会わせて判型や印刷部数や値段などについて相談させたらよかろうと述べる(24)。その後、出版計画は停滞し、一九一三年二月、ガリマールと交わした契約についてジッドが念を押しにやってくるが、その頃もヴァレリーは詩集のみ別に出版する意向であ

ったらしく、四月にはガスパール＝ミシェルが旧詩を集めた束見本《マケット》を見せにヴァレリー宅を連日訪れている。(25)

アレクサンドル・ガスパール＝ミシェルの要請

ジッドに先だって出版の話を持ちかけたのは、この「印刷術の愛好家」アレクサンドル・ガスパール＝ミシェルであった。すでに一九一〇年の夏以来ヴィルジュスト通りを頻繁に訪れていた彼は、ヴァレリーの初期詩篇に心酔する青年詩人であり、一九一一年一二月『ラ・ファランジュ』誌に発表した「愛の仮面」をヴァレリーに捧げている。(26) ヴァレリーの方は妻ジャンニー宛の手紙において、この青年を「若い子牛」と呼びつつ次のように記している。

あのお洒落な若い子牛から自分の過去を掻き乱すよう仕向けられ、昔書いたものを掘り起こしている。それらは現在〔の自分〕を訴える原告側の証人のようだ。幸いなことに赤面させるものもある。今朝もまたそのページをめくったが……　たどるべき道をたどったという気がしている。

こうした薄汚れた古い書類のすべてがもたらす疲労倦怠といったら。いろいろなことを考え、なんとなくその気になって、取りかかってはまた中断し、悔いが残る。〔それとは別に〕ある知的な生を描くということなら自分にできるだろうし、よい作品になるかもしれない……

だが作品など何になろう！　書物の時代は過ぎ去った――あまりに多くの本があり、その過剰は印刷する虚栄を感じさせる(27)……

ヴァレリーはまた、一九一一年一一月ピエール・ルイス宛の手紙においてこの青年を次のように評している。

アレクサンドル・ガスパール＝ミシェル氏という若者が君と知り合いになりたくてうずうずしている。何度か僕に会いに来た……　が、お目当ての男を見つけなかったんじゃないかと案じている。その男はもう二〇年も前に死んでしまったのだから。

この青年のためにしてやれることはただ君が彼を受け入れてくれるかどうか尋ねることだけだ。洒落っ気があって熱狂的な青年だ。趣味は時代遅れのようだが、というのも彼は僕たちが二〇代の頃に好んだものと大体同じものを好み、それを語る言葉遣いもほとんど同じなんだ。時々、僕の死骸に語らせようと無理強いしてくるのはいただけないが、まあとても気のいい奴だ、印刷術や紙や目も眩むばかりの余白には熱を上げすぎだが。[28]

先に見たようにヴァレリーは一九一二年一〇月のジッド宛の手紙でもこの「印刷術に夢中の青年」と詩集の出版計画について言及しており[29]、さらに一九一三年五月、アンドレ・ルベー宛の手紙では次のように述べている。

魅力的な青年だ〔……〕非難する点があるとすれば、どういうわけか化石化した詩句を出版するという話に僕を引きずり込んだことだけだ。その詩句はといえば、とてつもない心理的な混淆状態を僕に生じさせ、一八歳の昔を四二歳の今に対面させる代物なんだ。[30]

結局、ガスパール＝ミシェルの企画は頓挫し、限定豪華版詩集は実現しない。だが、かつて自分の書いた詩にただならぬ熱意を示し、それを自ら愛する印刷術で出版したいと急き立ててくるこの青年の存在が、ヴァレリーにとって単なる迷惑ではなく、むしろ詩作に再び手を染める機縁になったであろうことは想像にかたくない。

アドリエンヌ・モニエの助力

『旧詩帖』初版は一九二〇年一二月、アドリエンヌ・モニエの「本の友の家」社から出版されることになる（別図5）。ジェイムズ・ジョイス『ユリシーズ』のフランス語訳を刊行したことで知られるアドリエンヌ・モニエの書店は、シルヴィア・ビーチの姉妹書店「シェイクスピア・アンド・カンパニー」とともに、二〇世紀初頭のパリにおける文芸サロンのひとつであり、そこには数多くの作家たちが集った――フランスの作家（クローデル、ファルグ、ヴァレリー・ラルボー、ジュール・ロマン、ブルトン、アラゴンなど）や作曲家（エリック・サティ、ダリユス・ミヨー、フランシス・プーランクなど）だけでなく、外国とりわけ英米系の作家たち（ジョイス、パウンド、ヘミングウェイなど）の姿もあった。

　パリ六区のオデオン通り七番地にモニエが書店を開いたのは一九一五年一一月、ヴァレリーがそこを訪れたのは一九一七年五月のことであった。モニエ自身の回想「オデオン通りのヴァレリー」によれば、[31] まず「テスト氏との一夜」の作者としてヴァレリーに感銘を受け、初対面の時には刊行後まもない『若きパルク』を読んでいなかったものの、レオン＝ポール・ファルグから「われらの最も偉大な詩人」について聞かされ、アンドレ・ブルトンが『若きパルク』を「透明で、灰色」と評するのを耳にしていた彼女は、「自分の目の前にいるのが重要人物であると分かっていた」。以後、ヴァレリーはしばしば書店に足を運び、モニエの主宰する朗読会や食事会などを通して親交を深めてゆく。一九一九年四月、モニエはヴァレリーのための詩の朗読会を催し、彼女自身が招いた聴衆とヴァレリー夫妻の前で、ファルグが『若きパルク』と『テスト氏との一夜』の抜粋を、アンドレ・ブルトンが「夏」と「漕ぐ人」を、モニエ自身は「曙」と「円柱讃歌」を、そして最後にアンドレ・ジッドが「忍びこむもの」と「愛撫」と「巫女《ピティ》」を朗読した。

　一九二〇年の夏、『旧詩帖』の出版契約が交わされる。ヴァレリーは九月一四日、ドルドーニュ県のラ・グローレに向けて発つが、[32] その前にモニエと口約束を交わしたものと思われる。九月一七日あるいは一八日ラ・グローレからモニエに宛てた手紙において、ヴァレリーは「あなたにお約束したのが「手記」（＝「アガート」）ではなく、昔の詩であったのは実に賢明な選択でした。「手記」はまだ推敲しなければなりませんから[33]」と述べたうえ、具体的な出版の話に移っている。

　例の出版の話をしましょう。
　まずは題名です。「旧詩帖 Album de Vers anciens」といったような題（あるいはこうした類のなにか）がふさわしいでしょう。

詩篇のリストはまだ決まっていませんが、パリに戻ってからでないと確定できないでしょう。そのときにおおよその分量をお伝えします。アンソロジー[34]に載った詩を選ぶことになると思いますが、それほど「古び」ていないものも入れるつもりです。「アンヌ」、それにたぶん「セミラミス」などを。〔……〕

ご了承いただいていると思いますが、これらの詩の版権については貴社の「〔本の友の〕手帖」限定版に限られ、私は自分の詩の著作権を保持します。

もっとも、ある一定の期間、〔他社から〕同種の出版を許可しないという約束はできます。〔……〕ビジネスマンのように振舞わなければなりません。そうすることで詩はなにかもっと貫禄のついたものとなるでしょう[35]。

さらに九月二四日付モニエ宛の手紙では、著作権に加えて、出版部数を懸念している。

私たちは「おおよそ」同意しているように思われます。私にとって大事なのは、できるだけ手つかずの状態で著作権を保持することです。では題名は『旧詩帖』とし、副題に（一八九〇―一九〇〇）と添えましょう。〔……〕まもなくこの件について詳細をお話しする機会があると思います。――ああ！　私は高名ではありません――急な不調に襲われる日々が続いています――仕事はほとんどできなくなるか、実りのないものになってしまいました！　刷るのは上質紙一五〇〇部にしてください、もし売りさばこうとお考えでしたら。一一〇〇部とは多すぎるのではないかと案じています！　大昔《プリミティフ》の詩であることをご考慮ください[36]。

それから三ヵ月後、アドリエンヌ・モニエの書店から「本の友の手帖」叢書の第五号として、『旧詩帖』初版が――一一五〇部――出版されることになる。

なお、以前から内々に話を進め、ヴァレリーの詩集を自社から出版することを期待していたガストン・ガリマールは、一〇月『フランスの書誌』でその刊行予告を知り「悲しい想い」を伝えてくる[37]。ヴァレリーは、翌年一月「プラタナスに」を『NRF』誌に寄せ、一九二二年にはガリマール社から『魅惑』が刊行されることになる。

マラルメの存在

ヴァレリーが詩作に回帰するうえで、直接的に働きかけたわけではないにせよ、大きな作用をおよぼしたと思われるのは、ステファヌ・マラルメである。そもそも、アンドレ・ジッドとガストン・ガリマールが、ヴァレリーに昔の作品を出版するという話をもちかけた背景には、一九一一年『NRF』誌の刊行責任者となったガリマールが、マラルメの『詩集』(一八九九年ドマン版)の再刊を企図し、ヴァレリーを介してマラルメの娘ジュヌヴィエーヴとその婿エドモン・ボニオに面会を請おうとしたという事情があった。一九一二年一月ガリマールから依頼を受けたヴァレリーは同年春にその仲介役を果たすが、ガリマールとボニオの交渉は難儀し、マラルメ『詩集』の刊行は翌一九一三年一月となる。が、おそらくこれを機にヴァレリー自身の出版の話が持ち上がったと思われる。かつて詩作放棄の一大要因となったマラルメがこうして詩作回帰の機縁ともなったわけだが、ヴァレリーにとって今は亡き師の壁は大きく、自作の詩を発表することへの気後れをもたらす。

それにマラルメと相前後して出るのはいろいろな点で肝のつぶれそうなことだ。結局、自分のものではない舞台に上らなければならないのか。『メルキュール』や『ファランジュ』の論考を見て、その気もないまま蘇り、昔の自分が物したソネに保証を与えなければならないのか。僕の領分は当時からこのテーブルではないのか、この台所のテーブルで僕はこれほども苦しんだが、それはいつも《芸術のため》というわけではなかった。[38]

一八九〇年一〇月二〇日「親愛なる師」に初めて手紙を送った青年ヴァレリーは、翌一八九一年一〇月一〇日、ローマ街のマラルメ宅を初めて訪問する。その後七年間、ヴァレリーはマラルメと父子のような関係を築いてゆく。ヴァレリー自身の証言によれば、マラルメと出会った当時すでに「心中で文学をギロチンにかけていた」が、この詩人に「ローマ全土の首を刎ねるために切り落とすべき唯一の頭」を認めてもいた。[39] 一八九七年三月二三日、マラルメ五五歳の誕生日を祝って「火曜会」に集う若い詩人たちが自筆の詩を寄せ合ったアルバムを贈呈した際、ヴァレリーも「ヴァルヴァン」を捧げており（後に『旧詩帖』所収）、またその頃、文学を言語事象一般から説明しようとする「マラルメ試論」（未完）を構想してもいる。マラルメの方も完成してまもない『賽の一振り』をまずヴァレリーに示して感想を求めたほど彼を評価し、父親のような愛情をもって接していた。一八九八年九月九日、そのマラルメが急逝する。ヴァレリーが受けた衝撃は大きく、葬儀で弔辞を求められても慟哭《どうこく》して言葉にならなかったという。口からは発せられなかったその言葉の断片――「精神の涙」――をヴァレリーは詩のかたちで素描している。「マラルメの墓」とも称されるその詩は未完のまま筐底に秘されたが、そのうちの数行――「……大地よ、わたしを運べ、そっとわたしを運べ」――は若干形を変えて『若きパルク』第一部を締めくくる反復句《ルフラン》となる[40]。

それ以後もマラルメを思い出す機会が度々あり、その都度ヴァレリーは詩作の欲求と躊躇を感じたのではないかと思われる。たとえば、一九〇四年マラルメ未亡人から夕食に招かれた際、遺稿「イジチュール」を見せられたヴァレリーは、そのなかの「深夜」と題する断章に、彼自身が一八九八年から苦心していた「アガート」との親近性を看取している[41]。一九〇九年にはマラルメの作品を読み直して「非常に複雑な」思いにとらわれたと妻ジャンニー宛の手紙に打ち明けている。

> こうした極端なものをもたらし、許容し、要求していた文明の状態はすでに過ぎ去ったような気がする。奇妙なことだ、まるで時の経過があらゆる作品を――それゆえあらゆる人間を――断片に変えてしまうかのようだ。何ものも全体のまま生き残りはしない――まさに思い出と同じように、常に残骸でしかなく、偽造によってしか明確なかたちをとらない。間を置いて読み返すのは、砕け散ったガラスの器をもう一度継ぎ合わせようと試みるようなものだ[42]……

また一九一〇年には記念碑が置かれることになったヴァルヴァンのマラルメ邸を再訪したり、百日咳を患ってル・メニルへ保養に行った先で、記憶のみを頼りにマラルメの頭部を蠟を捏ねて作ったりしている[43]。一九一一年にはアルベール・チボーデから『ステファヌ・マラルメの詩』の校正刷りを送られて読み、賞賛のこもった手紙をしたため、[44] 一九一二年にはマラルメに縁の深い「ある声についての詩篇聖歌《プソーム》」[45]を書いている。同年にはパリのシャトレ座でニジンスキー演じる『半獣神の午後』の初演を観劇する機会もあった。[46] さらに一九一四年七月、エドモン・ボニオ宅で「マラルメのごく若い頃の詩」を目にし、その印象をジッド宛の手紙に綴っている。「一八六〇年代のマラルメ」と「一八六九―七〇年のランボー」はかなり近い距離にあった、マラルメには「バンヴィルを尊敬する人」という一面だけでなく「時にはランボーの猛り狂った詩句をも書いた」「反抗の人」という側面があったのであり、その反抗がマラルメ自身に向けられた末に「あの微笑」に結実したなどと述べつつ、具体的な作品についても次のような指摘をしている。

ボニオのところで、〔マラルメの〕ごく若い頃の詩を見たが、その反映や断片が無数の修正を加えられたうえで「不遇の魔」や「乞食」〔＝「施しもの」〕などに見出される。

〔……〕

細かなことを一つ。かなり凡庸な作品のなかに「……海を静めるであろう足」という半句がある。『エロディアード』に再び現われ、すごいものになったわけだ。[47]

当時まさしく自らの「若い頃の詩」に手を入れていたヴァレリー自身の姿が重なるような文章である。昔の詩を改鋳しようとしていたヴァレリーは、マラルメの若書きの詩に、さらにはその改変の手際に少なからぬ関心を示している。『若きパルク』にとってだけでなく、『旧詩帖』にとっても、マラルメの存在は大きかったにちがいない。

若い詩人たちの訪問

ヴァレリーが一度放棄した詩作に再び回帰することになったもうひとつの要因として、若い詩人たちの存在が挙げられる。出版計画が持ち上がった一九一〇年代、ヴァレリーのもとにアレクサンドル・ガスパール＝ミシェルのほかにも、さらに重要な人物が訪ねてくる。一九一二年五月、ヴィルジュスト通りのヴァレリー宅を訪問し、「エドガー・ポーとあなたが私の一番知りたかった人物です[48]」と述べたのは、若きアレクシ・レジェ（当時二五歳）、未来のサン＝ジョン・ペルスであった。ちなみに前年一二月『ラ・ファランジュ』誌においてレジェの処女詩集『讃《エロージュ》』を評したヴァレリー・ラルボーは、この詩人をヴァレリー（およびファルグとクローデル）と並び「ランボーの直系の継承者」と形容していた[49]。

さらに一九一四年三月には一八歳のアンドレ・ブルトンが会いにくる。まもなくパリ大学医学部に進学するこの青年は、面会を求める最初の手紙に自作の詩「笑う女」を同封した（同月『ラ・ファランジュ』誌に掲載されたこの詩はヴァレリーに捧げられている[50]）。当時ブルトンはまだ伝統的な詩型に則った詩を書いており、ヴァレリーに自作を送って批評と助言を求めたが、その頃『若きパルク』に取りかかっていたヴァレリーは、この若い詩人に応えるかたちで自らの詩作について考えを深めたことだろう。

一九〇八年の「知的危機」

他方、詩作回帰には消極的な要因も考えられる。一九〇八年、エルンスト・マッハの『認識と誤謬』を刊行されたばかりのフランス語訳（ドイツ語原文は一九〇五年刊行）で読んだヴァレリーは、『カイエ』のなかで自分が培ってきた思想の根幹部分が先取りされているのを察知して深い衝撃を受けたといわれる[51]。三月ジッドに宛てた手紙にその時の動揺が打ち明けられている。

> 最もつらい危機のひとつ――二四時間も続いた完全に知的な危機――を被った。そのせいで破滅状態にある。今度ばかりは自分のバカバカしさに地獄の苦しみを味わった。もうずたずただ。想像してみてくれ、「『カイエ』の」仕事に打ち込んでいる最中に、最も大切で、最も独創的で、最も主要な二つ三つの考えが[52]――ほとんどそのまま別の人間によって発見され、大いに活用されているのに気づくということがどんなものか。

後年ヴァレリーは沈黙期から詩作復帰までを振り返った文章――「ある詩篇の回想録断片」（一九三七年）――を書いているが、清水徹の指摘したように[53]、そこにはこの「知的な危機」を匂わせる一節がある。

> ところが、何も吸収せず、何も発出しない、一見停滞しているかのような生活を、かなり深刻な不安がよぎることになった。他方では、かなり抽象的な道に長らく固執したことへの疲労倦怠も現れ、〔……〕もしその機会さえあれば、詩が私のうちで何らかの力を取り戻すことを可能にするような条件が整ったのである。[54]

もっとも森本淳生によれば、この「一九〇八年の危機」がマッハに起因することを実証する資料はなく、あくまで推測の域を出ない。が、この年にヴァレリーの知的活動に変動が生じたことは確かであり、『カイエ』もそれまで用いた大型帳簿をやめて小型ノートを使いはじめ、内容も箴言的なものが多くなり、各断章をテーマ別に分類する試みも見られるようになる。[55]

自分の思想の「独創」性を揺るがせるこの「最もつらい」「知的な危機」が、「不安」と「倦怠」を伴って次第にヴァレリーを「抽象的な道」から遠ざけ、かつて放棄した詩作の道へと舞い戻る動力のひとつとなったと考えられる。

さらにはもっと現実的な、生活上の不安もあった。一九〇〇年以来、アヴァス通信社の重役エドゥアール・ルベーの個人秘書を務めていたヴァレリーは、一九一二年頃、この雇い主の体調が悪化したために、いつ何時職を失うかもしれない不安定な状況にあった。[56] 七月ジッドに宛てた手紙には次のように述べている。

> 奈落に突き落とされた前日と、三つ四つの点でひどく気がかりな翌日、そのあいだに僕はいる。
> 君が最初に出版の話をもちかけてくれた時、すぐにきっぱりと断らなかったのは、まさにこの翌日への懸念があったからだ。僕は明日にでも非常に困った状況に陥るかもしれず、ともかく本を一冊出しておけば、そんな時に多少は役に立つかもしれないと思ったのだ。[57]

以上に見たように、ヴァレリーが一度放棄した詩作へ再び回帰することになった諸要因として、ジッドおよびガリマールからの親身な提案、ガスパール＝ミシェルからの熱烈な要請、サン＝ジョン・ペルスやアンドレ・ブルトンなどの若い詩人たちの刺激的な訪問、そして事あるごとに想い出されるマラルメの存在、さらには一九〇八年の知的な危機や絶えざる生活上の不安などが考えられる。これですべてではないだろうが、少なくともこうした複数の要因が複雑に絡みあう仕方で、ヴァレリーを再び詩作の道に導いたものと推測される。
最後に、ヴァレリー自身による後年の回想を読むことにしよう。

「不可知のもの」の作用――後年の回想

一九三七年、ヴァレリーは先に触れた「ある詩篇の回想録断片」のなかで、「二一歳の終わり頃[58]」詩作を放棄して以来、「一九一二年頃」詩作に回帰するまでの出来事を振り返りつつ、その外的な機縁と内的な変化について述懐している。当時六〇代のヴァレリーが二〇年以上前の出来事について語ったその文章には潤色や韜晦が含まれている可能性もあるが、詩人が自らの過去に言及し、その変遷の過程を説明しようとした貴重な証言であることに変わりはない。それによれば、約二〇年前に遡る「昔の詩」を再び目にした印象は決して「快いものではな」く、「それらに対するいかなる愛情も感じられなかった」。だが、その不快感あるいは嫌悪感は詩作回帰の原動力となるものでもあった。

私に旧詩を出版するよう求めた人々は、散逸していたそれらの小詩篇を書き写させ、一冊にまとめたものを私のもとに置いていったが、私はそれを後でもう一度開けてみることもなければ、彼らの提案を心に留めておくこともなかった。ところが、疲れて倦怠に陥っていたある日、偶然の仕業で（こいつは何でもやってしまう）、書類のなかに紛れていたその写しが、散らかった書類の一番上に現れた。私は気が滅入っていた。かつて詩篇がこれほど冷ややかな視線に曝されたことはなかった。詩篇が再会した作者のうちに見出したのは、人間のうちでも詩の効果を最も受けつけなくなっていた男だった。いまや敵となったこの生みの親は、自分の全詩集である薄いノートをぱらぱらめくってみたが、こんな遊戯は放棄してよかったと喜ぶに足るものしか見つからなかった。あるページに目がとまると、ほとんどの詩句に弱点が認められるのだった。そのうち何とはなしに、それらの詩句を補強したい、その音楽的実質を改鋳したいという漠然とした欲求が感じられた……。ところどころに割合優美な詩句もあったが、それがかえって〔不出来な〕他の詩句を際立たせ、全体を駄目にしてしまうのだった。というのも、私にはその時ふと、作品のむらこそ、悪いもののなかでも最悪のものと思われたのだ[59]……。

昔の詩をこれ以上ないほど冷ややかに見やり、詩作を放棄したことの正当性を確認するように、それらの詩句に「弱点」を認める一方、皆無ではなかった美点が種となって、脆弱な詩句を強力なものに改鋳したいという「欲求」を芽生えさせた。その芽は当初、「軽い楽しみ」を引き起こしたようだ。

私はやがて詩句に手を入れる試みに楽しみを見出すようになった。とはいえ、そのささやかな局所的快楽にいかなる意図を付け加えることもないままに。そうしたささやかな楽しみをもたらす自由気ままな作業、始めては中断し、際限なく置換を試みるような作業に取り組むのは、自己のうちで何も望まない部分だけである。このように深入りせずに、精神の鍵盤に軽く触れることで、時々きわめて幸運な〔表現の〕組み合わせが引き出される例も無いわけではないことを認めなければならない[60]。

だが、それは「火遊び」にもひとしく、「気晴らしをしているうちに、いつしか行くつもりのなかったところに導かれて」しまった。ヴァレリーはそのように詩作に回帰した経緯を説明するが、そこに「(年齢や、体の変化のような)不可知のもの」、さらには「偶然」が作用したことを強調している。

永久に消え去ったと思っていた自分のある状態に抗いがたい仕方で立ち戻るという印象、あまりにも緩やかに、さまざまな事柄を経て変わるために、最後になってようやくそのことに気づくような仕方で立ち戻るという印象は奇妙なものである。
ある日私は、かつて放棄し逃避さえしたある精神領域へ、まったく偶然的でまったく別々の諸状況によって、いつの間にか連れ戻されているのを感じた。それはあたかも、ある場所から逃れてみたものの、その場所から最も離れた地点がまさしくその場所にほかならないような空間の形状であったために、突然もとの場所に戻ってしまい、ひどく驚いてそこに自分の姿を、以前と同じでありながらまったく別人でもあるような自分の姿を認めるようなものであった。(61)

かくしてヴァレリーは二〇歳のころ放棄した詩作へ四〇歳を越えて舞い戻ることになった。そこには無関心と欲求、躊躇と誘惑、拒絶と受諾が幾重にも介在していたと思われる。興味深いのは、ヴァレリー自身、詩作回帰の理由を十分明らかに説明するには至っていないということである。むしろ説明しえないもの——「偶然」や「不可知のもの」——の作用に読者の注意を向けている。森本淳生が指摘したように、「詩作への関心の回帰自体が必ずしも意識的な営為ではなかった」ということ、作品の制作過程を最大限意識化しようとする作家の根源に「意識しえないもの」が内在しているということは、ヴァレリーの詩学の陰影を捉えるうえで重要な点であろう。(62)

『旧詩帖』という題名

昔の作をまとめた詩集にヴァレリーが最初に与えようとした題名は「一八の練習作 XVIII exercices」という素っ気ないものであった(一九一六年初頭と推定されるタイプ打ち草稿に収録詩篇のリストとともに記されている)。その後『旧詩帖』という題名がいつごろ着想されたか、関連草稿からその時期を確定することは難しいが、(63)一九二〇年一二月の初版刊行に近い時期であったと思われる。ミシェル・ジャルティは、おそらく同年九月のアドリエンヌ・モニエ宛の手紙——先に見たようにヴァレリーはそこで『旧詩帖』という題名を提案している——に基づき、同年八月と推定している。(64)

ところで、*Album de vers anciens*（『旧詩帖』あるいは『昔の詩のアルバム』）という題名は一見何の変哲もないようにみえるが、スザンヌ・ナッシュの指摘したように[65]、ボードレールやマラルメが「アルバム」という語にこめた否定的な含意を考慮に入れるならば、この題名は「昔の詩」に対するヴァレリー自身の否定的な見方を反映したものとみなすこともできる。

一八六一年、『悪の華』第二版の刊行後、ボードレールはアルフレッド・ド・ヴィニーに宛てた手紙のなかで次のように述べている。

私がこの書物のために願う賛辞はただひとつ、それが単なるアルバムではなく、始まりと終わりをそなえたものであると認めてもらうことだけです[66]。

他方、一八八五年一一月一六日、マラルメはヴェルレーヌに宛てた「自伝」的な手紙——当時ヴァニエ書店から刊行されていた叢書「今日の人々」の一環としてマラルメについて書こうとしていたヴェルレーヌから経歴と未発表作品について照会されたことへの返信——において次のように記している。

〔……〕それら〔の詩篇〕はアルバムをなすとしても、一冊の書物をなすものではありません。出版社のヴァニエがこれら切れ切れの断片を私からもぎ取ってしまうかもしれませんが、私がそれらを紙の上に貼るのはちょうど大昔の貴重な布切れを収集するような真似にすぎません。このアルバムという烙印を押すような語を用いて、題は「詩と散文のアルバム」、とするかどうか未定ですが[67]。

両詩人の手紙において「アルバム album」は「書物 livre」と対置され、それに劣る代物とみなされている。「始まりと終わり」という構成をそなえた「書物」とは異なり、「アルバム」はばらばらなものの寄せ集めにすぎず、そうした語を題名に冠することは書物に「烙印を押す」も同然の行為であると言うのである[68]。

マラルメの『詩と散文のアルバム *Album de vers et de prose*』は一八八七年「フランス・ベルギー作家の現代名作集」叢書（ブリュッセルのリブレリ・ヌーヴェル社およびパリのリブレリ・ユニヴェルセル社刊行）の一つとして出版されたが、翌年、同叢書から刊行されたヴェルレーヌの詩文集にまったく同じ題名が掲げられているのは偶然の符合ではないだろう(69)。先に引用したマラルメのヴェルレーヌ宛書簡および両者の詩文集の刊行順序から判断すれば、「アルバム」という「烙印」を最初に押したのはおそらくマラルメであり、ヴァレリーが『詩と散文のアルバム』という題名に接したのもマラルメのそれを通してであったと思われる。一八八九年または一八九〇年、モンペリエの駅で、ヴァレリーはその海賊版（ブリュッセルのレオン・ヴァニエ刊）を一五サンチームの安価で入手したことが知られている(70)。

『旧詩帖（昔の詩のアルバム）』という題名には『詩と散文のアルバム』と同様の形式上の混合という含意を読み取ることもできる。というのも『旧詩帖』には韻文だけでなく散文が一篇含まれているからである。しかも、先に述べたように、当初は詩と散文を取り混ぜる案があり「混淆集《メランジュ》」などの題名も考えられていたことを思い合わせれば、ヴァレリーは自らの詩文集にマラルメやヴェルレーヌのそれと同じ標題を与えようとした可能性もあるだろう。が、それ以上に、『旧詩帖』という題名には、ボードレールのヴィニー宛書簡やマラルメのヴェルレーヌ宛書簡からうかがえる「アルバム」という語の否定的な含意が込められていると思われる。昔日の記念という意味をあわせもつこの語は「昔の」という形容詞と調和するともいえるが、「過去は私にとってゼロ以下だ(71)」と言って憚らないヴァレリーが、それに肯定的な意味合いを与えていたとは考えにくい。かつて自分の書いた詩を「干からびた草花の標本」と言い捨てるあたり、マラルメの「大昔の貴重な布切れ」と比べてもヴァレリーが自らの旧詩に押した「烙印」の深さがうかがい知れよう。

ただし、単に否定的な含意ばかりでもないだろう。Album de Vers Anciens という語の並びには、詩人が配慮したとおもわれる視覚的な効果が感じられる。三語の頭文字 AVA は、その左右対称性によって、またAとVがほぼ上下対称であることにより、図柄的な均整をそなえている。後年ヴァレリーは画家ドガに捧げた書物『ドガ・ダンス・デッサン *Degas Danse Dessin*』にDDDという文字を冠しようとしていたが(72)、そうした趣向に通じるものがあるように思われる。

もうひとつ興味深いことに、『旧詩帖』所収の一篇「眠れる森で」は一時期「アルバム」と題されていた[73]（別図9）。一八九一年二月ジャンヌ・ジェラール嬢に捧げられたこの詩は当初「眠れる森の美女」という題であったが、『旧詩帖』に収めるにあたって改題・改稿する過程で「アルバム」という題名が浮上したのはなぜだろう。そこにはもしかするとマラルメの詩「アルバムの一葉 Feuillet d'Album」が影を落としているかもしれない。一八九二年『ラ・ワロニー』誌に掲載されたこのソネは、もともと南仏プロヴァンスの詩人ルーマニーユの娘テレーズのために書かれたものであり、ドマン版『詩集』の「書誌」にマラルメ自身が記した言葉によれば「令嬢のアルバムからこっそり写し取った」ものである。「アルバムの一葉」という題はまさにこの謂である[74]。ヴァレリーはこのマラルメのソネを『ラ・ワロニー』誌初出以前に未発表作として知り、一八九一年一二月ピエール・ルイス宛の手紙に筆写して送っている[75]。詩は無題で、「テレーズ・ルーマニーユ嬢のために」という献辞と末尾にマラルメのイニシャルまで添えられていることから、ヴァレリーは「令嬢のアルバム」に書かれた手稿を直接目にしたと思われる。当初、無題の詩として知ったこのソネが一八九九年のドマン版『詩集』において「アルバムの一葉」と題されているのを見た時、ヴァレリーはそれに少なからぬ注意を払ったにちがいない。マラルメの「アルバムの一葉」とヴァレリーの「眠れる森で」は、どちらもマドモワゼルに捧げられたソネであり、しかも彼女たちの求めに応じて書かれたという共通点をもつ。ヴァレリーは後年「眠れる森の美女」を「眠れる森で」に改作する過程で、マラルメの作と同じような経緯から生まれたこのソネに「アルバム」という題を付すことを思いついたのかもしれない。そして、その時に浮上した語が後に意味合いを変えて詩集全体の題名に転用されたということも一つの仮説として考えられる。

序文草案――ピエール・ルイスへ

題名以前に、ヴァレリーは詩集の「序文」について構想を練っていた。それをピエール・ルイスに捧げようとした背景には、『若きパルク』の献辞にまつわる一件があった。『若きパルク』制作に誰よりも深く関与し、献身的な助力を惜しまなかったルイスはこの詩が自分にではなく、絶縁したかつての友アンドレ・ジッドに献じられたことにこのうえなく心を痛めた。ヴァレリーが『旧詩帖』をルイスに献じようとしたのはその傷心を癒すためであったが、『旧詩帖』詩篇のもととなった旧作の多くがルイスの創刊主宰した『ラ・コンク』誌に掲載されたことを思い合わせれば、[76]この詩集はかつての『ラ・コンク』誌編集長に捧げられるにふさわしい。

フランス国立図書館蔵『旧詩帖』関連草稿中に見られるこの「序文」草案は、一九一三年から一九一七年五―六月のあいだに書かれたものと推定されており、ラテン語で「ピエール・ルイスへの序文」と記された二葉に続き、[77]その内容を素描した草稿が三葉ある。またフロランス・ド・リュシーによれば、『魅惑』関連草稿中の一葉（未完のソネ「わが夜……」草稿の裏面）にその初案が見出される。[78]以下に、それら四つの「序文」草案を掲げる。

序文草案1（*ChmsII*, 104v°）

ピエール・ルイスに ―― このわずかなもの、これは君のものだ――二〇年前から――
君に捧げるのは何ら新しいものではない。これらの練習《エグゼルシス》、模倣、短い〔原文中断〕
私は自分が詩人であると思ったことなど一度もなく、そうなろうと思ったことも一度もない。最初は何者でもない（というのも何人《なんぴと》も〔最初から〕人間というものではないのだから）名もなく、いかなる言語にも浸っていない誰かなのだ。

序文草案2（*AVAms*, 8）

ピエール・ルイスに
これら数篇の詩は君のものだ。
アフロディテ誕生以前、ただ**法螺貝**《ラ・コンク》だけが私の人生の門出にあった時、私はこれらの詩を練習《エグゼルシス》として作った。
出版するのはこれほども遅れたが。
これらの詩は君のものだ。もし君が私を駆り立ててくれなかったら、正直なところ私はこれらの詩を作ろうという考えを自分ひとりで引き出すことはなかっただろう。
結語　これらの詩はほとんどすべて君のものだ。(79)

序文草案3（AVAms, 9）

｛接近戦、文体｝
君にこれらの練習作《エグゼルシス》を捧げる。そこには私自身に関することは~~幸いなことに~~｛ほとんど｝何もない｛私の真の思想／私の真の関心｝は何もない
——要は、美しい詩句の定義にかなうことが問題だったのだ、自分が好んだ詩句のなかに見出していたような美しい詩句の定義｛私が自分に作り上げていた考え｝に。
もしその域に到達していたとしても、私はただ型にはまった理想に達しただけであっただろう。しかし一八九〇年頃の私たちはその定められた型《コンヴァンシオン》を光り輝く真理のように崇めていたのだ。
この**練習**《エグゼルシス》という題名をつけることは、謙遜を示す確かな印というわけではない。(80)

序文草案4（AVAms, 10）

私はこれらの詩を練習《エグゼルシス》という名で呼ぶ。というのも、それらは私の思想を表したものではないからだ。それらは私に最も関心のあることを表現したものではない。
しかしまた一方で、私は体操訓練《ジムナスティック》より上位に何事も置きはしない——
それより勝るものを私は何ひとつ認めない——かつて情熱や感動を覚えることもあったが、私はそこに、より広い領域のために｛一語解読不能｝~~拡大する~~という価値以外のものを認めたことは決してなかった。(81)

これらの序文草案において最も印象的なことは「練習《エグゼルシス》」という語が執拗に繰り返されていることである。『旧詩帖』が当初「一八の練習作」と題されていたことにも通じるが、それはまたジッドに捧げられた『若きパルク』の献

辞を想起させるものでもある。

アンドレ・ジッドに

何年も前から／私は詩の技法から離れていた。／もう一度われとわが身にその束縛を課そうと努めつつ、私はこの練習作《エグゼルシス》を作った。それを君に捧げる。／一九一七年

「練習《エグゼルシス》」という語は、音楽の用語として、もっぱらトリルなど特殊技巧の修得を目的としたものを指し、音楽的な意義を含む「練習曲《エチュード》」と区別される。ヴァレリーが好んで用いる「エグゼルシス（エクササイズ）」という語は、「エチュード」に含まれる芸術的な価値よりも、体操および訓練という側面を強調するものであり、それは「努力」と言い換えられるものである。「ある詩篇の回想録断片」において『若きパルク』の詩人は次のように述べている。

正直なところ、私は自分の精神にかかわる事柄をきわめて真剣に考えていて、他の人々が魂の救いを気にかけるように、私は精神の救いを気にかけていた。精神が努力なしに生み出せるものなど私は何も尊重せず、何も保持しておこうとは思わなかった。というのも、ただ努力のみがわれわれを変形しうると信じていたからである。／〔……〕／　私は〔作家という職業〕のうちにひとつの練習を見出しており、それによってこの職業を正当化していた。[82]

沈黙期を経て文学に回帰したヴァレリーが作家業に認めていた価値は「自分自身を変形させる」手段としての「練習」にほかならなかった。

「序文」のもうひとつの主要な意義は、青年期以来ヴァレリーが情熱を注いできた「友情」を称揚することであった。『若きパルク』刊行直後、一九一七年五月二一日付ピエール・ルイス宛の手紙にヴァレリーは次のように記している。

僕は君に何かあるものを書き始めた。それは今は中断している。が、考えはそこにある（紙面に）。いつ終わるとも知れない仕事が垣間見える。

それは何か？　もし『若きパルク』が絶版になったらその時は、かつて約束したとおり、『神秘聖歌《カルメン・ミスティクム》』(83)を（別の題で）出版することにしよう。

『神秘聖歌』の冒頭に、僕は（もし神々の加護があれば）美しい献辞を置くつもりだ……それを捧げるべき人に。

それは（少なくとも今のところ）数頁の手紙となりそうだ。

献辞を受ける人がそれに満足すると誓って言うわけではない。が、そんなことは重要ではない。

この妙案は二五分間僕を燃え上がらせた。この短い時の間に輝いた刺激的な諸要素を、新鮮な状態で書き留めた。それから、おねんね(84)。


同じく一九一七年の『カイエ』の断章に「二五分間」で素描されたこの「献辞」と思われるテクストが見られる。右のルイス宛の手紙と同日あるいはその前日に書かれたと推定されるものであり、「詩集のためのピエールへの手紙＝序文」という題を付す。


詩集のためのピエール〔（ルイス）〕への手紙＝序文〔の草案〕

（精神同士の友情の称揚）

わが親愛なるピエール、私たちの尊い**友情**を（ここで）称揚するために、君の素晴らしい筆跡も、〔それと分かちがたく結びついた〕美しい文体も持ち合わせていないことを残念に思う。

彼女〔＝友情〕はある偶然から生まれた、あらゆる人と同じように、〔とある浜辺で〕。神聖なものでありながら、彼女はあの不可思議な法を被らなければならなかった、あらゆる法が欠けているということによって定義されるように思われる〔偶然という〕法を……

彼女〔＝友情〕以上に好ましい女神やミューズは存在しない。というのも**知性**そのものが彼女とほとんど見分けがつかないからだ。(知性は孤独を好むが、二重性なしではありえない。)

〔向かいの頁にある追記〕 知性は自分自身によっても、別の知性によっても、等しく自らの不足を補う。知性は自分自身を自ら生み出す。〔……〕

友情に不可欠な繊細さや率直さを愚かな者が備えているとは私は思わない。あの甘美な〔重要な〕本質的な相違、あの微かに感じられる越えてはならない絹の紐、あの常識以上の良識――〔(眼差し、いやむしろ言葉、だがあの眼差しが不可欠だ)〕――そうしたものは愚かな者には感じられないだろう。

愛とは一緒にばかになりうることである〔獣《ペット》のように、人間のようにばか《ペット》に〕。それに対して、友情はもっと難しいもので、一緒に知的になりうることである。重要なのは唯一無二と感じられるものを存在させることであり、この感情が本質をなす。友情〔それ自身〕はいわば二重の深い知性（デュオ）である。友情は時折、内的独白を極限としてもつ人々の社会という観念を与える。〔理解、手紙、文通＝共鳴《コレスポンダンス》。思考と同じ型の対話――独白を極限としてもつような〕

――散文が君に韻文の疲れを癒さんことを、韻文が君に散文の疲れを癒さんことを。――詩人は、私の考えでは、神がかりの状態になる霊媒のような者ではない。また〔公衆を〕楽しませるような者でもない。詩人とは本質的に世の中で最も無用の存在である。そいつを消し去ってみたまえ、何も不足はしない――万事機能する。

犬や牝牛の眼も星を認める。それを感じ得る。子牛の耳も、これは確かなことだが、ある旋律の声を感知する。が、それは子牛にとって雑音にすぎない。[85]

「友情」を「愛」と比較し、そこに「知性」と「獣＝ばか」の格差を導入することによって両者の対比を際立たせるところに、「愛」と「知性」の調和を希求する以前のヴァレリーの考え方が現れている。まもなく、一九二〇年の夏、カトリーヌ・ポッジとの衝撃的な出会いによってヴァレリーの恋愛観は根本から覆されることになるが、理想的な友情への渇望は終生変わらない。唯一無二の他者にもうひとりの自己を希求するヴァレリーの性向は、青年期から後年にかけて、「友人」から「愛人」に移行したとも言えようが、それは同じ一つの欲求に根差していると思われる。

「友情」は青年ヴァレリーの最大の情熱であったといっても過言ではない。そして詩作という行為も、当初は出版を企図したものではなく、まずなにより友情を育みそれを記念するものであった。ヴァレリーは親しい友人に捧げた詩を集めて「数人の友達」という名の詩集を編もうとしていたが、それは「ゆっくりと豊かになってゆく思い出の宝」であって、出版する気は毛頭ないとルイスに打ち明けている[86]。

また一八九二年「ピエール・ルイスに」と書き起こされた初期散文草稿では、女性名詞の「友情」をほっそりとした女の子（海から現れ出た子どものヴィーナス）に喩え、その生まれてまもない友情をふたりで育もうという趣旨のことが述べられている[87]。先に引用した「手紙＝序文」においても、「友情」を「女神」や「ミューズ」と並べるところに同種の女性化が見られる。

なお、この「手紙＝序文」は冒頭「詩集のための」と始まりながら、最後のくだりには「散文が君に韻文の疲れを癒さんことを、韻文が君に散文の疲れを癒さんことを」とあり、一九一七年五月の段階でもなお「韻文」と「散文」を混淆させる構成がヴァレリーの念頭から消え去っていないことをうかがわせる。

結局「ピエール・ルイスへの手紙＝序文」は草案のままに終わる。ヴァレリーは一九一三年から構想していたこの友情讃歌を『旧詩帖』刊行間近にカトリーヌ・ポッジと一緒に読むということまでしたが[88]、一九一八年末頃から次第に不和が生じてきたルイスとの関係が修復不可能なものとなり[89]、「美しい献辞」は実現しなかった。一九二〇年に刊行される『旧詩帖』初版には、収録詩篇について略述する「刊行者による注記」――次節で見るように、そこには「練習」の概念もなければ「友情」の称揚もない――が付されただけであった。

二　『旧詩帖』の構成

版の区別

『旧詩帖』には二一篇の作が収められているが、当初からそうであったわけではなく、版を重ねるにつれて収録詩篇が増補されていったという経緯がある。この詩集の構成を問題とするうえで少なくとも次の五つの版を区別する必要がある。

一九二〇年の初版（一六篇所収）
一九二六年の再版（二〇篇所収）
一九二七年の第三版（一九篇所収）
一九三一年の版（以降、二一篇所収）
一九四二年の最終版（テクストに大幅な異同あり）

一九二〇年の『旧詩帖』初版（アドリエンヌ・モニエ「本の友の家」社[90]）に収められた作は一六篇であり、「オルフェ」「同じく夢幻境」「むなしい踊り子たち」「カエサル」「夕暮れの豪奢」の五篇は未収録であった。このうち「むなしい踊り子たち」を除く四篇は、一九二六年四月マーストリヒトのストルス社から『旧詩数篇[91]』として刊行、翌五月には『旧詩帖』再版（同ストルス社[92]）に増補される。その後、一九二七年の第三版（ガリマール社[93]）では「セミラミスのアリア」が一時的に除外されるが、一九二九年に同じくガリマール社から刊行された大型豪華本『ポール・ヴァレリー詩集[94]』――『旧詩帖』『若きパルク』『魅惑』を初めて集成した「モニュメンタル」版――では、再度「セミラミスのアリア」を含め、一九二六年版の構成に戻る。以後『旧詩帖』は単独で刊行されることはなく『詩集』の一部をなし、最後の一篇「むなしい踊り子たち」を加えて全二一篇の構成となるのは一九三一年の『詩集』（ガリマール社、NRF普及版[95]）以降のことである。またヴァレリー自身が最後に目を通した一九四二年の最終版は収録詩篇数に変動はないが、詩篇によってはテクストに大幅な改変を含む。

「旧詩」の年代と「刊行者による注記」

一九二〇年の初版には他の版には見られない特色が幾つかある。ひとつは全篇イタリック体で表記されているという点だが、これは当時の出版界の流行であったらしい[96]。それ以上に注目すべきは『旧詩帖』という題名の下に添えられた年代「一八九〇―一九〇〇」と巻頭に置かれた次の「刊行者による注記」である。

本詩集に収める小詩篇のほとんどすべて――（あるいはその前提《もと》となり、それにかなりよく似た別の詩篇）は、――一八九〇年から一八九三年にかけて幾つかの雑誌に発表されたものだが、それらの雑誌は今日まで存続しなかった。

『ラ・コンク』『ル・サントール』『ラ・シランクス』『レルミタージュ』『ラ・プリューム』の諸誌は、かつてこれらの試作を快く迎え入れてくれたが、その後まもなく著者は、本心から、長きにわたって詩から遠ざかることになった。

未完成の作を二篇収めるが、それらは一八九九年頃この状態で放棄されたものである。また散文のページは詩法に関係するものだが、何人《なんぴと》にも何かを教えたり、何かを禁じたりしようとするものではない。[97]

ヴァレリー自身の手になると思われるこの「刊行者による注記」には注意を要する。というのも、そこには正確な記述のなかに微量の不正確さが、詩人自身による韜晦が含まれているからである。まず注目すべきことに、ヴァレリーは『旧詩帖』に収める詩篇に改変の手を加えたことを明言してはおらず、括弧内のきわめて婉曲的な付言によって暗示するにとどめている。また、収録詩篇の「ほとんどすべて」が「一八九〇年から一八九三年にかけて」発表されたという記述は正確ではない。実際にその四年間に雑誌発表されたのは『旧詩帖』初版の一六篇のうち九篇だけであり、[98]「夏」「ながめ」「ヴァルヴァン」「アンヌ」の四篇は一八九六年から一九〇〇年の間に発表されたもの、[99]さらに「詩のアマチュア」「異容な火」「セミラミス」の三篇にいたっては一九〇〇年以降に初めて公表されたものであり、『旧詩帖』の題名に付記された年代（一八九〇―一九〇〇）からも逸脱する。[100]また、「刊行者による注記」において「未完成の作」とされたのは「アンヌ」と「セミラミス」だが、[101]この二篇が「一八九九年頃放棄された」という記述も不正確である。一九〇〇年初出の「アンヌ」はよいとしても、「セミラミス」の初出は一九二〇年であり、一八九九年頃にはまだ書き出されてもいない。[102]『旧詩帖』には、初期詩篇に対する後年の改変という問題に加えて、制作年代の意図的な操作という点でも詩人の作為・演出が見られるのである。

一九二六年の再版増補版では、初版の「刊行者による注記」を「初版の序」として掲げた後、「再版の読者への注記」として次の言葉が加えられている。

この『旧詩帖』新版には、初版にはまったくなかった数頁が見られるだろう。かつて放棄されたかなり長い詩一篇と、十分放棄されるに値するごく短い他の二篇である。

すでに公表されたテクストについては、いくつか些細な変更が施された。著者の手稿に基づいて補充した作品もあり、数多の誤記が訂正された。[103]

「かつて放棄されたかなり長い一篇」とは「夕暮れの豪奢」のことである。一二音節詩句九七行からなり、『旧詩帖』中「セミラミス」(一〇四行)に次いで最も長いこの詩はまさしく「放棄された詩」という副題を伴っている。「ごく短い他の二篇」とは、「オルフェ」と「カエサル」だろうか、実際にはもう一篇、「夢幻境」の「異文」[104]を含めたソネ三篇が増補されている。また、「著者の手稿に基づいて補充した作品」とは「アンヌ」と「セミラミス」であり、再版で数詩節が加えられ、それと同時に初版にあった「未完成の作」という付記が消えることになる。再版の「注記」には初版にあったような作為は見られないが、「かつて放棄された」や「十分放棄されるに値する」といった言辞に『旧詩帖』詩篇に対する詩人の自己否定的な姿勢がうかがわれる。

初版および再版に付された「注記」は一九二七年の第三版以降なくなり、初版において題名に添えられた年代の付記も再版以降消えている。が、注目すべきことに、一九四二年の『詩集』(改訂増補版)においては年代の付記が復活するうえ、初版に付された年代「一八九〇—一九〇〇」が「一八九一—九三」に変更され、初期詩篇の制作年代にさらなる限定が加えられている。[105]また先にも触れたように、この一九四二年版においても詩節の増加(「夏」)や大幅なテクストの改変(「むなしい踊り子たち」)が見られる。「昔の詩」というレッテルを貼った『旧詩帖』にヴァレリーは最晩年に至るまで手を入れていたのである。

今日普及している刊本について

なお、今日普及している刊本については、最も入手しやすいガリマール社〈ポエジー叢書〉の『詩集』[106]のほか、ヴァレリーの『作品集』が二種存在する。これまで共通の参照文献とされてきた〈プレイヤード〉叢書の『作品集』(ジャン・イチエ編纂、全二巻)と、二〇一六年に刊行された新版『作品集』(ミシェル・ジャルティ編纂、全三巻)である。『旧詩帖』を含むヴァレリーの「詩」についてはそれぞれ準拠する版が異なっており、詩篇によっては少なからぬ異同が見られる。〈ポエジー叢書〉版『詩集』は一九二九年のモニュメンタル版に基づき、これを一九五八年に改訂したものである。〈プレイヤード〉版『作品集』は一九三三年刊『ポール・ヴァレリー作品集』および一九四一年版『詩集』に準拠している。[107] 他方、ミシェル・ジャルティ編纂の新版『作品集』は基本的に最終稿――ヴァレリーが最後に目を通した一九四二年版『詩集』のテクスト――を採用するという方針に基づく。また序章でも触れたように、従来やや看過されてきたヴァレリーの初期詩篇の多くを収録しており、『旧詩帖』詩篇については、若い頃に雑誌発表した旧作と後年詩集に収められた改作とを比較しやすくなった。これら三つの刊本には数々の細かな異同が見られるが、最も重要な相違は一九四二年の段階で加筆改変された二篇「むなしい踊り子たち」と「夏」のテクストが大幅に異なるということである。[108]

収録詩篇の選定

ヴァレリーは若き日に書いた数多くの初期詩篇群のなかから『旧詩帖』に収めるべき詩篇をどのようにして選んだのか。その選定基準を見定めるために、ヴァレリーの初期詩篇の発表媒体となった雑誌、同時代の詩のアンソロジー、さらにヴァレリー自身が友人のために編んだ自筆自撰詩集について略述しよう。

雑誌――『ラ・コンク』や『ル・サントール』など

『旧詩帖』初版の「刊行者による注記」には、収録詩篇の初稿が掲載された雑誌として、『ラ・コンク』『ル・サントール』『ラ・シランクス』『レルミタージュ』『ラ・プリューム』の名が挙げられていた。

そのうち最も重要なのは、一八九一年ピエール・ルイスが創刊し、自ら編集を手掛けた雑誌『ラ・コンク』である（別図4）。「最年少詩人のアンソロジー」と銘打つこの月刊誌は、当初から全一二号・各号一〇〇部限定として、詩のみ毎号一〇篇足らずを載せるという小雑誌ながら、いまだ無名の青年詩人（ルイス、ヴァレリー、ジッドのほか、レオン・ブルムの名も見える）の作だけでなく、詩壇に名を馳せる年長詩人――高踏派の巨匠から象徴派の旗頭まで（ルコント・ド・リール、ジョゼ＝マリア・ド・エレディア、マラルメ、ヴェルレーヌ、メーテルランク、アンリ・ド・レニエなど）――の未発表作品を巻頭に掲げるという趣向を凝らしたものであった。[109] ヴァレリーは計一一号（第一二号は未刊）のうち、ほとんど毎号に寄稿した。「ナルシス語る」（一八九一年三月創刊号）を筆頭に、「不確かな乙女」（同年四月）、「オルフェ」（五月）、「甘美な死に際」（六月）、「むなしい踊り子たち」（七月）、「若い司祭」（八月）、「紡ぐ女」（九月）、「エレーヌ、悲しき王妃」（一〇月）、「眠れる森の美女」（一一月）、同年一二月号にのみ掲載なく、一八九二年の最終号には「友愛の森」「一緒に」「断片」（＝「挿話」）の三篇を発表した。合計一二篇、そのうち八篇が後年『旧詩帖』に収められている。このようにヴァレリーの詩は頻繁に『ラ・コンク』誌を飾ったが、必ずしも自ら進んで発表したわけではない。むしろ編集長のルイスに急き立てられて、ようやく脱稿することが多かった。当時名もないヴァレリーに持続的に発表の場を与え、生来の羞恥心と躊躇を見せる友人を鼓舞激励し、時には強引に進まぬ筆を持たせて詩を発表させたルイスの功績は大きい。ヴァレリー自身、当時二〇歳前の自分を文学の道へ導いたこの友人との決定的な出会いについて後年折に触れて語っている(110)。

『ル・サントール』誌はアンリ・アルベール（編集長）、ジャン・ド・ティナン（発行責任者）、ピエール・ルイス、アンドレ・ルベー、アンドレ＝フェルディナン・エロルド、それにヴァレリーが集まって一八九六年に創刊され、まもなくそこにアンリ・ド・レニエとアンドレ・ジッドも加わった。これら錚々たる面々が詩文を寄せる一方、ジャック＝エミール・ブランシュ、フェリシアン・ロップス、ファンタン＝ラトゥール等による版画やデッサンなどの挿絵を添える豪華な雑誌であったが、閉鎖的な性格で二号のみの短命に終わった。ヴァレリーは、創刊号（一八九六年五月）に「夏」と「ながめ」を半分匿名（V...）で、第二号（同年一〇月）に「テスト氏との一夜」をイニシャル（P. V.）で発表した。「夏」と「ながめ」の両篇は『旧詩帖』初版に収録される。

『ラ・シランクス』誌（ジョアシャン・ガスケ主宰、一八九二―一八九四年）に載ったヴァレリーの詩は、「挿話」（一八九二年一月創刊号）、「アリオン」（同年三月）、「水浴」（八月）、「むなしい踊り子たち」（一二月）の四篇であり、そのうち「アリオン」以外の三篇が『旧詩帖』所収となる。

『レルミタージュ』誌（アンリ・マゼル主宰、一八九〇―一九〇六年、一八九六年以降はエドゥアール・デュコテ主宰）には、「白」（一八九〇年一二月）、「光輝」（一八九一年一月）、散文「建築家に関する逆説」（同年三月）、「波から出る女」（同年六月）、「幕間劇」（一八九二年九月）が掲載され、そのうち「白」と「波から出る女」がそれぞれ「夢幻境」と「ヴィーナスの誕生」と改題・改稿されて『旧詩帖』に収められる。

『ラ・プリューム』誌（レオン・デシャン主宰、一八八九―一九一四年、後にカルル・ボエス主宰）は一八九〇年「ソネ・コンクール」を開催したが、その際ヴァレリーは対照的な二篇のソネ「若い司祭」と「暴行」を投稿した。[111] また、一九〇〇年一二月には「アンヌ」を同誌に寄稿している。

その他、「刊行者による注記」には名が挙がっていないが、『旧詩帖』所収詩篇の掲載雑誌として、ベルギー象徴派の機関誌『ラ・ワロニー』（アルベール・モッケル主宰、一八八六―一八九二年）、『シメール』（ポール・ルドネル主宰、一八九一―一八九三年）、『モンペリエ学生総連合会報』（一八八八―一九〇〇年）、同じくモンペリエのフェリブリージュ機関誌『ラ・シガロ・ドール』（ルイ・ルミュ主宰、一八八九―一八九五年）および『ラ・クープ』（ジョゼフ・ルーベ主宰、一八九五―一八九八年）などが挙げられる。[112]

詩のアンソロジー――『今日の詩人たち』と『現代フランス詩人選集』

これらの雑誌に載ったヴァレリーの初期詩篇のうち数篇はさらに同時代の詩のアンソロジーに収録されている。

まず一九〇〇年メルキュール・ド・フランス社から刊行された『今日の詩人たち[113]』（アドルフ・ヴァン・ブヴェール、ポール・レオトー共編）の第二巻に、ヴァレリーの詩七篇――「エレーヌ、悲しき王妃」「ナルシス語る」「水浴」「紡ぐ女」「断片」「夏」「ヴァルヴァン」（掲載順）――が収められた。収録詩篇はおそらくヴァレリー自身が選んだものと思われる。[114] 詩篇の順序についてもヴァレリーが指示したかどうか定かではないが、そこにはある意図がうかがわれる。というのも詩篇の並びは制作年代順とは完全には一致せず、また掲載雑誌別でもないからである。[115]

もうひとつのアンソロジーは、一九〇六―一九〇七年ドラグラーヴ社から刊行された『現代フランス詩人選集[116]』（ジェラール・ワルク編）であり、その第三巻に「紡ぐ女」「ナルシス語る」「詩のアマチュア」の三篇が収められた（編者の依頼に応じて書かれた「詩のアマチュア」はこれが初出）。ふたつのアンソロジーに選ばれた計八篇の詩および散文はすべて『旧詩帖』初版に収録されている。

以上のことから、一九二〇年『旧詩帖』初版に収められた一六篇は、主としてヴァレリーが一八九〇年代に『ラ・

コンク』誌をはじめとする雑誌に発表したものであり、なかでも一九〇〇年頃二つのアンソロジーに収録された詩八篇がその中心となったことが分かる。

自筆自撰詩集『彼の詩』

ヴァレリーの初期詩篇について考えるうえでもうひとつ興味深いものがある。二〇歳の彼が友人のために編んだささやかな自筆自撰詩集である。一八九二年五月頃――「ジェノヴァの夜」の約半年前――ヴァレリーはふたりの友人、ピエール・ルイスとアンドレ・ジッドに自作の詩を清書して贈ったが、これはもともとヴァレリー自身が着想したものではなく、ルイスの要請に端を発するものであった。一八九二年二月、処女詩集『アスタルテ』の出版を目前にしていたルイスは、ヴァレリーにも詩集を出すよう促し、一緒にデビューしようと誘ったが、すでに詩作に疑念を感じ、文学から遠のきかけていた友人から頑なな拒否に遭う[117]。二ヵ月後、ルイスはヴァレリーに、出版するのが嫌ならせめて自分ひとりのためにと、「美しい紙」に「美しいインク」で書かれた「この世で唯一の自筆詩篇」を「少なくとも二〇篇」所望する[118]。同年五月、ヴァレリーはこの詩友の願いに応えて自作の詩を一〇篇清書して贈るとともに、同じ友情の証をもうひとりの友にも示すべく、ジッドにも同様の贈り物をした[119]。今日、ルイスの手に渡ったものは所在不明となり、ジッドに捧げられた詩集のみが知られる[120]。表紙には「P－A・ヴァレリー」および『彼の詩』と記され、「アリオン」「むなしい踊り子たち」「挿話」「友愛の森」「幕間劇《アンテルメード》」「エレーヌ、悲しき王妃」「オルフェ」「紡ぐ女」「バレエ」「水浴」の一〇篇が、鵞ペンと紫色のインクを用いた装飾的な字体で清書されている[121]。このうち「アリオン」「幕間劇」「バレエ」以外の七篇が『旧詩帖』所収となる。なお、ジッドは一九四九年『フランス名詩選』を編纂し、亡き友の詩一一篇を選んでいるが、そのうち初期詩篇の三篇「紡ぐ女」「オルフェ」「友愛の森」はいずれもこの自筆詩集に含まれていたものである[122]。

収録詩篇の配列

先に述べたように、『旧詩帖』という題名にみえる「アルバム」という語には、ボードレールやマラルメがこの語に与えたような否定的な含意——「書物」と称するに値しない雑多なものの寄せ集め、構成なき収集——が込められていると思われる。(123) だが、ヴァレリーの『旧詩帖』は、この「烙印を押すような語」を標題に掲げるにもかかわらず、ある種の構成を備えている。収録詩篇の配列は、制作年代あるいは発表年代の順序とまったく無関係ではないがその通りでもなく、そこには詩集を編む詩人の配慮がうかがわれるのである。

以下、一九二〇年初版における詩篇の配列と、一九二六年再版および一九三一年版における増補詩篇の挿入位置について考察しよう。

一九二〇年初版

『旧詩帖』初版の目次では、各詩篇にローマ数字を付す(「I．紡ぐ女」から「XV．セミラミス」まで)が、巻末の「詩のアマチュア」には付されていない。この散文(あるいは散文詩)を詩集中の一篇とみなすか否か微妙なところだが、目次のレイアウトからは詩集中の一篇というよりはむしろ巻頭の「刊行者による注記」と対をなすもののように見える(図1)。また、ローマ数字を付された韻文詩のうち、最後の二篇(「アンヌ」と「セミラミス」)は「未完成の詩」として区別されている。

『旧詩帖』の構成として第一に目を引くのは、「ナルシス語る」が一五篇の韻文詩のほぼ中央に位置していることである。後年ヴァレリー自ら初期の詩作の「典型」あるいは「当時の自分の理想と能力を特徴的に示す第一状態」(124) とみなした「ナルシス語る」が『旧詩帖』の大きな核をなすことは間違いなく、詩集におけるこの詩の位置を詩人が考慮しなかったはずはない。

また巻頭詩に「紡ぐ女」が選ばれ、巻末に「詩のアマチュア」が置かれている点も注目される。「紡ぐ女」と「ナルシス語る」と「詩のアマチュア」は『現代フランス詩人選集』に収録された三篇だが、これら三作品がいわば詩集を支える〈柱〉として〈入口〉と〈中央〉と〈出口〉に置かれていると見ることができよう。この三本の柱のあいだにその他の詩篇が配置され、中央の「ナルシス語る」を境として前半部と後半部に分けられる。

　前半部には、「紡ぐ女」「エレーヌ」「ヴィーナスの誕生」「夢幻境」「水浴」「眠れる森で」「友愛の森」「異容な火」の八篇が置かれており、そのうち三篇「ヴィーナスの誕生」「夢幻境」「友愛の森」は「ナルシス語る」以前の作、他五篇は「ナルシス語る」以後の作である。詩型は「紡ぐ女」（テルツァリーマ＝三韻句法）を除いてすべてソネである。

　後半部には、「挿話」「ながめ」「ヴァルヴァン」「夏」「アンヌ」「セミラミス」および「詩のアマチュア」が置かれており、いずれも「ナルシス語る」以後――しかも「挿話」以外は初出が一八九六年以降――の作である。詩型は、ソネ（「ながめ」「ヴァルヴァン」）、四行詩（「夏」「アンヌ」「セミラミス」）、詩節の切れ目なし（「挿話」）、散文（「詩のアマチュア」）に分かれる。「ながめ」と「ヴァルヴァン」はもともとマラルメ風の英式ソネ（四行詩三連に二行詩を添える型）であったという点で[125]、前半部に置かれた通常のソネ（四行詩二連に三行詩二連を加える型）と性格を異にする。また四行詩を連ねる「夏」「アンヌ」「セミラミス」は配列順に長さを増している。

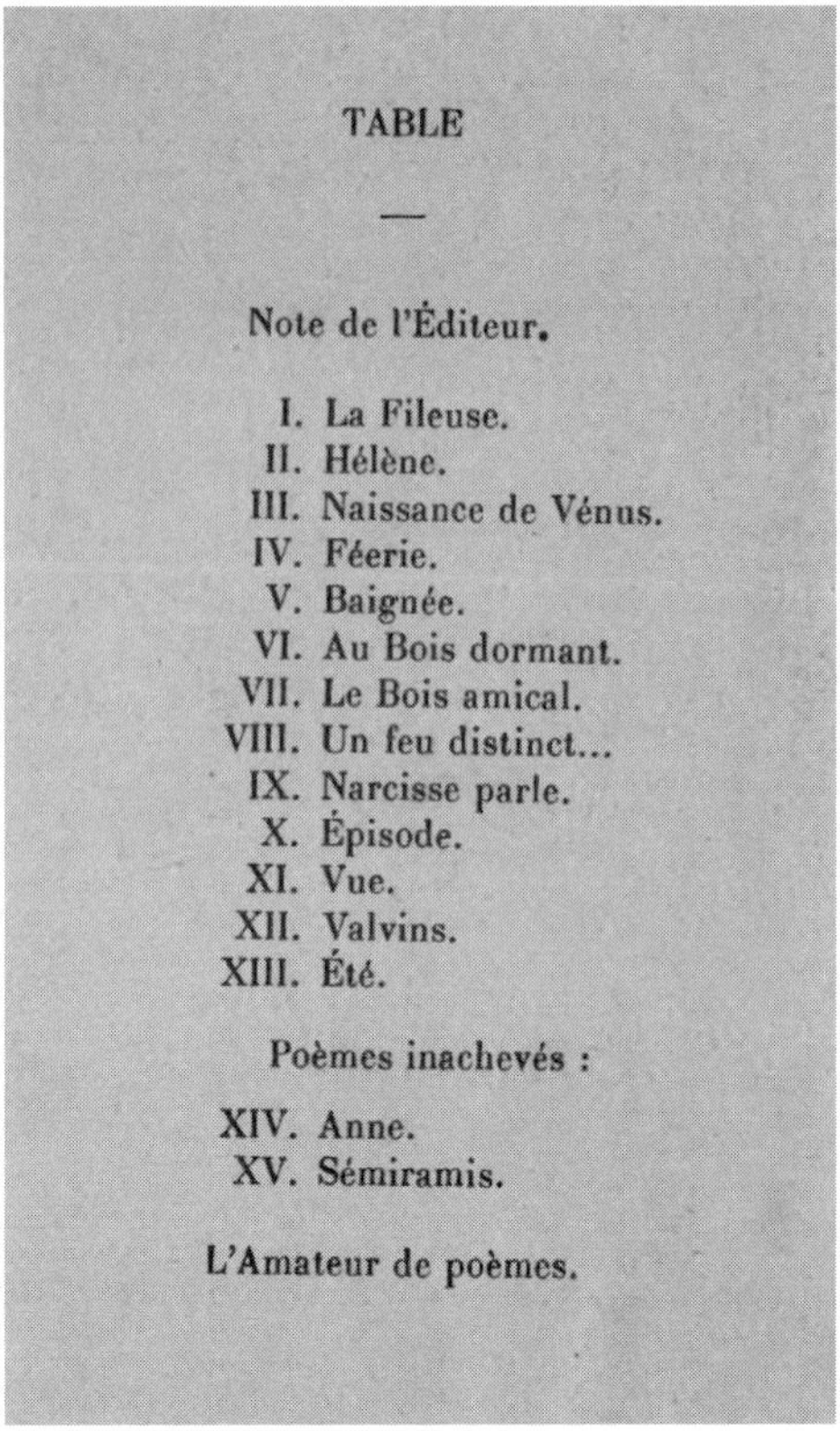
TABLE

—

Note de l'Éditeur.

I. La Fileuse.
II. Hélène.
III. Naissance de Vénus.
IV. Féerie.
V. Baignée.
VI. Au Bois dormant.
VII. Le Bois amical.
VIII. Un feu distinct...
IX. Narcisse parle.
X. Épisode.
XI. Vue.
XII. Valvins.
XIII. Été.

Poèmes inachevés :

XIV. Anne.
XV. Sémiramis.

L'Amateur de poèmes.

図1　『旧詩帖』初版（1920）の目次

このように「ナルシス語る」の前方にはテルツァリーマに続いて短詩型のソネが並ぶ一方、後方にはやや目新しい詩型（英式ソネ）あるいは比較的長く延長可能な詩型（四行詩、詩節の切れ目なし、散文）が配されており、伝統的な詩型からその変形ヴァージョンへ、短詩から長詩へという流れが見出される。そして奇しくも、その境に位置する「ナルシス語る」は、当初ソネ形式で書き出され、後に五〇数行の詩（詩節構成自由）に発展したという経緯をもつ。つまり『旧詩帖』詩篇の配列には（巻頭のテルツァリーマを除けば）「ナルシス語る」がたどった生成過程――ソネから不定形の長詩へ――とよく似た推移が認められるのである。[126]

さらに『旧詩帖』の構成について考察を深めるために、マラルメの『詩集』（一八九九年ドマン版）と比較してみよう。『マラルメ詩集』を訳した渡辺守章は、ドマン版『詩集』の構成について、まず「エロディアード――舞台」と「半獣神の午後」が詩集の中心を占めている点に注意を喚起し、この「頂上」へ「登る道」には「初期詩篇」が、「降り道」には「ソネをまとめて」が配されていると述べ、それを「富士山構造」と名付けたうえで、「制作年代の〈時間軸〉から言えば、初稿から決定稿までの時間差がそう単純に現れているのではなく、むしろそのようなものと単純に見せる〈構成〉に、マラルメの詩集づくりの演出がうかがえる」と述べている。[127]

両詩集の構成を比較すれば、まず詩集中央に「頂上」ともいうべき代表詩篇を置く点が共通する。「ナルシス語る」が「エロディアード」と「半獣神の午後」の強烈な影響下に書かれたことを考慮に入れれば、この類比はいっそう意味深い。また、マラルメ自身が望んだように、『詩集』巻頭に置かれたソネ「祝盃」を「巻頭の辞」とみなして別扱いするならば、[128]「不遇の魔」が第一の詩篇となるが、これは『旧詩帖』の第一番「紡ぐ女」と同じくテルツァリーマの詩である。詩集劈頭にテルツァリーマを置く例は、テオドール・ド・バンヴィルの『鍾乳石』（一八四六年）やアンリ・ド・レニエの『昔日のロマネスクな詩集』（一八九〇年）などにも見られるが、[129]「紡ぐ女」を巻頭に掲げたヴァレリーはマラルメをはじめとするそうした先例を踏まえたのではないかと思われる。[130]最後に、詩篇の配列について、制作年代順に近いがその通りでもないという点もマラルメの『詩集』とヴァレリーの『旧詩帖』に共通する点として挙げられる。

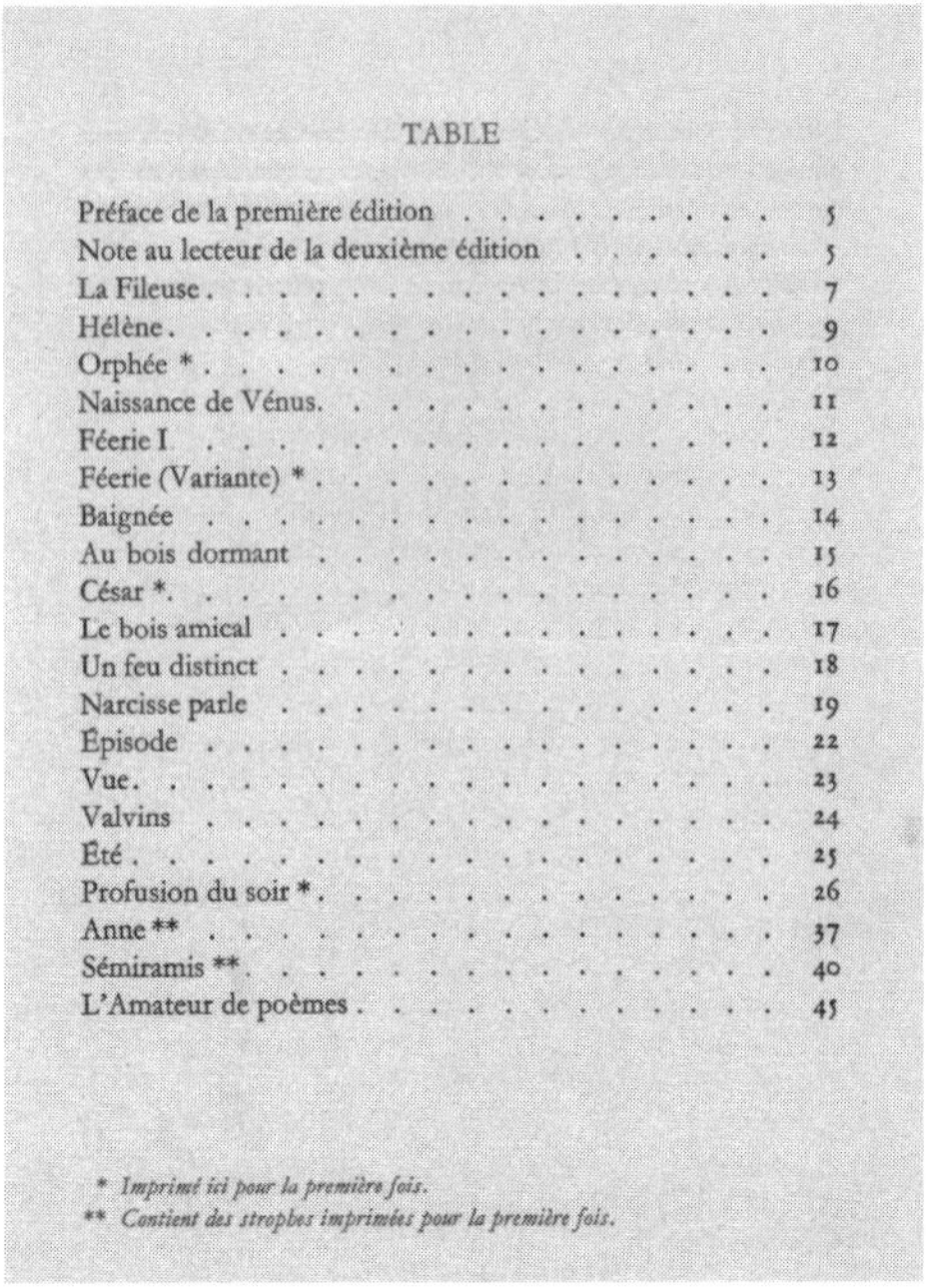
TABLE

Préface de la première édition	5
Note au lecteur de la deuxième édition	5
La Fileuse	7
Hélène	9
Orphée *	10
Naissance de Vénus	11
Féerie I	12
Féerie (Variante) *	13
Baignée	14
Au bois dormant	15
César *	16
Le bois amical	17
Un feu distinct	18
Narcisse parle	19
Épisode	22
Vue	23
Valvins	24
Été	25
Profusion du soir *	26
Anne **	37
Sémiramis **	40
L'Amateur de poèmes	45

* *Imprimé ici pour la première fois.*
** *Contient des strophes imprimées pour la première fois.*

図2　『旧詩帖』再版（1926）の目次

一九二六年再版

次に一九二六年の再版で増補された四篇「オルフェ」「夢幻境（異文）」「カエサル」「夕暮れの豪奢」の挿入位置について考えてみよう（図2）。「夢幻境（異文）」を「夢幻境」の直後に置くのは自然なこととして、それ以外の三篇について見れば、ソネ形式の「オルフェ」と「カエサル」が「ナルシス語る」の前に置かれる一方、一定の詩節をもたない長詩「夕暮れの豪奢」が後方に回されている。このことは一九二〇年の初版において見られた構成を裏付ける。それぞれの挿入個所については、「エレーヌ（ヘレネー）」と「ヴィーナス（ウェヌス）」の間に置かれた「オルフェ（オルフェウス）」がギリシア・ローマ神話という連関を生む一方、「眠れる森で」と「友愛の森」の間に挿入された「カエサル」は「森」を共有する二篇を分断してしまう（そこに隠れた連関性がある点については後述しよう）。後半部に回された「夕暮れの豪奢」が「夏」と「アンヌ」の間に挿入されたという点については、ひとつには制作年代の順序が考えられる。この詩の初稿（「眼差し」）は一八九九年頃に書かれたと推定され、「夏」（一八九六年初出）より後、「アンヌ」（初稿は一八九七―一九〇〇年）と同時期である。また「夕暮れの豪奢」には「放棄された詩」という副題が添えられており、その点でも『旧詩帖』初版において「未完成の詩」として最後尾に置かれた「アンヌ」および「セミラミス」と並ぶにふさわしいだろう。さらに「夏」「夕暮れの豪奢」「アンヌ」という並びに昼から夜へという時の推移を読み取ることもできる。

一九三一年版

『旧詩帖』における最後の増補詩篇「むなしい踊り子たち」の挿入位置は、奇しくも全二一篇のちょうど中央にあたる。「友愛の森」と「異容な火」の間に挟まれた「むなしい踊り子たち」は詩型の面では不調和を生む（詩節の切れ目のないこの詩が前後のソネを分断する）が、主題の面ではこれら三篇に「夜」という共通項が見出される。

草稿——収録詩篇のリスト

フランス国立図書館所蔵の『旧詩帖』関連草稿のなかに収録詩篇の選定および配列に関する草稿がある。ここではそのうち五枚を見てみよう。

草稿（AVAms,3）

一九一二年あるいは一九一三年——アンドレ・ジッドから昔の詩の出版を促されてまもない頃——に書かれたと推定される手書き草稿には、縦一列に次の一五篇の詩の題名が並び、

エレーヌ／友愛の森／オルフェ／異容な火／妖精〔＝夢幻境〕／ナルシス〔語る〕／ヴィーナス〔誕生〕／紡ぐ女／ながめ／断片（挿話）／わが夜／夏／ヴァルヴァン／アンヌ／詩のアマチュア[131]

その右側に、幾分小さな字で、三篇の詩の題名が加えられている。

エキューブ／王妃〔＝眠れる森で〕／眼差し——海景[132]〔＝夕暮れの豪奢〕

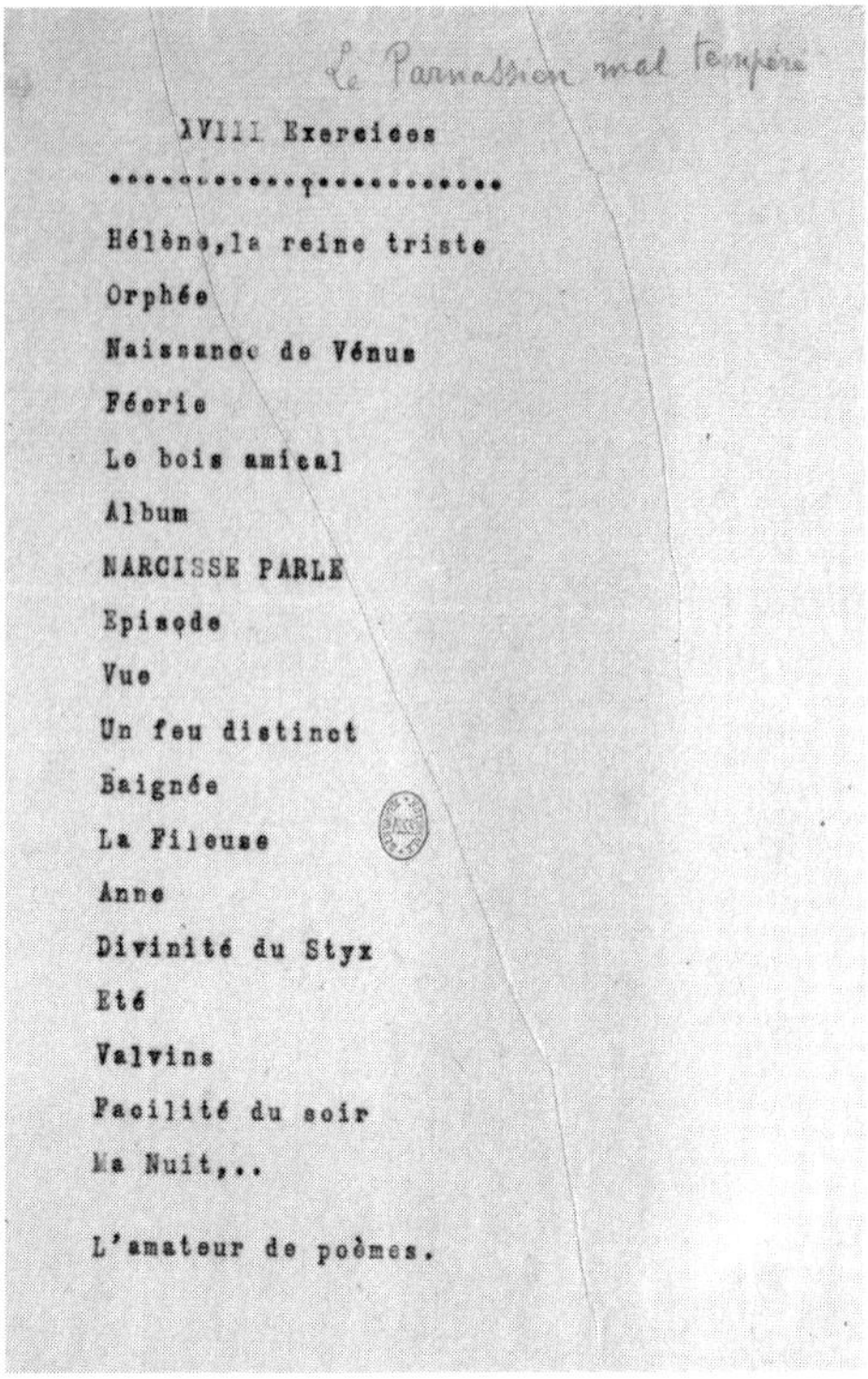

Le Parnassien mal tempéré

XVIII Exercices

Hélène, la reine triste
Orphée
Naissance de Vénus
Féerie
Le bois amical
Album
NARCISSE PARLE
Episode
Vue
Un feu distinct
Baignée
La Fileuse
Anne
Divinité du Styx
Eté
Valvins
Facilité du soir
Ma Nuit,..

L'amateur de poèmes.

図3　『旧詩帖』関連草稿（*AVAms*, 4）（フランス国立図書館蔵 BnF Naf 19003）

計一八篇のうち『旧詩帖』に収められることになるのは一六篇であり、「わが夜」と「エキューブ」は詩集から外れることになる。[133] まず注目されるのは、巻頭に「紡ぐ女」ではなく「エレーヌ」が置かれていること、また『旧詩帖』初版には未収録の「オルフェ」と「夕暮れの豪奢」（「眼差し―海景」はその初稿）がこの最初期の草稿には現れていることである。他方、『旧詩帖』初版に収められた詩のなかでこの草稿リストに名が見えないのは「水浴」と「セミラミス」であり、再版以降加えられた「同じく夢幻境」「カエサル」「むなしい踊子たち」の名も見えない（もっとも「セミラミス」と「同じく夢幻境」は、この段階ではいまだ書き出されていない）。

草稿（*AVAms*, 4）

一九一六年一月―二月のものと推定されるタイプ打ち草稿では「一八篇の練習作」という題名が記され、その下に次のような配列で詩篇が並んでいる（図3）。

エレーヌ、悲しき王妃／オルフェ／ヴィーナスの誕生／夢幻境／友愛の森／アルバム〔＝眠れる森で〕／**ナルシス語る**／挿話／ながめ／異容な火／水浴／紡ぐ女／アンヌ／冥府の川の神《ディヴィニテ・ド・スティックス》〔＝若きパルク〕／夏／ヴァルヴァン／

夕暮れの安逸〔＝夕暮れの豪奢〕／わが夜……／／詩のアマチュア[134]

詩篇の数を数えると、最後に空行を隔てて置かれた「詩のアマチュア」は勘定に入っていないようである。[135] この散文を除く一八篇のうち、一六篇が『旧詩帖』初版に収められ、「冥府の川の神」〔＝『若きパルク』の旧称〕と「わが夜」の二篇は外されることになる。この草稿で注目されるのは、先に見た草稿（AVAms, 3）と同じく、巻頭に「エレーヌ」が選ばれていること、また「**ナルシス語る**」が唯一全大文字で表記されていること、さらに『若きパルク』が『旧詩帖』諸詩篇と未だ分化されず、「一八篇の練習作」の一つとして同居していることである。

同草稿にはもう一点注目すべき書き込みがある。「一八篇の練習作」と印字された右上に、「節度なき高踏派詩人」[136]と鉛筆で書き込まれているのである。この数語から、ヴァレリーが自らの旧詩篇を「高踏派」の系譜に位置づけるとともに、その規範からの逸脱を自負していることがうかがえる。

草稿（AVAms, 11）

一九一七年八―九月に書かれたと推定される手書き草稿は、同年四月に刊行された『若きパルク』を含め、収録詩篇数の最も多いリストである（図4）。

オルフェ／エレーヌ／ヴィーナスの誕生／夢幻境／友愛の森／眠れる森で／ナルシス／挿話／ながめ／〔異容な〕火／水浴／紡ぐ女／アンヌ／ヴァルヴァン／夏／室内／時刻／夕暮れの安逸／霊的な庭で（曙）／苦情〔＝蛇の素描〕／老人／若きパルク／詩のアマチュア／夜〔＝わが夜[137]〕

これら計二四篇のなかで『旧詩帖』に収録されるのは一七篇、それ以外の詩篇として挙がっているのは『若きパルク』、のちに『魅惑』所収となる三篇（「室内」、「霊的な庭で」〔＝「曙」と「棕櫚」に分かれる前の段階〕、「苦情」〔＝「蛇の素描」〕）のほか、「時刻」「老人」「〔わが〕夜」である。[138]『若きパルク』刊行後まもない段階で、ヴァレリーがなおもこの長詩を組み込んだ詩集を構想しており、『旧詩帖』と『魅惑』も未だ区別されていなかったことが分かる。

詩篇の配列については、「オルフェ」が先頭に現れ、「ヴァルヴァン」と「夏」が入れ替わったほかは、先に見たタイプ打ち草稿（*AVAms*, 4）と同じ順序だが、これまで見たリストでは常に最後尾に位置していた「詩のアマチュア」が「〔わが〕夜」の前に置かれている――それによって他の詩篇群と同じ扱いになる――ことが注目される。なお、『旧詩帖』所収詩篇のうち、このリストに不在の四篇は「同じく夢幻境」「カエサル」「むなしい踊り子たち」「セミラミス」である。

なお、草稿の右端に記された数字は各詩篇の行数を示すが、フロランス・ド・リュシーが指摘したように、最終形

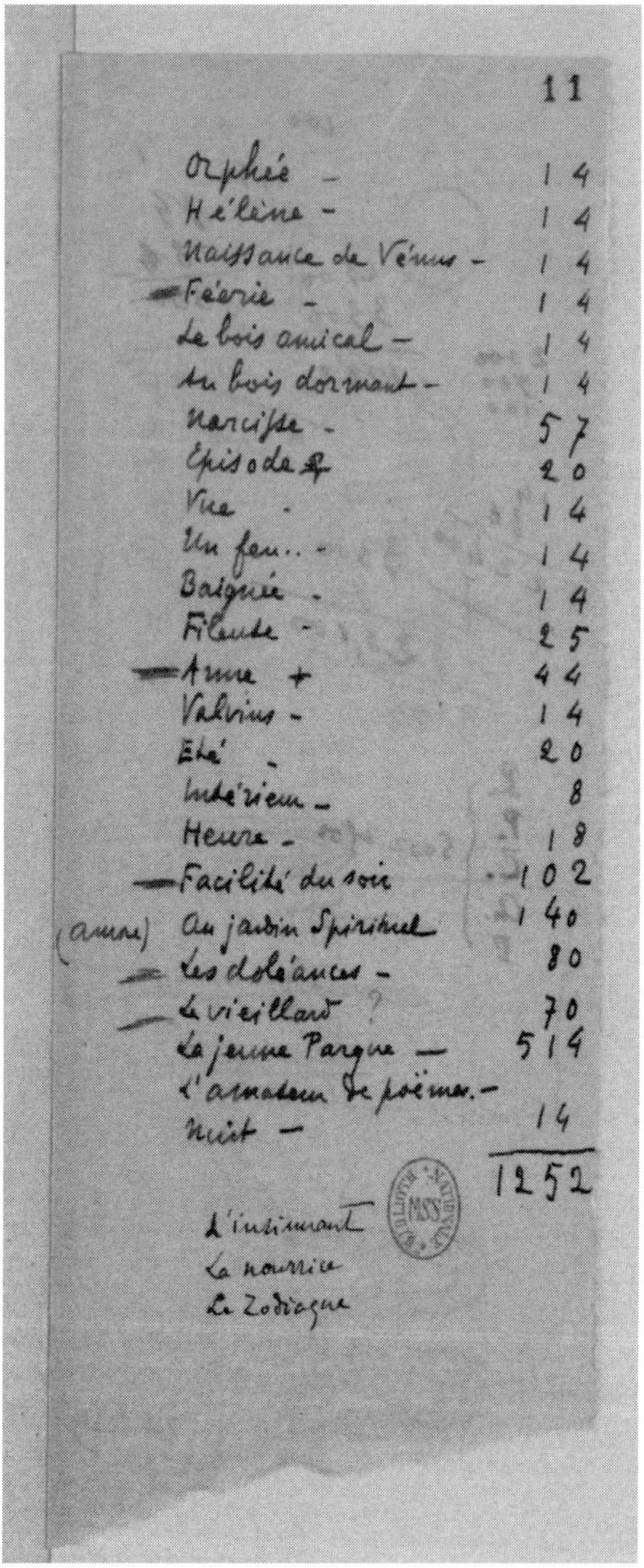

図4 『旧詩帖』関連草稿（*AVAms*, 11）（フランス国立図書館蔵 BnF Naf 19003）

態のものと少なからぬ開きがある。五ヵ月前に刊行されたばかりの『若きパルク』（決定稿は五一二行）が驚くべきことに二行増えていたり、「アンヌ」が一九二〇年『旧詩帖』初版の状態（九詩節・三六行）から二詩節増加、「夕暮れの安逸」〔=「夕暮れの豪奢」〕が最終形態（九七行）より五行多くなっているなど、発表以前以後にかかわらず加筆推敲が続いていることが分かる。[139] またリュシーは触れていないが、「ナルシス語る」の行数（五七行）も『ラ・コンク』誌掲載のテクスト（五三行）とも『旧詩帖』所収のテクスト（五八行）とも一致しておらず、前者から後者への過渡的段階を示すものと推測される。

同草稿から、『若きパルク』刊行直後、ヴァレリーがなおもこの長詩に推敲の手を入れており、自作の詩を新旧区別せずに一巻の詩集に編もうと意図していたことが分かる。その後、新しい詩篇群が目覚ましい発展を遂げ、昔の詩篇群から離脱する結果となり、『旧詩帖』と『魅惑』という二つの詩集がほぼ同時期に相次いで出版されることになる。

草稿（AVAms, 12）

一九一七年一〇月に書かれたと推定される手書き草稿では、「序文」を含めた詩集の構成が再考されているが、これまでに見たリストとは異なり、各詩篇が制作年代および発表媒体別に三つの項目に分類されている（図5）。

手紙・序文／讃歌
『ラ・コンク』に　エレーヌ／オルフェ／ナルシス／紡ぐ女／挿話／ヴィーナス
友愛の森／眠れる森／夢幻境／水浴
『ル・サントール』に　ながめ／夏
「日付なし／試作」　夕暮れの安逸／海難／苦情〔=蛇の素描〕／忍びこむもの／老人
神話〔=秘密のオード〕／パルク／曙[140]

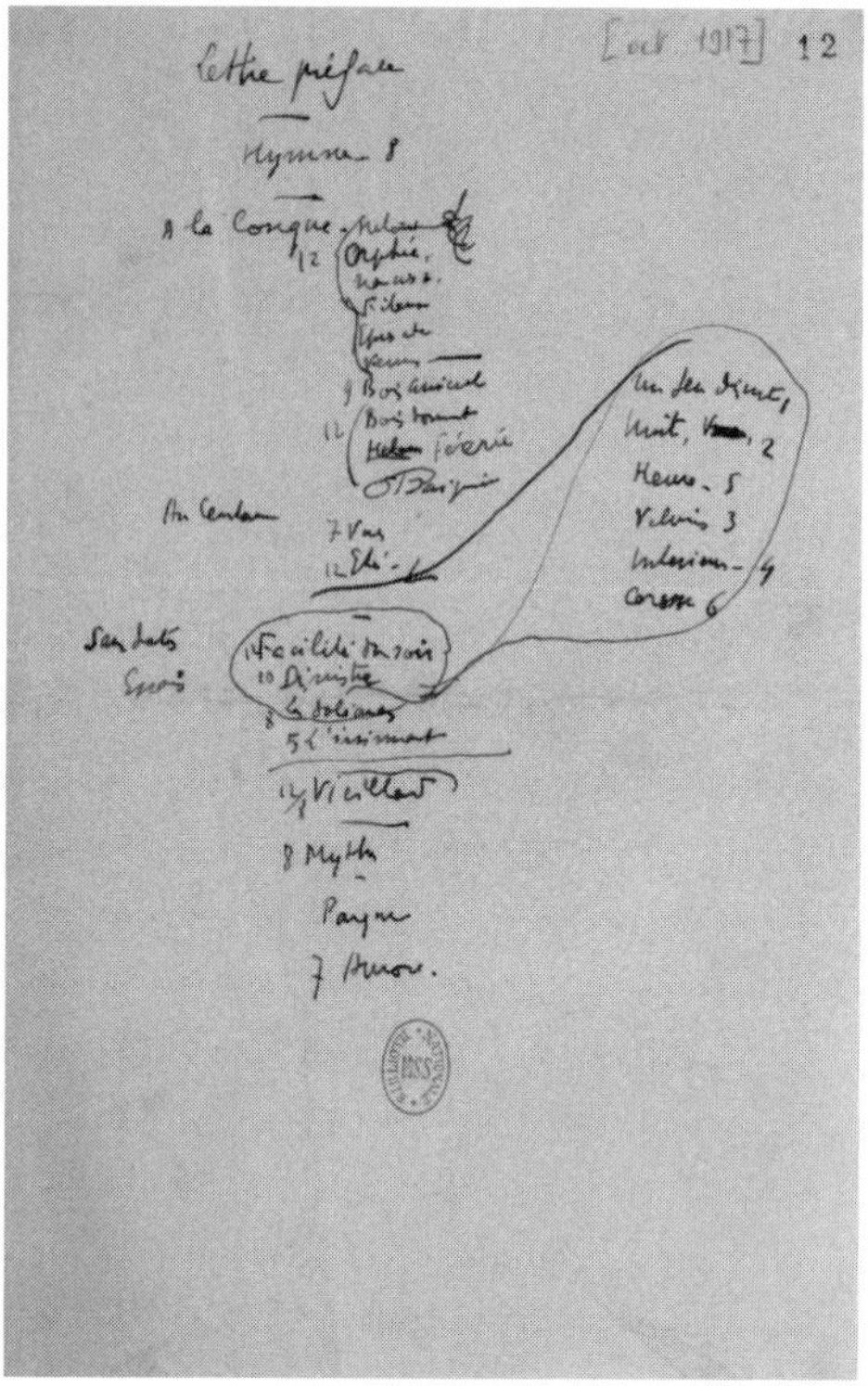

図5 『旧詩帖』関連草稿（*AVA*ms, 12）（フランス国立図書館蔵 BnF Naf 19003）

一九一三年頃からヴァレリーがピエール・ルイスに献じようとしていた「手紙〔形式の〕序文」に続いて「讃歌[14]」と題する巻頭詩が置かれた後、『ラ・コンク』と『ル・サントール』の見出しのもとに昔の詩が並ぶ一方、「日付なし／試作」の項目に比較的新しい詩が挙がっている。ヴァレリーは自作の詩をこのように三期に分類しているが、自身の過去を『ラ・コンク』の時期（一八九一―一八九二年）と『ル・サントール』の時期（一八九六年）――その間に「ジェノヴァの夜」が介在する――に大別している点が注目される。しかも、『ラ・コンク』の項目に分類された詩のすべてが実際この雑誌に掲載されたわけではなく、「夢幻境」と「ヴィーナス〔の誕生〕」はそれぞれ「白」と「波から出る女」という題で『レルミタージュ』誌（一八九〇年一二月号と一八九一年六月号）に、「水浴」は『ラ・シランクス』誌（一八九二年八月号）に掲載されたものである。つまり、ヴァレリーは一八九二年一〇月の「嵐の一夜」以前に書いた詩をすべて「ラ・コンク」の名のもとに一括しているわけであり、ピエール・ルイスが主宰したこの雑誌にヴァレリーが与えていた重要性がうかがわれる。『ラ・コンク』と『ル・サントール』という二つの雑誌がヴァレリーにとって自らの初期詩篇の変遷を跡付ける道標となったのであり、過去の日付を刻印されたそれらの旧作とは一線を画して、現在進行中の新しい「試み」が「日付なし」として集められているのである。

　同草稿にはまた、後から思い出したかのように、右側の余白部分に次の六篇の題名が書き加えられている。

異容な火／夜〔＝わが夜〕／時刻／ヴァルヴァン／室内／愛撫[142]

これらの詩篇は、リュシーの指摘するように、一度は「忘れられた」という事実から詩人自身が「小品」と見なしていたものかもしれない[143]。とはいえ「異容な火」と「ヴァルヴァン」は『旧詩帖』初版に、「室内」は『魅惑』に収められることになる。草稿には六篇の詩を丸で囲み、それらをちょうど「夏」と「夕暮れの安逸」の間――すなわち『ル・サントール』の項と「日付なし」の項の間――に挿入する旨を示す線が引かれている。このことからそれら六篇を、昔の詩と新しい詩の中間地帯に横たわる作品群と見なすこともできるだろう。

　リストに挙がっている詩篇のうち『旧詩帖』初版に収録されたのは、『ラ・コンク』誌に分類された九篇（「オルフエ」以外）、『ル・サントール』誌掲載の二篇、右余白に追加された二篇（「異容な火」と「ヴァルヴァン」）の計一三篇である。逆に『旧詩帖』初版に収められた詩のなかでリストに名が見えないのは、「未完成の詩」として付記された「アンヌ」と「セミラミス」、それに巻末の「詩のアマチュア」である。また、『旧詩帖』再版に収録される「オルフェ」と「夕暮れの安逸」のうち、後者は「日付なし」の項目に入れられている。そこにはまた、「〔若き〕パルク」のほか、後に『魅惑』所収となる詩篇、すなわち「苦情」〔＝「蛇の素描」〕、「忍びこむもの」、「神話」〔＝「秘密のオード」〕、「曙」が並んでおり、この一九一七年一〇月の段階でも、ヴァレリーは昔の作と新しい作を一冊にまとめた詩集を構想していることが分かる。

　が、まもなく新しい詩篇群が飛躍的に成長し、昔の詩篇群から独立することになる。フロランス・ド・リュシーが『魅惑』の草稿研究において明らかにしたように[144]、一九一七年一〇月末に用い始めた「『魅惑』手帖Ｉ」には、「Ｐ・Ｖ／小詩篇／一九一七」という慎ましい標題のもと、「海辺の墓地」の数詩節を筆頭に、将来『魅惑』に収められる詩篇とそこから漏れる詩篇が書き込まれてゆくが、そこに旧詩篇の姿はない[145]。また、一九一七年一一月以降、新たに編むべき詩集の収録詩篇を挙げた幾つかのリストにも、若干の例外を除いて、旧詩篇の名が挙がることはなくなる[146]。つまり、一九一七年一〇月末から一一月にかけて、旧詩篇群に『若きパルク』と新しい詩篇を含めた全詩集という構想に代えて、新しい詩篇のみで詩集を編むという新機軸が打ち出され、おそらくはそれと軌を一にして、旧詩篇のみをまとめるという案が浮かび上がったものと思われる。こうして『旧詩帖』と『魅惑』が分かれゆくことになる。

草稿（AVAms, 12 bis）

最後に年代の最も新しいリストを見てみよう。一九二〇年九月に書かれたと推定される手書き草稿はこれまでに見たものとかなり趣を異にする。

時刻／オルフェ／愛撫／夜〔＝夜のために〕／むなしい踊り子たち／海難／夕暮れの安逸／フルート〔＝対話（二つのフルートのための）〕／わが夜／洞穴〔＝隠れた神々に〕／カエサル／雪
〔左余白に追記〕薔薇色の庭／バレエ
〔右余白に追記〕アリオン／老人(147)

フロランス・ド・リュシーは、このリストが『旧詩帖』の目次と大きく異なることを認めながら、これら一六篇の詩の題名が記された厚紙（紙ばさみ）のもう片方の面に「〔アドリエンヌ・〕モニエ」の名が見えることを理由に、これを「『旧詩帖』の最初の案」とみなしている。(148)が、はたしてそうだろうか。確かに、ヴァレリーがこの「本の友の家」の書店主に「旧詩篇」の出版を約束したのは一九二〇年九月のことであり、この草稿がその後まもなく書かれたとすれば、(149)『旧詩帖』の初案と言えるかもしれない。しかし、リストに挙がっている詩篇には、その三ヵ月後、『旧詩帖』初版に収録される詩が一篇も含まれていない。また、この手稿は鉛筆できわめて薄く書かれているという点でも、これまでに見た草稿とははっきり区別される。内容上も、形態上も、このリストが『旧詩帖』にかかわるものとは信じがたいのである。

先に述べたように、一九一七年の末に新しい詩篇のみからなる『魅惑』が分岐し始めていたとすれば、『旧詩帖』の構想もそのころ詩人の念頭にあったのではないかと考えられる。一九二〇年九月中旬ラ・グローレからモニエに宛てた手紙には、「詩のリストはまだ決まっていない」が、「アンソロジーに載った詩」（すなわち『今日の詩人たち』および『現代フランス詩人選集』に収録された八篇）とともに「アンヌ」と「セミラミス」を加える意向が述べられており、そのことからも、同じく九月に書かれたと推定されるこのリストは「『旧詩帖』の最初の案」ではないと思われる。

それはむしろ『旧詩帖』初版から除外される詩を集めたものではないだろうか。実際、リストに挙げられた計一六篇のうち、「オルフェ」「むなしい踊り子たち」「夕暮れの安逸」（＝「夕暮れの豪奢」）「カエサル」の四篇は、いずれも『旧詩帖』初版には未収録で、一九二六年の再版以降に所収されるという共通点をもつ。リュシーも、このリストに見える詩篇の大半が一度は『魅惑』の目次に掲げられながら最終的にそこから除外されたものであることを指摘し、「この『旧詩帖』の最初の案は作者自身がより良くないと判断した作品群を集めたものだろう」と述べている[150]。が、それらは『魅惑』から外されたばかりでなく、『旧詩帖』からも除かれたのではないか。リストに挙げられた一六篇の詩が、『旧詩帖』再版以降にはじめて追加される詩、後年「拾遺詩篇」として収められる詩[151]、あるいは青年期に雑誌発表されたがそれ以降再録されることのなかった詩[152]、さもなければ生前一度も公表されなかった詩[153]であることを考え合わせると、これは『旧詩帖』と『魅惑』につづく第三の詩集の素案だったのではないかと推測される。

以上五枚の草稿を見てきたが、『旧詩帖』詩篇の配列について注目される点をまとめてみよう。

一、巻頭詩について。草稿では「紡ぐ女」を詩集巻頭に置く案はなく、巻頭詩の候補に挙げられたのは「エレーヌ」（*AVAms*, 3, 4）あるいは「オルフェ」（*AVAms*, 11）である[154]。なお、草稿では「紡ぐ女」は詩集の中盤に回されることが多い。

二、巻末の作について。他方、詩集のなかで唯一の散文である「詩のアマチュア」は最終形態と同じくほとんど常に末尾に置かれている[155]。

三、「ナルシス語る」の位置。「ナルシス語る」は草稿リストのなかで題名を全大文字表記された唯一の詩であり（*AVAms*, 4）、詩集の中核をなす。『旧詩帖』初版では詩集のほぼ中央（最終形態では中央よりやや後方）に位置するが、草稿ではむしろ前方（六番目か七番目）に来ており、直後に「挿話」を置くことは決まっている（AVAms, 4, 11）が、直前の詩は揺れている（「夢幻境」（AVAms, 3）、「眠れる森で」（AVAms, 11）、最終的には「異容な火」が置かれる）。

四、隣接詩篇について。「森」の主題を共有する「眠れる森で」と「友愛の森」は、『旧詩帖』初版と同じく、草稿段階から隣り合うことが多い（AVAms, 4, 11）。また、ともに夏をうたう「ヴァルヴァン」と「夏」も草稿段階から隣接しているが、順序は逆である（AVAms, 3, 4）。他方、マラルメに関連し、最終形態では隣接する「ながめ」と「ヴァルヴァン」は草稿ではかなり離れている。また最終形態では巻頭に置かれる「紡ぐ女」が草稿では「水浴」と「アンヌ」の間に置かれており、〈眠る女〉の主題を共有する三篇が並ぶかたちになっていた（AVAms, 4, 11）。

五、『旧詩帖』初版から除外された詩篇について。「オルフェ」と「夕暮れの豪奢」（「夕暮れの安逸」「眼差し—海景」）はすべての草稿に名を連ねながら『旧詩帖』初版から除外されることになる。他方、「カエサル」と「むなしい踊り子たち」はすでに草稿の段階から外れている。唯一、一九二〇年九月の草稿（AVAms, 12 bis）に両詩篇の名が挙がっているが、これはむしろ『旧詩帖』初版から漏れる作品を拾い集めたリストと思われる。なお、「セミラミス」と「同じく夢幻境」がどの草稿にも現れないのは、両詩篇とも未だ書き出されていないからである。

隣接詩篇の連関性

時の推移と意識の変化

『旧詩帖』詩篇の配列には、朝から夕べ、日暮れから夜明けへと移り変わる時の推移と循環が見出される。その太陽の運行に生命のリズムが連動し、光と闇のサイクルに、目覚めと眠りのあいだを往復する意識の動きが重なる。『旧詩帖』の幕開けは朝ではない。暮れ方からはじまる。「紡ぐ女」が落日とともに眠りに落ちたあと、「エレーヌ」が夜明けと蘇生をうたう。「オルフェ」では再び夕暮れとなり、「ヴィーナスの誕生」とともに再び朝日が昇る……というように、夕陽と朝日、眠りと目覚めが交互に現れたのち、「夢幻境」には月が出る（「同じく夢幻境」も同様）。つづく「水浴」と「眠れる森」では陽光のもと眠る女がうたわれ、「カエサル」は落日を睨みつつ、「夕焼けを猛り狂った朝焼けに変える」力を蓄えているというように、中盤では光と闇、眠りと目覚め、朝と夕とが交じり合う。次の「友愛の森」と「むなしい踊り子たち」の舞台は月夜となり、「異容な火」では眠りから目覚めへの転換が主題となる。「ナルシス語る」と「挿話」は夕闇迫る水辺、「ながめ」は日中の海辺をうたい、「ヴァルヴァン」と「夏」はともに夏の真昼どきで、前者はセーヌ川、後者は海が舞台となる。真夏の太陽の後、「夕暮れの豪奢」となり、「アンヌ」は夜から夜明けを眠り、最後の「セミラミス」で曙となる。『旧詩帖』全体としては夕べに始まって朝で終わる（特定の時刻とかかわりがない巻末の「詩のアマチュア」は除く）。

ちなみに『若きパルク』は真夜中に始まり、朝で終わる。そして、その後につづく『魅惑』は「曙」とともに幕を開ける。ヴァレリー自身、『若きパルク』の主題を「意識の変化」あるいは「生命の転調」と語っているが[156]、それは自然界の変化（特に太陽の運行）と密接にかかわっている。深夜の闇には死の雰囲気がただよい、夜明けは命の蘇りでもある。『若きパルク』制作中の『カイエ』にも、「人間の昼と夜」、「一日（の推移）に沿った精神生理」、「継起する時刻の様相」といった表現が見られ[157]、人間の意識と身体の相関的な変化を時の推移になぞらえる見方がこの詩人に親しいことがうかがえる。ヴァレリーはまた一日二四時間の刻々における心理と生理の変動するさまを、アルファベット二四文字（KとWを除く）の各々から始まる一連の散文詩として描くという試みもしている（一九二四年に着想されたこの散文詩集『アルファベット』は生前は未完に終わった[158]）。『旧詩帖』の構成にも、こうした人間の生命のリズムを支配する〈時〉の循環に対する詩人の関心が反映されていると思われる。

主題のつながり

『旧詩帖』所収詩篇には他にも特徴的な主題が幾つかあり、それら主題の共通性が隣接詩篇を結びつける機能を果たしているように思われる。

ひとつは〈ギリシア・ローマ〉神話にちなむ詩篇として「エレーヌ」「オルフェ」「ヴィーナス」（三篇は隣接）お

よび「ナルシス」が挙げられる。また巻頭の「紡ぐ女」についても、最初期の草稿に「古代のエデン」や「昔日の紡ぐ女」という表現が見られたことを考慮に入れれば、『旧詩帖』の先頭に古代にまつわる詩篇群が置かれているとみなすことができる。

詩集中にはまた〈眠る女〉をうたった詩篇が多くある（「紡ぐ女」「水浴」「眠れる森で」「ながめ」「夏」「アンヌ」）。草稿ではこのうち「水浴」「紡ぐ女」「アンヌ」が隣接していたが、それらは最終的に分散する一方、「水浴」と「眠れる森で」が隣り合うことになった。二人の眠る女はともに陽光のもと「金色」の「眠り」に浸っている。フランス語では dort と d'or の同音によって〈金色の眠り〉というイメージが喚起されるが、両詩篇にはともに脚韻あるいは詩句の内部にそうした音と意味の響きが見出される。

『旧詩帖』にはまた「夏」をうたった詩が二篇ある。「ヴァルヴァン」と「夏」はおそらくこの同じ季節によって隣りあい、「夏の盛り」に真白い帆を浮かべる「ヴァルヴァン」の後、激しい波飛沫のごとき畳韻を撒き散らす「夏」が来る。なお、「ながめ」「ヴァルヴァン」「夏」の隣接する三篇は、いずれもマラルメと縁の深い詩篇でもある[159]。

モチーフおよび脚韻のつながり

隣接詩篇には主題の共通性だけでなく、より細部におけるモチーフの連関や脚韻の連鎖も見出される。たとえば、「紡ぐ女」から「エレーヌ」へのつながり具合は精妙である。スザンヌ・ナッシュは「紡ぐ女」が死の眠りに落ちた後、「死の洞窟」から蘇る「エレーヌ」が現れることから「エレーヌ」を「紡ぐ女」の生まれ変わりとみなしたが[160]、両詩篇には実際「青 bleu」および「紺碧 azur」という〈色〉によるつながりが見出される。「紡ぐ女」の冒頭詩句と最終詩句には「ガラス窓の青」という表現が繰り返され、この詩はいわば「青」にはじまり「青」におわる（さらに詩篇中に「紺碧」の語を二度含む）が、あたかもその記憶を受け継ぐかのように、「紺碧よ！」という第一声とともに「エレーヌ」が蘇生するのである。

両詩篇をつなぐのは〈色〉だけではない。「紡ぐ女」が眠りながら紡いでいた夢の「糸 fil」が、「エレーヌ」でもさりげなく、au fil de（～の流れに沿って）という言い回しのなかに織り込まれている。「糸」のモチーフは『旧詩帖』だけでなく、『若きパルク』や『魅惑』においてもさまざまな意味合いで用いられているが、ヴァレリーが愛用したこのモチーフはまさしく詩篇と詩篇をつなぐものと言うにふさわしい。

「紡ぐ女」から「エレーヌ」への移行はさらに音の連鎖によっていっそう滑らかなものとなっている。「紡ぐ女」の最後を締めくくる脚韻は haleine / la laine ［a-lɛnə］であるが、この豊かな脚韻は Hélène という題名とも響きあう（なお旧題「エレーヌ、悲しき王妃 *Hélène, la reine triste...*」にも同じ音の連鎖［ɛnə］が含まれていた）。

同じような脚韻の連鎖が「エレーヌ」と「オルフェ」の間に（「エレーヌ」の最後を締めくくる脚韻 exalté / sculpté のこだまが「オルフェ」の題名および最初の脚韻 Orphée / trophée に響く）、また「眠れる森で」と「カエサル」の間に（前者の最後の脚韻 rose / pose が後者のカトラン二節の脚韻 chose / Cause / rose / close に反響する）見出される。先述のように、『旧詩帖』再版において「眠れる森で」と「友愛の森」の間に「カエサル」を挿入したために二つの「森」を分断する結果となったが、こうした脚韻の連鎖はそれを補うものとみなすこともできるかもしれない。

また、さまざまな点でマラルメと縁の深い「ながめ」と「ヴァルヴァン」は英式ソネの詩型（後者はのちに通常のソネに変更）と大胆な統辞法を共有するだけでなく、接続詞 Si から始まるという共通点をもつ。仮定と虚構を宣言するこの接続詞はまさしくマラルメの愛した語のひとつであるが[161]、「ながめ」には三度、「ヴァルヴァン」には二度この語が印象的に繰り返される。

また、「ナルシス語る」と「挿話」はすでに草稿段階から並んでいたが、両詩篇には「夕暮れ」「水辺」「笛」といった舞台背景およびモチーフの連関に加え、「断片」性という共通点も見出される。「ナルシス語る」の旧作（『ラ・コンク』誌掲載）の末尾に「断片」という付記がある一方、「挿話」の別題はまさしく「断片」であり、前者の最終行が押韻していないのと同様、後者の冒頭詩句には脚韻が欠如している。もっとも、「ナルシス語る」については『旧詩帖』収録の際、末尾の脚韻が補完されたため、両詩篇が脚韻の不在によってつながっているとまでは言えないが、一定した詩節の構成をもたないという点でも両者は親和性が高い。『ラ・コンク』誌創刊号と最終号をそれぞれ飾った「ナルシス語る」と「断片」（＝「挿話」）はヴァレリー初期の一時期――『ラ・コンク』の時代――を画定する二篇でもある。

第二章　『旧詩帖』の三柱

一 「紡ぐ女」——主題と形式の結びつき

『旧詩帖』の巻頭に置かれた「紡ぐ女」は〈糸紡ぎ〉という主題を〈テルツァリーマ〉という詩型でうたう。一二音節詩句二五行（三行詩八節＋最終行）からなるこの詩はまた脚韻を女性韻のみで構成するという点でも注目される。「紡ぐ女」を読むひとつの妙味は——この詩に限らずヴァレリーの詩全般について言えることだが——、詩句の意味内容とそれを表現する言語形式の結びつきにあると思われる。

「詩」とは何かという問いをめぐって、ヴァレリーはたとえば「音と意味のあいだの長引くためらい」という言葉によって、あるいは「声と思考のあいだを揺れる詩の振り子」というイメージによって、あるいはまた「詩句が言うことと詩句の有りようとのあいだの定義しがたい調和」という表現によって答えようとしている[1]。こうした言い方から明らかなように詩人の関心はつねに形式と内容の接点にあった。これから「紡ぐ女」をはじめとするヴァレリーの詩を読んでいくにあたり、この点を読解の指針としたい。音と意味、声と思考、形式と内容の「定義しがたい調和」を共感可能なかたちで提示することが本章で試みる詩篇読解の眼目のひとつである。

読解に入る前に「紡ぐ女」の発表経緯について略述しておこう。一八九一年九月、ピエール・ルイスの主宰する『ラ・コンク』誌第七号に初出、それ以前にヴァレリーはふたりの友人に初稿の一部を送っている。同年六月、まずアンドレ・ジッドに宛てた手紙のなかで「紡ぐ女」の冒頭一句を引き、数日後、詩の前半部（第一‐六詩節）を送って批評を仰ぐ一方、後半部（第五‐八詩節と最終行）をルイス宛の手紙に同封する。(2) まもなくジッドから賛辞のこもった批評を受けたヴァレリーはそれを踏まえて修正を施し、八月、あらためてルイスに送った改稿が翌月『ラ・コンク』誌に掲載される運びとなる。「紡ぐ女」はその後、一一月『政治文学対談』誌に、翌年二月『ラ・ワロニー』誌に再録されるとともに、ヴァレリーがジッドに贈った自筆詩集『彼の詩』（一八九二）にも若干の異文を含むかたちで収められる。(3) さらに『今日の詩人たち』（一九〇〇）や『現代フランス詩人選集』（一九〇六―一九〇七）といった同時代の詩のアンソロジーにも収録され、ヴァレリー自身の詩集『旧詩帖』（一九二〇）ではその巻頭を飾ることになる。こうした経緯からも「紡ぐ女」は、「ナルシス語る」と並び、ヴァレリー初期詩篇の代表作と言える。なお、「紡ぐ女」の第一の読者であったアンドレ・ジッドは、ヴァレリーの詩のなかでも殊にこの一篇を愛し、旧友の死後、自ら編纂した『フランス名詩選』（一九四九）においてヴァレリーの詩一一篇を収録し、冒頭に「紡ぐ女」を置いている。(4)

前章で見たように、『旧詩帖』詩篇の中には一八九〇年代に雑誌発表された旧作と一九二〇年以降詩集に収められた改作との間にかなり大きな相違を含むものがあるが、「紡ぐ女」についてはとりわけ一九〇〇年『今日の詩人たち』収録の際に加えられた改変が重要である。以下、まず『旧詩帖』所収の「紡ぐ女」決定稿を対象として詩節ごとに読み進め、(5) それまでに施された改変のありようを検討する。そのうえでこの詩において主題と形式――〈糸紡ぎ〉の主題と〈女性韻のみからなるテルツァリーマ〉という特殊な詩型――がどのように結びついているかを吟味しよう。

読解

エピグラフ「野の百合は……紡がざるなり」（Lilia..., neque nent）(6)――「マタイによる福音書」第六章・二八「野の百合は如何にして育つかを思へ、労せず、紡がざるなり」からの抜粋引用――には、〈紡ぐ〉というこの詩のテーマが否定の形で掲げられている。題名とつなげて読めば、「紡ぐ女」は「野の百合」とおなじく「紡がない」という逆説を読みとることもできる。では「紡ぐ女」は何を紡ぐのか。この詩においては〈糸〉のモチーフがさまざまな変容をとおして見られるが、まずは「紡ぐ女」の様子をうかがおう。

第一節

ガラス窓の青のほとりに腰かけて、紡ぐ女は
旋律《しらべ》ゆたかな庭がゆらりゆらり揺れる窓辺、
3　古き糸車の立てるいびきに　うつらうつら。

Assise, la fileuse au bleu de la croisée
Où le jardin mélodieux se dodeline ;
Le rouet ancien qui ronfle l'a grisée.

冒頭、「紡ぐ女」の姿勢（「腰かけて」）から描き出し、彼女の居る場所と時間帯（「ガラス窓」のほとり、「青」空の見える頃）を提示する。Assise［*a-siːz*］の音韻とリズムから la fileuse［*la fi-løːz*］が導かれ、さらに au bleu［*o blø*］へ、音の連鎖によって言葉が繰り出されてゆく。畳韻《アリテラシオン》と半諧音《アソナンス》の多用はヴァレリー詩全般にみとめられる特徴だが、この詩においてはとりわけ顕著である。詩人自身、「詩句」を「畳韻および半諧音の連続する体系」と定義し、「紡ぐ女」をその例に挙げている(7)。

〈糸紡ぎ〉を主題とするこの詩のもう一つの重要なテーマは〈眠り〉であり、第一節では糸を紡ぎながら居眠りする女に先立って周囲の「庭」や「糸車」が眠たげな雰囲気を醸し出している。

第二行末尾の動詞 se dodeliner（軽く揺れる）は直接的には窓越しにみえる「庭」の風情——旋律《メロディ》を奏でるかのように木の葉などが揺れている——を表現するが、そよ風に揺れるそのさまは同時にこっくりこっくり居眠りする女の仕草をも暗示するだろう。擬音語 dod（揺れ）に由来し、眠りと縁の深いこの動詞は、鈴木信太郎が指摘したように、エドガー・ポー「大鴉」のマラルメ訳にもうたた寝の描写で用いられている(8)。一二音節詩句《アレクサンドラン》を均等な二つの半句に分ける古典的なリズム（6-6）ではなく、それを三等分するロマン派詩句のリズム（4-4-4）—— Où le jardin / mélodieux / se dodeline ——は、まさしく詩句の内容（「旋律ゆたかに揺れる」）と呼応して、いわば眠りへといざなう揺りかごの揺れを思わせる。

第三行の動詞 ronfler（いびきをかく）も眠りの縁語である。ここでは「古き糸車」の摩擦音を表現するが、「紡ぐ女」を取り巻く〈眠気〉を伝えるために、あえて原義にそって訳した。アルベール・チボーデはこの詩全体の主な構成要素として子音［l］と［R］の畳韻を指摘し、前者を「羊毛 laine」、後者を「糸車 rouet」に関連づけたが[9]、この震え音［R］の畳韻（*rouet, ronfle, grisée*）は鼻母音の連続（*anci-en, ronfle*）とともに「いびき」を立てるかのような低い響きを伝えるだろう。

また第一節を締めくくる動詞 griser もニュアンスに富む。「灰色 gris」から派生したこの動詞は「灰色にする」という原義のほか、「ほろ酔い加減にする」「（酔ったように）陶然とさせる」といった意味をあわせもつが、ここでは糸車の単調な回転音に心地よく眠気を誘われて「うつらうつら」する女の半醒半睡状態を言い表したものと思われる。「灰色」という中間色は――「〈おぼろ〉が〈さだか〉に入り交じる灰色の歌」を説くヴェルレーヌの愛した色でもあるが[10]――いわば覚醒と睡眠のあいだをたゆたう意識のグレーゾーンを表現するものであり、さらには詩の冒頭に提示された「腰かけた」姿勢（直立と横臥のあいだのいわば居眠りの姿勢）とも照応するものと言えよう。

第二節

碧空《あおぞら》に見とれて、くたびれた女の紡ぐ
甘えるような髪の糸がかよわい指をすりぬける、
夢みる女の、小さな頭がこくりとかしぐ。

Lasse, ayant bu l'azur, de filer la câline
Chevelure, à ses doigts si faibles évasive,
Elle songe, et sa tête petite s'incline.

前節同様、第二節でも冒頭に形容詞が置かれ、「くたびれた Lasse」女の姿が印象的に浮かびあがる。第四行から第五行冒頭に送られて浮き彫りになる「髪」――送り語《ルジェ》――は、女の紡ぐものが「糸」ではないという意外性とあいまって効果的である。またこの詩句の動きと音韻――「髪」の次行送りとそれをなめらかにつなぐ流音［l］の畳韻（*Lasse, ayant bu l'azur, de filer la câline / Chevelure...*）――は、流れるような「髪」が「指」の間をするりと「すりぬける évasive」さまを模倣するかのようである。「甘えるような髪」は『ラ・コンク』誌版では「子羊の（ような）髪」

（l'agneline / Chevelure）であり、「髪」を「羊毛」の比喩とみなしうる形になっていた。「髪（の糸）を紡ぐ」という措辞は「紡ぐ女」の紡ぐべき〈羊毛〉と女自身の〈髪〉のイメージを重ね合わせたものと解することもできよう。

第五行の ayant bu l'azur は直訳すれば「紺碧を飲み」である。象徴派詩人の好んだ azur の語は、第一行のガラス窓の「青」と同様、対象物を明示せず色彩によって仄めかすが、その空の「青さ」を「飲む」と表現したところに詩人の趣向がうかがわれる。[11] この boire（飲む）という動詞はヴァレリーの愛用した語の一つだが、ここではあたかも渇きを癒すように空の青さに「見とれる（目で飲む boire ... des yeux）」という意味に解した。前節末尾の動詞 griser（ほろ酔い加減にする）の縁語でもあり、（酒を）飲んだ後（ayant bu）だるくなる（lasse）という含みもあるだろう。

第六行はその音韻とリズム——子音［t］の畳韻と「無音の e」[12]の配置（… sa *tête petite s'incline*）——によって、まさに頭がこっくりこっくり舟をこぐ様子を彷彿とさせる。さらに言えば、七音節目に「非脱落性の無音の e」を含むこの詩句（つまり tête の後に母音が続かず語尾の e が残る——Elle songe, et sa tê(//)te petite s'incline）は、先に見た第二行詩句[13]（Où le jardin mélo(//)dieux se dodeline）と同じく、中央の句切り《セジュール》によって語を分断する非古典的な一二音節詩句である。これら二つの詩句がどちらも「揺れ」を含意する点は興味深い。

第三節

灌木と澄んだ空気の織りなす生きた泉が
日の光さす宙に浮き、甘美なしぐさで撒き散らす
9　落ちてゆく花々を　何もしない女の庭に。

Un arbuste et l'air pur font une source vive
Qui, suspendue au jour, délicieuse arrose
De ses pertes de fleurs le jardin de l'oisive.

第三節では、紡ぐ女のうたた寝する室内から屋外に場面を移し、第一節に現れた「庭」の情景が描写される。まず一本の「灌木」が「澄んだ空気」に触れて「生きた泉」となる。地中深く根を降ろし、天高く枝葉を広げる樹木の立姿をヴァレリーはことに愛したが、樹木の内に闇から光に向かって昇る水の流れをつねに感じとっていたこの詩人にとって「樹」は「泉」である。[14] となれば、散り落ちる「花」は水滴となり「撒き散ら」される。

庭を潤わせる花の滴とその喪失感、「生き生きとした泉 source vive」と「何もしない女 l'oisive」の押韻を含む対比が際立つ。

第四節

ひともとの茎に、さすらう風が憩いに来れば、
茎は星形の優美の空しいお辞儀に身をたわめ、
12 華やかに捧げる、古い糸車に、その薔薇を。

Une tige, où le vent vagabond se repose,
Courbe le salut vain de sa grâce étoilée,
Dédiant magnifique, au vieux rouet, sa rose.

第四節では、前節を受けて庭の景色がつづき、「一本の灌木」から「一本の茎」に視点を絞って情景がクローズアップされる。再び植物と風の関係が問題となるが、ここでは「茎」を宿に、「風」を流浪の旅人に見立てる。不定冠詞を付した女性名詞の「茎」にはひとりの女人のイメージが重なり、風をはらんでうなだれる姿はさながらお辞儀をするようである。「古い糸車」に向かってその「薔薇」の頭を垂れる「茎」の身ぶりはそのまま、うたた寝する「女」のものでもあるだろう。この詩節を「一本の茎」の語で起こし、「星形の優美」という婉曲表現（薔薇の花びらの形から星を連想する）を介して、最後「その薔薇」の語で結ぶところに詩人の工夫がうかがえる。文の主語「茎」とその目的語「薔薇」を最大限引き離すことによって、いわば「茎」が「薔薇」の頭をおもむろに傾げてお辞儀するさまがスローモーションで喚起される。第一節の「古き糸車 rouet ancien」を想い出させる「古い糸車 vieux rouet」を介して、舞台は再び女の居る室内へと戻っていく。

なお、この詩の着想源の一つとして、ギュスターヴ・クールべの画《眠る糸紡ぎ女》（別図2）が指摘されているが[15]、その点で第四節はとりわけ興味深い。第一一行冒頭の Courbe（「曲げる courber」という動詞の活用形）に Courbet（クールべ）の名が透けて見えるのである。詩人の意図したものかどうか確証はないが、それが単なる偶然に見えないのは、この語が詩句の先頭に置かれて大文字で始まっているうえに、その真下に Dédiant（「捧げる dédier」という動詞の現在分詞形）という「献辞」を連想させる語が書き込まれているからである。果たしてここに

〈眠る糸紡ぎ女〉の着想を与えてくれた画家への目配せがあるかどうか、想像の域を出ないが、そこに暗示があるとすれば、「空しい（無意味な）お辞儀」に身をたわめ、みずからの薔薇（詩）を「華やかに捧げる」身振りは両義的である。

第五節

が　眠る女はぽつんと離れた羊毛《いと》を紡ぐ。
不思議なことにかぼそい影が編まれてゆく
長い指の眠れる先の赴くままに、紡がれて。

Mais la dormeuse file une laine isolée ;
Mystérieusement l'ombre frêle se tresse
Au fil de ses doigts longs et qui dorment, filée.

第五節はこの詩の中核をなす部分であり、〈糸紡ぎ〉と〈眠り〉という二つのテーマが結びつき、眠る行為と紡ぐ行為のアナロジーが強調される。「何もしない女」はついに「眠る女」となるが、眠っても「紡ぐ女」であることに変わりはない。「眠る女」が紡ぐのは「ぽつんと離れた羊毛」と婉曲的に表現されるが、それは「かぼそい影」と言い換えられた後、次の詩節においてはじめて「夢」であると明かされる。こうして〈糸〉のモチーフは「髪」に喩えられた後、「かぼそい影」を通して「夢」と化す。

第一三行は全二五行からなるこの詩のちょうど中央に位置するが、その冒頭にMaisという接続詞が置かれていることは注目に値する。初稿および初出のテクストを参照すると、接続詞ははじめ順接のEtであり、それが弱い因果関係を示すCarに変わった後、最終的に逆接のMaisが選ばれたことが分かる[16]。最終稿における前節とのつながりは「茎が……糸車にその薔薇を捧げる」「が」「眠る女は（それとは無縁に）ぽつんと離れた羊毛を紡ぐ」となる。Maisという接続詞にはまた、先立つ詩節における庭の情景描写から再び窓辺に腰掛けた女に場面を転換する働きもあるだろう。

なお、「ぽつんと離れた」の語を直前のlaineに掛ける解釈以外に、主語のla dormeuseに掛ける解釈（「眠る女はひとり離れて……」）もあるが[17]、ここでは不定冠詞の用法を考慮に入れてune laine isoléeをひとまとまりとみなす。この過去分詞形容詞は意味のうえでも解釈が揺れるところだが、おそらく眠りにおける外界との絶縁状態を暗示するものと思われる（isolé「離れた」の語源は île「島」であり、眠りの孤島のイメージもあるかもしれない）。

「眠る女」はその「長い指」の先まで「眠っている」が、「彼女の長い指（の糸）の赴くままに」という表現は、au fil de... という慣用表現（〜の動きに沿って、〜の赴くまま）に含まれる「糸」の原義を意識させ、「指の糸」というイメージを喚起する。さらに「指」を形容する「長い」の措辞によって、あたかも「指」が「長く」伸びて「糸」となるかのようである。こうして〈髪＝糸〉のイメージに〈指＝糸〉のイメージが重なり、指の糸の先から髪の糸が紡ぎ出されるという、まさしく「夢」に特有のイメージの融合現象が生じるだろう。

第六節

夢がゆっくり繰り出される　そのさまは天使の
怠惰、絶え間なく、優しく信じやすい紡錘《つむ》に、
18　愛撫されるがままに髪が波打ってゆれる……

Le songe se dévide avec une paresse
Angélique, et sans cesse, au doux fuseau crédule,
La chevelure ondule au gré de la caresse...

「眠る女」が紡ぐのは「夢」の糸である。夢は「ゆっくり繰り出される」、それも「天使の怠惰さで」（avec une paresse / Angélique）。送り語として浮彫りになる「天使的な」の語は、前行末の「怠惰」に伴う否定的な意味を一挙に反転させて効果的である。また前節の「指の糸」のイメージを敷衍するかたちで「優しい紡錘」に女の手のイメージが重なる。そして第二節で同じく送り語として強調されていた「髪」が再び現れ、〈髪＝糸〉が〈手＝紡錘〉に「愛撫されるがままに波打ってゆれる」。波のように揺れる感覚は、音韻のうえでも、第一六－一七行における押韻連鎖（par*esse*... c*esse*... car*esse* ; cré*dule*... on*dule*...）のうちに感じられる(18)。さらに cré*dule* と on*dule* はその間に cheve*lure* を含むとともに次節の脚韻 dissim*ule* – br*ûle* とも響きあう。こうして「髪」と「糸」、「手」と「紡錘」が重ねられつつ、糸を紡ぐ行為に髪を撫でる仕草がオーバーラップする。

なお、第一七行末の形容詞 crédule（信じやすい）を直前の fuseau（紡錘）に掛けるか、あるいは次行の chevelure

（髪）に掛けるか、またも読解の分かれるところだが[19]、ここでは crédule の後に読点《ヴィルギュール》が打たれていることから前者の解釈を取る。ただし、この点は微妙で、『ラ・コンク』誌その他の異文を参照すると、第一七行後半句は au fuseau doux, crédule（行末の読点無し）となっており、crédule がもともとは次行冒頭の La chevelure を修飾するものであったことが分かる（「優しい紡錘を信じやすい髪は……」）。後年、doux を fuseau の前に置き、crédule の後に読点を打った詩人は、この形容詞の修飾先をあえて変えようとしたにちがいない。ほんのわずか手を加えるだけで詩句の意味を変えてしまうこうした改変の手際を見ると、詩の意味がいかに不安定なものか、いかに多義性のなかで揺らいでいるかということに改めて思い至る。

第七節

おびただしい花々のうしろに、碧空《あおぞら》が隠れる、
樹々の葉と日の光とに囲まれた紡ぐ女よ、
21 いま緑の空が死にゆく。最後の木が燃える。

Derrière tant de fleurs, l'azur se dissimule,
Fileuse de feuillage et de lumière ceinte :
Tout le ciel vert se meurt. Le dernier arbre brûle.

第七節では再び外界の描写となり、刻々と変化する夕暮れの空が描かれる。詩の冒頭（第一節・第二節）で、「ガラス窓の青」を通して女が「見とれた」「碧空」が、いまや夕映えの空の「おびただしい花々」の背後に隠れて見えなくなる。〈眠り〉のテーマはこうして〈夕暮れ〉のテーマと結びつき、「眠る女」と「暮れる空」が夕闇のなか照応する。〈眠り〉はまた〈死〉に通じ、暮れゆく空は死に瀕する。第二一行は、句切りの位置に句点を打ち、二つの半句を截然と分け、視覚的には「緑」と赤（「燃える」）の対照を際立たせる（緑と赤、前行の「紺碧」と「花々」の薔薇色は補色の関係にある）。また聴覚的には、単音節のみからなる前半句（Tout le ciel vert se meurt）が刻々と暮れる時の速さを感じさせる一方、子音［R］と［b］を畳み掛ける後半句（Le dernier *arbre brûle*）はまさに「木が燃える」爆発音を伝えるかのようである。

この詩節ではまた、それまで三人称で描写してきた「紡ぐ女」に初めて二人称で呼びかけるが、この人称の変化は

時間の推移および空の移ろいと軌を一にしている。鮮やかな「青」(bleu, azur) であった空が (第一－二節)、薔薇色の夕映えを経て、一面暗い「緑の空」となって闇に呑まれゆくその時、「紡ぐ女」の姿が見えなくなる寸前、詩人はそれまでやや距離を置いて描いてきた対象に向かって直に呼びかけるのである。

第八節

君に似た、大いなる薔薇に聖女が微笑み、　Ta sœur, la grande rose où sourit une sainte,
無邪気な吐息の風の香に　君の額は　Parfume ton front vague au vent de son haleine
24 朦朧と、しおれる心地……　君は消えた　Innocente, et tu crois languir... Tu es éteinte

第八節 (最終節)。前節を受けて女に二人称親称 (Tu) で呼びかけつつ、「君」に「薔薇」を重ねあわせる。「君に似た」と訳した Ta sœur は直訳すれば「君の姉・妹」であり、両者は姉妹関係で結ばれているが、「聖女が微笑む大いなる薔薇」とは一体何だろう。第四節で見たあの庭の「茎」が身をたわめて捧げた「薔薇」[20]のことか、あるいは幾人かの研究者たちの説くようにここに「薔薇窓」という宗教建築のモチーフを読みこむべきか、あるいはまた前節で描かれた夕映えの空の「おびただしい花々」をひとまとめに表現したものか (草稿には「暗い薔薇」の異文が見られる[21])。いずれにせよ、それは「聖女が微笑む薔薇」であり[22]、先立つ詩節の「天使的な」という語やエピグラフに引かれた福音書の一節とともに、この詩に宗教的・神秘的な雰囲気を添えるイメージである。

その薔薇の「無邪気な吐息」を吹きかけられて女の「額」は「朦朧」となるが、「朦朧」と訳した形容詞 vague は実にニュアンスに富む。日が暮れて「はっきり見えない・おぼろげな」という意味か、甘い香りと眠気とに「意識が混濁している・ぼんやりした」という意味か[23]、もしくは語源に遡って、眠りや夢のなかを「さまよう」という意味か。さらには同音異義語の名詞 vague「波」との掛詞で「髪が波打つ (額)」という含意もあるだろう (第六節には実際「髪が波打つ」の表現がある[24])。

第二四行の languir も訳しづらい。「活気が失せる」「思い悩む」「恋い焦がれる」などの意味を持つ動詞だが、ここでは「薔薇」との姉妹関係を踏まえ、古義「(植物が) しおれる」と解釈した。ちなみに languir を mourir（死ぬ）とする異文もある(25)。

第二四行末「君は消えた」という表現は、女の「眠り」と夕空の「死」を光の消滅のイメージのもとに照応させる。「消えた」の一語は簡潔にして含みがあり、女が夕闇に紛れて見えなくなるという意味と、女の意識（の光）が消える、すなわち完全に眠りに落ちるという意味が重ねられているだろう。この表現はまた母音衝突《イアチュス》（*Tu es*）を含むが、おそらく不注意によるものではなく、古典的詩法の禁ずるところを承知のうえで選択したものと思われる。というのも『ラ・コンク』誌版の異文にはそもそもこの母音衝突は存在せず、草稿には Tu t'es éteinte という異文もみえ、詩人が母音衝突を含まない代名動詞の表現よりも、それを含む Tu es éteinte の表現を選んだことが分かるからである。あえて古典的詩法に背いた詩人が何らかの効果を狙ったのだとすれば、この意図的な母音衝突は、光が「消える」瞬間——紡ぐ女の意識がついに「消える」瞬間——のかすかな衝撃のようなものを音声上の衝突感によって表現したのかもしれない(26)。

この最終節はまた詩句のリズムという点でも興味深い。第二二行から第二三行にかけての句跨《アンジャンブマン》ぎはそれほど大胆なものではないが、第二三行から第二四行にかけては Innocente（送り語《ルジェ》）を次行に送ることによってリズムを揺るがせる。その後も、詩句の内部で文が中断するというように不安定なリズムが続き、新たに始まる文 Tu es éteinte も詩節内で完結せず、詩行末尾に宙づりになったまま（逆送り語《コントル・ルジェ》）、行白を越えて最終行に流れ込む。こうしたリズム変動を経た末に、最終行では再び安定したリズムに復帰する。

最終行

羊毛《いと》を紡いでいたあのガラス窓の青のほとりに。　Au bleu de la croisée où tu filais la laine.

一行のみ遊離した最終行は、冒頭詩句の後半句「ガラス窓の青のほとりに」をそのまま前半句に繰返し、詩の円環を閉じるようなかたちになっている。後半句の où tu filais la laine には、冒頭からほぼ現在形を連ねてきたこの詩において初めて半過去形が現れ[27]、前行までとの隔絶感を強める。そして、それまで常に比喩の色を帯びてきた〈糸〉のモチーフ（「甘えた髪」「かぼそい影」「長い指」「夢」）が最後にようやく素のまま「羊毛」として現れ、虚構から現実に舞い戻るような感覚とともに締めくくられる。

かくして「ガラス窓の青のほとりに」腰掛けて糸を紡いでいた女が、最後に同じ「ガラス窓の青のほとりに」姿を消す。「ガラス窓」に映ずる空の「青」と同じく「君」と呼びかけられる「紡ぐ女」もすでにそこにはいない。「緑の空が死に」絶え、「最後の木が燃え」尽きたとき、「紡ぐ女」も消え去ったのである。初稿や草稿にははっきりと「死んだ女」という表現も見られるが[28]、決定稿ではその「死」を「消える」という婉曲表現で暗示するにとどめ、女の姿の見えなくなった「ガラス窓」と、そこで糸を紡いでいた在りし日の女の記憶を浮き上がらせて終るかたちになった。

改変の諸段階と特徴

はじめに述べたように「紡ぐ女」には『旧詩帖』に収録されるまでに幾つかの異なるヴァージョンがあり、ひとくちに初期詩篇の改変といってもその過程は段階的である。

まず、ジッドとルイスにそれぞれ送られた二つの手稿（詩の前半部と後半部）から『ラ・コンク』誌に掲載されるまでの三ヵ月間（一八九一年六月から同年九月）に大幅な推敲がなされている。これは初期詩篇の改変というより初出稿以前の推敲だが、後年の改変にも関連する興味深い異文を含む。また、同じく初期詩篇の異文として、ジッドに贈られた自筆自撰詩集『彼の詩』（一八九二）に記されたテクストがある。その後、一九〇〇年のアンソロジー『今日の詩人たち』収録の折に比較的大きな改変が施され、それから二〇年余りを経て『旧詩帖』に収められる際にも幾つか変更が加えられた[29]。さらには『旧詩帖』所収以降も、一九二〇年の初版から一九四二年の版に至るまで、わずかながら変更が加えられている（句読点を除いて最終形態となるのは一九二六年の再版以降である）。初期詩篇の改変は『旧詩帖』所収の折に限られるわけではなく、むしろ再録の機会がある都度、少しずつなされていったというのが実情であり、少なくとも次の四つのヴァージョンを区別して三段階の推敲・改変を把握する必要がある。

ジッドとルイスに送られた手稿（一八九一年六月）
『ラ・コンク』誌（一八九一年九月）
『今日の詩人たち』（一九〇〇年）
『旧詩帖』（一九二〇年）

この三段階の変化を略述すれば、まず一八九一年における第一段階の改変（推敲）において、ジッドに送った冒頭六節のうち、ジッドから批判を受けた第三節および第四節の冒頭を書き直す一方、ルイスに送った後半部（第五節以降）については、特にルイスからの反応はなく、返信を待ちあぐねたヴァレリーは「〔ミュッセの〕『ローラ』以来、フランス語で書かれた最悪の詩句」[30]と自ら唾棄しつつ、とりわけ第七－八節および最終行を大幅に書き改めた。次に一九〇〇年における第二段階の改変では、ジッドの批判を受けて書き換えた第三節にさらに手を入れるかたちでこれを全面的に改鋳し、第七－八節にもさらなる修正を施している。さらに一九二〇年における第三段階の改変は細部の変更にとどまる（単数形と複数形の別、句読点の異同など）が、第七節には一度消去した詩句を配置を変えて復活させるという珍しい現象が見られる。[31]

この段階的改変の特徴的な点を挙げれば、第一に目を引くのはテルツァリーマのレイアウトである。『ラ・コンク』誌に掲載されたテクスト（九八頁〜九九頁を参照）では、各詩節の第一行のみ左に寄り、残りの二行は右に下がるかたち、ジッドに贈られた『彼の詩』所収の自筆稿では、各詩節の第一行と第三行が左寄り、第二行のみ右寄りの配置となっており、[32]『今日の詩人たち』収録の際、全詩行左揃えに統一され、それ以降インデントによる特殊な配置は見られない。

詩の内容にかかわる特徴的な変化としては、二度現れる「庭 jardin」［一・三］[33]の語が『ラ・コンク』誌の初出稿では頭文字大文字 Jardin であったことが注目される。「〈園〉」と訳したのは、そこに『旧約聖書』「創世記」の「エデンの園」の含意が読み取れるからである。

（1891 年『ラ・コンク』誌）

紡ぐ女

野の百合は……紡がざるなり

ガラス窓の青のほとりに腰掛けて，紡ぐ女は
旋律《しらべ》ゆたかな〈園〉がゆらりゆらり揺れる窓辺，
古き糸車の立てるいびきに　うつらうつら。

碧空《あおぞら》に見とれて，くたびれた女の紡ぐ
子羊のような髪の糸がかよわい指をすりぬける，
夢みる女の，小さな頭がこくりとかしぐ……

花々の魂はいっそう広々と素朴に見える，
純潔の谷は最も若い香りをふり撒かれ，
百合は何もしない女の〈園〉を色褪せさせた。

ひともとの茎に，さすらう風が憩いに来れば，
茎は星形の優美の空しいお辞儀に身をたわめ，
捧げる，華やかに，古い糸車に，その薔薇を。

というのも　眠る女はぽつんと離れた羊毛《いと》を紡ぐから
不思議にもかぼそい影が編まれてゆく
長い指の眠れる先の赴くままに，紡がれて。

夢がゆっくり繰り出される　そのさまは天使の
怠惰，絶え間なく，優しい紡錘《つむ》を信じこむ
髪が　愛撫されるがままに波打ってゆれる……

黄昏の際で素朴にも君は死んだのではないか？
昔日と，日の光とに囲まれた素朴な君は。
おびただしい花々のうしろに，碧空《あおぞら》が隠れる！……

君に似た，大いなる薔薇に聖女が微笑み
その吐息の風の香に　君の額は朦朧として，
無邪気な君はしおれる心地　消えた時刻のなか

羊毛《いと》を紡いでいたあのガラス窓の青のほとりに！

ポール・ヴァレリー

(*La Conque*, 1891)

LII.

LA FILEUSE

LILIA... NEQVE NENT.

Assise la fileuse au bleu de la croisée
Où le Jardin mélodieux se dodeline ;
Le rouet ancien qui ronfle l'a grisée.

Lasse, ayant bu l'azur, de filer l'agneline
Chevelure, à ses doigts si faibles évasive,
Elle songe, et sa tête petite s'incline...

L'âme des fleurs paraît plus vaste et primitive,
De plus jeunes parfums le val chaste s'arrose,
Et des lys ont pâli le Jardin de l'oisive.

Une tige, où le vent vagabond se repose
Courbe le salut vain de sa grâce étoilée
Dédiant, magnifique, au vieux rouet, sa rose.

Car la dormeuse file une laine isolée
Mystérieusement l'ombre frêle se tresse
Au fil de ses doigts longs et qui dorment, filée.

Le songe se dévide avec une paresse
Angélique, et sans cesse au fuseau doux, crédule
La chevelure ondule au gré de la caresse...

N'es-tu morte naïve au bord du crépuscule ?
Naïve de jadis, et de lumière ceinte ;
Derrière tant de fleurs l'azur se dissimule !...

Ta sœur, la grande rose où sourit une sainte
Parfume ton front vague au vent de son haleine,
Innocente qui crois languir dans l'heure éteinte

Au bleu de la croisée où tu filais la laine !

PAUL VALÉRY.

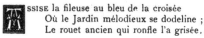

なお、『ラ・コンク』誌掲載以前にルイスに送られた手稿の第八節および最終行は次のようであった。

というのもこれは古代の楽園《エデン》の最初の日々、
司祭たちが思い出す、美しい夕べの薔薇にして
しずかな婚姻に貫かれて陶酔した百合なのだ！……

Car c'est l'Antique Héden des premières journées,
Roses des beaux soirs, dont les prêtres se souviennent
Ivres lis traversés de calmes hyménées !…

〈死んだ女〉は自らを古《いにしえ》の糸紡ぎ女と思う。

Mais la Morte se croit la fileuse ancienne.

当初、詩の舞台となる「庭」は「古代のエデン[34]」であり、「紡ぐ女」は「原始的な女[35]」であった。そこには「司祭たち」の姿も見え、古代の宗教的な雰囲気が濃厚であった。『ラ・コンク』誌の初出稿では「エデン」や「司祭」といった明示的な語は消える一方、頭文字大文字の Jardin や「原始的な」〔三〕、「遠い昔」〔七〕といった語は残っていたが、一九〇〇年の改作になるとそれら古代を志向する語も消去される。もっとも、『旧詩帖』の最終稿にも、福音書の一節を引くエピグラフをはじめ、「天使的な」〔六〕や「聖女」〔八〕といったキリスト教的なイメージなどが残存しているが、初出稿およびそれ以前の手稿に比べると、古代色および宗教色はかなり薄らいだといえる。

また「百合」の語の消去も注目される。右に引用した初稿第八節や『ラ・コンク』誌の初出稿第三節にみえた「百合」が『今日の詩人たち』以降姿を消し、エピグラフに「百合の花」を残すのみとなる。純潔の象徴として聖母マリアと結びつくこの白い花は象徴派の詩人たちが愛用したものでもあり、その消去は宗教色とともに象徴派から距離を置く印とみなすこともできる（とはいえ「紺碧 azur」や「髪」といったきわめて象徴派的な語彙やモチーフが依然として見られるという留保を添えなければならないが）。

また「紡ぐ女」の「死」というイメージも和らげられた。一九〇〇年のテクストまでは「〈死んだ女〉」（ルイスに送られた初稿）、「〔君は〕死ぬ心地 crois mourir」（ジッドに贈られた『彼の詩』）、「君は死んだのではないか N'es-tu morte」（『ラ・コンク』誌）、「君は死んだ Tu es morte」（『今日の詩人たち』）という表現が見える一方、『旧詩帖』以

降はそうした直接的な表現は影を潜め、「紡ぐ女」の死をほのめかす「しおれる languir」や「消える éteindre」といった語や「緑の空が死にかかる」〔七〕という婉曲表現に取って代わられた。

後年の改変において消去される傾向にあるものとして、もうひとつ「紡ぐ女」の年齢や性格をあらわす表現が挙げられる。たとえば、ルイスに送られた初稿には「子供 l'enfant」という語が見え、『ラ・コンク』誌では「うぶな naïve」〔七〕という形容詞を反復していたが、『今日の詩人たち』ではそれが一度に減り、さらに『旧詩帖』にいたると完全に消去される。また『ラ・コンク』誌にあった「純潔な谷 le val chaste」〔三〕は「紡ぐ女」の比喩とみなすこともできるが、この表現も『今日の詩人たち』以降消えている。また、第八節の「無邪気な」という形容詞はもともと「紡ぐ女」を修飾していた――「〔薔薇の〕吐息の風に無邪気な〔君は〕しおれる心地 au vent de son haleine, / Innocente qui crois languir」――が、一九〇〇年の改作で、「薔薇の吐息」を修飾するものに変わった――「無邪気な〔薔薇の〕吐息に君はしおれる心地 au vent de son haleine / Innocente, et tu crois languir」。ここにも「紡ぐ女」の直接的な性格描写を避けようとする詩人の配慮がうかがえる。第六節の「信じやすい crédule」という形容詞も、先述したように、修飾先を女の「髪」から「紡錘」に変え、「紡ぐ女」の性格描写としては間接性を増した。その変化は漸次的であり、一九〇〇年の段階では「優しい紡錘を信じやすい髪」（au fuseau doux, crédule / La chevelure）、一九二〇年『旧詩帖』初版では読点の位置がずらされ（au fuseau doux crédule, / La chevelure）、一九二六年『旧詩帖』再版では「優しい紡錘」の語順が入れ替えられた（au doux fuseau crédule, / La chevelure）。こうした細部の変更によって、当初は明らかであった形容詞「信じやすい」の修飾先に曖昧さが生じる結果となった。

「紡ぐ女」をうぶな少女と性格づける表現は影を潜め、その年齢や処女性はぼやかされた。最終稿で彼女の性格をほのめかす表現としては、「髪」を形容する「甘えるような」〔二〕がある程度であり、それ以外に「紡ぐ女」を形容する語彙は、「腰かけた」〔一〕、「くたびれた」〔二〕、「かよわい（指）」〔二〕、「小さな（頭）」〔二〕、「無為な女」〔三〕、「長い（指）」〔五〕、「朦朧とした（額）」〔八〕などであり、性格を示す要素はきわめて少ない。もっとも、「天使的な怠惰」〔六〕、「聖女の微笑む薔薇」〔八〕、「（薔薇の）無邪気な吐息」〔八〕など、彼女を純粋で聖なるものに関連づける表現はあるが、それらは直接的には彼女自身ではなく彼女を取り巻く事物を形容するものである。

最後に句読点について言えば、改変によって中断符や感嘆符の数は減る傾向にある。初出稿では中断符が三つ、感嘆符が二つあったが、一九〇〇年の改作以降、中断符は二つに減り、感嘆符は皆無となる。

以上をまとめれば、「紡ぐ女」の改変は一八九一年の『ラ・コンク』誌初出稿から一九〇〇年の改作を経て、一九二〇年『旧詩帖』に収録、さらには一九二六年の再版に至るまで漸次段階的になされたが、改変の度合いが最も高いのは一九〇〇年の改作である。

改変の特徴としては、古代色および宗教色の消去、象徴派風の語彙の削減、明示的表現の婉曲化（「紡ぐ女」の「死」や年齢・性格にかかわる表現）、装飾的要素の消去（句読点の削減およびレイアウトの単純化）といった点が挙げられる。なお、句読点の位置をずらすことによって統辞法と語の機能を変容させるという改変の手際も注目されるが、それは「紡ぐ女」の性格描写を忌避する傾向と軌を一にしている。

詩の構成

これまで「紡ぐ女」の各詩節を読解し、改変の諸特徴を見てきたが、以下この詩全体の構成について内容面および形式面から考察しよう。

〈境界というトポス〉

まず内容面から見れば、この詩はさまざまなレベルにおける〈境界〉が問題となっている。「紡ぐ女」の座っている場所は「窓辺」という室内と屋外の境、時間帯は「空の青」が夕闇に消えゆく昼と夜の境、そして「紡ぐ女」は半醒半睡の境をさまよっている。しかし、この〈境〉にも二種類あり、幾度も行き来できる境と一度越えれば戻ることのできない境がある。この詩において〈空間的な境〉は前者であり、〈時間的な境〉は後者である。

まず「窓」を境として室内と屋外のあいだを行き来する空間的な動きから見てみよう。第一節と第二節では「紡ぐ女」を「ガラス窓の青のほとり」に位置づけて、屋外の庭や空の景色を取りこみながら「窓辺」にまどろむ女が中心に描かれる。第三節と第四節はもっぱら屋外の庭の光景に充てられ、第五節と第六節では再び窓辺に眠る女の描写に戻る。第七節と第八節では紡ぐ女に呼びかけつつも、主として夕暮れの景と薔薇の風情が描かれ、最終行では再び「ガラス窓の青のほとり」に「糸を紡いでいた女」が喚び起こされる。このように「窓辺」にはじまり、室内と屋外のあいだをおおよそ二節ごとに行き来した後、最終行で改めて冒頭の「窓辺」に戻るという空間構成が見出される。さらに微細に観察すれば、各詩節の内部にも「窓」を境に内と外を行き来する動きを見出すことができる。たとえば第一節では、第一行は室内、第二行は屋外、第三行は室内にそれぞれ対応し、窓越しに見える「庭」の景色（第二行）が「紡ぐ女」（第一行）と「糸車」（第三行）の間に描き込まれている。第七節ではそれとは逆に、三行詩の各詩句がそれぞれ屋外、室内、屋外に対応し、中央の詩句「樹々の葉と日の光とに囲まれた紡ぐ女よ」は、外界を描写する前後の詩行に文字通り「囲まれ」ており、詩句の行配置そのものがその意味するところを表象するかたちとなっている。第八節では、「紡ぐ女」と「薔薇」の姉妹が窓越しに吹き込む「香り」によって結びつけられ、まさに屋外と室内のあいだの交流が表現されている。

こうした双方向的・可逆的な空間の移動に対して、時間の境を越える動きは一方向的・不可逆的である。第一–二節で鮮やかに喚起された空の「青」は第七節に至って見えなくなり、一時夕映えに染まった空はまもなく闇に消える。この時間的な推移は、先述したように、紡ぐ女の人称変化（三人称から二人称へ）と軌を一にしているが、どちらの変化も不可逆である。また、時間意識と密接に結びつく動詞の時制についても、第一節から第八節までを支配する現在形から最終行の過去形へという変化は一方向的である。同様に、冒頭まどろんでいた「紡ぐ女」も時間の経過とともに眠りを深めて最後には「消え」、再び目覚めることはない。（もっとも、昼から夜への推移にせよ、覚醒から睡眠への推移にせよ、より大きな観点から見れば循環的と言えようが、この詩に表現されたかぎりにおいてその変化は不可逆である。）

〈モチーフの反復および変奏〉

この詩にはまた〈糸〉をはじめさまざまなモチーフが繰り返し現れ、各詩節のつながりを緊密なものにしている。

すでに見たように、「紡ぐ女」〔一〕が「何もしない女」〔三〕を経て「眠る女」〔五〕に変わるのと同様に、〈糸〉のモチーフは「甘えた髪」〔二〕から「ぽつんと離れた羊毛」と「かぼそい影」〔五〕を経て「夢」〔六〕に変化する。そして最後にありのままの「羊毛」〔最終行〕となる。詩の冒頭鮮やかに喚起された空の「青」〔一〕についても、女が飲んだ「碧空」〔二〕は「花々のうしろに隠れ」〔七〕、一面「緑の空」〔七〕となるやまもなく闇に呑まれゆく。また一本の茎が身をたわめて捧げた「薔薇」〔四〕はいつしか「聖女が微笑む大いなる薔薇」〔八〕に変容する。他にも、「髪」〔二・六〕、「指」〔二・五〕、「頭」および「額」〔二・八〕といった女の身体部位、その傍らにある「糸車」〔一・四〕、また「庭」〔一・三〕、「花」〔三・七〕、「灌木」〔三〕と「最後の樹」〔七〕、「空気」および「風」〔三・四・八〕といった外の風景を示す語など、同一もしくは類似の語彙が、時には形をかなり変え、時にはもとの姿のまま繰り返し現れる。

こうしたモチーフの反復および変奏によって、各詩節は密接に、また複雑に結びつき、詩の内的な関連性を高めているが、そのことは詩の主題とも深いかかわりがあるだろう。〈糸紡ぎ〉を主題とするこの詩はいわばモチーフの反復および変奏によって密に織り成されていると言える。

詩の形式と主題

「紡ぐ女」はまた形式面でも顕著な特徴を有している。この詩には古典的詩法の諸規則を逸脱する特徴（送り語、無音のeの配置、母音衝突など）が見られ、象徴派的な詩風が認められるが、「紡ぐ女」の形式的特徴として最も目を引くのは、テルツァリーマ（三韻句法）という詩型である。三行詩を数節連ねたのち最後に単独の一行を添えるこの詩型は脚韻構成（aba / bcb / cdc... yzy / z）に特色があり、各詩節の二行目と次詩節の一行目および三行目が押韻し、最後は最終詩節の二行目と単独の最終行が押韻するかたちで締めくくられる。ヴァレリーの「紡ぐ女」には、この通常の型に加えて、第一行の後半句が最終行の前半句に繰り返されていること（円環構造）や、最終詩節に句点が打たれず最終行と連続していること（詩節跨ぎ）など興味深い特徴が見られるが、(36) とりわけ注目されるのは脚韻が女性韻のみから構成されているという点である。以下、女性韻のみからなるテルツァリーマという特徴を有する「紡ぐ女」

における形式と主題の結びつきについて考えてみたい。

「形式」の模索

一八九一年夏、『ラ・コンク』誌編集長のルイスに「紡ぐ女」を送ったヴァレリーは、この詩の「形式」について次のように述べていた。

次号『ラ・コンク』誌のために「紡ぐ女」をお送りします。出来に満足してはいないのですが。それに形式をどうしたものか、自分でもひどく迷っているのを感じています。今ではもうどこへ向かったらよいか分かりません。自分の中にはとても素晴らしい詩が幾つかはっきり見えるのですが、そうじゃありませんか、でも形式は？とうとう私は洗練されていないような語をもはや詩句のなかに容認する気にはなれなくなってしまいました。そのため表現に難儀し、脚韻は貧窮状態です。それから厄介なのは文《フラーズ》です。新しい統辞法の型が見つからなくて。相変わらずあの高踏派の使い古された形式のまま。マラルメですか？……　そうですね、ただある種の調子を生むためには乾きすぎです。〔アンリ・〕ド・レニエですか？……　でも何故あんなに破格語法を？もはやフランス語でさえないことも時々あります。ボードレールですか？……　素晴らしいですが、しばしば不器用です。(37)

文面から分かるように、ヴァレリーは「紡ぐ女」の「形式」についてあれこれ思案していたが、結局『ラ・コンク』誌に掲載された版でもそれ以降の版でもテルツァリーマの詩型に変化はなく、草稿にも他の詩型を試みた形跡は見当たらない。もっとも、「形式」についての逡巡はテルツァリーマの詩型に限ったことではなく、詩全般にかかわる悩みであったはずである。「脚韻」に凝り、「文」に難儀し、「形式」に迷う。「高踏派風の形式」を脱して「新しい統辞法の型」を模作しながら相応しい型が見出せぬまま、マラルメ、レニエ、ボードレールなどの先行詩人に追従することも潔しとせず、いかなる詩型、いかなる文体にも満足できない暗中模索の状態にこの時期ヴァレリーは陥っていたと思われる。

このように新しい「形式」を模索した末に「紡ぐ女」は女性韻のみからなるテルツァリーマという詩型に落ち着いたわけだが、形式の探究はそれが内包する詩の主題と無縁ではありえないだろう。「紡ぐ女」を表現するにあたり、詩人はなぜテルツァリーマの詩型を選んだのか。また脚韻に女性韻のみを用いるという破格を犯したのはなぜなのか。

女性韻と女性的なもの

右に引用した手紙の一節には、語彙および表現の洗練を志向する態度が端的に語られていた。一語一句を「洗練された précieux」ものにしようとするプレシオジテの傾向は、ヴァレリー詩全般に該当するとも言えようが、特に「紡ぐ女」において顕著であり、この詩の基調をなすと言っても過言ではない[38]。「洗練されていないような語」を一切排斥しようとする詩人は、語彙の選択のなかでも特に脚韻の選択に意を注いだにちがいない。「紡ぐ女」をもっぱら女性韻のみで構成した詩人はどのような効果を狙ったのか。第一に、男性韻と女性韻の交替がないことによる単調さが「紡ぐ女」全体に浸透するまどろみやけだるさの感覚と調和すると思われる。では、なぜ女性韻なのか。この詩の物憂く甘美な雰囲気にはやはり男性韻の歯切れよい終止よりも、女性韻特有の尾を引く感覚の方が似つかわしいだろう。全二五行の脚韻に選ばれた語を品詞別に挙げれば、動詞が八つ（se dodeline, l'a grisée, s'incline, arrose, se repose, se tresse, se dissimule, brûle）、形容詞が一〇（câline, évasive, vive, crédule にくわえて形容詞を名詞化した l'oisive および過去分詞形容詞 étoilée, isolée, filée, ceinte, éteinte）、名詞が七つ（croisée, rose, paresse, caresse, sainte, haleine, laine）あり、形容詞と名詞は例外なく女性形である。それらはいずれも単数形であり、動詞の活用形も含め、詩句の末尾はすべて女性韻の徴である「無音の e」で終わっている。さらに、脚韻以外の箇所においても、女性名詞および女性形形容詞が、男性名詞および男性形形容詞に比べて多く用いられている。特に第一節と第二節の冒頭に置かれた形容詞 Assise と Lasse、女性形の語尾を響かせる la fileuse と la dormeuse、また不定冠詞の女性形を冠してひとりの女人の姿を彷彿とさせる Une tige などに、この詩を織り成す構成要素の女性的な形と音が認められる。

こうした〈女性的〉性格は、女性韻および名詞・形容詞の女性形という形式的要素においてだけでなく、この詩の主題においても認められる。〈糸紡ぎ〉の行為そのものが古来女性の生業であり、また〈眠り〉の主題もヴァレリーの詩においては女性と結びつくことが多い[39]。

ヴァレリーの「紡ぐ女」は形式・主題の両面において〈女性的〉な詩と言えるが、そのことは先に触れた「洗練」を志向する態度とも結びつく。「紡ぐ女」執筆の約一年前、ヴァレリーはピエール・ルイスに送った手紙において「群衆には閉ざされた芸術を愛する」と「信仰告白」したうえで、芸術の「修道院」に自ら閉じこもる者たちを「無用な貴族たち Nobles Inutiles」「洗練された者たち raffinés」「女性的な者たち *Féminins*」と形容していた[40]。一八歳の青年が「女性的」という言葉で何を言い表そうとしていたかは自明ではないが、ここではその言葉が〈芸術〉と〈美〉を信奉する者の属性として、「無用」「高貴」「洗練」といった言葉と並置されている点を指摘するにとどめよう。なお、こうした芸術観はヴァレリー個人のものというよりは一九世紀末という時代を反映したものと思われる。ヴァレリーの詩のなかでもとりわけ表現の洗練という点で際立つ「紡ぐ女」は「世紀末的」あるいは「ラファエル前派的」と評される[41]。

テルツァリーマの詩型と糸紡ぎの主題

先に詩の全体的特徴について述べた際、各節を互いに結びつける同一もしくは類似のモチーフによって詩全体が密に織り成されていると指摘したが、そのことは〈糸紡ぎ〉という詩の主題と深くかかわっている。「テクスト texte」の語源（ラテン語 textum）が「織られたもの tissé」すなわち「織物 tissu」であることは、ロラン・バルトが言及して以来しばしば引き合いに出されるが[42]、〈糸紡ぎ〉を主題とするこの詩の〈テクスト〉はまさしく〈織物〉に喩えられるにふさわしい。

織物の比喩はまたテルツァリーマの詩型とも相通ずるものがある。aba / bcb / cdc… と交錯しながら連なってゆくその脚韻構成は、まさに縦糸と横糸を交互に組み合わせながら機《はた》を織るイメージと照応するだろう。この点に関して、「紡ぐ女」の第一行末に置かれた la croisée という語が注目される。「(十字形の枠で仕切られた) ガラス窓」を意味するこの語は、もともと動詞 croiser（十字形に重ねる・交差させる）に由来し、その過去分詞形 croisé(e) が名詞化したものである。この過去分詞形容詞はそれが修飾する名詞に即して、たとえば tissu croisé（綾織物）や rimes croisées（交差韻）といった具合に多様な意味を生じさせるが、「紡ぐ女」冒頭の「ガラス窓 croisée」はそうした意味群を含む象徴性を帯びているように思われる。というのも詩の主題は〈織物〉と縁が深いだけでなく、テルツァリーマの詩型を有するこの詩は〈交差韻〉的、いわば通常の交差韻 abab / cdcd... よりもいっそう緊密に交差した脚韻によって構成されており、その第一の脚韻を予告するのが他ならぬ croisée の語だからである。(43)

先に〈テクスト＝織物〉という比喩に触れたが、それをさらに敷衍すれば、〈羊毛を紡ぐ女＝言葉を紡ぐ詩人〉という比喩がおのずと導かれるだろう。ヴァレリー自身、ジッド宛の手紙に「紡ぐ女」の冒頭一句を書き送った際、「眠りながら詩を一句書きました」と述べている。(44) おそらくはこの言葉に導かれて幾人かの研究者は、この詩に「詩作行為のアレゴリー」を読もうとし、さらには詩に表現された「紡ぐ女」をそれを表現する「詩人」自身に重ねるという読みの視点を提起してきた。(45)〈詩についての詩〉という読み方はヴァレリーの詩全般にしばしば適用されるものだが、それは『旧詩帖』の巻頭（ひいてはヴァレリーの『詩集』全体の巻頭）を飾る「紡ぐ女」にとりわけ適していると言えよう。

「美しい作品はその形式の娘である」(46) というヴァレリーの言葉があるが、「紡ぐ女」もその一つだろうか。女性韻のみのテルツァリーマという形式がこの詩を生んだのかもしれない。形式を重んじ、内容を軽んじるような発言ゆえに、しばしば形式主義の名のもとに批判されるヴァレリーだが、その詩の根幹をなすのは内容なき形式美ではなく、内容と不可分な形式、さらに言えば、単一の形式が多様な意味を包含しうるような両者の結びつきであると思われる。

ヴァレリーの「紡ぐ女」はまたこの詩の着想源と想定される先行作品との関連性という問題を提起する。次項ではこの点について考察しよう。

「紡ぐ女」の源泉

〈糸紡ぎ〉という主題を〈女性韻のみからなるテルツァリーマ〉という形式によって表現するヴァレリーの「紡ぐ女」は、これまでその着想源を明らかにしようとする試みを刺激しつづけてきた。[47] ユゴーの「オムパレの糸車」、フロベールの『聖アントワーヌの誘惑』、エレディアの「紡ぐ女」、マラルメの「聖女」と「窓」、ヴェルレーヌの「色欲」、ランボーの「虱をとる女たち」、アンリ・ド・レニエの詩集『昔日のロマネスクな詩篇』の「序曲」といった文学作品のほか、絵画作品として先にも触れたギュスターヴ・クールベの《眠る糸紡ぎ女》やラファエル前派・印象派の絵画との類似なども指摘されている。[48] だが、この詩の可能的源泉はいまだ汲み尽くされたとは言えない。本項では、〈糸紡ぎ〉の主題および〈テルツァリーマ・女性韻〉という形式的特徴をめぐって、「紡ぐ女」制作当時ヴァレリーが親しんでいたと思われる詩人たちの作品との関連性を考察することにより、この詩の独自性の在り処を探ってみたい。

糸紡ぎの主題

〈糸紡ぎ〉という営みは古代より人々の想像力に訴えたのか、これにまつわる神話・伝説・民話は数多い。ギリシア神話における運命の女神たち「モイライ」（運命の糸を紡ぐクロト、それを各人に割り当てるラケシス、その糸を断つアトロポスの三女神はローマ神話のパルカたちに相当し、ヴァレリーの『若きパルク』の遠い祖先でもある）、「アリアドネの糸」、「オムパレの糸車」[49]、ケルト民族の『アーサー王伝説』に登場する「シャロット姫」[50]、ペローおよびグリムの童話で知られる「眠り姫＝いばら姫」など枚挙にいとまがないが、それらの説話において〈糸を紡ぐ〉行為がしばしば〈眠り〉や〈死〉と結びついている点が興味深い。

以下、〈糸紡ぎ〉を主題とするフランス詩のなかで、特に「紡ぐ女」を執筆した一八九一年六月―九月頃、ヴァレリーが読んでいた可能性の高いものとして、ヴェルレーヌのソネ「色欲」（一八八四年『昔と近頃』所収）、アンリ・ド・レニエの『昔日のロマネスクな詩篇』（一八九〇年）所収の数篇、フランシス・ヴィエレ＝グリファンの「機織りをしていた婦人」(一八八七年『白鳥』所収)を取り上げ、各詩人とヴァレリーの関係を略述しつつ、作品間の関連性を探ってみよう。(51)

ヴェルレーヌ「色欲」

ヴェルレーヌはヴァレリーが若い頃に傾倒した詩人のひとりであり、一八九〇年六月、当時一八歳のヴァレリーは出会ってまもないピエール・ルイスに宛てた手紙において、ヴェルレーヌの詩を『よき歌』以外すべて読んだと述べている。(52) 一八八四年三月『リュテース』誌に掲載され、同年『昔と近頃』(ヴァニエ刊)に収められたヴェルレーヌのソネ「色欲 Luxures」がヴァレリーの記憶に残ったとしても不思議ではない。「色欲」第一〇行「暖炉のそばに腰かけて紡ぐ女はその夢をみる Dont rêve la fileuse assise auprès de l'âtre」と「紡ぐ女」第一行「ガラス窓の青のほとりに紡ぐ女は腰かけて」の類似についてはすでにチャールズ・ホワイティングが指摘したとおりだが、(53) 両詩篇の関連性はそれだけにとどまらない。『旧詩帖』に収められた改作ではなく、一八九一年九月『ラ・コンク』誌に掲載された旧作には、ヴェルレーヌのソネとのさらなる類似が見出される。「色欲」の最終三行と「紡ぐ女」旧作の最終節を並べてみよう。

12 そして紡ぐ女とは〈肉体〉なのだ、時が鳴るとき
夢見る女は夢に締めつけられるだろう——聖なる時
いや!　君たちの恍惚には何でもない、〈愛〉と〈肉体〉よ

Et la fileuse c'est la Chair, et l'heure tinte
Où le rêve étreindra la rêveuse, — heure sainte
Ou non ! qu'importe à votre extase, Amour et Chair ?(54)

22 君に似た、大いなる薔薇に聖女が微笑み
その吐息の風の香に　君の額は朦朧として、
無邪気な君は　しおれる心地　消えた時のなか

Ta sœur, la grande rose où sourit une sainte
Parfume ton front vague au vent de son haleine,
Innocente qui crois languir dans l'heure éteinte(55)

まずヴェルレーヌのソネで「紡ぐ女」が「夢見る女 la rêveuse」(一三)[56]と言い換えられているが、ヴァレリーの「紡ぐ女」も夢の糸をつむぐ「眠る女 la dormeuse」である。またヴェルレーヌのソネでは「時が鳴る l'heure tinte」と「聖なる時 heure sainte」(一二―一三)がこだまをかえすように押韻するが、ヴァレリーの詩でも「消えた時 l'heure éteinte」と「聖女 une sainte」の脚韻(二二―二四)がよく似た響きを生んでいる。また「紡ぐ女」の最初期の草稿には「子供っぽい鐘が鳴る(tinte)」という表現も見出される。[57]偶然とは思われないこの符合は、しかしながら後年の改変によってあまり目立たないかたちに改められた。一九〇〇年『今日の詩人たち』に「紡ぐ女」を載せる際、ヴァレリーは「時」という語を消去したが、それはいわばヴェルレーヌ的な「時」の響きを薄めるためであったかもしれない。

アンリ・ド・レニエ『昔日のロマネスクな詩篇』

アンリ・ド・レニエ(一八六四―一九三六)は、マラルメの火曜会やエレディアのサロンの常連であり、一八七〇年前後に生まれたジッド、ルイス、ヴァレリーの兄世代にあたる存在であった。同年一〇月ルイスを介してはじめてレニエの詩に接したヴァレリーは、その第一印象を「どことなくイギリス風で中世風」と述べている。[58]一二月には、ルイスから刊行されてまもないレニエの詩集『昔日のロマネスクな詩篇 *Poèmes anciens et romanesques*』を贈られたことも大きく作用して、[59]ヴァレリーはこの詩人への関心を高めてゆく。が、一八九〇年の暮から年明けにかけて変化が兆す。ルイスがヴァレリーの「波から出る女」――「ヴィーナスの誕生」(『旧詩帖』)の初稿――を無断でレニエに見せ、それに対してこの年長詩人が与えた批評を伝え聞き、そこに自作のソネへの無理解を認めたのである。[60]以後、レニエへの傾倒をますます深めてゆくルイスとは対照的に、ヴァレリーはやや距離を置くようになる。一八九一年一月、ルイスがヴァレリーにソネばかりではなく多様な詩型(「多形性《ポリモルフィ》」)を試みるよう推奨し、模範例としてレニエの『昔日のロマネスクな詩篇』とヴィエレ゠グリファンの詩集を挙げると、ヴァレリーは自分の試みる「多形性」はレニエのような自由詩とは異なり、「古い一二音節詩句の枠内にすべて収まる」ものだと応じ、レニエと一線を画す態度を明らかにしている。[61]「紡ぐ女」執筆当時、ヴァレリーの対レニエ関係はこのように微妙な距離感をはらんでいたが、すでに五冊の詩集を世に出して認められ、信頼する友人たちの評価も高い先輩詩人に対して無関心でもいられなかったと思われる。

『昔日のロマネスクな詩篇』巻頭を飾る「序曲」は、スザンヌ・ナッシュが指摘したように、(62) ヴァレリーの「紡ぐ女」と同じテルツァリーマの形式で書かれており、語彙上もいくつか共通点が見られる。「序曲」の冒頭三行は次のようである。

1 私は君をそのままにした 古い〈宮殿〉の金色の闇に Je t'ai laissée en l'ombre d'or du vieux Palais
腐りかけの麻がざらつく梁に垂れかかるところに Où le chanvre rouï pend à la poutre rude
暖炉のもと夢のように腰かけて糸を紡いでいた姿のままに Assise comme un songe à l'âtre où tu filais,(63)

特に三行目は詩句冒頭に「腰かけた Assise」という形容詞女性形を配置する点でヴァレリーの「紡ぐ女」冒頭（Assise, la fileuse）を想起させる。また詩句末尾の「そこで君は紡いでいた où tu filais」という表現はヴァレリーの詩の最終行後半句「そこで君は羊毛を紡いでいた où tu filais la laine」とよく似ている。さらに糸紡ぎと夢のテーマの結びつきも両詩人に共通する（レニエの詩では「紡ぐ女」自身が「夢のような」存在として現れる一方、ヴァレリーの詩では「紡ぐ女」が「夢」を紡ぐ）。

『昔日のロマネスクな詩篇』は「序曲」と「終章」のあいだに六つの標題――「砂浜の見張り」「狂える秋」「見知らぬ女への挨拶」「伝説と憂愁のモチーフ」「黄昏の景色」「森の夢想」――を立てる構成であるが、(64)「序曲」以外にも、「紡ぐ女（たち）」がしばしば〈夢〉のテーマと結びついて現れる。たとえば「見知らぬ女への挨拶」第二番では、「恋する男たちの永遠の夢想」のなかに「紡ぐ女」が出現し、「黄昏の景色」第四番では、夢幻的な「紡ぐ女たち」が、ヴァレリーの詩と同じく、「黄昏時」の「窓辺」に姿を見せる。(65)「窓ガラス」の「湖の水晶」のなかに囚われた女はマラルメの「エロディアード」を想起させるが、夢想に耽るその姿はヴァレリーの「紡ぐ女」にも通じるものがある。

レニエの同詩集にはまた象徴主義あるいは世紀末芸術の主要モチーフである「髪」が頻出するが、とりわけその用法が注目される。たとえば「狂える秋」第三番（この詩もテルツァリーマ）の次の一節――

16　彼女たちはみな狂おしい試みを寄せつけなかった
生気なき影を摑もうとする手から逃れゆく
彼女たちの乱れ髪とすりぬける肉体の匂い

Toutes ont défié les folles tentatives
De mains à saisir l'ombre inerte où fuit l'odeur
De leurs cheveux épars et des chairs évasives :(66)

「髪」のイメージと脚韻に置かれた「すりぬける évasives」（一八）の措辞は、ヴァレリーの「紡ぐ女」の「甘えるような髪が彼女のかよわい指をすりぬける la câline / Chevelure, à ses doigts si faibles évasive」（四－五）を想起させる。しかもこのレニエの詩句は、ルイスがヴァレリー宛の手紙で「素晴らしい詩句！」と絶賛したものにほかならず(67)、両者の類似は偶然とは思われない。同じく「狂える秋」の第五番には「彼女たちの髪（の糸）がほぐれてゆく Leur chevelure s'effile(68)」という表現が見られる（動詞 s'effiler の原義は「糸がほぐれる・先が細くなる」）が、「髪」に「糸」を重ねるこのイメージもヴァレリーの「紡ぐ女」と共通するものである。他にも「紡ぐ女たちの三つ編み tresses」（「黄昏の景色」第二番・第三番）や「夢想の三つ編み」（「森の夢想」第三番）など、「髪」と「糸」に「夢想」を織りこむイメージなども見られる(69)。

　また同じく象徴派詩人たちが好んだ「百合」のイメージも両詩人の「紡ぐ女」に共通する。ヴァレリーの詩ではエピグラフに「野の百合は紡がざるなり」という福音書の一節が掲げられ、糸ではなく夢を「紡ぐ女」が「百合」に重ねられていたが、レニエの「狂える秋」第五番（最終詩節）には、「紡ぐ女」の手にする「糸巻き棒」が「百合」に喩えられている。

16　そしてかなた　すばらしい露台の欄干で
紡ぎ女たちの糸巻き棒が百合のようにしおれてゆく
伝説の金羊毛の糸を待ちわびて！

Et là-bas aux rampes des terrasses merveilleuses
Comme un lis se fane la quenouille des fileuses
D'attendre encor la laine des toisons fabuleuses !(70)

レニエはこのイメージを好んだらしく、別の初期詩集『景色』（一八八七年）の一篇にも同種の趣向が見られる。ここでは「百合」の花が「糸巻き棒」よりもそこに巻きとられる「羊毛」に重ねられている。

9　だが彼らの薔薇の欲望はその胸に花開く。
彼らの眩んだ眼を魅惑した百合の花
それはオムパレたちの糸巻き棒に紡がれた羊毛。

Mais leur désir de rose aux seins s'épanouit ;
Le lis qui fascina leur regard ébloui
C'est la laine filée aux quenouilles d'Omphales,[71]

なお、この詩で複数形で現れる「オムパレ」はレニエの初期作品にしばしば現れる形象であり、[72]先に引用した『昔日のロマネスクな詩篇』の「序曲」において二人称で呼びかけられていた紡ぐ女もオムパレであった。[73]レニエの初期の詩には他にも〈糸紡ぎ〉[74]の主題が散見され、「時」の「糸車」が「夢の羊毛を紡ぐ」という比喩や「冥府の川《スティックス》の紡ぎ女」をうたったものなど、ヴァレリーの「紡ぐ女」と共通する要素、さらには「若きパルク」に通じる形象も見出される。

ルイスから贈られた『昔日のロマネスクな詩篇』をはじめとするレニエの初期詩篇が青年期のヴァレリーに与えた影響には看過しえないものがある。

フランシス・ヴィエレ＝グリファン「機織りしていた婦人」

米国生まれのフランス詩人フランシス・ヴィエレ＝グリファン（一八六三―一九三七）は、アンリ・ド・レニエと中学の級友であり、一八九〇年ポール・アダンを含めた三人で『政治文学対談』誌を創刊し、その主筆を務めた批評家でもある。ヴィエレ＝グリファンは無名時代のヴァレリーの詩を逸早く評価した一人であり、一八九一年六月、同誌の文芸時評欄において『ラ・コンク』誌五月号に掲載されたヴァレリーのソネ「オルフェ」を「これこそ現代のあらゆる詩人の夢ではないか」と称賛した。[75]一一月にはさらに「紡ぐ女」を再録し、『ラ・コンク』誌の青年詩人たちのなかでもヴァレリーを格別高く評価した。[76]ヴァレリーはこうしたことをルイスから伝え聞き、グリファン宛に礼状をしたためている。[77] また先述したように一八九一年一月ルイスの手紙には、詩句の「多形性《ポリモルフィ》」の模範例として、レニエの詩集と並んでグリファンの『白鳥』（一八八七年）、『アンカエウス』（一八八七年）、『歓喜』（一八八九年）が挙げられており、[78]「紡ぐ女」執筆当時ヴァレリーがそれらの詩集を読んでいた可能性は高いと思われる。ここでは『白鳥』所収の一篇「機織りしていた婦人 La Dame qui tissait」[79]を取り上げよう。

八行詩を八節連ねるこの詩は冒頭、満ちあふれる「夢」の光のなか「機を織る」女性を描き出す。

1

春のような姿で、夢の永遠の夜明けのなか
曙光のなかに腰かけて、〈彼女〉は夢見心地で機《はた》を織る
〈彼女〉の知っている事柄を、そして微笑む、〈彼女〉の
前には、その敏捷な手の動くがままに、勤勉な杼《ひ》が
休みなく走る、そして四月のそよ風に
もつれるその髪を〈彼女〉は掻きあげ
肩のほうへ投げやる、そして頭を起こしつつ、
〈彼女〉は口ずさむ　終えることなきある歌を……

Printanière, dans l'aube éternelle du rêve
Et dans l'aurore assise, Elle tisse en rêvant
Des choses qu'Elle sait, et sourit ; et, devant
Elle, au gré de sa main agile, court sans trêve
La navette laborieuse, et le doux vent
D'avril emmêle ses cheveux qu'Elle soulève
Et rejette sur son épaule ; et, relevant
La tête, Elle fredonne un air qu'Elle n'achève…[80]

ヴァレリーの「紡ぐ女」とグリファンの「機織りしていた婦人」には対照的な要素――夕暮れと夜明け、手仕事をする女性の「手」の描き方（前者の「かよわい指」が「眠り」に浸されている一方、後者では「夢見心地」（二）の彼女自身とは異なり「敏捷な手」（四）は目覚めている）――も認められるが、「糸」をあつかう女性という主題（糸紡ぎと機織り）、「腰かけた」（二）その姿勢、詩篇全体に漂う「夢」（一）の雰囲気、さらには「髪」と「糸」のアナロジーが両者に共通する。「機織りしていた婦人」の春風に「もつれた」（六）髪に糸のイメージが重なるだけでなく、第七節では「髪を編む」[81]仕草が「杼《ひ》を（糸で）膨らます」さまに喩えられており、「髪＝糸」のイメージ連関がよりはっきりと表現されている。なお、ヴィエレ＝グリファンはこの詩のエピグラフにアルジャーノン・スウィンバーン

の詩句「彼女の髪にキスしつつ……Kissing her hair…」を掲げているが、この英国詩人の詩においても「髪」は「糸」に喩えられ、そのうえ「眠り」のテーマも見出される。(82)「機織りしていた婦人」の第二節にもヴァレリーの「紡ぐ女」との類似が見出される。

9　闇から〈彼女〉が現れる、金の額縁に囲まれたかのように
〈彼女〉の背後には　碧空と平原をうるおす
河のながれ。そして彼女の頭上に、西洋夾竹桃《ロローズ》の枝が
澄んだ碧空を背景に花々をひろげている。——機織りの
仕事は、単調でものがなしい歌のように、
そっと不平をもらす。——彼女の手に
口づけをする者はうらやましい身の上かな
仕事にくたびれて、時折、無造作に置くその手に……

De l'ombre, Elle apparaît, comme en un cadre d'or :
Derrière Elle l'azur et des plaines qu'arrose
Un fleuve ; et, sur sa tête, un rameau de laurose
Étend ses fleurs contre l'azur clair ; — et l'effort
Du métier, comme un chant monotone et morose,
Se plaint très doucement ; — on envierait le sort
De celui qui baiserait la main qu'Elle pose
Négligemment, parfois, et lasse de l'effort...(83)

第一節の「腰かけた assise」（二）につづき、第二節には「くたびれた lasse」（一六）の語が現れるが、二つの形容詞はヴァレリーの詩の第一節および第二節の冒頭に置かれて「紡ぐ女」の姿態を印象的に描き出していたものである。また右に引用した詩節では「碧空 azur」という語が二度用いられ（一〇・一二）、鮮やかな「碧空」を背景に彼女の頭とその上に垂れかかる「花」が浮かび上がるが、象徴派詩人たちの好んだこの詩語はヴァレリーの「紡ぐ女」においても二度用いられていた（「碧空を飲み」「花々のうしろに碧空が隠れる」（四・一九））。さらにグリファンの詩の第二節に見られる女性韻の連鎖（*arrose – laurose – morose – pose*）は、女性韻のみからなるヴァレリーのテルツァリーマの脚韻の一組（*arrose – sa rose – se repose*）とよく似ている。(84)

先にヴァレリーの「紡ぐ女」の形式と主題について論じた際、テルツァリーマの脚韻構成が「テクスト」という織物を織り上げるイメージと照応すると述べたが、グリファンの「機織りしていた婦人」——八行からなる各詩節を二

種類の脚韻で構成する（abbababa）――にはそうした主題と形式の照応が認められる。第一節の脚韻（*rêve* – rêvant – devant – *trêve* – vent – *soulève* – relevant – *achève*）は女性韻（イタリック部分）が男性韻と交差しながらそれを取り囲み、第二節の脚韻（d'or – *arrose* – *laurose* – effort – *morose* –sort – *pose* – effort）は反対に男性韻が女性韻を取り囲むかたちになっているが、こうした脚韻構成はまさしく縦糸と横糸を交差させながら機を織るイメージと照応すると言えよう。

テルツァリーマの詩型

「テルツァリーマ」の歴史をたどれば、その呼称からもうかがわれるようにイタリアで発祥し（ダンテの『神曲』やペトラルカの『凱旋』など）、フランスには一六世紀にロンサールをはじめとするプレイヤード派の詩人たちによって導入された。その後久しく等閑に付されるが、一九世紀になって高踏派の詩人たちが再びこの詩型に注目した。たとえばゴーチエはまさしく「テルツァリーマ」と題するテルツァリーマを書くなどしてこの詩型に対する関心を高めた[85]。またバンヴィルは『フランス詩小論』（一八七一年）においてこの詩型を「われわれの最も美しいリズムの一つ、イタリア起源であるにもかかわらず最もフランス的なものの一つ」と評し、「高貴、優雅、軽快、あらゆる調子に適し、歌にも語りにも向いている」と述べたうえ、テルツァリーマの見本としてゴーチエの「ペトラルカの凱旋」（ペトラルカ自身のテルツァリーマ『凱旋』に対するゴーチエのオマージュ）を引用している[86]。また、ルコント・ド・リールの『夷狄詩集』にはテルツァリーマの詩が一〇篇近く見られ[87]、ジョゼ＝マリア・ド・エレディアにも数篇の作例がある[88]。それ以降も、マラルメ、ヴェルレーヌ、アンリ・ド・レニエ、フランシス・ヴィエレ＝グリファンなどの詩人がテルツァリーマの詩型を試みており、ヴァレリーの「紡ぐ女」に至る系譜がうかがわれる。

「紡ぐ女」はヴァレリーにおけるテルツァリーマのほとんど唯一の作例だが[89]、先述のようにそこには幾つか注目すべき特徴が見られる。すなわち第一行の後半句が最終行の前半句に繰り返されていること（円環構造）、最終詩節の末尾が最終行に跨がっていること（詩節跨ぎ）、そしてなにより脚韻が女性韻のみから構成されていることである。以下、この三点について先行作品との類似を探りながら見てゆこう。

〈円環構造〉——ルコント・ド・リール、ヴェルレーヌ

「紡ぐ女」は第一行の後半句「ガラス窓の青のほとりに」を最終行の前半句に繰り返すという特徴を有し、それによって円環的な構造をそなえている。

これとよく似た円環構造をもつテルツァリーマとして、第一行を最終行にそのまま反復する用例がルコント・ド・リールに見られる。第一次『現代高踏詩集』(一八六六)に掲載された「亡霊 Les Spectres」(『夷狄詩集』所収)はテルツァリーマ(一三行)の四篇連作だが、それらはいずれも最終行に冒頭詩句を繰り返して詩の円環を閉じている。またフォーレの歌曲でも知られるヴェルレーヌの『よき歌』第一七番ではテルツァリーマ(一九行)の第一行冒頭と第二節冒頭および最終行末尾に「そうじゃない? N'est-ce pas?」という表現が繰り返され、この口語的な付加疑問によって詩の始まりと終わりが結びつくかたちになっている。

それに比べると、ヴァレリーの「紡ぐ女」における円環はやや変形を帯びている。第一行と最終行では反復される半句の位置が異なるうえ、最終行の前半句と第一行の後半句は直接結びつくことがない。動詞の時制もずれており(冒頭は現在、最終行は過去)、単なる繰り返しではなく位相をずらした反復となっている。

〈最終行への詩節跨ぎ〉——マラルメ

「紡ぐ女」はまた、最後の三行詩節から単独の最終行にかけて詩節を跨いで詩句がつづくという特徴を有する(「跨ぎ enjambement」は通常「句跨ぎ」と訳されるが、この場合は「句」だけでなく「詩節」をも跨ぐ「詩節跨ぎ」)。

鈴木信太郎はその著『フランス詩法』のなかで、テルツァリーマの詩節間での「跨ぎ」を極力忌避すべきとしている。その理由は、「跨ぎ」によって三行詩の意味のまとまりが失われると、脚韻上も三行詩の単位(aba / bcb...)が破壊され、あたかも交差韻の四行詩(abab...)のように聞えてしまうためである。[90]が、最終詩節と最終行のあいだの「跨ぎ」についてはは特に言及していない。詩を締めくくる単独の最終行が重要であることは言うまでもないが、最終詩節から最終行へのつながり方にもそれに劣らぬ重要性があるのではないだろうか。

ヴァレリーの「紡ぐ女」は最終詩節の末尾に句読点を打たずに最終行へと流れ込むが、これと同じ用例は、プレイヤード派以来、テルツァリーマの詩型に再度注目した高踏派の詩人たち（ゴーチエ、ルコント・ド・リール、バンヴィル）の作品には管見のおよぶかぎり見当たらず、マラルメやヴェルレーヌの作にはじめて現われる。

マラルメはテルツァリーマの詩を少なくとも三篇書いているが、そのうち「不遇の魔 Le Guignon」と「施しもの Aumône」において、最終詩節から最終行へ、句読点を介さずに詩節跨ぎを行なっている。[91] 最終詩節末尾の句読点について「施しもの」には興味深い異文がある。この詩の初稿とみなされるテクスト（「ある乞食に À un mendiant」）ではセミコロンが付されており、一八六六年『現代高踏詩集』に掲載されたテクスト（「ある貧者に À un pauvre」）ではそれがピリオドに変更され、さらに一八八七年の自筆石版写真版（この際「施しもの」と改題）および一八九九年ドマン版『詩集』所収のテクストにおいて最終的に句読点が消去されるに至る。[92] こうした細部の改変からも、詩人がいかに最終詩節から最終行へのつながり方に留意していたかがうかがわれる。その効果を探るためにマラルメのもう一篇のテルツァリーマ「不遇の魔」の結末部分を見てみよう。

61 面と向かって皆から侮蔑の唾を吐きかけられた時、
無にひとしく　髭のなか低声で雷に祈りつつ、
この英雄たちはおどけ半分の気詰まりに辟易して

滑稽にも街頭に首を吊りにゆく。

Quand en face tous leur ont craché les dédains,
Nuls et la barbe à mots bas priant le tonnerre,
Ces héros excédés de malaises badins

Vont ridiculement se pendre au réverbère.[93]

最終詩節はまず一二音節詩句の定型リズムをやや崩した跛行の調子ではじまり（六一－六二）、やがてリズムを取り戻すが（六三）、文は完結することなく宙吊りにされ、最終行に流れ込む。最終詩節末尾の名詞句（Ces héros...）と最終行の動詞句（Vont...）は空白によって隔てられつつ、句読点を伴わない詩節跨ぎによって、独特の〈間〉を伴ってつながっている。この一瞬の〈間〉と、それに続く一句の衝撃は、詩句の意味するところ――「首つり se pendre」（六四）の感覚——とどこか相通ずるものがあるように思われる。また、右に引用した最終詩節に先立つ第二〇詩節においては、例外なく、詩節末尾にピリオドか感嘆符（版によってはコロン）を付して詩節を閉じており、最終詩節の句読点の不在がいっそう際立つかたちとなっている。この点はヴァレリーの「紡ぐ女」にも共通する（最終詩節以外はいずれもピリオドで終わり、末尾に句読点がないのは最終詩節のみ）。最終詩節から最後の一行へ流れ込むリズムが〈変動〉から〈安定〉へ向かうことは先に述べたが、最終詩節の末尾に句読点の無いことがその転換を滑らかにしていると言えよう。

女性韻

「紡ぐ女」はさらに、脚韻を女性韻のみで構成するという際立った特徴を有する。古典的詩法によれば、脚韻は男性韻と女性韻を交互に配すべきであり、脚韻の体系によって定義される詩節は男性韻と女性韻の交替を旨とする。この規則はロマン派の詩人たちまでは遵守されていたが、一九世紀半ばを過ぎると、これをあえて破り、各詩節に男性韻あるいは女性韻のみを用いたり、さらには一詩篇全体をどちらか一方の脚韻のみによって構成するような破格の試みが現れるようになる。ボードレール[94]、バンヴィル[95]、ヴェルレーヌ[96]を先駆けとして、象徴派の詩人たちが好んでそうした反則を犯した（それに対してマラルメは意識的にこれを忌避した）。女性韻のみからなる詩を確信犯的に試みた詩人として特にバンヴィルとヴェルレーヌの名を挙げることができるが、ヴァレリーに関して言えば、後者の影響が大きいと思われる。先に見たように、一八九〇年ルイスと出会って間もない頃ヴァレリーはヴェルレーヌの詩をほとんどすべて読んだと述べていた[97]。また二〇歳前後のヴァレリーが自分の気に入った詩を収集していたノート（黒い模造皮革の表紙に赤い縁のあるノート）には、若きヴェルレーヌが偽名で出版した『女友達』のソネ全六篇——女性の同性愛を主題とするそれらの詩はいずれも女性韻一色に染まっている——がすべて見出される[98]。他方、バンヴィルについては、一八九一年五月二六日付ルイス宛の手紙で「まったく読んだことがない」と述べており[99]、少なくとも「紡ぐ女」を書いていた一八九一年六月から九月の頃は、縁遠い存在であったと推察される。

ヴァレリー自身については、詩を女性韻のみで構成した例は数少なく、「紡ぐ女」以外には、若書きのソネ「肌着の女 L'Enchemisée」の一篇だけである。[100] 先述のように、ヴァレリーの詩にはテルツァアリーマ形式のものもほとんどなく、女性韻のみからなるテルツァアリーマという形式的特徴をもつ「紡ぐ女」はヴァレリーの詩のなかでもかなり特異なものと言える。

テルツァリーマ&女性韻——ヴェルレーヌ、レニエ、グリファン

では、ヴァレリー以前に「紡ぐ女」と同じく女性韻のみからなるテルツァアリーマを書いた詩人は存在するのだろうか。ここでその先例を網羅することは到底できないが、先に〈糸紡ぎ〉の主題の項で取り上げた三人の詩人、ヴェルレーヌ、アンリ・ド・レニエ、フランシス・ヴィエレ=グリファンにおける作例を見てみよう。

ヴェルレーヌは生涯にわたってテルツァアリーマ形式の詩を一〇篇以上、[101] また女性韻のみからなる詩を三〇篇以上書いているが、女性韻のみからなるテルツァアリーマの用例は数少ない。[102] その最初の例と思われる「クリスマス Noël」（八音節詩句のテルツァアリーマ）[103] は一八九一年一二月二八日、雑誌『カトリックの目覚め』に初出の後、翌年三月に刊行された『内心の典礼』に収録されたものであり、ヴァレリーの「紡ぐ女」（一八九一年九月『ラ・コンク』誌初出）より公表は若干後である。

ちなみに、ヴァレリーの「紡ぐ女」が掲載された『ラ・コンク』誌第七号の巻頭を飾ったのは奇しくもヴェルレーヌの「歌 Chanson」であった。[104] とすれば「紡ぐ女」をヴェルレーヌが知らなかったとは考えにくい。もしかするとヴェルレーヌはこのヴァレリーの作に触発されて女性韻のみのテルツァアリーマを書いたのだろうか。その可能性も否定できないが、両者の関係をより正確に推し量るならば、ヴェルレーヌを読み込んでいたヴァレリーが、この詩人の愛好した女性韻一色という形式的特徴をテルツァアリーマの詩型と組み合せたと見るのが適当であろう。

アンリ・ド・レニエの初期詩篇にはテルツァアリーマの詩が数多く見られ、一八九〇年刊行の『昔日のロマネスクな詩篇』を含めそれまでに少なくとも一〇篇以上の作例がある。先に〈糸紡ぎ〉の主題に関して同詩集の巻頭を飾る「序曲」に触れたが、このレニエの詩は主題のみならずテルツァアリーマという形式によってもヴァレリーの「紡ぐ

女」と共通する。『昔日のロマネスクな詩篇』には「序曲」の他にもテルツァリーマ形式の詩が三篇あり、女性韻のみからなる詩は七篇、明らかに男性韻よりも女性韻が多用されている。[105] 女性韻のみからなるテルツァリーマとしては、同詩集の一篇「見知らぬ女への挨拶」第一番「さまざまな運命の不可思議な簒奪者[106]……」が挙げられるが、「糸紡ぎ」の主題とは関係がない。

フランシス・ヴィエレ＝グリファンの初期詩集『白鳥』にもテルツァリーマ形式の詩が二篇見られ、女性韻のみからなる詩も散見される（他方、男性韻のみからなる詩は皆無である）。[107] 女性韻のみからなるテルツァリーマとしては、「神秘的な時刻」第二番（三篇連作「おお浮薄な竪琴奏者よ、影を喚び起こせ……」「とはいえこの警告を与える喪が必要であった……」「おお、ある夕べの幻影よ、ハープを奏する大天使たちの壮麗な護衛[108]……」）が挙げられる。ただし、キリスト教的色彩の濃いそれらの詩篇も「糸紡ぎ」の主題とはかかわりがない。

以上、ヴァレリーの「紡ぐ女」の源泉をめぐって、主題面ではヴェルレーヌ、アンリ・ド・レニエ、フランシス・ヴィエレ＝グリファン、形式面ではこの三詩人に加えてルコント・ド・リールとマラルメの作品を取り上げて考察した。〈糸紡ぎ〉や〈眠り〉という主題においても、テルツァリーマおよび女性韻という形式においても、この詩は幾多の先行作品と無縁ではありえない。ヴァレリーの「紡ぐ女」に独自性があるとすれば、それはこの主題と形式を巧みに結びつけた点にあると言えよう。

二 「ナルシス語る」——『旧詩帖』版改作の位置

ヴァレリーがナルシスという主題をめぐって生涯さまざまな作品を書き続けたことはよく知られている。一九四一年のマルセイユにおける講演「《ナルシス》詩篇について」で詩人みずからこの主題を「一種の詩的自伝」と称したように、(109) 一八歳でソネ「ナルシス語る」を書き出してから七四歳で世を去る前に散文詩「天使」を擱筆するまで、「ナルシス」はまさしくヴァレリー終生の主題であった。「テスト氏」や「若きパルク」といった彼の主要作中人物も清水徹の表現を借りれば「ナルシスの親族」であり、「ポール・ヴァレリーの文学的生涯は《ナルシス》形象の反復に他ならない」と言われるほどである。(110)

ヴァレリーのナルシス詩篇群はソネ形式から始まった。今日「ナルシス語る」と題するソネが三篇知られているが、そのうち二篇には一八九〇年九月二八日作と記されている。(111) その後の変遷を略述すれば、まずソネを約四倍の長さに発展させた同題名の詩が一八九一年三月『ラ・コンク』誌に掲載され、その後いわゆる「沈黙期」を挟み、これに手を加えた改作が一九二〇年『旧詩帖』に収録される（以下、『ラ・コンク』誌初出稿を旧作、『旧詩帖』所収のテクストを改作と呼ぶ）。また同じ主題に基づく新たな変奏として書かれた「ナルシス断章」が詩集『魅惑』に収録される（全三部からなる「断章」は一九一九年から一九二三年にかけて別々に雑誌発表され、(112) 一九二二年刊行の『魅惑』初版では第Ⅰ断章のみ収録され、第Ⅱ断章・第Ⅲ断章をあわせて現在見る構成になったのは一九二六年の再版以降である)。さらに一九二六年には「語る」の旧作と改作および「断章」の三篇を一冊にまとめた稀覯本『ナルシス』(別図11)が刊行され、翌年その普及版が『ナルシスのための習作』と題して出版される。[113] 一九三八年にはジェルメーヌ・タイユフェールの音楽のためのテクストとして「ナルシス交声曲」が執筆され、一九四五年には詩人自身の最後の肖像ともいうべき、水鏡に自らの姿を映す「天使」(初稿は一九二一年に遡る)が完成する。さらに作品を構想する作家の想像的世界において、この神話的形象はより一層の広がりと奥行きをもっていた。[114] 一八九〇年から一八九四年頃まで、ヴァレリーは『ラ・コンク』誌に掲載された「ナルシス語る」を改鋳し、それを交響楽的な形式をそなえる作品に発展させようと試みていたが、「ナルシス、古典的様式による田園交響曲」と題する楽章形式の素案や「葬いの微笑」と題する草稿群からその概要がうかがわれる。また『魅惑』の「ナルシス断章」についても、その最後を締めくくる「ナルシス終曲」の素描が残っている。他方、一八九四年ごろから生涯にわたって書き綴られた『カイエ』には、詩のナルシスとはまったく異なる「ナルシス形而上学」についての記述が散見される。[115]

「ナルシス語る」の問題——旧作と改作の区別

ヴァレリーにおける「ナルシス」という主題については夙に充実した先行研究があり、特に『魅惑』の「ナルシス断章」は多数の論考や草稿研究の対象となってきた。それに比べると『旧詩帖』の「ナルシス語る」に関する研究はそれほど多くなく、『ラ・コンク』誌掲載の旧作となるとさらに看過されるきらいがある。[116]

「ナルシス語る」にはまた、詩のテクストを論じる以前に、アプローチにかかわる問題がある。というのはこの「旧詩」は新しい「断章」との比較という観点から読まれることが多く、読解および評価にバイアスがかかりやすいのである。「語る」と「断章」を比較すれば、前者から後者への進化発展を読みとるのが一般的で、『若きパルク』以後の作である「断章」を積極的に評価する反面、若書きの作に対する目は厳しくならざるをえない。

さらに問題なのは、「語る」を「断章」と比較する観点からは、「語る」自体に含まれる差異がしばしば捨象されてしまうことである。『ラ・コンク』誌掲載の旧作と『旧詩帖』所収の改作は往々にして区別されず、あたかも同じ「初期詩篇」であるかのような扱いを受けることさえあるが、これには詩人自身の責任もある。先述した一九四一年の講演で、ヴァレリーは一八九〇年代当時を回想しつつ「ナルシス語る」を朗読するが、その際『ラ・コンク』誌に掲載されたものではなく『旧詩帖』所収のものに依拠しているのである。単に『ラ・コンク』誌のテクストが手元になかったためか、あるいは後年の詩人による作為とみなすべきか判断しかねるが、一八九一年の旧作と一九二〇年の改作は題名こそ同じであれ、内容的にも形式的にもかなり異なり、同一視しうるようなものではない。両者のあいだには約三〇年の歳月が経過しており、時間的な隔たりだけを問題とすれば、「語る」の旧作と改作のあいだには「語る」（改作）と「断章」のあいだよりも大きな開きがある。

一八九一年『ラ・コンク』誌に初出の後、一九二〇年に『旧詩帖』初版に収められる以前に、「ナルシス語る」は『今日の詩人たち』（一九〇〇）および『現代フランス詩人選集』（一九〇六―一九〇七）といった同時代の詩のアンソロジーにも再録されており、その際すでに改変の手が施されている。また一九二〇年の『旧詩帖』所収以降もわずかながら変更が加えられており、句読点の異同を除いて最終的な形（ヴァレリー自身が最後に目を通した一九四二年の版）と同じになるのは一九二七年版以降である。「紡ぐ女」の節でも述べたように、後年の改変は『旧詩帖』所収の際に限られるわけではなく、改変の機会のあるたびに段階を追ってなされたのだが、「ナルシス語る」については少なくとも『ラ・コンク』誌版と『旧詩帖』版の二つを区別する必要がある。

本節では、「ナルシス語る」の改変のありようを分析し、詩の内容および形式の両面における改変の特徴を明らかにすることを目的とする。そのために、一八九一年『ラ・コンク』誌に掲載された旧作と一九二〇年『旧詩帖』初版に収められた改作を主な比較対象として選び、そのほかの異文を随時参照することにする[117]（一二六頁〜一三三頁に旧作と改作の原文および拙訳を掲げる[118]）。

題名は旧作改作ともに「ナルシス語る」、詩句の総行数は旧作五三行、改作五八行である。

（1891 年『ラ・コンク』誌）

ナルシス語る

ナルキッサの霊を鎮めるために

おお 似たものよ！ 悲しき百合よ，私は美に恋い焦がれる
一糸まとわぬ君らのなかでわれとわが身を欲したために
そして，ナンフ！ ナンフ，泉のナンフたちよ，君らの方へ
私はまったき静寂にむなしい涙を捧げにきた
太陽の讃歌が去り行くからには！……
　　　　　　　　　　　　　　　　　　時は夕べ。
聖なる闇のなか金の草の伸びる音がする
そして月は不実にもその鏡を掲げる
明るく澄んだ泉が夜闇に消えてしまっても！
それゆえ，この相和《あいわ》する葦の茂みに，身を投げて
私は，おお蒼玉《サファイア》，わが悲しき美に恋い焦がれる，
古代の蒼玉にして魔法の泉よ
そこで私はかつての時の笑いを忘れた！

君の清き宿命の輝きをなんと嘆くことか，
私の涙へと定められた不吉な泉よ，
死をまぬがれぬ紺碧《あお》のなかに私の目は汲み取った
濡れた花々の冠をいただく私の姿を……
ああ！ その〈姿〉の優美なこと，涙は尽きず！……
この青い森とこの親しい百合の間からさしこむ
光がなおも揺らめいて，淡い紫水晶よ
かなたに〈フィアンセ〉の姿がほのかに見える
その君の鏡の悲しい微光《ひかり》が私を惹きつける，
淡い紫水晶！ おお 気の触れた夢の鏡よ！
ここに水のなかに月と露とのわが肉体がある
皮肉で狡猾な泉もそれに青くなっている。
ここにわが銀の腕がある，その仕草の清らかなこと……
私の手はゆっくりと輝く金のなかにくたびれつつ
葉の絡みつくこの囚はれの身を呼びまねく，
そして私は木霊へと名もない神々の名をさけぶ！
さらば！ 閉ざされ静まった波の下に消える反映よ，
ナルシスよ，最期の時は甘美な香りのように
うっとりと心にしみる。亡き人の霊《たましい》に
この深緑の墓の上に葬《とぶら》いの薔薇を撒け。

　わが唇よ，おのが接吻を散らす薔薇となれ
幻が安らかな夢のなか眠りにつくように，

(*La Conque*, 1891)

NARCISSE PARLE

NARCISSÆ PLACANDIS MANIBUS

Ô frères, tristes lys, je languis de beauté
Pour m'être désiré dans votre nudité
Et, vers vous, Nymphes ! nymphes, nymphes des fontaines
Je viens au pur silence offrir mes larmes vaines
Car les hymnes du soleil s'en vont !...
C'est le soir.
J'entends les herbes d'or grandir dans l'ombre sainte
Et la lune perfide élève son miroir
Si la fontaine claire est par la nuit éteinte !
Ainsi, dans ces roseaux harmonieux, jeté
Je languis, ô saphir, par ma triste beauté,
Saphir antique et fontaine magicienne
Où j'oubliai le rire de l'heure ancienne !

Que je déplore ton éclat fatal et pur,
Source funeste à mes larmes prédestinée,
Où puisèrent mes yeux dans un mortel azur
Mon image de fleurs humides couronnée...
Hélas ! l'Image est douce et les pleurs éternels !...
À travers ces bois bleus et ces lys fraternels
Une lumière ondule encor, pâle améthyste
Assez pour deviner là-bas le *Fiancé*
Dans ton miroir dont m'attire la lueur triste,
Pâle améthyste ! ô miroir du songe insensé !
Voici dans l'eau ma chair de lune et de rosée
Dont bleuit la fontaine ironique et rusée ;
Voici mes bras d'argent dont les gestes sont purs...
Mes lentes mains dans l'or adorable se lassent
D'appeler ce captif que les feuilles enlacent,
Et je clame aux échos le nom des dieux obscurs !
Adieu ! reflet perdu sous l'onde calme et close,
Narcisse, l'heure ultime est un tendre parfum
Au cœur suave. Effeuille aux mânes du défunt
Sur ce glauque tombeau la funérale rose.

Sois, ma lèvre, la rose effeuillant son baiser
Pour que le spectre dorme* en son rêve apaisé,

* 誤植 « donne » を訂正

〈夜〉も声をひそめて独りはるか遠くから
淡い影をたたえた軽やかな萼《うてな》に語りかける，
一方，月は身を伸べた銀梅花《ミルト》の木に戯れる。

私はおまえを愛おしむ，この銀梅花の下で，おお不確かな！
肉体よ，孤独のために悲しくも花開いたその身は
眠れる森の鏡に映る自分の姿に見とれる，
おお 青年と優美な姫の肉体よ！
あざむく時は苔の上の夢にやわらかく
ほの暗いよろこびが奥深い森を満たす。
さらば！ ナルシス，もう一度！ 今や黄昏のとき。
笛《フルート》が消えた蒼穹《あおぞら》にわたってさまざまに
去り行く羊の響きゆたかな心残りを奏でる！……
死の水にうかぶ宝石の唇に，おお 祈るような
夕べにも似た〈美〉よ，物静かな〈美〉よ，
甘くも致命的なこの夜の接吻を受けとれ，
愛撫の希望がこの水晶を揺らめかす！

闇に運び去れ，おお 追いやられたわが肉体よ
そして，月に向かって注げ，ひとり離れた笛に，

銀の水がめへと遠くはるかな涙を注げ。

（断章）

Car la Nuit parle à demi-voix seule et lointaine
Aux calices pleins d'ombre pâle et si légers,
Mais la lune s'amuse aux myrtes allongés.

Je t'adore, sous ces myrtes, ô l'incertaine !
Chair pour la solitude éclose tristement
Qui se mire dans le miroir au bois dormant,
Ô chair d'adolescent et de princesse douce !
L'heure menteuse est molle au rêve sur la mousse
Et la délice obscure emplit le bois profond.
Adieu ! Narcisse, encor ! Voici le Crépuscule.
La flûte sur l'azur enseveli module
Des regrets de troupeaux sonores qui s'en vont !...
Sur la lèvre de gemme en l'eau morte, ô pieuse
Beauté pareille au soir, Beauté silencieuse,
Tiens ce baiser nocturne et tendrement fatal,
Caresse dont l'espoir ondule ce crystal !

Emporte-la dans l'ombre, ô ma chair exilée
Et puis, verse pour la lune, flûte isolée,

Verse des pleurs lointains en des urnes d'argent.

(*Fragment*)

（1920 年『旧詩帖』初版）

ナルシス語る

ナルキッサの霊を鎮めるために

おお 似たものよ！ 悲しき百合よ，私は美に恋い焦がれる
一糸まとわぬ君らのなかでわれとわが身を欲したために，
そしてナンフ！ ナンフ，泉のナンフよ，あなたの方へ，
私はまったき静寂にむなしい涙を捧げにきた。

静けさが私に耳を澄まし，私は希望に耳を澄ます。
泉の声は変って私に夕暮れを告げる。
聖なる闇のなか銀の草の伸びる音がする，
そして月は不実にもその鏡を掲げる
消えた泉のさまざまな秘密の奥にまで。

そして私は！ この葦の茂みに全身を投げて，
おお 蒼玉《サファイア》よ，わが悲しき美に恋い焦がれる！
私が愛しく思えるのはもうこの魔法の水だけ
そこで私はかつての薔薇と笑いを忘れた。

君の清き宿命の輝きをなんと嘆くことか，
こんなにも力なく私に囲まれた泉よ，
死をまぬがれぬ紺碧《あお》のなかに私の目は汲み取った
濡れた花々の冠をいただく私の姿を。

ああ！ その姿のむなしいこと，涙は尽きず！
青い森と親しげな腕の間からさしこむ
微妙な時の淡くほのかな光が消えのこり，
名残の光で私の前に形づくるフィアンセは
裸，このほの白い場所で悲しい水が私を惹きつける……
欲望をそそるも冷たい，甘美な魔物！

ここに水のなかに月と露とのわが肉体がある，
おお 私の願いに向かい合う従順な姿かたち！
ここにわが銀の腕がある，その仕草の清らかなこと！……
私の手はゆっくりと輝く金のなかにくたびれつつ
葉の絡みつくこの囚はれの身を呼びまねく，
そして私は木霊へと名もない神々の名を叫ぶ！……
さらば，閉ざされ静まった波の上に消える反映よ，

(*Album de vers anciens*, 1920)

NARCISSE PARLE

Narcissæ placandis manibus

O frères ! tristes lys, je languis de beauté*
Pour m'être désiré dans votre nudité,
Et vers vous, Nymphes ! nymphes, nymphes des fontaines*
Je viens au pur silence offrir mes larmes vaines.

＊行頭字下げ (1927, 1929)
＊ « Nymphe, nymphe, ô nymphe des fontaines, » (1927-)

Un grand calme m'écoute, où j'écoute l'espoir*.
La voix des sources change et me parle du soir ;
J'entends l'herbe d'argent grandir dans l'ombre sainte,
Et la lune perfide élève son miroir
Jusque dans les secrets de la fontaine éteinte.

＊行頭字下げ (1926, 1927, 1929, 1931)

Et moi ! de tout mon corps* dans ces roseaux jeté,
Je languis, ô saphir, par ma triste beauté !
Je ne sais plus aimer que l'eau magicienne*
Où j'oubliai le rire et la rose ancienne.

＊ « mon cœur » (1929-)
＊誤植 « magicieuse » を訂正

Que je déplore ton éclat fatal et pur*,
Si mollement de moi fontaine environnée,
Où puisèrent mes yeux dans un mortel azur
Mon image de fleurs humides couronnée*.

＊行頭字下げ (1926-)
＊行末 « ! » (1931-)

Hélas ! L'image est vaine et les pleurs éternels !
A travers les bois bleus et les bras fraternels,
Une tendre lueur d'heure ambigüe* existe,
Et d'un reste du jour me forme un fiancé
Nu, sur la place pâle où m'attire l'eau triste...
Délicieux démon, désirable et glacé !

＊ « ambiguë » (1926-)

Voici dans l'eau ma chair de lune et de rosée,
Ô forme obéissante à mes vœux* opposée !
Voici mes bras d'argent dont les gestes sont purs !...
Mes lentes mains dans l'or adorable se lassent
D'appeler ce captif que les feuilles enlacent,
Et je crie aux échos les noms des dieux obscurs !...
Adieu, reflet perdu sur l'onde calme et close*,

＊ « mes yeux » (1926-)
＊行頭字下げ (1926)

ナルシス……　この名そのものが甘美な香りのように
うっとりと心にしみる。亡き人の霊《たましい》に
この虚ろな墓の上に葬《とぶら》いの薔薇を撒け。

わが唇よ，接吻を散らす薔薇となれ
いとしい幻がゆっくりと鎮まるように，
夜も声をひそめて，近くまた遠くから，
軽い眠りと影をたたえた萼《うてな》に語りかける。
一方，月は身を伸べた銀梅花《ミルト》の木に戯れる。

私はおまえを愛おしむ，この銀梅花の下で，おお 不確かな，
肉体よ，孤独のために悲しくも花開いたその身は
眠れる森の鏡に映る自分の姿に見とれる，
私は優美なおまえの前から身をほどくすべもなく，
あざむく時は苔の上の手足にやわらかく
暗いよろこびで深々と風をふくらます。

さらば，ナルシス……　逝け！ 今や黄昏のとき。
私の心のため息に私の姿は揺らいで，
笛《フルート》が，消えた蒼穹《あおぞら》をわたってさまざまに
去り行く羊の響きゆたかな心残りを奏でる。

死をまぬがれぬ冷たさに星影ともる水面に，
緩慢な墓が夕靄で形づくられるその前に，
宿命の水の静けさを破るこの接吻を受けとれ。

希望だけでこの水晶は砕けてしまう。
さざ波が私を奪い，息吹が私を追いやるがいい
私の吐息にかぼそい笛が息づかんことを
軽やかな笛の吹き手は私を赦してくれよう！……

消え去りたまえ，波立ち騒ぐ神の身よ！
そしておまえは，月に向かって注げ，ひとり離れた笛に，
ひとつにはなりえない私たちの銀の涙を。

Narcisse*... ce nom même est un tendre parfum
* « NARCISSE » (1929)
Au cœur suave. Effeuille aux mânes du défunt
Sur ce vide tombeau la funérale rose.

Sois, ma lèvre, la rose effeuillant le baiser*
＊行頭字下げ (1926)
Qui fasse un spectre cher lentement s'apaiser,
Car la nuit parle à demi-voix, proche et lointaine,
Aux calices pleins d'ombre et de sommeils légers.
Mais la lune s'amuse aux myrtes allongés.

Je t'adore, sous ces myrtes, ô l'incertaine*,
＊行末 « , » なし (1926-)
Chair pour la solitude éclose tristement
Qui se mire dans le miroir au bois dormant.
Je me délie en vain de ta présence douce,
L'heure menteuse est molle aux membres sur la mousse
Et d'un sombre délice enfle le vent profond.

Adieu, Narcisse... meurs ! Voici le crépuscule*.
＊行頭字下げ (1926-)
Au soupir de mon cœur mon apparence ondule,
La flûte, par l'azur enseveli module
Des regrets de troupeaux sonores qui s'en vont*.
* v. 48-49 行白なし (1927-)

Mais sur le froid mortel où l'étoile s'allume,
Avant qu'un lent tombeau ne se forme de brume,
Tiens ce baiser qui brise un calme d'eau fatal*.
＊行末 « ! » (1929, 1942)

L'espoir seul peut suffire à rompre ce cristal.
La ride me ravisse au souffle qui m'exile
Et que mon souffle anime une flûte gracile
Dont le joueur léger me serait indulgent !...

Évanouissez-vous, divinité troublée* !
＊行頭字下げ (1926-)
Et toi, verse pour la lune, flûte isolée*
* « verse à la lune, humble flûte isolée, » (1926-)
Une diversité de nos larmes d'argent.

改変の特徴——内容面

まず内容面における変化を端的に示すのは語彙およびイメージの選択である。旧作から消去されたものと、改作で新たに加えられたものを子細に観察すれば、そこから後年詩人が若書きの作に対して示した距離感をおおよそ測ることができるだろう。

第一に注目されるのは、大文字・イタリック体・特殊な綴りなどの消去である。旧作では、「夜 Nuit」(CQ, 35)[119]と「黄昏 Crépuscule」(CQ, 44) が大文字表記で擬人化され、ナルシス自身の「姿 Image」(CQ, 17)、「フィアンセ *Fiancé*」(CQ, 20)、それを映す「水晶 crystal」[120] (CQ, 50) といった語がそれぞれ大文字、斜体、特殊な綴りによって、特別なニュアンスを帯びていた。改作ではそうした視覚的な強調効果がすべて消去されている。[121]

象徴派的な語彙

消去された語彙のなかで特に注目されるのは、「宝石」や「百合」など象徴派好みの、それゆえ時代色の濃厚な語彙である。「紫水晶 améthyste」(CQ, 19, 23)、「深緑の glauque」(CQ, 32)、「宝石 gemme」(CQ, 47) などは全消去され、「百合」、「蒼玉《サファイア》」、「鏡」、「蒼白い」、「青い・青くする」などの語も削減されている。なお、これらの語彙の多くはマラルメの「エロディアード」あるいは『半獣神の午後』を想起させるものである。[122]

この点に関して先述の一九四一年の講演に示唆に富む一節がある。ヴァレリーは「ナルシス語る」の朗読の合間に解説を差しはさみ、「蒼玉 saphir」(AVA, 11) および「葬いの funérale」(AVA, 33) という語についてそれぞれ次のように述べている。

当時、詩人たちは好んで宝石に関する言語の富の限りを駆使していました。宝石類を振りまくことによって自分たちの作品を豊かにすると思っていたのです。その後、詩は切り詰められ、私たちは以前よりも簡素になり貧乏になりました[123]。

この稀な語（funérale）は（果たしてアカデミーの辞書に載っているかどうかも分かりませんが）、私の青年時代の語の一つです。私たちは好んで、実に不確かな、常に凝った語彙を用いたものでした。しかし〔……〕簡素こそ最も望ましいものですが、それは出発点にあるものではなく、到達点となるべきものだと私は思います。一見無価値にみえる言葉の方があらゆる装飾よりもはるかに高くつくことを体験によって学ぶ必要があるのです[124]。

老境に入った詩人はこのようにみずからの青年時代をふりかえりつつ、象徴主義の隆盛した当時の雰囲気を愛惜を込めながらも批判的に回想している。そして「五〇年の距離」を置いてみると、この最初の「ナルシス」は「もし自分が詩作を続けていたとしたらおそらく作ったであろう詩篇の典型」のように見え、「当時の私の理想と能力を特徴的に示す第一状態」であると語っている。が、先に述べたように、ヴァレリーがそのように語っているのは『ラ・コンク』誌版ではなく『旧詩帖』版の「語る」についてであり、「蒼玉」や「葬いの」という語は単に旧作にあったものではなく、改変の手を免れてなおも残存したものなのである。後年、若書きの詩を目にした詩人は時代がかった「宝石」や「稀語」の多くを捨てたが、それらすべてを消してしまうのではなく、みずからの「青年時代の語」を幾つかは残しておいたのだろう。

両性具有のイメージ

もう一点注意を引くのは、旧作ではナルシスの両性具有的なイメージが色濃く漂っていたが、改作ではそれが薄らいだことである。旧作のナルシスは「青年と優美な姫の肉体」（CQ, 41）をあわせもち、その両性具有的な美はさらに「夕暮れ」の美に重ねられていた（「夕べにも似た美よ」CQ, 48）。昼と夜、光と闇のあわいにあって幻のように空を染めるやまもなく消えゆく「黄昏時」はまさしく両性具有に喩えられるにふさわしい。フランス語では「昼 jour」が男性名詞、「夜 nuit」が女性名詞であるだけにいっそうこの種の想像が掻き立てられるだろう。

ナルシスという絶世の美青年において男女両性が溶け合っているという夢想、日の光と夜の闇が一時交わる「誰そ彼時」にそうした微妙な美が幻出するという夢想は、二〇歳前のヴァレリーを強く捉えていたようだ。最初期のソネと同じ頃に書かれたと推定される散文草稿に次のような一節がある。

私はこの上ない青年！　私はわが肉体のうちに処女の優美と青年の清らかな形を結び合わせる！〔……〕私は燦然たる輝き、両性がひとつに溶け合い、〈黄昏〉のような、得も言われぬおぼろげな魅力に高められた輝きだ。私は捉ええぬ〈美の黄昏〉なのか？　神秘的な不確かさ、愛に満ちた神々しい曖昧さ！(125)

男性と女性の境を揺るがせるのはナルシスの肉体だけではない。ナルシスが語る言語そのものが文法上の性《ジャンル》の境を侵している。そもそも、ヴァレリー自身が述懐しているように、「ナルシス」をめぐる夢想は「ナルキッサ」という女性名に端を発したものであった。モンペリエの植物園に「ナルキッサの霊を鎮めるために Narcissae pracandis manibus」という碑銘を刻んだ墓石があり、そこには一八世紀の英国詩人エドワード・ヤングが「夜想」においてその夭折を嘆いた愛娘「ナルキッサ」が眠っていると言い伝えられていたこと（それは伝説にすぎなかったが）はよく知られているだろう(126)。

フランス語には単数形と複数形で性の変わる名詞が幾つかある。délice（悦び）もその一つで、通常、単数形では男性名詞、複数形では女性名詞となるが、ヴァレリーは「語る」旧作において、この語を単数形のまま女性名詞として用いている（「暗い悦び la délice obscure」CQ, 43）。このような文法的な破格による性の越境はナルシスの両性具有性を反映したものと言えよう。もう一つ、ナルシスが「わが肉体」に呼びかける言葉（「闇にそれを運び去れ Emporte-la dans l'ombre（CQ, 51）に代名詞 la が現れるが、「それ」が指示するものは何か。文脈からナルシス自身の映像と推測されるが、前段にみえる女性名詞としては、無冠詞の「愛撫 caresse」（「接吻 baiser」の同格）、同じく無冠詞の「美 Beauté」（鏡像への呼びかけ）、定冠詞を付した「水 l'eau」や「唇 la lèvre」などがある。終盤、ナルシスが呼びかける対象は「肉体 chair」にせよ「美 Beauté」にせよ女性名詞であり、代名詞 la はおそらくそうした女性的な鏡像を指すと思われる（あるいは限定的に鏡像の「唇」を指すだろう）。さらに言えば、水鏡に映ずるナルシスの反映は、前半部（第三七行まで）では、「鏡像 l'Image」（CQ, 17）を除き、「フィアンセ le *Fiancé*」（CQ, 20）、「囚われの身 ce captif」（CQ, 27）、「反映 reflet」（CQ, 29）、「幻 le spectre」（CQ, 34）等すべて男性名詞であり、終盤（第三八行以降）、「不確かな！／肉体 l'incertaine ! / Chair」（CQ, 38–39）を境に両性具有化し（「青年と姫の肉体」）、その後は「肉体 chair」（CQ, 41, 51）、「美 Beauté」（CQ, 48）等、女性名詞に変わっている。いわばナルシスは詩篇のなかで〈女性化〉するのである。[127]

改作ではこうした両性具有的なイメージがかなり弱まった。たとえば、ナルシスの両性具有性を端的に示す一句「おお青年と優美な姫の肉体よ」（CQ, 41）は「優美なおまえの前から身をほどくすべもなく」（AVA, 42）に――音韻上の類似（princesse douce から présence douce へ）にそって――改変され、「夕べにも似た」両性具有的な「美」（女性性を強調する女性名詞 Beauté）への呼びかけも消去された。また、単数形 délice に付された破格の定冠詞女性形 la や Emporte-la における指示対象の不分明な代名詞の女性形も、ともに一九〇〇年『今日の詩人たち』に再録される段階で男性形に改められている。

このようにナルシスの両性具有性および女性化は改変の過程で薄らいだと言える。ただし、「ナルキッサ」という女性名を含むエピグラフはそのままであり、[128]「不確かな／肉体」（AVA, 39-40）という暗示的な表現も残存している。また、文法上の「性」の揺らぎも、「ナルシス語る」改作からは影を潜めたように見えるが、これは詩人の好んだところらしく「ナルシス断章」や「ナルシス交声曲」など後年の作にも同種の揺らぎが見出される。[129]ヴァレリーにおける両性具有性ないし性転換というテーマは一筋縄では捉えきれない問題をはらんでいるように思われる。その広がりと奥ゆきを見定めるには、ナルシスの主題にとどまらず、ヴァレリーの作品全体を視野に入れ、テクスト上に生起するあらゆる「性」（sexe / genre）の移行、越境、揺らぎを観察する必要があるだろう。[130]

鏡像《イマージュ》の変容

旧作から改作へ、水鏡に映るナルシスの姿の変容を象徴的に示す一句がある。

Hélas ! l'Image est douce et les pleurs éternels !... (CQ, 17)

Hélas ! L'image est vaine et les pleurs éternels ! (AVA, 18)

「鏡像《イマージュ》」は頭文字の大文字を喪失するとともに、「甘美」なものから「空虚」なものへ一転した。旧作のナルシスがおのれの鏡像をもっぱら優美なものと捉えているのに対し、改作のナルシスの鏡像はより複雑になっている。たとえば次の詩句――

Délicieux démon, désirable et glacé ! (AVA, 23)

[...]

O forme obéissante à mes yeux opposée ! (AVA, 25)

「甘美な魔物」と呼ばれる鏡像は「欲望をそそる」反面「冷え切った・冷やかな」ものであり、こちらの動作にあわせて「従順」に動くようでいながら、鏡を境に「対置」され「相反」しているようにも見える。誘惑と拒絶を同時に示すような矛盾形容的な表現によって、鏡像には両義的な深みが付与されていると言えよう。

また、ナルシスが自らの反映に「口づけ」をしようとする場面を比較してみよう。

Sur la lèvre de gemme en l'eau morte, ô pieuse
Beauté pareille au soir, Beauté silencieuse,
Tiens ce baiser nocturne et tendrement fatal,
Caresse dont l'espoir ondule ce crystal ! (CQ, 47-50)

Mais sur le froid mortel où l'étoile s'allume,
Avant qu'un lent tombeau ne se forme de brume,
Tiens ce baiser qui brise un calme d'eau fatal !
L'espoir seul peut suffire à rompre ce cristal.
(AVA, 49-52)

旧作では闇にのまれゆく鏡像の「美」が「甘美に」や「愛撫」の語を添えて愛惜されていたのに対し、改作ではそういった甘やかな語彙が消去され、その代りに「壊す」や「砕く」といった暴力的な動詞が挿入された。ナルシスの意識の焦点は、鏡像の「美」からその美の「破壊」へ移ったといえる。この点に関連して、旧作にはなく改作で新たに加えられた重要な要素がある。ナルシスの「吐息が像を掻き乱す」というイメージである。

La ride me ravisse au souffle qui m'exile
Et que mon souffle anime une flûte gracile
(AVA, 53-54)

夕闇迫るなか、われとわが身に口づけようとして水面に顔を近づける。風が吹いて水面が波立つ。像が遠ざかる。唇に唇を合わせようと近寄れば、漏れた息に像が乱れる。［i］という鋭い母音の畳みかけ（ride ; ravisse ; qui ; exile ; anime）が「水晶」に亀裂を走らせ、鏡像を破壊する荒々しさを表現するかのようである。

なお、「かぼそい笛 une flûte gracile」（AVA, 54）およびその「軽やかな吹き手 le joueur léger」（AVA, 55）は旧作には存在せず、『旧詩帖』版で追加されたものである[131]。

人称

人称代名詞の用法について旧作と改作を比較してみれば、まず共通点として次の点が挙げられる[132]。冒頭、「百合」（複数）に向かってナルシスが「君たち vous」と呼びかける、「泉のナンフ」への呼びかけは vous から toi（CQ, 13 ;

AVA, 14）に推移する、水鏡に映る「私の姿」（CQ, 16 ; AVA, 17）は三人称から二人称に変化（CQ, 29 ; AVA, 23–25, 30）し[133]、両者の間を揺らいだのち（CQ, 38–41 ; AVA, 39–42）、最後は二人称に落ち着く（CQ, 44, 51 ; AVA, 45, 57）。

旧作と改作で異なるのは、中盤の「泉」への呼びかけが減少する一方（CQ, 11, 19–22 ; AVA, 12, 20–23）、「鏡像」への呼びかけが増加した（AVA, 23, 25）、言い換えれば、呼びかけの対象が自分を映すものから自分自身に推移する段階が早まったこと。また、終盤における「鏡像」への呼びかけが少なくなる一方、一人称の「私」が頻繁に現れるようになった（CQ, 47–48 ; AVA, 46, 53–55）、つまり終盤のナルシスの意識の焦点が、見える対象から見る主体へ移行したこと。さらに、旧作では「わが肉体」への呼びかけで締めくくられていた結末に、改作では vous, toi, nos という三種類の人称代名詞が現れ、人称においてもまさしく「多様性 diversité」（AVA, 58）が表現されていること。以上が主な相違点である。

要するに、人称表現は改変によってより多様になるとともに、水鏡のなかのフィアンセに対する熱烈な呼びかけが若干薄れる反面、ナルシス自身の自己意識（「私」）が強調される結果となった。

改変の特徴——形式面

これまで内容面（語彙・イメージ・人称表現）を観察してきたが、次に詩の形式面（脚韻・リズム・音韻）に焦点を移して「ナルシス語る」の改変を吟味しよう。もちろん詩人自身が繰り返し諫《いさ》めたように、詩の音楽的形式と意味内容は不可分であり、それを別々に考察することは批判されるべきかもしれない。しかしまた両者の区別は、最終的に総合をめざす分析の手続きとして必要不可欠な過程でもある。形式上の変化と内容上の変化は密接に結びついているが、それでもなお両者の改変は常に同時になされるわけではないだろう。ある場合には語彙の変更が音韻の変化を促し、また別の場合にはリズムの変化が意味の変化に先立つ。詩作の実際のありよう、推敲の過程とはそうしたものだろう。以下に指摘する形式上の改変は、その多くが、詩句の意味内容に先立ってその音楽的形式を改鋳するために詩人が自らに課したと思われるものである。

旧作から改作へ、詩句の総行数（五三行から五八行へ）および詩節の数（七節から一一節へ）が増加した。また『ラ・コンク』誌版で一ヵ所見られた詩句の分断（CQ, 5）が『旧詩帖』版ではなくなっており、詩句末尾にあった「断片 Fragment」の付記も消去されている。

脚韻

旧作・改作ともに、平韻、交差韻、抱擁韻の三種を織り交ぜるが、男性韻と女性韻の交替という古典的規則は遵守されている。脚韻上の改変として最も注目すべきは、旧作では最終行に孤立していた argent が、改作では indulgent と押韻したことである。この変化は先述の「断片」という付記の消去と対応しており、旧作における脚韻の欠如はいわば詩の「断片」性を象徴的に明示するものであったと思われる[134]。

改作で新たに加えられた脚韻は m'exile / gracile（AVA, 53–54）の一対だけであり、その他に追加された詩句はすでに存在していた脚韻を重ねる結果となっている。冒頭、soir – miroir（CQ, 5, 7）の脚韻にもう一つ espoir（AVA, 5）が加えられ、終盤でも、Crépuscule – module（CQ, 44, 45）の間に ondule（AVA, 46）が挿入された。つまり、旧作（五三行）から改作（五八行）へ追加された五行の詩句は、一つは脚韻の欠を補い、二つは新たな対をなし、残る二つはそれぞれ既存の脚韻の重層化に充てられたわけである。

既存の詩句については、pieuse / silencieuse（CQ, 47–48）を s'allume / brume（AVA, 49–50）に変更したのが唯一の脚韻の変化であるが、これは先述した「美」Beauté の消去に伴う結果であろう（pieuse, silencieuse はともに Beauté を修飾する形容詞）。それ以外は、脚韻を構成する語の変更はあっても脚韻の響き自体は変わっていない。さらに言えば、脚韻を構成する語が変更される場合、脚韻の響きはどちらかといえばより豊かになる傾向が見てとれる（couronnée と押韻する語が prédestinée から environnée に、rosée と押韻する語が rusée から opposée に変更する一方、脚韻の響きが弱まった例は一つだけ、fiancé との脚韻が insensé から glacé に変わった）。また baiser との脚韻が apaisé から s'apaiser に改められたことは視覚的な脚韻への配慮と言えよう。

もう一点注目すべきは、脚韻と詩節の関係である。古典的な詩節《ストローフ》は単に行白によって隔てられるものではなく、脚韻によって構成されるべきものだが、その視覚的外観と聴覚的単位の調和はやがて古典的詩法の衰退とともに破られるようになる。「ナルシス語る」旧作にはそうした例が一ヵ所見られる（二つの詩節にまたがった lointaine // incertaine（CQ, 35–38）の脚韻）。改作ではこれに加えて同種の例がもう二つ加えられた（profond // vont（AVA, 44, 48）および indulgent // argent（AVA, 55, 58））。フランシス・スカーフは、こうした詩節と脚韻の「気まぐれ」で「無秩序」な構成が「水という流動体」の揺らぎを表すと指摘したが[135]、脚韻と詩節の乖離は古典的な詩句の枠組みを解消しようとする傾向の一端を示すものと言える[136]。

音韻

一八九一年四月二〇日付ピエール・ルイス宛の手紙においてヴァレリーは畳韻《アリテラシオン》について言及し、それは「探し求めるのではなく優雅に引き出すにとどめるべき」ものだと述べた後、みずから「内部音韻 *intrasonnance*」および「多種音韻 *multisonnance*」と称している音韻効果について自作の詩から例を引いて説明している[137]。前者は「詩句における同じ音の反復」であり、「ナルシス語る」旧作の第四五行（La flûte *sur* l'*azur* enseveli mod*u*le）が実例として引かれている。後者は、Parmi cette aube fine, ô pâle enchemisée[138] という引用例から察するに、詩句における多様な母音の組み合わせのことと思われる。当時すでにヴァレリーが音韻効果をいかに重視していたかを物語る手紙だが、「ナルシス語る」の旧作と改作を比較すると、詩句の改変が「内部押韻」を増す方向になされていることが分かる。例えば次のようなよく似た詩句を比べてみよう（異なる箇所を下線で、音韻効果を太字で示す）。

À travers <u>ces</u> **b**ois **b**leus et <u>ces lys</u> fraternels　　(CQ, 18)
À travers <u>les</u> **b**ois **b**leus et <u>les **bra**s</u> f**ra**ternels,　　(AVA, 19)

L'heure **m**enteuse est **m**olle <u>au rêve</u> sur la **m**ousse　　(CQ, 42)
L'heure **men**teuse est **m**olle <u>aux **mem**bres</u> sur la **m**ousse　　(AVA, 43)

Et la délice obscure emplit le bois profond. (CQ, 43)
Et d'**un sombre** délice **enfl**e le vent prof**ond**. (AVA, 44)

改作において選ばれた語彙はいずれも畳韻および半諧音の効果を高めているが、それはもちろん意味と無関係ではありえない。最初の例では、「百合」という象徴派的な語彙に代えて「腕 bras」とするが、この語は bois, bleus と頭韻を踏み、かつ後続の fraternel とも響きあう。そうした音韻効果に加えて、「森の腕」という暗喩は、ナルシスを取り巻く「森」を擬人化し、さらには木々がその腕＝枝を絡ませ合って抱擁するイメージをも喚起するだろう(139)。次の例では、「夢」を「四肢 membres」に変え、すでに三度繰り返された［m］音の畳韻（menteuse, molle, mousse）をいっそう強め、かつ鼻母音の反復（me*n*teuse と me*m*bres）を添えるが、意味上も、「夢」という心的現象をより肉感的な「四肢」に変え、［m］音の執拗な反復による口唇感覚を通して、「苔 mousse」の上に這いつくばる「手足 membres」の「柔らか molle」な感触を伝えるかのようだ。最後の例は、意味上は大した変化がないように見えるが、詩句の形式と意味の結びつきという点ではるかに効果をあげている。「悦び délice」を修飾する形容詞「暗い」を obscure から sombre に変え、冠詞を定冠詞 la から不定冠詞 un に直し（この語の文法的性の揺らぎについては先述のとおり）、さらに「深い森 bois profond」を「深い風 vent profond」に置き換える。いずれの変更も鼻母音を増すものであり、その連鎖（d'*un sombre*...*enfl*e... *ven*t prof*ond*）はまさしく「深く」「暗い」ものの膨らむ感覚を表現するのにふさわしいと思われる。動詞 emplit（満たす）を enfle（膨らませる）に変えたのは、目的語の変化に伴い、en*fle le v*ent における［fl－lv］の畳韻に魅力を感じたためであろうか。

リズム

古典的な一二音節詩句《アレクサンドラン》は中央の句切り《セジュール》によって均等な二つの半句に分かれる。ロマン派の詩人たちはこの古典的な6-6のリズムに加えて、一二音節を4-4-4に分ける「三分節詩句」（ロマン派的詩句）を用いたが、依然として句切りは遵守していた。象徴派の詩人たちはさらに大胆な一歩を踏み出し、古典的詩法の要諦というべき句切りを侵犯するに至った。韻律的観点から見た詩句の非古典性（古典的詩句に反する度合い）はこの句切りの不安定さによって測定することができる。

『韻文の理論』の著者ブノワ・ド・コルニュリエは、マラルメ、ヴェルレーヌ、ランボーの詩句を主な考察対象として、非古典的な詩句を摘出するための「五つの基準」を挙げている。たとえば一二音節詩句が定型を外れるのは次のような場合である。(140)

一、第六音節目に「女性の無音のe」が置かれる場合

二、第六音節目と第七音節目の境（句切り）を「語の男性部分」が跨ぐ場合

三、第七音節目に「前接語《アンクリティック》」が置かれる場合

四、第六音節目に「後接語《プロクリティック》」が置かれる場合

五、第六音節目に「単音節の前置詞」が置かれる場合

これらはすべて第六音節目に強勢を置くことを不可能ないし困難にすることによって句切りを揺るがせ、古典的な一二音節詩句のリズムを乱すものにほかならない。以上五項目に加えて、第七音節目に「女性のe」が置かれる場合も古典的な常識を覆すものとして注目される（6-6のリズムは保たれるが、第七音節目に無音のeを有する単語が句切りを跨ぐことになるからである）。

このコルニュリエの「基準」に照らして「ナルシス語る」の改変詩句を分析すると、興味深い事実が見えてくる。句切りを揺るがせる非古典的な詩句は、『ラ・コンク』誌版（一八九一）および『今日の詩人たち』版（一九〇〇）では五三行のうち一三行、『旧詩帖』初版（一九二〇）では五八行のうち六行、最後の版（一九四二）ではさらに五八行のうち四行、というように改変を通して非古典的詩句が漸次減少しているのである。

旧作に含まれた非古典的詩句一三行のうち、まず七行が『旧詩帖』初版の段階で古典的詩句に改められたわけだが、その改変のありようを観察してみよう（以下、非古典的な句切りの箇所を太字で示す）。

旧作第一二行および第三六行はともに第七音節目に非脱落性の無音のeを含むという点で非古典的な詩句であった

が、改作ではそれが次のように直された。

Où j'oubliai le ri(//)**re** de l'heure ancienne ! (CQ, 12)
Où j'oubliai le rir(e) // et la rose ancienne. (AVA, 13)

Aux calices pleins d'om(//)**bre** pâle et si légers, (CQ, 36)
Aux calices pleins d'ombr(e) // et de sommeils légers. (AVA, 37)

旧作では rire（CQ, 12）および ombre（CQ, 36）の語がそれぞれ句切りを跨いでいたが、両者とも改作では第八音節目に接続詞 et を置くことによって直前の e を脱落させ、この問題を解消する。最初の例では de l'heure の位置に et la rose が置かれたが、rose の語の選択には rire との頭韻効果も働いているだろう。次の例では pâle et si を et de sommeils に変更し、6-6 のリズムとともに構文上も対称性を際立たせている。『ラ・コンク』誌版には詩句が一行内で分断される現象が一ヵ所見られたが、『旧詩帖』版ではその断絶を含む一行に代えて改行なしの二行が置かれた。

Car les hymnes du **so**(//)**leil** s'en vont !...
C'est le soir. (CQ, 5)

Un grand calme m'écout(e), // où j'écoute l'espoir.
La voix des sources chang(e) // et me parle du soir ; (AVA, 5–6)

旧作第五行は詩句の分断だけでなく soleil の語が句切りを跨ぐ非古典的な詩句でもあるが、詩行を不均等に分断するリズム（9-3）は「太陽の讃歌」が鳴り響いていた日中から「夕べ」への推移の急激さを模倣するかのようである。他方、改作で加えられた二行は古典的詩句の6-6のリズムに加え、句切りを軸として同じ語が向かい合わせに配置され（m'écoute, // où j'écoute）――「鏡」の視覚効果を聴覚上に反映させたかのような対称的な詩句となっている。次行では、「ナルシス語る」という題名と呼応するかのように、「泉の声」がナルシスに夕べの到来を「語る」。こうしてナルシスは主体と客体の相互作用（見る／見られる、聞く／聞かれる、語る／語られる）のなかに位置づけられ、宿命づけられる。この部分における改変の狙いは、ナルシスおよび鏡の主題系、見る主体と見られる対象との眩惑的な劇を、視覚に先立って聴覚に訴える形で予告する点にあったと思われる[14]。

他にも、語が句切りを跨ぐ詩句がいくつか古典的結構をそなえる詩句に改められた。

Saphir antiqu(e) / et **fon**(//)**taine** magicienne (CQ, 11)
Je ne sais plus aimer // que l'eau magicienne (AVA, 12)

Dans ton miroir / dont m'**a**(//)**ttire** la lueur triste, (CQ, 21)
Nu, sur la place pâl(e) // où m'attire l'eau triste... (AVA, 22)

Pâle améthyst(e) ! / ô **mi**(//)**roir** du songe insensé ! (CQ, 22)
Délicieux démon, // désirable et glacé ! (AVA, 23)

旧作第一一行、第二一行、第二二行はいずれも6-6のリズムが不可能な代わりに4-8のリズムが可能だが、改作ではそれらがすべて古典的詩句に置き換えられた。リズムの変化は語彙の選択（「サファイヤ saphir」（CQ, 11）の消去）や音韻上の効果（［p］［l］［a］（AVA, 22）あるいは［d］［e］（AVA, 23）の畳韻および半諧音）を伴っている。

また、第六音節目に通常無強勢の接語《クリティック》を置く次の詩句も確かな句切りをもつ詩句に改められた。

Source funest(e) / à **mes** // larmes prédestinée,　(CQ, 14)
Si mollement de moi // fontaine environnée,　(AVA, 15)

旧作第一四行は「ナルシス語る」の出発点となったソネの段階から存在していた詩句であり、6-6 に句切ることが困難な代わりに 4-8 のリズムが可能であったが[142]、改作では定型リズムに直されるとともに［m］音の畳韻を帯びることになった。

以上のように、『旧詩帖』初版では『ラ・コンク』誌版にあった非古典的詩句一三行のうち七行が改められた。残る六行のうち二行は、一九二六年版あるいは一九二七年版において、いずれも細部の修正によって手直しされた。一つは第三行、泉の「ナンフ」に向かってナルシスが三度呼びかける詩句。

Et, vers vous, Nymphes ! nym(//)phes, nymphes des fontaines　(CQ, 3)
Et vers vous, Nymphe, nymph(e), // ô nymphe des fontaines,　(AVA, 3) [1927][143]

「ナンフ」を複数から単数に変え、第七音節目に間投詞 ô を挿入するだけで、旧作では句切りの後に残存していた非脱落性の e の問題が解消される。詩句の意味はほとんど変えず、非古典的な特性を回避して伝統的な骨格を復元するこの手際。リズムも微妙に調整されている。旧作では、6-6 のリズムも可能だが、感嘆符によって 4-8 のリズムが支配的であった。改作では、句切りの後に ô を挿入したことにより、4-8（あるいは 4-4-4）のリズムも可能なまま、6-6 のリズムが優勢となる。

第五二行詩句も、最小限度の修正によって詩句の非古典的特性を解消する。

Et puis, verse pour **la** // lune, flûte isolée,　(CQ, 52)

Et toi, verse à la lun(e), // humble flûte isolée,　　(AVA, 57) [1926][144]

前置詞 pour を à に変更するだけで前半句のリズムは正される。その結果、一音節の余剰が出るが、それを後半句冒頭に充てる。無音の h で始まる humble は直前の lune 末尾の e を脱落させる。こうして詩句の古典的な結構が巧みに復元される。

以上のように、韻律の観点から見て、詩句の改変はいずれも非古典的な詩句を古典的な詩句に直す方向になされていることが分かる。

とはいえ、旧作にあった非古典的詩句がすべて改められたわけではない。以下に掲げる四つの詩句は最後まで残存した非古典的詩句として注目に値する。

Que je déplo/re **ton** (//) éclat / fatal et pur,　　(CQ, 13 ; AVA, 14)

ナルシスの「悲嘆」、泉の「輝き」の「宿命と純粋」を 4-4-4 のリズムで表現するこの一句は、ナルシスの出発点を画する最初期のソネの冒頭句であった。しかも、この三分節詩句は「ナルシス語る」改作（『旧詩帖』）に残存したばかりでなく、「ナルシス断章」（『魅惑』）に至るまで手つかずのまま保たれた記念すべき詩句である。[145]

同じく 4-4-4 もしくは 8-4 のリズムを有する次の詩句も、若干の変更を被っただけで（Nuit を小文字に、seule を proche に変え、その前に読点を打つ）、句切りは demi の語に跨がれたままである。

Car la Nuit parle à **de**(//)**mi**-voix seule et lointaine　　(CQ, 35)
Car la nuit parle à **de**(//)**mi**-voix, proche et lointaine,　(AVA, 36)

また、第六音節目に接語《クリティック》を置く次の詩句（8-4 のリズムが可能）も無修正のまま残された。

Qui se mire dans **le** // miroir au bois dormant.　(CQ, 40 ; AVA, 41)

そして、最も不安定な次の詩句。

Je t'adore, sous **ces** // myrtes, ô l'incertaine [!]　(CQ, 38 ; AVA, 39)

第六音節目の接語《クリティック》によって句切りの揺らぐこの詩句は、さらに第四音節目と第八音節目にも「女性無音のe」を含む（**adore**, **myrthe**）。言い換えれば、この詩句は三分節リズム（4-4-4）の二つの変形とみなしうる8-4のリズムも4-8のリズムも不可能であり、その点でブノワ・ド・コルニュリエが最も非古典的とみなす詩句である[146]。興味深いことには、このきわめて不安定なリズムをもつ詩句のなかに「不確かな！」という語があり、「不確かなものを愛おしむ」という詩句がまさしく不確かなリズムに乗せて表現されている。

この詩句の不安定さはそれだけにとどまらない。旧作では、詩句の末尾に感嘆符が付され、あたかも詩句が完結しているような外観を呈しながら、「不確かな！」（形容詞の女性形に定冠詞を付す）の意味するところは不確かなまま宙づり状態にされ、次行に至って初めて女性名詞「肉体Chair」を修飾するものと判明する。つまり、この形容詞は逆送り語《コントル・ルジエ》として強調されるわけだが、そのサスペンスの効果は末尾の感嘆符によって一段と高まる。この破格的な感嘆符は改作ではなくなり、句跨《アンジャンブマン》ぎはより穏当なものとなった[147]。

この詩句はまた前後の詩句との関係においても興味深い。以下に『旧詩帖』版第三四–四二行を掲げる（『ラ・コンク』誌版での対応詩句は第三三–四一行）。

Sois, ma lèvre, la ros(e) // effeuillant le baiser
Qui fasse un spectre cher // lentement s'apaiser,

Car la nuit parle à **de**(//)**mi**-voix, proche et lointaine,
Aux calices pleins d'ombr(e) // et de sommeils légers.
Mais la lune s'amus(e) // aux myrtes allongés.

Je t'adore, sous **ces** (//) myrtes, ô l'incertaine
Chair pour la solitud(e) // éclose tristement
Qui se mire dans **le** (//) miroir au bois dormant,
Je me délie en vain // de ta présence douce,

(AVA, 34-42)

注目すべき点は三つある。まず、リズムについて。非古典的な第三九行詩句の前後（第三八行と第四〇行）は古典的な詩句となっている。また第四一行は、問題の第三九行と同じく、句切りの位置に接語《クリティック》語が置かれてリズムは揺らぎ、つづく第四二行では再び6-6のリズムに復する。つまり古典的な詩句と非古典的な詩句が交互に配置されているのである。この点に関して、一八九一年四月二〇日――「ナルシス語る」旧作の制作後まもなく――ヴァレリーがピエール・ルイスに宛てた手紙の一節が示唆に富む。「このごろ美学に凝っていて自分の理論が定まってきた」と述べた後、ヴァレリーはみずからの詩論の概要を紹介するが、その一つに「各々の詩句にそなわる音楽。高踏派的な詩句と柔軟な詩句を並行して介在させること、後者をより頻繁に[148]」とある。「高踏派的な詩句」が古典的な骨格を備えた詩句を研磨彫琢したものとすれば、「柔軟な詩句」とはその骨格を揺るがせて不安定なリズムをかもしだす象徴派風の詩句を意味するだろう。それらを「並行して介在させる」という理論は、まさしく上に引いた「ナルシス語る」の一節において実践されていると言える[149]。

次に脚韻について。先述のように第三八行末の l'incertaine は行白を隔てて第三五行末の lointaine と脚韻を踏むが、両詩句はともに非古典的な詩句であり、句切りの不確かな詩句どうしの押韻となっている。また、引用した一節は最後までこの詩に残存する非古典的詩句（第三六行・第三九行・第四一行）が集中する箇所だが、それらにはある奇妙な共通点——いずれも第七音節目に［mi］の音を含む——が見られる。偶然の一致か意図的なものか判断しかねるが、もしかすると詩人はこの［mi］という音に含まれる意味（「半分」）を意識していたかもしれない。第三六行「声をひそめて à demi voix」に含まれる demi の語は句切りによってまさしく「半分」に切られており、第四一行「鏡 miroir」の語もそこに姿を「映す」者を二重化あるいは分割する（なお同じ行に動詞 se mirer がある）。さらに第三九行「銀梅花 myrtes」の語は前行にも見え、行白を挟んで——あたかも行白が水鏡となったかのように——反復・反映している。

最後に、人称代名詞の揺らぎについて。第三九行の二人称代名詞（Je *t'*adore）は間投詞 ô を伴う l'incertaine / Chair を指すだろうが、定冠詞を付すこの表現は第四一行の関係代名詞 qui の先行詞でもあり、関係節の中では三人称化する（*se* mire）[150]。と思えば、第四二行では再び二人称に戻る（*ta* présence douce）。「不確かな肉体」が呼びかけの対象でありながら冠詞を伴っているのも、こうした人称間の揺らぎを可能にするためではなかろうか。要するに、「不確かな」の語を含む詩句を中心として、リズム・脚韻・人称のいずれの点においても不確定性が表現されているのである。この非古典的な詩句とそれに続く二行が改変を経てもほとんど手つかずのまま残された所以も、こうした形式と意味の照応にあったと思われる。

これまでリズムの観点から「ナルシス語る」の改変のありようを吟味してきたが、それらはいずれも非古典的な詩句を古典的なものに改めるものであったと言える。一八九一年当時、二〇歳前であった青年詩人は、時代の風潮に無縁ではなく象徴派風の危ういリズムに身を浸していたが、一九一七年『若きパルク』とともに詩に回帰した四〇代のヴァレリーは、もはやそうした非古典的な詩句を書くことはないだろう。それは一度放棄した詩作に再び手を染めた詩人の断固たる決意であったと思われる。その後年の選択が若書きの詩の改変にまでおよんだという事実をここで改めて確認しておきたい。「語る」旧作から改作へ、詩句のリズムは正された。しかしまた、後年の推敲を経てもなお残存した非古典的詩句もあり、リズムの揺らぎがまったく無くなったわけではない。

以上、「ナルシス語る」の改変をめぐって『ラ・コンク』誌版旧作と『旧詩帖』版改作を詩の内容と形式の両面から比較した結果、次の点が明らかになった。

〈内容面〉
一、象徴派好みの語彙（宝石や百合など）および両性具有のイメージの削減
二、鏡像の美を讃える表現からその美の虚しさや脆さを強調する表現への移行
三、おのれの似姿を見つめるナルシスの自己意識の深化（一人称代名詞の増加）

〈形式面〉
一、脚韻の不備（断片性）を補完
二、畳韻および半諧音の効果増大
三、句切りを揺るがせる象徴派風のリズムを古典的な韻律に改鋳

このうち内容・形式の両面に共通する改変の特徴として、象徴派的な要素の削減がとりわけ注目される。語彙および韻律の変更において象徴派から距離を置く姿勢がうかがえるのである。だが、ヴァレリーはそうした要素をすべて消し去ったわけではない。晩年の講演でみずから引用したように、改作にも「蒼玉」や「葬いの薔薇」といった時代色を帯びた語が残っている。詩句のリズムについても同様のことが言える。非古典的な詩句の数は大幅に減ったが、そのすべてが古典的な詩句に改められたわけではない。「当時の理想と能力」を典型的に示す「昔の詩」を改鋳したヴァレリーは、象徴派的な時代色を念入りに取り除きながらも、それでもやはり若き日の痕跡をわずかに留めたのである。

最後に、『ラ・コンク』誌版と『旧詩帖』版を区別する必要について改めて述べておこう。両者のあいだに少なからぬ相違があることを認めながら、依然として時代色が残っているという理由から、『旧詩帖』版「語る」を結局旧作と同じ「昔風」の詩であると結論づける見方があるが、それには首肯しがたい。『ラ・コンク』誌版と『旧詩帖』版の相違を認めたうえで結局それらを同一視するのは、若書きの作に後年手を入れずにはいられなかった詩人の内

的変化を看過することであり、『旧詩帖』の位置を見誤ることにもなるだろう。『旧詩帖』は単に「昔の詩を集めたもの」ではなく、「昔の詩」を出発点としつつ、それを後年の目で見直し書き改めたものである。さらに言えば、『若きパルク』や『魅惑』といった「新しい詩」とほぼ同時期に推敲しながら、それらと峻別するためにあえて「昔の詩」というレッテルを貼って公表したものである。「昔の詩」の改変と残存、『旧詩帖』の特異性はそこにあり、「ナルシス語る」改作はそれを端的に示す一例である。

さらに、『旧詩帖』の「ナルシス語る」は、もう一つの詩集『魅惑』所収の「ナルシス断章」と密接な関係にあるという点で、ヴァレリーの詩のなかでも特別な位置を占めている。昔の詩句と新しい詩句の混淆するこの『旧詩帖』版「ナルシス」の位置をよりはっきりと見定めるには、「語る」の旧作と改作を比較するだけでなく、『魅惑』の「断章」との関連性を明らかにしなければならない。次にこの点について考察しよう。

「ナルシス語る」から「ナルシス断章」へ

ヴァレリーのナルシス詩篇群のなかで「ナルシス語る」(『旧詩帖』)と「ナルシス断章」(『魅惑』)は最もよく比較される「二つのナルシス」である。[151] 両詩集に収められた二つの詩篇は、一見したところ新旧の対比の際立つ同一主題の変奏のようであり、ヴァレリーの初期詩篇と後期詩篇を比較するうえで格好の例を提供するように見える。が、前項で述べたように「ナルシス語る」には区別すべきテクストが少なくとも二種あり——一八九一年『ラ・コンク』誌に掲載された旧作と、それに改変を施した一九二〇年『旧詩帖』所収の改作——、後者は単に「旧詩」ではない、古い詩句と新しい詩句の混淆した作品である。「ナルシス語る」と「ナルシス断章」の関係もそれゆえ単純ではありえない。『旧詩帖』の「ナルシス」が内包する新旧の層を考慮せず、これを一様に「旧詩」とみなして『魅惑』の「ナルシス」と比較しようとするアプローチからは、両詩篇の相違を認めることはできるとしても、そこに潜む連続性は見えてこない。

もっとも、「語る」と「断章」のあいだにきわめて重要な相違があることを否定しようというのではない。ニコル・

セレット＝ピエトリ、清水徹、宇佐美斉が指摘したように、両詩篇の相違には目を瞠るものがある。[152] それに比べれば、「語る」の旧作と改作の差はわずかなものかもしれない。が、詩人はそのわずかな差に拘《こだわ》ったからこそ改変の手を加えたのではなかったか。その点を看過して「語る」を昔の詩、「断章」を新しい詩と断じて両者を天秤にかけることは安易な単純化の謗りを免れないだろう。本項ではそれゆえ、誰しも認めるであろう両者の相違点についてはあえて触れず、顕著な相違ゆえにしばしば見過ごされがちな共通点、際立った対照のかげに潜む連続性を明らかにすることを目的とする。

　まず両詩篇の制作時期について。フロランス・ド・リュシーによる草稿研究によれば、[153] ヴァレリーが旧作「ナルシス語る」に再び手を入れ始めたのは一九一三年、この旧詩改作の過程で「突然変異」ともいうべき現象が生じ、のちに「ナルシス断章」となる新しい詩の萌芽が生まれたのが一九一七年八月末から九月初めにかけてのことである。「断章」はその後断続的に書き継がれ、一九一九年『パリ評論』誌に掲載された第Ⅰ部が一九二二年『魅惑』に収録される一方、[154] 一九二〇年『旧詩帖』に「ナルシス語る」の改作が収められる。「語る」の推敲と「断章」第Ⅰ部の制作はほぼ同じ時期になされたのであり、詩作のある段階において両詩篇が並行して進み、互いに干渉しあうこともあったにちがいない。[155]

　実際、『旧詩帖』の「語る」と『魅惑』の「断章」にはほとんど変わらない詩句が見出される。しかし、この点には注意が必要であり、両詩篇に共通する詩句や語句のなかには『ラ・コンク』誌の旧作からすでに存在していたものと、『旧詩帖』の改作において新たに加えられたものとが混在している。「語る」の内部だけでなく、「語る」と「断章」の共通項にも古い層と新しい層の混淆が見られるのである。

　それゆえ『旧詩帖』の「ナルシス語る」と『魅惑』の「ナルシス断章」にのみ共通する要素、つまり両詩篇を『ラ・コンク』誌の旧作と分かつ要素を抽出し、昔の詩句と新しい詩句の合成のありようを見きわめなければならない。

　「語る」から「断章」へ同一詩句を残しつつ新たに推敲・加筆された部分は三ヵ所あり、いずれも「断章」第Ⅰ部にかかわる。そこには「断章」に固有の新しい詩句、「断章」と「語る」改作にのみ共通する中間的な詩句、さらには

「語る」旧作から存続する昔の詩句が混在している。こうした多層性を秘めているという点で「断章」第Ⅰ部は特異であり、第Ⅱ部・第Ⅲ部には見られない問題をはらんでいる。

以下、『旧詩帖』の「ナルシス語る」と『魅惑』の「ナルシス断章」に共通する詩句を含む三つのくだりを比較対照し[156]、「ナルシス」という名の現れ方などにも注目しつつ、一方から他方への連続的変化のありようを分析しよう。また、若書きの作から後年の代表作へ、同一主題の変奏は内容面においても形式面においてもより良いものになったという評価が一般的だが、『若きパルク』以後のヴァレリーの詩に対して否定的評価を下す批評家もおり、その場合は評価が逆転する。最後にこの点についても一考を加えたい。

「泉の輝きを嘆く」

「語る」(改作)から「断章」へ、内容はより豊かになり深みを増したと言われるが、その例として最も頻繁に引用されるのは、ナルシスが泉の「宿命的で純粋な輝きを嘆く」次の四行である(異なる箇所を下線で示す)。

Que je déplore ton éclat fatal et pur,
Si mollement de moi fontaine environnée,
Où puisèrent mes yeux dans un mortel azur
Mon image de fleurs humides couronnée ! (AVA, 14-17)

Que je déplore ton éclat fatal et pur,
Si mollement de moi, fontaine environnée,
Où puisèrent mes yeux dans un mortel azur,
Les yeux mêmes et noirs de leur âme étonnée. (FN, 72-75)[157]

ナルシスが泉のなかに見出す対象が、「濡れた花々の冠をいただく私の姿《イマージュ》」（AVA, 17）から「驚いた魂の黒い目そのもの」（FN, 75）へ変わり、感嘆符も消去された[158]。多くの評者はこの変化に注目し、そこに「語る」から「断章」への象徴的な変容を読みとっている。すなわち、外見の美から内面の意識への変化であり、宇佐美斉の表現を借りれば「抒情」から「省察」への深化である[159]。またニコル・セレレット＝ピエトリや清水徹の指摘するように、「目」と「目」の出会い――見る主体と見られる対象の区別がもはやつかなくなるような眩惑的な出来事――は「語る」にはなく「断章」ではじめて現れたものである[160]。付け加えていえば、「語る」のナルシスが見惚れた「姿《イマージュ》」という語は「断章」からは一切消去され、その優美な姿を彩っていた「花」の飾りも完全に取り除かれた。他方、「魂の黒い目」という表現は「断章」で新たに付与されたものだが、「語る」にはそもそも「魂」という語自体がまったく用いられていなかった[161]。また、ナルシスの花の顔《かんばせ》を色めかす「濡れた」の形容は「断章」になく、逆にその魂の闇黒（死の運命）を暗示するかのような形容詞「黒い」が「語る」には存在しなかった。「語る」から「断章」への変化は、いわば「ナルシス」の「姿《イマージュ》」から「魂」への変化、濡れた美貌から黒々とした驚きへの変化であり、それは二つのナルシスを截然と分かつに十分なほど決定的なものであった。

　とはいえ、右に引用した四行詩句について、新しい詩句は「断章」の最終行だけであり、「語る」と共通するはじめの三行は古い詩句であると結論づけるのは早計である。『ラ・コンク』誌版「語る」の該当箇所は次のようであった。

13**[162] Que je déplore ton éclat fatal et pur,
14 Source funeste à mes larmes prédestinée,
15** Où puisèrent mes yeux dans un mortel azur
16* Mon image de fleurs humides couronnée...　　(CQ, 13-16)

先に掲げた『旧詩帖』版と比べると、問題の最終行に変わりはないが、二行目が異なっている。この詩句（CQ, 14）

は、第六音節目に通常強勢の置かれない接語《クリティック》（所有形容詞 mes）を配することによって句切りを揺るがせる非古典的な詩句であり、改変された詩句――「語る」改作と「断章」に共通（AVA, 15 ; FN, 73）――ではそれが一二音節詩句を均等な半句に分ける定型リズムに直されている（Si mollement de moi[,][163] // fontaine environnée）。『旧詩帖』版には『ラ・コンク』誌版から引き継いだ古い詩句ばかりではなく、『魅惑』の「断章」に通じる新しい詩句も含まれているのである。

なお、先に引いた『ラ・コンク』誌版の四行は、それより半年ほど前に書かれたソネ形式の「ナルシス語る」――ナルシス詩篇の出発点――の第一カトランに相当する。大文字や句読点の異同を除けば、異文は二行目と四行目の形容詞に限られ（ソネでは、二行目の「不吉な funeste」が「魔術的な magique」、四行目「濡れた humides」が「不吉な funestes」となっている）、一行目と三行目は最初期のソネから「断章」までそのままの形で残存した最古層の詩句である。

要するに、問題の四行詩句は、「語る」の旧作と改作および「断章」のすべてに共通する詩句（一行目・三行目）、前二者に共通する詩句（四行目）、後二者に共通する詩句（二行目）を含んでいる。「語る」に手を入れた詩人は、非古典的な二行目の詩句を「断章」と同じ定型詩句に改変する一方、四行目の詩句は昔のまま放置したわけだが、それによって最初の三行は同一となり、唯一異なる最終行（AVA, 17 ; FN, 75）における新旧の対比がいっそう際立つ結果となった。

「月の鏡」と「泉の秘密」

次に「夕暮れ」の到来をナルシスの聴覚が捉える冒頭の場面を見てみよう。「語る」から「断章」への連続的発展を最もよく示す箇所である。

Un grand calme m'écoute, où j'écoute l'espoir.
La voix des sources change et me parle du soir ;

J'entends l'herbe d'argent grandir dans l'ombre sainte,
Et la lune perfide élève son miroir
Jusque dans les secrets de la fontaine éteinte. (AVA, 5-9)

Des cimes, l'air déjà cesse le pur pillage ;
La voix des sources change, et me parle du soir ;
Un grand calme m'écoute, où j'écoute l'espoir.
J'entends l'herbe des nuits croître dans l'ombre sainte,
Et la lune perfide élève son miroir
Jusque dans les secrets de la fontaine éteinte...
Jusque dans les secrets que je crains de savoir,
Jusque dans le repli de l'amour de soi-même,
Rien ne peut échapper au silence du soir... (FN, 34-42)

「語る」第五－九行は、若干の異同を除けば、「断章」第三五－三九行にほぼ対応する（点線で示したように冒頭二行の順序が逆になり、三行目の語彙が少し変わったほかは句読点の異同のみ）。「語る」から「断章」への変化は、詩句の改変というよりも新たな詩句の追加にあり、「語る」の五行を核として、その前に一行、後に三行加えられている。前に加えられた一行（FN, 34）はそれに先立つくだりとの繋ぎの役割を果たしている（第三四行末の pillage は空行によって隔てられた前行末の feuillage と押韻する）[164]。後に加えられた三行についてはどうだろう。「語る」では、夜闇に消えた泉を月光が再び照らしだすという外界の景色を「不実な月」と「泉の秘密」という表現によって擬人化し、そこにナルシスの内面を反映させるにとどまっていた。それに対して「断章」では、Jusque dans... という表現を三度繰り返すうちに「泉の秘密」から「私が知るのが怖い秘密」へ、さらには「自己愛の襞」へとイメージを推移させつつ、外界の景色をナルシスの内面へ、自らも知らぬ心の奥へ奥へと巧みに転じてゆく。

ところで、「語る」と「断章」に共通する詩句（AVA, 5-9 ; FN, 35-39）に関して、清水徹は「このあたりの詩句は象徴派風のエクリチュールを多くの点でひきずっている」「とりわけ「大いなる静けさ……」以下の四行はかつての「ナルシスは語る」の詩句の部分的改作である」と述べている。[165] 注意しなければならないのはまさしくこの点、「ナルシス語る」を「かつての」詩としてしまうこと、すなわち『旧詩帖』版と『ラ・コンク』誌版の混同である。先に述べたように、ヴァレリーが「ナルシス語る」を改稿しはじめたのは一九一三年、「ナルシス断章」に着手したのは一九一七年である。両者の推敲および制作の年代差は五年足らずであり、「かつての」詩句という形容はむしろ二〇年以上の隔たりのある『ラ・コンク』誌版「語る」（一八九一年）にふさわしい。この旧作では該当箇所は次のようであった。

5 Car les hymnes du soleil s'en vont !...
　　　　　　　　　　　　C'est le soir.
6** J'entends les herbes d'or grandir dans l'ombre sainte
7** Et la lune perfide élève son miroir
8 Si la fontaine claire est par la nuit éteinte !

(CQ, 5-8)

第六－七行は『旧詩帖』版とほぼ同一だが、それ以外はかなり異なる。第五行は詩句の改行を含む——その点でマラルメの『エロディアード』および『半獣神の午後』に通じる——だけでなく、中央の句切りによって語を分断する（so//leil）非古典的な詩句となっている。『旧詩帖』版ではそれが抜本的に改変され、脚韻に置かれた soir の語以外はすべて変更を被り、古典的な結構を有する二行の詩句（AVA, 5-6）に置き換えられた（先述のように、この二行は「断章」でも順序を逆にしただけでそのまま残存している）。第八行も単なる情景描写（「明るく澄んだ泉が夜闇に消える」）に代えて、改作では「泉の秘密」（AVA, 9）というナルシスの内面に通じるイメージが加えられた。

要するに、「断章」の「「大いなる静けさ……」以下の四行」およびその前の一行（FN, 35-39）は等しなみに扱えるようなものではなく、「かつての「ナルシスは語る」の詩句の部分的改作」はそのうちの二行（FN, 37-38 ;CQ, 6-7）に限られ、それ以外の三行は『旧詩帖』版「語る」とのみ共通する比較的新しい詩句なのである。

この部分の改変はまた脚韻の点でも興味深い。「断章」第三五－四二行の脚韻を列挙すれば、soir – espoir – sainte – miroir – éteinte – savoir – même – soir – aime（AABABACAC）であり、そのうち最初の五つは『旧詩帖』版「語る」第五－九行の脚韻と同一（ただしsoirとespoirは順序が逆）である。この［wa:ʀ］の音を響かせる脚韻は、『ラ・コンク』誌版ではsoir-miroirの一対だけであり（CQ, 5-7）、『旧詩帖』版でもう一つespoirが追加されたが、そこに「断章」の脚韻連鎖に通じる萌芽を見て取ることができよう。「断章」では同じ脚韻の響きがさらに二つ加えられ、いわば「鏡」の反映を模倣するかのような脚韻構成（soir – espoir – miroir – savoir – soir）となった。また「語る」から「断章」へ、同じ二行の詩句（AVA, 5-6 ; FN, 35-36）の順序を逆にしたのは、単に「より論理的な展開[166]」のためという内容上の要請だけでなく、soirという同じ語によって脚韻の円環を閉ざすという形式的な配慮もあったと思われる。二度目のsoirを含む詩句の意味――「なにものも夕べの静寂を逃れることはできない」（FN, 42）――はまさしくこの脚韻上の円環（soir - soir）と見事に照応する。

なお、「大いなる静けさが私に耳を澄まし、そこで私は希望に耳を澄ます。」（AVA, 5 ; FN, 36）という詩句は、「耳を澄まされる私」と「耳を澄ます私」を中央の句切りを境として――あたかもそこに鏡を置くかのように――両半句に対称的に配置し（m'écout(e), // *où* j'écoute）、さらには音声上も［u］のこだまを響かせる。こうした技巧も、先に述べた脚韻の効果とおなじく、「鏡」の反映を聴覚上に投影するかのような効果を生むだろう。ナルシスの「目」の劇が、まずは「耳」を通して予告されると言ってもよい。

以上のことから、『旧詩帖』版「語る」は『ラ・コンク』誌版の旧作から新たな「断章」へ向かう発展途上に位置づけられる。さらに言えば、「語る」旧作と「断章」を比べる場合よりも、「語る」改作と「断章」を並べた場合の方が、一方から他方への連続的発展がより明白なかたちで見てとれる。そこに詩人の作為と演出を認めることもできるだろう。

「月と露のからだ」

最初に引用した四行詩（Que je déplore...）の後、「語る」では次の詩句が続いていた。（以下、『ラ・コンク』誌版と『旧詩帖』版および「断章」の対応箇所を順に掲げる。）

17○[167] Hélas ! l'Image est douce et les pleurs éternels !...
18○ À travers ces bois bleus et ces lys fraternels
19 Une lumière ondule encor, pâle améthyste
20 Assez pour deviner là-bas le *Fiancé*
21 Dans ton miroir dont m'attire la lueur triste,
22 Pâle améthyste ! ô miroir du songe insensé !
23○ Voici dans l'eau ma chair de lune et de rosée
24 Dont bleuit la fontaine ironique et rusée ;
25○ Voici mes bras d'argent dont les gestes sont purs...
26○ Mes lentes mains dans l'or adorable se lassent
27○ D'appeler ce captif que les feuilles enlacent,
28○ Et je clame aux échos le nom des dieux obscurs !　(CQ, 17-28)

18○ Hélas ! L'image est vaine et les pleurs éternels !
19○ À travers les bois bleus et les bras fraternels,
20◎ Une tendre lueur d'heure ambiguë existe,

21 ◎ Et d'un reste du jour me forme un fiancé
22 ◎ Nu, sur la place pâle où m'attire l'eau triste...
23 ◎ Délicieux démon, désirable et glacé !

24 ○ Voici dans l'eau ma chair de lune et de rosée,
25 Ô forme obéissante à mes yeux opposée !
26 ○ Voici mes bras d'argent dont les gestes sont purs !...
27 ○ Mes lentes mains dans l'or adorable se lassent
28 ○ D'appeler ce captif que les feuilles enlacent,
29 ○ Et je crie aux échos les noms des dieux obscurs !... (AVA, 18-29)

110 Hélas ! entre les bras qui naissent des forêts,
111 ◎ Une tendre lueur d'heure ambiguë existe...
112 ◎ Là, d'un reste du jour, se forme un fiancé,
113 ◎ Nu, sur la place pâle où m'attire l'eau triste,
114 ◎ Délicieux démon désirable et glacé !

115 Te voici, mon doux corps de lune et de rosée,
116 Ô forme obéissante à mes vœux opposée !
117 Qu'ils sont beaux, de mes bras les dons vastes et vains !
118 ○ Mes lentes mains, dans l'or adorable se lassent

◯ D'appeler ce captif que les feuilles enlacent ;
Mon cœur jette aux échos l'éclat des noms divins !...　(FN, 110-120)[168]

まず注目されるのは、『ラ・コンク』誌版には存在しなかった行白が『旧詩帖』版には設けられ、切れ目なく連なっていた詩節が二つに分割されたこと、そしてそれと同じ分割が「断章」にも見出されることである。この点ですでに「語る」改作は「断章」に一歩近づいている。なお、「語る」の旧作と改作における詩句の行数と詩節数を比較すると、前者は五三行七節、後者は五八行一一節であり、詩行の増加に比べて詩節数の増加すなわち詩節の分割が顕著にみられる。

詩句自体については、『旧詩帖』版「語る」の引用したくだりの前半六行には「断章」と共通する詩句が多く見られる（AVA, 20-23 は FN, 111-114 とほぼ同一）一方、後半六行には逆に『ラ・コンク』誌版から引き継いだ詩句が目立つ（AVA, 25 以外はほとんどすべて旧作のままである）。もう少し詳しく見れば、『ラ・コンク』誌版から『旧詩帖』版へ、水鏡に映る「鏡像《イマージュ》」は大文字 Image の強調を失うとともに「甘美」なものから「空しい」ものへ一転し（CQ, 17 ; AVA, 18）、「百合」や「紫水晶」といった象徴派風の語彙や「泉」を形容するネガティヴな性格付け（「皮肉で狡猾な」）などが消去される一方、「森の腕」[169]という比喩や「欲望をそそりながらも冷たい甘美な魔物」という矛盾形容法《オクシモロン》的なイメージが新たに加えられた。韻律の面では、句切りを揺るがせる非古典的な詩句（CQ, 21-22）が改められる反面、「un fiancé / Nu」（AVA, 21-22）の送り語《ルジエ》の効果が付与された。他方、『旧詩帖』版「語る」から「断章」への変化としては、「鏡像《イマージュ》」という語そのものが「永遠の涙」とともに消え去ったほか、ナルシスの見惚れる「月と露」でできた体が「肉体 chair」（AVA, 24）から「身体 corps」（FN, 115）へ微妙に変わったことが特に注目される。「語る」と「断章」におけるこの二つの語の出現回数を比較してみると、「肉体」の語は、「語る」旧作に四度（CQ, 23, 39, 41, 51）、改作に二度（AVA, 24, 40）用いられていたのが、「断章」では第Ⅰ部に三度（FN, 20, 43, 70）、第Ⅱ部に一度（FN, 179）と総行数に対する語の出現割合が減少している。他方、「身体」の語は、「語る」旧作・改作ともに皆無であったのが、「断章」では第Ⅰ部に六度（FN, 29, 65, 66, 79, 84, 115）、第Ⅱ部に四度（FN, 159, 185,

228, 235）、第Ⅲ部に六度（FN, 265, 275*,[170] 293*, 311）用いられているというように明らかな変化が見てとれる。ナルシスの関心はみずからの「肉体」から「身体」へ、血の通う「肉」から美しくも冷たい「形」へ移ったと言えよう。「形 forme」という語が「語る」旧作には皆無であり、改作の段階で――「断章」と共通する詩句（AVA, 25；FN, 116）において――付加されたことも同様の変化として捉えられる。また Adieu reflet perdu... とはじまる詩句（CQ, 29；AVA, 30）において、「反映」が「水面下 sous l'onde」（CQ, 29）から「水面上 sur l'onde」（AVA, 30）へ移ったことも鏡像の表面化と結びつくだろう。そして、鏡像が肉身を捨象して表面的な形に純化する一方、ナルシス自身の内面性がより強調される。「魂」という語および「黒い目の魂」というイメージが「語る」にはなく「断章」で追加されたことはすでに述べたが、先に引用したくだりにおいても、鏡像の「従順な形」と向かい合うものが「私の目 mes yeux」（AVA, 25）から「私の願い mes vœux」（FN, 116）に変わり、[171]「木霊に向かって叫ぶ」主体が「私」（AVA, 29）から「私の心」（FN, 120）に推移した。どちらも物理的身体的な次元から内面的心理的な次元への変換である。要するに、「語る」から「断章」へ、ナルシス自身が内面化する一方、ナルシスの見つめる鏡像は表面化しており、『旧詩帖』版「語る」にはこの二重の変化の兆しが見てとれる。

　以上、「語る」と「断章」に共通する詩句を含む三つのくだりをめぐって、「語る」の旧作・改作・「断章」を比較検討した結果、『旧詩帖』版「ナルシス語る」には『ラ・コンク』誌版の旧作から引き継いだ古い詩句と『魅惑』所収の「断章」に通じる新しい詩句が混在していること、そしてこの新旧両面を併せもつ「昔の詩」は若年の作から後年の代表作への発展途上に位置づけられることが確認された。

「ナルシス」という名の響き

　ところで後年ヴァレリーは NARCISSE の文字が水鏡に反映するという図案の版画（図6）を作っている。[172]「ナルシス」と「白鳥」のテーマの類縁性（ナルシスに含まれるSの文字と白鳥の首の類似）や枝=腕を絡ませあう樹々のイメージなど、さまざまな点で興味深いこのデッサンは「ナルシス」という名そのものに対する詩人の愛着をうかがわせる。

以下、この固有名の現れ方に注目して「語る」の旧作と改作および「断章」を読み比べてみよう。「語る」では二度、われとわが身に別れの言葉（「さらば Adieu」）を告げるとき「ナルシス」は自らの名を発する。一度目の用例は次のようである。

Adieu ! reflet perdu sous l'onde calme et close,
Narcisse, l'heure ultime est un tendre parfum
Au cœur suave. Effeuille aux mânes du défunt
Sur ce glauque tombeau la funérale rose.
(CQ, 29-32)

Adieu, reflet perdu sur l'onde calme et close,
Narcisse... ce nom même est un tendre parfum
Au cœur suave. Effeuille aux mânes du défunt
Sur ce vide tombeau la funérale rose.
(AVA, 30-33)

『ラ・コンク』誌版と『旧詩帖』版の相違は数ヵ所（下線部）だけだが、「ナルシス」という名の直後に現れる語句が「究極の時」から「この名前そのもの」に変わった点が注目される。ナルシスはみずからの映像だけではなく、その名を――「甘美な香り」のようにかぐわしい名の響きを――意識するようになった。

「語る」における再度の別れ（「さらば、ナルシス」）のくだりは後に見ることにして、次に「断章」における用例を見てみよう。「断章」では第I部に二度「ナルシス」の名が現れるが、まずは次のくだりにおいて。

図6　ヴァレリーによるデッサンに基づく銅版画（『詩と散文の混淆集』1939年，所収）。

Quand l'opaque dé**lice** où dort cette clarté,
Cède à mon corps l'horreur du feuillage écarté,
Alors, vain**q**ueur de l'ombre, ô mon **corps tyranniq**ue,
Repoussant aux forêts leur épaisseur pan**iq**ue,
Tu regrettes bientôt leur éternelle **nuit** !
Pour l'in**qui**et **Narcisse**, **il** n'est **ici qu**'ennu**i** !
Tout m'appelle et m'enchaîne à la chair lum**i**neuse
Que m'oppose des eaux la paix ver**tigi**neuse !　　(FN, 64-71)

「ナルシス」の語は半句の句切りに置かれているが、第六音節目に位置して強勢を帯びる母音［i］が同じ行に六度も畳みかけられている。さらには前後の詩句の脚韻にもこの鋭い母音が繰り返されている。また、子音［k］の音感もナルシスの「不安」(l'inquiet) を響かせるように思われる。［i］と［k］の音の反復は「ナルシス」の名が再び現れる次のくだりにも見出される。

Ô semblable !... Et pourtant plus parfait que moi-même,
Éphémère immortel, si clair devant mes yeux,
Pâles membres de perle, et ces cheveux soyeux,
Faut-**il qu**'à peine aimés, l'ombre les obs**curcisse**,
Et **que** la nuit déjà nous **divi**se, ô **Narcisse**,
Et g**lisse** entre nous deux le fer **qui cou**pe un **fruit** !
Qu'as-tu ?
　　Ma plainte même est funeste ?...

Le bruit　(FN, 122-128)

ここでは詩句の末尾に置かれたNarcisseの語が前行末のobscurcisseと豊かな脚韻を踏み、その脚韻の響き（-isse）がさらに次行冒頭のglisseにまで反響する。また母音［i］と子音［k］の隣接（Faut-*il qu'à*... ; Et *que* la nuit...）が、「果実を切る」（*qui* coupe un fruit）イメージとともに、まさしく「分割・切断」（... nous *divise*, ô Narcisse）の感覚を与えるように思われる[173]。

「ナルシス」の名はまた「断章」第Ⅱ部に二度（FN, 231, 263）、第Ⅲ部に一度（FN, 314）現れるが、そこでもやはり母音［i］と子音［k］、さらにはNarcisseを構成する音素［ʀ］や［s］などがこの名の周囲に鏤められている。

Mais **moi**, **Narcisse** aimé, je ne **suis** **curieux**
　　Que de ma **s**eule **essence** ;　(FN, 231-232)

Quitte enfin le **si**lence, ose enfin me répondre,
Bel et **cru**el **Narcisse**, **i**na**ccessi**ble enfant,
Tout orné de mes biens **qu**e la nymphe défend...　(FN, 262-264)

L'insai**siss**able amour **qu**e tu me vins promet**tre**
Passe, et dans un **fri**sson, b**ri**se **Narcisse**, et f**ui**t...　(FN, 313-314)

最後に「語る」における「ナルシス」の名の二度目の用例――「ナルシス」が再度われとわが名を呼びつつ別れを告げる場面――を見てみよう。まずは『ラ・コンク』誌版から。

Adieu ! **Narcisse**, encor ! Voic**i** le Cré**pu**sc**u**le.
La fl**û**te s**u**r l’az**u**r ensevel**i** mod**u**le
Des regrets de troupeaux sonores qu**i** s’en vont !...
S**u**r la lèvre de gemme en l’eau morte, ô p**i**euse
Beauté pareille au soir, Beauté s**i**lenc**i**euse,
Tiens ce baiser noct**u**rne et tendrement fatal,
Caresse dont l’espoir ond**u**le ce cr**y**stal !　　　(CQ, 44-50)

ここでは、［i］の音に加えて、［y］の音がこの母音を含む「笛 **flûte**」のイメージとともに響きわたる。七行中、［y］が九回、［i］が八回数えられるが、特に第四四－四五行における［y］の半諧音《アソナンス》が印象的である（Crép*u*sc*u*le – mod*u*le の脚韻および flûte s*u*r l’az*u*r の連鎖）。この点について詩人自身の証言が残っている。『ラ・コンク』誌創刊号に「ナルシス語る」が掲載された一ヵ月後、一八九一年四月二〇日付ピエール・ルイス宛の手紙においてヴァレリーは、「畳韻 allitération」は「探し求めるのではなく優雅に引き出すにとどめるべき」との考えを述べ、「内部音韻 *intrasonnance*」すなわち「詩句における同じ音の反復」の一例として「ナルシス語る」第四五行をみずから引用していた[174]。

『旧詩帖』版における改変のありようを見ると、詩人がこの「鋭い」あるいは「衝撃的な[175]」母音［i］［y］をさらに増加させたことが分かる。

Adieu, **Narcisse**... meurs ! Voic**i** le cré**pu**sc**u**le.
Au soup**ir** de mon cœur mon apparence ond**u**le,
La fl**û**te, par l’az**u**r ensevel**i** mod**u**le
Des regrets de troupeaux sonores qu**i** s’en vont.

Mais s**u**r le froid mortel où l'étoile s'all**u**me,
Avant qu'un lent tombeau ne se forme de br**u**me,
Tiens ce baiser qu**i** br**i**se un calme d'eau fatal !
L'espoir seul peut s**u**ffire à rompre ce cr**i**stal.
La r**i**de me rav**isse** au souffle qu**i** m'ex**i**le
Et que mon souffle an**i**me **u**ne fl**û**te grac**i**le
Dont le joueur léger me serait ind**u**lgent !...　　(AVA, 45-55)

「語る」改作では、一一行中、［y］が一三回、［i］が一五回におよぶが、冒頭部分に［ylə］の脚韻をもう一つ加え（crépusc*ule* – mod*ule* の間に ond*ule* を追加）、さらに一行置いて同じ母音を含む脚韻（all*u*me – br*u*me）を配することによって、［y］の響きが強調されている。また、後半部には『ラ・コンク』誌版になかった三行（AVA, 53-55）が追加され、自らの鏡像に口づけしようと水面に顔を近づけるナルシスの「吐息」が像を掻き乱すという新たなイメージが付与された。ナルシスの「口づけ」は旧作（CQ, 49）では「夜」と「甘美な宿命」の色をたたえていたのに対し、改作（AVA, 51）では水面の静けさを「破る brise」暴力性を帯びる。また、旧作（CQ, 50）では鏡像に触れる「希望」が「水晶」を「揺らす ondule」だけであったのが、改作（AVA, 52）ではそれを「砕く rompre」までになっている。そして、これと軌を一にして、［i］という鋭い衝撃音が［k］と［ʀ］を伴って連鎖する（*qui* br*i*se... ; suff*ire* à *r*omp*r*e ce *cri*stal...）。次行「さざ波が私を奪い、息吹が私を追いやる La *ri*de me *ra*v*i*sse au souff*re* *qui* m'ex*i*le」（AVA, 53）においても、「奪う ravir」の接続法を中心に、同じ母音と子音［i］［ʀ］［k］が畳みかけられ、音と意味の相乗効果が感じられる。しかも、中央の句切りの位置に置かれた *ravisse* の語は N*arcisse* の名を呼び起こす。先に引用した「断章」の詩句（FN, 125-127）において -isse の音を重ねたヴァレリーが、この音と意味の響きを感じていなかったとは思われない。「語る」を改作していた詩人はこの激しい一句（AVA, 53）をきっかけに、Narcisse という名を反響させる着想を得たのかもしれない。あるいは逆に「断章」の制作過程で発見したものを後から「語る」改作に付け添えたということも考えられなくはない。いずれにせよ、『旧詩帖』版「語る」は、ここでもやはり、『ラ・コンク』誌版の旧作から『魅惑』の「断章」へとナルシスが変貌するその途上に位置づけられる。

以上、『旧詩帖』所収の「ナルシス語る」を正確に位置づけるために、『ラ・コンク』誌掲載の旧作および『魅惑』所収の「ナルシス断章」と比較対照しつつ、特に「語る」改作と「断章」の連続性に焦点を絞って考察した。詩人自身によって「昔の詩」というレッテルを貼られた「語る」改作のなかに「断章」に通じる新しい詩句が織り込まれていることは以上に見たとおりである。『旧詩帖』所収の「ナルシス語る」はいわば昔の詩を新たな形に剪定し、さらにはそこに新しい詩句を接木したものであり、『ラ・コンク』誌創刊号を飾った「語る」旧作と『魅惑』の「断章」の両方にまたがるこの作品は、前者から後者への発展過程の一段階として位置づけられる。「語る」に推敲の手を入れると同時に「断章」を新たに書き起こした詩人は、ある段階から、両詩篇の詩句の振り分けを念頭に置きながら詩作を進めたと思われる。旧詩は旧詩らしく、新しい詩は新しい詩にふさわしく、両者の対照が際立つよう企図したはずである。「語る」と「断章」に共通する詩句は、一見したところ若書きの詩句のように見えるが、そのなかには実際に旧作からある古い層だけでなく、後年の改作で追加された新しい層が混淆しているのであり、旧詩を推敲した詩人の努力はまさしくこの両者を見分けがたいまでに均質化する点に向けられたと思われる。『ラ・コンク』誌の旧作には存在せず、『旧詩帖』と『魅惑』の「ナルシス」に共通する詩句は、実際とは裏腹にあたかも昔から存在したかのような外観を呈しているという点でとりわけ注目に値する。そこに「旧詩」から新しい詩への発展過程をことさら見せようとする詩人の作為あるいは演出を見出すこともできよう。

最後に、「語る」と「断章」の評価という問題に簡単に触れ、論を結ぶことにしよう。二〇歳前の青年が書いた初期詩篇よりも、長い沈黙と思索を経た後の、四〇－五〇代の詩人の手になる作品の方が一般的に高く評価されることは驚くに当たらない。が、この通常の評価を覆す見方もある。アンドレ・ブルトンは、「テスト氏との一夜」や初期詩篇「アンヌ」などの傑作を発表したのち、「自らの作品に背を向ける」かのように文学と訣別したヴァレリーに崇敬の念を抱いていたが、「沈黙」したはずの人物が「突然態度を変えて、新しい詩を発表し、昔の詩に手を加え（しかも不器用に）、テスト氏を生き返らせようとする」のを見て失望と幻滅を味わったと述懐している[176]。またナタリー・サロートはヴァレリーの詩を全面的に否定し、『若きパルク』や『魅惑』などの代表詩篇に対して痛烈な批判を浴びせる一方、『旧詩帖』の「ナルシス語る」については例外的に評価を一転させている（もっともサロートは「ナルシス語る」の旧作と改作の区別をまったく考慮に入れておらず、「ナルシス断章」への発展を改悪であったと評するために理念的に「旧詩」を評価しているように見受けられる）[177]。

宇佐美斉の指摘するように、こうした「評価の反転」に「新旧ふたつの詩観の相違」、すなわち「一九世紀末の象徴主義を振り返りながら後ろ向きに歩むヴァレリーの詩学」と「前世代の詩人たちが踏み迷う袋小路を脱出し、新しい地平をきりひらかなければならなかったシュルレアリストたちの詩学」との断絶を見ることもできるだろう。ヴァレリーの初期詩篇と後期詩篇をそれぞれどのように評価するかという問題はヴァレリー以後のフランス詩の歩みを踏まえて考察すべきというのも正鵠を射た指摘である[178]。

ただし、改めて言えば、ヴァレリーの初期詩篇と後期詩篇を比較するうえで、その中間地帯にある『旧詩帖』は扱いに注意を要する。『旧詩帖』と『魅惑』は単純に初期と後期の比較にはなりえず、同じ時を共有した新旧の対比が問題となる。本節であえて両者の連続性に目を向けた所以もそこにある。また『旧詩帖』所収の詩篇群については、それぞれ旧作と改作を同じ作品の新旧として比較することができるが、その際にも新しい「旧詩」の評価は容易ではないだろう。

若年の「旧詩」に根を下ろす一方、後年の「断章」と新たな枝葉を交わす「語る」改作は、まさしくこうした問題をはらむ『旧詩帖』全体の性格を象徴するものと言える。

三 「詩のアマチュア」——読者としての詩論

『旧詩帖』巻末に置かれた「詩のアマチュア」は詩集中ただ一篇の散文であり、他二〇篇の韻文詩と区別される[179]。初出は『現代フランス詩人選集』(一九〇六—一九〇七)であり、「紡ぐ女」と「ナルシス語る」につづく一篇として収録された[180]。「詩のアマチュア」のテクストの直前に置かれた次の注記にあるように、同アンソロジーの編者ジェラール・ワルクの「依頼」に応えて書かれたものである[181]。

われわれの依頼に応えて、ポール・ヴァレリー氏は、われわれの読者の前で、自身とその芸術についての考えを表明してくださった。そのために氏から寄せられた特徴的なページを以下に掲げる。珍しい文学的資料となるページである[182]。

その後、ほとんど改変の手を加えることなく一九二〇年『旧詩帖』に収められるが[183]、その巻頭言「刊行者による注記」——明らかにヴァレリー自身の手になる——には、「詩のアマチュア」について次のように記されている。

散文のページは詩法に関係するものだが、何人にも何事かを教えようとか、何事かを禁じようとかするものではない。[184]

このヴァレリー自身の言葉や、先に引いたアンソロジーの編者による紹介は、読み方によっては誤読を招くおそれがある。[185]これから読もうとするテクストはたしかに「詩法 art des vers」に関係するものだが、詩人が詩作について述べたものではない。詩の〈作者〉ではなく〈読者〉の立場に身を置いて書かれたテクストなのだ。「詩のアマチュア」という題名にはまさしくそういう含意があり、この点で本作品はヴァレリーの詩論においても特異な位置を占める。『若きパルク』以後に書かれたヴァレリーの詩論のほとんどは、四年以上にわたるこの長詩の制作（一九一三―一九一七）に基づき、詩作する自分自身を観察することを通して築き上げられたものであり、基本的に〈作者〉による詩論である。晩年コレージュ・ド・フランスの「詩学講義」（一九三七―一九四五）において明確に述べられるように、それは「作られた物」よりも「作る行為」に重点を置く「制作学 poïétique」であり、オックスフォード大学で行われた講演「詩と抽象的思考」（一九三九）でも自作の詩の生成過程が話題になっている。[186]この基本的な姿勢は若い頃から変わらず、ヴァレリー最初期の詩論「文学の技術について」[187]（一八八九）は、当時エドガー・ポーの「構成の原理」の影響下にあった青年詩人が書く技術について論じたものであった。さらに遡れば、一六歳のヴァレリーが学友ギュスターヴ・フールマンに捧げたソネ「事物の声」[188]――エピグラフに「このように詩句は作られる！」の句を掲げる――は、ヴァレリーの『魅惑』詩篇においてしばしば指摘される〈詩作についての詩〉の嚆矢と位置づけられる。

詩の実作者が〈詩を書くこと〉を問題にするのは当然だろう。その点、〈詩を読むこと〉に焦点を当てた「詩のアマチュア」の特異性が際立つが、それはこの作品の制作時期に深くかかわっていると思われる。「詩のアマチュア」が書かれたと推定される一九〇五年頃は[189]一般に「沈黙期」と呼ばれる時期、とりわけヴァレリーが詩作から遠ざかっていた時期にあたる。

以下、「詩のアマチュア」の決定稿を対象として各段落ごとに読解し[190]、詩を読む行為がどのように表現・定義されているかを確認したうえで、通常〈作者〉として自己を規定することの多いヴァレリーが、ここではなぜ〈読者〉の立場に身を置いて「詩法」を述べたのかという点について考察する。また「詩のアマチュア」はしばしば「散文詩」と称されるが[191]、それはいかなる点においてなのか、この散文テクストの詩的特性についても吟味してみたい。

第一段落

ふと自分のありのままの思考を見つめると、誰もいなく起源もないこの内なる言葉を被るほかないことに、私は慰めようのない気分になる。これらの束の間の形象、そしてこの思考するという果てしない試みはそれ自体の容易さによって途切れるようなもので、次から次へと形を変えるが、それとともに何かが変わるということは一切ない。首尾一貫しているように見えながら脈絡などなく、おのずと生まれるのと同じようにまたたく間に無に帰する、そうした思考は、本性上、文体を欠く。

「詩のアマチュア」という題名から大方の読者が想像するであろう内容に反して、第一段落ではまず〈考える行為〉が問題となる。「自分の思考を見つめる」という内省的な行為が不意の出来事（「ふと」）として提示されるが、意識と無意識、能動と受動のこの不可思議な結びつきは「ありのままの思考[192]」、言い換えれば「誰もいなく起源もない内なる言葉」の特性を予告するものである。「思考」という「内なる言葉」の源に遡ろうとしても、そこに「起源」はなく、考える主体としての「私」もいない。むしろ「誰もいない」ところから考えが生じるのであり、誰でもない誰かが話すのを「私」は聞く。デカルトの「コギト」以前の声、ランボーの「私は他者である」にも通じるような、自己の内奥にひそむ他者性ないし非人称性の意識。ただし、ヴァレリーはそうした「内なる言葉」を少なくともここでは否定的に捉えている（草稿には「無価値なささやき」「くだらないおしゃべり」といった表現が見られる[193]）。考える行為とはこの内なる声を「被るほかない」ことであり、思考の本性における受動性に「私」は落胆しないではいられない。脳裏に浮かぶがままの考えとは「おのずと生まれ」てはたちまち消えゆく「束の間の」もの、どれほど変容しようとも外界には何の作用もおよぼさない無益なものであり、そこには「脈絡」もなければ「文体」もないと言う。が、看過しえないことに、そのように述べるテクストには「文体」が感じられる（この点については後述する）。

ところで、こうした思考の本性についての考察はヴァレリーの『カイエ』にも多々見られる。たとえば次の断章では〈考える〉という行為の非人称性が問題となっている。

> 一万年前にはこう言っていた。〈天の神さま〉が雨を降らす、雷を落とす（Dieu-le-ciel pleut, tonne）などと。その後、〈天〉や〈神〉は代名詞 **Il** に姿を変えた。もしかすると（言語になおも変形能力が残っているならば）明日はこう言うことになるかもしれない。〈私が〉〔考える、欲する〕という代わりに、考えが起こる（***Il*** **pense**）、欲求が生じる（***Il*** **veut**）と。これらの動詞は非人称となるかもしれない[194]〔……〕

『カイエ』の著者はまた「頭に浮かぶこと **ce qui vient à l'esprit**」や「私に思いつく観念 **les idées qui me viennent**」といった表現を用いて、思考の自然発生性、発生段階における受動性を示しつつ、それを「自分の思考」と区別している。たとえば次の断章——

> 頭に浮かぶことが、本当に《自分の思考》、自分の見解、自分の企図になるのは、それが点検され、承諾され、少なくとも暫定的に採用されてからのこと、練り上げるか、保存するか、応用するか、その用途が定まってからのことである。
>
> それゆえ私がここに書くことは、多くの場合、私の《思考》としてではなく、今後私のものとなるかもしれないし、あるいは私のものではないとして除去されるかもしれない、可能な思考として書かれるのだ[195]。〔……〕

注意を要するのは、「詩のアマチュア」における「私のありのままの思考」という表現は、この『カイエ』断章における「私の思考」とは真逆の意味であり、むしろ「私のもの」と決まる以前の「可能な思考」と同義である。

非人称的で、未だ可能態としてあるような「思考」に「文体」はない。思考と文体、あるいは内容と形式という言語表現の両面に関して、ヴァレリーは前者の「容易さ」を指摘する一方、後者の困難および重要性を強調することが多い。

「詩のアマチュア」第一段落で述べられた「思考」についての省察は、ヴァレリーが一八九四年以降、日々みずからの「思考」を記録し明確化しようとした『カイエ』の経験に根差しているだろう。その意味で、冒頭の接続詞 Si は反復的事実（〜する時はいつも）を示すと思われるが、ふと自分の思考のありのままの姿を目にして落胆する、そうした瞬間が一九〇〇年頃のヴァレリーにしばしばあったのかもしれない。

第二段落

しかし私には、自分の注意力に幾つか必要な存在《もの》を差し出す力が常にあるわけではなく、また私の耐えがたい逃走に代えて、始まりと充実した中盤と終わりという外観を形づくるような精神的障害物を装う力が常にあるわけでもない。


前段落末尾の「思考は、本性上、文体を欠く」を受けて〈考える〉行為と〈書く〉行為が対比される。思考のありのままの姿とは「耐えがたい逃走」にほかならず、それをある一定の方向に導くためには「注意力」が必要であり、しかるべき構成という「外観」を付与するような「精神的な障害物」を自らに課さなければならない。

「注意力」は当時のヴァレリーの最大の関心のひとつであり、一九〇四年精神科学アカデミーの懸賞論文の広告を見て「注意論」（未完）を送っている[196]。また、『カイエ』の執筆開始とともに、ヴァレリーの再出発を記念する二作品「レオナルド・ダ・ヴィンチ方法序説」（一八九五）と「テスト氏との一夜」（一八九六）においても、ヴァレリーが自らを重ねる「レオナルド」の行動規範は「飽クナキ厳密」であり、「テスト氏」は自らを「注意力の人」と称していた[197]。

「精神的な障害物」の必要性もヴァレリーの思想の根幹にかかわるものであり、『カイエ』における「グラディアトール」のテーマ（自己を馬に見立て、自らそれを調教しようとする自己鍛錬のテーマ）に直結する。また、詩人としてのヴァレリーが折に触れて説いた形式的制約および慣習的な諸規則の重要性にも深くかかわるものである。以下に引く『カイエ』断章にあるように、「障害物」の必要性こそまさに「思考術 art de penser」と「詩作術 art des vers」に通底するものにほかならない。

> グラディアトール　　障害物――
> 自らの精神という獣を調教して、それを望むところへ――つまり〔乗り越えるべき〕障害物まで連れてゆくこと、それ以外の哲学はない。
> 障害物という名を挙げても事態は変わらず、愚か者の足を引きとめるだけだ。彼らはこう信じている、遊戯に属するようにみえる困難――押韻など――と、深い内容にかかわり宇宙や人間を問題にするような困難とのあいだには本質的な差異がある、と。しかし〔調教すべき〕獣は同じであり、その血統、品種、訓練といったものはどちらの場合にも適用されるはずだ。[198]

「詩のアマチュア」第二段落ではまた「外観」や「装う」といった語によって、しかるべく秩序立てられた文章の虚構性が強調されているが、この点については「思考」と「作品」を相反するものとみなす次の『カイエ』断章が参考になる。

> このカイエは私の悪習だ。それはまた反作品（contre-œuvres）、反完成（contre-fini）でもある。
> 「思考」に関するかぎり、作品は偽造（falsifications）である、というのもそれは一時的なもの、反復不可能なもの、瞬間的なもの、純粋と不純や無秩序と秩序の混淆したものを除外するからだ。[199]

完成を目指す「作品」とは対照的に「思考」は未完成を宿命づけられている。ヴァレリーにとって「カイエ」とは「思考」のありのままの姿を記録する場、「作品」から除外されるものすべてを受け入れる場であった。その意味で、「カイエ」は「反作品」にちがいないが、この「反作品」こそあらゆる「作品」の母胎となったとみなされ、両者は対立よりもむしろ補完の関係にあると言えよう。

「詩のアマチュア」では、この『カイエ』断章とは力点の置き方が異なり、「思考」の「耐えがたい逃走」が否定的に捉えられ、それに必要な「障害物」を自らに与えることのできない無力感が表明されている。ここには、当時〈考えること〉に没頭していたヴァレリーが、〈書くこと〉に対して感じていた困難が打ち明けられているように思われる。一八九八年に着手された「アガート」が一向に完成しないまま筐底に秘されたことや、先述の「注意論」が一九〇四年に未完のまま送付されたことは、当時ヴァレリーが「作品」を仕上げることに困難を覚えていたことを物語っていよう。そのことは「詩のアマチュア」とも無縁ではないはずである。第三段落以降、「思考」から「詩」に話題が転じられるが、そこで問題となるのは〈書く〉ことではなく〈読む〉ことである。

第三段落

一篇の詩はある持続であり、その間、読者として私はあらかじめ用意された法則を呼吸する。私は自分の息と声という機械を与える、あるいは単にそれらの潜在力、沈黙と両立する息と声の潜在力だけを与える。

ヴァレリーによる「詩」の定義はさまざまあるが、ここでは「一篇の詩」を「ある持続」として、言い換えれば音楽と同じようにそれを享受する時間において生起するものとして捉えている。

「精神の作品は行為においてしか存在しない[200]」というヴァレリーにとって、「紙の上の詩」にはいかなる実体もなく、詩が実在するといえるのは「制作の状態」あるいは「朗唱の状態」においてのみである。一般化して言えば、「芸術作品」はそれ自体として存在するものではなく、それを「生産」あるいは「消費」する者と切り離せないということになる[201]。「詩のアマチュア」において注目すべきは、通常〈作者〉の立場から発想し発言することの多かったヴァレリーが、ここでは〈読者〉の立場に身を置いていることである。

〈読者〉としてのヴァレリーが意識するのはまず「呼吸」であり、自身の呼吸が「ある法則」に従っていることである[202]。「息」の次に意識されるのは「声」であり、たとえ黙読する場合にも、息と声は「潜在力」として働いていることに注意が向けられる。詩を読む「声」について語りながら「機械」という語を持ち出すところはいかにもヴァレリーらしい。この詩人は詩作を「製造 fabrication」という機械的な用語で語ったり、詩篇を「語を用いて詩的状態を産出する一種の機械」とみなしたりするが[203]、ここで問題となっている「声の機械」とはどのようなものだろう。「声の機械」を「動物の筋肉組織」にたとえる次の『カイエ』断章がその答えを与えてくれる。

声の機械は動いている動物の運動を司る筋肉組織のようなものだ。飛びかかるために鎌首をもたげる蛇――〔あるいは鳥の〕滑翔[204]。

ところで、「声」はヴァレリーにとって「詩」の生成と受容において必要不可欠なもの、ほとんど「詩」の代名詞といってよいものだが、それはまた古典古代の文学を支えていたものである。

幾世紀のあいだ人間の声が文学の基盤であった。この声こそ古代の文学、古典文学を説明するものである……ある日、一字一句を読むことなく聞くこともなく、目で読むことを覚え、文学はそのために根本的に変質した。〔……〕

古代の芸術は法則を与えていた。現代の芸術は事実を与え、状態を伝えたり引き起こしたりする[205]。

「詩のアマチュア」の読者――「法則を呼吸」し「声の機械」を発動させる読者――はまさしくこの「古代の芸術」の受容の仕方に即していると言えよう。草稿には「韻文の音楽はすべてを読むように強いる〔……〕一語一語が必然となる」という言葉が見える[206]。「詩のアマチュア」が読む「一篇の詩」は「韻文」にほかならない。そのことが、最終二段落で明らかになる。

第四段落

私は素晴らしい歩みに身をまかせる。読むとは語が導く空間で生きること。語の出現は書き込まれている。その音色は練られている。その揺らぎも、それ以前にじっくり考え抜かれたうえで組み立てられており、それらの語は、見事な群あるいは純粋な群となって、反響のなかに流れ落ちるだろう。私の驚きさえも保証されている。それはあらかじめ隠されており、数の一部をなしている。

第四段落では前段を受け、詩を「読む」行為について述べられる。「用意された法則」にしたがう読者は「素晴らしい歩みに身をまかせる」。詩を「読む」とは「語が導く空間で生きること」という表現には、マラルメの「詩の危機」の有名な一節――「純粋な作品は詩人の話者としての消滅をもたらし、詩人は語に主導権を譲る[207]」の反響が読みとれる。ヴァレリーはマラルメがドガに語ったという言葉――「詩は観念《アイデア》ではなく語で作る[208]」を伝えているが、作者とおなじく読者を導くのも「語」にほかならない。

「語」に導かれる読者は、一語一語の「出現」、その「音色」、リズムの「揺らぎ」、語と語の「反響」といったものを感知するが、注目すべきことに、ここでは詩の「意味」についてほとんど何も語られていない。ヴァレリーは一九二六年「詩の朗読法について」ラシーヌ劇を上演する役者たちに助言したことがあるが、その際「声を散文からなるべく遠くに位置づける」こと、「意味に到達することを急いではならない」こと、最初のうちは詩句の「音楽的形式」を十分に味わい、そうした詩句の音楽を損なうことなく、それに「ニュアンス」を添えるようなものとして最後に「意味」を導き入れることを勧めている[209]。

「詩の朗読法について」の約二〇年前に書かれた「詩のアマチュア」にもすでに同様の考えがうかがわれるが、後者の重点はむしろ、詩的空間においては一切が、「揺らぎ」や「驚き」さえも「用意された法則」の圏内にあり、作者の「先立つ熟慮」によって読者の歩みは「保証」されているという点にある。草稿には「私は語が欠けるようなことはないと確信している」とか、「私は必要な語がまもなく現れることを確信している、どんな語かは知らないが、適切な語が」といった表現が見られる[210]。この確信を支えているのは「素晴らしい歩み」を約束する「数」、つまり諧調と律動の基盤をなす「数」である。[211] 最終段落では、読者の自由を奪うほど読者を確実に導く「宿命的な書法」および「韻律」について語られる。

第五段落

宿命的な書法《エクリチユール》に動かされ、そして常に未来におよぶ韻律が後戻りすることなく私の記憶をつなぐからには、私は一語一句の力を十全に感じとる、それを漠然とながら待ちのぞんでいたために。私を運び、私が色を添えるこの韻律が、真と偽から私を守ってくれる。疑念のために分裂することもなく、理知に苛まれることもない。偶然は皆無で、特別の好機《チヤンス》が築かれる。私はこの幸運の言語を苦もなく見出し、そして技巧を通して思考する、まったく確かな、驚くほど先を見通す思考を、――欠陥も計算づく、意図しない闇はない、そうした思考の動きが私を率い、その量が私を満たす。それは独特な仕方で完成された思考である。

「宿命的な書法」を司る「韻律」とは、常に「未来」に踏み込みながら「後戻り」することなく「記憶」をつなぐようなものである。「後戻り」するとは「反省」することであり、「思考」の特徴である。それに対して「音楽」には音楽が望む以外の「反省＝後戻り」はないとヴァレリーは言う。[212]「韻律」という詩句の音楽によって反省的思考――「真と偽」を分別しようとする「疑念」と「理知」――から解放された読者は、「素晴らしい歩み」に身をゆだねつつ次々に現れる語を「漠然とながら待ち望む」[213]という仕方で味わう。そのような読者にとって、自らの漠たる期待を十全に満たす一語一語は必然的なものと感じられる。「宿命的な書法」に「幸運の言語」を見出す「詩のアマチュア」は、最後、冒頭に回帰するかたちで再び「思考」について述べる。「詩」という「技巧」を通してなされる「思考」とは、「確実」さと「先見」性を備え、欠落や曖昧さも「計算」と「意図」に基づくような「偶然」なき思考、要するに「独特の仕方で」――韻律や脚韻などの形式的制約によって――「完成された思考」[214]である。それはまさしく、冒頭に述べられた「ありのままの思考」、未完成を宿命づけられた「耐えがたい逃走」の対極にあるものにほかならない。

詩と思考

以上見たように、全五段落からなる「詩のアマチュア」は〈考えること〉について述べる前半二段落と〈詩を読むこと〉についての後半三段落に分かれ、冒頭の「ありのままの思考」に対して、最後「詩」に特有の「完成された思考」が対置されるという構成になっている。「詩」を「思考」に関連づけて論じる点にこの詩論の特徴が認められるが、一見明らかなこの対比は、ヴァレリーの他のテクストも踏まえて再考する余地がある。というのも、まさしく「詩と抽象的思考」と題する講演において、ヴァレリーは両者を無反省に相反するものとする二項対立図式に警鐘を鳴らしているからである。安易な区別と同様、それらの混同にも批判的で、両者の微妙な関係性を探るというのがこの詩人・思想家の基本姿勢である。以下ではヴァレリーが最晩年に自らを語ったテクスト「私に関すること」[215]の一断章を手がかりとしてこの点について考えてみたい。

自身の「早口」を話題とする断章において、ヴァレリーは「話す速度は思考の速度に等しくなろうとする傾向がある」と観察する一方、「詩句を作るときは小声で独りごち、心中でそれを非常にゆっくりと聞く」と付け加えている[216]。「思考」が速度を求めるのとは反対に、「詩句」は緩やかな調子をうながすと言うのだ。ここでは詩の制作が問題となっているが、詩を読む場合も同様だろう。「詩のアマチュア」では「一篇の詩」の「持続」における「素晴らしい歩み」と「あるがままの思考」の「耐えがたい逃走」が対照的であるが、両者には緩急の対比も見出される。ただし、「思考」の速度という点についてヴァレリーは、生来の「性急さ」を認める一方で、あたかもそれを補おうとするかのように、後天的に得られた経験から「再考する」あるいは「結論する」際には慎重を期すると語っている。

> この言葉の性急を命じる精神の性急は、精神の能率にとって一利一害である。得るものもあれば失うものもある。〔……〕それゆえ、こうした自分の危険を知った私は、結論という最終的な形式を（というのも結論するとは形式の問題だから）決定的に受け入れるまでに実にゆっくりと時間をかけるのである。精神の働きの限界〔最終地点〕は形式である。私は経験によって自分の即興に警戒心を抱くようになり、後天的に得られた経験によっ

て、一歩一歩、一語一語進むよう自分に言い聞かせる――ちょうど自分の気質と生まれつきの神経質によってそれを拒もうとするのと同じ程度に（私の筆跡《エクリチュール》にはそうした気質が現れているだろう[217]……）

「ありのままの思考」と「完成された思考」の相違はつまるところ「形式」の有無にかかわると言えよう。「思考」の「耐えがたい逃走」に歯止めをかけるには「文体」という「障害物」が必要である。草稿では前者が〈流体〉、後者が〈固体〉のイメージで捉えられているが[218]、とめどなく変転する「精神の働き」に終止符を打つのは「形式」であり、「一篇の詩」と同じく「思考」も「最終的な形式」によって「完成」される。

もっとも、ヴァレリーにとって「完成」はほとんど不可能事に近い。というのも、この作家によれば「作品は完成されるのではなく放棄される」[219]からである。ヴァレリーは「作品」に必然的な終わりがあるとは思っておらず、作品はかぎりなく改良されうる、言い換えれば、作者はある作品を作る行為そのものからその作品を作り変える能力を常に引き出しうると考えている[220]。ある「作品」が「完成」されたと映るのは「読者」の目においてであり、「一篇の詩」を通して「完成された思考」を見出すのは「詩のアマチュア」なのである。

要するに、「詩のアマチュア」における「ありのままの思考」と「詩」の対比は「形式」の有無にかかわるものであり、「最終的な形式」すなわち「完成」という点を突き詰めて考えれば、それは〈作者〉と〈読者〉の視点の差異に帰着する問題である。

古典的韻文詩への志向

ところで、「詩のアマチュア」において問題となっている「詩 poème」が「韻文 vers」であるという点について改めて考えてみたい。テクスト内に「韻文」という語は見えないが、「あらかじめ用意された法則」［第三段落］、「驚き」さえも「数」の一部となっているような「素晴らしい歩み」［第四段落］、「韻律 mètre」およびその構成単位をなす「分節 mesure」［第五段落］によって築かれる「特別の好機」「幸運」［第五段落］、それはまさしく古典的な韻文詩が約束するものにちがいない。他方、このテクストが書かれた二〇世紀初頭は「（韻文）詩の危機」（マラルメ）の意識が広く浸透し、大半の詩人は「散文詩」や「自由詩」に傾倒していたことを踏まえれば、「詩のアマチュア」はそうした同時代の趨勢に逆行する態度を公にしたものとして読まれるべきだろう。一九一七年『若きパルク』とともに詩に回帰することになるヴァレリーは、すでにその一〇年前、自らを「詩のアマチュア」と称して古典的韻文詩への志向を表明していたわけである。

〈読者〉に身を置くヴァレリー

では、このテクストにおいてヴァレリーは古典的な韻律の「素晴らしい歩みに身をまかせ」る読者のよろこびを素直に表現し、「幸運な言語」を「苦もなく（努力なしに）」見出す楽しみを謳い上げているのだろうか。後年、「私は精神が努力なしに作り出せるものは何も尊重せず、何も保持しておこうとは思わなかった」、「ただ努力だけがわれわれを変形しうると信じていた[221]」と述べることになる人間にあって、そのようなことは信じがたい。

そもそもヴァレリーはなぜ「詩のアマチュア」を自称し、「作者」ではなく「読者」の立場に身を置くことを選んだのか。そのことは当時ヴァレリーが詩作から遠ざかっていたことにかかわると思われるが、『現代フランス詩人選集』の著者紹介文のなかで編者ワルクが引用したヴァレリーの言葉――「私の詩については、とりわけ気に入っているものはひとつもありません。作る前は同じように気に入り、最後には気に入らず、今となっては忘れました[222]」――には、詩に対する無関心がことさら示されている。ヴァレリーは当時、自分を「詩人」として世に示すことを潔しとしなかったにちがいない。「現代フランス詩人」に名を連ねるヴァレリーが自らに与えた「詩のアマチュア（愛好家）」という呼称は、「詩を愛好する」という積極的な意義をもつというよりはむしろ「自分は（プロの）詩人ではない」ということの裏返しの表現であると思われる。そこには、二〇歳のヴァレリーがジッドに漏らした自嘲の言葉――「自分は詩人なんかじゃない、退屈したムッシューだ[223]」――にも通じるような皮肉な響きさえ感じられる。

が、それればかりでもないだろう。「詩のアマチュア」の草稿には次のようなメモ書きが見られる。

Aは読む――機能を果たす、ただしBに従って

一連の持続的干渉によって導かれながら
Aは〔Bの〕秩序のなかで自分を読む、あるいは自分自身を知る
時間――秩序（B）――素材（A）――努力（B）――反響（A）[224]

読者（A）を中心に、その「機能」を作者（B）との関係において捉えようとするこのメモは、「詩のアマチュア」において選ばれた立場が単に消極的なものではなく、「一篇の詩」を介した読者と作者の関係についてヴァレリーが考えをめぐらせていたことを物語っている。一篇の詩という「持続」を生み、「一連の持続的干渉」ともいうべき語の「秩序」を打ち立てるのは作者、そのために「努力」するのも作者である。それとは対照的に、「あらかじめ用意された法則」に身をまかせる「詩のアマチュア」は「苦もなく」その幸運にあやかる。読者の働きは、作者が作り上げた「幸運の言語」に自身の「素材」（息と声）を与え、その「反響」を生じさせる共鳴器となることである。「宿命的なエクリチュールに動かされ」る受け身の読者にできるのは、同草稿に見える表現によれば、「書かれた他者の思考を色づけ、活気づける[225]」ことにすぎない。が、他者の「書いたものに寄り添う」読者の行為はまた、他者が生み出した「秩序」のなかで、「自分を読む」あるいは「自分自身を知る」ことでもある。

ところで「詩のアマチュア」においてヴァレリーが心中に思い描いていた「他者」とは誰であろう。読者におよぼす効果を「計算」し、「宿命的な書法」によって読者を導こうとする作者像には若いヴァレリーが信奉したエドガー・ポーの姿も重なるが、「偶然」を廃棄する「幸運な言語」の生みの親、その作品によって「独特な仕方で完成された思考」を体現する作者としては、やはりマラルメの名を挙げるべきだろう。「詩のアマチュア」の最終段落には、マラルメがルネ・ギルの『語論』のために寄せた「緒言」の一段落――「詩の危機」の最終段落に組み込まれたもの――と共通する語彙が散見される。

詩句とは、数個の単語を用いて、それをひとつの完全な、新しい、国語には耳慣れない、呪文のような語に作り変えるものだが、そのような詩句が、意味と音韻の双方において代わる代わる表現を鍛え直す技巧（artifice）

にもかかわらず表現に残存する偶然（hasard）をこのうえない一筆で否定しつつ、言葉のこの孤立を完成する（achève）。そして、通常の話し方の断片とはいえそのような断片はかつて聞いたことがないという驚き（surprise）を詩句がもたらすと同時に、名を挙げられた対象のおぼろげな記憶が明るく見透すような（clairvoyante）雰囲気のなかに浸ることになる。[226]

両テクストにおける「偶然」の否定、「技巧」の肯定、「完成する」という語の一致、また「驚き」（surprise と étonnements）[227]や先見性（clairvoyante と prévoyante）といった語彙および観念の類似は、偶然の符合とは思われない。「読むとは語が導く空間で生きること」というヴァレリーの言葉（「詩のアマチュア」第四段落）に、「語に主導権を譲る」マラルメの詩論（「詩の危機」の一節）が響いていることも先述したとおりである。

先に触れた「詩の朗読法について」助言をするに先立ち、ヴァレリーは次のように述べていた――「あらゆる詩人は仕事をする際、必然的に、自分に最もよく仕えてくれ、しかも兄弟よりも自分にもう少しよく似た、ある理想的読者を当てにしている」[228]。それに対して「詩のアマチュア」では、ヴァレリーは〈読者〉の立場に身を置きながら、読者を完璧に導く「宿命的なエクリチュール」を思い描き、自己を投影しうる〈理想的作者〉に思いを馳せていたのかもしれない。このテクストには〈読者〉について語りながら、むしろ〈作者〉を浮かび上がらせるような〈ねじれ〉の力学が働いているように感じられる。

〈作者〉としての側面――散文テクストの詩的特性

「詩のアマチュア」においてヴァレリーは作者ではなく「読者」として自己を規定したが、詩を読むことに関するテクストを書くという行為は、単なる「詩のアマチュア」にとどまるものではないだろう。そこにはいわば表現された内容とそれを表現する形式との相違があり、それはたとえば、「思考は、本性上、文体を欠く」と述べる第一段落末尾の一文にまさしく「文体」が感じられるという事実によっても確認される。[229]

「詩のアマチュア」はしばしば「散文詩」と評されると先に述べたが、その是非（「散文詩」の定義）はともかく、このテクストに詩的特性が備わっていることは疑いを入れないだろう。一読して感得されるのは、冒頭から末尾までこの文章を貫いている調子のよさ、韻文にも通じる律動性である。

特に各段落の終結部に定型一二音節詩句および一〇音節詩句ないしそれらの変形リズムが認められる。第一段落末尾には、一二音節詩句を等分する定型リズム6-6（nulle instantanément / comme elle est spontanée）の後、それを変奏するかのような非定型の三分節リズム3-4-5（la pensée, / par sa natu/re, manque de style）、また第四段落と第五段落の末尾もそれぞれ6-6の定型リズム（ils sont cachés d'avance, / et font partie du nombre）と準定型というべき4-8のリズム（une pensée / singulièrement achevée）で締めくくられる。一方、第三段落の末尾には一〇音節詩句を等分する5-5のリズム（qui se concilie / avec le silence）、第二段落末尾には句切りは不確かなものの一〇音節の単位（au lieu de mon insupportable fuite）が置かれている。

また各段落の冒頭は八音節のリズムで始まることが多く（Si je regarde tout à coup［第一段落］；Un poème est une durée［第三段落］；Mû par l'écriture fatale［第五段落］）、各段落内部にも八音節ないしそれに近い音節数の単位がちりばめられており、ほぼ均等のリズムグループが連鎖することによって、韻律の基礎をなす周期性が近似的なかたちで生み出されている。[230] こうした律動性はさらに同一語句の反復（*sans* personne et *sans* origine (8)［第一段落］；*Leur* apparition est écrite (9). *Leurs* sonorités concertées (8). *Leur* ébranlement se compose (8)［第五段落］）や対句的表現（*Ni* le doute *ne* me divise (8), *ni* la raison *ne* me travaille (8)［第五段落］）と相まっていっそう効果を高めるだろう。

リズムはさらに音韻と結びついている。たとえば第四段落の冒頭は一〇音節詩句を4-6に句切る定型リズム（Je m'abandonne / à l'adorable allure）によって、まさしく「素晴らしい歩みに身をまかせる」読者の息遣いを伝えるかのようだが、そこには母音［a］の連続および子音［l］［R］の畳韻（*l'adorable allure*）が効果を添えている。さらにこの流音の連鎖によって最後の*allure*は滑らかに次の*lire*を導き、後続の語句（lire, vivre où mènent les mots）は無音のeの配置によって律動的な八音節のリズムのなかに、母音［i］や子音［v］［m］などの連鎖を含む。ここでもまた「語が導く」という意味内容をその音声形式が巧みに表現しており、ヴァレリーが「詩」の本質的特徴とみなす音と意味、内容と形式の調和が見出される。

なお草稿を参照すると、この散文テクストを推敲する行為そのものに詩人の手つきが観察される。一例を挙げれば、当の第四段落冒頭は当初「私は素晴らしい読書に身をまかせる、語が導く空間で生きること Je m'abandonne à l'adorable lecture : vivre où mènent les mots」であった。つまり、ヴァレリーは「読書 lecture」を「歩み allure」に変更し、その後に「読む lire」を挿入したわけだが、このわずかな改変によって先に述べたリズムと音韻の効果は格段に増す結果となった。しかも詩的効果を高めるこの変更自体が、音の類似性（lecture – allure）にそって語を変えるという詩人の手際をうかがわせるものである。(231)

このように「詩のアマチュア」は、韻文に通じるリズム、音韻、意味内容と音声形式の調和によって、まさしく「詩」的と形容するにふさわしい「文体」を備えている。詩について語るうえで、作者ではなくあえて読者を選んだヴァレリーは、それでもやはり書き手としての意志と技量をその文体によって示したと言えよう。

以上、ヴァレリー初期の詩論「詩のアマチュア」をめぐって、『カイエ』の断章などを参照しつつ読解したのち、詩と思考の対比、古典的韻文詩への志向、読者の立場、散文詩の特性といった観点から考察を加えた。「詩のアマチュア」の第一の特徴は、「詩」を「思想」に関連づけて論じるという点にある。また、通常作者として発想・発言するヴァレリーがめずらしく読者の立場に身を置いたという点でとりわけ注目されるこの詩論には、プロの詩人として自らを世に示すことを潔しとしない「沈黙期」のヴァレリーの心境がうかがえると同時に、「一篇の詩」を介した「読者」と「作者」の関係について考察しようとする理論家の姿も認められる。後年、ヴァレリーは「生産者」「作品」「消費者」の三項を立て、前二者の関係を扱う「制作学」と後二者の関係を扱う「感性学」を区別することになるが、その「詩学」が一般に「制作学」を基本路線とするなかで、読者の立場から詩を論じた「詩のアマチュア」は特異な位置を占めている。その読者詩論はさらに、内容上は〈読み手〉でありながら、それを表現する形式すなわち文体によって〈書き手〉としての側面も含むという両義性を帯びている。

一見するとこのテクストは「詩」を読むことの幸福を率直に述べているかのようにも読めるが、そこにはまた「詩」（を書くこと）に対するヴァレリーのアンビヴァレントな心境、一言で言えば「沈黙期」の痕跡が読みとれる。

書くか考えるか、書くか読むか、書くか書かないか、そうしたためらいを引きずりながら、詩を読むことについて書かれたテクスト、読者に光を当てながら読者を完璧に誘導する作品を、そしてそれを生み出す理想的な作者像を浮かび上がらせる、そのようなねじれを内包したテクストと言えよう。

『旧詩帖』に収められた詩篇の大半に二〇代の旧作と四〇代の改作との懸隔が見られるのとは異なり、三〇代に書かれた「詩のアマチュア」はほとんど改変を要しなかった（初出以前の草稿からうかがわれる推敲の度合いに比べて、その後の改変は微々たるものである）。この事実は、一九〇七年『現代フランス詩人選集』に載ったこのテクストが、もはや初期詩篇を書いた一八九〇年代と同じ水準にはないこと、むしろそれら旧作に改変の手を加える一九一〇年代の作家の意識に近いことを物語っていよう。また時代の趨勢に逆行する古典的韻文詩への志向によって『若きパルク』の方向性を予示していることからも、この詩論はヴァレリーの初期詩篇と中後期詩篇に橋を架ける『旧詩帖』を締めくくるにふさわしい作品と言える。

第三章　ソネ三篇——初期詩篇の改変

一 「夢幻境」と「同じく夢幻境」——同一主題の変奏

『旧詩帖』所収の「夢幻境」と「同じく夢幻境」はその題名が明示しているように、同じ主題（標題）に基づく二つのテクストである。この点についてヴァレリーは次のような証言を残している。

かつて私は同じ詩篇の異なるテクストをいくつか発表したことがあった。そのなかには互いに矛盾するものもあり、この点に関して私は批判されずにはすまなかった。しかし、なぜそうした変奏を慎まなければならないのか、その理由を語ってくれる人はいなかった。(1)

〔……〕むしろ私は（もし自分の意向に従うとすれば）、音楽家のするように同じ主題をさまざまに変えたり解決したりするよう、詩人に勧めようとすることだろう。詩人と詩について私が好んで抱く観念にこれほど合致したものはないように思われる。(2)

制作中の作品が自分自身に対しておよぼす反作用を常に意識し、作品を改変しうる変形能力を己のうちに感じてやまない詩人にとって、作品に「完成」などありえない。それは何らかの偶発時によって「放棄」されるにすぎず、たとえ紙面のうえに一時的に固定されようとも、潜在的には際限なき改変の可能性を秘めたものであり、「完璧」を目指しつつ「未完成」を宿命づけられた、絶えざる生成過程あるいは飽くなき欲望の一状態にほかならない。

このように考えるヴァレリーは、ある特定の主題（「ナルシス」や「テスト氏」のほか「眠る女」など）を幾たびも取り上げ、それをさまざまに変奏しているが、本節で取り上げるソネは同一主題に基づく異文《ヴァリアント》＝変奏《ヴァリアシオン》という問題性を最も顕著に示す例である。

この詩は当初「白 Blanc」と題し、一八九〇年一二月『レルミタージュ』誌に掲載された。同年八月三〇日ピエール・ルイスに送られた手稿には「八月二五日」作と付記があり、『旧詩帖』所収詩篇のうち初稿が最も古い詩である。[3] その後、「妖精 Fée」と改題して一九一四年一月『レ・フェット』誌に掲載、さらに「夢幻境 Féerie」と改題のうえ一九二〇年『旧詩帖』初版に収録される。そして一九二六年『旧詩帖』再版において「夢幻境」と並んで「夢幻境（異文）Féerie (Variante)」（一九二七年版以降「同じく夢幻境 Même Féerie」と改題）が加えられることになる（別図6・7）。

ここで注意すべきは、若書きの作に対する後年の改変という『旧詩帖』詩篇の大半に通じる問題と、同一主題の変奏というこのソネに特有の問題とは似て非なるものだという点である。この詩を論じたヘンリー・グラブスが指摘したように、「白」から「妖精」を経て「夢幻境」へと至る一連の修正・改良と、「夢幻境」から「同じく夢幻境」への派生・変奏とは同じ尺度では測れない問題をはらんでいる。[4]

ヴァレリーはなぜ『旧詩帖』初版の「夢幻境」を別様に書き換えるのではなく、その「異文」を書き加えたのか。この二篇における変奏の主眼はいかなる点にあるのか。『旧詩帖』中、同一の標題をもつ二つの異文を提示するのは「夢幻境」だけであるが、このソネがそうした異例の扱いを受けたのはなぜなのか。そのような問いが提起されるだろう。また他の『旧詩帖』詩篇群と同じく、この詩は『若きパルク』との関連という点でも興味深い。『若きパルク』の制作（一九一二―一九一七年）と『旧詩帖』詩篇群の推敲はほぼ同時期になされているが、その点で一九一四年に発表された「妖精」がとりわけ注目される。

読解――改変から変奏まで

以下、「白」から「妖精」を経て「夢幻境」および「夢幻境（異文）」へと至る改変・変奏をめぐって、まず各段階における改変の特徴を観察し、そこに一貫してみられる傾向を探る（原文および拙訳は一九六頁〜一九九頁を参照）[5]。また『旧詩帖』再版以降、隣接することになる二篇について、その変奏の眼目がいかなる点にあるかを検討する。さらに一連の改変を『若きパルク』との関連から捉え直し、『旧詩帖』と『若きパルク』の関係性の一端を明らかにするよう試みる。そのうえで『旧詩帖』中、なぜ「夢幻境」が同一詩篇の変奏に選ばれたのか、自明ならざるこの問いに対して可能な答えを提起してみたい。

「白」（一八九〇）

一八九〇年一二月『レルミタージュ』誌にアルベール・デュグリップ（セットのコレージュ時代の友人）への献辞を添えて掲載されたソネ「白」は、諸家の指摘するように、テオフィル・ゴーチエの詩「白い長調の交響曲 Symphonie en blanc majeur」（『七宝とカメオ』所収）に着想を得て書かれたと思われる[6]。ゴーチエの詩（八音節四行詩一八節）は各詩節に「白」という語を一つ以上含み、「白」にまつわる種々のイメージで「白鳥女」のひとりを謳いあげるが、ヴァレリーのソネに共通する語彙をも多数含む（「白鳥」「雪」「月」「百合」「銀」「象牙」「白貂《アーミン》」「真珠のようにつややかな肉体」「乳色の」「蒼白の」など）。

しかし、舞台を「北」と「冬」に定め、まさしく「白の放蕩三昧」というべき多種多様なイメージを各詩節ごとに展開し、七二行にわたって「仮借なき白」を畳みかけるゴーチエの詩と比べ、季節も場所も限定せず、すべてを月夜の夢のほの白さに包みこむヴァレリーのソネは、かなり趣を異にする。いわば「白い長調」に対して短調（「悲しげな白鳥」）であり、「交響曲」というよりはソロと言えよう。当時ヴァレリーは高踏派の美学を脱して象徴派風の詩を書こうと自覚しており、このソネを献じたアルベール・デュグリップ宛の手紙（一八九〇年一一月）に次のように述

（1890 年『レルミタージュ』誌）

白　（アルベール・デュグリップへ）

ほっそりとした月がほのかで聖らかな光を，
軽やかな銀糸で織られたスカートのように
象牙の階段に注ぐあたりに，〈少女〉が夢みに行く，
4 真珠の肉体の線もあらわなつややかな薄紗《うすぎぬ》をまとって。

もの悲しげな白鳥が葦をかすめてゆく
——真白い軍船《いくさぶね》と光り輝く船体——
彼女はその上に百合と雪の薔薇を散らし
8 そして花びらが水面に幾重にも輪を描く。

それから——思わしげに——娘は捉えがたい幻想に耽り
波がまるで白蛇のように身を捩るのを見る
11 白貂《アーミン》と水晶《クリスタル》を履いたその華奢な足下に，

〈海〉は羞じらう花と混ざり合って彼女を香りで満たす
彼女が，かぼそい金属のようなその声で，
14 優しい乳色の〈夜〉と色淡い静寂を魅するから。

（1914 年『レ・フェット』誌）

妖精

ほっそりとした月がほのかで聖らかな光を
軽やかな銀糸で織られたスカートさながら
大理石の土台に注ぐあたりに，〈影〉が夢みに行く
4 真珠の車のつややかな薄紗《うすぎぬ》を後ろにひいて。

ほのかに光を放つ羽毛の船体で
葦をかすめてゆく絹の白鳥のために，
月影は雪の薔薇を果てしなく散らし
8 そして花びらが水面に幾重にも輪を描く。

〈影〉を　虹色の捉えがたい物の姿を動かしつつ
月影の震えは波の上に白蛇を放つ
11 白貂《アーミン》と水晶《クリスタル》に凍った華奢な足下に，

柔らかな薔薇の漠とした肉体が今にも
震える，ある歌声の致命的なダイヤモンドが
14 夜全体に妖精の糸で広大に亀裂《ひび》を入れるとき。

(*L'Ermitage*, 1890)

BLANC (*à A. Dugrip*)

La lune mince verse une lueur sacrée,
Comme une jupe d'un tissu d'argent léger
Sur les degrés d'ivoire où va l'Enfant songer,
Chair de perle que moule une gaze nacrée.

Sur les cygnes dolents qui frôlent les roseaux,
— Galères blanches et carènes lumineuses —
Elle effeuille des lys et des roses neigeuses
Et les pétales font des cercles sur les eaux.

Puis — pensive — la fille aux chimères subtiles
Voit se tordre les flots comme de blancs reptiles
À ses pieds fins chaussés d'hermine et de cristal ;

La Mer confuse des fleurs pudiques l'encense
Car elle enchante de sa voix, frêle métal,
La Nuit lactée et douce et le pâle silence.

(*Les Fête*, 1914)

FÉE

La lune mince verse une lueur sacrée
Toute une jupe d'un tissu d'argent léger
Sur les bases de marbre où va l'Ombre songer
Que suit d'un char de perle une gaze nacrée.

Pour les cygnes soyeux qui frôlent les roseaux
De carènes de plume à demi-lumineuse,
Elle effeuille infinie une rose neigeuse
Et les pétales font des cercles sur les eaux.

Mouvant l'Ombre l'iris de présences subtiles
Son frisson sur les flots coule de blancs reptiles
À ses pieds fins glacés d'hermine et de cristal ;

La chair confuse des molles roses commence
À frémir, si d'un chant le diamant fatal
Fêle toute la nuit d'un fil de fée immense.

（1920 年『旧詩帖』初版）

夢幻境

ほっそりとした月がほのかで聖らかな光を
軽やかな銀糸で織られたスカートさながら，
大理石の土台に注ぐあたりに，影が夢みに来る
真珠の車のつややかな薄紗《うすぎぬ》を後ろにひいて。

ほのかに光を放つ羽毛の船体で
葦をかすめてゆく絹の白鳥のために，
月影は雪の薔薇を果てしなく散らし
その花びらが水面に幾重にも輪を描く……

生きている？……　おお気も遠のく悦楽の砂漠，
燦《きら》めく水のかすかな鼓動が絶えてゆく，
水晶のこだまの秘密の敷居を磨り減らしつつ……

柔らかな薔薇の漠とした肉体が今にも
震える，ある叫びの致命的なダイヤモンドが
日の光の糸で広大な物語に亀裂《ひび》を入れるとき。

（1926 年『旧詩帖』再版）

夢幻境（異文）

ほっそりとした月がほのかで聖らかな光を
軽やかな銀糸で織られたスカートのように
大理石の塊に注ぐあたりに，そっと夢みに来る
真珠とつややかな薄紗《うすぎぬ》をまとったある乙女が。

ほのかに光を放つ羽毛の船体で
葦をかすめてゆく絹の白鳥のために，
彼女の手は雪の薔薇を摘み取ってはまき散らし
その花びらが水面に幾重にも輪を描く。

甘美な砂漠よ，気も遠のく孤独よ，
月によってきららかに燦《きら》めく水の渦が
水晶のこだまを永久《とこしえ》に数えるところ，

いかなる心が長く耐えられよう，そなたの魅力に
また死ぬ宿命《さだめ》の天空に輝きわたる夜に
刀のように冴えた叫びをおのれ自身から抜き放たずに？

(*Album de vers anciens*, 1920)

FÉERIE

La lune mince verse une lueur sacrée* — * 行末 « , » (1931-)
Toute une jupe d'un tissu d'argent léger,
Sur les bases de marbre où vient l'ombre* songer — * « l'Ombre » (1927-)
4 Que suit d'un char de perle une gaze nacrée.

Pour les cygnes soyeux qui frôlent les roseaux
De carènes de plume à demi lumineuse,
Elle effeuille infinie une rose neigeuse
8 Dont les pétales font des cercles sur les eaux...

Est-ce vivre ?... Ô désert de volupté pâmée*, — * 行末 « , » なし (1931-)
Où meurt le battement faible de l'eau lamée,
11 Usant le seuil secret des échos de cristal...

La chair confuse des molles roses commence
À frémir, si d'un cri le diamant fatal
14 Fêle d'un fil de jour toute la fable immense.

(*Album de vers anciens*, 1926)

FÉERIE (Variante*)

* « Même Féerie » (1927-)

La lune mince verse une lueur sacrée* — * 行末 « , » (1931-)
Comme une jupe d'un tissu d'argent léger* — * 行末 « , » (1931-)
Sur les masses de marbre où glisse et vient songer* — * « où marche et croit songer » (1927-)
4 Quelque vierge de perle et de gaze nacrée.

Pour les cygnes soyeux qui frôlent les roseaux
De carènes de plume à demi lumineuse,
Sa main cueille et disperse* une rose neigeuse — * « dispence » (1927-)
8 Dont les pétales font des cercles sur les eaux.

Délicieux désert, solitude pâmée,
Où* le remous de l'eau par la lune lamée — * « Quand » (1927-) [1929 年は « Où »]
11 Compte éternellement ses échos de cristal,

Quel cœur pourrait souffrir longuement votre charme* — * « l'inexorable charme »(1927-)
Et la nuit* éclatante au firmament fatal — * « De la nuit » (1927-) [1929 年は « Et la nuit »]
14 Sans tirer de soi-même un cri pur comme une arme ?

べている。

かつて高踏派はほかでもない〈自分〉だったけれど、それが溶けて蒸発するのを感じている……。いまはもう、響きよく正確な詩句を宝石のように稀有で重たい脚韻で縁どるような時代ではない！　きっと紫煙のように軽く、繊細で、おぼろげなもの、あらゆるものを思わせながらはっきりとは何も言わないような、羽搏くようなものを書くべきだろう(7)……

手紙にはこのくだりに続いてラファエル前派への傾倒と、「師」と仰ぐエドガー・アラン・ポーおよびマラルメの名が挙がっているが、「白」はまさしくこうした象徴派の美学に則って書かれたソネと思われる。

第一節では、ほのかな月の光が「銀のスカート」に喩えられ、女性的な月明かりのなかに「〈少女〉」の姿が浮かび上がる。最初から定冠詞を伴って現れるこの頭文字大文字の「〈少女〉」は、ある人物というよりも「ほっそりとした月」の擬人化、あるいは清水徹の表現を借りれば「月光に浸された風景自体の凝縮化」とでも言うべきものだろう(8)。その「真珠の肉体」は「銀のスカート」と同じ「微光」でできており、「つややかな薄紗」がどれほどその裸体の線をあらわにしようとも、それは月の輪郭をなぞるような仕草にすぎない。肉体を純化しようとしつつ、女体への関心を露呈するような詩句に、一九歳の青年の抑圧されたエロチスムを読み取ることもできよう(9)。

第二節では、「象牙の階段」から「水面」に視点を移し、「葦をかすめる白鳥」の群れ、そのうえに散らされる「百合と薔薇」、花びらによって生じる水面の波紋という繊細かつ幻想的な光景が描かれる。清水徹が指摘したように、「白鳥」を「船体」にたとえる比喩は、「白」より約一年前に書かれたソネ「白鳥」（一八八九年一〇月作）にすでに見られ、また水面に花びらを散らすというイメージも「白」制作後まもなく書かれたソネ「ナルシス語る」（一八九〇年九月作）と共通する(10)。付言すれば、マラルメの「窓」に「ガレー船」を「白鳥」に喩える詩句があり(11)、ヴァレリーはその比喩を逆転させたと見ることもできる。

第三節では、視点を少女の内面に向け、第一－二節における花鳥風月からやや趣を転じて獣類を登場させる。「もの思わしげな」少女の脳裏には「幻想獣《キマイラ》」が蠢き、うねる「波浪」はさながら身をよじる「白蛇」となる。その「華奢な足」を飾る「白貂（の毛皮）」と「水晶」（アーミンの靴下にクリスタルの靴を履くか）は、同じく純白の象徴でありながら、獣の生暖かさと水晶の透きとおった冷たさを対比させ、二つの世界に足を浸す少女の両義性を暗示するようにも思われる。

第四節冒頭の「海」は、第二節の「白鳥」と幾分そぐわない感もあるが、海辺に生まれた詩人の夢見る光景は、現実の白鳥の群れ居る湖や池よりも、果てしなく広がる「海」と「夜空」であったのだろう。「海」が「恥じらう花々」とともに少女を香りで満たせば、少女もその「かぼそい金属」のような「声」――月の光と調和する「銀」の響きをもった声だろう――によって「夜」の「静寂」を魅了する。月の「聖らかな微光」のようにかぼそく光る少女の声は、「乳色の夜」の「色淡い静寂」と相和して、この夢の光景をいつまでも歌うかのようである。なお、「乳色の夜 Nuit lactée」という表現は「天の河 Voie lactée」を連想させ、前行の「声 voix」とも響きあう。

雑誌初出に先立ってこのソネを送られたピエール・ルイスはヴァレリーに「白」がパリの文壇で好評を博していることを告げ、自ら主宰する『ラ・コンク』誌にも載せるよう促すが[12]、ヴァレリー自身は断固拒否し、このソネを制作してから一年も経たないうちに、それを同時期に書かれたソネ「水面の羞じらい」とともに「汚物」とまで唾棄している[13]。このころヴァレリーが自作の詩に否定的な言辞を漏らすことは珍しくないが、それにしても「聖らかな月の光」や「羞じらう花」を夢みる自らの傾向に対して吐き捨てられたこの自己否定は、後の詩作放棄の決意に至る前兆とみなすことができよう。その後、ヴァレリーは一八九二年にルイスから所望されて自筆の詩一〇篇を清書して送るが、そのなかに「白」を選んでおらず、また一九〇〇年刊行の『今日の詩人たち』のためにおそらくヴァレリー自ら選んだ七篇のなかにも含まれていない。が、はじめに述べたように、このソネは一九一四年『レ・フェット』誌掲載の折、また一九二〇年『旧詩帖』収録に際して改題・改作され、一九二六年にはさらに「異文」を生むというように、二〇歳の詩人がみずから断罪した若書きの作は、三〇代さらには五〇代まで手が加えられることになる。以下、その改変の過程を順次見ていこう。

「妖精」（一九一四）

「白」から「妖精」へ、題名の変更とともにテクストは多くの改変を被った。句読点を除き、旧作のまま保たれた詩句は第一行と第八行のみである。

　第一節。直喩「のように」（二）[14]が隠喩に、また「〈少女〉」が「〈影〉」（三）に置き換えられたことにより、月下のほの白さがよりいっそう朧《おぼろ》げな、翳《かげ》りを帯びたものとなった。また「象牙の階段」は「大理石の土台」となり、「真珠の肉体」が「真珠の車」[15]（四）に変わっているが、これは音の類似（chair / char）によって語を置換する一例である。旧作では「つややかな薄紗《うすぎぬ》」が少女の「肉体」の線をくっきりと浮かび上がらせていたのに対し、改作では少女の実体およびその肉感が消し去られている。

　第二節。冒頭の前置詞の変更に加え、「白鳥」を形容する語が「悲しげな」という心理的な暗さを帯びたものから「絹のような」という物理的な美しさを添えるものに変わり、また「軍船（ガレー船）」（六）の消去とともに、この語に含まれていた苦しみのニュアンスもなくなった。他方、白鳥の輝きに「半ば」というヴェールがかけられ、第一節と同様、おぼろげな雰囲気が強まった。第七行では、白鳥に向かって撒き散らされる白い花々から「百合」が消え、「雪の薔薇」が単数形に変わるとともに「限りない」という状況形容詞を伴う。「ひとつの」花から「限りなく」花びらを散らすという表現によって、この詩の幻想の度合いは一段と高まったと言えよう。ところで、第七行冒頭の代名詞 Elle について、その指示対象を第三行の「〈少女〉」あるいは「〈影〉」とする解釈のほかに、冒頭の「月」とする解釈がある[16]。それによれば「雪の薔薇」も「水面の波紋」もすべては闇夜に浮かぶ月影の揺らめきにほかならない。第七行の改変はいっそうこの解釈を誘うだろうが、「〈少女〉」も「〈影〉」も結局は「月」の幻とすれば、代名詞 Elle にその両義を重ね読むことができよう。

　第三節。第一節で「〈少女〉」が「〈影〉」（三）に置き換えられたのと同様、第三節の「娘」も「〈影〉」（九）となり、「思わしげな」という少女の描写や「見る」という彼女の行為も、影の「動き」や「震え」に取って代わられる。また、少女の脳裏に跳躍跋扈していた「幻想（獣）」が「存在」という抽象的な語に置換された。これらもまた一切をおぼろげな月下の幻とするための改変と言える。「妖精」第九行以下（Mouvant l'Ombre l'iris de présences subtiles / Son frisson [...]）は構文があいまいで解釈に迷うが、「〈影〉」と「捉えがたい物の姿の虹色」を同格とみなし（その間に接続詞や読点がないのは気にかかるが）、両者を現在分詞「動かしつつ」の目的語と解釈しておく[17]。第一〇行では第二行と同じく直喩表現が消去され、第一一行は「履いた」を「凍った」に置換し、視覚的な説明描写をより感覚的な表現に変更している。

　第四節は改変の度合いが最も大きく、脚韻まで変更されている。とはいえ、押韻する語は変わっても脚韻の音そのものは保たれており（*métal* から *fatal* に、*encense* – *silence* から *commence* – *immense* に）、第一二－一四行の脚韻はより豊かになった。「羞じらう花々の混ざりあった海」から「柔らかな薔薇の漠とした肉体」（一二）へ[18]、「海」が「肉体」に――音による連想（la mer / la chair）を介して――置き換えられるとともに、花を形容する語が「羞じらう」という心理的表現から「柔らかな」という感覚的表現に変わった。また説明的な接続詞（一三）が消去される一方、詩句のリズムに変化をもたらす送り語が導入され、「震えだす commence / À frémir」瞬間がまさしく句跨ぎの瞬間と一致してリズムと意味の照応を生む。さらにソネを締めくくるイメージが根本から覆された。旧作では、先述のように、少女の「声」が夜の静寂を「魅了する」というように月夜の夢がいつまでも保たれる印象を残すが、改作では反対に、その夢幻的な「夜」に「亀裂を入れる」という劇的な結末となっている。彼女の「声」の「魅力 enchante」はその「歌 chant」に残存しているものの、「かぼそい金属」が「致命的なダイヤモンド」に改鋳され、ソネの結末は夢幻的な夜の持続からその破壊へと一変した。

　なお、「白」から「妖精」へという題名の変更もテクストの改変と密接にかかわっている。旧作には「白」に関連する語彙が多数用いられていたが、改作ではそのうち「象牙」「百合」「白い軍船」「乳色の夜」「色淡い（蒼白の）静寂」が消去された。先述のように、旧作「白」にはゴーチエの「白い長調の交響曲」の影響が見られるが、改題および改作はヴァレリーがそこから距離を取ったものとみなすことができる。

　他方、「妖精」という題名はソネ最終行の「妖精の糸」に直結するが、それが夢幻的な夜を破綻させるという点が興味深い。第二行には「軽やかな銀〔糸〕で織られたスカート」という表現があったが、最後「夜全体」に亀裂を入れる「妖精の糸」とはこの月光のスカートを織りなしていたものではないか。とすれば、月夜の夢を織ったのも、その糸をほつれさせたのも、すべて「妖精」の仕業であったことになり、この存在が詩の題名に冠されるのも頷ける。また、「妖精の糸」という表現には音韻上の連想も働いているだろう。最終二行には［f］音の頭韻（frémir – fatal – Fêle – fil – fée）が顕著であり、この連鎖のなかから fil de fée という表現が導き出されたのかもしれない。

なお、旧作「白」が同封されたルイス宛の手紙には、もう一篇「小ソネ」と題する九音節詩句も含まれていた。この九音節のソネは、同封の「白」と同じモチーフ（「少女」「月」「白」）を共有するうえ、「妖精の胸」という表現を含む[19]。それは「まだ蕾の二つの白い椿」に喩えられており――「胸」を「白い椿」に喩える例もゴーチエの「白い長調の交響曲」に見られる――、「白」と「妖精」のあいだの連関性がうかがわれる。

また草稿中に見られる献辞について付言しておこう。一九一三年推定のタイプ打ち草稿には題名が印字されていないが、薄い鉛筆書きで「妖精 Fée」とともに「à J. K. H.」という文字が書き込まれている[20]。献辞の相手はジョリス＝カルル・ユイスマンス（Joris-Karl Huysmans）であろう。このソネあるいは「妖精」のイメージとユイスマンスの関連性はよく分からないが、一九一四年に『レ・フェット』誌に掲載されるこのソネを、ヴァレリーは一時的にせよ、若い日に心酔したユイスマンス（一九〇七年死去）に捧げようとしていた。『さかしま』を「聖書」と呼ぶほど耽読したヴァレリーは、デ・ゼッサントの父に散文詩「古い路地」（一八八九年九月作の未発表作品）を捧げたほか、その後もユイスマンス作『彼方』『出発』『カテドラル』を論じた「デュルタル」を一八九八年三月『メルキュール・ド・フランス』誌に発表している。

以上、「白」（一八九〇）から「妖精」（一九一四）への改変の要点として次の点が挙げられる。

一、女性的形象の実在感と肉感性が希薄になる一方、漠たる夢幻的性格や暗示的な喚起力が強まった（直喩や説明的な表現の消去）。

二、心理的な表現が感覚的な表現に置換された。

三、視覚的な表現が動的あるいは触覚的な表現に置換された（「白」にまつわる語彙の削減）。

四、ソネの結末が、月夜の夢の持続からその破壊へと一変した。

象徴的にいえば、若書きの作に後年手を入れたヴァレリーは、当時夢想していた「白」に翳りを加えたうえ、若き日の夢をみずから破ったということもできよう。

「夢幻境」(一九二〇)

「妖精」から「夢幻境」[21]へ、カトラン〔四行詩〕二節にはわずかな異同があるだけで、改変の主眼はテルセ〔三行詩〕二節に集中している。

カトラン二節の変更は、第三行の「影」を小文字にし、[22]「影」の動きを「夢を見に行く」から「夢を見に来る」に変更、また第八行冒頭の接続詞 Et を関係代名詞 Dont に変更する程度である。

それに対して第三節の変容は著しく、脚韻を含めて全面的に改変され、残存したのは「水晶」(一一)のみである。「妖精」(一九一四)では、「白」(一八九〇)から「幻想(獣)」が姿を消したものの、依然として女の「足」や「白蛇」や「白貂」が残っていたが、「夢幻境」(一九二〇)ではそれも消去され、生き物の気配とてない「水の砂漠」があたりを領する。先に一九一四年の改作において「白」のイメージが減少したと述べたが、一九二〇年の改作ではその傾向がさらに強まったといえる。また「水のかすかな鼓動」や「水晶のこだま」といった比喩によって、第二節で喚起された「水面の波紋」のイメージを変奏しつつ死に瀕した恍惚状態をいわばピアニッシモで表現するが、一九二〇年の作で付与された中断符(八・九・一一)はまさしく水面に落ちる花びらが生じさせる波紋の「こだま」のようである。「夢幻境」第三節はこのように第二節のイメージを引き継ぐ一方、それまでの調子とは異なる響きを導入する。カトラン二節における三人称の描写から一転して、テルセ冒頭ではやや唐突に一人称の独白――「これが生きることなのか?……」という問いとその後に続く間投詞「おお」――が発せられるのである。ここに一九一四年までの作と一九二〇年の作との決定的な違いが認められる。

第四節は部分的な改変にとどまるが、ソネの結末にかかわる重要な変更を含む。月夜の夢の破壊という結末は変わらないが、「歌」が「叫び」(一三)に置き換えられ、夜の夢に亀裂を入れる声がより鋭くなった。「叫び」の語はすでに一九一三年の草稿に書き込まれていたが、[23]そこにはネルヴァルのソネ「廃嫡者」を締めくくる「妖精の叫び」が遠く響いているかもしれない[24]。第一四行は、同じ表現の型（« toute la », « d'un fil de »）を残したまま、「夜」を「物語」に、「妖精の糸」を「日の光の糸」に置き換えることにより「夢幻境」の虚構性が強調されるとともに[25]、その虚構を破壊する現実的な要素（夜明けの光）が明示された。一九一四年の作では「妖精の糸」が月夜の夢を織りなすと同時にそれに破綻を来すという両義的な価値を帯びていたが、一九二〇年の作では「妖精」はおそらく「物語」のなかに姿を隠し、それに代わる「日の光」によって虚構と現実の対比が明瞭になった。先に一九二〇年の作には中断符が目立つと述べたが、それは夢幻的な光景の余韻を残すだけでなく、死に瀕した恍惚感を可能なかぎり長引かせた末に、最後それを破壊する叫び声の鋭さをいっそう際立たせる効果もあるだろう。

以上、「妖精」（一九一四）から「夢幻境」（一九二〇）への改変の要点として次の点が挙げられる。

一、改変の重点はテルセ二節、特に第三節にあり、描写のなかに〈独白〉が挿入された。

二、動物的なイメージが一掃され、生気ない水面に漂う死のイメージが導入された。

三、月夜の夢の破壊がより激しくなり、現実と虚構の対比が際立つようになった。

「夢幻境（異文）」（一九二六）

先述のように、「夢幻境」と「夢幻境（異文）」はそれまでの一連の改変とは異なり、同一詩篇の変奏、つまり比較されるべき二篇として提示されたものである。なお、「夢幻境」については一九二〇年版と一九二六年版に異同はないが、「夢幻境（異文）」（以下「異文」と略す）は一九二七年「同じく夢幻境」と改題された際、後述するように幾つか変更が加えられた[26]。

第一節。「夢幻境」の「影」（三）を「異文」では「ある乙女」（四）とし、不定形容詞 quelque を伴いつつも、女の姿を浮かび上がらせている点がまず注目される。旧作「白」ではもともと「〈少女〉」であったことを思い出せば、「異文」の変更は旧作への回帰とみなすことができる。第二行冒頭の直喩についても、第四行の「真珠」と「つややかな薄紗」（旧作と同様、女自身を形容する）についても同様のことが言える。

第二節の異同は第七行に限られる。「異文」では冒頭の代名詞 Elle を「彼女の手」に変え、第一節と同じく「ある乙女」の実在感を増すが、それによって旧作から「夢幻境」に至るまでこの代名詞が許容していた両義的な含み（「少女・影」と「月」の両義性）を限定する結果となる。また「雪の薔薇」を水面に散らすイメージは変わらないが、「異文」では描写がより細かく説明的になる（「散らす」から「摘み取ってまき散らす」[27]へ）と同時に、状況形容詞 infini の消去によって、一輪の花から「無限に」花びらが散るという幻想が弱まった。

テルセ二節は、カトラン二節に比べて両詩篇の異同がより大きい。

第三節において描写から独白へ転調する点、また、pâmée – lamée の脚韻と「水晶のこだま」によって水面の波紋を表現する点は変わらないが、「夢幻境」ではそこに死のイメージ（「死に絶える」「かすかな鼓動」「すり減らす」）を投影するのに対し、「異文」ではそれを「永遠」のイメージ（「水晶のこだまを永久に数える」）に転じている。

第四節の相違はさらに著しく、共通するのは「致命的な」と「叫び」の語だけである。詩の構成上もっとも大きな相違は、第三節で導入された独白が「夢幻境」では再び描写に戻るのに対し、「異文」では第四節においても継続される点にある。言い換えれば、「夢幻境」では第三節に一時的な転調を含むかたちであるのに対し、「異文」ではカトラン二節の描写にテルセ二節の独白を対置する構成となっている。また、ソネの結末について、夢幻的な夜の静寂を「叫び」が破るという点は同じだが、その「叫び」のありようが異なる。「夢幻境」の「叫び」が月夜の夢に亀裂を入れる曙光の比喩（「宿命のダイヤモンド」「日の光の糸」）にすぎないのに対し、「異文」の「叫び」は「自分自身のなかから引き出す」肉声、夜の夢をその内部から突き破る叫びとなっている。つまり、夢の崩壊という事態が「夢幻境」では夜明けという外界の変化に起因する破局であったのに対し、「異文」ではその要因が夢の内部に包含されるに至ったのである。夢の破裂をもたらすのは夢そのものの「魅惑 charme」[28]（一二）にほかならず、それに耐えきれない「心」は叫ばずにはいられない。夜の夢を突き破る「叫び」の鋭さは、この語自体に含まれる母音［i］（最終節の souffrir ; nuit）や、テルセ二節に響きわたる［k］音（Compte ; échos de cristal ; Quel cœur ; éclatante ; cri）に感じられるだろう。「純粋な叫び *cri pur*」（一四）はまさしく「水晶のこだま échos de *cristal*」（一一）と言うにふさわしい。それだけではない。「異文」の「叫び」には「夢幻境」のそれにはなかった含みが読みとれる。「叫び」を「武器」に喩え（短刀だろう）、それを「自分自身のなかから引き出す」という表現、しかもその叫びの短刀を引き抜かずには

「耐えられない」という表現には――たとえ「純粋な叫び」を発するのは「心」であり、すべては精神の次元に移されているとしても――、ある限界点に達した身体の生理現象、露骨に言えば、射精のイメージが重なるかもしれない。一九二六年に書かれたと推定される草稿はその傍証となる。そこには「大きな叫び」という表現とともに「エクスタシー extase」という語が幾度も書き込まれている。[29] またヴァレリーの『カイエ』にも「エロスの行為」が達する極点と「叫び」を類比的に捉えた断章が見られる。[30] そして「小さな死」とも呼ばれるオルガスムの叫びは、このソネにおいて、まさしくタナトスと接している。ソネを締めくくる短刀のイメージは夢の現し世を終わらせる自刃の最期を想起させないでもない。

最後に句読点について言えば、「夢幻境」には中断符が多用されたのに対し、「異文」では皆無である。また「夢幻境」ではテルセ冒頭に置かれた疑問符が転調を告げていたのに対し、「異文」ではその調子の変化が最後まで続くことを示すかのように疑問符が詩の末尾に打たれている。

以上、同一詩篇の変奏の主眼は次の点に要約されると思われる。

一、カトラン二節について、月下の姿を「影」とくらます「夢幻境」に対し、「異文」ではそこにもう少し光を当てて「ある乙女」とその「手」を浮かび上がらせる。一方を他方に改めるのではなく、二つのヴァージョンを並置することにより、「異文」にはいわば「夢幻境」の「影」を種明かしする機能が付与されているとみなされる(「夢幻境」の方が「異文」よりも好まれる所以かもしれない)。[31]

二、テルセ二節について、「夢幻境」では第三節にのみ挿入された独白を、「異文」では第四節まで延長することにより、ソネ後半部における展開の二つのヴァージョンを示す。

三、結末について、月夜の静寂を「叫び」が破るという点はそのまま、「叫び」を二通りに描き分ける点に変奏の妙がある。夢の崩壊が外部から到来する「夢幻境」と、それが夢の内部から射出される「異文」は対照的であり、ふたつの「叫び」は補完的な関係にあると言える。また、前者の「叫び」にはなかったエロスとタナトスの含みが後者の「叫び」には読み取れる。

付録

『旧詩帖』の原詩と訳

Album de vers anciens	『旧詩帖』
La Fileuse	紡ぐ女
Hélène	エレーヌ
Orphée	オルフェ
Naissance de Vénus	ヴィーナスの誕生
Féerie	夢幻境
Même Féerie	同じく夢幻境
Baignée	水浴
Au Bois dormant	眠れる森で
César	カエサル
Le Bois amical	友愛の森
Les Vaines Danseuses	むなしい踊り子たち
*Les Vaines Danseuses (éd. 1942)	*むなしい踊り子たち（1942 年版）
Un feu distinct...	異容な火が……
Narcisse parle	ナルシス語る
Épisode	挿話
Vue	ながめ
Valvins	ヴァルヴァン
Été	夏
*Été (éd. 1942)	*夏（1942 年版）
Profusion du soir, poème abandonné...	夕暮れの豪奢，放棄された詩……
Anne	アンヌ
Air de Sémiramis	セミラミスのアリア
L'Amateur de poèmes	詩のアマチュア

原詩のテクストはプレイヤード版『作品集』に基づく。本書の『旧詩帖』詩篇読解において掲げたテクスト（多くは 1920 年『旧詩帖』初版）とは異文を含む。*印を付した詩篇については 1942 年版『詩集』において大幅な加筆改変を被ったヴァージョンを併記する。

紡ぐ女

野の百合は……紡がざるなり

ガラス窓の青のほとりに腰かけて，紡ぐ女は
旋律《しらべ》ゆたかな庭がゆらりゆらり揺れる窓辺，
古き糸車の立てるいびきに　うつらうつら。

碧空《あおぞら》に見とれて，くたびれた女の紡ぐ
甘えるような髪の糸がかよわい指をすりぬける，
夢みる女の，小さな頭がこくりとかしぐ。

灌木と澄んだ空気の織りなす生きた泉が
日の光さす宙に浮き，甘美なしぐさで撒き散らす
落ちてゆく花々を　何もしない女の庭に。

ひともとの茎に，流離《さすら》う風が憩いに来れば，
茎は星形の優美の空しいお辞儀に身をたわめ，
華やかに捧げる，古い糸車に，その薔薇を。

が　眠る女はぽつんと離れた羊毛《いと》を紡ぐ。
不思議なことにかぼそい影が編まれてゆく
長い指の眠れる先の赴くままに，紡がれて。

夢がゆっくり繰り出される　そのさまは天使の
怠惰，絶え間なく，優しく信じやすい紡錘《つむ》に，
愛撫されるがままに髪が波打ってゆれる……

おびただしい花々のうしろに，碧空《あおぞら》が隠れる，
樹々の葉と日の光とに囲まれた紡ぐ女よ，
いま緑の空が死にゆく。最後の木が燃える。

君に似た，大いなる薔薇に聖女が微笑み，
無邪気な吐息の風の香に　君の額は
朦朧と，しおれる心地……　君は消えた

羊毛《いと》を紡いでいたあのガラス窓の青のほとりに。

LA FILEUSE

Lilia..., neque nent.

Assise, la fileuse au bleu de la croisée
Où le jardin mélodieux se dodeline ;
Le rouet ancien qui ronfle l'a grisée.

Lasse, ayant bu l'azur, de filer la câline
Chevelure, à ses doigts si faibles évasive,
Elle songe, et sa tête petite s'incline.

Un arbuste et l'air pur font une source vive
Qui, suspendue au jour, délicieuse arrose
De ses pertes de fleurs le jardin de l'oisive.

Une tige, où le vent vagabond se repose,
Courbe le salut vain de sa grâce étoilée,
Dédiant magnifique, au vieux rouet, sa rose.

Mais la dormeuse file une laine isolée ;
Mystérieusement l'ombre frêle se tresse
Au fil de ses doigts longs et qui dorment, filée.

Le songe se dévide avec une paresse
Angélique, et sans cesse, au doux fuseau crédule,
La chevelure ondule au gré de la caresse...

Derrière tant de fleurs, l'azur se dissimule,
Fileuse de feuillage et de lumière ceinte :
Tout le ciel vert se meurt. Le dernier arbre brûle.

Ta sœur, la grande rose où sourit une sainte,
Parfume ton front vague au vent de son haleine
Innocente, et tu crois languir... Tu es éteinte

Au bleu de la croisée où tu filais la laine.

エレーヌ

蒼空よ！　私です……　私は死の洞窟を出て
階段を響かせて砕け散る波の音を聞く，
そして曙の光に金色の櫂をそろえ
軍船《いくさぶね》が闇から蘇るのをいま一度見る。

私の孤独な両手《て》はあの王たちを呼び寄せる
あの塩髭をこの清らかな指は楽しんでいた。
私は泣いていた。彼らは暗い凱歌を歌っていた
その船尾から逃げてゆく入り海に向かって。

今も聞こえる　法螺貝の深い響きと戦いの
喇叭《らっぱ》が櫂の羽搏きにリズムをつけているのが。
漕ぎ手たちの明るい歌がざわめく波を封じ込め，

そして神々が，雄々しい船首に昂然と立ち
波飛沫に侮辱され，古代の微笑をたたえつつ，
寛大な彫刻の両腕《うで》を私の方へ差し伸べる。

HÉLÈNE

Azur ! c'est moi... Je viens des grottes de la mort
Entendre l'onde se rompre aux degrés sonores,
Et je revois les galères dans les aurores
Ressusciter de l'ombre au fil des rames d'or.

Mes solitaires mains appellent les monarques
Dont la barbe de sel amusait mes doigts purs ;
Je pleurais. Ils chantaient leurs triomphes obscurs
Et les golfes enfuis aux poupes de leurs barques.

J'entends les conques profondes et les clairons
Militaires rythmer le vol des avirons ;
Le chant clair des rameurs enchaîne le tumulte,

Et les Dieux, à la proue héroïque exaltés
Dans leur sourire antique et que l'écume insulte,
Tendent vers moi leurs bras indulgents et sculptés.

オルフェ

……私は心に形づくる，ミルトの木陰の，オルフェ
この驚異の人を！……　火が，澄んだ円形闘技場《アレーナ》から降りてくる。
火は禿げ山を厳かな戦勝碑に変貌させ，
ある神の華々しい行為がそこから発せられる。

その神が歌えば，全能の景色も打ち砕かれる。
太陽は石が動くおぞましさを目の当たりにする。
聞いたこともない嘆きが，神殿の均整ゆたかな
金色の高い壁をまばゆいばかりに呼び寄せる。

彼が歌う，壮麗な空の縁に腰かけたオルフェが！
岩が歩き，つまずく，そして魅せられた石が一つひとつ
新たな重みを身に感じ，蒼穹に向かって逆上《さかのぼ》る！

半身あらわな〈神殿〉が夕べに浸されて天翔ける，
そして金色のなか自らの身を一つに集めて整える
竪琴の奏でる偉大な讃歌の広大な魂に！

ORPHÉE

... Je compose en esprit, sous les myrtes, Orphée
L'Admirable !... Le feu, des cirques purs descend ;
Il change le mont chauve en auguste trophée
4 D'où s'exhale d'un dieu l'acte retentissant.

Si le dieu chante, il rompt le site tout-puissant ;
Le soleil voit l'horreur du mouvement des pierres ;
Une plainte inouïe appelle éblouissants
8 Les hauts murs d'or harmonieux d'un sanctuaire.

Il chante, assis au bord du ciel splendide, Orphée !
Le roc marche, et trébuche ; et chaque pierre fée
11 Se sent un poids nouveau qui vers l'azur délire !

D'un Temple à demi nu le soir baigne l'essor,
Et soi-même il s'assemble et s'ordonne dans l'or
14 À l'âme immense du grand hymne sur la lyre !

ヴィーナスの誕生

水煙るいまだ冷たい，その深い生みの母から，
いま　嵐に打たれた海面に，肉体が
苦々しくも海から太陽に向かって吐き出され，
4　荒れ飛沫《しぶ》くダイヤモンドからその身を解き放つ。

微笑みが生まれ，その白い腕をつたって
打ち身を負った肩の出ずる東の空が涙するなか，
濡れた海の女神《テティイス》の清らかな宝石のあとを追う，
8　波打つ髪が脇腹にさっとふるえを走らせる。

冷えた砂利は，すばしこく逃げる駆け足に水を浴びて，
崩れ，凹みさざめく渇きのひびき，そしてなびきやすい
11　砂は　あどけなく飛び跳ねるその接吻を飲み干した，

が　時に浮気な　時にぼんやりとした千の眼差し
動いてやまぬその目は　きらめく危険に混ぜ合わす
14　笑う水と，波また波の移り気なダンスとを。

NAISSANCE DE VÉNUS

De sa profonde mère, encor froide et fumante,
Voici qu'au seuil battu de tempêtes, la chair
Amèrement vomie au soleil par la mer,
Se délivre des diamants de la tourmente.

Son sourire se forme, et suit sur ses bras blancs
Qu'éplore l'orient d'une épaule meurtrie,
De l'humide Thétis la pure pierrerie,
Et sa tresse se fraye un frisson sur ses flancs.

Le frais gravier, qu'arrose et fuit sa course agile,
Croule, creuse rumeur de soif, et le facile
Sable a bu les baisers de ses bonds puérils ;

Mais de mille regards ou perfides ou vagues,
Son œil mobile mêle aux éclairs de périls
L'eau riante, et la danse infidèle des vagues.

夢幻境

ほっそりとした月がほのかで聖らかな光を
軽やかな銀糸で織られたスカートさながら，
大理石の土台に注ぐあたりに 〈影〉が夢みに来る
真珠の車のつややかな薄紗《うすぎぬ》を後ろにひいて。

ほのかに光を放つ羽毛の船体で
葦をかすめてゆく絹の白鳥のために，
月影は雪の薔薇を果てしなく散らし
その花びらが水面に幾重にも輪を描く……

生きている？…… おお気も遠のく悦楽の砂漠
燦《きら》めく水のかすかな鼓動が絶えてゆく
水晶のこだまの秘密の敷居を磨り減らしつつ……

柔らかな薔薇の漠とした肉体が今にも
震える，ある叫びの致命的なダイヤモンドが
日の光の糸で広大な物語に亀裂《ひび》を入れるとき。

FÉERIE

La lune mince verse une lueur sacrée,
Toute une jupe d'un tissu d'argent léger,
Sur les bases de marbre où vient l'Ombre songer
Que suit d'un char de perle une gaze nacrée.

Pour les cygnes soyeux qui frôlent les roseaux
De carènes de plume à demi lumineuse,
Elle effeuille infinie une rose neigeuse
Dont les pétales font des cercles sur les eaux...

Est-ce vivre ?... Ô désert de volupté pâmée
Où meurt le battement faible de l'eau lamée,
Usant le seuil secret des échos de cristal...

La chair confuse des molles roses commence
À frémir, si d'un cri le diamant fatal
Fêle d'un fil de jour toute la fable immense.

同じく夢幻境

ほっそりとした月がほのかで聖らかな光を，
軽やかな銀糸で織られたスカートのように，
大理石の塊に注ぐあたりに　夢みる心地で歩む
4 真珠とつややかな薄紗《うすぎぬ》をまとったある乙女が。

ほのかに光を放つ羽毛の船体で
葦をかすめてゆく絹の白鳥のために，
彼女の手は雪の薔薇を摘みとって降りまき
8 その花びらが水面に幾重にも輪を描く。

甘美な砂漠，気も遠のく孤独，
月によってきららかに燦《きら》めく水の渦が
11 水晶のこだまを永久《とこしえ》に数えるとき，

死ぬ宿命《さだめ》の天空に輝きわたる夜の
冷厳な魅力にいかなる心が耐えられよう，
14 刀のように冴えた叫びをおのれ自身から抜き放たずに？

MÊME FÉERIE

La lune mince verse une lueur sacrée,
Comme une jupe d'un tissu d'argent léger,
Sur les masses de marbre où marche et croit songer
Quelque vierge de perle et de gaze nacrée.

Pour les cygnes soyeux qui frôlent les roseaux
De carènes de plume à demi lumineuse,
Sa main cueille et dispense une rose neigeuse
Dont les pétales font des cercles sur les eaux.

Délicieux désert, solitude pâmée,
Quand le remous de l'eau par la lune lamée
Compte éternellement ses échos de cristal,

Quel cœur pourrait souffrir l'inexorable charme
De la nuit éclatante au firmament fatal,
Sans tirer de soi-même un cri pur comme une arme ?

水浴

肉体の果実が瑞々しい泉水に浸かっている，
（揺らめく庭に空の青）一方，水の外には，
兜の勢いでねじり上げた髪を浮き立たせ
4 輝く金の頭《かしら》をうなじのあたりで墓が切る。

薔薇と髪留めによって花開いた美！
美の現れ出た鏡にはその宝石が浸《つか》り，
奇妙な火花の砕け散るその硬い束が
8 さざ波の裸《あらわ》なことばにひたった耳を打ち叩く。

片腕はおぼろげに澄み切った虚無に溺れ
花の影を摘もうとしてもむなしく
11 先細り，揺らめき，うつろな悦びにまどろみ，

もう片方の腕は，晴天の下，くっきりと曲がり，
広大な髪を湿らせながら，その金一色のなか
14 昆虫の酔った飛翔を捕まえる。

BAIGNÉE

Un fruit de chair se baigne en quelque jeune vasque,
(Azur dans les jardins tremblants) mais hors de l'eau,
Isolant la torsade aux puissances de casque,
Luit le chef d'or que tranche à la nuque un tombeau.

Éclose la beauté par la rose et l'épingle !
Du miroir même issue où trempent ses bijoux,
Bizarres feux brisés dont le bouquet dur cingle
L'oreille abandonnée aux mots nus des flots doux.

Un bras vague inondé dans le néant limpide
Pour une ombre de fleur à cueillir vainement
S'effile, ondule, dort par le délice vide,

Si l'autre, courbé pur sous le beau firmament,
Parmi la chevelure immense qu'il humecte,
Capture dans l'or simple un vol ivre d'insecte.

眠れる森で

お姫さまが，汚れなき薔薇の宮殿で，
さざめきのもと，移ろう影のもと眠っている，
そして珊瑚の唇にはっきりしない言葉をもらす
4 迷える鳥たちがその金の指輪をつつくとき。

彼女の耳には届かない，滴が落ちるたびに
彼方で空虚な百年の宝物が音を立てるのも，
また，茫漠とした森で，横笛《フルート》の溶けこむ風が
8 角笛《らっぱ》の楽句《フレーズ》のざわめきを引き裂くのも。

そのこだまに，長々と，このディアナがいっそう眠るままに，
おお　やわらかな蔓にますます見紛う姿で
11 揺れ動く蔓に君の埋《うず》もれた目をたたかれて。

君の頬のすぐそばでゆっくりゆれる薔薇さえも
まぶたに止まる光線をひそかに感じている
14 この襞の悦びを散らしてしまうことはない。

AU BOIS DORMANT

La princesse, dans un palais de rose pure,
Sous les murmures, sous la mobile ombre dort,
Et de corail ébauche une parole obscure
Quand les oiseaux perdus mordent ses bagues d'or.

Elle n'écoute ni les gouttes, dans leurs chutes,
Tinter d'un siècle vide au lointain le trésor,
Ni, sur la forêt vague, un vent fondu de flûtes
Déchirer la rumeur d'une phrase de cor.

Laisse, longue, l'écho rendormir la diane,
Ô toujours plus égale à la molle liane
Qui se balance et bat tes yeux ensevelis.

Si proche de ta joue et si lente la rose
Ne va pas dissiper ce délice de plis
Secrètement sensible au rayon qui s'y pose.

カエサル

カエサル，静かなカエサル，あらゆる物のうえに立ち，
拳は固く顎鬚に，その目は暗く，凝視した
落日に飛び交う鷲と戦闘に満ちあふれ，
4 おまえの心臓は膨らみ，おのれを全能の〈原因〉と感じる。

湖がうち震え，薔薇色の床を舐めるも空しく，
若い小麦が貴い金に輝こうとも空しく，
おまえはその結集した身体の結び目のなか
8 閉ざした口をついに割る命令を固める。

広大な世界，果てしない地平線の彼方，
〈帝国〉は待っている，閃光を，裁決を，烽火《のろし》を
11 夕焼けを凄まじい朝焼けに変えるその時を。

下界では波のうえ，偶然に揺すられ幸せな，
漁夫ひとり気楽に漂い歌っている，いかなる
14 雷《いかずち》がカエサルの中心に溜っているかを知りもせず。

CÉSAR

César, calme César, le pied sur toute chose,
Les poings durs dans la barbe, et l'œil sombre peuplé
D'aigles et des combats du couchant contemplé,
Ton cœur s'enfle, et se sent toute-puissante Cause.

Le lac en vain palpite et lèche son lit rose ;
En vain d'or précieux brille le jeune blé ;
Tu durcis dans les nœuds de ton corps rassemblé
L'ordre, qui doit enfin fendre ta bouche close.

L'ample monde, au delà de l'immense horizon,
L'Empire attend l'éclair, le décret, le tison
Qui changeront le soir en furieuse aurore.

Heureux là-bas sur l'onde, et bercé du hasard,
Un pêcheur indolent qui flotte et chante, ignore
Quelle foudre s'amasse au centre de César.

友愛の森

僕らは純粋なことを考えた
道々，肩を並べて，
僕らは手をつないだ
4 無言で……　名もない花のなか，

僕らは恋人《フイアンセ》のように歩いていた
二人，草原《くさはら》の緑の夜を，
僕らはあの夢の果実を分けあっていた
8 狂人たちに親しい月を

それから，僕らは苔の上に死んだ，
とても遠く，二人きり　あの親密に
11 ささやく森の心地よい闇のなか，

そして天高く，広大な光のなか，
僕らは泣きながら顔を合わせた
14 おお　沈黙を共にした愛しい君！

LE BOIS AMICAL

Nous avons pensé des choses pures
Côte à côte, le long des chemins,
Nous nous sommes tenus par les mains
Sans dire... parmi les fleurs obscures ;

Nous marchions comme des fiancés
Seuls, dans la nuit verte des prairies ;
Nous partagions ce fruit de féeries
La lune amicale aux insensés

Et puis, nous sommes morts sur la mousse,
Très loin, tout seuls parmi l'ombre douce
De ce bois intime et murmurant ;

Et là-haut, dans la lumière immense,
Nous nous sommes trouvés en pleurant
Ô mon cher compagnon de silence !

むなしい踊り子たち

軽やかな花の乙女たちがやって来た，
金色の小さな姿，ほんの小さな美しさで
かそけき月の虹色を帯びて……　ほら
旋律的な踊り子たちが明るむ森に逃げてゆく。
薄紫と菖蒲《アイリス》と夜に咲く薔薇とからなる
夜の優美が踊り子たちの舞いのもと花開く。
その金色の指の振りまくなんと秘めやかな香り！
だが穏やかな紺碧はこの死せる木立に花と散り
そして薄い水がほんのかすかに光って，
古代の露の色あせた宝物のように休らい
そこから静寂が花となって立ち昇り……　ほらまた
旋律的な踊り子たちが明るむ森に逃げてゆく。
愛する萼《うてな》にかかる彼女たちの手は優美に，
月のしずくが彼女たちの慎ましい唇に眠り
彼女たちの素晴らしい腕は眠りに落ちた仕草で
恋仲の銀梅花《ミルト》の木陰でほどきたがっている
その鹿毛色の結びつきと愛撫とを……　と幾人か，
かなたのハープとリズムに囚われた身をほどき，
妙なる足どりで埋もれた湖の方へ向かい
まったき忘却の眠る百合のかほそき水を飲む。

LES VAINES DANSEUSES

Celles qui sont des fleurs légères sont venues,
Figurines d'or et beautés toutes menues
Où s'irise une faible lune... Les voici
Mélodieuses fuir dans le bois éclairci.
De mauves et d'iris et de nocturnes roses
Sont les grâces de nuit sous leurs danses écloses.
Que de parfums voilés dispensent leurs doigts d'or !
Mais l'azur doux s'effeuille en ce bocage mort
Et de l'eau mince luit à peine, reposée
Comme un pâle trésor d'une antique rosée
D'où le silence en fleur monte... Encor les voici
Mélodieuses fuir dans le bois éclairci.
Aux calices aimés leurs mains sont gracieuses ;
Un peu de lune dort sur leurs lèvres pieuses
Et leurs bras merveilleux aux gestes endormis
Aiment à dénouer sous les myrtes amis
Leurs liens fauves et leurs caresses... Mais certaines,
Moins captives du rythme et des harpes lointaines,
S'en vont d'un pas subtil au lac enseveli
Boire des lys l'eau frêle où dort le pur oubli.

むなしい踊り子たち

（1942 年版）

暗闇から花の乙女たちがやって来た，
月のまばたきが触れるか生みだす裸《あらわ》な雲の下
神々しい甘美な一群れが……　ほら
旋律的な踊り子たちが明るむ森に逃げてゆく。
薄紫と菖蒲《アイリス》と死にかかる薔薇とからなる
夜の優美が踊り子たちの舞いのもと花開き
彼女たちの指の香りを風に振りまく。
踊り子たちは蒼空に，また森の深みになりすます
その森の木陰に薄い水が光って，
永遠の露の色あせた宝物のように休らい
そこから静寂が果てしなく発散し……　ほら
神秘的な踊り子たちが明るむ森に逃げてゆく。
優美な虚妄の舞いのように秘めやかに。
閉ざした萼《うてな》の夢を彼女たちは踏みしだき
彼女たちの華奢な腕は眠りに落ちた動作で
恋仲の銀梅花《ミルト》の木陰で夢みるように，縺《もつ》れさせる，
互いに交わす愛撫の数々を……　と或るひとり，
リズムから身を解き，泉を逃れて遠くへ
去り，完璧な神秘への渇きを奪いつつ，
まったき忘却の眠る百合のかほそき水を飲む。

LES VAINES DANSEUSES

(L'éd. de 1942)

Celles qui sont des fleurs de l'ombre sont venues,
Troupe divine et douce errante sous les nues
Qu'effleure ou crée un clin de lune... Les voici
Mélodieuses fuir dans le bois éclairci.
De mauves et d'iris et de mourantes roses
Sont les grâces de nuit sous leurs danses écloses
Qui dispensent au vent le parfum de leurs doigts.
Elles se font azur et profondeur du bois
Où de l'eau mince luit dans l'ombre, reposée
Comme un pâle trésor d'éternelle rosée
Dont un silence immense émane... Les voici
Mystérieuses fuir dans le bois éclairci.
Furtives comme un vol de gracieux mensonges.
Des calices fermés elles foulent les songes
Et leurs bras délicats aux actes endormis
Mêlent, comme en rêvant sous les myrtes amis,
Les caresses de l'une à l'autre... Mais certaine,
Qui se défait du rythme et qui fuit la fontaine,
Va, ravissant la soif du mystère accompli,
Boire des lys l'eau frêle où dort le pur oubli.

異容な火が……

異容な火がわが身に宿り，私は冷ややかに
悉く照らし出された荒々しい生命を見る……
私はもう，ただ眠っているときにしか
光の混じるその恵みあふれる行為を愛せない。

私の生きる日々は夜，私に眼差しを返しにくる，
寝苦しい最初の時を過ぎた後，
不幸自体が闇のなか散り散りになると
その日々が私を生き，私に眼を与えに戻ってくる。

その喜びがはじけると，私を目覚ますこだまは
私の肉体の岸辺にただ死体を打ち上げただけで，
自分のとは思えぬ笑い声が私の耳にとどめおく，

空っぽの法螺貝に海の響きが残すような
疑いを，―― この上ない驚異の波打ち際に，
私はいるのか，いたのか，眠っているのか目覚めているのか？

UN FEU DISTINCT...

Un feu distinct m'habite, et je vois froidement
La violente vie illuminée entière...
Je ne puis plus aimer seulement qu'en dormant
4 Ses actes gracieux mélangés de lumière.

Mes jours viennent la nuit me rendre des regards,
Après le premier temps de sommeil malheureux ;
Quand le malheur lui-même est dans le noir épars
8 Ils reviennent me vivre et me donner des yeux.

Que si leur joie éclate, un écho qui m'éveille
N'a rejeté qu'un mort sur ma rive de chair,
11 Et mon rire étranger suspend à mon oreille,

Comme à la vide conque un murmure de mer,
Le doute, — sur le bord d'une extrême merveille,
14 Si je suis, si je fus, si je dors ou je veille ?

ナルシス語る

ナルキッサの霊を鎮めるために

おお　似たものよ！　悲しき百合よ，私は美に恋い焦がれる
一糸まとわぬ君らのなかでわれとわが身を欲したために，
そしてナンフ，ナンフ，おお 泉のナンフよ，あなたの方へ，
私はまったき静寂にむなしい涙を捧げにきた。

　静けさが私に耳を澄まし，私は希望に耳を澄ます。
泉の声は変って私に夕暮れを告げる。
聖なる闇のなか銀の草の伸びる音がする，
そして月は不実にもその鏡を掲げる
消えた泉のさまざまな秘密の奥にまで。

そして私は！　一心にこの葦の茂みに身を投げて，
おお 蒼玉《サファイア》よ，わが悲しき美に恋い焦がれる！
私が愛しく思えるのはもうこの魔法の水だけ
そこで私はかつての薔薇と笑いを忘れた。

　君の清き宿命の輝きをなんと嘆くことか，
こんなにも力なく私に囲まれた泉よ，
死をまぬがれぬ紺碧《あお》のなかに私の目は汲み取った
濡れた花々の冠をいただく私の姿を！

ああ！　その姿のむなしいこと，涙は尽きず！
青い森と親しげな腕の間からさしこむ
微妙な時の淡くほのかな光が消えのこり，
名残の光で私の前に形づくるフィアンセは
裸，このほの白い場所で悲しい水が私を惹きつける……
欲望をそそるも冷たい，甘美な魔物！

　ここに水のなかに月と露とのわが肉体がある，
おお　私の目に向かい合う従順な姿かたち！
ここにわが銀の腕がある，その仕草の清らかなこと！……
私の手はゆっくりと輝く金のなかにくたびれつつ
葉の絡みつくこの囚はれの身を呼びまねく，
そして私は木霊へと名もない神々の名を叫ぶ！……

　さらば，閉ざされ静まった波の上に消える反映よ，
ナルシス……　この名そのものが甘美な香りのように

NARCISSE PARLE

Narcissæ placandis manibus.

Ô frères ! tristes lys, je languis de beauté
Pour m'être désiré dans votre nudité,
Et vers vous, Nymphe, Nymphe, ô Nymphe des fontaines,
Je viens au pur silence offrir mes larmes vaines.

Un grand calme m'écoute, où j'écoute l'espoir.
La voix des sources change et me parle du soir ;
J'entends l'herbe d'argent grandir dans l'ombre sainte,
Et la lune perfide élève son miroir
Jusque dans les secrets de la fontaine éteinte.

Et moi ! De tout mon cœur dans ces roseaux jeté,
Je languis, ô saphir, par ma triste beauté !
Je ne sais plus aimer que l'eau magicienne
Où j'oubliai le rire et la rose ancienne.

Que je déplore ton éclat fatal et pur,
Si mollement de moi fontaine environnée,
Où puisèrent mes yeux dans un mortel azur
Mon image de fleurs humides couronnée !

Hélas ! L'image est vaine et les pleurs éternels !
À travers les bois bleus et les bras fraternels,
Une tendre lueur d'heure ambiguë existe,
Et d'un reste du jour me forme un fiancé
Nu, sur la place pâle où m'attire l'eau triste...
Délicieux démon, désirable et glacé !

Voici dans l'eau ma chair de lune et de rosée,
Ô forme obéissante à mes yeux opposée !
Voici mes bras d'argent dont les gestes sont purs !...
Mes lentes mains dans l'or adorable se lassent
D'appeler ce captif que les feuilles enlacent,
Et je crie aux échos les noms des dieux obscurs !...

Adieu, reflet perdu sur l'onde calme et close,
Narcisse... ce nom même est un tendre parfum

うっとりと心にしみる。亡き人の霊《たましい》に
この虚ろな墓の上に葬《とぶら》いの薔薇を撒け。

　わが唇よ，接吻を散らす薔薇となれ
いとしい幻がゆっくりと鎮まるように，
夜も声をひそめて，近くまた遠くから，
軽い眠りと影をたたえた萼《うてな》に語りかける。
一方，月は身を伸べた銀梅花《ミルト》の木に戯れる。

私はおまえを愛おしむ，この銀梅花の下で，おお 不確かな
肉体よ，孤独のために悲しくも花開いたその身は
眠れる森の鏡に映る自分の姿に見とれる，
私は優美なおまえの前から身をほどくすべもなく，
あざむく時は苔の上の手足にやわらかく
暗いよろこびで深々と風をふくらます。

　さらば，ナルシス……　逝け！　今や黄昏のとき。
私の心のため息に私の姿は揺らいで，
笛《フルート》が，消えた蒼穹《あおぞら》をわたってさまざまに
去り行く羊の響きゆたかな心残りを奏でる。
死をまぬがれぬ冷たさに星影ともる水面に，
緩慢な墓が夕靄で形づくられるその前に，
宿命の水の静けさを破るこの接吻を受けとれ！
希望だけでこの水晶は砕けてしまう。
さざ波が私を奪い，息吹が私を追いやるがいい
私の吐息にかぼそい笛が息づかんことを
軽やかな笛の吹き手は私を赦してくれよう！……

　消え去りたまえ，波立ち騒ぐ神の身よ！
そして，おまえは，月に注げ，ひとり離れたしがない笛に，
ひとつにはなりえない私たちの銀の涙を。

Au cœur suave. Effeuille aux mânes du défunt
Sur ce vide tombeau la funérale rose.

Sois, ma lèvre, la rose effeuillant le baiser
Qui fasse un spectre cher lentement s'apaiser,
Car la nuit parle à demi-voix, proche et lointaine,
Aux calices pleins d'ombre et de sommeils légers.
Mais la lune s'amuse aux myrtes allongés.

Je t'adore, sous ces myrtes, ô l'incertaine
Chair pour la solitude éclose tristement
Qui se mire dans le miroir au bois dormant,
Je me délie en vain de ta présence douce,
L'heure menteuse est molle aux membres sur la mousse
Et d'un sombre délice enfle le vent profond.

Adieu, Narcisse... Meurs ! Voici le crépuscule.
Au soupir de mon cœur mon apparence ondule,
La flûte, par l'azur enseveli module
Des regrets de troupeaux sonores qui s'en vont.
Mais sur le froid mortel où l'étoile s'allume,
Avant qu'un lent tombeau ne se forme de brume,
Tiens ce baiser qui brise un calme d'eau fatal !
L'espoir seul peut suffire à rompre ce cristal.
La ride me ravisse au souffle qui m'exile
Et que mon souffle anime une flûte gracile
Dont le joueur léger me serait indulgent !...

Évanouissez-vous, divinité troublée !
Et, toi, verse à la lune, humble flûte isolée,
Une diversité de nos larmes d'argent.

挿話

気高い鳩たちに恵まれたある夕べ，
乙女は太陽に向ってそっと髪を梳《す》く。
波の睡蓮に，彼女は足の指の先を
入れ，あてどない冷たい手を温めようと
時おりその透きとおる薔薇を夕陽に浸す。
時に，無邪気なにわか雨で，彼女の肌を
震わせるのは，調子外れの笛の音，
笛を吹く罪深きものは燦めく歯をして
花の陰で大胆にも隠密の接吻を交わし
影と夢とのたわいなき風を引き出す。
が，この見せかけの涙をほとんど気にかけず，
どんな薔薇色の言葉にもわが身を神と
うぬぼれず，彼女は重たい後光を梳《と》かす。
そして，うなじをよじる悦びをうなじから引き出しながら，
甘美なこぶしで金色の房を握りしめれば
透きとおった指の間から光が流れ出る！
……葉がひとひら　彼女の濡れた肩に死に落ち，
ひとしずく　笛から水面にこぼれ落ち，
清らかな足がおののく　美しい鳥のように
影に酔って……

ÉPISODE

Un soir favorisé de colombes sublimes,
La pucelle doucement se peigne au soleil.
Aux nénuphars de l'onde elle donne un orteil
Ultime, et pour tiédir ses froides mains errantes
Parfois trempe au couchant leurs roses transparentes.
Tantôt, si d'une ondée innocente, sa peau
Frissonne, c'est le dire absurde d'un pipeau,
Flûte dont le coupable aux dents de pierrerie
Tire un futile vent d'ombre et de rêverie
Par l'occulte baiser qu'il risque sous les fleurs.
Mais presque indifférente aux feintes de ces pleurs,
Ni se divinisant par aucune parole
De rose, elle démêle une lourde auréole ;
Et tirant de sa nuque un plaisir qui la tord,
Ses poings délicieux pressent la touffe d'or
Dont la lumière coule entre ses doigts limpides !
... Une feuille meurt sur ses épaules humides,
Une goutte tombe de la flûte sur l'eau,
Et le pied pur s'épeure comme un bel oiseau
Ivre d'ombre...

ながめ

もし浜辺が傾けば，もし
目の上の影が弱まり泣けば
もし紺碧が涙なら，そうなら
歯の塩に清らかに浮かび上がる

処女の煙あるいは大気を
おのが帝国にまどろむ海の
立ち上がった水に向って
体内で揺すり　吐き出す

女は　耳にすることもなく
もし唇が風にそよげば
戯れに消し去ってしまう
空しい千の語となるのは

歯の湿った燦めきの下の
とても穏やかな内なる火。

VUE

Si la plage penche, si
L'ombre sur l'œil s'use et pleure
Si l'azur est larme, ainsi
Au sel des dents pure affleure

La vierge fumée ou l'air
Que berce en soi puis expire
Vers l'eau debout d'une mer
Assoupie en son empire

Celle qui sans les ouïr
Si la lèvre au vent remue
Se joue à évanouir
Mille mots vains où se mue

Sous l'humide éclair de dents
Le très doux feu du dedans.

ヴァルヴァン

もしあなたが　幸せにも　あなたに風をおくる森を
解きほぐそうとしても，あなたは葉叢に溶けこんでしまう，もし
永久に文学的に流れるボートのなか，
4 セーヌ川が心動かされて愛撫するその船縁の

白さに　焼けつく陽光をいくつか　引き連れて
あるいは，午後が歌われるのを予感しながら，
あたりの森が長々と編んだ髪を浸して，
8 あなたの帆を夏の粋に混ぜ合わせるにまかせるなら。

一方　静寂のさなかに　野放しの蒼空の
いや増す叫びを耳にするあなたの傍にはいつも
11 とある書物の断片の　とあるページの幻影が

揺れている，さすらう帆の反映さながら
光の粉のきらめく緑の川の肌のうえ
14 薄目を開けたセーヌの長い眼差しのもと。

VALVINS

Si tu veux dénouer la forêt qui t'aère
Heureuse, tu te fonds aux feuilles, si tu es
Dans la fluide yole à jamais littéraire,
4 Traînant quelques soleils ardemment situés

Aux blancheurs de son flanc que la Seine caresse
Émue, ou pressentant l'après-midi chanté,
Selon que le grand bois trempe une longue tresse,
8 Et mélange ta voile au meilleur de l'été.

Mais toujours près de toi que le silence livre
Aux cris multipliés de tout le brut azur,
11 L'ombre de quelque page éparse d'aucun livre

Tremble, reflet de voile vagabonde sur
La poudreuse peau de la rivière verte
14 Parmi le long regard de la Seine entr'ouverte.

夏

フランシス・ヴィエレ=グリファンに

夏よ，澄み切った大気の岩よ，またおまえ，燃える蜂の巣，
おお海よ！　千々に乱れ散った蜂また蜂が
壺のようにひんやりとした肉体の茂みのうえに，
また紺碧の羽音がうなる口のなかにまで，

またおまえ，燃え立つ家よ，〈空間〉よ，愛しい〈空間〉の
静けさ，そこで樹は煙り，鳥を何羽か逃し，
海の塊の，水また水の群れと歩みの
さざめきが際限もなく破裂をくりかえす，

おびただしい磯の香，幸せな種族たちが
地に食い込み太陽へと昇る入り江に描く大円，
澄み切った巣，草の堰，逆巻く波の影よ，
光のしみとおる眠りに浸った少女を揺すれ！

その脚が（片方はひんやりと，もっと薔薇色の
方からほどけて），肩が，かたい胸が，
水泡の頬に混ざり合う腕が
ほの暗い壺のまわりに打ち捨てられて輝き

そこに獣に満ちみちた轟音がしみ込んでゆく
葉の檻と海の網から汲みあげられて
海の水車と日の光の薔薇色がかった小屋に
濾されて……　肌一面が空気のぶどう棚を金色に染める。

ÉTÉ

À Francis Vielé-Griffin.

Été, roche d'air pur, et toi, ardente ruche,
Ô mer ! Éparpillée en mille mouches sur
Les touffes d'une chair fraîche comme une cruche,
Et jusque dans la bouche où bourdonne l'azur ;

Et toi, maison brûlante, Espace, cher Espace
Tranquille, où l'arbre fume et perd quelques oiseaux,
Où crève infiniment la rumeur de la masse
De la mer, de la marche et des troupes des eaux,

Tonnes d'odeurs, grands ronds par les races heureuses
Sur le golfe qui mange et qui monte au soleil,
Nids purs, écluses d'herbe, ombres des vagues creuses,
Bercez l'enfant ravie en un poreux sommeil !

Dont les jambes (mais l'une est fraîche et se dénoue
De la plus rose), les épaules, le sein dur,
Le bras qui se mélange à l'écumeuse joue
Brillent abandonnés autour du vase obscur

Où filtrent les grands bruits pleins de bêtes puisées
Dans les cages de feuille et les mailles de mer
Par les moulins marins et les huttes rosées
Du jour... Toute la peau dore les treilles d'air.

夏

（1942 年版）

フランシス・ヴィエレ＝グリファンに

夏よ，澄み切った大気の岩よ，またおまえ，燃える蜂の巣，
おお海よ！　千々に乱れ散った蜂また蜂が
壺のようにひんやりとした肉体の茂みのうえに，
また紺碧の羽音がうなる口のなかにまで，

またおまえ，燃え立つ家よ，〈空間〉よ，愛しい〈空間〉の
静けさ，そこで樹は煙り，鳥を何羽か逃し，
海の塊の，水また水の群れと歩みの
さざめきが際限なく破裂をくりかえす，

おびただしい磯の香，幸せな種族たちが
地に食い込み太陽へと昇る入り江に描く大円，
澄み切った巣，草の堰，逆巻く波の影よ，
光のしみとおる眠りに浸った少女を揺すれ。

大空にむなしくも轟く物質の輝きが，
海という海を燃やし，山という山を焼き尽くし，
ほとばしる光の急流を生命に注ぎ，
心という心にあらゆる魔物をいななかせ，

おまえは，波が身をまかせる柔らかな砂の上，
波の力も涙となってそのダイヤモンドを失う場所で，
世界の驚異も物憂く　まどろむおまえ，
永遠の元素のどよめきにも耳を貸さぬ乙女よ，

おまえはうら若い胸を締めつけ，われとわが身を閉ざす，
おのれの小さな夜をひたすら愛する魂よ，
というのも，このまったき喧噪が，この狂った天体が
騒音のように馬鹿げた事象の粗い金を鍛えつつ，

おまえに仕向けるのだ，そのはかない身の乳房を撫で，
そのなけなしの肉体を幼い動物のように愛し
苦々しい輝きに曝されつつも見向きせず
悪をなすように自己愛の甘い誇りを温めるように。

ÉTÉ

(L'éd. de 1942)

À Francis Vielé-Griffin.

Été, roche d'air pur, et toi, ardente ruche,
Ô mer ! Éparpillée en mille mouches sur
Les touffes d'une chair fraîche comme une cruche,
Et jusque dans la bouche où bourdonne l'azur,

Et toi, maison brûlante, Espace, cher Espace
Tranquille, où l'arbre fume et perd quelques oiseaux,
Où crève infiniment la rumeur de la masse
De la mer, de la marche et des troupes des eaux,

Tonnes d'odeurs, grands ronds par les races heureuses
Sur le golfe qui mange et qui monte au soleil,
Nids purs, écluses d'herbe, ombres des vagues creuses,
Bercez l'enfant ravie en un poreux sommeil.

Aux cieux vainement tonne un éclat de matière,
Embrase-t-il les mers, consume-t-il les monts,
Verse-t-il à la vie un torrent de lumière
Et fait-il dans les cœurs hennir tous les démons,

Toi, sur le sable tendre où s'abandonne l'onde,
Où sa puissance en pleurs perd tous ses diamants,
Toi qu'assoupit l'ennui des merveilles du monde,
Vierge sourde aux clameurs d'éternels éléments,

Tu te fermes sur toi, serrant ta jeune gorge,
Âme toute à l'amour de sa petite nuit,
Car ces tumultes purs, cet astre fou qui forge
L'or brut d'événements bêtes comme le bruit,

Te font baiser les seins de ton être éphémère,
Chérir ce peu de chair comme un jeune animal
Et victime et dédain de la splendeur amère
Choyer le doux orgueil de s'aimer comme un mal.

〈大海《オケアノス》〉が太陽の鏡から剥ぎ取った水泡を
星のようにまとう神々に　曝け出された娘よ，
死すべき身のおまえには　宇宙の戯れなどよりも，
ただ影と愛との，おまえの眠りの島が好ましい。

その間にも，人間の時を雷で打つ天空から，
時に飢《かつ》え，未来を生贄に屠《ほふ》る怪物，
〈供儀《くぎ》を司る太陽〉が蒼穹の祭壇のうえに
ひと日ひと日を転がし去っては連れ戻す……

だが　脚が（片方はひんやりと，もう片方の
濃い薔薇色からほどけて），肩が，かたい胸が，
水泡の頬に混ざり合う腕が
ほの暗い壷のまわりに打ち捨てられて輝き

そこに獣に満ちみちた轟音がしみ込んでゆく
葉の檻と海の網から汲みあげられて
海の水車と日の光の薔薇色がかった小屋に
濾されて……　肌一面が空気のぶどう棚を金色に染める。

Fille exposée aux dieux que l'Océan constelle
D'écume qu'il arrache aux miroirs du soleil,
Aux jeux universels tu préfères mortelle,
Toute d'ombre et d'amour, ton île de sommeil.

Cependant du haut ciel foudroyant l'heure humaine,
Monstre altéré du temps, immolant le futur,
Le Sacrificateur Soleil roule et ramène
Le jour après le jour sur les autels d'azur...

Mais les jambes, (dont l'une est fraîche et se dénoue
De la plus rose), les épaules, le sein dur,
Le bras qui se mélange à l'écumeuse joue
Brillent abandonnés autour du vase obscur

Où filtrent les grands bruits pleins de bêtes puisées
Dans les cages de feuille et les mailles de mer
Par les moulins marins et les huttes rosées
Du jour... Toute la peau dore les treilles d'air.

夕暮れの豪奢，

放棄された詩……

空を滑り，凝視する目に身を委ねてくる
〈太陽〉の強烈な怠惰を支える
眼差し！……　私は天の葡萄酒を飲み，
はるか高みの神秘の粒子を愛撫する。

私は燃える胸にわが明晰な情愛を抱き，
古代の発明者の火と戯れる。
だが神は次第に興味を失って
真っ赤な大気のなかゆっくりと身を崩してゆく。

清き天《あま》の原に観念の群れを羽搏かせつつ，
落日の為す業《わざ》は，空《から》っぽの球体のなか
鳥の姿もないまま自らのまったき大きさを知る。

裸眼に宿る清き〈天使〉は羞じらいながら予感する，
高きに生まれ出づる星が解き明かされ，
ダイヤモンドがひとつ，その輝きを揺するのを……

*

おお夕べよ，おまえは静謐な悦びを撒きに来る，
眠りの地平線よ，敬虔な心の混迷よ，
説き伏せるような歩み寄り，そっと忍びこむ蛇よ，
薔薇よ，茫然と立ち尽くす者はその香りを吸い
金色に染まったその目は天空の約束に引き込まれる。

*

おまえの燃える祭壇の上，その男の好意の眼差しは
魂もうわの空で，貴重な過去を焼き払う。
　その眼差しはますます燦めく金のなか喜々として，
忘れえぬ神殿を夕靄の煙で建立し，
おのれの危険と暗礁を暗い霊気に宙づりにする，
そして，受動の勝利の炎に酔いしれて飛び立つ，
深淵にかかる金の橋をこえ〈運命〉に辿りつこうと。
――その間にも，思念〈劇場〉のはるか彼方の岸辺に，

PROFUSION DU SOIR,

POÈME ABANDONNÉ...

Du Soleil soutenant la puissante paresse
Qui plane et s'abandonne à l'œil contemplateur,
Regard !... Je bois le vin céleste, et je caresse
Le grain mystérieux de l'extrême hauteur.

Je porte au sein brûlant ma lucide tendresse,
Je joue avec les feux de l'antique inventeur ;
Mais le dieu par degrés qui se désintéresse
Dans la pourpre de l'air s'altère avec lenteur.

Laissant dans le champ pur battre toute l'idée,
Les travaux du couchant dans la sphère vidée
Connaissent sans oiseaux leur entière grandeur.

L'Ange frais de l'œil nu pressent dans sa pudeur,
Haute nativité d'étoile élucidée,
Un diamant agir qui berce la splendeur...

*

Ô soir, tu viens épandre un délice tranquille,
Horizon des sommeils, stupeur des cœurs pieux,
Persuasive approche, insidieux reptile,
Et rose que respire un mortel immobile
Dont l'œil doré s'engage aux promesses des cieux.

*

Sur tes ardents autels son regard favorable
Brûle, l'âme distraite, un passé précieux.
　Il adore dans l'or qui se rend adorable
Bâtir d'une vapeur un temple mémorable,
Suspendre au sombre éther son risque et son récif,
Et vole, ivre des feux d'un triomphe passif,
Sur l'abîme aux ponts d'or rejoindre la Fortune ;
— Tandis qu'aux bords lointains du Théâtre pensif,

軽やかな仮面のほっそりした月が滑りこむ……

*

……この酒を飲むと，男は欠伸をし，瓶を割る。
虚空の素晴らしさに驚嘆したことが恨めしいのだ。
と，夕べの魅力がバルコニーの上に煙立ち
ふわふわした雲と女の混ざったものが……

*

――おお〈神慮〉！……　荘厳な停止！……　金色の指で
沈黙のモチーフを量りにかける天秤よ！
おお燃え立つ神々のあいだに感じられる叡智よ！
――美しすぎる空間から，私を守れ，欄干よ！
あそこで，海が呼んでいる！……　あそこで，目も眩むばかりに輝く
ヴィーナスがとろける腕を伸ばして身を乗り出している！

*

私の目は，たとえ波の滑らかな行方に惹きつけられ
永遠の水がめから夢心地に飲むとしても，
世界を幾つも容れられるひとつの部屋を離れない。
そして深い驚きに餓《かつ》えた私の欲望は
透明な揺りかごを通して垣間みる
水泡《みなわ》と海の藻と金でできたこの女を
砂と塩のうえで波の砥石車が転がすのを。

*

それでも私は天空に精神を戯れさせ，
夕靄のなかに見知らぬ土地を見る，
花の女神たちが一糸まとわぬ雲を装い，
嵐の神々が半裸で漂うのが見える，
そして暮れかかる夕べの大気の岩のうえ，
神々しい姿が肘をつく。ある天使が泳ぐ。
天使は腰をひねるたびに空間を立て直す。
私は，この地上で一人物の影を落としている，
とはいえこの上ない充溢のなかに解き放たれて，
わが身を浸し，わが身を蔑む純粋な自分を感じる！
未来の胸もとで海の思い出を生きながら，
私の選んだ身体がまるごと私の眼差しに浸っている！

Sous un masque léger glisse la mince lune...

*

... Ce vin bu, l'homme bâille, et brise le flacon.
Aux merveilles du vide il garde une rancune ;
Mais le charme du soir fume sur le balcon
Une confusion de femme et de flocon...

*

— Ô Conseil !... Station solennelle !... Balance
D'un doigt doré pesant les motifs du silence !
Ô sagesse sensible entre les dieux ardents !
— De l'espace trop beau, préserve-moi, balustre !
Là, m'appelle la mer !... Là, se penche l'illustre
Vénus Vertigineuse avec ses bras fondants !

*

Mon œil, quoiqu'il s'attache au sort souple des ondes,
Et boive comme en songe à l'éternel verseau,
Garde une chambre fixe et capable des mondes ;
Et ma cupidité des surprises profondes
Voit à peine au travers du transparent berceau
Cette femme d'écume et d'algue et d'or que roule
Sur le sable et le sel la meule de la houle.

*

Pourtant je place aux cieux les ébats d'un esprit ;
Je vois dans leurs vapeurs des terres inconnues,
Des déesses de fleurs feindre d'être des nues,
Des puissances d'orage errer à demi nues,
Et sur les roches d'air du soir qui s'assombrit,
Telle divinité s'accoude. Un ange nage.
Il restaure l'espace à chaque tour de rein.
Moi, qui jette ici-bas l'ombre d'un personnage,
Toutefois délié dans le plein souverain,
Je me sens qui me trempe, et pur qui me dédaigne !
Vivant au sein futur le souvenir marin,
Tout le corps de mon choix dans mes regards se baigne !

*

色鮮やかな飛沫《しぶき》を立てる，巨大な波頭《なみがしら》が
激しくも清らかに，聖なる面に線を引く。
　金色の距離を私の心まで押し流せ，
波よ！……　恍惚とした水平線に崩れ落ちる陽の数々，
おまえはあの未知なる線の向こうへは行かないだろう
私を包む暗闇と神々を分かつあの線までは。

*

　果てしなくつづくゆったりとした渦巻きが
その白いけだるさの重たい魅力を撒きながら，
青くある喜びと渇きの戯れるまにまに
蒸気を吐き尽くした黒船を曳いてゆく……

*

　一方，黄昏の山々は重たげに雪をいただき，
雲はあまりに豊満に，その乳房はあふれんばかり，
オリンポスの荘厳のすべてが退いてゆく，
というのも今やその合図，いまや決別の金色，
そして空間はちっぽけな舟を吸い込んだ……

*

　つねに未完のままの眠りの重い切妻壁《ペディメント》よ，
ほの暗い惑星の悪しき眼差しのために
奇妙な具合にルビーを一つあしらったカーテンよ，
時は満ち，欲望は黙った，
そして金色の口のなか，欠伸を殺し，
詩人が魔法をかけていた言葉が引き裂かれる……
　時は満ち，欲望は黙った。

*

　さらば，さらば！……　おお美しきわが心象《イマージュ》よ，おまえたちへと
私の腕はいつまでも飽くなき港を差し伸べる！
来い，おびえたように，その羽を逆立てた姿で，
死の影のつきまとう冒険好きな帆船たちよ！
急げ，急げ！……　夜が迫る！……　タンタロスも

*

Une crête écumeuse, énorme et colorée
Barre, puissamment pure, et plisse le parvis.
Roule jusqu'à mon cœur la distance dorée,
Vague !... Croulants soleils aux horizons ravis,
Tu n'iras pas plus loin que la ligne ignorée
Qui divise les dieux des ombres où je vis.

*

Une volute lente et longue d'une lieue
Semant les charmes lourds de sa blanche torpeur
Où se joue une joie, une soif d'être bleue,
Tire le noir navire épuisé de vapeur...

*

Mais pesants et neigeux les monts du crépuscule,
Les nuages trop pleins et leurs seins copieux,
Toute la majesté de l'Olympe recule,
Car voici le signal, voici l'or des adieux,
Et l'espace a humé la barque minuscule...

*

Lourds frontons du sommeil toujours inachevés,
Rideaux bizarrement d'un rubis relevés
Pour le mauvais regard d'une sombre planète,
Les temps sont accomplis, les désirs se sont tus,
Et dans la bouche d'or, bâillements combattus,
S'écartèlent les mots que charmait le poète...
Les temps sont accomplis, les désirs se sont tus.

*

Adieu, Adieu !... Vers vous, ô mes belles images,
Mes bras tendent toujours l'insatiable port !
Venez, effarouchés, hérissant vos plumages,
Voiliers aventureux que talonne la mort !
Hâtez-vous, hâtez-vous !... La nuit presse !... Tantale

息絶える！　天空の束の間のよろこびも！
闇に消える定めの，その寸前の薔薇一輪，
日の没する方《かた》のいまわの際の薔薇一輪が
広々とした夕暮れに見るも無惨に色を失う……
あの高台の旗竿に，旗の色をまとったシルフが
微風に酔ってふるえる姿ももはや見えない，
そしてこの大きな港も黒い桟橋となりはて
吹き渡る冷たい風がこの肌にも感じられる！

　閉ざせ！　閉ざせ！　侮辱を受けた窓よ！
真の夜の闇を怖れる大きな眼《まなこ》よ！
　そしておまえ，星の種を撒かれたこの高みから
受け入れよ，神秘と倦怠により受胎して，
さまざまな思念の無言の母となることを……

Va périr ! Et la joie éphémère des cieux !
Une rose naguère aux ténèbres fatale,
Une toute dernière rose occidentale
Pâlit affreusement sur le soir spacieux...
Je ne vois plus frémir au mât du belvédère
Ivre de brise un sylphe aux couleurs de drapeau,
Et ce grand port n'est plus qu'un noir débarcadère
Couru du vent glacé que sent venir ma peau !

Fermez-vous ! Fermez-vous ! Fenêtres offensées !
Grands yeux qui redoutez la véritable nuit !
Et toi, de ces hauteurs d'astres ensemencées,
Accepte, fécondé de mystère et d'ennui,
Une maternité muette de pensées...

アンヌ

アンドレ・ルベーに

アンヌは蒼白のシーツにまじり，眠れる髪を
開きにくい目の上にうちやったまま
しなやかにくねった遥かなその腕を
あらわな腹の生色のない肌に映している。

彼女は胸をゆっくりと空にしては，影で膨らませ，
ある思い出にその肉を締めつけられるかのように，
焼けつく水でいっぱいの破れた口は
大海原の反映と広大な味を転がしている。

ついに無防備に，瑞々しさから自由になって，
眠る女は生気なく，色の房を垂らしたまま
蒼白のベッドに浮き，乾ききった唇で，
闇のなか花の吐く苦い息をしゃぶっている。

そして夜明けの微かな光の皺の立つシーツの上に
落ちる，軽く紅を刷かれた凍った腕から，
手がひとつだらりと，人間らしさを離れた
飾りけのない指から悦びを失いながら。

なるがまま！　永久に，男たちのいない眠りのなか
彼らの抱擁の惨めな閃光にも汚されず，
彼女はその房と果実が転がるにまかせている，
強烈なその実は，かつて骨の棚に垂れ下がり，

笑っていた，刈入れを求める琥珀の肌で，
そして豊かな動きに満ちた黄金数が
愛欲を殺すために愛人たちの生み出す
あの奇妙な動作と精力を乞い願っていた……

*

おまえの上に，男たちの魂の眼がさ迷うとき，
動転した彼らの心はその声のように一変する，
その野蛮な宴の甘い支度の数々が
この王たちの内に震える猛犬を急き立てるのだ……

ANNE

À André Lebey.

Anne qui se mélange au drap pâle et délaisse
Des cheveux endormis sur ses yeux mal ouverts
Mire ses bras lointains tournés avec mollesse
Sur la peau sans couleur du ventre découvert.

Elle vide, elle enfle d'ombre sa gorge lente,
Et comme un souvenir pressant ses propres chairs,
Une bouche brisée et pleine d'eau brûlante
Roule le goût immense et le reflet des mers.

Enfin désemparée et libre d'être fraîche,
La dormeuse déserte aux touffes de couleur
Flotte sur son lit blême, et d'une lèvre sèche,
Tette dans la ténèbre un souffle amer de fleur.

Et sur le linge où l'aube insensible se plisse,
Tombe, d'un bras de glace effleuré de carmin,
Toute une main défaite et perdant le délice
À travers ses doigts nus dénoués de l'humain.

Au hasard ! À jamais, dans le sommeil sans hommes
Pur des tristes éclairs de leurs embrassements,
Elle laisse rouler les grappes et les pommes
Puissantes, qui pendaient aux treilles d'ossements,

Qui riaient, dans leur ambre appelant les vendanges,
Et dont le nombre d'or de riches mouvements
Invoquait la vigueur et les gestes étranges
Que pour tuer l'amour inventent les amants...

*

Sur toi, quand le regard de leurs âmes s'égare,
Leur cœur bouleversé change comme leurs voix,
Car les tendres apprêts de leur festin barbare
Hâtent les chiens ardents qui tremblent dans ces rois...

男たちがさまよう指でおまえの命に少しでも触れれば，
全身の血が海のように重く彼らにのしかかり，
深淵から引き上げられたある荒々しさが
この白い遊泳物をおまえの肉の岩に浴びせかける……

悦びの〈岩礁〉よ，間近な〈島〉よ，
魔物を癒す定めの，甘露の〈土地〉よ，
愛は，憎悪の眼で武装して，おまえに接近し，
闇のなか接吻の水蛇《ヒユドラ》と一戦を交える！

＊

ああ，もっと赤裸々に，差し迫る曙に染められて，
悲しい金色が生暖かい輪郭に問いかけるなら，
〈同じ自分〉が自分を知らない闇の極みに帰って，
日の光に荒彫りされる虚ろな大理石の身となれ！

ほの白い光線にその犯された唇をさらしたまま
微笑みをうかべて涙の長い芽を噛みきれ！
永久に眠りに葬られた魂の仮面よ，
その苦しみの面《おもて》に安らぎが不意に訪れた！

もう二度と，おまえの艶やかな影に金を塗り，
火の指で鎧戸に裂け目を入れるあの老婆が，
いつもの朝寝からおまえを引き離しに来て
嬉々としたブレスレットを優しい日差しに返すことはない……

うっとりと，外の樹の，手のひらが
悔恨のかなたにおぼろげに揺れて，
火のなか，三枚の葉かげで，鳥が穏やかに
死者を鎮める唯一の歌をうたいだす。

À peine effleurent-ils de doigts errants ta vie,
Tout leur sang les accable aussi lourd que la mer,
Et quelque violence aux abîmes ravie
Jette ces blancs nageurs sur tes roches de chair...

Récifs délicieux, Île toute prochaine,
Terre tendre, promise aux démons apaisés,
L'amour t'aborde, armé des regards de la haine,
Pour combattre dans l'ombre une hydre de baisers !

*

Ah, plus nue et qu'imprègne une prochaine aurore,
Si l'or triste interroge un tiède contour,
Rentre au plus pur de l'ombre où le Même s'ignore,
Et te fais un vain marbre ébauché par le jour !

Laisse au pâle rayon ta lèvre violée
Mordre dans un sourire un long germe de pleur,
Masque d'âme au sommeil à jamais immolée
Sur qui la paix soudaine a surpris la douleur !

Plus jamais redorant tes ombres satinées,
La vieille aux doigts de feu qui fendent les volets
Ne viendra t'arracher aux grasses matinées
Et rendre au doux soleil tes joyeux bracelets...

Mais suave, de l'arbre extérieur, la palme
Vaporeuse remue au delà du remords,
Et dans le feu, parmi trois feuilles, l'oiseau calme
Commence le chant seul qui réprime les morts.

セミラミスのアリア

カミーユ・モクレールに

夜明けの光よ，わが額はそなたたちを戴こうと夢想する！
身を起こすやいなや，額はまどろむ眼にみとめる
比類なき大理石の上に，色淡い時が彩られ，
時刻がわが身に降りきたり大きくなって金となるのを……

*

……「在れ！……　ついにそなた自身となれ！」と〈曙〉が言う
おお偉大な魂よ，いまや身体をなすべき時！
早く選びとれ，花開くに足る一日を
かくも多くの燦めきのなか，そなたの不滅の宝を！

すでに，夜に対してぎらつく喇叭が戦っている！
生き生きとした唇が凍てついた空気を襲う。
純金が，塔から塔へ，炸裂しては反響し，
空間全体を過去の輝きに呼び戻す！

真の眼差しに立ち返れ！　自分の影から身を引き出せ，
あたかも泳ぎ手が，潮の満ちた海のなか，
全能の踵でその身を暗い水から押し出すように，
そなたは，存在の奥を叩け！　おのが肉体に訴えよ，

断ちがたい肉体の糸をさっとくぐり抜けよ，
延々と続く無力な努力を汲み尽くせ，
そなたのベッドの上でそなたの血の怪物が生みだす
乱れに乱れた惨劇からその身を解き放て！

私は〈日出ずる方〉からそなたの気紛れを満しに馳せる！
そして私のもっとも純粋な糧を授けに来る。
空間と風により　そなたの炎が養われんことを！
私の予感の燦めきに加わりに来い！」

*

――私は応える！……　わが深い不在から湧き出る！
わが心臓は，眠る私が触れていた死者から抜け出し，
わが目的に向かって，力の漲る大鷲さながら，

AIR DE SÉMIRAMIS

À Camille Mauclair.

Dès l'aube, chers rayons, mon front songe à vous ceindre !
À peine il se redresse, il voit d'un œil qui dort
Sur le marbre absolu, le temps pâle se peindre,
L'heure sur moi descendre et croître jusqu'à l'or...

*

... « *Existe !... Sois enfin toi-même !* dit l'Aurore,
Ô grande âme, il est temps que tu formes un corps !
Hâte-toi de choisir un jour digne d'éclore,
Parmi tant d'autres feux, tes immortels trésors !

Déjà, contre la nuit lutte l'âpre trompette !
Une lèvre vivante attaque l'air glacé ;
L'or pur, de tour en tour, éclate et se répète,
Rappelant tout l'espace aux splendeurs du passé !

Remonte aux vrais regards ! Tire-toi de tes ombres,
Et comme du nageur, dans le plein de la mer,
Le talon tout-puissant l'expulse des eaux sombres,
Toi, frappe au fond de l'être ! Interpelle ta chair,

Traverse sans retard ses invincibles trames,
Épuise l'infini de l'effort impuissant,
Et débarrasse-toi d'un désordre de drames
Qu'engendrent sur ton lit les monstres de ton sang !

J'accours de l'Orient suffire à ton caprice !
Et je te viens offrir mes plus purs aliments ;
Que d'espace et de vent ta flamme se nourrisse !
Viens te joindre à l'éclat de mes pressentiments ! »

*

— Je réponds !... Je surgis de ma profonde absence !
Mon cœur m'arrache aux morts que frôlait mon sommeil,
Et vers mon but, grand aigle éclatant de puissance,

この身を奪い去る！……　太陽を迎えに私は飛ぶ！

私は薔薇一輪だけ取って逃れる……　美しい矢を
脇腹に受け！……　私の頭が歩みの群れを産み出し……
それらがわが愛しき塔に駆け寄り，その爽やかな
高みに呼ばれて，私は腕を差し伸べる！

昇れ，おおセミラミス，螺旋を支配する女王よ，
愛なき心でひたすら誉れに向かって聳え立つ塔！
おまえの傲然たる眼が渇き求める大帝国に
おまえの硬い王笏が幸福を感じさせる……

深淵に挑め！……　最後の薔薇の橋を渡れ！
私はおまえに近づく，危険よ！　誇りを煽られて！
この蟻どもは私のもの！ これらの街は私の物，
この道もあの道もわが権力の描線だ！

私の王国は広大な猛獣の毛皮！
この皮を纏っていた獅子を殺したのは私。
だが，なおも獰猛な幻の獣臭さが
死臭を漂わせ，わが羊の群れを守っている！

ついに，私は太陽にわが魅惑の秘密を捧げる！
太陽もこれほど優美な皮膚を照らしたことはない！
わが身の脆さがもたらす不安を私は味わう
大地と天の双方に呼び求められて。

わが権力の食卓，理性的な狂宴，
屋根と森との何とおぼろげな前庭を
清く神聖な見張りの塔の足下に見据えることか，
秘密の出来事からこうして静かに遠ざかって！

魂はついにこの頂きにおのが住みかを見出した！
おお何たる広大さから魂はその広大さを授かることか
わが心臓が内なる翼にふわりと舞って
私自身の内なる空に別の深みを広げるとき！

蒼穹を案じ，栄光に燃え尽きた
胸よ，肉の鼻孔に通じる底知れぬ闇の淵よ，
海にも似た街並みから昇ってくる
魂と煙からなるこの香を吸い込むのだ！

Il m'emporte !... Je vole au-devant du soleil !

Je ne prends qu'une rose et fuis... La belle flèche
Au flanc !... Ma tête enfante une foule de pas...
Ils courent vers ma tour favorite, où la fraîche
Altitude m'appelle, et je lui tends les bras !

Monte, ô Sémiramis, maîtresse d'une spire
Qui d'un cœur sans amour s'élance au seul honneur !
Ton œil impérial a soif du grand empire
À qui ton sceptre dur fait sentir le bonheur...

Ose l'abîme !... Passe un dernier pont de roses !
Je t'approche, péril ! Orgueil plus irrité !
Ces fourmis sont à moi ! Ces villes sont mes choses,
Ces chemins sont les traits de mon autorité !

C'est une vaste peau fauve que mon royaume !
J'ai tué le lion qui portait cette peau ;
Mais encor le fumet du féroce fantôme
Flotte chargé de mort, et garde mon troupeau !

Enfin, j'offre au soleil le secret de mes charmes !
Jamais il n'a doré de seuil si gracieux !
De ma fragilité je goûte les alarmes
Entre le double appel de la terre et des cieux.

Repas de ma puissance, intelligible orgie,
Quel parvis vaporeux de toits et de forêts
Place aux pieds de la pure et divine vigie,
Ce calme éloignement d'événements secrets !

L'âme enfin sur ce faîte a trouvé ses demeures !
Ô de quelle grandeur, elle tient sa grandeur
Quand mon cœur soulevé d'ailes intérieures
Ouvre au ciel en moi-même une autre profondeur !

Anxieuse d'azur, de gloire consumée,
Poitrine, gouffre d'ombre aux narines de chair,
Aspire cet encens d'âmes et de fumée
Qui monte d'une ville analogue à la mer !

太陽よ，太陽よ，わが蜂の巣の哄笑を見よ！
強烈にして休みなきバビロンがどよめく，
戦車の，喇叭の，瓶や壺やの連鎖のざわめき，
建設する死すべき身にのしかかる石の呻き。

仮借なき神殿を望むわが心をなんとそそることか
鋸《のこぎり》の鋭い響きと鑿《のみ》の叫喚は！
そしてこの大理石と太綱の呻き声が
活気づく空気を構造と鳥で満たす！

全世界のなかに私の新たな神殿が生まれ，
私の願望が運命の国に鎮座するのが見える。
見分けのつかぬ行為の沸き立つなか，波に乗って
わが神殿はひとりでに天に昇ってゆくようだ。

愚かしき民よ，わが権力は私をおまえに繋ぐ，
ああ！　わが自尊心さえおまえの腕を必要とする！
そして無数の頭をかくも快くわが足下に敷く
この憎しみを愛さずに私の心はどうしたらよい？

ひれ伏して，無数の頭がささやくひそひそ声は
凪いだ波の怒りのこもった音楽のようだ，
死すべき女の足下に静まりかえりながら
奴らは恐怖のぶり返しを内に秘めている。

私は無意味と聞き捨てる，わが厳かな顔まで
この恐れと獰猛さのざわめきが昇ってくるのを。
神々にならって不正をはたらくまでに
偉大な魂は必然と釣り合うものとなる！

愛の甘さに時として触れられることがあっても，
どんな優しさに，またどんな諦めによっても
私は，愛人どもの眠りの強い絆のなかに
横たわった生贄の虜のままではいない！

くちづけ，愛欲のよだれ，低俗なしあわせ，
おお　もつれあった愛人どもの波の動き，
私の心が私にこれほど孤独を説き勧め，
わが空中庭園をかくも高みに設けたからには

わが最上の花々はただ雷だけを待ちのぞみ，
どれほど美貌の男の涙にも動かされず，

Soleil, soleil, regarde en toi rire mes ruches !
L'intense et sans repos Babylone bruit,
Toute rumeur de chars, clairons, chaînes de cruches
Et plaintes de la pierre au mortel qui construit.

Qu'ils flattent mon désir de temples implacables,
Les sons aigus de scie et les cris des ciseaux,
Et ces gémissements de marbres et de câbles
Qui peuplent l'air vivant de structure et d'oiseaux !

Je vois mon temple neuf naître parmi les mondes,
Et mon vœu prendre place au séjour des destins ;
Il semble de soi-même au ciel monter par ondes
Sous le bouillonnement des actes indistincts.

Peuple stupide, à qui ma puissance m'enchaîne,
Hélas ! mon orgueil même a besoin de tes bras !
Et que ferait mon cœur s'il n'aimait cette haine
Dont l'innombrable tête est si douce à mes pas ?

Plate, elle me murmure une musique telle
Que le calme de l'onde en fait de sa fureur,
Quand elle se rapaise aux pieds d'une mortelle
Mais qu'elle se réserve un retour de terreur.

En vain j'entends monter contre ma face auguste
Ce murmure de crainte et de férocité :
À l'image des dieux la grande âme est injuste
Tant elle s'appareille à la nécessité !

Des douceurs de l'amour quoique parfois touchée,
Pourtant nulle tendresse et nuls renoncements
Ne me laissent captive et victime couchée
Dans les puissants liens du sommeil des amants !

Baisers, baves d'amour, basses béatitudes,
Ô mouvements marins des amants confondus,
Mon cœur m'a conseillé de telles solitudes,
Et j'ai placé si haut mes jardins suspendus

Que mes suprêmes fleurs n'attendent que la foudre
Et qu'en dépit des pleurs des amants les plus beaux,

私の薔薇に触れる手は粉々に砕かれ,
最も甘い思い出が墓という墓を築く!

わが心より産まれた神殿のなんと心に沁み入ることか
私の胸の夢想からゆっくりと引き出され,
勝ち誇る量塊《マッス》の記念碑が　私の眼差しのなか
わが構想の影と一体となるのを目にする時!

鳴り響け,金のシンバルよ,リズムに乗った乳房よ,
私の清らかな壁に打ち震える薔薇よ!
わが広大な思念のうちにわれとわが身の消え去らんことを,
賢者セミラミス,魅惑的な女にして王!

À mes roses, la main qui touche tombe en poudre :
Mes plus doux souvenirs bâtissent des tombeaux !

Qu'ils sont doux à mon cœur les temples qu'il enfante
Quand tiré lentement du songe de mes seins,
Je vois un monument de masse triomphante
Joindre dans mes regards l'ombre de mes desseins !

Battez, cymbales d'or, mamelles cadencées,
Et roses palpitant sur ma pure paroi !
Que je m'évanouisse en mes vastes pensées,
Sage Sémiramis, enchanteresse et roi !

詩のアマチュア

ふと自分のありのままの思考を見つめると，誰もいなく起源もないこの内なる言葉を被るほかないことに，私は慰めようのない気分になる。これらの束の間の形象，そしてこの思考するという果てしない試みはそれ自体の容易さによって途切れるようなもので，次から次へと形を変えるが，それとともに何かが変わるということは一切ない。首尾一貫しているように見えながら脈絡などなく，おのずと生まれるのと同じようにまたたく間に無に帰する，そうした思考は，本性上，文体を欠く。

しかし私には，自分の注意力に幾つか必要な存在《もの》を差し出す力が常にあるわけではなく，また，私の耐えがたい逃走に代えて，始まりと充実した中盤と終わりという外観を形づくるような精神的障害物を装う力が常にあるわけでもない。

一篇の詩はある持続であり，その間，読者として，私はあらかじめ用意された法則を呼吸する。私は自分の息と声という機械を与える，あるいは単にそれらの潜在力，沈黙と両立する息と声の潜在力だけを与える。

私は素晴らしい歩みに身をまかせる。読むとは，語が導く空間で生きること。語の出現は書き込まれている。その音色は練られている。その揺らぎも，それ以前にじっくり考え抜かれた上で組み立てられており，それらの語は，見事な群あるいは純粋な群となって，反響のなかに流れ落ちるだろう。私の驚きさえも保証されている。それはあらかじめ隠されており，数の一部をなしている。

宿命的な書法《エクリチュール》に動かされ，そして常に未来におよぶ韻律が後戻りすることなく私の記憶をつなぐからには，私は一語一句の力を十全に感じとる，それを漠然とながら待ちのぞんでいたために。私を運び，私が色を添えるこの韻律が，真と偽から私を守ってくれる。疑念のために分裂することもなく，理知に苛まれることもない。偶然は皆無で，特別の好機《チャンス》が築かれる。私はこの幸運の言語を苦もなく見出し，そして技巧を通して思考する，まったく確かな，驚くほど先を見通す思考を，――欠陥も計算づく，意図しない闇はない，そうした思考の動きが私を率い，その量が私を満たす。それは独特な仕方で完成された思考である。

L'AMATEUR DE POÈMES

Si je regarde tout à coup ma véritable pensée, je ne me console pas de devoir subir cette parole intérieure sans personne et sans origine ; ces figures éphémères ; et cette infinité d'entreprises interrompues par leur propre facilité, qui se transforment l'une dans l'autre, sans que rien ne change avec elles. Incohérente sans le paraître, nulle instantanément comme elle est spontanée, la pensée, par sa nature, manque de style.

Mais je n'ai pas tous les jours la puissance de proposer à mon attention quelques êtres nécessaires, ni de feindre les obstacles spirituels qui formeraient une apparence de commencement, de plénitude et de fin, au lieu de mon insupportable fuite.

Un poème est une durée, pendant laquelle, lecteur, je respire une loi qui fut préparée ; je donne mon souffle et les machines de ma voix ; ou seulement leur pouvoir, qui se concilie avec le silence.

Je m'abandonne à l'adorable allure : lire, vivre où mènent les mots. Leur apparition est écrite. Leurs sonorités concertées. Leur ébranlement se compose, d'après une méditation antérieure, et ils se précipiteront en groupes magnifiques ou purs, dans la résonance. Même mes étonnements sont assurés : ils sont cachés d'avance, et font partie du nombre.

Mû par l'écriture fatale, et si le mètre toujours futur enchaîne sans retour ma mémoire, je ressens chaque parole dans toute sa force, pour l'avoir indéfiniment attendue. Cette mesure qui me transporte et que je colore, me garde du vrai et du faux. Ni le doute ne me divise, ni la raison ne me travaille. Nul hasard, mais une chance extraordinaire se fortifie. Je trouve sans effort le langage de ce bonheur ; et je pense par artifice, une pensée toute certaine, merveilleusement prévoyante, — aux lacunes calculées, sans ténèbres involontaires, dont le mouvement me commande et la quantité me comble : une pensée singulièrement achevée.

段階的改変の特徴

これまで「白」(一八九〇)、「妖精」(一九一四)、「夢幻境」(一九二〇)、「異文」(一九二六)のそれぞれを比較して各段階における改変のありようを吟味してきたが、以下その全容を見渡したうえで一連の改変および変奏における際立った特徴をまとめてみよう。

改変の度合いとしては、制作年代の開きとも比例して、「白」から「妖精」への変化が最も著しい。旧作とそれ以降の改作を決定的に分かつのはソネの結末である。すでに見たように、「白」では月夜の夢幻的光景が魅惑的な声によって最後まで保たれるのに対し、「妖精」以降はそれが歌声あるいは叫びによって破られる。旧詩の改変における最も重大な変化はこの点にあり、それはすでに一九一四年の段階で生じている。

改変のもうひとつの要点はソネ冒頭の女性的形象である。その実在感が最も強いのは旧作「白」であり(「少女」とその「足」が描かれる)、「妖精」では少女が「影」となり、「夢幻境」ではさらに「足」が消えるというように、少女の実体感は次第に希薄になってゆく一方、一九二六年の「異文」では「ある乙女」とその「手」が描かれ、それまでの傾向とは逆行する。この点に、旧詩の改変と同一主題の変奏との顕著な相違が見出される。

ソネの改変の重点はカトラン二節よりもテルセ二節にあり、とりわけ第三節に転調を導入するという点で、一九二〇年の「夢幻境」以前と以後に大きな違いがある。「白」および「妖精」がもっぱら三人称で描かれているのに対し、「夢幻境」および「異文」はそのなかに一人称の独白を含む。さらにその独白は第三節のみからテルセ二節に拡大され、詩のモノローグ的性格が強まる傾向にあると言える。

他方、度重なる改変および変奏を通じて、(句読点を除けば)まったく変化を被らなかった詩句もある。第一行「ほっそりとした月が聖らかな光を注ぐ」がそれである。(32) 冒頭詩句の不変とそれ以降の変容は、同一の詩句から別様の展開が可能であること、言い換えれば同じ問いに対して複数の異なる答えがありうることを示しており、同じ主題に基づく変奏という問題を象徴するものと言える。

一連の改変・変奏にはまた詩の形式面においても注目すべき点がある。

音韻の面では、詩句の改変はおおむねその効果を増す傾向にある。たとえば「夢幻境」第三行の前半句 Sur les bases de marbre（一九二〇）が「異文」では Sur les *masses* de *marbre*（一九二六）に、さらにその後半句が où *marche* et croit songer（一九二七）に改められ、[ma(r)] の畳韻・半諧音が漸次増加している。「異文」第一〇行冒頭の Où（一九二六）から Quand（一九二七）への変更も、先述した［k］音の畳韻（一一－一二）を高めるものである。また「夢幻境」第一〇行末尾の de l'eau lamée に「異文」では par la lune という説明を加えているが、一見冗語にも見えるこの補足は音韻効果を狙ったものと思われる（de *l*'eau par *la lune l*amée における［l］音の畳韻は「月のきららかな燦き」のイメージと照応するだろう）。

また音と意味の結びつきについて、ある語句を別の語句に置き換える際、類義語に置換するのではなく類音語に置換するという興味深い例が散見される。たとえば、一九一四年の改変では、chair de perle を char de perle（四）、la mer を la chair（一二）に変え、enchante から chant（一三）を導き出すほか、第四節の脚韻も métal を fatal、encence – silence を commence – immense に変更している。一九二六年の改変では diamant fatal を firmament fatal（一三）、さらに一九二七年の改変では disperse を dispense（七）に置換している。これらはいわば脚韻を探す行為を詩全体に適用したものとみなしうるが、音と意味、シニフィアンとシニフィエを対等に扱う詩に特有の現象と言えよう。

韻律の面でも一貫した傾向が見て取れる。結論から言えば、改変の度に、古典的な詩句に対する非古典的な詩句の割合が減少しているのである。以下、『韻文の理論』[33]の著者ブノワ・ド・コルニュリエが提示した非古典的な一二音節詩句を検出するための「基準」に即して、ヴァレリーのソネの改変における韻律の変化をたどってみよう。

一八九〇年の旧作「白」にはコルニュリエが非古典的とみなす詩句が少なくとも三つ含まれている。それらはいずれも六音節目に通常強勢の置かれない「接語《クリティック》」（第二行の d'un、第一二行の des）あるいは前置詞（第一三行の de）を置くという点で非古典的である。また句切りの位置に接続詞 et を置く第六行も古典的とは言いがたい。このうち第六行と第一三行は、一九一四年の改作「妖精」において 6-6 の句切りを有する定型リズムに改められた（*//* は六音節目の句切り、（）は母音脱落、下線は「接語」を示す）。

— Galères blanches et // carènes lumineuses — (« Blanc »)
De carènes de plum(e) // à demi lumineuse, (« Fée »)

Car elle enchante de // sa voix, frêle métal, (« Blanc »)
A frémir, si d'un chant // le diamant fatal (« Fée »)

第一二行は長らく非古典的なリズムであったが、一九二六年の「異文」において古典的結構をもつ詩句に改められた。

La Mer confuse des // fleurs pudiques l'encense (« Blanc »)
La chair confuse des // molles roses commence (« Fée » ; « Féerie »)
Quel cœur pourrait souffrir // longuement votre charme (« Féerie (Variante) »)

他方、第二行だけは旧作から最後の異文まで非古典的詩句のまま残存した。

Comme une jupe d'un // tissu d'argent léger (« Blanc » ; « Féerie (Variante) »)
Toute une jupe d'un // tissu d'argent léger (« Fée » ; « Féerie »)

このように、ソネ一四行中、非古典的な詩句は、「白」では四行、「妖精」および「夢幻境」では二行、「異文」では一行、というように漸次減少している。

なお、『旧詩帖』所収の二篇について両者のテルセ二節を詩句のリズムという観点から比較すると、同一詩篇の変奏のさらなる特徴が浮かび上がる。「夢幻境」では、第九行（Est-ce vivr(e) ?... / O désert // de volupté pâmée）が六音節目の句切りを保ちながらも統辞法上は3-9のリズムとなり、第一〇行（Où meurt le battement // faible de l'eau lamée）も句切りの後に内的送り語を伴って6-6のリズムに変化を加える。また第一二行（La chair confu/se des (//) molles ro/ses commence）は先述のように非古典的な詩句（統辞法上は4-5-3のリズム）であり、しかも詩句は次行に跨り、第一三行冒頭の送り語（À frémir）へと続いてゆく。こうしたリズムの変動は「異文」にはまったく見られず、テルセ二節はすべて古典的な定型一二音節詩句の韻律に落ち着いている。

『旧詩帖』再版において「夢幻境」とその「異文」を並べて示した詩人にはそれなりの意図があったにちがいないが、同一主題の変奏は内容面ばかりでなく形式面にもおよぶものであった。『若きパルク』とともに詩作に復帰したヴァレリーは、若い頃に試みた非古典的な詩句をもはや書きはしないが、『旧詩帖』に収めるべき初期詩篇の改変にあたって、非古典的詩句をもとのまま残すか、それを改めるか、選択に迷うことがあったと思われる。『旧詩帖』詩篇群について一八九〇年代の旧作と一九一二年以降の改作を比較してみれば、非古典的詩句の幾つかは古典的な詩句に改鋳され、他の幾つかはそのまま残存したことを確認することができる。「夢幻境」の改作・異文における非古典的詩句の漸次減少も、こうした全般的傾向の一端を例証するものにほかならない。が、見方によっては、「異文」に残存した唯一の非古典的詩句（二）は、度重なる改変をくぐり抜けて最後まで残った若書きの詩の痕跡であり、たとえこのソネが『魅惑』刊行後の作であるにせよ、それを『旧詩帖』の一篇とする決定的な印とみなしうる。旧詩の改変にあたり、若書きの痕跡の大部分を削除しながら、それをすべて消し去りはしなかったところに、自らの過去に対するヴァレリーの両義的な姿勢がうかがわれる。

『若きパルク』との関係

はじめに述べたように、「白」から「妖精」を経て「夢幻境」へと至るソネの改変と『若きパルク』の制作は時期が重なっており、両者の関連性が問題となる。制作過程の同時性という点でとりわけ一九一四年の改作「妖精」が注目されるが、『若きパルク』刊行後に出版された『旧詩帖』の二篇、「夢幻境」とその「異文」も、ヴァレリーが四年う。以上の歳月を費やした労作と無縁ではない。以下、特徴的な主題をいくつか挙げながら、両者の関連性を探ってみよう。

「影」

一八九〇年の旧作における「〈少女〉」および「娘」は一九一四年の改作において「〈影〉l'Ombre」に置き換えられたが、「影」はヴァレリー詩の重要なモチーフであり、[34]『若きパルク』においてもさまざまな含意をこめて用いられている。文字通りパルクの「影」(一四二)、「肉体」の暗喩としての「影」(五五)、「涙」の源泉・身体内部の闇としての「影」(二九三)など。[35] さらに一九一五 - 一九一六年推定の『若きパルク』草稿には「影の女 Femme d'ombre」という表現が標題あるいは見出しのように書き記されており、「若きパルク」の名が決定する前の呼称の一つとみなされる。[36] 同草稿には「私が身を置いていたこの影に嫉妬して」という一句が書かれているが、「この影」という語のうえに「肉体」と加筆されており、「影」が「肉体」の暗喩であることが分かる。[37]

一九一四年の改作「妖精」において、少女の肉体を覆い隠すように現れた「〈影〉」も「若きパルク」の肉体を暗示する「影」に直結しているだろう。

「ふるえ」と「凍った」感覚

「白」から「妖精」への改変において付与された語として「ふるえ frisson」(一〇)と「凍った glacés」(一一)の語があるが、この凍てついた感覚と身震いもパルクに通じるものである。『若きパルク』冒頭、夜中に目覚めたパルクは、いまだ自己の身体を自分のものと認知しえない状態で「凍った手」(一三)と胸元に残る「消えた木の葉のふるえ」(一四)を感知する。

意識の遠のく「甘美な」境地

『若きパルク』と関連があるのは一九一四年の作だけではなく、一九二〇年の「夢幻境」、さらには一九二六年の

「異文」にまでこの長詩は影響をおよぼし続けている。同一の標題を掲げる両ソネの第三節と『若きパルク』最終断章に共通した語彙とイメージが見出されるのである。まず、「異文」第三節の冒頭句「甘美な無人境、気も遠のく孤独よ」（九）は『若きパルク』最終断章の冒頭句「甘美な屍衣、生温いわが無秩序よ」（四六五）を想起させる。前者は月下の水面、後者はベッドのシーツだが、両者ともに意識の消える瞬間を「甘美な délicieux」という形容詞（いずれも名詞の前に置いて強調される）によって表現している。パルクはその後、死の眠りに心地よく身を任せた昨夜の記憶をたどり直すが、そこには「夢幻境」と「異文」の双方に通じるイメージが見られる。「夢幻境」の「そこで燦めく水のかすかな鼓動が死に絶える」（一〇）と『若きパルク』の「そこで私は自分の心臓の鼓動を沈めかけていた」（四六七）——前者の「そこ」は「悦楽の砂漠」と呼ばれる水であり、後者の「そこ」は「甘美な屍衣」と呼ばれるベッドだが、「沈める」という動詞はそのシーツを液体化するだろう。[38]また、「異文」の「水の渦がその水晶のこだまを永遠に数えるところ」（一〇‐一一）と『若きパルク』の「私の住居のなかで生きた墓も同然の〔心臓〕が息をし、永遠がそこに自ら〔の声〕を聴きとる」（四六八‐四六九）——前者の「永遠に」反復される波紋の「こだま」も、後者の死に瀕した心臓に重なる「永遠」の声も、ともに限りなく無音に近い。この死の静けさを破るのは、前者にあっては「叫び」であり、後者にあっては「目覚め」だが、両者はそれぞれの結末を迎える直前、死の永遠性に触れる。

なお、「夢幻境」および「異文」は先述のようにカトランからテルセへの移行に際して転調する（三人称の描写から一人称の独白へ）が、幾分唐突に挿入された感があるその自問と感嘆の調子には『若きパルク』の独白を想起させるものがある。[39]両ソネにおける独白を詩人（というよりは詩における話者）のものと解釈する以外に、女性的な「影」あるいは「ある乙女」自身の内的独白と読むことも可能だろう。

「蛇」と「糸」

『若きパルク』において最も両義的と言われる「蛇」は、知性と官能、自意識と性的欲望の不可分な絡み合いを体現するとともに、目覚めと眠りの不可思議にも関与する象徴性のきわめて高いイメージである。[40]一連のソネにおいては「蛇」のイメージが一九一四年の作までは存在していながら、一九二〇年の作以降、姿を消している。この事実は何を意味するのか。レジーヌ・ピエトラが指摘したように「蛇」は『若きパルク』へ移ったのだろうか。[41] 確かに、「蛇への呼びかけ」を引き延ばして「自分自身を語るという欲求[42]」をある程度満たしたヴァレリーは、一九一七年にこの長詩を脱稿した後、若書きのソネを再び目にしたとき、単に「波」の比喩にすぎない「白蛇」(一〇)を無くもがなと感じたかもしれない。

しかし、「白」および「妖精」の「蛇」は単に消し去られただけではない。それは密かに『若きパルク』のなかに姿を変えて現れている。ソネでは「蛇 reptiles」(一〇)が「巧妙な subtiles」(九)という形容詞と脚韻を踏んでいるが、この押韻に類する例が『若きパルク』に見出されるのである――「巧妙(subtile)であれ……冷酷であれ……もっと巧妙(subtile)であれ!……はぐらかせ/だが知るのだ!……教えてくれ〔……〕蛇よ(reptile)、どんな回り道をして、おまえはおまえ自身に帰り、取り戻したのか/その洞穴の香りとその惨めな才気を?」(四一九-四二四)――死の眠りから不本意にも生還してしまったパルクはこのように「蛇」に呼びかけながらまさしく蛇と化すのだが、ここでも subtile と reptile が音韻および意味の上で呼応しており、かつての脚韻の響きが残っている。

さらに言えば、そこにはまた「糸 fil」のモチーフがかかわっている。先ほど言及した詩句に先立つくだりでは、ゆえ知らず死から生へ、眠りから目覚めへ回帰したパルクがわれとわが身に問いかける――「せめて探れ、言ってみよ、どんな密かな道をたどって/夜は、死者のなかから、日のもとにおまえを連れ戻したのか?/自分自身のことを思い出せ、そして本能から引き出すのだ/あの糸を(おまえの金色の指がそれを朝と奪いあっていた)、あの繊細な糸を盲目にたどった末に/おまえの命はこの岸辺まで引き戻されたのだ……」(四一三-四一八)。詩句冒頭に二度繰り返される「あの糸」(四一六・四一七)、それを引く継ぐかのように一詩句内で反復される「巧妙な」(四一九)、さらにそのあとに「蛇」(四二三)が現れる(Ce fil – Ce fil – subtile – subtile – reptile)。こうした音とイメージの連鎖によって(subtil の語は語源的にも「糸」と関係がある[43])、パルクは「糸」をたどりつつ「巧妙」にも「蛇」に変身するのである。

『若きパルク』との関連において、一九一四年の「妖精」が一八九〇年の旧作以上に興味深いのは、まさしくこの「糸」のモチーフを共有するからである(最終行「妖精の糸 un fil de fée」)。ローマ神話のパルカたちに由来するパルクは生命の「糸」を紡いでは断ち切る運命の女神だが、一九一四年の「妖精」もまた「糸」を手にしている。そもそも「妖精」は「パルク」と縁が深く、その名を「運命の女神」に負うとともに、その特性と機能を受け継いでいると言われる。フランス語の「妖精 fée」はラテン語の「運命 fatum」に由来するとされる一方、その複数形を神格化した「運命の女神たち Fata」は「パルク Parcae = Parques」の別称である。[44] しかも、ヴァレリーの最初期の詩作の一篇「呪文」(『セット手帖』所収)には、「パルク」と「妖精」が並んで現れ、すでに一四歳の少年にとって両者が近い存在であったことがうかがわれる。[45] ソネの最後で「夜全体」に亀裂を入れる「妖精の糸」は、パルクの司る「運命の糸」と同じく「宿命的な」糸である。[46]

「声」の変容、抑圧された「叫び」の再出?

レジーヌ・ピエトラは、先述した「蛇」の消去とともに、一九一四年の改作における「声」の変容――夜の静寂を魅惑する優しい声から「夜全体に亀裂を入れる致命的なダイヤモンド」の声へ――に注目し、それをパルクの「愛に覆われたかすれ声」(二〇〇 - 二〇二)に結びつけているが、[47] この「声」の変容は『若きパルク』における「叫び」の主題と関連づけることによっていっそう興味深いものとなる。ジュディス・ロビンソンが指摘したように、「叫び」は『若きパルク』の詩人が「抑圧」した最大の主題であり、草稿中には幾たびもパルクの「叫び」が素描され、決定稿の他の詩句と比べても遜色のないほど十分に推敲された詩句まで存在していながら、その大部分は詩人自身の「自己検閲」によって決定稿から除外された。[48] ジュディス・ロビンソンはさらにこの「叫びの抑圧」という点に、近代の他の詩人たちとヴァレリーを分かつ特異性を見出しているが、公表されたヴァレリーの作品のなかで忌憚なく叫ぶのは「巫女」(『魅惑』)や「孤独者」(『わがファウスト』)といった「神話的な存在」に限られ、ヴァレリーはその隠れ蓑を通してはじめて叫ぶことができたと論じている。[49]『若きパルク』において「叫び」が「抑圧」されたという点は指摘のとおりだろう。が、それをヴァレリーの詩全体に一般化する点には留保を付す必要がある。『旧詩帖』に所収された「夢幻境」と「異文」がその反証となるからである。先に見たように、ソネを締めくくる「声」が「歌」から「叫び」に置き換えられたのは一九二〇年のヴァージョンにおいてだが、一九一三年の草稿にはすでに「叫び」の語が書き込まれていた[50]。ヴァレリーは一九一四年の段階で「歌」か「叫び」か迷った末に前者を選んだが、一九二〇年の段階で後者に変えたわけである。そして一九二六年の「異文」ではその「叫び」が曙光の比喩から「自分自身のなかから引き出す」肉声へ、より生々しい形に変えられた。要するに、このソネの改変および変奏は、『若きパルク』の制作において見られた「抑圧」とは正反対の過程を示しているのである。このことをどのように解釈すべきだろうか。「抑圧」はそれほど強くなかったということなのか。あるいはむしろ、「抑圧」への反動が「巫女」などの「神話的存在」だけではなく「旧詩」の改変に導入された独白のなかにも見出されるということなのか。いずれにせよ、この「叫び」の変奏が「旧詩」の度重なる改変の主要な動機となったと思われる。

「涙」と「叫び」

ソネの結末を一変させる「声」の変容には「叫び」だけでなく、『若きパルク』においてきわめて重要な「涙」も関与している。夜の静寂にはじめて亀裂を入れた一九一四年の改作においてもう一点注目されるのは、一八九〇年の旧作にはなかった「ダイヤモンド」のイメージが現れていることである。しかも、先述の一九一三年の草稿には「宿命のダイヤモンド」(「声」の比喩)とともに「涙」の語が書き込まれている[51]。「ダイヤモンド」と「涙」の結びつきは『若きパルク』の冒頭を想起させずにはおかない。闇夜、「誰」のものとも知れぬ「泣き声」が「単なる風」にまじりあい、「究極のダイヤモンド」(彼方に輝く「星々」)が今にもこぼれ落ちそうな「涙」と照応する。この『パルク』の冒頭とおなじく、「夜」を引き裂く「妖精」の「歌声」もまたいっとき涙声であったのか。一方ではソネの夢に終わりを告げる「声」が、他方では五一二行の長詩の幕開けとなる。「妖精」から『若きパルク』へ、闇夜の声と涙が引き継がれたのだろうか。

若書きのソネに後年改変の手を加えたヴァレリーは、かつて夢みた「声」——月夜の静寂と調和するかぼそい銀の声——に飽き足らず、むしろ昔の夢を引き裂くような声をさまざまに思い描き、「歌」声や「叫び」声に変奏したが、そのなかで唯一、「涙」声だけは草稿中に埋もれたまま決して印字されることがなかった。しかし、一九一三年の草稿にわずかに浮かび上がっただけで、それ以後忘れ去られたかのようにみえた「涙」が、一九二六年推定の「異文」

草稿中に、同一主題の変奏の最後の過程において再び現れる。

Quel cœur pourrait souffrir longuement votre charme
Sans trouver ~~dans l'extase~~ <en soi-même> une profonde larme
~~Ou~~ rompre d'un grand cri ce silence fatal
[...]
un cri pur comme une arme (52)

この草稿から「異文」の最後を締めくくるイメージが「涙」と「叫び」のふたつであったこと、「耐えきれないほどの魅惑」に対する反応として「深い涙 une profonde larme」と「大きな叫び un grand cri」が等価なものとして捉えられていることが分かる。「夢幻境」から「異文」への変奏において commence – immense の脚韻が charmes – armes に変更されたことはすでに見たが、同草稿によれば charme と脚韻を踏む語は当初 larme であった。larmes – charmes の脚韻は『若きパルク』（四七七–四七八）にもあり、une profonde larme（深い涙）という表現はこの長詩冒頭の「なにか深い目的 quelque fin *profonde*」（五）と「溶け出る涙 *une larme* qui fonde」（六）の押韻を、さらに形容詞 profonde の大胆な前置は「差し迫った涙 Très imminente larme」（二八二）を想起させる。「異文」においてはこの「涙 larme」が音韻上の類似を通して「武器 arme」を導き出すと同時に、「涙」は「叫び」に転じ、「武器のように純粋な叫び」の表現が生まれたのかもしれない。

はじめに述べたように、『旧詩帖』のなかで初期詩篇の改変がさらなる異文を呼んだのは「夢幻境」だけである。このソネがそうした異例の扱いを受けたのはなぜなのか。「夢幻境」の旧作「白」は『旧詩帖』のなかの最古層をなす作であり、ヴァレリーはみずから改変に値するとみなした旧詩の原点として、このソネを同一詩篇の変奏に選んだのかもしれない。あるいは、「白」を書いてから一年足らずのうちに、詩人みずからそれを唾棄するような物言いをしていたことを思い出せば、度重なる改変はむしろたえざる不満足の結果であったかもしれない。あるいはまた、その背後には『若きパルク』との関連性が働いているかもしれない。「白」から「妖精」を経て「夢幻境」およびその「異文」へ、ヴァレリーはソネを締めくくる「声」をさまざまに変奏したが、闇夜を貫く「声」は『若きパルク』の劈頭に通じるヴァレリー詩のトポスである。若き日の夢を破る「叫び」が「泣いているのは誰？」というパルクの問いになったのか。あるいは逆に、五一二行の長詩を開くこの問いがソネを結ぶ「叫び」を二通りに変奏させたのか。涙するかのような夜の闇と「今にも泣きだしそうな私」のあいだに宙吊りにされたパルクの問いは、人間存在の内部とそれを取り巻く外界の照応というこの詩の通奏低音を告げるものである。それと同じように、「夢幻境」の二つのヴァージョンをあわせれば、夢みられた世界の「叫び」とそれを夢みる人の「叫び」が同時に共振する。同一主題の変奏の主眼はまさしくこの点にあったのではないだろうか。

二 「ヴィーナスの誕生」——「波から出る女」の変貌

「ヴィーナスの誕生」はもともと「波から出る女《ひと》」と題され、標題のみならず詩のテクストもかなり異なっていた。『旧詩帖』所収詩篇における後年の改変の度合いは各詩篇によってさまざまだが、このソネにおける旧作から改作への変容は他の詩篇と比べても著しい。それゆえまず旧作を当時の制作背景などを踏まえて読み、そのうえで改作と比較してその変貌ぶりを観察することにしよう（原文および拙訳は二二二頁〜二二三頁を参照[53]）。

「波から出る女」は一八九〇年一二月一日『モンペリエ学生総連合会報』に初めて掲載された[54]。その八日後、ヴァレリーは同年五月に知り合ったピエール・ルイスに宛てて同じ詩を書き送っているが[55]、それに先立つ手紙の文面には当時青年詩人を悩ませていた問題が赤裸々に語られている。「くだらない肉体の問題」について、一九歳のヴァレリーは二〇歳のルイスに、「完全ナル零落」を承知で本能に身を任せるべきか、あるいは何も手につかない状態に陥るとしてもあくまで欲望を自制すべきか、「このほとんど避けられぬ悪」に対してどのように処すべきか、と助言を請う。「肉体の問題」に悩み苦しみながらそれを蔑むことでなんとか自負を保とうとする青年の心理が読みとれる手紙である。そこに添えられた詩は、モンペリエの学生誌に掲載された初出テクストとほぼ同じだが、まさに「肉体 Chair」（二）という語が大文字となっている点が異なっており、詩句の末尾に逆送り語《コントル・ルジエ》として浮き上がるこの語がいっそう強調されている。[56] しかし、この若書きの作には女性の肉体が欲望の眼差しで描かれながら、それに悩まされている青年の苦しみは表現されていない。

「波から出る女」は冬に書かれたが、そこに詠われているのは夏の海の思い出である。この詩を書いてから約半年後の夏、ヴァレリーは一方的に思いを寄せる一九歳年長の未亡人シルヴィ・ド・ロヴィラに初めて手紙をしたためるが、抽斗《ひきだし》にしまわれたまま結局投函されなかったこの恋文には「波から出る女」と呼応する箇所が幾つかある。

> ご挨拶申し上げます、私のことをご存じないマダム、この手紙があなたには気晴らしとなるでしょう。優美な幻のように現れたあなたを私は讃えます——絶えまない熱望の末に姿を現したあなた、その軽やかな優雅さに私の悩める心は魅了されてしまいました。／〔……〕／私は詩を読みすぎましたので、どんな人の微笑みにも満足できるというわけではありません。ところが、あなたの微笑みは何時間も思い描いています。あなたが髪を濡らしたまま、あまりに波を見たせいでぼんやりとしてしまったあの眼差しで海から戻ってくるときのあの優雅な姿を思い出すのが好きです。／〔……〕／午後の物憂い一時にふと、あなたの麗しい手で書かれたほんの一言——それは思い出にならないでしょうか？　その思い出をあなたに差し上げます——人生には、追憶の金色の園を拡げること以外に何か別の定めなどあるでしょうか？[57]〔……〕

手紙の冒頭句（Je vous salue, Madame）は、ミシェル・ジャルティの指摘するように、[58] 聖母マリアをたたえる天使祝詞《アヴェマリア》（Je vous salue, Marie pleine de grâce...）を思わせる仕方で、「優美な幻のように現れたあなた comme une délicate apparition」に呼びかけるが、この apparition（出現・幻）という語は、「波から出る女」の第二節冒頭「彼女が現れる Elle apparaît !」を想起させる。[59] また、手紙における夫人の「微笑み」も「髪を濡らしたまま海から戻ってくる」その姿も、詩において「笑う水」（一四）をその目に湛える「波から出る女」と重なる。とりわけ手紙の「あまりに波《ヴァーグ》を見たせいでぼんやり《ヴァーグ》としてしまったあの眼差し ces regards si vagues d'avoir tant regardé les vagues」という言回しは、詩の最後を締めくくる脚韻（vagues - vagues）そのままである。[60] さらに、海から上がる夫人の「優雅な姿の思

（1890 年『モンペリエ学生総連合会報』誌）

波から出る女《ひと》（J. B. に）

御覧！　水泡《みなわ》の煙る古《いにしえ》の花，
見目麗しい浮かれたニンフ，その肌に
さすらい渡る海の精の匂い立つ肉体，
軽い水がいまもダイヤモンドを鏤《ちりば》める女《ひと》！

彼女が現れる！　打ちふるえる白い腕のなか
乳房がふるえる！　その花咲く先端まで
大海《おおうみ》の滴したたる宝石に濡れそぼち。
太陽の涙がその脇腹にとめどなく流れる。

金の砂利は，彼女の華奢な歩みに水を浴びて，
繊細な足下に崩れ，なびきやすい砂浜は
子供っぽい足どりの爽やかな接吻をとどめる。

優しい湾は　狂おしくぼんやりとした彼女の目，
銀の深淵《ふち》の思い出が輝くその目に残していった
笑う水と，波また波の移り気なダンスとを。

（1926 年『旧詩帖』）

ヴィーナスの誕生

水煙るいまだ冷たい，その深い生みの母から，
いま　嵐に打たれた海面に，肉体が
苦々しくも海から太陽に向かって吐き出され，
荒れ飛沫《しぶ》くダイヤモンドからその身を解き放つ。

微笑みが生まれ，その白い腕をつたって
打ち身を負った肩の出ずる東の空が涙するなか，
濡れた海の女神《テティス》の清らかな宝石のあとを追う，
波打つ髪が脇腹にさっとふるえを走らせる。

冷えた砂利は，すばしこく逃げる駆け足に水を浴びて，
崩れ，凹みさざめく渇きのひびき，そしてなびきやすい
砂は　あどけなく飛び跳ねるその接吻を飲み干した，

が　時に浮気な　時にぼんやりとした千の眼差し
動いてやまぬその目は　きらめく危険に混ぜ合わす
笑う水と，波また波の移り気なダンスとを。

(*Bulletin de l'Association générale des Étudiants de Montpellier*, 1890)

CELLE QUI SORT DE L'ONDE (À J. B.)

La voici ! fleur antique et d'écume fumante,
La nymphe magnifique et joyeuse, la chair
Que parfume l'esprit vagabond de la mer,
4 Celle qu'une eau légère encore diamante !

Elle apparaît ! dans le frisson de ses bras blancs
Les seins tremblent ! mouillés à leurs pointes fleuries
D'océaniques et d'humides pierreries.
8 Des larmes de soleil ruissellent sur ses flancs.

Les graviers d'or, qu'arrose sa marche gracile,
Croulent sous ses pieds fins, et la grève facile
11 Garde les frais baisers de ses pieds enfantins.

Le doux golfe a laissé dans ses yeux fous et vagues
Où luit le souvenir des gouffres argentins
14 L'eau riante, et la danse infidèle des vagues.

(*Album de vers anciens*, 1926)

NAISSANCE DE VÉNUS

De sa profonde mère, encor froide et fumante,
Voici qu'au seuil battu de tempêtes, la chair
Amèrement vomie au soleil par la mer,
4 Se délivre des diamants de la tourmente.

Son sourire se forme, et suit sur* ses bras blancs
Qu'éplore l'orient d'une épaule meurtrie,
De l'humide Thétys* la pure pierrerie* ;
8 Et sa tresse se fraye un frisson sur ses flancs.

Le frais gravier, qu'arrose et fuit sa course agile,
Croule, creuse rumeur de soif, et le facile
11 Sable a bu les baisers de ses bonds puérils ;

Mais de mille regards ou perfides ou vagues,
Son œil mobile mêle aux éclairs de périls*
14 L'eau riante*, et la danse infidèle des vagues.

* « Vois son sourire suivre au long de » (1920)

* « Thétis » (1929-)

* « périr la pierrerie » (1920) 初版では 6-7 行が反転

* « emporte, éclairant nos périls, » (1920)

* « , » なし (1920)

い出 souvenir」を喚起する手紙の一節は、ソネの最終節、波から現れ出た女の目に輝く「銀の深淵の思い出」と響きあう。手紙にはまた、もし夫人が一言返してくれれば、それはのちに夫人自身の思い出になるでしょうとか、人生そのものを「追憶」と観じ、その「金色の園を拡げる」ことにのみ生き甲斐を見出すなど、「思い出」にかかわることが印象的に述べられている。このように「波から出る女」には、半年後、恋文のなかで讃えられるロヴィラ夫人の影がすでに宿っている。一見「歓喜と自信にみちた楽観的な詩[61]」にも見えかねないこの詩は、実は片恋に悶々としつつ肉体に悩み苦しむ時期に書かれたのであった。

一八九〇年一二月九日「波から出る女」を送られたピエール・ルイスは、ヴァレリーに内緒で、このソネを敬愛する詩人アンリ・ド・レニエに見せ、同月二七日、その反応をヴァレリーに伝えている[62]。そのルイスの手紙によれば、レニエはまず詩のリズムのよさを評価したうえで、付加形容詞が極微に過ぎ、描く対象にあまりにも近寄りすぎているとの批判を加えた。具体的には「さすらい渡る海の精」(三)と「華奢な」(九)の表現を褒める一方、「軽い水がいまもダイヤモンドを鏤《ちりば》める女《ひと》」(四)、「先端」(六)、「涙」(八)、「接吻」(一一)、「銀の」(一三)、「移り気な」(一四)の表現に難色を示した。レニエの批判に対し、ヴァレリーはルイスへの返信で次のように応えている。

> 私の詩に対するド・レニエの批評を、お察しの通り、どきどきしながら読みました。そのほとんどに私は完全に同意するでしょうが、一点にだけはびっくりしてしまいました。
>
> ド・レニエは最終詩句の形容詞「移り気な」が分からないと言うのですか！ それこそ私の方が分からないことです。(これは自己弁護ではありません、ある体系の弁護です。)〔……〕包み隠さずに言えば、私はこの語のためにソネを書いたのです。その意味は次のようなものです、そもそも難解なことなどほとんどありません。「移り気な」の語はここでは二つのものを並べる類比的な観念、内的で内密な観念、私がささやかに描写した詩の教訓、そういったものを喚び起すために用いられているのです。その観念は実に古くさく平凡で、一語あれば十分導くことのできるようなものであり、私はそれを見つけたと思っていました。波の不実という観念です！「移り気な」は女と波に通じる変わりやすさ、人を惑わす本性を漠然と思わせるはずのものでした[63]……。

ヴァレリーの反論は最終行の形容詞「移り気な infidèle」の一点に絞られる。ルイスの手紙によれば、レニエはこの語を不可解あるいは不適当としたが、それに対してヴァレリーはなぜ分からないかが分からないと返し、「自己弁護」ではなく「ある体系の弁護」、つまりソネという「体系」にとってこの語が不可欠であると主張する。「波のダンス」を彩る「移り気な」という形容詞は、「女と波」のアナロジーに基づくこの詩のすべてが収斂する最も重要な語であり、「この語のためにソネを書いた」と言うのである。

一八九一年六月一五日、レニエの批判を受けてから約半年後、この詩は『レルミタージュ』誌に再掲載されるが、ヴァレリーはその際、二点だけ訂正を施している。「銀の深淵 gouffres argentins」（一三）における「銀の」という形容は海の表面にかかわるため「深淵」を形容するには不適当というレニエの批判を聞き入れ、これを「動いてやまない危険 mobiles périls」に改めた。またそれに伴って、argentins（銀の）と押韻していた enfantins（子供っぽい）を、périls（危険）と押韻すべく類義語の puérils（あどけない）に変更した。が、その他の点については、ルイスがレニエの助言に従って訂正するよう促した「接吻」（一一）と「移り気な」（一四）の語もそのまま残している。[64] そして一九二〇年、ヴァレリーはこのソネを大幅に書き改めて『旧詩帖』に収録することになるが、約三〇年の歳月を隔てる旧作と改作は題名を含めてかなり趣を異にする。

旧作とおなじく改作も一二音節の変則ソネ（脚韻構成 abba cddc eef gfg）であるが、「波から出る女《ひと》 Celle qui sort de l'onde」から「ヴィーナスの誕生 Naissance de Vénus」へ、匿名の女性は有名な神話的主題へと変貌を遂げた。しかも、旧作の「波から出る女」は「ヴィーナス」ではなく「ニンフ」であること、また改作には「ヴィーナス」の「母」たる海を神格化した「テティス」が現れるという違いがある。さらに、旧作における「女性」を示す代名詞――La（一）・Celle（四）・Elle（五）――が改作においては一切消去され、三人称の所有代名詞（sa ; son）はすべて題名の「ヴィーナス」を指すか、そうでなければ文法的には「肉体 la chair」（二）にかかる。つまり旧作では漠然と「女性」に光が当っていたのに対し、改作ではその「肉体」に焦点が絞られており、「ヴィーナス」とはいわばこの女性名詞「肉体」を神格化したものとみなすこともできる。さらに言えば、「波から出る女《ひと》」の指示代名詞 Celle の匿名性にはロヴィラ夫人という特定の女性の影が忍びやすいのに対し、「ヴィーナスの誕生」という西洋絵画のトポスを題名に掲げることにより、匿名性が暗に秘めうる個人的なものは影を潜め、伝統的な主題の一変奏といった趣を呈することになるだろう。

以下、「波から出る女」（一八九〇年）が「ヴィーナスの誕生」（一九二六年版[65]）へどのように生まれ変わったか、その変容の過程を詩節ごとに見ていこう。上段に旧作、下段に改作を掲げる（異文には下線を、同一語句が異なる位置にある場合には点線を引く）。

読解

第一節

La voici ! fleur antique et d'écume fumante,
La nymphe magnifique et joyeuse, la chair
Que parfume l'esprit vagabond de la mer,
Celle qu'une eau légère encore diamante !

De sa profonde mère, encor froide et fumante,
Voici qu'au seuil battu de tempêtes, la chair
Amèrement vomie au soleil par la mer,
Se délivre des diamants de la tourmente.

海から現れ出る女／ヴィーナスを提示する第一カトランは、冒頭三行の脚韻に置かれた三語（「煙る」「肉体」「海」）を除いてすべて改変されている。改作ではまず、旧作には見られなかった「誕生」のイメージ（「母 mère」と「海 mer」の同音による照応）とともに、それに伴う苦痛や激動感が表現されている。同じく海から現れ出る「肉体」でも、旧作では「海のさすらう精[66]（＝潮風）」（三）の香りを優雅に漂わせているのに対し、改作ではあたかも海の異物であるかのように「苦々しく吐き出され」（三）る。「誕生」を嘔吐になぞらえる第三行（Amèrement vom*ie* // ***au*** soleil par la mer）は半句の句切れに母音衝突《イアチュス》にも等しい母音の連続を含み、そうした不快感・苦痛を聴覚的にも表現するかのようだ[67]。なお草稿では長らく産みの苦しみを喚起する「叫び」が冒頭詩句に書き込まれていた[68]。

また旧作ではLà voiciという提示表現につづいて名詞句を列挙する（「花」「ニンフ」「肉体」「女」）一方、改作ではVoici queのなかに主語「肉体」と動詞「解放される」を含む文となっており、スザンヌ・ナッシュの指摘したように、旧作の静《スタティック》的な描写に対して改作はより動《ダイナミック》的に出現する動きを描き出す。[69] それに関連して、旧作では「泡」（一）、「軽い水」（四）、「海のさすらう精」（二）などの語が海面とその水平的な広がりを連想させる一方、改作では「深い母〔なる海〕から」（一）「太陽に向かって」（三）、海の底から日の下へという垂直的な動きが喚起される。第四行は動詞diamante[r]を名詞diamantsに変えるが、同じ「ダイヤモンド」のイメージでも、旧作では海から出たばかりの女体になおも燦めく水滴がしたたっている様子を表現するのに対し、改作ではその滴の宝石から身を解き放つ躍動感がある。またその詩句（Se délivr/e des di(//)amants / de la tourmente）は統辞法的には3-5-4のリズムになるが、一二音節詩句《アレクサンドラン》を均等に分ける古典的な韻律（6-6）に則れば、「ダイヤモンド」の語が中央の句切り《セジュール》によって分断され、[70] 宝石の粉砕というイメージさえ喚起されるだろう。草稿には「ダイヤモンドを鏤《ちりば》めた女」という語の傍らに亀裂を象《かたど》ったジグザグ形の図形が二つ描かれてあり、[71] ヴィーナス誕生の激動感が言葉に先立ってデッサンされたのではないかと想像される。

なお音韻の面では、旧作では第一－二行が半句押韻（antique – magnifique）する一方、改作では第一－三行の「母」「苦々しくも」「海」（mère – amèrement – mer）および第四行「ダイヤモンド」と「嵐」（diamants – tourmente）の音と意味が響きあう。

第二節

Elle apparaît ! dans le frisson de ses bras blancs
Les seins tremblent ! mouillés à leurs pointes fleuries
D'océaniques et d'humides pierreries.
Des larmes de soleil ruissellent sur ses flancs.

Son sourire se forme, et suit sur ses bras blancs
Qu'éplore l'orient d'une épaule meurtrie,
De l'humide Thétys la pure pierrerie ;[72]
Et sa tresse se fraye un frisson sur ses flancs.

第二カトランもほぼ全面的に改変され、第五行、第七行、第八行末尾の語句（「白い腕」「宝石」「脇腹のうえ」）を除いてすべて書き換えられている。第六行は、旧作の「花」と「宝石」に飾られた「乳房」に代えて、改作では「打ち身を負った肩」が喚起され[73]、前節と同じく、女体の華やかな官能美を詠う旧作に対して、改作では誕生の苦しみをひきずった痛々しさが強調されている。第八行は「その脇腹」に「太陽の涙が流れる」を「波打つ髪がふるえを走らせる」に変え、ここでも激動感を増している。また改作の第二節冒頭は、海の泡から生まれたといわれるヴィーナスの誕生をまさにきらめく水泡のような「微笑み」から描き出すが、その「微笑み」は前節の荒々しい嵐の後を受けて一際映え、次行の涙（éplore）とも対照をなす。旧作でもニンフの「嬉しげな」姿（二）と「太陽の涙」（八）が対比されていたが、その間に数行の開きがあり、改作におけるほどの対比的効果はない。さらに意味上よりも表現上の変化として、「大海の océaniques」を「海の精《テティス》 Thétys」[74]に、「太陽の涙 larmes de soleil」を「東の空が涙する qu'éplore l'orient」[75]に、また通常複数形で用いる「宝石」の語をあえて単数形（pierrerie）[76]に変えるなど、改作では旧作に比べて凝った技巧が目立つ。なお、第六－七行は草稿の段階で順序が二転三転し、『旧詩帖』初版でも逆になっている[77]。

また旧作に比べ改作では、音韻の効果がより著しくなっている。たとえば第五行（*S*on *s*ourire *s*e forme, et *s*uit *s*ur *s*es *b*ras *b*lancs）における［s］と［b］の頭韻、第八行（Et *s*a *t*re*ss*e *s*e *f*raye un *f*ri*ss*on *s*ur *s*es *f*lancs）における摩擦子音［s］［f］および子音＋［R］の連続。第六行は、「東の空」と「打ち身を負った肩」と「涙」の観念連合（orient は語源的に日の昇る方、打ち身を負って赤く腫れた肩は昇りかけの太陽、涙はその光）に基づいて詩句を探し求めた形跡があり[78]、最終的にイメージ・音韻ともに響きゆたかな詩句（Qu'*éplore l'orient* d'une *épaule* meurtrie）が見出された。第七行の後半句は「宝石がふるえる frémir la pierrerie」（草稿）[79]から「宝石が滅ぶ *pér*ir la pierrerie」（一九二〇年版『旧詩帖』）を経て「清らかな宝石 la *pure* pierrerie」（一九二六年版）へと書き換えられた。推敲する詩人は必ずしも同義語を探すのではなく、音声上の類似から別の語を見つける場合があることを示す一例である。

第三節

Les graviers d'or, qu'arrose sa marche gracile,

Le frais gravier, qu'arrose et fuit sa course agile,

11

Croulent sous ses pieds fins, et la grève facile
Garde les frais baisers de ses pieds enfantins.

Croule, creuse rumeur de soif, et le facile
Sable a bu les baisers de ses bonds puérils ;

カトラン二節で海から現れ出る女体を描いた後、第一テルセでは舞台を砂浜に転じ、足の動きをクローズアップで描き出す。先に述べたように、旧作から改作への書き換えはダイナミズムを増す方向になされているが、それを最も顕著に示すのがこの詩節である。旧作から改作へ、「華奢な歩み」が「軽快な駆け足」（九）に、「足どり」が「跳躍」（一一）に変わっているだけでなく、旧作では「足」（一〇・一一）そのものが提示されたのに対し、改作ではその動きのみが描かれる。また足の接吻の跡を「とどめる」という視覚的な動詞に代えて「飲む」という体感的な動詞が用いられている。

第一〇行は、動詞「崩れる」につづく前置詞句「繊細な足下に」に代えて名詞句「凹みさざめく渇きのひびき creuse rumeur de soif」を挿入するが、この大胆な挿入句は実に表現力に富む。形容詞 creuse は文法上「ざわめき」を修飾していることから聴覚的なイメージ（波の「深くこもった」響き、あるいは「空っぽの・内容空疎な」の意）にも解せられるが、それだけでなく、踏みつけられて崩れゆく砂地の「凹み」という視覚的イメージをも同時に喚起すると思われる。[80] さらに足の接吻を飲み干す砂地の「渇き」をふくむこの挿入句は、凝縮した表現のうちに視覚、聴覚、体感の共感覚を呼び覚ますだろう。

この名詞句の挿入は音韻およびリズムの面でも躍動感を増す。まさに崩れゆく砂のイメージを彷彿とさせる音韻効果（*Croule, creuse rumeur* de soif における［kʀ－ʀ］の頭韻および母音の転調《モデュラシオン》［u - ø - y - œ］）とともに、リズムの面でも、旧作の安定した 6-6 のリズム（Croulent sous ses pieds fins, // et la grève facile）を崩し、どっと雪崩れるような動きが 1-7-4 のリズム変動（Crou/le, creuse rumeur de soif, / et le facile）によって生みだされる。また次行への句跨《アンジャンブマン》ぎについても、旧作では主語と動詞の間で詩句を跨いでいた（la grève facile / Garde）が、改作では主語の内部で切る（le facile / Sable a bu）ことにより、いっそう不安定な、勢いのある展開となるだろう。

一九一三年七月末、ブルターニュ地方北端の海岸沿いの町ペロス＝ギレックからヴァレリーが妻ジャンニーに宛てた手紙には、「例の詩」（当時まだ無題であった『若きパルク』のこと）は「坐洲《ざす》」して進まず、「もう道が分からない」と嘆息しつつ、当地で得た詩句として「ヴィーナスの誕生」第一〇行を引き、「だいたい良し」と満足の意を示している[81]。

第四節

Le doux golfe a laissé dans ses yeux fous et vagues
Où luit le souvenir des gouffres argentins[82]
14 L'eau riante, et la danse infidèle des vagues.

Mais de mille regards ou perfides ou vagues,
Son œil mobile mêle aux éclairs de périls[83]
L'eau riante, et la danse infidèle des vagues.

第二テルセも最終行と同音異義の脚韻 vagues-vagues を除き、少なからず改変を被っている。

第一三行は、レニエから批判された「銀の深淵」を最終的に「危険のきらめき」に変えたうえ、旧作にあった「思い出」の語を消している。「とどめる」（一一）や「残す」（一二）といった動詞の消去も「思い出」の消去と軌を一にするものだろう。二〇歳の頃、ロヴィラ夫人への恋文のなかで、「人生には追憶の金色の園を拡げること以外に別の定めなどあるでしょうか」と書いた青年詩人は、いつしか思い出に生きることを潔しとせず、かえって過去の富を否定するようになる[84]。ここに若書きの作と後年の改作との大きな違いが認められる。

「思い出」が消去される代わりに、改作では波のように浮気な女の「眼差し」が強調されている。旧作では女の目に海の思い出が輝くというように、輝く目（現在）ときらめく海面（過去）が「思い出」を介して結びついていたが、改作では両者がより直接的・同時的に照応する。旧作の「狂おしくぼんやりとした目」（一二）から改作の「時に浮気な、時にぼんやりとした無数の眼差し」（一二）へ、さらには「動いてやまない目」（一三）へ、その表情はいっそう変化に富んだものとなり、流音の畳韻（Son œil mobi*le* mê*le* aux é*cl*airs de péri*ls*）をともなって「危険のきらめき」（一三）を発する。草稿には、「彼女の目のなかの漠然とした無数の驚異」や「漠然とした無数の脅威」といった表現が見られ[85]、女の目が引き起こす強烈な印象や恐怖感が書き込まれていた。ここに再びロヴィラ夫人の面影が浮かび上がる。というのも、この一九歳年長の未亡人に恋慕する若きヴァレリーはとりわけその「眼差し」に魅せられ脅かされ、ついには夫人にメドゥーサを重ね見るまでになっていたからである。[86]「波から出る女」と同様「ヴィーナスの誕生」の最後を締めくくるイメージが、あのロヴィラ夫人の目、「あまりに波《ヴァーグ》を見すぎたせいでぼんやり《ヴァーグ》としてしまった目」である点は変わらない。三〇年の歳月を経て、その目の表情はよりいっそう豊かに、よりいっそう誘惑と危険をたたえたものになったと言える。

最後にこのソネの改変において特筆すべきは、全体として大幅な書き換えがなされるなか、最終行のみそのままの形で保たれたことである。レニエが難色を示した「移り気な」の語を含む最終行へのヴァレリーの拘りと自負がうかがわれる。若い頃エドガー・ポーの詩論を信奉し、教会建築や典礼などのキリスト教美術に心酔していたヴァレリーは「凝縮された短詩」を好み、一四行の各詩句が「祭壇へ至る階段」のように最終句という「聖体顕示台」へ向かって収斂するようなソネを理想としていた。[87]また象徴派の詩人シャルル・ヴィニエの芸術論「美学覚書——芸術における暗示」に触発され、「暗示的な形容詞」の効果の案出に腐心してもいた。[88]「波から出る女／ヴィーナスの誕生」においては最終行の「移り気な infidèle」こそ「結末」を締めくくる暗示的形容詞にほかならない。レニエの無理解に対してヴァレリーはこの「移り気な」という語のためにソネを書いたのだとルイスに打ち明けていたが、旧作を書き改めるに際し、とりわけこの形容詞が然るべくして現れるよう手を尽くしたにちがいない。第九行に「逃げる fuit」を挿入したのも、第一二行の「狂おしい fous」を「浮気な perfides」に変えたのも、また第一三行に「動いてやまない・気まぐれな mobile」を加えたのも、すべてソネの最後を締めくくる形容詞を十全に導くための布石であろう。

韻律および句読法

詩句の韻律という観点からソネの改変について考察すれば、旧作には一二音節詩句の定型リズム 6-6 を揺るがせる象徴派風の詩句が散見される一方、改作ではそれらを古典的韻律に改める傾向が認められる。旧作の第五行、第七行、第九行は中央の句切りを揺るがせることにより、また第一行と第六行は中央の句切りを保ちながら詩句内部に感嘆符を置くことによってリズム変動をもたらすが、[89]改作ではそれらをすべて定型リズムに改めている。また先述のように

第三節は句跨ぎの連続によってリズム変動を生じさせるものの、第一〇行の中央の句切りは保たれている。[90]ただし第四行は例外であり、句切りによって語を分断するという点で定型の枠を破っている。韻律学者ブノワ・ド・コルニュリエが「非古典的」とみなす詩句は、[91]旧作では三詩句（五・七・九）、改作では一詩句（四）のみであり、改変の全般的傾向として非古典的詩句の改正が挙げられる（ただし、旧作の非古典的詩句をすべて改正する一方、それとは別に新たに加えられた第四行の非古典性は注目すべき例外である）。なお、ヴァレリーがこだわりを示した最終行については、韻律的リズム 6-6 に統辞法的リズム 3-9 を重ね、一二音節を四等分する律動的な詩句（3-3-3-3 のリズム）となっている。

また句読法について付言すれば、旧作では「波から出る女」の出現するさまを印象づけるために感嘆符が多用されていた（カトラン二節に四度）が、[92]改作では安易ともいえるこの符号が一切消去されている。右に述べた韻律の問題にも関連するが、旧作の改変にあたって詩人が自らに課した問題は、感嘆符に頼らず、また象徴派的な詩句の揺らぎによるのでもなく、ある程度の定型の枠内でヴィーナス誕生の躍動感をいかに表現するかという点にあったのではないかと思われる。なお、旧作では第七行と第一一行の末尾にピリオドが付されていたが、改作ではともにセミコロンに変わっており、詩句の流れを連続的につなげようとする配慮も見られる。

改変の特徴

以上、「波から出る女」から「ヴィーナスの誕生」への主な改変の特徴をまとめてみよう。

一、優美な官能性から苦痛を伴う激動感へ。旧作では女体の華やかな官能美や華奢な優雅さのみが描かれていたのに対し、改作ではそうした美を形容する語句は極力抑えられ、むしろ産みの苦しみや嵐の激しさといったネガティブな要素が付与された。

二、動的感覚の増大。旧作に見られた描写的な要素が改作ではより動《ダイナミック》的なものに変更された。旧作でも感嘆符の効果や象徴派風のリズムの揺らぎによって「波から出る女」の躍動が感じられるが、改作ではより激動的なイメージと、定型内に比較的収まりながら動的感覚を生み出す詩句の動きによって「ヴィーナス誕生」の躍動感はさらに高まったと言える。
三、過去の追想から現在の感覚へ。改変によって「思い出」という心理的要素が消去される一方、触覚（「冷たい」）、聴覚（「ざわめき」）、体感（「渇き」「飲む」）を喚起する語が加えられた。
四、音韻効果の増大。改変によって音韻効果が増したが、頭韻および半諧音の畳みかけはリズムとも連動して、第二に挙げた動的感覚の増大にかかわる。
五、最終行への収斂。改変の大きな主眼はレニエに理解されなかった最終行の形容詞を必然的に導くことであったと思われるが、特に後半二節における改変にそのための工夫が見出される。

『若きパルク』との関連

一九二〇年『旧詩帖』に収められる「ヴィーナスの誕生」の草稿は、フランス国立図書館の草稿目録によれば一九一三年から一九一七年の間に書かれたと推定されており、ちょうど『若きパルク』の制作時期（一九一二―一九一七）と重なっている。先にも触れたように、一九一三年七月末ペロス＝ギレック滞在の折、ヴァレリーはやがて『若きパルク』となる詩句に苦心する一方、「ヴィーナスの誕生」にも手を入れており、大胆な名詞句を挿入する第一〇行を当地で得たのであった。

実際『若きパルク』関連草稿の裏面に「ヴィーナスの誕生」の一節が書き込まれていたり、[93]「ヴィーナスの誕生」に関連する草稿中に『若きパルク』に通じる語彙やイメージが見出されるなど、草稿からは両者の関連性がうかがわれる。例えば「ヴィーナスの誕生」の第二カトラン冒頭には、最終段階で「微笑み」の語が見出される以前、草稿では「毛の逆立った Hérissée」という語が長らく置かれていたが、[94]寒さと震えを喚起するこの触覚的な語は、『若きパルク』冒頭、夜の海辺に目覚めたばかりのパルクが身を震わせつつわれとわが身に呼びかけるくだり――「どうしたの、毛を逆立てて（hérissée）、それにこの凍りついた手は、／消えた木の葉のどんなふるえが／おまえたちのあいだに残っているの　わたしの裸わな胸の島よ？……[95]」（一三―一五）を想起させる。

また「ヴィーナスの誕生」には『若きパルク』と共通する語彙が多く見られるが、それは大きく分けて二つのテーマに分けられる。

第一に「海」にかかわる語彙（「深い profonde」「境 seuil」「苦々しく amèrement」「吐き出された vomie」「ざわめき rumeur」「笑う riante」など）。そのなかで特に seuil（境・敷居）という語の用法が注目される。「ヴィーナスの誕生」の「嵐に打たれた境〔＝海面〕」（二）とおなじく、この語を「海面」の意味で用いる例が『若きパルク』にも見出される。「おお未遂に終わった生贄のつらい目覚め……　境は／こんなにもやさしく……はっきりと目に見えて、わずかに露出する岩礁は／低い波に洗われて」[96]（三三四－三三七）。ここでは睡眠と覚醒の境が闇と光を分つ海面の境に重ねられている。また「深さ」と「吐き出す」という語の結びつきも両詩篇に共通するものとして注目される。「ヴィーナス誕生」では「深い母〔なる海〕から肉体が吐き出される」（一－三）一方、『若きパルク』では「波がはるかな海の深みを吐き出す」[97]（五〇二－五〇四）。また前者では「苦々しく amèrement」「吐き出す」のに対して、後者では逆に苦汁を「飲みこむ」イメージ――「まるで期待を裏切られ、苦々しく飲みこまれたもののように」[98]（一一）が見られる。

第二の共通テーマは「波」と「女」と「蛇」の観念連合とでもいうべきものであり、『若きパルク』において「蛇」のイメージと結びつく語彙（「腕 bras」「宝石 pierrerie」「三つ編み tresse」「震え frisson」「逃げる fui[r]」「眼差し regards」「浮気な・不実な perfides」「動きまわる mobile」「きらめき éclairs」「危険 périls」「ダンス danse」）が「ヴィーナスの誕生」においては海から出る女体の形容として、あるいは波と重ねられた女性の性質を示すものとして用いられている。例えば、『若きパルク』において「蛇」を形容する「宝石の腕 bras de pierreries」（五八）という表現が「ヴィーナスの誕生」の草稿にも近い形で見られる[99]。そもそも『若きパルク』では「波」と「蛇」がともに「噛む mordre」というイメージによって重ねられているが、「ヴィーナスの誕生」の草稿にも[100]、波が「おのが身を噛む」というウロボロス的なイメージや、『若きパルク』において「蛇」と結びつく「うねり replis」や「無秩序 désordonné」の語が見られ、ほぼ同時期に推敲された両詩篇には同種のアナロジーが働いている。

《ヴィーナスの誕生》——絵画と詩

最後にこの「ヴィーナス」の主題にまつわる絵画・文学作品について簡単に触れ、ヴァレリーのソネとの関連性を探ってみよう。

《ヴィーナスの誕生》（あるいは《水より出づるウェヌス《ウェヌス・アナディオメネ》》）は周知のように西洋美術の伝統的な主題であり、ボッティチェリ以来、ティツィアーノ、アングル、アレクサンドル・カバネル、ウィリアム・ブーグローをはじめ数多くの画家によって繰り返し描かれてきた。ヴァレリーは若年の作を『旧詩帖』に収めるにあたり題名を「ヴィーナスの誕生」に改め、この絵画的伝統との関連性を故意に示している。こうした観点から改めてヴァレリーの新旧両篇を比べれば、旧作「波から出る女」が優美で官能的なヴィーナス——例えばカバネルやブーグローの画（図7・8）——と親和するところがあるのに対し、改作ではそうした絵画的なヴィーナスをことさら想起させつつ、それとはむしろ距離を置いているように思われる。[101]「ヴィーナスの誕生」というトポスをあえて題名に掲げた詩人には、優雅な官能美をみせつける画布とは別のヴィーナス像を提示する意図があったのではないだろうか。先述したように、旧作を彩っていた美と官能性を示す語彙（「花」や「乳房」など）が改作では消去され、なおも優雅さや誘惑的な色香（「微笑み」「浮気な目つき」「移り気なダンス」）を漂わせているものの、荒れ狂う海を舞台とする改作のヴィーナスには誕生に伴う苦しみや激しさが表現されている。その点で、カバネルやブーグローといったアカデミズムの画家の描く優美で官能的な《ヴィーナス》を痛烈に批判したゾラやユイスマンスの美術批評も思いあわされる。[102]

この絵画的な主題を詠った詩人もまた少なからず、ヴァレリーが若いころに親しんだ高踏派詩人の作に散見される。例えばエレディアのソネ「アフロディテの誕生 La Naissance d'Aphrodité」。ヘシオドスによれば、天の神ウラノスと大地の女神ガイアの間に生まれたクロノスが父を去勢し、その性器を海中に投げ捨てたところ、そこにあふれ出た泡からアフロディテが生まれたが、この神話にちなむエレディアのソネは最後「ウラノスの血のなかに花咲いたアフロディテ」という詩句で締めくくられる。またゴーチエの『七宝とカメオ』にウェヌス・アナディオメネという神話的形象を現代風俗とからめて俗化させた詩がいくつかある。例えば、「〈女〉の詩 Le poème de la Femme」では詩人の前で衣装を脱ぎ捨て自らの肉体の詩を読み上げる舞台女優をこの女神に喩え、「冬の幻想 Fantaisies d'hiver」では寒さにこごえるヴィーナスの彫像に毛皮のコートをまとわせたりしている。また、ルコント・ド・リール『古代詩集』の一篇「ヘレネ Hélène」にもアフロディテが現れるが、ミシェル・ジャルティはヴァレリーの「波から出る女」の着想源として、この詩から次の詩句――「海の泡から生まれし女神、／輝く笑まいによって苦い涙を涸らす、／アフロディテよ！　そなたの足に大地は平伏せり」を引いている[103]。

ここではそれ以外にヴァレリーのソネとの関連性がうかがわれるランボーとリルケの詩に触れておこう。

ランボーのヴィーナスといえば「水より出づるウェヌス Vénus Anadyomène」と題するソネがまず思い浮かぶが、

図7　アレクサンドル・カバネル《ヴィーナスの誕生》(1863年, オルセー美術館蔵 Musée d'Orsay)

図8　ウィリアム・ブーグロー《ヴィーナスの誕生》(1879年, オルセー美術館蔵 Musée d'Orsay)

ヴァレリーの「ヴィーナス」との関連としては、「肛門に潰瘍《おでき》のある」この美の女神の戯画よりはむしろ、ランボーの別の詩「太陽と肉体 Soleil et Chair」が注目される。一二音節詩句を一二八行連ねるこの詩では、「ウェヌス」「アスタルテ」「アフロディテ」「キュプリス」など海の泡から生まれた愛と美の女神がさまざまな呼称で讃えられるが、幾つかの点でヴァレリーのソネとの類似が見られる。例えば、「太陽と肉体」に現れる「波に香る肉体の花 fleur de chair que la vague parfume」（四一）という表現は、「波から出る女」の冒頭「古の花 fleur」に喩えられ、潮風に「香る肉体 la chair que parfume」を想起させる。また「太陽と肉体」の「私はあなたを信じる！ 神々しい母（mère）、海の（marine）アフロディテよ！——ああ！ 道の苦々しい（amère）こと[104]」（四五-四六）には、「ヴィーナスの誕生」第一カトランにおける「母」「海」「苦々しく」（mère – mer – amèrement）と同種の音韻の戯れが見られる。さらに、ゼウスとエウロペを描く詩句——「牡牛に身を変えたゼウスが首にまたがるエウロペの裸体を／幼子のように揺すると、王女はその白い腕（bras blanc）を、／波間に身をふるわせる（frisonnant dans la vague）この神の神経質な首に投げかける。／神はおもむろにぼんやりとした眼（œil vague）を彼女の方へと向ける[105]」（九五-九八）には、ヴァレリーのソネに見られる「白い腕」や「ふるえ」の語に加えて、vagues – vagues（波-ぼんやりした）の脚韻がよく似た形で見出される。もっともこの同音異義語の脚韻はフランス詩において特別珍しいものではないが、ランボーの詩でもヴァレリーのソネでも形容詞 vague が「眼差し」あるいは「目」を形容するという点で両者の類似は注目に値する。なお、「ヴィーナスの誕生」の草稿（AVAms, 34）には、「太陽と肉体」に現れるヴィーナスの異称「キュプリス Cypris」の語が、題名の位置に手書きで書き込まれている。

　ヴァレリーの『魅惑』詩篇の大半をドイツ語に訳したリルケも「ヴィーナスの誕生 Geburt der Venus」と題する詩を書いている[106]。フィレンツェで見たボッティチェリの絵に触発されたと言われるこの詩をリルケが書いたのは一九〇四年、すなわちヴァレリーの「ヴィーナスの誕生」（一九二〇年）発表以前であり、またヴァレリーが一般にドイツ語の詩を原文で読む可能性もきわめて低く、両詩篇に直接の関係はないと思われる。が、両詩人の詠う「ヴィーナスの誕生」は、単にこの女神の優雅な官能美を詠うのではなく誕生に伴う苦しみを表現するという点、しかも「夜明け」の「嵐」の海を舞台とするという点で一致し、間テクスト性の例として興味深い。他方、主要な相違点としては、ヴァレリーのソネが生まれたてのヴィーナスを提示するのとは異なり、より長いリルケの詩（全一一節六三行）はヴィーナスの身体部位が刻々と生まれ出る過程をより細かに描き出す。またヴィーナスの描写の順序について、ヴァレリーが「微笑み」からはじめて上半身（肩、腕、脇腹）から足へ下り、最後を「目」で締めくくるのに対し、リルケは逆に下半身（膝、腿、ふくらはぎ、両脚）から腹部（臍、腰）をへて上半身（肩、腕、髪、顔、顎、頸）へ向かう。なお、リルケの詩には心理的要素がほとんどなく、「微笑」はおろか「目」も出てこないが、その代わりに「血液」や「呼吸」といった生理的要素が書き込まれている。さらに、詩の結末がまったく異なる。ヴァレリーのソネが波と女のアナロジーを「移り気な」性《さが》という一点に収斂するのに対し、リルケの詩では、朝、海から生まれたヴィーナスが上陸した浜辺に、正午、死んだ海豚《いるか》が打ち上げられるというように生と死を重ねあわせるイメージによって締めくくられる。

改めて「波から出る女《ひと》」から「ヴィーナスの誕生」への改変について考えるとき特に興味深いと思われるのは、若書きの作には「波から出る女」の優雅な官能美のみ描かれ、その女体が惹起する「肉体の問題」やそれに関する詩人自身の悩みや苦しみはまったく表現されていないのに対し、それから約三〇年後に発表された改作には「ヴィーナスの誕生」に伴う苦痛や荒々しさが書き込まれていることである。この相違は何を意味するのか。齢を重ね、三子の父となった四〇代の詩人は、若書きの詩の甘さを改鋳するために誕生の苦しみという苦みを加えたのだろうか。あるいはそこに詩人自身の産みの苦しみが反映しているのだろうか。ヴィーナスを「苦々しく吐き出す」海の苦しみに、若年の作に心ならずも手を入れて世に出す中年詩人の「苦々しさ」を読みとることもできるかもしれない。あるいはまた、もう少し一般的な次元で、この詩を詩作および芸術創造についての詩として読むこともできるだろう。

三　「水浴」――うなじの切断

「水浴」はヴァレリー初期の詩作の臨界点、いわゆる「ジェノヴァの夜」（一八九二年一〇月）に象徴される詩作放棄の決意から程遠くない頃に書かれた作である。初稿が書かれたのは一八九二年二月[107]、雑誌初出は同年八月『ラ・シランクス』誌であるが[108]、これに先立ってヴァレリーは四月ピエール・ルイスに初稿（無題）を送っているほか、五月頃アンドレ・ジッドに贈った自筆自撰詩集にもこのソネを選んでいる[109]。その後、改変のうえ一九〇〇年刊行のアンソロジー『今日の詩人たち』、さらに一九二〇年『旧詩帖』に収録される（この段階でほぼ決定稿となり、それ以降は句読点の異同二ヵ所のみ）。

まず題名 Baignée について、鈴木信太郎はこれをヴァレリーの「造語」としたうえで「Baignade（水浴すること）の意にも Baigneuse（水浴する女）の意にも取れるが単語としての語感は前者であろう」と注記している[110]。が、なぜヴァレリーはそのどちらでもない造語を題名に掲げたのだろう。草稿には、「水浴する女 La baigneuse」や「水に浸かった美（女）Beauté Baignée」という案が見える[111]（別図8）。最終的に名詞「美」を消去した標題となったわけだが、この過去分詞形は暗示された女性の受動性をも含意するだろう。実際、ソネの冒頭で「肉の果物」に見立てられた女は〈人〉というよりむしろ〈物〉として描かれている。そこに心理の入り込む余地はなく、詩人が「肉の果物」に注

（1892 年『ラ・シランクス』誌）

水浴

肉の果実が瑞々しい泉水に浸かっている
（揺らめく庭に空の青）一方　水の外には
兜の姿にねじり上げた髪を浮き立たせ
金の頭《かしら》が水の墓のしずけさに燦めく。

薔薇と髪留めによって花開いたその美
美の現れ出た鏡にはその宝石が浸《つか》り
イヤリングの滴と百合のその硬い束が
耳を――さざ波の裸《あらわ》なことばに捧げた環を打ち叩く。

片腕はおぼろげに，澄み切った虚無に溺れ
花の影をそっとやさしく摘もうとして
先細り，揺らめき，うつろな悦びに忘れ，

もう片方は，晴天の下，くっきりと曲がり
広大な髪を湿らせながら，その金一色のなか
昆虫の酔った飛翔を捕まえる。

（1920 年『旧詩帖』初版）

水浴

肉体の果実が瑞々しい泉水に浸かっている，
（揺らめく庭に空の青），一方　水の外には，
兜の勢いでねじり上げた髪を浮き立たせ
輝く金の頭《かしら》をうなじのあたりで墓が切る。

薔薇と髪留めによって花開いた美！
美の現れ出た鏡にはその宝石が浸《つか》り，
奇妙な火花の砕け散るその硬い束が
さざ波の裸《あらわ》なことばにひたった耳を打ち叩く。

片腕はおぼろげに澄み切った虚無に溺れ
花の影を摘もうとしてもむなしく
先細り，揺らめき，うつろな悦びにまどろみ，

もう片方は，晴天の下，くっきりと曲がり
広大な髪を湿らせながら，その金一色のなか
昆虫の酔った飛翔を捕まえる。

(*La Syrinx*, 1892)

BAIGNÉE

Un fruit de chair se baigne en quelque jeune vasque
(Azur dans les jardins tremblants) mais hors de l'eau
Isolant la torsade où se figure* un casque　＊誤植 « où je figure » を訂正
4 La tête d'or scintille aux calmes du tombeau.

Éclose sa beauté par la rose et l'épingle
Du miroir même issue où trempent ses bijoux
Pendeloques et lys dont le bouquet dur cingle
8 L'oreille — boucle* offerte aux mots nus du flot doux.　＊誤植 « bouche » を訂正

Un bras vague, inondé dans le néant limpide
Pour une ombre de fleur à cueillir doucement
11 S'effile, ondule, oublie en le délice vide

Si l'autre courbé pur sous le beau firmament
Parmi la chevelure immense qu'il humecte
14 Capture dans l'or simple un vol ivre d'insecte.

(*Album de vers anciens*, 1920)

BAIGNÉE

Un fruit de chair se baigne en quelque jeune vasque,
(Azur dans les jardins tremblants)*, mais hors de l'eau,　＊ « , » なし (1927-)
Isolant la torsade aux puissances de casque,
4 Luit le chef d'or que tranche à la nuque un tombeau.

Éclose la beauté par la rose et l'épingle !
Du miroir même issue où trempent ses bijoux,
Bizarres feux brisés dont le bouquet dur cingle
8 L'oreille abandonnée aux mots nus des flots doux.

Un bras vague inondé dans le néant limpide
Pour une ombre de fleur à cueillir vainement
11 S'effile, ondule, dort par le délice vide,

Si l'autre, courbé pur sous le beau firmament*　＊ « , » (1927-)
Parmi la chevelure immense qu'il humecte,
14 Capture dans l'or simple un vol ivre d'insecte.

ぐ視線は静物を眺める画家の視線にも等しい。これから読むように「水に浸かった女」を物象化し、各身体部位を断片化する視線と筆致には暴力的なまでの冷たさが感じられる。

読解

以下、一八九二年『ラ・シランクス』誌に掲載された初出テクストと一九二〇年『旧詩帖』初版に収録されたテクストを比較対象として、前者から後者へどのような改変がなされたかを検討しつつ、ソネを読解してゆこう（原文および拙訳は二四〇頁～二四一頁を参照[112]）。その後、『若きパルク』との関連および先行作品との関連という観点から考察を深めることにしたい。一八九二年の旧作を上段、一九二〇年の改作を下段に掲げる（下線は異文を示す）。

第一節

Un fruit de chair se baigne en quelque jeune vasque
(Azur dans les jardins tremblants) mais hors de l'eau
Isolant la torsade où se figure[113] un casque
4 La tête d'or scintille aux calmes du tombeau.

Un fruit de chair se baigne en quelque jeune vasque,
(Azur dans les jardins tremblants), mais hors de l'eau,
Isolant la torsade aux puissances de casque,
Luit le chef d'or que tranche à la nuque un tombeau.

冒頭、「肉の果実」がひとつ「庭」の「若い泉水」に「浸かっている」（一）。形容詞「若い」はチャールズ・ホワイティングの指摘したように「代換法《イパラージュ》」、つまり本来「肉の果実」である女体を指す形容詞をその容器に転じた修辞である[114]。水面には空の色と庭が揺らめいて反映し、「水の外」（二）には金髪を結い上げた女の頭部が現れている。「紺碧」と「金」に彩られたこの明るく瑞々しい光景のなか、第一節末尾に置かれた「墓」（四）が暗い不協和音を響かせる[115]。この語は「水」（二）と脚韻を踏むが、「肉の果実」が浸かっているのはまさしく「水」という「墓」にほかならない。

旧作から改作へ、詩人は「兜」(三)のように雄々しい巻き髪の「勢い・威力」を強調した——「髪」を「兜」に見立てる比喩はボードレールやマラルメにもある[116]——が、それ以上に注目すべきは、その雄々しい「金の頭」を「切断」(四)したことである。「金の頭」は女性名詞(la tête)[117]から男性名詞(le chef)に置き換えられる一方、それが燦めいていた「墓の静けさ(静かな水面)」は「うなじのところで首を切る」暴力性へと転じられた。音韻上は、旧作では歯音[t][d]の畳韻が「金色に燦めく頭」(la *tête d'or* scintille)に輝きを添えていたのに対し、改作では中央の句切りに置かれた「切る tranche」がひときわ強く響き、この語に含まれる[tʀ]や喉音[k]の畳韻(*que*, la *nuque*)が鋭く摩擦を伴う「切断」の感覚を喚起するだろう。

「うなじ」がヴァレリー的エロティシズムの集中点であることは諸家の指摘するとおりだが[118]、このソネにおいてはそれが端的に死——斬首——のイメージと結びついている点、さらには官能と死の接点をなす「うなじ」が、一八九二年の旧作には見られず、一九二〇年の改作に現れている点が注目される。「水浴」改変に関する唯一の草稿[119]には、第三-四行に抹消線が引かれ、その周囲に「うなじ」の語が五度も書きつけられており[120]、改変に際してヴァレリーがこの語に示した拘りのほどがうかがわれる。この点については詩の読解を終えたのち改めて述べることにしよう。

第二節

Eclose sa beauté par la rose et l'épingle
Du miroir même issue où trempent ses bijoux
Pendeloques et lys dont le bouquet dur cingle
8 L'oreille — boucle[121] offerte aux mots nus du flot doux.

Éclose la beauté par la rose et l'épingle !
Du miroir même issue où trempent ses bijoux,
Bizarres feux brisés dont le bouquet dur cingle
L'oreille abandonnée aux mots nus des flots doux.

第二節では、花と宝石で「美(女)」を飾りつつ、「髪」から「耳」へ視線を移してゆく。髪には「薔薇」と「髪留め」、耳にはイヤリングが垂れ下がっており、水のなかに「浸った」その宝石がさざ波に揺れて「耳を打ち叩く」。

旧作から改作への変化としては、第五行の「美」に付されていた所有形容詞が定冠詞に置き換えられ、末尾に感嘆符が加えられたことにより、第五行詩句の独立性とインパクトが高まった[122]。

第七行では「イヤリングの滴 pendeloques」（イヤリングに下げる滴状の宝石）と「百合」という装飾的語彙と象徴派好みの優美なイメージから、「砕け散る奇妙な火花」という抽象度のより高い、しかもネガティブな含意のある表現に置換された。［b］音の畳韻によって結びつく「奇異」と「粉砕」の観念（bizarres – brisés）は、後半句「その硬い束が打ち叩く」というイメージにいっそう荒々しい調子を付与するものと言えよう。

第八行も旧作では「耳」をその形状から「環」に喩える（「耳の環《イヤリング》 boucle d'oreille」を「耳 oreille」＝「環 boucle」と読み換える）換喩的表現が用いられていたが、改作ではそれがより飾らない表現「打ち捨てられた」に改められている。また単音節の語のみからなる後半句はあたかも「さざ波」のリズムを模倣するかのようだが、改変にあたり「波」を単数形から複数形に変えたのは、おそらく旧作にあった母音［y］の連続（aux mots nus *du* flot doux［o mo ny dy flo du］）を回避して、母音の転調《モデュラシオン》をより豊かにするためだろう（au mots nus *des* flots doux［o mo ny de flo du］）。ひたひたと寄せる「波の裸《あらわ》なことば」はさらに「やさしい」ものとなり、同時に耳を打ち叩く宝石の「硬い束」との対比がいっそう際立つ結果となった。

第三節

Un bras vague, inondé dans le néant limpide
Pour une ombre de fleur à cueillir doucement
11 S'effile, ondule, oublie en le délice vide

Un bras vague inondé dans le néant limpide
Pour une ombre de fleur à cueillir vainement
S'effile, ondule, dort par le délice vide,

第三節では「片腕」をクローズアップし、「澄みきった虚無」（水の墓）のなか波のまにまに揺れるがままの「おぼろな腕」の脱力状態を通して女の放心を婉曲的に描きだす。

旧作から改作へ、第一〇行末尾の副詞を「そっとやさしく doucement」から「むなしく vainement」に変更しているが、これはヴァレリーによる初期詩篇改変の一傾向を示すものである[123]。夢うつつの状態で「花の影を摘」もうとする女の仕草を、かつては「優美な」ものとして思い描いた詩人が後年それを「虚しい」と改める。そこに自らの青年期の夢想に対する後年のヴァレリー自身の態度がうかがわれるだろう。

第一一行の改変も音韻とリズムと意味のあいだで詩句を推敲する詩人の姿を浮かび上がらせる。旧作（S'effi*le*, ondu*le*, oub*lie* en *le* dé*lice* vide）では［l］音の畳韻によって三つ並ぶ動詞が途切れなくつながり、「先細り、揺れて、忘れる」腕が「空虚な悦楽」のなかで溶解するかのようである。他方、改作では、三つ目の動詞「忘れる」を「眠る」に変えたことによってそうした音韻効果は弱まる反面、リズムのうえでは五音節目に非脱落性の無音のeが配置され（S'effile, ondule, dort）、句切りがいっそう際立つとともに、強勢を帯びる「眠る dort」と「金色の d'or」（四）の意味の響きも生じる結果となった。

第四節

Si l'autre courbé pur sous le beau firmament
Parmi la chevelure immense qu'il humecte
14 Capture dans l'or simple un vol ivre d'insecte.

Si l'autre, courbé pur sous le beau firmament
Parmi la chevelure immense qu'il humecte,
Capture dans l'or simple un vol ivre d'insecte.

第四節では「もう片方」の腕に焦点を移し、第三節の「おぼろげな片腕」との対比を際立たせる。第三節の「腕」が「澄みきった虚無の中」（九）どっぷり浸かっている一方、第四節の「腕」は「美しい天空の下」（一二）くっきりとした曲線を描く。前者が「忘却」ないし「眠り」（一一）の悦楽に溺れているのに対し、後者は「広大な髪を濡らし」（一三）つつ、そこへ近寄ってきた「昆虫」を「捕まえる」（一四）。水浴する女体の半醒半睡を鮮やかに示す両腕の対比が際立つが、[124] このように二本の腕を別々に描き分ける詩人の眼差しは、第一節で「水の墓」に浸かる身体と水面から現れ出ている頭部を「切断」した視線と別のものではあるまい。[125] 極端な言い方をすれば、水に浸かった女体は、いわばソネの各詩節にばらばらにされ、第一節では「頭」部切断、第二節では「耳」の鞭打ち（cingler）、第三節と第四節では「腕」の分断という暴行が加えられていると見ることもできる。

第四節には旧作から改作への変更はほとんどなく句読点の異同に限られる。が、最終行をめぐっては初出以前にかなりの逡巡が見られ[126]、「昆虫の酔った飛翔 un vol ivre d'insecte」については、ヴェルレーヌのソネ「希望は家畜小屋のわらしべのように輝く……」(『叡智』所収)の一句「狂った飛翔に酔った蜂 la guêpe ivre de son vol fou」との類似も指摘される[127]。

最後に、「水浴」と同じ頃に書かれたヴァレリーの初期詩篇「バレエ」[128](生前未発表のソネ)との関連について付言しておけば、かつて「バレエ」を「水浴」の初稿とみなす研究者もいたほど二つのソネはよく似ており、共通の語彙とイメージや同一の脚韻構成に加え、最終二行がまったく同じ脚韻で締めくくられている。両詩篇はいわばソネであり、先に生まれたのは「水浴」の方だと思われる。

改変の特徴

以上、「水浴」をめぐって一八九二年の旧作と一九二〇年の改作を比較しつつ読み進めてきたが、改めてソネ全体の改変の特徴をまとめれば、次の点が挙げられる。

一、暴力性の激化。水浴する女体は旧作からすでに「肉の果実」を見つめる視線によって物化され、いわば各詩節に分断されていたが、改作ではさらに旧作にはなかった頭部「切断」のイメージや耳を打ち叩く宝石の「砕け散る火花」といった表現により、水浴する女体に加えられる暴力性が一段と増した。

二、優美さおよび装飾性の削減。一八九二年に書かれたこのソネはヴァレリー初期詩篇のなかでは比較的後年の作であり、女性の描き方という点で旧作の段階からすでに一八九〇‐九一年の作に多く見られるような繊細優美な女性像とは一線を画している。が、一九二〇年の改作ではさらに旧作に残っていた象徴派的な装飾性(「耳飾りの滴と百合」)が削ぎ落とされ、「花の影を摘む」たおやかな仕草も「優美さ」から「虚しさ」を強調するものに変更された。

三、句読点の増加。旧作では句点が三つ(第一節、第二節、第四節の末尾)、読点が三つ(第三節)打たれていたのに対し、改作では句点は三つのまま、読点が一〇に増え、感嘆符も一つ加えている[129]。句読点の除去あるいは節約はマラルメの詩と関係が深く[130]、改作における句読点増加はそこから距離を置く姿勢を示すものとみなすことができる。

また改変はテルセ二節よりもカトラン二節に多く、最終節には句読点の有無を除けばまったく変化がない。つまりソネの展開にかかわる変更はほとんどないと言える。先述のように、改変の形跡を伝える草稿は一枚だけであり、『旧詩帖』の他の詩篇群と比べても「水浴」の改変の度合いはそれほど大きくない。詩句のリズムについても『旧詩帖』所収詩篇の大半に古典的な一二音節詩句《アレクサンドラン》の句切りを揺るがせる変則リズムが認められるのに対して、「水浴」は旧作・改作ともに非古典的な一二音節詩句をまったく含まない。以上のことは「水浴」がヴァレリー初期詩篇のなかでも比較的後期に書かれたことを物語る形跡である。ヴァレリーは一九一七年『若きパルク』とともに古典主義に回帰したと一般的に言われるが、すでに一八九二年、詩作放棄を決意する頃、その傾向の一端を示していたのである。

「うなじ」の出現

このように「水浴」は『旧詩帖』の他の詩篇群と比べて改変の度合いは少ないが、とはいえ改変の重要度あるいはそのインパクトの大きさはそれとはまた別である。第四行の「金の頭」を「切断」したこと、しかもそこに「うなじ」の語が現れたことは、このソネの改変において最も注目される点である。「うなじ」という身体部位——頭と体の接点——が、ヴァレリーにとって官能と恐怖の入り混じった特別の負荷を帯びたものであったことは、「R夫人」という名を知るものにとって今更新しいことではない。「ド・ロヴィラ夫人関連資料[131]」中には、しばしば引用される次の一節が見られる。

ミサにて。聖体奉挙がぼくに幻覚を引き起こす——そしてあのわずかに現れたむきだしのうなじを見つめつつ——ぼくは肌身の白さに一切の思念を集中させる——愚かにも[132]！——

この一節に注を施した塚本昌則が指摘するように、ロヴィラ夫人の幻想的肖像が描かれた別の紙葉には、夫人の

「見事なつぼのような黒いトルソ」とともに「蛇のようにくねった首」という表現が見られ、「官能性と同時に不気味さをはらんだ部位」として「うなじ」が描かれている[133]。その下方には、「愛らしいメドゥーサの顔」という表現もあるほか、同関連資料中にしばしば描かれている女性頭部のデッサンのなかには髪の毛が蛇のようにとぐろを巻いたものがある[134]。

また今井勉は、このロヴィラ夫人の「裸のうなじ」、わずかにのぞくその「白い肉」のイメージが、「テスト氏との一夜」においてオペラ座の「靄の底」に「小石のようになめらかに輝」く「女のむきだしの肌の一片」に、また『レオナルド・ダ・ヴィンチ方法序説』のなかでさりげなく言及される「肩の輝き」に、あるいはまた『若きパルク』において「調和的な私」が光に捧げる「むきだしの肩」に反映していると指摘している。そして、これら一連の作品に「反復」して現れる「強迫的」なイメージが、断片化あるいは抽象化の作用を経るがゆえにかえっていっそう元の体験の生々しさを浮き彫りにする「特権的細部」であると説き、ロヴィラ夫人の「裸のうなじ」をこれら一連のイメージの「実体験に基づく源泉」とみなしている[135]。「水浴」改作に現れた「うなじ」も同じ源泉に由来すると思われる。（もっとも、「水浴」のモデルをロヴィラ夫人と同定することは安易に過ぎ、また正確でもない。「海から上がってくる」夫人の髪はいつも「濡れ」ているが、その色は「金」ではなく、むしろ濃い褐色であったらしい[136]。）

ところで、そのような断片的な燦めきを放つ特権的なトポスである「うなじ」の語は、ヴァレリーの後年の詩（『魅惑』以降の詩や散文詩[137]）に散見される一方、初期詩篇には見当たらず、少なくとも一九〇〇年以前に公表された詩のなかには皆無である。さらに興味深いことには、『旧詩帖』所収の一篇「挿話」にも「うなじ」が現れるが、「水浴」と同じくこの詩においても、「うなじ」の語は初出のテクスト（一八九二年一月『ラ・シランクス』誌）には見られず、『旧詩帖』版への改変の過程で付け加えられている[138]。この事実をどのように理解すべきだろう。はたして、そこからロヴィラ夫人の「うなじ」に魅入っていた青年の「抑圧」と、その抑圧されたイメージの「再来」という精神分析学的な結論を引き出すべきだろうか。確かに、「挿話」が同封された一八九二年一月二五日付ピエール・ルイス宛の手紙においてヴァレリーは「ここ数ヵ月というものドレスに取り憑かれ、一目向けることさえ自分に禁じています[139]」と述べていた。ロヴィラ夫人の強迫観念とそれに対する「抑圧」は否定しがたいだろう。問題はその「再来」のありようである。先述のように、「水浴」の草稿には「うなじ」の語が五度書きつけられており、改変に際してヴァレリーがこの語に示した執着のほどがうかがわれるが、「うなじ」は「切断」という語と結びついて現れたのだった。ロヴィラ夫人の「むきだしのうなじ」に茫然自失となって以来、その幻影は青年ヴァレリーの脳裏に焼きついて離れなかったと想像されるが、初期の作には姿を現さない「うなじ」はいつ現れ出るようになったのか。「水浴」の改変がその転機となったとすれば、「うなじ」は「切断」されることによって、それ以降のヴァレリー詩に現れることになったのかもしれない。

『若きパルク』との関連

「水浴」と『若きパルク』の関連性を探るための資料は乏しいが、両詩篇にはいくつか共通する語彙とイメージが見出される。

〈肉の果実〉

「水浴」では冒頭「肉の果実 un fruit de chair」として水浴する女体を提示するが、『若きパルク』第五断章で「調和的な私」を想起するパルクも自らの身体を「私のビロードの果実 mon fruit de velours」(一一四)と呼ぶ。さらにパルクは、陽光を浴びるその「ブロンドの果肉 blonde pulpe」(一一六)のなかで「死への欲求が熟する」とは思ってもいなかったと述べるが、「陽光」、「果実＝身体」、「死」という三項の関係は「水浴」旧作にすでに見られたものである。一八九二年の旧作で「肉の果実」を沈めていた「水の墓の静けさ」が一九二〇年の改作では女の「首を切断する」荒々しいものへ改変されたことは先に見たとおりだが、『若きパルク』においては「肉の果実」が外から見られる対象ではなく、自身の内に感じられるものとなり、「死の欲求」も自らの「果肉」に内在化される。ここに三人称と一人称の決定的な相違がある。

〈眠り〉

先に見たように「水浴」改変において第一一行の動詞「忘れる oublie」が「眠る dort」に置き換えられたが、「眠り」は『若きパルク』の最大の主題の一つである。第一五断章で「昨夜」の眠りについて回想しつつ、パルクは再び眠りに落ちてゆく感覚を今現在のことであるかのように追体験するが、そのなかに「眠れ、眠れ！」とわれとわが身に言い聞かせるくだりがある（四五七－四六〇）。また「水浴」第八行は「さざ波の言葉」に聞き入る「耳」を形容するにあたり、その言葉に「捧げられた輪 boucle offerte」を「ひたった耳 l'oreille abandonnée」に変更したが、「眠り」に落ちる意識から自己の身体が離れてゆく感覚を表現する abandonner という語は『若きパルク』の同断章においても——二度——用いられている。まずパルクの体内に潜む「ひとりの深い幼子 une profonde enfant」が「見知らぬ階段」を否応なく降りてゆきながら「打ち捨てられた手 ses mains abandonnées」を遠方にむなしくも求める（四四七－四四九）。その後パルクは眠りに落ちてゆくわれとわが身に向かって「生きたまま身をゆだねよ Abandonne-toi vive」「いつまでも眠れ！　降りてゆけ、眠れ、眠れ」と呼びかける（四五九－四六〇）。また「水浴」第一〇行末尾の動詞は「そっとやさしく doucement」から「むなしく vainement」に変更されたが、『若きパルク』同断章には二つの副詞が両方とも用いられている（四四八・四五一）。このように「水浴」と『若きパルク』は、「眠り」という主題を接点として、それに関連のある幾つかの語彙を共有しているのである。なお、「水浴」改変における dort および abandonnée への変更はいずれも一九〇〇年『今日の詩人たち』収録の際に、doucement から vainement への変更は一九二〇年『旧詩帖』所収の際に生じたものである。

〈粉砕のイメージ〉

もう一つ、「水浴」改作と『若きパルク』制作に連動して生じた可能性のあるものとして「粉砕」のイメージが挙げられる。一九二〇年『旧詩帖』所収の際、「水浴」第七行前半句は「イヤリングの滴と百合」から〔宝石の〕「砕かれた奇妙な火花」に変更された。草稿には Pendeloques et lys に抹消線を引き、欄外に薄く鉛筆で Bizarres feux brisés

と書き込まれており改変の瞬間をうかがわせるが、同草稿には第一一行の「先細る S'effile」の下に「砕ける se brise」、その右方に「空虚を砕いて分割する brise et divise le vide」とおなじく薄鉛筆で記されている。[140] 繊細優美なイメージを次々に粉砕していくかのように briser という動詞が三度書きつけられているのである。他方、この動詞は『若きパルク』においても多用され、パルクの心的状態を喚起する。涙に照らし出される「砕かれた心 un cœur brisé」(八)、「絡みあう腕に砕かれた夕べの淡い光 Tendre lueur d'un soir brisé de bras confus」(二〇八)、「春が封印された泉を砕きに来る Le printemps vient briser les fontaines scellées」(二二六)、「私は空気に砕かれる L'air me brise」(二四六)。夜の海のしゃくりあげるような波の喘ぎも「砕かれ」てはまたその声をあげ(三一九–三二〇)、死を欲した「私の激情は、昨夜、おまえ(=肉体)の鎖を断ち切ると思っていた Mes transports, cette nuit, pensaient briser ta chaîne」(四八二)等々。パルクの「心」は「打ち砕かれ」、われとわが身を「打ち砕」こうとするもむなしく、岩に砕け散る夜の荒波はいつしか静まって、夜明けの光を「感謝にあふれた胸」に受ける。無論、激動と波瀾に満ちた『若きパルク』と一見静的な「水浴」では briser の意味合いもかなり異なるが、この語は後年詩作に復帰したヴァレリーが自らに選んだ語の一つであると思われる。

間テクスト性——詩・絵画・写真

〈水浴〉と〈死〉

「水浴」という主題は「ヴィーナスの誕生」と同じく西洋絵画のトポスだが、このテーマをうたったフランス詩としては、ユゴーの「水浴する女サラ」、マラルメの「夏の悲しみ」(日光浴する女)、ランボーの「ウェヌス・アナディオメネ」などが挙げられる。ランボーのソネは古典的な画題の戯画であり、「緑色のブリキの棺桶」のような「古びた浴槽」から現れるヴィーナスの「おぞましくも美しい」姿を痛烈に描いたものだが、ヴァレリーの「水浴」における「水=墓」の比喩はこの「浴槽=棺桶」の比喩から着想を得たかもしれない。ヴァレリーは後年の散文詩「水浴」においてもランボーのソネと同じ「浴槽=棺桶」の比喩を用いている。[141]

「金の頭」の切断

「水浴」改作においてヴァレリーが「金の頭」を「うなじ」のあたりで「切断」したことはこれまで繰り返し述べてきたが、〈切断された金の頭〉というイメージは、ギュスターヴ・モローの有名な画《出現》（一八七六）――半裸のサロメが幻視する洗礼者ヨハネの後光を発する頭部――を想起させる。ヴァレリーはこのモローの水彩画を一八八九年夏『さかしま』を通して間接的に知ったが、「わが聖書、わが枕頭の書」として耽溺したこのユイスマンスの小説のなかで青年ヴァレリーが殊に好んだ場面の一つは第五章のモローの画に関する描写であった[142]。サロメおよびヘロディアス（エロディアード）の主題は、ハインリッヒ・ハイネの『アッタ・トロル』を皮切りに、アンリ・ルニョーやギュスターヴ・モローの画、テオドール・ド・バンヴィルやマラルメの詩、フロベールの短篇《コント》からワイルドの戯曲に至るまで世紀末芸術を風靡したが[143]、ヴァレリーとの関連では、特にマラルメの未完の大作『エロディアードの婚姻』の一部として構想された「聖ヨハネ頌歌 Cantique de saint Jean」が注目される。

「聖ヨハネ頌歌」が初めて公表されたのは一九一三年刊行の『詩集』においてだが、ヴァレリーはマラルメの死後まもなくこの詩を知った。一八九八年九月二六日、ジッドに宛てた「極秘」の手紙のなかで、ヴァレリーは前日マラルメ夫人と娘に呼ばれてヴァルヴァンへ行ったこと、そこで「棺の安置された部屋」に通され、「手つかずの机」のうえに死の前日マラルメが「痙攣した筆跡」で書き残した遺言書が置かれてあったこと、解読するよう頼まれて読んだところ草稿類は誰にも見せず燃やすようにとの指示があったことなどを打ち明けている[144]。またその横には「「エロディアード」のほとんど完成した二つの断章」があり、遺言で禁じられたにもかかわらずそれを読ませてもらった――「ひとつはバンヴィル風の詩節（八・八・八・四）からなる「ヨハネ頌歌」、もうひとつは五〇行ほどの一二音節詩句《アレクサンドラン》であったが[145]、ヴァレリーは「少し冷静を欠いて」おり、「帰りの列車のなか、それらの断章の一詩句たりとも覚えていないことに気づき、奇妙で辛い気分になった」。実際、「ヨハネ頌歌」の詩節については記憶違いが見られ、四行詩の音節数は正しくは六・六・六・四（六音節詩句三行＋四音節詩句一行）である。とはいえ「どの詩句も記憶に残っていないが「頌歌」は実に素晴らしいという印象を受けた」と述べており、「斬られた首」が一人称で語るという異様な結構をそなえた「聖ヨハネ頌歌」は、マラルメの死の衝撃とともに、ヴァレリーに強烈な印象を与えたと思われる。その詩型はマラルメには珍しく、ヴァレリーも指摘しているとおり、バンヴィルに作例が見られるが、[146] 全七節よりなる「頌歌」の第三－四詩節は次のようである。

浮き上がった私の首は
孤立した見張りさながら
この大鎌が勝ち誇って
　飛ぶさなか

Et ma tête surgie
Solitaire vigie
Dans les vols triomphaux
　De cette faux

きっぱり縁を切るように
むしろ抑圧するか切断する
身体との昔からの
　不調和を

Comme rupture franche
Plutôt refoule ou tranche
Les anciens désaccords
　Avec le corps[147]

「きっぱりとした絶縁 rupture franche」と押韻し、鋭い切れ味を出す「切断する tranche」の語は、ヴァレリーが「水浴」改作で「金の頭」を刎ねるために付け加えたものにほかならない。もっとも、「水浴」では「水」の「墓」が女人の首を切っている（ように見える）のに対し、「聖ヨハネ頌歌」では「頭」自体が「身体との昔からの不和」を「抑圧」あるいは「切断」する。前者の静物画のごとき静謐さと、後者のダイナミックな落下の感覚[148]にはかなり懸隔もあるが、「金」色に照り輝く「頭」とその「切断」のイメージは両詩篇に共通する。

さらに注目すべき符合がある。『エロディアードの婚姻』は「序曲」（「聖ヨハネ頌歌」を含む三断章）、「舞台」、「繋ぎの場」、「終曲」（一断章あるいは二断章）から構成されるが、「舞台」と「終曲」をつなぐ「繋ぎの場」の最終二行は次のようである。

たとえ彼の亡霊が廊下に沿って歩み来たり　Dût son ombre marcher le long du corridor
切られたその首を金の皿に盛って私に示すにせよ　Me présenter ce chef tranché dans un plat d'or(149)

この最終行と「水浴」第四行（Luit le chef d'or que tranche à la nuque un tombeau）の類似は、「頭」「金の」「切断する／された」といった語彙の共通性にとどまらず、tranché / trancher という語の配置にまでおよぶ(150)。マラルメの一二音節詩句においては中央の句切りの直後（Me présenter ce chef // tranché）、ヴァレリーの詩句においてはちょうど半句末（Luit le chef d'or que tranch(e) // à la nuque）という差はあるものの、両詩句ともに「切断」を意味する語をまさしく一二音節詩句の重要な切れ目をなす句切りの前後に置いている。このリズムが生み出す表現性、詩句の形式と内容の照応は、両詩人の意図したことにちがいない。

　なお、先に掲げたマラルメの詩句二行は、バンヴィルのソネ「エロディアアード」のテルセ二節との顕著な類似によっても注意を引く。

見たまえ、彼女がやって来る、うら若い女王が！　Voyez-la, voyez-la venir, la jeune reine !
ちび黒の小姓が手に持つドレスの裾は長々と　Un petit page noir tient sa robe qui traîne
官能的な波となって廊下に沿って伝ってゆく　En flots voluptueux le long du corridor

彼女の指にはルビー、サファイヤ、アメジストが　Sur ses doigts le rubis, le saphir, l'améthyste
蠱惑的な火を燦めかせている。金の皿に　Font resplendir leurs feux charmants : dans un plat d'or
彼女は洗礼者ヨハネの血まみれの首を運んでゆく。　Elle porte le chef sanglant de Jean-Baptiste.(151)

もちろん、バンヴィルの「エロディアアード」とマラルメの「エロディアアード」はずいぶん趣を異にする。前者は三人称による描写の詩であり、後者は一人称の独白（乳母との対話という設定のもと）である。バンヴィル描く「エロディアード」は「おどけた様子で笑ってはしゃぐ」[152]が、そうした姿はマラルメの「夢」とは懸け離れていよう。とはいえ、corridor – d'or の脚韻[153]、「廊下に沿って le long du corridor」（後半句）、「金の皿にのせて dans un plat d'or」（詩句末）、「頭 chef」（最終行半句末）という語句およびその配置の一致には目を瞠るものがある。同じ主題に基づく両詩篇のこれほどの符合は、意識的な本歌取りというよりは、むしろいわゆる無意識的借用《レミニサンス》の可能性が高いだろう。いずれにせよ、アンリ・ルニョーの画やバンヴィルおよびマラルメの詩に見られる「金の皿」と「斬られた首」のイメージは、ヴァレリーの「水浴」における「金の頭」の「切断」と無縁ではないと思われる[154]。

ドガの写真

最後にエドガー・ドガの写真について触れておこう。

ヴァレリーがドガと出会ったのは一八九六年二月、それからちょうど四〇年後、この敬愛する画家の肖像を描いた『ドガ・ダンス・デッサン』（一九三六年二月初版）が刊行される。ヴァレリーはそのなかで、踊り子とともに馬を愛したドガがエドワード・マイブリッジの動体写真《クロノフォトグラフィ》をもとに走駆する馬の動きを研究していたこと、画家たちが写真を軽視あるいはその利用を秘め隠した時代に写真を愛し評価した最初のひとりであったこと、またドガ自ら写真術を実践したことについて語っている。なおヴァレリーはドガが撮ったマラルメとルノワールの肖像写真を愛蔵してもいた[155]。

ドガの住むヴィクトル・マッセ街三七番地を足繁く訪れたヴァレリーは、四階のアトリエあるいは二階のプライベート「美術館」[156]で、ドガの画やデッサンや版画とともに写真を見る機会もあったかもしれない。特に一八八〇年代半ば以降、盥《たらい》で体を洗う女や髪をくしけずる姿など当時斬新な画題に目を付け、寝室あるいは浴室の裸婦のさまざまな姿態をデッサン・パステル・版画（モノタイプ・リトグラフィー・エッチング）などさまざまな表現手段で追求したドガは、一八九六年「入浴後 Après le bain」と題する写真を撮影している。現在アメリカのポール・ゲッティ美術館に所蔵されているこの写真（図9）は、独特のポーズで身をくねらせる裸体の女のうしろ姿を、光と影の劇的なコ

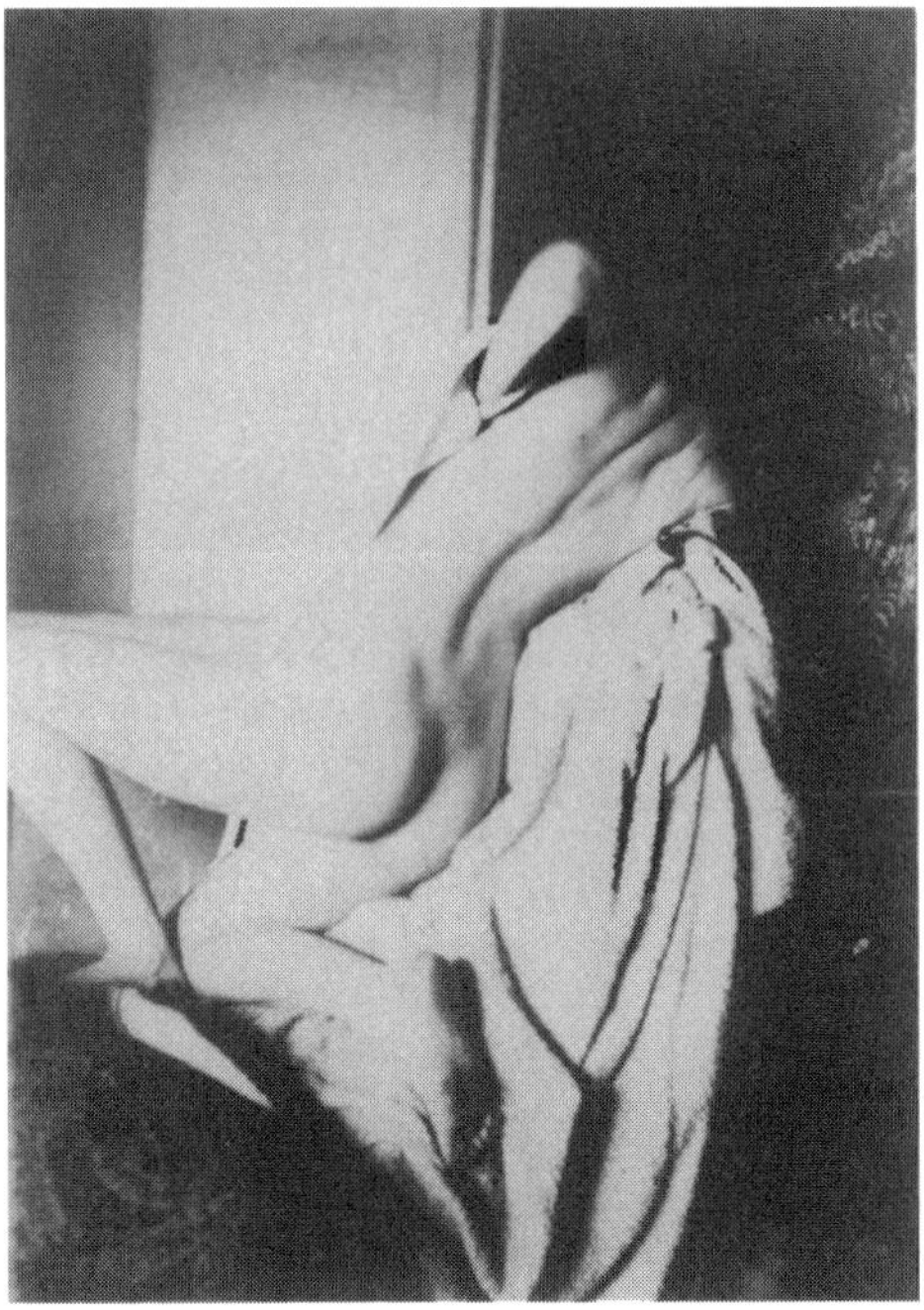

図9　エドガー・ドガ《入浴後》（1896年，ポール・ゲッティ美術館蔵 The J. Paul Getty Museum）

ントラストの効果を際立たせて捉えている。左の肘、弓なりに反った背筋、臀部、くの字形になった両脚（左脚を立て、右脚は寝かせて足裏をみせる）、それにバスローブとドアに強烈な光が当たる一方、頭部は影となってほとんど見えず、なにかものを取ろうとするかのように下方に伸ばした右腕も見えない構図となっている。[157]注意深く見れば結い上げた髪がかすかに認められるが、一見すると、明暗の対比の激しさにより頭部が欠けているように見える。ヴァレリーの「水浴」にもこれと似たような対比――「金の頭」と「水の墓」に浸かって見えない身体、「透きとおった虚無に溺れた」片腕と「晴天の下くっきりと曲がる」もう片方の腕――が認められる。ヴァレリーの「水浴」はいわばドガの「入浴後」の明暗を反転させたものと見ることもできるだろう。[158]

ドガがこの写真を撮ったのはヴァレリーが「水浴」旧作を書いた後であり、それに改変の手を加える前である。若書きのソネを改変するにあたり「金の頭を切断」したヴァレリーの念頭にこの写真の映像があったかどうか、それは憶測の域を出ない。が、少なくとも、頭部切断の妄想がヴァレリーの敬愛する芸術家たち――特にマラルメとドガ――に共有されていたということは認めてよいだろう。

以上、ヴァレリーのソネ「水浴」を一八九二年の旧作と一九二〇年の改作の相違を踏まえつつ読解したのち、『若きパルク』との関連について考察するとともに、〈水浴〉および〈頭部切断〉のイメージをめぐって幾つかの芸術作品との関連性に言及した。《サロメ・エロディアード》の主題をあつかう詩と絵画から「入浴」をテーマとしたドガの写真まで、頭部切断の幻想は一九世紀末の芸術家にある程度広く共有されていたものと思われる。ヴァレリーの「水浴」に特異性を求めるならば、おそらく女人の頭を「うなじ」で切断した点に彼固有の徴が認められるだろう。それは青年期に魅入ったロヴィラ夫人の「裸のうなじ」と無縁ではありえまい。「水浴」改作にあたり、草稿に幾度も書きつけた「うなじ」の妄想を「切断」するという妄想によって、「うなじ」はそれ以降のヴァレリー詩にその裸《あらわ》な姿を現すに至ったのかもしれない。

第四章　後年の作——「昔の詩」の偽装

一　「カエサル」――ソネの構造

「カエサル」は、ナポレオンやティベリウスに多大な関心を示したヴァレリーの権力志向をうかがわせる詩篇であるが、二〇代後半のヴァレリーが『カイエ』に四ヵ国語で記した「おのれ自身のカエサル」という言葉がその権力志向のありようを端的に示していると思われる。(1)「おのれ自身のカエサル」が統治すべき対象はあくまで自己にほかならない。またヴァレリーは四〇歳ごろ、プルタルコスの『対比列伝』を読み、「カエサルのおのれ自身に対する感嘆すべき嫉妬」、すなわち「過去の自分に対する現在の自分の憎しみ」をみずからもまた痛感すると記している。(2)

「カエサル」は、同じく『旧詩帖』所収の「セミラミスのアリア」(旧題は「セミラミス」)と関連が深く、両詩篇を比較することによって各々の特色が見えてくる。ともに権力者でありながら男女の別によって好対照をなす両者は詩型の点でも顕著な相違を示しており、ともに一二音節詩句から構成されつつ、「セミラミス」が四行詩を二〇節以上連ねる長詩である一方、「カエサル」は短詩ソネである。

「カエサル」と「セミラミス」はまた『旧詩帖』という詩集名とは裏腹に、実際には一九一七年の『若きパルク』刊行以後に書き始められた比較的新しい詩であるという点で、「昔の詩の偽装」という共通の問題をはらむ。制作年は「セミラミス」(一九一八年五月執筆開始)よりも「カエサル」の方が若干遅く、一九一八年末に書き始められ、一九一九年から一九二一年にかけて制作・推敲されたと推定される[3]。また『旧詩帖』への収録時期も異なり、「セミラミス」が一九二〇年『旧詩帖』初版に収録されたのに対し、「カエサル」は初版には収録されず、一九二六年四月『旧詩数篇』として「オルフェ」「夕暮れの豪奢」「夢幻境（異文）」とともに発表された後、翌月『旧詩帖』再版に増補された。

以下、まず詩を読解したうえで[4]、ヴァレリーの作のなかでもとりわけ意識的に組み立てられていると思われるこのソネの「構造」について吟味する。その後、「旧詩の偽装」という問題を踏まえつつ、ヴァレリーの描く「カエサル」の特徴を探ってみよう。

読解

第一節

カエサル、静かなカエサル、あらゆる物の上に立ち、
拳は固く顎鬚に、その目は暗く、凝視した
落日に飛び交う鷲と戦闘に満ちあふれ、
おまえの心臓は膨らみ、おのれを全能の〈原因〉と感じる。

César, calme César, le pied sur toute chose,
Les poings durs dans la barbe, et l'œil sombre peuplé
D'aigles et des combats du couchant contemplé,
Ton cœur s'enfle, et se sent toute-puissante Cause.

冒頭、「カエサル」の名を二度畳みかける。前置された形容詞「静かな」がその泰然自若とした姿を第一に提示する。そして「足」「拳」「顎鬚[5]」によって万物の上に君臨する雄々しい姿を描き、その「目」を通して「落日」の時を告げた後、再びカエサルの中心すなわちその「心臓」に舞い戻る。形容詞としては「静かな」につづき、「固い」「暗い」「全能な」といった語が、翳を湛えた英雄の姿を印象づける。「夕陽」の血に染まる空は「戦場」であり、「鷲」はローマ帝国の国章である。血染めの空を目にして「心臓が膨らむ」さまが、鼻母音［ɑ̃］の連続（［s］音の畳韻を含む）——s'*en*fle ; se *sent* ; toute-puiss*ant*e——によって表現される。第一節で、カエサルの身体部位のうち二人称の所

有形容詞を付すのは「心臓」だけであり、自らを「全能の〈原因〉」と感じる「心臓」は別格である。なお、版によっては第一節末尾の「原因 Cause」の頭文字大文字による強調がない(6)。

また草稿から、ヴァレリーがこのソネを第一行から書き出したわけではないことが分かる。現在残っているなかで最初期の手稿の出だしは次のようである。

この空しい湖、おまえにとっては
湖がうち震え　薔薇色の床を舐めるも空しく
貴重な田園は若い小麦に輝き
カエサル、静かなカエサル、あらゆるものを足下にし
拳は顎の下　その目は黒々と満ちている

(AVAms, 53)

冒頭の数語は除き、最初の二行は決定稿では第五・六行詩句となるものであり、第一行およびそれに続く詩句はその後に生まれている。また、同草稿の続きの部分では、カエサルの「目」が「凝視」している対象が、外界の夕景色ではなく、おのれ自身の内的世界の反映であることが明示されていた。

その目は黒々と満ちている
見つめられていると思っている空の豪奢ではなく
見つめられていない空の苦悩に満ちている。

(AVAms, 53)

第二節

湖がうち震え、薔薇色の床を舐めるも空しく、
若い小麦が貴い金に輝こうとも空しく、

Le lac en vain palpite et lèche son lit rose ;
En vain d'or précieux brille le jeune blé ;

8　おまえはその結集した身体の結び目のなか　Tu durcis dans les nœuds de ton corps rassemblé
閉ざした口をついに割る命令を固める。　L'ordre, qui doit enfin fendre ta bouche close.

前半二行、「湖」と「小麦（畑）」の魅力が描かれる。「薔薇色の床」に身を横たえる「湖」を女性とすれば、「若い小麦」は青年だろうか、いずれもカエサルの心を捉えることなく、ともに「空しく」身を震わせ、金色に輝く。なお、草稿では「湖」（五）[7]の代わりに「海」、「その床」の代わりに「砂」とする案が見られる[8]。「薔薇色の床を舐める」という表現は夕陽を受けた波打ち際のイメージである。

カエサルは「固い拳」（二）と同様、その身を硬く引き締めるが、「結集した身体 corps rassemblé」という表現は意味深い。corps には「身体」の他に「集合体」、特に「部隊・軍団」の意味があり、この表現はカエサル自身の「身体」と「軍団」が等位であること、おのれの身体の統率と軍団の統率が平行関係にあることを示唆すると思われる。最高司令官たる将軍が、その「結集した身体＝軍団」の幾つかの「結び目」すなわち「要所」に「固める」のは「命令」である。次行冒頭に送られて浮き彫りとなるその「命令 L'ordre」がまもなくカエサルの「閉ざした口」を「割る」[9]。「静かなカエサル」の緊張感を示す「閉ざした口」がまさしくカトラン二節を一連の脚韻（chose – Cause – rose – close）とともにしっかりと閉ざす。

第三節

広大な世界、果てしない地平線の彼方、　L'ample monde, au delà de l'immense horizon,
〈帝国〉は待っている、閃光を、裁決を、烽火《のろし》を　L'Empire attend l'éclair, le décret, le tison
11　夕焼けを凄まじい朝焼けに変えるその時を。　Qui changeront le soir en furieuse aurore.

第三節では、前節の近景（湖水と小麦畑）から「地平線の彼方」へと視線が移され、ローマ「帝国」の果てしない広《こう》袤《ぼう》がここでも鼻母音とともに喚起される（第一節におけるカエサルの「心臓の膨らみ」も同じく鼻母音で表現されていた)。*L'ample* monde（広大な世界）と *L'Empire*（帝国）は意味だけでなくその豊かな頭韻［lɑ̃p］によって同義を強め、*immense horizon* の鼻母音とともに、ますます拡大する印象を強める。帝国が今か今かと待ち受ける出撃の合図——「閃光」「裁決」「烽火」の畳みかけは、l'éclair, le décret の音韻効果［leklɛʀ – lə dekʀɛ］によって加速するかのようであり、その火花が「夕焼け」を「朝焼け」に変える(10)。「落日の戦闘」（二）が最も激しさを増す瞬間、人為による天変地異の瞬間である。西から昇る太陽は「凄まじく猛り狂って furieuse」いる。そこには「フリアイ Furies」（ローマ神話の復讐の女神たち）も加勢しているだろう。「夕焼けを凄まじい朝焼けに変える」その時はまだ未来（changeront）のことであり、最終節ではむしろ「幸せな」のどかな風景がうたわれる。

第四節

下界では波のうえ、偶然に揺すられ幸せな、
漁夫ひとり気楽に漂い歌っている、いかなる
14 雷《いかずち》がカエサルの中心に溜っているかを知りもせず。

Heureux là-bas sur l'onde, et bercé du hasard,
Un pêcheur indolent qui flotte et chante, ignore
Quelle foudre s'amasse au centre de César.

最終節では前節の「地平線の彼方」から「下界」へ、「夕焼け＝朝焼け」の空から「波のうえ」に視線が転じられ、幻惑的な光景のあとに日常の一風景が差し挟まれる。波の「偶然」に揺すられるがままに「漂い歌う」ひとりの「気楽な漁夫」（in-dolent の原義は「苦しみのない」）、のんびりとしたその姿が緊張感みなぎる詩のなかに弛緩の一点を添える。

　この「漁夫」についてはこれまでさまざまな解釈がなされてきた。チャールズ・ホワイティングは『若きパルク』に同様のイメージ——「永遠の漁夫」（三四三）——が見られることを指摘したうえで、両詩篇における「漁夫」は抵抗したり格闘したりすることなく自然のながれに身をまかせる者の象徴と説く(11)。鈴木信太郎も「カエサル」の「気楽な漁夫」と『若きパルク』の「永遠の漁夫」を重ね合わせつつ、ホワイティングとは異なり、両者はともに「太陽」の隠喩と解釈する(12)。他方、中井久夫は『若きパルク』の「永遠の漁夫」を「太陽」ではなく「水平線上の明るみが海

面に映えてつくる一つの揺らぐ映像」と解釈したうえで、pêcheur（漁夫）と pécheur（罪人）の同音異義語にも近い音の類似によって導かれる「永遠の罪人」のイメージを介して、西欧に広く伝わる「彷徨えるユダヤ人（あるいはオランダ船）」伝説を喚起すると指摘している。[13]『若きパルク』の問題の一節（三四一－三四三）は次のようである。

あそこで、水泡が懸命に姿を現そうとしている。
またあそこでは、敏感な小舟の上でよろめくことだろう
波の肩の寄せるたびに、ある永遠の漁夫が。

Là, l'écume s'efforce à se faire visible ;
Et là, titubera sur la barque sensible
À chaque épaule d'onde, un pêcheur éternel.

「カエサル」が『若きパルク』以後の作であることを考慮に入れると、前者の「気楽な漁夫」に後者の「永遠の漁夫」の反映を読みとることもできるが、そこにはまたキリスト教的な含意があるかもしれない。[14] あるいはもちろん「気楽な漁夫」を実景と解釈しても差し支えないだろう。いずれにせよ、波の偶然に揺すられるがまま漂い歌う「漁夫」のイメージは自らの中心に雷を溜める「カエサル」と好対照をなし、緊張感のみなぎる最終行の直前に弛緩のひとときを添えて効果的である。

第一二－一四行の脚韻 hasard と César は、ネルヴァル『幻想詩篇』の一篇「オリーブ山のキリスト」にも見えるが、[15] ヴァレリーのソネではとりわけこの脚韻が意味の対比（「偶然」と「全能の原因」たる「カエサル」）を際立たせている。なお草稿には「au hasard du hasard」（AVAms, 55）と「偶然」性を強調する案も見える。

最終行は、波の偶然に身をまかせるこの無邪気な「漁夫」の「知らない」ところで「カエサルの中心」に「雷」が溜まるという形で、いっときの弛緩の後ふたたび緊張感を高めつつ締めくくられる。草稿（AVAms, 54）には、「カエサル」の「中心 centre」を「黒い心 noir cœur」あるいは「(黒い) 額 (noir) front」に変えようとする推敲跡が見られる。第二行の「暗い目」に通じるイメージであり、先に引用した草稿（AVAms, 53）にあったように、その目も当初「黒々と noirement」「見つめられていない空の苦悩に満ちて」いた。この「黒」のイメージは「カエサル」の内面に暗さと深みを与えると同時に、その闇夜にまもなく轟く「雷」と強烈なコントラストをなして効果的であったが、決定稿で

はカエサルの暗さ（および明暗の対比）がかなり和らげられ、求心的な緊張感が前景化されたと言えよう。「雷」をおのれの「中心に溜」めこむカエサルは依然として「静かなカエサル」にちがいない。かくして結語の「カエサル」は冒頭に回帰する。「夕焼けを朝焼けに変える」かのように、詩の終わりはまた始まりとなる。

ソネの構造

一六世紀にイタリアからフランスへ伝わり、ルネサンス期から古典主義時代にかけて隆盛をきわめ、その後しばらく廃れたのち一九世紀に再興した「ソネ」は、その形式的制約によって詩作に完璧を求める詩人たちの愛好するところとなったが、形式的制約のもたらす創造性を重んじたヴァレリーもソネを愛した詩人のひとりである。とくに若いころ熱中した形跡が見られるが、その後も晩年まで少なからぬ作例があり、なかでも「カエサル」はとりわけ意識的に構築されている点が注目される。以下、四つの観点（円環性、求心性、「カエサル」の遍在、対比と転調）から、このソネの構造について考察してみよう。

円環性

ソネの構造として第一に目に留まるのは「カエサル」の名が詩の冒頭と末尾に置かれていることである。マルセル・ミュラーが指摘したように、この点にはジョゼ＝マリア・ド・エレディアの影響がうかがわれる。『戦勝牌』所収のソネ「剣先 L'estoc」には結語を「カエサル」の名で締めくくる例が見られるとともに、別のソネ「主の公現 Epiphanie」にはヴァレリーのソネと同じような円環構造、すなわち冒頭近くと末尾に同じ語を配置する例が見られる。しかも「主の公現」におけるこの語「バルタザール Balthazar」（東方の三博士のひとり）は「アウグストゥス・カエサル Augustus Caesar」と押韻するかたちとなっている。「剣先」においても「主の公現」においても［zar］の脚韻（Sannazar – César ; Caesar – Balthazar）でソネが締めくくられており、ここにヴァレリーのソネにおけるエレディアの反響が読み取れるのである。(16)

ところでヴァレリーの「カエサル」では、この名がさらに第一行のなかにも反復されている。その位置は前半句末尾であり、喩えて言えば、六音節の半句を囲む小さな円と一四行詩全体を囲む大きな円が相似形をなすかのように、この詩の円環を閉じている。円環性はまた正則ソネの脚韻構成に本来備わっている特徴でもあり、カトラン二節はそれぞれ抱擁韻 abba によって円環をなし、テルセ二節も ccd ede という形で詩節を閉ざす。

また、形式面だけでなく内容面においても円環的なイメージが見出される。第一一行「夕焼けを凄まじい朝焼けに変えるであろう」は、太陽の運行を逆転あるいは無化し、夕陽と朝陽を照応させるイメージによって、緩やかにめぐる時の循環性とは別の激しい回転運動の感覚、いわば勢いよく回る独楽が静止して見えるように回転の激化が不動に近づくような感覚を喚起するように思われる。

求心性

円環性と並び、ソネには求心的な動きが随所に表現されている。第一節では、カエサルの身体描写が「足」、次に「拳」と「鬢」、それから「目」を通してひとたび夕焼けの空に転じたのち再び「心臓」へというように、末端から中心に向かって進む。第二節では、「湖」と「小麦」畑という外界の風景を描いたのち、「結集した身体の結び目」という表現によって一挙にカエサルの中心に向かい、最後は「閉ざした口」のイメージでカトランを締めくくる。テルセ二節でも、まず「果てしない地平線の彼方」の「広大な世界」という「帝国」の広袤《こうぼう》を喚起し、大風景画に一点人気を添加するかのように「漁夫」の姿を描き込んだのち、最後は「雷がカエサルの中心に」集積するという求心的なイメージで締めくくられる。

求心力の中心にいるのはもちろん「カエサル」であり、「カエサルの中心」とは「自らを全能の原因と感じる心臓」(四)、あるいはカエサルの「結集した身体＝軍団の結び目」(七)である。この表現がカエサル自身の「身体 corps」と彼が統率する「軍団 corps」(ひいてはローマ帝国全土)を結びつけることは先述したとおりだが、「結び目 nœuds」という語の配置がとりわけ興味深い。この語はまさしくソネの中央に、言い換えれば、冒頭と末尾に置かれた「カエサル」という二つの頂点を結ぶ対角線上の中心に位置しているのである。

「カエサル」の遍在

ソネの冒頭と末尾に位置し、かつその「結び目を固める」「カエサル」は、さらに姿を変えてこのソネのあらゆる箇所に現れる。

まず、第一節末尾に置かれたCause という語はCésar のアナグラムに近い（プレイヤード版では頭文字大文字となっており、なおさら両者の相似を感じさせる）。単に形の上だけではなく、意味上も「カエサル」（の「心臓」）は「全能の〈原因〉」と等しい関係にある。いまCésar = Cause の等式が成り立つとすれば、先に「カエサル」の語の配置およびその反復による円環性について述べたことが、第一節にも当てはまることになる。第一節（César [...] Cause）はいわばソネ全体（César [...] César）の縮図であり、そのまた縮図が第一行前半句（César, calme César）に見出されるというように。さらに、脚韻の位置に配されたCause はその音を第一行・第五行・第八行の末尾（chose – rose – close）にも反響させ、「全能の原因」という「カエサル」の異名をカトラン二節に響き渡らせることにもなる。

脚韻という点ではソネを締めくくるCésar が第一二行末のhasard と押韻するほか、この名を構成する音素［se-zar］が脚韻上にちりばめられている。特に［z］音はカトラン二節（chose – rose – Cause – close）とテルセ冒頭（horizon – tison）に、［R］音もaurore – ignore に、母音［e］もカトラン二節（peuplé – contemplé – blé – rassemblé）に響いている。言い換えれば、脚韻に配置された語は最後のCésar に向かってこだまを変奏してゆくと言うこともできよう。

「カエサル」の名の象徴性は文字にまでおよぶ。第一行前半句（César, calme César）には「C」の文字が三つ並び、視覚的な効果が感じられる。同様の効果がソネの末尾（centre de César）にも見いだされ、César の疑似アナグラムCause およびそれと意味連関の強いcœur（「おのれを全能の原因と感じる心」）も語頭に「C」の文字を共有している。このカエサルの頭文字は他にも、combats – couchant – contemplé（三）、corps（七）、close（八）といった語にまでおよび、さらには、この文字の発しうる二つの子音［k］と［s］の畳韻（combats du couchant contemplé（三）、l'éclair, le décret（一〇）、s'amasse au centre de César（一四）など）がソネのあちこちにちりばめられることになる。

このように「カエサル」は詩の冒頭と末尾に君臨するだけではなく、その名を構成する要素（音および文字）というかたちでソネの世界に遍在しているのである。

対比と転調

このソネはまさしく「カエサル」の統治下にありカエサル一色に染まっているが、詩人はまたそれを単調さから救う工夫も施している。

そのひとつは対比の効果である。先述したように、最終節に描き込まれた「漁夫」は、「偶然」の波のまにまに漂い歌うその「気楽な」姿によって、自らを必然と化す英雄、固く口を閉ざして雷を蓄える「カエサル」と鮮やかな対照をなし、緊張感のみなぎるソネに弛緩の一点を加えている。詩人はまた「漁夫」と結びつく「水」のイメージを、前節の「火」のイメージ(「閃光」「烽火」「夕焼けを朝焼けに変える」)と対比させることにより、テルセ二節の対照を際立たせてもいる。この水と火の対比は、さらにより小さなかたちで第五‐六行の対句的表現(「うち震える湖」と「金に輝く小麦」)にも見出されるが、どちらも「空しく」存在するこれら自然の景色がまた、そのようなものなど眼中にないカエサルの姿を対照的に浮かび上がらせる。

もう一点注目されるのは、カトラン二節とテルセ二節の対比、というよりはむしろ微妙な推移である。カトラン二節において「カエサル」は二人称で呼びかけられている。この頓呼法は「カエサル」をうたう詩人自身の発話の位置を示すものである。歴史家のように(また自らを歴史上の人物として記したカエサル自身がそうしたように)カエサルを三人称で描写するのではなく、二人称で呼びかけ喚び起こすところに、明示的には姿を現さない一人称の声が聞き取れる。「静かなカエサル」をうたうその声は決して声高な調子ではないだろうが、抑揚を欠いた平板調でもないだろう。詩にうたわれたカエサルと同じく静かな緊張感をたたえた声にちがいない。そしてまさしくこの呼びかけるという姿勢に「おのれ自身のカエサル」たらんとしたヴァレリーの姿が浮かび上がるように思われる。

他方、テルセ二節においてはカエサルへの呼びかけを明示する指標は何一つない。ソネを締めくくる結語の「カエサル」は二人称か三人称か微妙なところだが、どちらかといえば後者だろう。冒頭に二度その名を呼ばれ、カトランにおいて幾度も呼びかけられた「カエサル」は、テルセに入ると「帝国」の「広大な世界」の背後にいっとき身を潜め、ひとりの「漁夫」を介して最終行に再び現れるときにはもはや元の呼びかけの対象と同じではなくなっている。いわばカトランにおいてクローズアップされたカエサルが、テルセにおいてパノラマの景の中心点として捉え直される。その変化はまさしく「カエサル」をうたう詩人自身の声の微妙な変化、ヴァレリーの好んだ音楽的な比喩を用いて言えば「転調」の表現とみなすことができよう。「カエサル」に始まり「カエサル」に終わるこのソネは、二人称から三人称への「転調」によって単調さを脱しているのである。

「カエサル」の特徴

男性性——皇帝・戦闘のテーマ

ヴァレリーは若い頃、同じく皇帝を描いたソネ「皇帝の行進」[17]（一八八九年作）を書いているが、そこでは「死にゆく太陽」とともに勝利の「ラッパ」が鳴り響く「夕暮れの栄光」のなか、泣き崩れる「寡婦たち」とは対照的に、無言のまま立ちつづける「金色の皇帝」が描かれている。感傷に流されぬ非情な雄姿をうたいあげた高踏派風のソネであり、とくにエレディアの影響が指摘される。[18]この若書きのソネと「カエサル」の共通点として、「夕焼け」の血に染まる空が「戦闘」の舞台となるという点が注目される。落日の戦場というイメージはヴァレリー初期のソネ「若い司祭」[19]（一八九〇年作）や「コンキスタドールの帰還」[20]（一八九一年作）にも見られるが、後者はまさしくエレディアの作風を模倣した作品である。先述したように、ヴァレリーの「カエサル」とエレディアのソネとの関連性はマルセル・ミュラーによってすでに指摘されており、『戦勝牌』の詩文が戦闘のテーマを好んで描いたことは言うまでもないが、その戦場の舞台がしばしば落日の燃える夕刻である点を付言しておこう（「戦いの夕べ」など）。なお、コレージュ時代にヴァレリーが書いた最初期の詩作を収める『セット手帖』（一八八四—一八八六年）にも戦闘をテーマとした詩篇が散見される。[21]

「カエサル」はこうした雄々しい詩篇の系列に属する詩篇だが、そのなかでもとりわけ男性的な性格を顕著に示している。男性名詞および形容詞の男性形が、女性名詞および形容詞の女性形に対して圧倒的に多いのである。男性名詞と女性名詞の比は二四対七、形容詞の男性形と女性形の比は一〇対五（二対一）であり、同じくソネ形式の「皇帝の行進」（前者の比は一八対一三、後者の比は七対三）と比べても「カエサル」における偏向は著しい。

ところで、このソネを収める『旧詩帖』にはむしろ女性をうたった詩篇が多く（「紡ぐ女」「エレーヌ」「ヴィーナスの誕生」「夢幻境」「水浴」「眠れる森で」「むなしい踊り子たち」「アンヌ」など）、たとえ女性の現れない場合でも、しばしば女性的な雰囲気を醸し出している（「友愛の森」「ナルシス語る」「ヴァルヴァン」）。こうした観点からも、「カエサル」の男性性は際立っている。

潜在性――ポテンシャルエネルギー

ヴァレリーの描く「カエサル」の特徴としてもう一点看過しえないのはその静けさである。それは「全能」の力をフルに発揮するような英雄ではなく、「おのれを全能の〈原因〉と感じ」ながらもその力を行使しない、というよりはむしろそれを行使する寸前の状態、内部にはエネルギー（「雷」）を溜めこみつつ、外見的には未だ不動の状態にある英雄の姿である。その「閉ざした口をついに割る」瞬間、「夕焼けを朝焼けに変える」瞬間は差し迫る未来のこととして先送りされ、そうした劇的な一瞬を「待つ」状態、緊張感のみなぎる宙吊り状態が描かれている。ヴァレリーの好んだ物理学の用語を用いて言えば、ポテンシャルエネルギーの最も高い状態にこそ彼の「カエサル」は身を置くのである。

「全能」の力を最高度の緊張感のうちに保持する「静かなカエサル」は、おのれを「潜勢的な個」[22]たらしめようとしたヴァレリー自身を、またそのような生き方（「自由に使える能力がありながらそれを行使しない」）を体現する「テスト氏」の姿を想い起こさせる。「可能なものと不可能なもの」という二つの価値しかもたないテスト氏は「可能性の魔そのもの」であり、「ひとりの人間に何ができるか?」という彼の問いはまさしく「潜在能力」に向けられたものである。[23]「テスト氏との一夜」（一八九六年発表）と「カエサル」（一九一九―一九二六）のあいだにはかなりの歳月が経過しており、その間にヴァレリーは『若きパルク』の詩人として「世の中に知られるという過ち」を犯し、「テスト氏」的な生き方から逸脱した。「カエサル」には潜勢的な状態に留まることへの拘《こだわ》りは見られず、むしろ可能態から現実態への移行が含意されているのもそのためかもしれないが、ポテンシャルへの関心という点において「カエサル」は「テスト氏」的なヴァレリーの傾向の一端を示しているのである。

古典性――『若きパルク』以後の作

最後に、「カエサル」が『若きパルク』以後に書かれた新しい詩であることを示す特徴として、脚韻およびリズムの古典的な構成に注目しよう。

ソネは脚韻の構成によって「正則ソネ」（伝統的な脚韻構成 abba / abba / ccd / ede あるいは ccd / eed を遵守するもの）と、「変則ソネ」（それ以外のあらゆる脚韻構成）に分けられるが、一九世紀以降ふたたび隆盛したソネの多くは変則ソネである。その点で「カエサル」が正則ソネの脚韻構成を示していることは注目に値する。（ヴァレリーの詩においても正則ソネは稀であり、『旧詩帖』ではソネが一二篇あるなかで「カエサル」のみ、『魅惑』ではソネ六篇中「眠る女」のみである。）「カエサル」はまた単に正則ソネであるだけでなく、脚韻の響きも充実しており、「豊かな脚韻」を多く含む（第二－三行［ple］、第六－七行［ble］、第九－一〇行［izɔ̃］、第一二－一四行［zar］）[24]。

韻律という点では、「カエサル」は中央の句切りによって一二音節詩句《アレクサンドラン》を二つに分ける伝統的な6-6のリズムを例外なく遵守している。『旧詩帖』のなかで一二音節詩句からなる詩篇は二一篇中一八篇にのぼるが、そのうち一四篇は句切りを揺るがせる非古典的な詩句（象徴派風のリズムの揺らぎ）を少なくとも一つは含み、そのような詩句をまったく含まない詩は「カエサル」の他に三篇（「水浴」「異容な火」「セミラミスのアリア」）だけである。他方、『魅惑』には一二音節詩句からなる詩篇が二一篇中三篇（「眠る女」「室内」「漕ぐ人」）あるが、そのいずれにおいても古典的な句切りが保たれている。また『若きパルク』は一二音節詩句を五一二行連ねるが、そのほとんどすべては古典的な結構を備えた詩句となっている。韻律の観点から見れば、「カエサル」は『旧詩帖』詩篇よりも『若きパルク』や『魅惑』詩篇に近い[25]。

要するに「カエサル」は、『旧詩帖』詩篇群と並んでいるにせよ、形式面（脚韻および韻律）における古典性によって『若きパルク』以後に書かれた新しい詩であることを確かに示しているのである。

以上、「カエサル」を読解したうえで、このソネの構造（円環性、求心性、対比と転調など）を分析し、ヴァレリーの描く「カエサル」の特徴（男性性、潜在性、古典性）について考察するとともに、このソネが内容面においては初期詩篇との共通点をもちながら、形式面においては『若きパルク』以後の作と共通する特徴を示していることを指摘した。「旧詩」というレッテルを貼られたこの高踏派風のソネは、おそらくヴァレリーが若年に受けたエレディアの影響を意識しつつ、『旧詩帖』に収めることを意図して書いたものであり、たしかにそのような昔の作の面影を呈している。が、その一方で、古典的詩法を遵守し、『旧詩帖』の他の詩篇群には散見される象徴派風のリズムの揺らぎを一切含まないという詩人の選択は、このソネが『若きパルク』以後の作であることを物語っている。

最後に、ヴァレリーの作品および思想における「カエサル」の位置を確認しておこう。皇帝あるいは英雄というテーマは、先述したように一八九〇—一八九一年に書かれた初期詩篇「皇帝の行進」や「コンキスタドールの帰還」（いずれもソネ）に見られるが、その後、注目すべき試みとして一九〇一—一九〇二年ごろ着想された未完の劇作品「ティベリウス Tibère」がある。「三幕」からなる「悲劇」として構想されただけで作品の形をほとんどなしていないが、恐怖政治を行った悪帝とも非難されるこの第二代皇帝（カエサル）についてヴァレリーはかなり特異な見方を提示しようとしていた。当時の『カイエ』には「歴史家を侮蔑しえた唯一の皇帝」、「賢明であるがゆえに残酷となる」といった言葉が記されており、「戴冠した〈理性〉La Raison couronnée」という異名をもつ「ティベリウス」については「知性の怪物」たる「テスト氏」との親近性も指摘されている（「テスト氏との一夜」の初版刊行は一八九六年、「ティベリウス」の素描はその約五年後である）[26]。その後、『若きパルク』刊行（一九一七）後、「セミラミス」のテーマが浮上し、このバビロニアの女傑と対をなすかのように「カエサル」の制作も始まる。凝縮と完結を旨とするソネ形式の「カエサル」が一九二六年の初出以降、ほとんど改変の手が加えられなかったのとは対照的に、四行詩を二〇節以上連ねる「セミラミスのアリア」は初出以後にも詩節が増加されたうえ、一九三四年には作曲家アルチュール・オネゲルとの共同制作「音楽劇セミラミス」へと新たな発展を遂げることになる。このようにヴァレリーの描いた皇帝あるいは権力者は男性からやがて女性へと移行してゆくが、詩人が五〇歳近くに書いた「カエサル」はちょうどその移行期に位置づけられる。二〇歳前のソネ「皇帝の行進」および三〇歳頃に素描された悲劇「ティベリウス」を引き継ぐ一方、四〇代から六〇代にかけて詩から音楽劇に発展した「セミラミス」へと至る系譜のなかで、ヴァレリーが描いた最後の男性権力者である。

『カイエ』にもしばしば「カエサル」への言及が見られるが、この英雄の名は「ナポレオン」や「フリードリッヒ」とともに挙げられるだけではなく、「レオナルド」や「ガリレイ」と並ぶこともある。[27]「カエサル」はヴァレリーにとって芸術家や科学者にも比肩するような人物、「知 savoir」と「力 pouvoir」を兼備した人間の理想像を体現する人物なのである。「カエサル」「レオナルド」「ガリレイ」という一見脈絡のない偉人の組み合わせは、形而上的な「知」にとどまる「哲学」を批判する断章において現れるものであり、「知」を「力」に変換しうる「真の哲学」を生きた人物として三者の名が並ぶ。ヴァレリーは「カエサル」を、「ナポレオン」と同じく、「おのれの哲学」を書物にするのではなく、それを現に生き、最大限活用した「真の哲学者」とみなしていた。そうした賢者の風格を、詩にうたわれた「静かなカエサル」のなかに読み取ることもできるだろう。

二　「セミラミスのアリア」――女と王のあいだ

「セミラミスのアリア」はポール・ヴァレリーの詩集『旧詩帖』のなかで最も長い詩（四行詩二六節一〇四行におよぶ一二音節詩句）であり、同詩集に収められた韻文詩の最後を飾るという点で、巻末に置かれた散文「詩のアマチュア」とともに詩集を締めくくる作品である。この詩はまた実際には『若きパルク』以後に書かれた比較的新しい詩であり、先に読んだ「カエサル」とともに「旧詩の偽装」という問題をはらんでいる。この問題にも関連することだが、「セミラミスのアリア」は『旧詩帖』だけでなく、ほぼ同時期に刊行されたもう一つの詩集『魅惑』にも収録されたという特異な経緯をもつ点で、その他の「旧詩」とは一線を画する。

初出は一九二〇年七月『レ・ゼクリ・ヌーヴォー』誌であり、『旧詩帖』初版（一九二〇年一二月）、『魅惑』初版（一九二二年六月）、『魅惑』再版（一九二六年二月）、『旧詩帖』再版増補版（同年五月）、『魅惑』改訂版（同年一二月）のすべてに収録された後、[28] 一九二七年版『旧詩帖』からは姿を消し、一九二八年版『魅惑（アランによる注釈付き）』には残存するというかたちで、一時『旧詩帖』から『魅惑』に移ったかにみえるが、一九二九年の『詩集』（『旧詩帖』『若きパルク』『魅惑』を初めて一巻にまとめた大型豪華版詩集）においては『旧詩帖』に分類され、以後この詩集の一篇となる。

こうした収録経緯の複雑さに加えて題名も二転三転している。『レ・ゼクリ・ヌーヴォー』誌初出の際は、「セミラミス」という標題に「はるか昔の詩の断片 Fragment d'un très ancien poème」という副題が付されていたが、『旧詩帖』初版および再版ではこの副題が消去される。他方、『魅惑』所収のテクストおよび一九二九年版『詩集』ではいずれも「セミラミスのアリア」と改題のうえ、再度ほぼ同様の副題「昔の詩の断片 Fragment d'un ancien poème」が添えられる。[29] 最終的に「セミラミスのアリア」(副題なし)に決定するのは、一九三一年の普及版『詩集』以降のことである。なお、献辞の有無についても揺れている。初出および『旧詩帖』初版・再版には献辞が付されていない一方、『魅惑』所収のテクストは「カミーユ・モクレールに」献じられており、一九二九年の『詩集』以降『旧詩帖』の一篇としても同じ献辞を伴うが、最晩年の一九四二年に至って最終的に消去される。[30]

「セミラミスのアリア」は長らくヴァレリー自身の付した副題にしたがって若書きの作とみなされてきたが、[31] 先述のように『若きパルク』(一九一七)と同時期の作であることがジェームズ・ローラーによって指摘され、さらにフロランス・ド・リュシーによってこの詩の生成過程および制作動機が明らかにされた。[32] ヴァレリーはなぜこの詩に「(はるか)昔の詩の断片」という事実に反する副題を添えたのか。この詩人の作にはしばしば韜晦が見られるが、[33] それ以外の理由も考えられる。ヴァレリーがジャック・ドゥーセに『魅惑』の自筆稿を贈呈する際に添えた手紙には、「着想がより〔『魅惑』詩篇よりも〕古くにさかのぼるセミラミス une Sémiramis d'inspiration plus ancienne」という表現が見られ、「制作」ではなく「着想」が基準となっている。

では、ヴァレリーがこの詩を「着想」したのはいつごろのことか、またどこから着想を得たのだろうか。「セミラミスのアリア」の着想源としては、これまで、ヴォルテールの悲劇『セミラミス』(一七四八)およびそれを基にしたロッシーニのオペラ『セミラミーデ』(一八二三)、ヴィクトル・ユゴーの詩「バビロニアの庭園」(『諸世紀の伝説』第二版所収の「世界七不思議」の第二番)、テオドール・ド・バンヴィルのソネ「セミラミス」(『王妃たち』[35] 所収)などが挙げられてきた。[34] また、孤高を持する女主人公としてマラルメの「エロディアード」と比較されたり、あるいは詩の調子において、ランボーの「イリュミナシオン」やポール・クローデルの作品と比較されたりもしてきた。[36] あるが、ヴァレリーの「セミラミス」の最も直接的な着想源となったと思われるのは、諸家の指摘するように、エドガー・ドガの油彩画《バビロンを建設するセミラミス》[37](一八六一)である(別図3)。

一八九六年二月にアンリ・ルアール宅でドガと知り合って以来、ヴィクトル＝マッセ街のアトリエに出入りしていたヴァレリーが、画家の生前中不出であったこのドガの画を見た可能性は十分にある。[38] また、当時すでにドガ論[39]を執筆しようとしていたほどこの画家に多大な関心を寄せていたヴァレリーは、印象派の画商デュラン＝リュエルのギャラリーでドガの作品を見つけて購入することもあった。[40] ジェームズ・ローラーの指摘したように、一八九八年六月二四日マラルメ宛の手紙から、当時ヴァレリーが《バビロンを建設するセミラミス》のための素描を含むドガのデッサン集を見ていたことも裏付けられる。[41]

ただし、ヴァレリーが実際に「セミラミスのアリア」制作に着手したのはそれよりずいぶん後のことである。一九一七年九月二六日にドガが死去した後、その作品のほとんどが競売にかけられたことにヴァレリーは心を痛めたが、[42] とりわけ若き日にドガが試みた歴史画《バビロンを建設するセミラミス》が、一九一八年五月一四日『アクション・フランセーズ』紙上においてルイ・ディミエ（美術批評家かつ同誌の王政派の論客）によって酷評されたことに大きな衝撃を受けた。[43]「セミラミスのアリア」はこのディミエによる酷評への反発を種として生まれたのであった。そのことが次に掲げる最初期の散文草稿（AVAms, 165bis）からうかがわれる。

〈散文草稿〉（*AVAms*, 165bis）[44]

ドガについて
あの絵を非難する
ディミエの論考の
せいで書こうと思う

セミラミスのアリア　　バルコニー

この空中に架かった橋から　この〔私の〕薔薇の橋から
私は広大な〔豊かな〕眼差しを投げる　空気と私の思考の透明さ
〔すべては秩序〕〔相互に含み含まれる事物〕

この蟻どもは私のもの。私の誇りがそれらを配置する〔事物を数える〕
この犬が吠える
　〔これらの街は物同然〕
この深淵は〔生き物で〕満ちあふれている　大海のように
　〔これらの権力、見晴らしの〕
この権力、この見晴らしが私の頭に昇って来る
私はこれほどの高みから呼吸する、この頭をくらくらさせる高度と距離
この世界の全容量。広大さの陶酔
　〔視野には観念と酒の力がある〕
私は私の思考のなかに消え去る。〔この帝国の魂〕
私の帝国全土が私の鼻孔で気化して無限にしみ込んでくるかのようだ
しみ込む〔その空気〕が肺を内なる翼のように開かせる。
私はわが権力を呼吸する。わが支配力が私を天に引き上げる。
これらすべての仕事、ロープの軋る音、ハンマーを打つ音が聞こえる
水が機械〔の責苦〕を受け、隙き間から湧き出る　パイプ
石組みの土台
歌そのものが見晴らしのようなものだ
そして私の権力と視野の最高の高みで、
杉の頂きの鳥のように　私は歌う！　もう話せない　〔犬の吠え声〕
自尊心、高揚、自己超越〔の気分〕の高まり　声の絶頂へ
詩節の構成　四〔行詩〕×八〔節〕？　四〔行詩〕×七〔節〕？　一〇〔行詩〕×七〔節〕？

あらゆる
　小さなもの
権力のイメージ
呼吸を深くさせる
視野
　黄土色の
R. I.
クレッシェンド

セミラミスとはある日の魂のこと。

フロランス・ド・リュシーが一九一八年五月と推定するこの手稿〈以下〈散文草稿〉と記す〉には、[45]「セミラミスのアリア」という題名とともに、詩の制作動機（ディミエによるドガ批判への反発から書き起こされた旨）が紙面左上に明記されているが、自作の詩の着想源をこのように明かすことはヴァレリーにしてはきわめて珍しい。同草稿から、「セミラミスのアリア」という題名が雑誌初出以前の段階ですでに存在していたこと、しかもその「アリア」は、このバビロンの女王の支配する領土の広がりを感じさせるものであり（「歌そのものが見晴らしのようなものだ」）、「杉の頂きの鳥」のように「権力と視野の最高の高み」でうたわれるべきアリア、そして最後の「クレッシェンド」に至って「自尊心と自己超越の高まり」を体現するかのように「声の絶頂」に向かって昇りつめる歌として構想されていたことが分かる。また、ヴァレリーがこの詩の着想をまず散文で――とはいえすでに詩句の律動を部分的に感じさせる詩的散文によって――書きとめ、そのうえで詩の形式をおおよそ想定していたこともうかがい知れる。四行詩とするか一〇行詩とするか迷いつつ、詩節の数を七－八節と見積もっているが[46]、実際には四行詩を二〇節以上連ねることになった。

以下、この散文による素描がどのようなかたちで詩句に活かされたかを確認しながら各詩節を読解してゆくが、その前に「セミラミスのアリア」における詩節の追加および詩節の構成という問題について簡単に触れておこう。『レ・ゼクリ・ヌーヴォー』誌初出、『旧詩帖』初版、『魅惑』初版・再版までは全二三詩節であり、それに新たに三詩節（第二二－二四詩節）を加えて全二六詩節の構成となったのは『旧詩帖』再版以降のことである[47]。この一九二六年版はまた詩節の増補に加え、アステリスクの符号による詩節の分割という点でも注目される。今日流布しているテクストでは第二－六詩節の前後にアステリスクを付すだけであるが、一九二六年版ではこの符号によって全二六詩節が七部に分けられており、詩人の意図した詩節の構成を知るうえで示唆に富む。それゆえこの一九二六年版『旧詩帖』の詩節区分――第一詩節、第二－六詩節、第七－一一詩節、第一二－一五詩節、第一六－一八詩節、第一九－二一詩節、第二二－二六詩節――に即して各詩節を読み進め、最後の五詩節については、まず増補詩節が追加される以前の『旧詩帖』初版のかたちで読んだうえで、再版で加えられた三詩節について後から考察することにする[48]。その後、

「セミラミスのアリア」が「旧詩」というレッテルとは裏腹に『若きパルク』刊行以後に書かれたという点について、この詩がたしかに後年の作であることを示す特徴を探るとともに両詩篇に共通する詩の技法を考察する。また「セミラミスのアリア」の制作はヴァレリーの実人生の出来事と無縁ではないと思われるため、最後にこの点について簡単に触れることにしたい。

読解

第一詩節　セミラミス登場

夜明けの光よ、わが額はそなたたちを戴こうと夢想する！　[49] Dès l'aube, chers rayons, mon front songe à vous ceindre !
身を起こすやいなや、額はまどろむ眼にみとめる　À peine il se redresse, il voit d'un œil qui dort
比類なき大理石の上に、色淡い時が彩られ、　Sur le marbre absolu, le temps pâle se peindre,
4　時刻がわが身に降り来り大きくなって金となるのを……　L'heure sur moi descendre et croître jusqu'à l'or...

時は「夜明け」、目覚めたばかりのセミラミスが「光（愛しき光線）」（複数）に呼びかけつつ独白する。先に掲げた〈散文草稿〉に「バルコニー」と書き込みがあることから、女王はおそらくその高みに立っていると思われる。セミラミスが第一に意識するのは幾条もの「光」であり、それを冠として戴くべき自身の「額」である。その「目」はなおもまどろみつつ、時の目覚めを、光と色の誕生をまのあたりにする。

第二‐六詩節　「曙」の台詞

……「在れ！……ついにそなた自身となれ！」と〈曙〉が言う　*...« Existe !... Sois enfin toi-même !* dit l'Aurore,

おお偉大な魂よ、いまや身体をなすべき時！
早く選びとれ、花開くに足る一日を
かくも多くの燦めきのなか、そなたの不滅の宝を！

すでに、夜に対してぎらつく喇叭が戦っている！
生き生きとした唇が凍てついた空気を襲う。
純金が、塔から塔へ、炸裂しては反響し、
空間全体を過去の輝きに呼び戻す！

真の眼差しに立ち返れ！　自分の影から身を引き出せ、
あたかも泳ぎ手が、潮の満ちた海のなか、
全能の踵でその身を暗い水から押し出すように、
そなたは、存在の奥を叩け！　おのが肉体に訴えよ、

断ちがたい肉体の糸をさっとくぐり抜けよ、
延々と続く無力な努力を汲み尽くせ、
そなたのベッドの上でそなたの血の怪物が生みだす
乱れに乱れた惨劇からその身を解き放て！

私は〈日出ずる方〉からそなたの気紛れを満しに馳せる！
そして私の最も純粋な糧を授けに来る。
空間と風により　そなたの炎が養われんことを！

Ô grande âme, il est temps que tu formes un corps !
Hâte-toi de choisir un jour digne d'éclore,
Parmi tant d'autres feux, tes immortels trésors !

Déjà, contre la nuit lutte l'âpre trompette !
Une lèvre vivante attaque l'air glacé ;
L'or pur, de tour en tour, éclate et se répète,
Rappelant tout l'espace aux splendeurs du passé !

Remonte aux vrais regards ! Tire-toi de tes ombres,
Et comme du nageur, dans le plein de la mer,
Le talon tout-puissant l'expulse des eaux sombres,
Toi, frappe au fond de l'être ! Interpelle ta chair,

Traverse sans retard ses invincibles trames,
Épuise l'infini de l'effort impuissant,
Et débarrasse-toi d'un désordre de drames
Qu'engendrent sur ton lit les monstres de ton sang !

J'accours de l'Orient suffire à ton caprice !
Et je te viens offrir mes plus purs aliments ;
Que d'espace et de vent ta flamme se nourrisse !

24 私の予感の燦めきに加わりに来い！」

Viens te joindre à l'éclat de mes pressentiments ! »

第二－六詩節（イタリック体[50]）では「曙」がセミラミスに呼びかける。第二詩節の冒頭、リズムの変化によって話者の交替を告げる（第五行は六音節目の句切りを保ちつつ、統辞法上のリズムは2-6-4あるいは3-6-3となる[51]）。「曙」の語りは激しく、二人称親称（Toi）への命令形を畳みかけ（五・七・一三・一六・一七－一九・二四[52]）、感嘆符を連発する。特に、第四詩節から第五詩節にかけて、途切れなく動詞の命令法を畳みかけるところは迫力がある。「曙」は「セミラミス」を名指して呼ぶことはせず、「偉大な魂」（六）に向かって呼びかけている。また「曙」の台詞にふさわしく、脚韻には「金色 or」［ɔʀ］の響きが鳴り響く。第一詩節を締めくくる「金」の語および dort – or の脚韻を受け、第二詩節の脚韻はすべて金一色に染まっており（*Aurore* – *corps* – *éclore* – *trésor*）、さらに詩句の内部にも同じ響きがちりばめられている（*for*mes（六）; imm*or*tels（八）; L'*or* pur（一一）; eff*or*t（一八）; dés*or*dre（一九）; l'*Or*ient（二一））。

この「曙」の招きに応えるセミラミスの独白が、第七詩節から最終詩節まで続く。

第七－一一詩節　塔に昇るセミラミス

——私は応える！……　わが深い不在から湧き出る！
わが心臓は、眠る私が触れていた死者から抜け出し、
わが目的に向かって、力の漲る大鷲さながら、
28 この身を奪い去る！……　太陽を迎えに私は飛ぶ！

—Je réponds !... Je surgis de ma profonde absence !
Mon cœur m'arrache aux morts que frôlait mon sommeil,
Et vers mon but, grand aigle éclatant de puissance,
Il m'emporte !... Je vole au-devant du soleil !

私は薔薇一輪だけ取って逃れる……　美しい矢を
脇腹に受け！……　私の頭が歩みの群れを産み出し……
それらが私の愛しき塔に駆け寄り、その爽やかな

Je ne prends qu'une rose et fuis... La belle flèche
Au flanc !... Ma tête enfante une foule de pas...
Ils courent vers ma tour favorite, où la fraîche

高みに呼ばれて、私は腕を差し伸べる！

昇れ、おおセミラミス、螺旋を支配する女王よ、
愛なき心で　ひたすら誉れに向かって聳え立つ塔！
お前の傲然たる眼が渇き求める大帝国に
お前の硬い王笏が幸福を感じさせる……

深淵に挑め！……　最後の薔薇の橋を渡れ！
私はお前に近づく、危険よ！　誇りを煽られて！
この蟻どもは私のもの！　これらの街は私の物、
この道もあの道もわが権力の描線だ！

私の王国は広大な猛獣の毛皮！
この皮を纏っていた獅子を殺したのは私。
だが、なおも獰猛な幻の獣臭さが
死臭を漂わせ、わが羊の群れを守っている！

Altitude m'appelle, et je lui tends les bras !

Monte, ô Sémiramis, maîtresse d'une spire
Qui d'un cœur sans amour s'élance au seul honneur !
Ton œil impérial a soif du grand empire
À qui ton sceptre dur fait sentir le bonheur[53]...

Ose[54] l'abîme !... Passe un dernier pont de roses !
Je t'approche, péril ! Orgueil plus irrité !
Ces fourmis sont à moi ! Ces villes sont mes choses,
Ces chemins sont les traits de mon autorité !

C'est une vaste peau fauve que mon royaume[55] !
J'ai tué le lion qui portait cette peau ;
Mais encor[56] le fumet du féroce fantôme
Flotte chargé de mort, et garde mon troupeau !

第七－一一詩節では、セミラミスの雄々しい姿（「力の漲る大鷲」（二七））が、「螺旋の塔」（三一・三三）へ向かう上昇志向とともに「獣の匂い」（四三）の充満するなか描き出される。

まず第七詩節冒頭から第八詩節にかけて、第二詩節冒頭と同様に、リズムの変化によって話者の交替が示される。いずれの詩行も一二音節詩句《アレクサンドラン》の中央の句切りを例外なく守りながら、第七詩節各行の統辞法上のリズムは変化に富み（3-9, 6-6, 4-8, 3-9）、第八詩節のリズム変動はさらに激しく、各行の統辞法上のリズムは大きく揺らぐ（8-4, 2-10, 9-3,

6-6)。そのうえ、二九行目から三〇行目、三一行目から三二行目にかけて句跨《アンジャンブマン》ぎを含み、第三〇行冒頭の送り語《ルジェ》(Au flanc) および第三一行末尾の逆送り語《コントル・ルジェ》(la flèche) が際立つ。また第二九行の内的送り語 (Je ne prends qu'une rose // *et fuis...*) も「美しい矢を脇腹に受け」ながら「逃れ去る」鷲＝セミラミスの動きを巧みに伝えるだろう。「曙」の招きに応じつつ(「私は応える」(五))、セミラミスはむしろわれとわが身に向かって命令する(「昇れ、おおセミラミス」(三三)、「深淵に挑め」(三七))。セミラミスはみずから「螺旋を支配する女王」(三三)と自称するが、「愛なき心」で「ひたすら誉れに向かって聳え立つ塔」はセミラミス自身の象徴にほかならず、「湧き出る」(二五)、「太陽を迎えに飛ぶ」(二八)、「高みに呼ばれて」(三二)といった語句が「愛しき塔」(三一)に向かうセミラミスの上昇志向を強調するだろう。第一詩節では「眠っていた目」(二)も、いまや皇帝然とした「傲岸な目」(三五)に変わっており、またサディスティックな喜び――「お前の硬い王笏が大帝国に幸福を感じさせる」(三六)――も表現されている。

セミラミスの王国には獣の匂いが充満している。セミラミス自身(の「心」)が「力の漲る大鷲」(二七)であり、その「王国」はセミラミス自ら殺めた「獅子」の「毛皮」で出来ている(四一-四二)。支配下に蠢く民衆は「蟻ども」(三九)あるいは「羊の群れ」であり、それを守っている「獰猛な幻の獣臭さ」(四三)が「f」音の頭韻 (le *fumet du féroce fantôme – Flotte*) をともなって漂う。なお、「セミラミス」関連草稿には「猿の女王 Reine of the Apes」や「蜜蜂の女王 reine des abeilles」という表現も見られる[57]。

また、「薔薇の橋」(三七)のイメージや「この蟻どもは私のもの」(三九)という表現は〈散文草稿〉の冒頭部分に見えたものであり、この詩の素描の出発点となるものであった。同草稿にはさらにこの詩のキーワードとなる「力・権力 puissance」(二七)の語が四度書きつけられている。

第一二-一五詩節　天と地のあいだ

ついに、私は太陽にわが魅惑の秘密を捧げる！　Enfin, j'offre au soleil le secret de mes charmes !

太陽もこれほど優美な皮膚を照らしたことはない！
わが身の脆さがもたらす不安を私は味わう
大地と天の双方に呼び求められて。

Jamais il n'a doré de seuil si gracieux !
De ma fragilité je goûte les alarmes
Entre le double appel de la terre et des cieux.

わが権力の食卓、理性的な狂宴、
屋根と森との何とおぼろげな前庭を
清く神聖な見張りの塔の足下に見据えることか、
秘密の出来事からこうして静かに遠ざかって！

Repas de ma puissance, intelligible orgie,
Quel parvis vaporeux de toits et de forêts
Place aux pieds de la pure et divine vigie,
Ce calme éloignement d'événements secrets !

魂はついにこの頂きにおのが住みかを見出した！
おお何たる広大さから魂はその広大さを授かることか
私の心臓が内なる翼にふわりと舞って
私自身の内なる空に別の深みを広げる時！

L'âme enfin sur ce faîte a trouvé ses demeures !
Ô de quelle grandeur, elle tient sa grandeur
Quand mon cœur soulevé d'ailes intérieures
Ouvre au ciel en moi-même une autre profondeur !

蒼穹を案じ、栄光に燃え尽きた、
胸よ、肉の鼻孔に通じる底知れぬ闇の淵よ、
海にも似た街並みから昇ってくる
魂と煙からなるこの香を吸い込むのだ！

Anxieuse d'azur, de gloire consumée,
Poitrine, gouffre d'ombre aux narines de chair,
Aspire cet encens d'âmes et de fumée
Qui monte d'une ville analogue à la mer !

第一二－一五詩節では、雄々しいセミラミスの「秘密」（四六）と「脆さ」（四七）が打ち明けられ、「大地と天の双方の呼び声のあいだ」（四八）に引き裂かれた女王の内なる葛藤が表現される。セミラミスを「大地」の方へ引き寄せる引力は、彼女自身の「魅惑の秘密」（四五）、その「優美な皮膚（敷居）」（四六）、つまり女の「肉（体）」（五八）で

ある。「わが身の脆さがもたらす不安を味わう」（四七）、「わが権力の食卓」、「理性的な狂宴」（四九）といった表現によって、セミラミスの「愛なき心」（三四）の情事が匂わされる。が、そうした「秘密の出来事」（五二）からセミラミスは「静かに遠く離れ」（五二）、大地の引力に逆らってふたたび高みを目指す。そして塔の「頂き」のうえに「住まい」を見出した「魂」は、自らの「広大さ」と、それを授ける帝国の「広大さ」に感嘆する（五三－五四）。〈散文草稿〉には「広大さの陶酔」や「視野には観念と酒の力がある」という表現が見られたが、この広々とした見晴らしのもたらす陶酔感が grandeur という語の反復によって、またこの語に含まれる［œ:r］のこだま（dem*eures* – grand*eur* – intéri*eures* – profond*eur* の脚韻（五三－五六）および mon *cœur*（五五））によって表現されていると思われる。またセミラミス＝鳥（「鷲」）の比喩から導かれる「内なる翼」のイメージは、この偉大な魂の飛翔を喚起するだけでなく、深い呼吸の感覚と結びつくものでもあることが〈散文草稿〉からうかがわれる。「私の帝国全土が私の鼻孔のところで気化し、無限にしみ込んでくる［その空気］が肺を内なる翼のように開かせる」というように「内なる翼」は「肺」の比喩として用いられていた。肺のかたちと深い呼吸の感覚を結びつけるこの身体的なイメージは、空へ昇る運動と同時に、身体内部の「深み」（五六）へ、「肉の鼻孔に通じる」「胸」の「底知れぬ闇の淵」（五八）へ向かう運動を喚起するだろう。こうしてセミラミスは再び「大地」に引き戻される。なお、深々とした呼吸の感覚は「巫女」（『魅惑』）に見られ[58]、「大地と天の双方に呼び求められ」る宿命的な有りようは「生命」を「踊る女」にたとえる対話篇『魂と舞踏』にも描かれている[59]。

第一六－一八詩節　神殿建設のどよめき

太陽よ、太陽よ、わが蜂の巣の哄笑を見よ！
強烈にして休みなきバビロンがどよめく、
戦車の、喇叭の、瓶や壺やの連鎖のざわめき、
建設する死すべき身にのしかかる石の呻き。

Soleil, soleil, regarde en toi rire mes ruches !
L'intense et sans repos Babylone bruit,[60]
Toute rumeur de chars, clairons, chaînes de cruches
Et plaintes de la pierre au mortel qui construit.

仮借なき神殿を望むわが心をなんとそそることか、
鋸《のこぎり》の鋭い響きと鑿《のみ》の叫喚は！
そしてこの大理石と太綱の呻き声が
68 活気づく空気を構造と鳥で満たす！

全世界のなかに私の新たな神殿が生まれ、
私の願望が運命の国に鎮座するのが見える。
見分けのつかぬ行為の沸き立つなか、波に乗って
72 わが神殿はひとりでに天に昇ってゆくようだ。

Qu'ils flattent mon désir de temples implacables,
Les sons aigus de scie et les cris des ciseaux,
Et ces gémissements de marbres et de câbles
Qui peuplent l'air vivant de structure et d'oiseaux !

Je vois mon temple neuf naître parmi les mondes,
Et mon vœu prendre place au séjour des destins ;
Il semble de soi-même au ciel monter par ondes
Sous le bouillonnement des actes indistincts.

第一六－一八詩節では、ふたたび意気揚々としたセミラミスの「太陽」への呼びかけに続いて、「神殿」建設の活気とその凄まじい騒音が喚起される。この箇所にはヴァレリーによる自作詩の引用ともいえる表現が続出する。第一六詩節冒頭の「太陽」への挑発的な呼びかけは「蛇の素描」（『魅惑』所収）第三詩節の出だし（「太陽よ、太陽よ！……輝きわたる過ちよ！」）を、あるいは「海辺の墓地」第六詩節の「青空よ、真の空よ、変わる私を見つめたまえ」を想起させる。また、ruches – cruches の脚韻や、神殿建設の音響を模倣するような子音の連打（*r*ire mes *r*uches ; *B*a*b*ylone *b*ruit ; *ch*ars, *c*lairons, *ch*aînes de *c*ruches ; *p*laintes de la *p*ierre における［R］［b］［ʃ］［k］［p］の頭韻）は、おなじく怒涛の音韻を畳みかける「夏」（『旧詩帖』）の冒頭部分を想い起させる。また第一七詩節の鋭い母音［i］［y］の連続（Les sons aig*u*s de sc*i*e et les cr*i*s des c*i*seaux）もまさしく詩句の意味する鋸や鑿の立てる音の鋭さを直に伝えるかのようである。そして詩節を締めくくる「構造と鳥」のイメージが無機物と有機物を対比させつつ、両者の混淆した叫びによって「生気あふれる空気」を満たす。こうした音響のイメージは〈散文草稿〉にも「これらすべての仕事、ロープの軋む音、ハンマーを打つ音が聞こえる」と記されていたが、その横に付記された「R. I」の文字はこ

うした音韻効果を意図したものではないかと思われる。とくに［R］音は第一六詩節の脚韻を中心に激しい「どよめき bruit」（六二）や「ざわめき rumeur」（六三）を表現するかのようである。［l］音の方はそれほど顕著ではないが、たとえば「石の呻き plaintes de la pierre」（六四）などにその畳韻が聞き取れる。

他方、第一八詩節では「神殿」が「見分けのつかぬ行為の沸き立つ」なか「波に乗って昇ってゆく」（七一－七二）さまが鼻母音とともに表現されており（第一八詩節の脚韻 *mondes* – *ondes* に加え、*mon temple*、*monter* par *ondes*、bouillonne*ment* des actes *indistincts* など）、イメージと音韻の相互作用によって気分の高まりが表現されている。なお、「神殿」の上昇というイメージは「オルフェ」（『旧詩帖』）最終詩節の「半身あらわな〈神殿〉が夕べに浸されて天翔る」さまを想起させる。

第一九－二一詩節　民衆のざわめき

愚かしき民よ、わが権力は私をおまえに繋ぐ、
ああ！　わが自尊心さえおまえの腕を必要とする！
そして無数の頭をかくも快くわが足下に敷く
この憎しみを愛さずに私の心はどうしたらよい？

ひれ伏して、無数の頭のささやくひそひそ声は
凪いだ波の怒りのこもった音楽のようだ、
死すべき女の足下に静まりかえりながら
奴らは恐怖のぶり返しを内に秘めている。

私は無意味と聞き捨てる、わが厳かな顔まで

Peuple stupide, à qui ma puissance m'enchaîne,
Hélas ! mon orgueil même a besoin de tes bras !
Et que ferait mon cœur s'il n'aimait cette haine
Dont l'innombrable tête est si douce à mes pas ?

Plate, elle me murmure une musique telle
Que le calme de l'onde en fait de sa fureur,(61)
Quand elle se rapaise(62) aux pieds d'une mortelle
Mais qu'elle se réserve un retour de terreur.

En vain j'entends monter contre ma face auguste

この恐れと獰猛さのざわめきが昇ってくるのを。
神々に倣って不正をはたらくまでに
84 偉大な魂は必然と釣り合うものとなる！

Ce murmure de crainte et de férocité :
À l'image des dieux la grande âme est injuste
Tant elle s'appareille à la nécessité !

第一九－二一詩節では、「愚かしき民」（七三）に向かって呼びかけるセミラミスの微妙な心理、つまり支配者と被支配者の相互依存という権力構造を自覚する女王が民衆に対して抱く侮蔑と懸念が表明される。神殿建設の大音響が印象的であった先の三詩節（第一六－一八詩節）から聴覚的な描写を引き継ぎながら、ここではそれを民衆の不平のざわめきに転じる。

第一九詩節では、まさしく自らの「権力」によって「愚かしき民」に「繋」がれていることを嘆くセミラミスが、「足下」に従える民衆への「憎しみ」を打ち明け、その憎悪を「愛する」（七五）と言うが、「愛なき心」（三四）の持ち主のこの「憎しみを愛する心」とは、自らが他者に依存しなければならないことに耐えられぬ「自尊心」（七四）の裏返しだろう。民衆の「無数の頭」（七六）を心地よく足蹴にする姿にその心がよく表れているが、「この憎しみを愛さずにどうしたらよい？」と自問するところに女王の心理の陰影もうかがわれる。

第二〇詩節では、冒頭の「ひれ伏して（平たい）」（七七）という形容詞や、民衆の押し殺した不平の声を「音楽」（七七）に喩えるところ――［m］音の畳韻（elle me murmure une musique）はまさしく詩句の意味する「凪いだ波の怒りのこもった音楽」を模倣するかのようである――、あるいはまたそれを鎮める自身の「足下」（七九）を再度強調するところに、セミラミスの民衆に対する侮蔑と自負心の強さがうかがえる反面、自らを「死すべき女」（七九）と言うあたりに民衆の反乱を懸念する女王の不安も読み取れる。

第二一詩節では、そうした自らの不安を払拭しようとするかのように、セミラミスは「恐れと獰猛さ」の入り混じった民衆の「ざわめき」が自分の耳まで届くとしても「無意味」（八一）と切り捨てる。そして自らの「厳かな顔」（八二）を引き締め、「神々」にも等しく「必然」的なものとなった自らの「偉大な魂」（八三－八四）を誇る。最後の二行は、「セミラミスのアリア」制作から一〇年余り後、同じくこの伝説的な女王を主題として、ヴァレリーが作曲家アルチュール・オネゲルと共同制作した三幕および二つの間奏曲からなる音楽劇『セミラミス』（一九三四年パリのオペラ座初演）の最後の台詞を想起させる。

私は自分が本当に実在したことを後世の人々が疑うほど偉大になることを望んだ……　精神の創造物〔伝説〕とみなされるしかないほどに強くまた美しくあることを望んだ。最高の栄光とは、自らを考えられないものとする神々の栄光ではないか？／「ありえない、信じられない」と〔後世の〕人はセミラミスについて言うだろう……「信じられない、――それゆえ神のようだ……」と[63]

「セミラミスのアリア」決定稿ではこの第二詩節の後、一九二六年再版で追加された三詩節がつづくが、まずは一九二〇年初版の形にそって詩を締めくくる最終二詩節を読むことにしよう。

最終二詩節　結末のクレッシェンド

わが心より産まれた神殿のなんと心に沁み入ることか
私の胸の夢想からゆっくりと引き出され、
勝ち誇る量塊《マッス》の記念碑が、私の眼差しのなか
わが構想の影と一体となるのを目にする時！

Qu'ils sont doux à mon cœur les temples qu'il enfante
Quand tiré lentement du songe de mes seins,
Je vois un monument de masse[64] triomphante
Joindre dans mes regards l'ombre de mes desseins !

鳴り響け、金のシンバルよ、リズムに乗った乳房よ、
私の清らかな壁に打ち震える薔薇よ！
わが広大な思念のうちにわれとわが身の消え去らんことを、
賢者セミラミス、魅惑的な女にして王！

Battez, cymbales d'or, mamelles cadencées,
Et roses palpitant sur ma pure paroi !
Que je m'évanouisse en mes vastes pensées,
Sage Sémiramis, enchanteresse et roi !

最後の二詩節はともに感嘆文で締めくくられるが、結末に向かって増えてゆく感嘆符は〈散文草稿〉における「クレッシェンド」という言葉を思い起こさせる。最終詩節はまさに「自尊心、高揚、自己超越［の気分］の高まり」を表現する「声の絶頂」において叫ばれる。

第二五詩節（初版では第二二詩節）は、この結末のフォルティッシモを際立たせるために、また切望した「神殿」をようやく眼前にするセミラミスの感動を伝えるように、「優しく」（Qu'il sont doux...）、「ゆっくりと」（九八）と読み始めるべきだろう。「産む enfante[r]」（九七）という動詞は、創造行為を受胎になぞらえ、[65]セミラミスの「心」から生まれた「神殿」が孤高を貫く女王の唯一の「子」であることを示しつつ、triomphante と押韻して「勝ち誇った」響きを響かせる。

第二六詩節（初版では第二三詩節）は、前節の広々と奥ゆきのある構図――眺望のきく高みからセミラミスが「神殿」を見やる――から、セミラミス自身へと一挙にズームアップし、ますます速度を高めてゆく官能的な乱舞で最後を締めくくる。「リズムに乗った乳房」を「金のシンバル」さながら打ち鳴らし、その「清らかな壁」に「薔薇」の乳首を打ち震えさせる「魅惑的な女」セミラミス。が、あらわな上半身を激しく揺らしつつ、この「賢者」が望むのはみずからの官能的な肉体の消失あるいは昇華にほかならない――「わが広大な思念のうちにわれとわが身の消え去らんことを！」（一〇三）。この詩句は一七世紀フランスの宮廷説教師ルイ・ブルダルーからの借用と言われるが、ヴァレリーは「野心」を諌めるブルダルーの説教をいわば逆手にとって、みずから「傲慢」を誇るセミラミスの口からこの言葉を言わしめている。[66]自らの思念のなかに消えるというイメージはすでに最初期の〈散文草稿〉に存在していたが、「私は私の思考のなかに消え去る Je m'évanouis dans mes pensées」という言葉につづいて「この帝国の魂」と記されており、肉体は思念のなかに消えて「帝国の魂」となると読むことができる。「われとわが身の消え去らん」（Que *je* m'*évanouisse*）という叫びのうちに「賢者セミラミス」（*Sage Sémiramis*）という名の響きを聞き取ることもできるかもしれない。[67]また「私の清らかな壁」（一〇二）は精神的に純潔なセミラミスの胸の暗喩だが、肉体を建物に喩えるこの表現は、セミラミスの身体が「神殿」と化すというイメージを生み出すだろう。われとわが身を消し去ったセミラミスが後に残すのは、自らを伝説化する「神殿」と、それを生んだ「広大な思念」だけである。

一九二六年の追加詩節――愛欲場面の挿入

はじめに述べたように、この詩は当初全二三詩節であり、『旧詩帖』再版以降、三詩節を加えて全二六詩節の構成となったが、『旧詩帖』初版において、「セミラミス」に「未完の詩」という付記が添えられたのは、まさしくこの追加詩節を欠くためであると思われる。「セミラミス」第二一詩節と最終二詩節のあいだに挿入された三詩節は次のようなものである。

第二二－二四詩節

愛の甘さに時として触れられることがあっても、
どんな優しさに、またどんな諦めによっても
私は、愛人どもの眠りの強い絆のなかに
横たわった生贄の虜のままではいない！

Des douceurs de l'amour quoique parfois touchée,
Pourtant nulle tendresse et nuls renoncements[68]
Ne me laissent captive et victime couchée
Dans les puissants liens du sommeil des amants !

くちづけ、愛欲のよだれ、低俗なしあわせ、
おお　もつれあった愛人どもの波の動き、
私の心が私にこれほど孤独を説き勧め、
わが空中庭園をかくも高みに設けたからには

Baisers, baves d'amour, basses béatitudes,
Ô mouvements marins des amants confondus,
Mon cœur m'a conseillé de telles solitudes,
Et j'ai placé si haut mes jardins suspendus

わが最上の花々はただ雷だけを待ちのぞみ、
どれほど美貌の男の涙にも動かされず、

Que mes suprêmes fleurs n'attendent que la foudre[69]
Et qu'en dépit des pleurs des amants les plus beaux,

私の薔薇に触れる手は粉々に砕かれ、　À mes roses, la main qui touche tombe en poudre :
96　最も甘い思い出が墓という墓を築く！　Mes plus doux souvenirs bâtissent des tombeaux !

第二二詩節の冒頭「愛の甘さに時として触れることがあっても」は、この詩の転調を告げるべくひときわ優しく甘い声で歌われる一句だろう。「神」にも比肩する「偉大な魂」（八三）からひとりの女人へセミラミスは身を落とす。が、愛の「虜」となり「横たわった生贄」（八七）のままであること、「愛人ども」（八八）の相対性のなかにとどまることは、この絶対者の矜持が許さない。

第二三詩節は「愛」の行為を侮蔑的な調子で喚起する。*Baisers*, *baves* d'amour, *basses béatitudes*（八九）における［b］音の頭韻には、「くちづけ」の名残を、「愛欲のよだれ」を、「低俗なしあわせ」を吐き捨てるような侮蔑感が強く感じられる。次行では［m］音の畳韻と鼻母音によって（Ô *mouvements marins* des *amants* con*fondus*,）絡み合った身を波のように揺らす仕草が喚起される。詩節末尾に句読点を伴わずに置かれた「空中庭園」（九二）の語はまさしくそのイメージにふさわしく詩節間の空白に架かったまま宙づりに（suspendus）されている。

第二四詩節は si – que（九二－九三）の構文によって第二三詩節からの詩節跨ぎを受ける。「空中庭園」に咲き誇る「わが最上の花々」はただ「雷」に打たれることのみを待望する。愛人たちの「涙」にも動かされず、「私の薔薇」に「触れる手」を切り落とし、幾夜の「最も甘い思い出」によって次々に「墓」を打ち建てる。

こうした心理の動き、「愛」の「低俗なしあわせ」に身を落とす「女人」から、そのような自分と愛人の相対関係に我慢ならず、それを侮蔑して絶対的な「孤独」の高みに昇ろうとする心理の動きは、先述した一九三四年の音楽劇『セミラミス』にも表現されている。第一幕「戦車」において敵国の王たちの頭を踏みつけて登場するこの女王は、第二幕「ベッド」において捕虜の男の美貌に目をとめ、それと交わる。が、第三幕「塔」では情事の後、鼻を高くした男を殺し、「塔」を昇って夜の星空に対峙する。「ベッド」から「塔」へ、濡れ場から夜空へ、下降する快楽から上昇する矜持へ、セミラミスの心理は一変する。

一九二六年に追加された三詩節はそうした「女」と「王」のあいだを激しく揺れるセミラミスの心理を描き込んだ

めに挿入されたものにちがいない。この詩節の追加によって、詩の終盤における「神殿」建設からその完成へといたる流れに大きな転機が導入され、最後の官能的な乱舞はより含みあるものとなるだろう。「リズムに乗った乳房」とその「打ち震える薔薇」もあらわなセミラミスの乱舞は、官能をそそる挑発的な身振りというよりは、官能のよろこびの記憶が残る自らの身体を激しく打ちつけ、そこから飛び立ってゆくための儀式のようである。

文法上の性の揺らぎ

　これまでに見たように女王セミラミスはまさしく女と王のあいだを揺れ動く存在であるが、この両極のあいだの揺らぎあるいは葛藤は、それを表現する語彙の文法上の性《ジャンル》に反映していると思われる。以下、文法上の性の揺らぎという観点から詩全体をたどりなおしてみよう。

　第一詩節では、セミラミスは「私」とは言わずに「私の額 mon front」(一)と言う。そしてこの男性名詞を代名詞 il で受け、それを主語に立てるところに、男性化するセミラミスの精神が読み取れる。第二－六詩節における「曙」の台詞は、セミラミスを直接名指すことはなく「偉大な魂 grande âme」(六)に呼びかける。「魂」は女性名詞だが「偉大な」という形容を伴ううえ、この「曙」の呼びかけにはセミラミスが女性であることを明示する文法上の印はない。眠りから覚めるセミラミスを喩える「泳ぎ手 nageur」(一四)の比喩も男性形である。第七－一一詩節においてセミラミスは初めて「私」と言い、「セミラミス」と名乗る(われとわが身に呼びかける)が、ここでもセミラミスは自らを男性化する。第七詩節、「私の心臓 mon cœur」は「力の漲る大鷲」に喩えられるとともに男性形の代名詞 il(二八)で受けられる。第八詩節の「歩みの一群 une foule de pas」を受ける男性複数形 ils(三一)も、女王を取り巻く男性的な雰囲気を強めている。もっとも、第九詩節の「女王 maîtresse」(三三)という語はセミラミスが女性であることを明示するが、「螺旋(の塔)」という補語を伴ってむしろ「支配する者」という意味合いが前景化するだろう。それに続く「傲然たる目」や「硬い王笏」といった表現もこの支配者としての側面を強調するものである。

　だが、詩の中盤に差しかかると、この雄々しい女王も自らの「魅惑の秘密」(四五)とともにその「脆さ」(四七)を見せはじめる。第一二－一五詩節は男性化したセミラミスが女性的な一面をあらわにする第一の転機であり、「大地と天の双方に呼び求められて」（四八）という表現がこの両極に引き裂かれる女王のありようを端的に示す。第一四詩節では「魂」の「偉大さ」を誇りながらもそれを女性形の代名詞 elle（五四）で受け、第一五詩節ではさらに女性名詞の「胸 poitrine」（五八）が二つの女性形形容詞「不安な anxieuse」と「焼き尽くされた consumée」に導かれて現れ、「大地」の引力に引き寄せられるセミラミスの女性性を強調すると思われる。

第一六－一八詩節では「太陽よ、太陽よ」と声高に叫びつつ、セミラミスは再び「天」を目指し、自らを立て直そうとするかのようである。第一六詩節以降、「神殿」建設の様子が大音響とともに喚起されるが、「ひとりでに天に昇ってゆく」「私の神殿」は代名詞 il（七二）で受けられている。

第一九－二一詩節では神殿建設のどよめきを民衆のざわめきに転じつつ、「愚かしき民」の「無数の頭」を代名詞 elle で受け、それを三度繰り返す（七七・七九・八〇）ことによって、いわば民衆をひとまとめに女性化する一方、民衆に対する「憎しみを愛する」セミラミスの「心」は代名詞 il（七五）で示され、転倒した男女の対比を際立たせる。とはいえ、第二二詩節の「死すべき女 une mortelle」（七九）という表現は、民衆を鎮圧しながらも、その反乱を懸念する女王の口から思わず漏れた弱みを表現するかのようであり、第二一詩節でも矜持を保とうとする「偉大な魂」が代名詞 elle で受けられ、女王は心ならずも女の性を垣間見せていると言えよう。

一九二六年に追加された第二二－二四詩節は、まさしくこの「死すべき女」の性を強調するために挿入されたものと思われるが、とりわけ第二二詩節において、セミラミスを形容する語に女性形の語尾が顕著に現れている。詩句末に置かれて押韻する「触れられた touchée」と「横たわった couchée」（八五－八七）、さらに半句末に置かれた「虜 captive」（八七）の女性形語尾は、たとえこの女王のプライドが愛に囚われたままであることを許さないとしても、「愛の甘さ」に「触れられた」セミラミスが「女」になったことを明示する印である。第二四詩節の「私の最上の花々」（九三）や「私の薔薇」（九五）といったイメージも、セミラミスの女性性を強調するだろう。

最終二詩節ではこの花のイメージを引き継ぎながらセミラミスの「胸」に焦点が絞られる。第二五詩節の「私の胸」（九八）は神殿の「夢想」を宿す「心」とほぼ同義だが、これは第二六詩節の「リズムに乗った乳房」（一〇一）を導くための伏線と思われる。「薔薇」の乳首をあらわに乱舞する女は、しかしながら「わが広大な思念のうちにわれとわが身の消え去らんことを」と叫びつつ、自らの肉体とその女性性から身を解き放とうとする。そして最終行ではまさしくそうした精神の動きが文法上の性の変化によって象徴的に示される。「賢者 sage」(男女同形)セミラミスは、「魅惑的な女 enchanteresse」(女性形)から「王 roi」(男性形)へ、女から男へというよりは性別を越えた高みへ昇りつめて消えさろうとする。

なお、四行詩を二六詩節連ねるこの詩において各詩節はいずれも交差韻からなり、女性韻ではじまり男性韻で締めくくられる(FMFM)。この脚韻構成も、以上に述べたセミラミスの精神の軌跡と調和するものであり、「女」から「王」への変貌を暗に示しているとみなすこともできよう。

「螺旋〔の塔〕」を支配する女王」(三三)でありながら「死すべき女」(七九)でもあるセミラミスは、「大鷲」のごとき「心臓」と「偉大な魂」によって天を駆けながら、その「肉体」とくに「乳房」によって「大地」に結びつけられている。が、「大地と天の双方に呼び求められて」ひとたび「大地」に身を落としたとしても、ふたたび「天」を目指す運動こそが「セミラミス」――〈散文草稿〉の言葉を借りれば、詩人自身の「ある日の魂」――の姿にほかならない。

後年の作の特徴

はじめに述べたように「セミラミスのアリア」は『若きパルク』以後に書かれた比較的新しい詩であるが、以下その特徴を示すと思われる点を挙げてみよう。

主題――雄々しい女・目覚め・朝

『旧詩帖』所収詩篇には女性をうたった詩が多くある――「紡ぐ女」「エレーヌ」「ヴィーナスの誕生」「夢幻境」「水浴」「眠れる森で」「むなしい踊り子たち」「挿話」「ながめ」「夏」「アンヌ」――が、それらの女性と比べると「セミラミスのアリア」の特異性が際立つ。まず、『旧詩帖』における女性の多くがいかにも女性的な優美さをたたえているのに対し、セミラミスは雄々しい女傑である。もっとも、ヴァレリーの若書きの詩のなかには強い女が登場する例もある（「暴行」[70]など）が稀であり、権力者をうたった「皇帝の行進」[71]では「カエサル」と同じくいかにも雄々しい男性の英雄が描かれている。また『旧詩帖』の女性たちがしばしば眠っている、あるいは夢の雰囲気に浸されているのに対し、セミラミスは目覚めており、しかも目覚めへの意志を声高にうたっている（第二－六詩節において「曙」がセミラミスに語りかける台詞は、曙光に対峙する女王がわれとわが身に言い聞かせる言葉にほかならない）。それに関連して「セミラミスのアリア」が「夜明け」から始まることも、「夜」と「夕暮れ」をうたうことの多い初期詩篇からこの詩を分かつ特徴とみなすことができる。「エレーヌ」や「ヴィーナスの誕生」も夜明けあるいは朝を舞台としているが、その光の強度および目覚めへの意志において「セミラミスのアリア」はむしろ『魅惑』の巻頭詩「曙」に近い。

形式――女性の一人称・詩句の韻律

『旧詩帖』およびヴァレリーの初期詩篇に現れる女性たちとセミラミスの違いとして、前者がほとんどの場合、三人称で描かれているのに対し、後者は一人称の女性が語るという点も注目される。『旧詩帖』所収詩篇のなかで「セミラミスのアリア」以外に女性が語るのは「エレーヌ」だけであるが、その独白はよく知られているように『若きパルク』に引き継がれる。初期の作では「ヴェネチア女の遺言」[72]が女性の一人称語りとなっているが、きわめて珍しい例である。他方、『魅惑』では「巫女」や「蜜蜂」が、また一九一七－一九一八年に書かれた詩「若い娘」[73]などが女性一人称で書かれている。その独白の調子において「セミラミスのアリア」に近いのは『若きパルク』と「巫女」であろう。

「セミラミスのアリア」が『若きパルク』以後に書かれた後年の作であることをより明確に示すのは、その詩句の韻律である。一二音節詩句を一〇四行連ねるこの詩において、まず注目すべき韻律上の特徴は、中央の句切りを揺るがせるような非古典的詩句をまったく含まないという点である。各詩節の読解に際して述べたように、話者が交替する場面（第二詩節冒頭および第七－八詩節）においてリズム変動が生じており、句跨ぎおよび送り語の使用が認められるが、六音節目に強勢可能な語を配するという古典的詩法の要諦は例外なく遵守されている。『旧詩帖』所収詩篇中、一二音節詩句で書かれた詩篇は一八篇あり、そのうち中央の句切りを揺るがせる詩句をまったく含まないのは「水浴」「異容な火」「カエサル」「セミラミス」の四篇だけである。それ以外の詩篇は象徴派風のリズムの揺らぎを有する詩句を少なくとも一つは含んでおり、『旧詩帖』所収以前の旧作においてはその割合がさらに高くなる。他方、『魅惑』における一二音節詩句の詩（「眠る女」「室内」「漕ぐ人」）においては、「セミラミスのアリア」におけるのと同様、句跨ぎや送り語を含むことはあっても古典的な句切りを揺るがせることは決してない。一二音節詩句を五一二行連ねる『若きパルク』についてもほぼ同様のことが言える。要するに、詩句の韻律という点で「セミラミスのアリア」は『旧詩帖』詩篇の多くと区別され、『若きパルク』および『魅惑』の詩篇との親近性を示しているのである。

『若きパルク』との関連

「セミラミスのアリア」と『若きパルク』の関連についてはこれまでもしばしば指摘されてきたが[74]、ここでは特に生成過程の特徴および詩的技法という観点から両詩篇の共通性を探ってみたい。

生成過程における詩節の移動

「セミラミスのアリア」と『若きパルク』の類似点として、制作過程における各詩節の移動が注目される。フロランス・ド・リュシーは一九一八年五月から一九二〇年七月（雑誌初出）までの約二年間における「セミラミスのアリア」の生成過程を八段階（状態）に分けているが[75]、それによれば、当初、最終稿からは削除される冒頭詩節が存在し、それにつづいて第九－一〇－一一詩節と第一三－一四－一五詩節がまず書き起こされ（第一－二状態）、次いで最終的に詩を締めくくることになる第二六詩節（第三状態）がつづくという順序で徐々に形成された。その後、第一詩節が生まれて冒頭に置かれるが、直後には第七－八詩節がつづいており（第五状態）、第二－六詩節（「曙」の台詞）が付け加えられるのは一九二〇年初頭（第七状態）のことである。冒頭が整っても終盤はまだ揺れており、第二六詩節は長らく中盤に置かれたまま、詩節の順序（特に第一一詩節と第一三詩節）および最後の締めくくり方がなかなか決まらない。なお、後から増補された三詩節のうち第二三詩節（「くちづけ、愛のよだれ……」）はすでに一九一九年初頭（第四状態）においてほぼ形が整っていたが、最終的に削除される別の詩節と結びついており、一九二〇年の段階では切り捨てられ、一九二六年の再版で組み込まれることになった。「セミラミスのアリア」の生成過程におけるこのような詩節の移動は、総行数が五倍近くにおよぶうえ詩節の単位も一定しない『若きパルク』の生成過程の目まぐるしさほどではないにせよ、それに通じる特徴をもっていると言える。

「転調《モデュラシオン》」の技法

『若きパルク』について、ヴァレリーは四年以上にわたるこの労作が、「音楽で《転調《モデュラシオン》》と呼ばれているものに類したことで、どのようなことが詩で試みられるかという、まさしく際限のない探究であった」[76]と述懐している。また、この詩の「真の主題」は「一夜という持続のあいだの意識の変化」、言い換えれば「生の転調」であると語っている。[77]『若きパルク』の詩人は、眠りと目覚め、闇と光、涙と笑い、生と死、意識と官能性、過去の追想と未来の幻想など、さまざまな意識の「相」のあいだを揺れ動く「生の転調」を、調性音楽における「転調」をモデルとして表現しようとしたわけだが、そうした意識および生の変転が生じる源にはパルクの存在の二重性（あるいは多重性）が潜んでいるだろう。その意味では「大地と天の双方の呼び声のあいだ」に身を置き、「女にして王」であるセミラミスも根本的に二重性を内に抱えた中間的存在であり、パルクと同様、「生の転調」を宿命づけられている。

上昇と下降

「大地と天」の両極に引き寄せられ、「女」と「王」のあいだを揺れ動くセミラミスという存在の「転調」を端的に示すのは、上昇と下降という相反する二つの運動である。

上昇するのは、「偉大な魂」［二・一四・二一］[78]あるいは「大鷲」に喩えられる「私の心臓」［七・一四・一九・二三・二五］である。「魂」には定冠詞が付せられる一方、「心（臓）」は所有形容詞を伴うが、両者ともこの詩に頻出するキーワードであり、いずれもセミラミスの精神的な上昇志向と結びついている。また「昇る monter」という動詞も頻出するうえ［九・一五・一八・二一］、「身を再び起こす se redresser」［一］、「再び昇る remonter」［四］、「太陽に向かって飛ぶ vole au-devant du soleil」［七］、「高み altitude」［八］といった一連の表現によってセミラミスの上昇運動が示される。その目指すところは「塔（螺旋）」［八・九］であり、「神殿」［一七・一八・二五］であり、「空中庭園」［二三］である。

他方、下降する動きは、まず詩篇冒頭において「眠り」の主題としてそれとなく告げられる。「真の眼差しに立ち返れ（remonte）」［四］という表現は上昇志向を示すと同時にセミラミスの「眠っている眼」［一］がいまだ真の高みに達していないことをも表すだろう。その後、「深淵 abîme」［一〇］や「胸」の「底知れぬ闇の淵 gouffre d'ombre」［一五］といった表現によって「大地の呼び声」が喚起されるが、その重力場が最も強く感じられるのは「ベッドのうえ」［五］である。ベッドは「眠り」［七］の場であるとともに「愛欲のよだれ」［二三］に濡れる場でもあり、一九二六年に追加された三詩節において、上昇から下降に転じる「転調」が際立つかたちとなったことは先述したとおりである。「愛の甘さ」に触れられた女王は「愛人たちの眠り」のなかに「横たわる生贄」［二二］となり、「低俗なしあわせ」［二三］に溺れるが、セミラミスとはまさしくこの下降に抗おうとする存在であり、愛欲による下降という一時的な「転調」の後、再び上昇に向かう。

上昇と下降のせめぎあいは、すでに冒頭から「時刻がわが身に降りきたり大きくなって（descendre et croître）金となる」［一］という表現のうちに予告され、「大地と天の双方の呼び声」［一二］という表現によって明確化される。後から追加された愛欲の三詩節においても、「低俗なしあわせ」にいっとき身を落としたセミラミスが「空中庭園をかくも高みに」設える［二三］というかたちで、あるいはまた女王に触れる男たちの「手の落下」と彼らのための「墓の築上」［二四］というかたちで、下降の根を断ち切って再び上昇に転じようとする勢いが表現されている。下降の原因となるのは「私の脆さ」［一二］であり、それに抗って上昇しようとするのが「私の誇り」［一・一九］である。「セミラミス」とは、魅惑的な脆さを秘めた「死すべき女」［二〇］と誇り高く非情な「王」のあいだを揺れながら、一方から他方へ向かおうとする存在であると言えよう。

『若きパルク』の複雑を極める「生の転調」と比べると、「大地と天」のあいだを上下運動する「セミラミス」の

「転調」はかなり単純にも見えるが、一九二六年の追加詩節の主眼は詩の終盤に大きな下降の転機を導入することにによって再度上昇に転じるダイナミックな動きを強調する点にあったと思われる。

「ライトモチーフ」の技法

『若きパルク』の詩人が音楽にモデルを求めた技法として「転調」のほかに「ライトモチーフ」の技法が挙げられる。この長詩を制作中であった一九一六年の『カイエ』にヴァレリーは次のように記している。

これまでライトモチーフは批判され、愚弄されてきた。が、そのような〔技法の〕助けによることなしに大規模な作品を構想することは根本的に不可能であり、そうした助けは必要なものだ。〔……〕証拠。長い詩は、実践において、読者においてつねに中断される。ポーを参照。大芸術の秘訣は〔それを受容する〕受動者に目に見えない連鎖を与える点にある。が、たとえその連鎖が目に見えるものだとしても、無いよりはましである。(79)

ワーグナーの楽劇において大々的に活用された「ライトモチーフ」の技法について、ポーの『構成の原理』における長詩批判を踏まえつつ、『若きパルク』の詩人は「長い詩」に統一感を与えるための「助け」としてこの技法の必要性を自覚している。(80)

「セミラミスのアリア」(一〇四行)は、ポーが推奨する「一〇〇行程度」の詩であり、『若きパルク』(五一二行)のような「長詩」ではないが、それにしてもヴァレリーの詩のなかでは比較的長い詩であり、『旧詩帖』においては「夕暮れの豪奢」(九七行)を上回って最も長い。『若きパルク』以後に書かれた「セミラミスのアリア」にも、この長詩と共通する「ライトモチーフ」の手法を指摘することができる。

『若きパルク』におけるこの手法を分析したシルヴィ・バレストラ＝プエクが指摘したように、「ライトモチーフ」がその機能を十全に果たすためには単に同じ語やイメージが反復されるだけではなく、反復される語やイメージが多義的・複合的な価値を帯びたものでなければならないだろう。(81) 同じ語彙がその意味を変容させつつ繰り返し現れることによって各詩節の連関性および詩の構成はより有機的なものとなるからである。

〈薔薇のモチーフ〉

そのような多義性を担ったものとして、第一に「薔薇」のモチーフが注目される。この語は「セミラミスのアリア」において計四回現れるが、まず不定冠詞を付した単数形（une rose〔八〕）、次に無冠詞の複数形（pont de roses〔一〇〕）、さらに一九二六年の追加詩節において所有形容詞を伴う複数形（mes roses〔二四〕）、そして最終詩節では無冠詞複数（roses〔二六〕）として現れる。第八詩節の「薔薇一輪」には象徴的な含意も読み取れそうだが、「脇腹に矢を受け」た「大鷲」（セミラミス）が薔薇の花一輪をくわえて逃げるという具体的なイメージを喚起するだろう。第一〇詩節の「薔薇」（「最後の薔薇の橋」）は明らかに朝焼けの色である。また第二四詩節の「私の薔薇」（それに触れる手が切り落とされる）および第二六詩節の「薔薇」（「私の清らかな壁に打ち震える」）はセミラミスの肉体を暗示する比喩である。このように「薔薇」のモチーフは、実際の「薔薇一輪」から朝焼けの空の色をとおしてセミラミスの肉体の暗喩へ、その意味を変容させつつ「天と地の双方の呼び声」にかかわる両義的なイメージとして機能している。

なお、「薔薇」と密接に結びつく「乳房」のイメージは、まず深い呼吸の感覚を呼び起こす「胸 Poitrine」への呼びかけとして現れ〔一〇〕、最終二詩節において、「神殿」を宿した「夢想」の場としての「私の胸 mes seins」が「私の構想 mes desseins」と押韻するかたちで控えめに示されたのち、最後に至って「リズムに乗った乳房 mamelles」があらわになる。このように次第に輪郭をはっきりさせ、官能性を帯びてゆく「乳房」のイメージが最終的に「薔薇」のモチーフと結びつく。

〈海のモチーフ〉

また「海」のモチーフの用法も興味深い。「海」あるいは「波」のイメージはこの詩において計五回現れるが、そのいずれもが比喩として機能している。まず第四詩節、「曙」がセミラミスに対して目覚めよと鼓舞するくだりにおいて、眠りから目覚める人が「海」から浮かび上がる「泳ぎ手」に喩えられ、さらに「暗い水 eaux sombres」と「影 ombres」の脚韻によって、光の差し込まない〈眠りの海〉のイメージが喚起される。次に第一五詩節では、セミラミスが深々と呼吸する場面において、その「胸」を満たす「香」が「海にも似た街」から昇ってくるというかたちで「海」の比喩が現れる。

ヴァレリー・ラルボーは一九三一年のヴァレリー論のなかで、この「海にも似た街」、セミラミスがテラスの高みから見下ろす「建設中」の都市のイメージに、ヴァレリーが幼少期にヴァカンスを過ごし、当時まさしく都市開発のさなかにあった「ジェノヴァ」の記憶の反映を見て取った(82)が、そこにはまたこの詩の制作の動機となったドガの画との関連性もあるかもしれない。《バビロンを建設するセミラミス》(別図3)では、この女王がユーフラテス川とおぼしき大河を挟んで建設中のバビロンの街を眺めやっており、その視線の彼方では水と街が隣接している。また本節のはじめに引用した〈散文草稿〉にはドガの画を批判したディミエへの反発が記されていたが、そこには眼下の「深淵」にある「街」を「海」にたとえる比喩も見出される。

さらに第一八詩節では、セミラミスの夢見る「神殿」が「ひとりでに天に昇ってゆく」ように見えるというくだりに「波に乗って par ondes」という表現が差し込まれており、第二〇詩節では、同じく「波」の語が「愚かしき民」の押し殺した不平の声の比喩として用いられている(「凪いだ波の怒りのこもった音楽のよう」)。最後に、一九二六年に挿入された第二三詩節において「もつれあった愛人」の交わりが「波の動き」に喩えられる。

このように「海」および「波」のモチーフは常に比喩として機能しつつ、セミラミスの「眠りと目覚め」、バビロンの「街」、「神殿の昇る空」、民衆の「不平の声」、「性愛の行為」といったさまざまなイメージと結びつき、この詩に密かな連鎖を与えている。

〈金のモチーフ〉

「夜明けから、いとしい光線よ……」とはじまるこの詩は「金色」に満ちあふれている。「曙」の台詞のなかに「金」

の響きがちりばめられていることは先述したとおりだが、他にも「輝き・輝く」〔三・六・七〕や「太陽」〔七・一二・一六〕という語彙の反復が目立つ。「薔薇」や「海」のモチーフに比べると、「金」のモチーフはそれほど意味の変容の度合いが大きくないが、冒頭ではセミラミスがその「額」〔一〕に戴く王冠のイメージと結びつく一方、中盤では彼女の「魅惑の秘密」〔一二〕を照らしだすものとして幾分意味合いを変えている。「金」のイメージはまた「トランペット」〔三〕や「シンバル」〔二六〕などの楽器と結びつき、視覚と聴覚の共感覚を喚起する。

〈死のモチーフ〉

こうした「金色」の響きが高らかに鳴り響くなか、ところどころに差し込まれる「死」の低音がこの詩にコントラストの妙を添えている。「死」の闇は「金」の光よりも多義的な価値を帯びており、まず詩の前半（第七詩節）で、「曙」の招きに応えてセミラミスが自らの「深い不在から湧き出る」以前、彼女の「眠り」は「死者たちに触れていた」。また中盤（第一一詩節）では、セミラミスの支配する「王国」が「猛獣の毛皮」に喩えられ、なおもあたりに漂っているその「獰猛な幻の獣臭さ」のなかに「死」の臭いが入り混じっている。さらに終盤（第二四詩節）では、「愛の甘さに触れられた」セミラミスが「愛人たち」と交わるたびに彼らを抹殺し、甘美な思い出の数々で「墓」を築く。このように「死」のモチーフは、セミラミスの「眠り」に潜み、バビロンの「王国」を守る「獣の臭い」に入り混じり、最後には愛の行為の報いとして死すべき「愛人たち」に与えられる。セミラミスの「神殿」とはこの「最も甘い思い出」のための「墓」なのかもしれない。

実人生との関連

カトリーヌ・ポッジ

一九二〇年六月一七日、ヴァレリーはルネ・ド・ブリモン夫人を介してカトリーヌ・ポッジと知り合った。当時ヴァレリー四八歳、ポッジ三七歳。衝撃的な出会いは二人を急速に近づけ、まもなくポッジはヴァレリーをラ・グローレの別荘に招く。同年九月一四日、ラ・グローレへ向けてパリを発ったヴァレリーは、そこで自らの分身ともいうべきこの女性と結ばれる。二人の劇烈な愛、両人それぞれの常軌を逸した願望の一致と不和についてここで詳述する余裕はないが[83]、カトリーヌ・ポッジの影が「セミラミスのアリア」に反映しているという指摘について触れておきたい。「セミラミスのアリア」に訳と注釈を施した中井久夫は、この詩が『旧詩帖』と『魅惑』の双方に収められていた時期と、ヴァレリーがポッジと愛人関係にあった時期がほぼ重なることに注目し、特にこの詩が『魅惑』から「最終的に追放」される一九二九年にポッジとの「最終的な精神的訣別」が生じているとして、そこに偶然ならざる符合を読み取っている。ポッジはヴァレリーに対して「知的および感情的支配者、情け知らず、科学実験と哲学的体系制作に没入する「空中庭園」作者であって、まことにセミラミスのごとき人」であり、「過去のセミラミス幻想の現実化」とみなしうる女性であったと言うのである[84]。

もっとも、ヴァレリーが「セミラミスのアリア」を書いたのはカトリーヌ・ポッジと出会う以前であり、「セミラミス幻想」は「過去」のものである。が、まったくの「過去」でもない。先述のように、この詩は一九二六年の『旧詩帖』再版を機に新たな詩節を加えているからである。「セミラミスのアリア」にカトリーヌ・ポッジの影が反映しているとすれば、それはまさしくこの追加詩節——「愛のやさしさに触れられた」セミラミスの女性性が最も際立つ場面——に認められると思われる。

なお、「セミラミス」と同じく「アンヌ」も、『旧詩帖』初版では「未完の詩」と付記されたうえ、一九二六年の再版において新たな詩節を加えられたが、両詩篇における増補詩節はともに「性愛の行為」にかかわるものである。「セミラミス」と「アンヌ」におけるこのエロスの添加はポッジとの関係と無縁ではないだろう。

ジェノヴァの危機

だが、この詩にカトリーヌ・ポッジとの波乱に満ちた関係の反映が読み取れるとしても、セミラミスをこの現実の女性と重ね合わせる見方には疑問を感じる。〈散文草稿〉の末尾には「セミラミスとはある日の魂のこと」と書き記されていた。この伝説の女王はむしろ、「テスト氏」や「パルク」と同じく、ヴァレリー自身の「ある日」の精神状態を形象化したものと見るべきではないだろうか。この点について、一九四二年の『カイエ』に記された「特異な論」と題する次の断章が示唆に富む。

A. 肉体を持たない存在の表象について――／〔……〕
B. バビロニア以来、天使のことが問題になっている文章を集めて一冊にまとめること。〔……〕
C. 天使たち――PV〔ポール・ヴァレリー〕ニヨル。
（ピエール〔・ルイス〕はこの〔天使という〕名を好まなかった…… 彼にとっては一八三〇年の滑稽さにすぎなかった。私は（〔一八〕九一年）それに別の響きを与えていた――それは仮借なき《精神》、欠陥なき知性であり、精神の「光」という宿命を背負った存在であった。私は精神の神話といったものの全体を見ていた――働きかける意識、つまり攻撃する相手すべてを変容し消滅させる意識を。〔天使は〕〔一八〕九二年における私の意志と反動――私をひどく苦しめた過度な感受性に対する反動の理想のようなものであった。それは一九二…年頃変化した。

　光線の透徹した厳密さ。『セミラミス』の終幕を参照。――反動(85)／〔……〕

「肉体を持たない存在」、とりわけ「天使」についての「特異な論」を構想するなかで、ヴァレリーは『カイエ』においてしばしば見受けられるように、一八九二年の危機（いわゆる「ジェノヴァの夜」）に遡る。が、この断章でとりわけ目を引くのは、「九二年」の危機および当時の「意志と反動の理想」ともいうべき「天使」が、「バビロニア」の地名および「セミラミス」の形象と結びついている点である(86)。もっとも、ここでその「終幕」が参照されている『セミラミス』は、一九二〇年の「アリア」ではなく、一九三四年にオペラ座で初演された「音楽劇」のことであり、「反動」とは、第二幕「ベッド」から第三幕「塔」にかけての劇的な展開、すなわち捕虜の男の美貌に官能をくすぐられて身を落としたセミラミスが、そのことへの「反動」として男を殺し、再び孤高を持する絶対者の高みへ昇る動きを指すと思われる。「音楽劇」において強調されたこの「反動」は、これまでに述べてきたように、その前身をなす「アリア」とも無縁ではなく、特に一九二六年の追加詩節の挿入によって際立つこととなった。そしてヴァレリー自ら認めているように、それは「九二年」、当時二〇歳の彼を「ひどく苦しめた過度な感受性に対する反動」に根差すものであった。〈散文草稿〉に記されていた「セミラミスとはある日の魂のこと」という言葉も、同じ苦い記憶に結びついているのではないかと思われる。

以上、ヴァレリーの「セミラミスのアリア」を読解したのち、詩人自身によって「(はるか)昔の詩」とされたこの詩が実際には『若きパルク』以後に書かれたものであるという点について、主題および形式の両面からそのことを示す特徴を指摘した。また『若きパルク』との関連として、生成過程における詩節の移動、「転調」および「ライトモチーフ」の技法を分析し、最後にヴァレリーの作品と実人生という観点から、簡単にではあるが、カトリーヌ・ポッジとの恋愛および「ジェノヴァの危機」との関連性について言及した。

「セミラミスのアリア」は『若きパルク』以後の後年の作でありながら着想自体は青年期に遡り、他方『旧詩帖』に収められた後も、一四年の歳月を経て、詩から劇へ、「アリア」から「メロドラマ」へと発展した。このようにヴァレリーの青年期(二〇代)から晩年(六〇代)までその脳裏に宿りつづけた「セミラミス」は、同じく『旧詩帖』所収の「カエサル」をはじめ、ヴァレリーの他の作品群とさまざまなかたちで共鳴する。「テスト氏」「レオナルド」『わがファウスト』の「孤独者」とならび「知性の光」を体現する「天使」の系譜に列なる一方、精神と肉体、知性と感性のあいだを揺れ動く中間的な存在として「パルク」の血を引いてもいる。また、「セミラミスのアリア」における神殿建設は、ヴァレリーの偏愛する「建築」のテーマおよび「オルフェ」「ユーパリノス」「アンフィオン」といったギリシア的な形象と結びつくが、バビロンの女王のなかには、そうした純粋に構築的な志向だけでなく、残虐性と結びつく破壊的傾向も看取される。天と地、王と女、神と人、知性と感性、構築と破壊——ヴァレリーの「セミラミス」はそうした二極間の緊張をはらみつつ、そのあいだを揺れ動きながら、あくまで一方から他方へ向かおうとする精神の軌跡そのものを体現した存在と言えよう。

第五章　『旧詩帖』と新しい詩

一　『若きパルク』との関連

「昔の詩」と「新しい詩」の生成過程における接点

『若きパルク』の生成過程を緻密な草稿読解によって明らかにしたフロランス・ド・リュシーは、その研究書の冒頭で次のように述べている。

ポール・ヴァレリーが『若きパルク』に取りかかったのは、旧詩に手を入れようと決意したのと同じ時であった。これは確かな事実である。詩人自らそのことを幾度も述べているが、その言葉を疑う余地はない。もし必要とあらば、旧詩篇の草稿に『若きパルク』の詩句が存在していることがこの事実を裏付けるだろう。草稿の比較研究は、この二つの試み〔古い詩の推敲と新しい詩の制作〕の並行関係が長期にわたる『若きパルク』の全生成過程におよんだということを明らかにした、あるいは改めて確認した(1)。

『旧詩帖』の草稿と『若きパルク』の関連については第二章の詩篇読解においても言及したが、ここでは『若きパルク』の生成過程に焦点を絞って両者の関連性を探ってみよう。

「エレーヌ」から『若きパルク』へ

『旧詩帖』と『若きパルク』の関連性として最も注目すべきは、『旧詩帖』の一篇「エレーヌ」の名が『若きパルク』の草稿第一葉（一九一二年推定）に三度、それも記念すべき冒頭句「誰が泣いているの……」の発露とともに現れることである。[2]「エレーヌ」の初出は一八九一年八月『ラ・シランクス』誌（旧題「エレーヌ、悲しき王妃……」）だが、一九一二年当時、ジッドやガリマールから昔の詩を一巻にまとめて出版するよう求められたヴァレリーは若書きの詩「エレーヌ」に再会し、これに推敲の手を加えていた。そこから『若きパルク』の萌芽が生まれたわけである。ギリシア神話の絶世の美女ヘレネ（エレーヌ）をうたった若書きのソネとローマ神話の運命の女神パルカ（パルク）の名を掲げる長詩は、ともに神話的な女性が一人称で語るという点で共通するが、草稿から両者のさらなる結びつきがうかがえる。『若きパルク』の草稿第一葉（*JPmsI*, 1）には「エレーヌ、他人にとって美しい女」という着想をめぐって詩句が書きつけられ、彼女の美貌に目のくらむ「他人の眩惑のなかにしか自分を見ることのない私」エレーヌが、他者の「眼差しに生贄として捧げられた」わが身を嘆く。そのような彼女は「鏡に映る自分を見ると涙があふれてくる」と言い、その後すぐ続けて「どこから？」と問う。そしてその下方に、「まだ泣いているのは誰、ただの風でないのなら、こんな時刻に」の一句が書き留められ、「まだ」が「そこで」に改められる。『若きパルク』の記念すべき冒頭一句はこうしてエレーヌの涙から生まれたのであった。

『若きパルク』の同草稿には他にも「エレーヌ」と共通する主題が見られる。「私は死んだまま洞窟から出るとまもなく、賛美され〔……〕ざわめきを、未来のこだまを耳にする」という草稿の一節は、ソネ「エレーヌ」の冒頭詩句「私は死の洞窟から出て／響きよい段に砕け散る波の音を耳にする」と呼応する。また同草稿には、のちに『若きパルク』となる詩句「潮騒のもつれた横糸を張りめぐらせる／崩れ落ちる波の刃と櫂との混合物を」（三一七－三一八）[3]の素描が記されているが、そこに見られる「潮騒」と「櫂」のモチーフもすでに「エレーヌ」にあったものである。「涙」と「海」のイメージ、〈死からの蘇生〉という主題において、「エレーヌ」は『若きパルク』の母胎となったのである。

「アンヌ」と「夏」のあいだ――収録詩篇リストから

本書第一章で見たように、[4]「昔の詩」と「新しい詩」は当初、構想段階にあった詩集の収録詩篇リストのなかに同居していた。フロランス・ド・リュシーによれば、一九一二年末に生まれた『若きパルク』が旧詩篇群から独立しはじめたのは一九一六年六月頃、新しい詩篇群を収める『魅惑』が『旧詩帖』から分離したのは一九一七年一〇月末から一一月初めにかけてであった。[5]ここでは「昔の詩」と「新しい詩」が混在する収録詩篇リストを再検討し、『若きパルク』がどのような位置にあったかを確認しよう。

「一八篇の練習作」と題する一九一六年一月―二月のタイプ打ち草稿（AVAms, 4）〔本書七〇頁の図3〕において、未来の『若きパルク』が「冥府の川の神」という名で『旧詩帖』詩篇群と並んでいるが、その位置は「アンヌ」と「夏」の間であった。「アンヌ」（一九〇〇年『ラ・プリューム』誌初出）と「夏」（一八九六年『ル・サントール』誌初出）はいずれも一八九二年の危機以後に書かれ、『旧詩帖』のなかでは比較的新しい詩であるが、「アンヌ」―「冥府の川の神〔＝若きパルク〕」―「夏」という並びは制作年代順ではなく、そこには別の連関性が働いていると思われる。三篇とも一二音節詩句からなり、「アンヌ」と「夏」はともに四行詩を列ねる詩型だが、「アンヌ」は夜明け方、死んだようにベッドに眠る娼婦であり、「夏」には夏の海の擬人化ともいうべき日を浴びてまどろむ少女が現れる。「アンヌ」には闇と死の雰囲気がたちこめる一方、「夏」には光と生の激しさがあふれるという対照を含みつつ、両詩篇はともに眠りをうたう。そしてその間に「若きパルク」――闇夜に目覚め、未遂の死と眠りの再体験を経て、最後は朝日に向かって立ち上がる乙女――が位置づけられている。このように「アンヌ」―「パルク」―「夏」の並びには〈闇から光へ〉〈眠りから目覚めへ〉〈死から生へ〉という流れが読みとれる。

また特に「アンヌ」と『若きパルク』には両草稿の一部に同じ紙が用いられていたり、草稿の片面に「アンヌ」、もう片面に『パルク』の詩句がタイプ打ちされていることから生成過程の同時性が裏づけられるばかりでなく、「アンヌ」草稿中に『若きパルク』に通じる詩句や語彙やイメージが散見される。たとえば一九一三年推定の草稿

（AVAms, 134v°）に『若きパルク』第二九行とよく似た詩句「ランプのうえに飛び去った吐息のビロードによって」が記されているほか、一九一三―一九一五年推定の草稿群に『若きパルク』終盤で展開される「死の眠り」に関するモチーフや表現――「静まったこめかみ」（三六一）、「暗い泉」（三九三）、「身を任せよ」（四五九）など――が見出される（AVAms, 133, 133v°, 134, 140）。

「夕暮れの豪奢」――「転調」の探究

『若きパルク』刊行後の一九一七年八月に書かれた手稿（AVAms, 11）〔本書七二頁の図4〕には二四篇の詩が挙がるなか、「若きパルク」は最後から三番目に位置づけられ、その前には「苦情」（＝「蛇の素描」）と「老人」が、後には「詩の愛好家」と「〔わが〕夜」が置かれている。また同年一〇月の手稿（AVAms, 12）〔本書七四頁の図5〕では、『ラ・コンク』誌、『ル・サントール』誌、「日付なし／試作」の三項目が立てられ、「若きパルク」は「曙」とともに「日付なし／試作」の最後に置かれている。この項目に分類された六篇の詩のうち、『旧詩帖』詩篇として唯一「夕暮れの安逸」〔＝「夕暮れの豪奢」〕が含まれる。

実際、「夕暮れの豪奢」は『旧詩帖』詩篇のなかで『若きパルク』に最も近い詩とみなされる詩であり、決定稿の外観（不均等な詩節からなる断章構成）のみならず、詩の生成過程においても顕著な類似を示している。『若きパルク』の草稿研究においてフロランス・ド・リュシーが指摘したように(6)、両詩篇は題名の度重なる変更、詩句の激しい移動、断章の順序の目まぐるしい入れ替え、要するに全体の構成のダイナミックな変動という点で共通する。「夕暮れの豪奢」全九七行はいわば『若きパルク』全五一二行の縮小版ともいうべき詩であり、類似した特徴がより小さな規模で見出されるが(7)、両詩篇に通底する最も重要な問題はヴァレリーが「転調 modulation」と呼ぶものであると思われる。

一九二四年から翌年にかけて行われたフレデリック・ルフェーヴルとの対談において、ヴァレリーは『若きパルク』の「真の主題」は「一連の心理的置換」であり、「一夜という持続」における「ある意識の変化」「ある生の転調」であると述べている(8)。また一九三七年エミリー・ヌーレの研究に寄せた「ある詩篇の回想録断片」において、

『若きパルク』の試みは「音楽で《転調》と呼ばれているもの」に類したことを詩でどこまで試みられるかという「際限なき探究」であり、断章間の「《推移《パッサージュ》》に大いに苦労した」と述懐している。[9]『若きパルク』の「転調」について最も詳細に述べたものとして、一九四四年の『カイエ』の次の断章を引用しよう。

〈転調〉という語の漠然とした概念（音楽に疎い私にとっては）とその不可思議な力が、私の詩において重要な役割を果たした。『若きパルク』はこの連続体《コンティニュオム》への欲求に取り憑かれ、しかもそれを二重に求めたものである。すなわち一方では音節と詩句の音楽的連続において、他方では観念《イデー》－心象《イマージュ》――「話す人」の意識および感受性の諸状態に従って変動する――の滑らかな推移と置換において。[10]

『若きパルク』の詩人は言語の音楽的形式と意味内容の両面における「転調」を探究し、この言語上の「連続体」によって「ある意識の変化」「ある生の転調」――言い換えれば「心理的かつ生理的な転調」[11]――を表現しようと試みたのであり、詩人の労苦は、それぞれ別個に作られた断章をいかに滑らかに結びつけるか、ある調子から別の調子への漸次的「推移」をいかに実現するかという点にあった。[12]

こうした「転調」の探究は「夕暮れの豪奢」とも無縁ではなく、『若きパルク』と同じく複数の断章からなるこの詩の草稿においても各断章の配列や断章間の推移に腐心の跡が見られる。フロランス・ド・リュシーによれば、『若きパルク』の目覚ましい進展によって「夕暮れの豪奢」の発展が妨げられる結果となったが、[13]「放棄された詩」という副題を付されたこの詩がまさしく放棄された所以はおそらく断章間のつなぎが十分満足のいく段階まで達しなかったためであろうと思われる。

「転調」あるいは断章間のなめらかな接合という問題は、「夕暮れの豪奢」ほどではないにせよ、『旧詩帖』の他の詩篇――特に初版以降に詩節を付け加えられた「アンヌ」「セミラミス」「夏」――にも通底する問題である。『旧詩帖』初版において「未完成の詩」と付記された「アンヌ」と「セミラミス」は両詩篇とも再版に際して数詩節増補され、前者は九節から一三節に、後者は二三節から二六節に発展した。また当初、五詩節であった「夏」は詩人の最晩年に六詩節を加えて二倍以上の長さになっている。本書では「セミラミスのアリア」の読解（第四章）において見たように、新たな詩節の追加挿入は前後の詩節との接合という問題と不可分であり、そこに『若きパルク』の「際限のない探究」に通じる困難が、言い換えればヴァレリーが「芸術の極み」とみなす「転調」の問題が潜んでいる。

『若きパルク』における「旧詩」の位置と機能――「思い出」の断章をめぐって

『ラ・コンクの詩』のエピグラフ

『旧詩帖』と『若きパルク』の関連という点で、一九二六年二月ロナルド・デイヴィス社から五〇部刊行された『ラ・コンクの詩』が注目される。(14) ピエール・ルイスが創刊した雑誌『ラ・コンク』（一八九一―一八九二年）にヴァレリーが発表した詩を再録したこの小冊子は、『旧詩帖』とは異なり、後年の改変を被る以前の初期詩篇をそのままのかたちでまとめたものである（ヴァレリーは『ラ・コンク』誌に発表した詩一二篇のうち八篇を改作して『旧詩帖』に収めた）。(15) 一九二五年六月、五四歳で世を去ったピエール・ルイスへのオマージュであろう。この『ラ・コンクの詩』の表紙ページに次の一句がエピグラフとして掲げられている。

私の心はかつてこれほど近くにあったのか、いまにも弱り果てそうな心の近くに？

『若きパルク』

『若きパルク』第二〇三行詩句である。通常一六の断章(16)に区分される『若きパルク』の第八断章に見られるこの一句は、全五一二行におよぶ長詩のなかで、行白によって前後の詩句と隔てられ、単独に浮き立つ数少ない詩句である。(17) 外形上の独立性によってエピグラフに適していると言えるこの一句は、意味においても豊かな含みと謎を備えている。

まず「心」という語が一詩句のなかに二度用いられているが、「私の心」と「いまにも弱り果てそうな〔ある〕心」とはどのような関係にあるのか。所有形容詞を付された「私の心」はパルクのものに違いない。では、不定冠詞を付された「いまにも弱り果てそうな心」とは誰のものだろう。また、この詩句には一行のなかに単純過去と近接未来を併存させるという複雑さが見られる。「私の心」が属している過去と「いまにも弱り果てそうなある心」が属する未来が「これほど近くに」という表現を介して結びついているが、一体それはどのような事態を指すのだろうか。この問いに答えるためには、第二〇三行詩句を『若きパルク』の文脈のなかに置き直してみなければならない。この一句を含む第八断章がパルクの「子供の頃」の「思い出」にかかわることを考慮に入れれば、「私の心はかつてこれほど近くにあったのか、いまにも弱り果てそうな心の近くに」とは、パルク自身の分裂、かつて息絶えそうであった過去の自分といまにも絶え入りそうな現在の自分の接近状態を表現したものと読むことができるだろう。

詩句の構成もそうした微妙な内的差異と対照を巧みに表現している。二つの時制はちょうど一二音節詩句《アレクサンドラン》の両半句に二等分され（Mon cœur fut-il si près // d'un cœur qui va faiblir ?）、前半句は単純過去、後半句は近接未来となっている。また、前半句と後半句はそれぞれ同じ「心」という語を二音節目に配して両者の対称性を際立たせながら、限定された過去に属する「心」には所有形容詞を付し、不確定な未来に属する「心」には不定冠詞を付すというように両者の微妙な差異を表してもいる。その両者が「これほど近くにあったのか」と自問するパルクの内部で、昔と今が接近接触し、過去の想起が現在の差し迫る感覚に溶け込むのである。

他方、右に述べたような『若きパルク』の文脈からこの詩句を切り離し、『ラ・コンクの詩』という題名の下に掲げると、同じ一句から別の意味合いが生じることになる。二〇歳の頃に発表した作をまとめる書物の表紙に、五〇代半ばを過ぎた詩人が付した言葉として読むとき、「私の心はかつてこれほど近くにあったのか、いまにも弱り果てそうな心の近くに」というパルクの言葉は、昔の詩に対するヴァレリー自身のものと読まれるだろう。「いまにも弱り果てそうな心」、それはかつて『ラ・コンク』誌のために詩を書いていた頃のヴァレリー自身の「心」に相当し、またこの小冊子を開いたときに蘇る「ナルシス語る」から「断片」（＝「挿話」）に至る一二篇の詩にうたわれた「心」でもあるだろう。『若きパルク』の一句を『ラ・コンクの詩』のエピグラフに掲げたヴァレリーは、この新しい詩が昔の詩と無縁ではないこと、そこには同じ――とはいえ別の――「心」が通っていることを示唆しようとしたにちがいない。

『若きパルク』における「思い出」の主題——第八断章

以下、『若きパルク』第八断章（一九〇‐二〇八）に焦点を絞り、この詩において「思い出」の主題がどのように表現されているかを見てみよう。なお、次に掲げる詩句のうち第一九〇‐二〇二行の詩句は一九一七年の初版をはじめ当初イタリック体で表記されており[18]、第二〇三行——『ラ・コンクの詩』のエピグラフに引かれた一句——以降のローマン体と区別されて際立っていた。

思い出よ、おお火あぶりよ、わが身を襲う金色の風よ、
この仮面に吹きつけよ　拒否を染めあげる朱の色を
私の内に燃える別人、かつての私への拒否を……
来い、わが血よ、色あせた過去を赤らめに来い
聖なる距離の蒼穹が貴いものにしていた状況を
またかつて崇めた時の消え入りそうな虹を！
この色失せた賜物をわが身のうえに焼き尽くしに来い、
来い！　もう一度はっきり認めて憎めるように、
あの影におびえる子を、あの共犯の沈黙を、
森に浸るあの透きとおった胸騒ぎを……
そして私の凍えた胸から再び声がほとばしり出るように
こんなにもかすれて愛に覆われていたとは知らなかった声が……
魅惑的な首を追いかける翼ある女狩人。
私の心はこれほど近くにあったのか、いまにも弱り果てそうな心の近くに？

205
はたしてあれは私だったのか、大きな睫毛よ、押し迫るあなたたちに
笑い返しつつ、心地よい名残りに身を埋める気がしたのは……
おお蔓草！　私の頬にさまよいつたう執拗な糸、
それともあなたは……　流れるような幹と睫毛で織られた光、
絡みあう腕に砕かれた　夕べの甘美な光だったのか？

過去の羞恥に身を焼かれるパルクは炎と燃える自分自身のうちに「かつての自分」が蘇るのを感じ、この「別人」に対して激しい「拒否」を突きつける（一九一－一九二）。「かつて崇めた時代」を「憎しみ」（一九五・一九七）、その「色失せた賜物」を「焼き尽く」そうとする（一九六）。命令法と祈願の接続法を畳みかけながら過去を必死に否定しようとするパルクの叫び――当初のイタリック体はこの叫びの表現だろうか――は、しかしながら「私の知らなかった声」（二〇〇－二〇一）および空行の間を介して、まさしくその声色を変えてゆく。そして「私の心はこれほど近くにあったのか、いまにも弱り果てそうな心の近くに」の一句（二〇三）を境に、羞恥の業火はいつしか「夕べの甘美な光」（二〇八）に移り変わり、パルクはかつて「腕を絡ませ」て味わった忘我の感覚にふたたび身をゆだねる。

晩年ヴァレリーは親しいふたりの婦人を前に『若きパルク』の解説をするということがあったが、[19]この断章について問われると「若い頃への回帰」「思春期の動揺」「初めて味わった羞恥を呼び起こす思い出」にかかわると述べている。また、これまでにさまざまな解釈を呼んできた「翼ある女狩人」（二〇二）については「エロス嬢」のことと返答している。パルクの身を焼く「思い出の火あぶり」がエロスにかかわることに疑いはない。

呪わしくも甘美な「思い出」に対するパルクのこのアンビヴァレントな反応に、ヴァレリー自身の姿を重ねて読む解釈がある。とはいえパルクの言葉から想像される体験をそのままヴァレリー自身に帰するのではなく、それを詩作の次元に移して読み解こうとするものである。

『若きパルク』と『旧詩帖』の関連性について論じたレジーヌ・ピエトラは、[20]『若きパルク』の第一歩は「過去への

眼差し」にある——一九一二年ジッドから旧作の出版をもちかけられたヴァレリーはまさに友人から求められたこと、すなわち「かつて自分がしたことに戻る」ということを詩の主題とした——と述べたうえ、「思い出」の主題が展開される第八断章をこの「詩の出発点」とみなした。そしてフロイトの「事後性」の概念に依りつつ、先に引いた一九行の詩句のなかに「子供時代に犯した現実上あるいは想像上の過ち」とその後の「抑圧されたものの回帰」を読み取っている。また「過去の想起」をマラルメの思い出に結びつけ、かつてその詩のおよびがたい完璧さによってヴァレリーを詩作から遠ざけたマラルメが、今度はその逝去のもたらす空虚によって詩作復帰の機縁となったとして、『半獣神の午後』との類似を指摘している。さらに『若きパルク』第八断章の前身とみなされる一九一三年推定の関連草稿（*JPmsI*, 18）を引用し、それらの詩句の大半が決定稿から消去された理由について推論している。まずは同草稿に記された詩句——『若きパルク』関連草稿中その消去がひときわ惜しまれる詩句——を読んでみよう。

〔201〕

いまも私の骨のなかで激しい叫びがふるえている
私の沈黙の過剰がこの身から引き離した叫びが
これを最後に自分自身に背こうとして……
けれど叫びが上がった途端、私は認めたのだ
こんなにもかすれて愛が入り交っていたとは知らなかった
私の声に　顔を覆われたもののためらいを
疑い！　そしてありもしない恐怖の予感
かつての過ちをもとめる私の隠れた渇きに対して……
空気の鏡に裸体をさらし、ふるえつつ、無防備で
少女時代のこだまの宝から身を守るすべもなく、
私は鋭い高音にまでふくれた蒼穹で養ったのだ
このちっぽけな体から湧き出るものすべてを

この世に享けたかぼそい体をもとに　蘇らせたのだ
聴覚の海のかなたに　ひとりの眩暈する処女を
そして私は私に再会し　私に微笑んだ
声を限りの叫びに引き裂かれた波打ち際で[21]！

「私の沈黙の過剰」とそこから迸り出る「叫び」にヴァレリー自身の二〇年余の沈黙とそれを破る詩作回帰を重ね読むピエトラによれば、「これを最後に自分自身に背く」とは詩への訣別として最後の詩を書くことであり、「かつての過ち」は若書きの詩作を、「鋭い高音にまでふくれた蒼穹」は『カイエ』における知的探究を暗示する。また「聴覚の海のかなた」に蘇るのは新たな詩の産声であり、「私は私に再会し私に微笑んだ」とは詩の誕生を認知し受諾したことを示す、というように読まれる。そしてこれらの詩句の大半が『若きパルク』の決定稿から除去されたのは、それらが「明示的すぎる」ため、あるいは「ヴァレリーが実際そうであった以上に詩作復帰への同意を表している」ためであると推論する。

他方、この草稿についてピエトラ以前に同様の読みを提示した清水徹は、それらの詩句が削除された理由について、「マラルメ風のシンタクス」や「マラルメ的な律動と語彙があまりにも明白に見られる」ためと推察している[22]。確かに、「叫び」の鋭さを伝えるように連打される［i］の響き（特に最終四行の脚韻）は『エロディアード』の最終四行や「白鳥のソネ」として名高い「汚れなく、生気にあふれた美しい今日……」の脚韻などを彷彿とさせる。また、すでに一九八〇年代、ジュディス・ロビンソンは『若きパルク』においてヴァレリー自身が「自己検閲」した最大のテーマを「叫び」であると指摘し、右に引いた詩句の消去を「叫びの抑圧」を端的に示す例として挙げている[23]。ジュディス・ロビンソンの指摘したように、草稿中にはパルクの叫びが生々しく激しい調子で表現されていたのと比べ、公表されたテクストではより目立たない形になり、「叫び」の語が残存したのは二ヵ所（二一一・二四七）だけである。

草稿にあった詩句が決定稿から外された理由を探るのは容易ではない。詩句それ自体が問題となるだけではなく、前後の詩句との連関や全体の構成における役割なども問題となるだろう。が、消去された理由がいかなるものであれ、一九一三年の草稿に書きつけられた「沈黙」と「叫び」に、一度放棄した詩作に再び手を染めはじめた詩人の劇的な内面を透かし読むことは妥当であると思われる。しかも、その「叫び」は完全に「抑圧」されたわけではなく、自分のものとは信じがたい「声」――「こんなにもかすれて愛が入り交っていたとは知らなかった私の声」――は『若きパルク』第二〇〇―二〇一行「こんなにもかすれて愛に覆われていたとは知らなかった声」にほとんどそのままのかたちで受け継がれている。「私にとって詩は声だ」と言うヴァレリーは「詩」と「声」の結びつきについてさまざまなことを記しているが[24]、自らの「声」をその変容した響きによって認知し、「凍えた胸から再び声がほとばしり出る」(二〇〇)ことを希求するパルクの「声」に、詩人自身の「声」が、あるいは詩人の内部に響いてやまない「声」が呼応しているのではないだろうか[25]。

蘇る「鳩の夕べ」――「挿話」の一句と第七断章終盤

『若きパルク』と『旧詩帖』の関係という点でさらに興味深いことに、ヴァレリーの初期詩篇の一篇「挿話」(一八九二年一月『ラ・シランクス』誌初出、一九二〇年『旧詩帖』所収)の冒頭一句ときわめてよく似た詩句が『若きパルク』のなかに見出される。

気高い鳩たちに恵まれたある夕べ　Un soir favorisé de colombes sublimes,　(« Épisode », v. 1)
鳩たちの好むある夕べを蘇らせる　Ressusciter un soir favori des colombes,　(*La Jeune Parque*, v. 186)

これら二つのよく似た〈鳩の夕べ〉が同じものだとすれば、『若きパルク』の詩人はこのようにして青年期にうたった「夕べ」をまさしく「蘇らせ」たのだろうか。「パルク」という「自分自身に絡まる処女(une vierge)」(四五)は「挿話」に現れた「夕陽に向ってそっと髪を梳く処女(la pucelle)」(二)の生まれ変わりなのだろうか。

右に引いた両詩句の顕著な類似については夙《つと》に指摘されてきたが[26]、『若きパルク』第一八六行が第八断章(「思い出よ、おお火あぶりよ……」）に先立つくだりに置かれていること、またそのことから導かれる象徴的な読みの射程についてはこれまで十分に吟味されてこなかったように思われる。以下、この一句を含む第七断章の終盤（一八五－一八九）に焦点を絞り、『若きパルク』において「思い出」の主題がどのように展開されているかを吟味してみよう。

185 はたして〈時〉は、私のさまざまな墓の中から、
鳩たちの好むある夕べを蘇らせてくれるだろうか、
私の従順な少女時代の赤らみの反映を
切れ切れに旅ゆく雲の流れるままにたなびかせ、
羞じらいの薔薇を長々とエメラルドの空に浸す夕べを？

過ぎ去った歳月のさまざまな思い出が眠る「墓」から在りし日の情景が蘇るかどうか――大文字で記された〈時〉の神のみがなしうる過去の蘇生についてパルクが自問するこの五行は「思い出」の主題の導入部であり、パルクの意識が大きく揺れ動く局面である。

パルクの意識の変化をたどるために前後の文脈を把握しておけば、第七断章（一七三－一八九）の終盤に置かれたこの五行は、それに先立つ〈倦怠〉の主題（明晰な意識の過剰に起因する生への倦怠と死の意識）から、第八断章（一九〇－二〇八）で展開される〈思い出〉の主題（過去の羞恥心の蘇りとそれに対する拒否）へ移行する部分、いわば最も冷たい倦怠感から最も熱い追憶へと転調する意識の推移部である。日々の繰り返しを疎む「明晰な倦怠」（一七七）ゆえに「未来」（一八一）を閉ざそうとするパルクの心にふと、死ぬ間際に「過去」のある一刻――「少女時代」の「夕べ」――が蘇るだろうかという思いがよぎる。まさしくその自問によって「夕べ」は蘇り、羞恥に彩られたその甘美な色にパルクはいっとき身を浸す。が、それも束の間、「思い出」はたちまち身を焼く「火あぶり」（一九〇）と化す。耐えがたい過去に抵抗し、それを懸命に「拒否」（一九一）するうちに、パルクはいつしか「明晰な倦怠」の対蹠点にいる。このように第七断章終盤の五行は「未来」の否定から「過去」の否定へと劇的に変化する途中、パルクの意識

が一瞬やわらぐ部分であり、一時的な緩和によって、その直後の激した調子と鮮やかなコントラストを生む効果がある。意識の変化を巧みに表現するこのくだりはまた、繰り返される日々の「色」と「色合い」（一七六・一七七）に対する倦怠から、パルクの身を焼く思い出の「炎」（一九二）とそれに抗う彼女の「血」（一九三）へ、外界の色の無意味から体内の熱い赤へと転じる中間に、「エメラルド」に浸される「羞じらいの薔薇」（一八九）を介在させることによって、いわば色彩の転調を生み出してもいる。先述のように、『若きパルク』制作の関心と苦心は断章と断章のあいだをいかにつなぐかという点にあったが、第七断章から第八断章へ、右に引いた五行の「推移部」を介してなされる意識の変転はこの詩のなかでもひときわ美しい「転調」と言えよう。

『若きパルク』のなかで「夕べ」が喚起されるのはこの思い出のくだりだけであり、第七断章終盤から第八断章にかけて三度言及される「ある夕べ」（一八六・一八七・二〇八）はこの詩の時間軸のなかで特異な位置を占めている。ヴァレリーみずから詩の主題を「一夜における意識の変化」と語ったように、『若きパルク』は夜更けに始まって夜明けに終わるが、そうした外界における時の推移はこの詩の要所――大きく二部に分かれるこの詩の第一幕・第二幕の冒頭と終結部[27]――に示されるだけで、パルクの意識という虚構の現在には、過去の回想や未来の想像といった内的な時間が外的な時間と不可分なかたちで生起する。そこには「調和的な私」が「太陽の妻」として輝いていた真昼（第一〇二行以下）もあれば、「透明な死」に瀕した「かぐわしい煙の未来」（第三八一行以下）もあり、「鳩の好む夕べ」もパルクの内面に生起する虚の時空の一幕にほかならない。そして、「少女時代」に遡るこの「夕べ」はパルクの意識のなかで最も古い層にかかわる部分である。

第七断章終盤の五行はまた『若きパルク』の生成過程という点でも最初期に遡る。その萌芽はすでに、この詩の冒頭数行や先に引いた第八断章の前身の詩句とともに、一九一二年末と推定される草稿の裏面に見出される。草稿の表面（*JPmsI*, 8）には次に掲げる冒頭一六行の詩句がタイプ打ちされている。

［1］　誰が泣いているの　そこで、ただの風でないとしたら、ひとり
［2］　最果てのダイヤモンドとともにいるこの時に？……　誰が泣いているの

[3] 私自身のこれほど近くで　いまにも泣き出しそうなこの時に
[4] 私の顔の輪郭のうえにとりとめもなく移ろう私の手
[5] 私の深い苦しみのことを私よりもよく知っている手は
[6] 待っている　秘かな点から私の苦悩が溶けだして
[7] 私の目の縁から　最も純粋なものが
[8] 感極まった頂に現れて　この私から分離するのを？
[25] 空しくも、驚異に噛まれたこの暗礁のうえ、
[26] 私は心に問いかける　どんな苦しみのせいで目覚めたのか、
[27] どんな罪が犯されたのか　私自身によって　それともわが身のうえに、
[28] あるいは閉ざしたはずの夢から悪いものがやって来るのか
[29] あの時　吐息のビロードにランプの金は飛び去って
[30] 私はこの両腕でびっしりとこめかみを包みこみ
[31] 私の思い出から閃光を解き放ったのだった……
[32] ある悦びが、もしかして、私の肉体を引き裂いたのか[28]？

『若きパルク』草稿中はじめて「思い出 souvenirs」という語が現れる例である。「私の思い出から閃光を解き放った」という詩句は決定稿では「長いあいだ私の魂から閃光が放たれるのを待った」（三二）となり、最終的に「思い出」の語は消去されることになるが、この主題をめぐってヴァレリーは同草稿の裏面（*JPmsI*, 8v°）にさらなる展開の可能性を模索している。そこには手書きで幾つか異なる素描が別々の向きに書きつけられており、そのなかに――先に引用した第八断章の前身（「いまも私の骨のなかで激しい叫びがふるえている……」）に通じる詩句の断片とともに――次に掲げる第七断章終盤の素描が見られる。

〔*185*〕私は見た　私のさまざまな墓の中から
〔*186*〕鳩の好むとある夕べが蘇るのを
〔*188*〕私の安易な少女時代の赤らみの反映　薔薇色の靄
兆すやいなや素早く飲み込まれて
私のこの頬のうえ　その雲　面した
　愛の赤らみ　和らいだ
　靄の花　身を売った[29]

「挿話」の冒頭一句と『若きパルク』第一八六行の類似について先に述べたが、フロランス・ド・リュシーが指摘したように[30]、ここに「挿話」とよく似た詩句およびその前後の詩句の最初の素描が見出される。その後、一九一三年推定の手稿（*JP*msIII, 25）において「少女時代」と「羞恥」のテーマをめぐって詩句が模索され、さらに一九一五年のタイプ打ち草稿（*JP*msI, 35）において第七断章終盤の五行が決定稿とほぼ同じ形に整うことになる（この段階では先立つくだりとの接続に苦心しているが、後続部分に「思い出」と「声」の主題を展開する流れは決まっている[31]）。右に挙げた草稿において注目すべき点として、まず第一八五－一八六行が決定稿のように未来形の疑問文（「時はある夕べを蘇らせてくれるだろうか」）ではなく、過去形の平叙文（「私は〔……〕夕べが蘇るのを見た J'ai vu... / Ressusciter tel soir...」）となっていること、また「夕べ」に不定形容詞 tel が付されている点が挙げられる――それ以降の草稿を見ると、ヴァレリーは「あの夕べ ce soir」と特定するか、「ある夕べ un soir」と不特定にするか逡巡した末に後者を選択したことが分かる（*JP*msI, 35, II, 9 v°）。さらに右に引いた草稿には「愛の赤らみ une rougeur d'amour」という表現が見られるほか、脚韻を探す過程（buée – nuée – située – atténuée）で「身を売った・売春の prostituée」という語が現れている。そのことから「少女時代の赤らみの反映」（一八八）はなにかしら性的な体験にかかわることがうかがわれる。

『若きパルク』の草稿においてもう一点興味深いのは、第一八九行の動詞が当初「注ぐ verser」であり、一九一五―

一九一六年ごろ「浸す tremper」に置き換えられたことである（*JP*msI, 35, 46-47）。この置換によって「挿話」との類似が強まる結果となった。「挿話」第五行と『若きパルク』第一八九行を並べてみよう。

ときおりその透きとおる薔薇を夕陽に浸す

Parfois trempe au couchant leurs roses transparentes

（« Épisode », v. 5）

羞じらいの薔薇を長々とエメラルドに浸す

Et trempe à l'émeraude un long rose de honte ?

（*La Jeune Parque*, v. 189）

前者の「薔薇」は「処女」の「手」の透きとおった肌、後者の「薔薇」はパルクの頬を染める「羞恥」の色だが、夕映えの空に向かった女がそこに身を映すかのようにして自身の「薔薇」色を「浸す」構図が両者に共通する。しかも、「挿話」第五行の動詞は一八九二年の初稿（『ラ・シランクス』誌および『ラ・コンク』誌に掲載されたテクスト）では「浸ける baigne」となっており、一九〇〇年『今日の詩人たち』収録の際、「浸す trempe」に改められたという経緯をもつ。『若きパルク』を推敲する詩人は「挿話」における改変と同じ選択を繰り返したのである。

要するに、「挿話」の冒頭一句によく似た詩句を含み、「少女時代」の「夕べ」を喚起する第七断章終盤（一八五−一八九）は、パルクの意識のなかで最も古い記憶に遡るとともに、詩の生成過程においても最初期に位置づけられ、まさしく「旧詩」に最も近い部分とみなすことができる。羞恥を含んだ夕映えの情景をうたいあげるその五行は『若きパルク』のなかでもひときわ甘美な詩句であり、いわば「旧詩」の雰囲気——たとえば『旧詩帖』巻頭を飾る「紡ぐ女」に通じるような優美さ——をたたえた詩句と言ってもいいだろう[32]。

ところで、フロランス・ド・リュシーは『若きパルク』第一八六行に「挿話」の冒頭一句が若干異なる形で見出されることを指摘したうえで、ヴァレリーは当時推敲していたこの旧詩の一句に「少し手を加え」て『若きパルク』に組み込んだと述べたが[33]、果たしてそうだろうか。一八九二年初頭、当時『ラ・コンク』誌編集長であったピエール・ルイスがヴァレリーに送った手紙からこの点にまつわる事実が明らかになる。

「挿話」とかいう詩のことをうかがいましたが、それは「鳩たちに恵まれたある夕べ……(Un soir favorisé de colombes...)」という一二音節詩句《アレクサンドラン》の断片のことですか? 早速掲載しようと思いますが、一つ条件があります。当初そうしていたように「鳩たちの好むあの夕べを蘇らせる(Ressusciter ce soir favori des colombes)」という詩句を元通り入れてください。[34]

『ラ・コンク』誌最終号に「挿話」を載せることにしたいと言ってきたヴァレリーへの返信である。ルイスがこのように述べているのは、それ以前にヴァレリーから送られた詩の原稿に題名が付されていなかったからである。[35]

このルイスの手紙から、『若きパルク』第一八六行とほとんど同じ詩句——「あの夕べ」を「ある夕べ」に変えれば同一の詩句——が、すでに一八九二年の段階で生まれていたことが分かる。『若きパルク』の詩人は「挿話」の「鳩たちに恵まれた夕べ」のイメージを蘇らせたばかりではなく、「鳩たちの好む夕べを蘇らせる」という詩句そのものを蘇らせたのであった。青年期にうたった〈鳩の夕べ〉を、さらには草稿に埋もれていた〈旧詩〉自体を蘇らせるこの詩句は、まさしく「蘇らせる」という動詞を含むことによって、いわば遂行《パフォーマティヴ》的な機能を果たすのである。『若きパルク』の劇をヴァレリー自身の詩作の次元に移して読み解こうとする読み——第八断章における「思い出」の激化とそれに対するパルクの拒否にヴァレリー自身の「旧詩」に対する反応を重ね合わせる読み——を敷衍するならば、「挿話」の一句を織り込みながら「少女時代」の「ある夕べ」を喚び起こす第七断章終盤の五行は、「旧詩」を象徴するものとみなすことができる。

「一夜における意識の変化」を主題とする『若きパルク』において本来存在しないはずの「夕べ」を過去の回想として導入することにより、ヴァレリーは二〇年余りの歳月を隔てる〈昔〉と〈今〉をひそかにつなごうとしたと思われる。ここに、『若きパルク』における《自伝的なもの》が読みとれる。

「自伝」という問題

ただし、『若きパルク』の「自伝」という問題には注意を要する。というのも、本書のはじめに述べたように、自己の「真実」を告白しようとする作家の「誠実さ」を断罪し、いわゆる「自伝」に対して批判的な態度を示すヴァレリーは『若きパルク』をみずから「自伝」と称しながら、それを「形式」あるいは「知性」と結びつけることによって、通常の「自伝」とは一線を画そうとするからである。

『若きパルク』刊行後まもなく、一九一七年六月三日の『カイエ』において（この断章には珍しく日付が記入されている）、ヴァレリーは四年以上におよんだ長詩の「生成」について、一九一二年から一九一七年までの年号と、それぞれの年に書かれた主なテーマを挙げたのち、次の一行を記している[36]。

この歌の〈形式〉が自伝であるということ
Que la forme de ce chant est une auto-biographie

「形式」と「自伝」を等号で結ぶ一文、文脈なく単独で書き記された短文のみから詩人の言わんとしたことを推し量るのは難しいが、この『カイエ』断章を書いた頃、ヴァレリーは二人の友人——アンドレ・フォンテーナスとアンドレ・ジッド——に宛てた手紙においてこの点についてより詳しく述べている。ヴァレリーの言う「自伝」がどのようなものかを正しく理解するためには文脈の把握が不可欠と思われるため、やや長くなるが二つの手紙から主要部分を引用しよう。

そうです、私はこの詩のために、諸々の規範を、常に遵守すべき決まりを自分に課したのであり、それらこそこの詩の真の目的をなすものです。それはまさしく練習、意志され、やり直され、努力された練習です。もっぱら意志のみによる制作、それも、当初の意志を覆い隠そうとする第二の意志の難業によるものです。私を読みうる人は、〔形式のなかに〕自伝を読むでしょう。内容はたいして重要ではありません。ありふれたことです。私の〔真の〕思想は詩句に適用できるようなものではありません。

そうではなく私はまさしく言語から出発したのです。——最初は一ページに収まるほどの一篇を作るつもりでしたが、その後、逸脱に逸脱を重ねて、最終的な大きさに膨れ上がった次第です。いわば造花が自然的な成長をとげたのです。

私が得た主な利益はこの長期にわたる詩作のあいだに行なった諸々の考察のうちにあると思っています。二〇年間、詩句を書くことなく、詩作から遠く離れて、ほとんど読みもしないでいたのです！……。その後、こうした問題が戻ってきて、自分がこの道を知らないこと、昔の小詩篇はあらゆる困難をごまかしていて、言うすべを知らないことには沈黙し、子供っぽい言葉を使っていたことに気づく始末[37]……

（一九一七年五月二一日消印のアンドレ・フォンテーナス宛）

思ってもみたまえ、一八九二年と一九一三—一九一七年とを隔てる広大な時間のことを、またそれに橋をかけるために僕のしなければならなかった特異な再教育と解決法のことを。付け加えて言えば（付け加えるもとのこととはあまり関係がないけれど）、出来上がった詩のなかに、後になってから、なんというか……自伝的な雰囲気を見出した（もちろん知的な自伝という意味で、それに〈春《プリマヴェッラ》〉についてのくだりは別で、あれは大部分、終わりの頃になって即興的に書いたものだ）。

蛇への呼びかけを引き延ばして均衡を破ったのは、もっぱら自分自身を語るという欲求のせいであったと今では感じている……。

それに、この断章の〔詩作〕技法にかかわる歴史はこのうえなく不思議なものだ。それは詩全体の歴史の縮図でもあるが、次のような奇妙な法則に要約される。つまり、人為的な製造がある種自然な発展をとげたのだ。

このことを詳しく話しだせばあまりにも遠くまで導かれてしまうだろう。ただ、これらの考察は僕にとってちょっとした利益となる[38]……

（一九一七年六月一四日付アンドレ・ジッド宛）

二つの手紙において『若きパルク』の「自伝」性を表現するヴァレリーの言葉は少なからず揺れている。フォンテーナス宛の手紙では――先に引いた『カイエ』断章と同じく――「自伝」をもっぱら「形式」に限定し、「内容はたいして重要ではない」と述べている一方、ジッド宛の手紙では「知的な自伝」という表現を用いつつ、「蛇への呼びかけ」について「自分自身を語る欲求」があったことを認めている。

『若きパルク』の「自伝」性をめぐっては研究者のあいだでも見解の相違が見られ、ヴァレリー自身による表現に留保を付し、詩の「形式」だけではなく「内容」にも自伝的な要素を読み取ろうとする立場と、詩人の言葉を尊重して伝記的な読みを批判し、「形式における自伝」という意味を明らかにしようとする立場とに分かれる。

「形式における自伝」

『若きパルク』の「形式における自伝」という問題にいち早く注目したルネ・フロミラーグは、まずヴァレリーがこの詩の「真の主題」と述べた「ある意識の変化」ないし「ある生の転調」という表現に注目し、「形式的な自伝」性を「転調」の問題系に接続する。すなわち、オクターヴ・ナダルが指摘したこの詩の「二部構成」をさらに精密化するかたちで、第一幕には暗い調子（現在）のなかに明るい調子（回想）が含まれる一方、第二幕には逆に明るい調子（現在）のなかに暗い調子（回想）が含まれる点を明らかにし、いわば短調と長調のあいだの「転調」を繰り返す構成に「形式における自伝」性を読みとった[39]。ＡＢＡ―ＢＡＢ（Ａは短調、Ｂは長調）と図式化される二部構成を明快に示しながら、フロミラーグはさらに一歩踏み込み、「形式的な」読みだけでなく「伝記的な」読みの可能性をも示唆している。つまり、激動する「パルクの夜」をかつてヴァレリー自身が体験した「ジェノヴァの夜」に重ね、荒れ狂う海へパルクが投身自殺を図ると思われる第一幕終結部にヴァレリー自身の詩作放棄を、また朝日とともにパルクが蘇生している第二幕の結末にヴァレリー自身の詩への回帰を重ね読むのである。

清水徹も、フロミラーグの提示した「交差配列《キアスム》的な二部構成」とその形式によって示される自伝性に依拠しつつ、前掲のジッド宛の手紙にある「知的な自伝」という言葉に導かれて、この詩の「形式」だけでなく「内容」にも「自伝」を読みこむ可能性を探っている。とりわけ『若きパルク』において困難をきわめるクロノロジーの設定をあえて試み、この詩を「物語」として読むことによって「自伝性」を浮かび上がらせようとする。[40]

先に試みた「思い出」の主題をめぐる象徴的な読み、すなわち『若きパルク』第七断章終盤から第八断章にかけて、「少女時代の夕べ」に対するパルクのアンビヴァレントな反応に「旧詩」とそれに対する詩人の反動を重ねあわせる読みも、『若きパルク』の劇をヴァレリー自身の詩作の次元に移しながら、この詩の内容面に「自伝」性を読みとろうとするものである。

さらに、ヴァレリーの人生を襲った危機的な出来事がきわめて間接的ながらこの詩に反映していることも否定しがたい事実であろう。ヴァレリー自身が「著者用の本のために、ある詩の歴史」として書きとめた草稿には「ある動乱の夜のことを思いたまえ、知的なものと性的なものが、ありとあらゆるものがベッドの上で〔それから地上で〕存在を奪いあうような動乱の夜のことを」と記されているが[41]、この「動乱の夜」を「ジェノヴァの夜」と無縁と言い切ることは難しいだろう。また『若きパルク』がヴァレリーの精神的な父ともいうべきマラルメの死に[42]、さらには第一次世界大戦という歴史的な事象に深く結びついていることも知られている[43]。もっとも、そうした読みは「伝記的な」ものである限りにおいて「形式における自伝」とは区別されなければならない。

マリア・テレサ・ジアヴェリや森本淳生が指摘したように、『若きパルク』の「形式における自伝」にはもう一つ別の次元があり、それはヴァレリーの詩学＝制作学《ポイエティック》との関連において理解されるものである[44]。フォンテーナス宛とジッド宛の手紙の前後の文脈を注意深く読めば、ヴァレリーが「形式における自伝」あるいは「知的な自伝」という表現によって言わんとしたことは、四年以上にわたる制作の末に完成したこの長詩が、古典的詩法の形式的制約を自らに課しつつ、「意志され、やり直され、努力された練習《エグゼルシス》」であったということ、言い換えれば「一八九二年と一九一三―一九一七年とを隔てる広大な時間に橋をかけるためにしなければならなかった特異な再教育と解決法」のすべてが詩人としての自己の記録を示しているということである[45]。この詩の「自伝」性は要するに「作るとは自らを作ること Faire, c'est se faire」というヴァレリー詩学＝制作学の根幹にかかわる問題であり、『若きパルク』の制作がそれを作る詩人の生成と不可分であったことを示すものである。自分自身に課した「諸々の規範、常に遵守すべき決まり」こそ、この詩の「真の目的」をなすとヴァレリーが述べるのは、まさしく詩作の労苦を通して詩人としての自己を作り上げることが究極目的であるからにほかならない。森本淳生が指摘したように、「即興的に」書いた「〈春《プリマヴェッラ》〉」の断章が「自伝」から除外されるゆえんである。

こうした意味での「自伝」性——詩の形式的構築と詩人としての自己構築との連動——において特に注目されるのは、その制作・生成過程の特殊なありようである。ヴァレリーはふたりの友人に宛てた手紙のいずれにおいても、詩作中に行った考察がもたらした「利益」について語っているが、その有益な観察の一つは、「言語」から出発し、「意志」のみによって始めた制作が予期しない発展をとげたこと（「造花の自然的成長」「人為的な製造の自然発展」）であった。森本はこの〈人為〉から〈自然〉へという詩の生成過程を『若きパルク』の構成に結びつけ、第一幕におけるパルクの意識の激化と破綻の過程を〈人為的制作〉の行き詰まりに、第二幕における「神秘的な私」の登場を意識化しえない〈自然的発展〉の神秘に対応させる読みを提示した。この詩の二部構成にフロミラーグがヴァレリーの個人史を重ね合わせるのに対して、森本は詩の制作過程そのものの反映を読み取るのである。

「自伝」の意味の揺らぎ——形式と内容のあいだ

ヴァレリーが『若きパルク』について「自伝」という言葉を初めて使ったのは前掲のフォンテーナス宛の手紙においてだが、「私を読みうる人は形式のなかに自伝を読むでしょう」という一文の意味するところをよりよく把握するうえで、この手紙に先立ってフォンテーナスがヴァレリーに送った手紙（一九一七年五月二〇日付）が参考になると思われる。フォンテーナスはまず、マラルメの『エロディアード』の最終行を掲げつつ、次のように述べている。

> 親愛なるヴァレリーよ、この三行の詩句〔マラルメ『エロディアード』の最終詩句〕の思い出ゆえに、あなたは一八九〇年以来、何ひとつ学ばず、何ひとつ忘れなかったといって批判されていますが、無論あなたは学び、

> あなたは忘れました。さらに硬質な輝きと引き換えに、ご自身の旧詩にあったもっと官能的で神秘的な柔らかな感触を少々忘れたのです。あなたはそれ以上に、ご自身の詩句に自由自在に置かれている哲学的な用語の、潜在的イメージに富んだ具体的な価値を学んだのです。(46)

『若きパルク』の「硬質な輝き」に対して、初期詩篇を「官能的で神秘的な柔らかな感触（velouté）」と形容している点も注目されるが、このように詩人ヴァレリーの変化・成長に理解を示したうえで、フォンテーナスは『若きパルク』が「難解」である理由について言及し、その晦渋性をマラルメよりもラシーヌのそれに結びつけている。

> というのも、この〔ラシーヌという〕名こそ、あなたの名と近づけることができる唯一のものだからです。あなたの由緒正しき兄、それはこの詩人です。〔……〕あなたこそ第一のラシーヌ派であり、その驚愕させる線、その陶然とさせる羞恥は古典派のものです。(47)

往復書簡の編者によれば、『若きパルク』の古典性をはじめて指摘したのはこのフォンテーナスの手紙である。最後に彼は『若きパルク』の献辞の言葉を引用し、次のように問いを畳みかけながら称賛の念を示している。

> なぜ、それほどの能力をお持ちでいながら「何年も前から詩作の技を放棄」されたのですか？　なぜ、もっと前に、今までの間に、せめてこの詩に先立つ習作を示さなかったのですか？　あるいはまたなぜ、それらを最高の開花であるこの詩に添えて、あなたの精神がたどった道を後から追って評価できるようにしなかったのですか？／〔……〕／デビュー当時のあなたの詩句を愛した者はあなたを再び見出します、深さにおいて成熟し、輝きにおいて永遠と化したようなあなたを。(48)

このフォンテーナスの手紙に感激し、ヴァレリーは前掲の手紙をしたためたのである。「私を読みうる人は形式のなかに自伝を読むでしょう」という言葉は、『若きパルク』の本質を見抜いたフォンテーナスの炯眼をたたえる言葉（あなたは私をしかるべき仕方で読んでくれた）であると同時に、この友人が手紙の最後に畳みかけた問いに対する一種の返答にもなっていると思われる。つまり、フォンテーナスが『若きパルク』に先立つ作品によって知ろうとした詩人ヴァレリーの軌跡――「〈私〉の精神がたどった道」――を、この詩の形式のなかに読み取ってくださいという含みもあったのではないだろうか。

おそらくヴァレリーはこのフォンテーナスの手紙（五月二〇日）に触発されるかたちで、『若きパルク』の「自伝」性について意識的になり、それを『カイエ』（六月三日）に書きとめ、さらにジッド宛の手紙（六月一四日）において、「自伝」の問題を「形式」だけでなく「内容」にもかかわるような仕方で述べるに至ったのではないかと思われる。フォンテーナス宛の手紙に記された「形式における自伝」と、ジッド宛の手紙に述べられた「知的な自伝」を比べれば、前者から後者へ「自伝」の意味合いは変容したと言えるが、それはこの点についてのヴァレリーの意識が高まったことを示しているだろう。『若きパルク』における「自伝」性はヴァレリー自身にとっても確固たるものではなく、むしろ制作後に「後から気づいた」発見であった。詩人自身にとってもその意味合いは揺らいでいると考えられる。

さらに言えば、ヴァレリーが『若きパルク』の「自伝」について語る際、「形式」や「知性」といった限定を付与するという反復的な仕草のうちには、ミシェル・ジャルティが指摘したように、「内容」――通常の意味での「自伝」的なもの――を「否認《デネガシヨン》」しようとする心理を読みとることもできるだろう[49]。そのような微妙な心理の動きを観察するために、改めて先に引いたフォンテーナス宛の手紙とジッド宛の手紙から問題の一節をフランス語原文とともに引用しよう。

> 私を読みうる人は、｛形式のなかに｝自伝を読むでしょう。内容はたいして重要ではありません。
> Qui saura me lire, lira une autobiographie < dans la forme >. Le fond importe peu.

出来上がった詩のなかに、後になってから、なんというか……自伝的な雰囲気を見出した（もちろん知的な自伝という意味だよ［……］）。

J'ai trouvé après coup dans le poème fini quelque air d'... autobiographie (intellectuelle, s'entend, [...])

フォンテーナス宛の手紙において「自伝」という語には不定冠詞が付されており、「ある種自伝のようなもの」というニュアンスが込められているが、さらに注目すべきはその後の「形式のなかに」という表現が後から追記されたことである。ヴァレリーはまず「私を読みうる人は自伝〔のようなもの〕を読むことでしょう。〔とはいえ〕内容は重要ではありません」と書いたのち、まさしく「内容」を否定するために「形式のなかに」という限定を加えたと推察されるのである。一方、ジッド宛の手紙では、「出来上がった詩のなかに後になってから気づいた」と文を起こし、「なんというかある雰囲気を」と目的補語を記したのち、中断符を打って「自伝」という語を先延ばしにし、さらにこの語を書き記すやいなや、今度は括弧を付して「知的な」という限定を加えている。「自伝」という語を発することがヴァレリーにとっていかに躊躇を伴うものであったかがうかがわれよう。

このように見てくると、『若きパルク』の「自伝」性は必ずしもヴァレリー自身の主張するように「形式」や「知的」なものに限られるわけではなく、彼自身が認めようとしなかった次元――〈内容〉や〈感情的・情動的〉なもの――にも関係しているとみなすのが適当ではないかと思われる。詩人はそうした存在の深部にかかわる言語化しがたい次元に根差す自伝的なものを〈内容〉から〈形式〉へと純化しようとしたのではないだろうか。この点で、「形式における自伝」性を「転調」の問題系（「ある意識の変化」「ある生の転調」）に接続したフロミラーグの読解が再び注目される。ジアヴェリはフロミラーグの読みに一定の理解を示しながら、ヴァレリーがそれを「主題」（「この詩の真の主題」）と呼んだ以上、十分に「形式」的ではないとして退けたが、見方を変えればこの「転調」という観点こそ「形式」と「内容」をつなぐ架け橋となるとも言えるだろう[50]。不定冠詞をともなって任意なものとなり、いわば個人的なものから解放された「ある意識の変化」「ある生の転調」とは、まさしくヴァレリー個人の「意識」「生」を素材としながら、その具体的な内容を捨象して形式的な要素――意識の諸相の「変化」、音楽的「転調」――のみを抽出したものとみなされる[51]。ヴァレリー自身「内容とは不純な形式にほかならない[52]」と述べているが、裏返して言えば、「形式」とは「内容」の純度を高めたものにほかならず、「形式における自伝」とは個人的＝伝記的なものの度合いをあたうかぎり希薄にし、内容の抽象度を高めて純化したものと言えるのではないか。

『若きパルク』の自伝性と『旧詩帖』の関係

最後に、『若きパルク』の自伝性を『旧詩帖』との関係という観点から再考してみよう。ここにおいても〈内容〉と〈形式〉の両面が問題となる。

まず内容にかかわる面では、先に述べたように、ヴァレリーが『ラ・コンクの詩』のエピグラフに『若きパルク』の一句を掲げたこと、またいっそう秘やかな仕草で『若きパルク』のなかに『旧詩帖』の一篇「挿話」に由来する詩句を潜ませたことは、「新しい詩」と「昔の詩」を結びつけようとする詩人自身の意図を疑いなく示している。「子供時代の夕べ」の甘美な想起とその「思い出」に対するパルクの激しい拒否にヴァレリー自身の反応を重ねて読み得ることは先に示したとおりである。さらに、詩作放棄から詩作回帰へというヴァレリーの個人史を『若きパルク』の詩句に投影する読解を敷衍すれば、「透明な死」（三八四）の幻想から不本意にも蘇ったパルクが、どのような「不可思議な道」をたどって元の自分に「回帰」したのかと自問するくだり（四一三－四二四）に、後年ヴァレリーが『若きパルク』について述懐した「ある詩篇の回想録断片」の一節――かつて放棄した詩作に自分でもよく分からない仕方で「回帰」したことの「奇妙な印象」を語った文章――を重ねて読むこともできるだろう[53]。パルクが蘇生＝目覚めの過程を探ろうとするのと同じように、ヴァレリー自身も詩作回帰の過程を振り返るが、両者ともその〈不可思議な回帰〉を完全に把握することはできない。

他方、ヴァレリー自身が進んで認める「形式」の次元においても、『若きパルク』の自伝性は『旧詩帖』と密接なかかわりがある。「形式における自伝」を「作るとは自らを作ること」というヴァレリー詩学に照らして解釈するならば、この言葉が意味しているのは、詩人が自らに課した「意志」と「練習」の成果である作品に、詩人としての自己の軌跡が刻まれているということにほかならない。そして、本書で繰り返し述べてきたように、『若きパルク』の端緒、すなわちヴァレリーの詩作回帰の源には、昔の詩との再会という出来事があったのであり、旧作への不満と羞恥、それを「改鋳したいという漠とした欲求」の目覚めという契機が介在していた。『旧詩帖』に収められることになる初期詩篇の改変こそ『若きパルク』の「形式における自伝」の出発点となったものであり、「昔の詩」の改作は長い歳月にわたって「新しい詩」の生成に同伴しつづけたのである。

人為と自然――『旧詩帖』と『若きパルク』の分岐点

『旧詩帖』と『若きパルク』の共通点と相違点を見きわめるために、今一度、先に引用したフォンテーナス宛およびジッド宛の手紙を読み返してみよう。二通の手紙をあわせ読むと、そのいずれにおいてもヴァレリーが『若きパルク』の生成過程における変容について語っている点が注目される。すなわち、当初「一ページに収まるほどの一篇」を作るつもりであったのが予期しない逸脱を重ねた末、最終的に五一二行におよぶ長詩に発展した――「人為的な製造が自然な発展をとげた」、いわば「造花の自然的成長」ともいうべき事態が生じたというのである。ジッド宛の手紙においてもう一点注意を引くのは、自作の詩の「自伝」性を「後になってから」認めたという点である。ヴァレリーは「蛇」の断章（五〇－九六）の生成過程について、それを『若きパルク』全体の生成過程の「縮図」と述べつつ、人為による制作が自然の発展を遂げたことにみずから驚いている（「不思議な歴史」「奇妙な法則」）が、興味深いことに、図らずも自然発展を遂げたその「蛇への呼びかけ」のなかに「自分自身を語るという欲求」が潜んでいた。つまり、「自己を語る欲求」は「蛇への呼びかけを引き延ばし」ていた制作時において明瞭に意識されていたものではなく、自然発露的な生成をとげた断章を読み返したとき、事後的に「感じ」たことなのである[54]。

『若きパルク』の「自伝」性にかかわるこの二つの側面――詩人が予め自分に課したこと（「練習」という言葉に集約される「意志」的制作態度）と、後から気づいた予期しなかったこと（制作後に「自分自身を語る欲求」を見出すような「自然」発展）――を『旧詩帖』の制作すなわち初期詩篇の改変にも当てはめてみると、両者の共通点と相違点が浮かび上がる。

まず詩作を「練習《エグゼルシス》」とみなす点、言い換えれば詩を作る意志的行為が詩人としての自己鍛錬と不可分に結びついているという点で、『旧詩帖』は『若きパルク』と同じ問題意識を共有している。「一八九二年と一九一三—一九一七年とを隔てる広大な時間に橋をかけるために」ヴァレリーが「特異な再教育と解決法」を必要とした背景には、四年以上にわたる新しい詩の制作だけでなく、それ以前に二〇年以上前の旧詩の推敲改作という問題が横たわっていたのである。先の章で考察したように、『旧詩帖』所収詩篇について一八九〇年代の旧作と一九二〇年の改作を比較すれば、『若きパルク』の詩人が自らに課した古典的詩法の諸規則が旧詩の改変にもおよんだことが裏付けられる。また当初新しい詩と古い詩は未分化の状態にあり、未来の『若きパルク』が『旧詩帖』詩篇群とともに「一八篇の練習作《エグゼルシス》」という題名のもとに並んでいたことも先に見たとおりである。ヴァレリーは自らの詩作を「練習」と呼ぶことを好んだが、そこには詩と思想を区別するという姿勢が反映している。前掲のフォンテーナス宛の手紙において「内容はたいして重要ではありません」「私の〔真の〕思想は詩句に適応できるようなものではありません」と断っているが、その言葉は『旧詩帖』諸詩篇にもそのまま当てはまる。第一章で確認したように、ヴァレリーが『旧詩帖』の巻頭に掲げようとしていた「ピエール・ルイスへの序文」には次の言葉が記されていた——「君にこれらの練習作を捧げる。そこには私自身に関することは幸いなことに〔ほとんど〕何もない〔私の真の思想／私の真の関心〕は何もない」(55)。『若きパルク』と『旧詩帖』諸詩篇は、ともにヴァレリーの「真の思想」を述べたものではなく、「言語」から出発し、「意志」によって制作された「練習」であるという点で一致するのである。

　他方、『若きパルク』の生成過程におけるもう一つの大きな特徴、すなわち当初「意志」のみによって制作しようとした「造花」がいつしか「自然な成長」を遂げたという点は、この「新しい詩」を『旧詩帖』詩篇群と分かつ点である。ヴァレリーにとって『若きパルク』がとりわけ重要な意義をもつのは、この長詩に多大な労力を費やしたからでもあるが、それだけではなく長きにわたる詩作過程において得られたもの——ヴァレリー自身の言う「利益 bénéfice」——があったからにほかならない。『若きパルク』制作から得られた「利益」とは何か、それは「長期にわたる詩作の間におこなった諸々の考察」あるいは「詩作中に自分自身についておこなった観察」のうちにあると詩人自ら述べている(56)。それはまさしく『若きパルク』以後、ヴァレリーが自らの作詩体験に基づいて築き上げてゆく「詩論」の数々——一九二〇年リュシアン・ファーヴルの詩集『女神を識る』に寄せた「序文」にはじまり、「詩と抽象的思考」(一九三九年オックスフォード大学で行われた講演)やコレージュ・ド・フランスにおける「詩学」講義(一九三七―一九四五年)――に結実するものである。[57] すでに『若きパルク』制作直後、ヴァレリーは「ある作品がその作家にとってもつ重要性は、制作中の作品が作家に(自分から自分に)もたらす予想外のことの多さに比例する」[58]と『カイエ』に記している。この観点から見れば、『若きパルク』に比べて「予想外」のことは少なかったであろう『旧詩帖』は、詩人自身にとって「重要性」が低かったと言わざるをえない。

とはいえ、改めて言えば、『若きパルク』の制作の端緒には『旧詩帖』の種があったのであり、「旧詩」の改変という作業なくして新しい詩の生成はおそらくあり得なかっただろう。同じく「練習」と称された「意志」的制作が、一方では〈人為〉にとどまったのに対し、他方ではそこから予期しない〈自然〉発展を遂げた。『旧詩帖』と『若きパルク』はその制作の発端において同じ根を有し、その後の生成過程において大きく分岐していったのである。

二 『魅惑』との比較

ヴァレリーが生前公けにした二つの詩集『旧詩帖』と『魅惑』はさまざまな点で好対照をなす。一九一七年『若きパルク』刊行後、両詩集は「昔の詩」と「新しい詩」という対比を際立たせるかたちで立てつづけに発表された。

一九二〇年『旧詩帖』初版（アドリエンヌ・モニエ「本の友の社」、一一五〇部）
一九二二年『魅惑』初版（NRF、二三二五部）
一九二六年二月『魅惑』再版（NRF、三四三五部）
一九二六年五月『旧詩帖』再版（ストルス社、三〇五部）
一九二六年一二月『魅惑』改訂版（NRF、六二九四部）
一九二九年『詩集』（『旧詩帖』『若きパルク』『魅惑』所収、NRF、二三五部）

だが、この新旧の対比は必ずしも単純ではない。『魅惑』がもっぱら『若きパルク』以後に書かれた新しい作のみを収めるのに対し、『旧詩帖』は単に「昔の詩」の集成ではなく、大部分はそれに改変の手を加えたものであり、なかには旧詩を装った新しい作も含まれるからである。「昔の詩の偽装」という問題をはらむ「セミラミスのアリア」が当初『旧詩帖』と『魅惑』の双方に収録されていたことは、この詩の読解に際して確認したが[59]、その事実は両詩集の区分に詩人の作為が働いていることを物語っているだろう。両詩集はそれゆえ単に古い詩集と新しい詩集として対比されるべきではなく、新しい詩のみからなる『魅惑』が〈均質的〉であるのに対し、古い層と新しい層の混淆する『旧詩帖』は〈不均質的〉あるいは〈多層的〉な詩集というかたちで対照をなす。

両詩集はまた二一篇という収録詩篇の数によっても比較対照するにふさわしいが、当初からそのようであったわけではない。第一章で述べたように[60]、『旧詩帖』の初版は「詩のアマチュア」を含めて一六篇であり、『魅惑』の初版は「セミラミスのアリア」を含む二二篇であった。『魅惑』が二一篇の構成となるのは一九二九年の豪華版『詩集』以降、『旧詩帖』所収詩篇が二一篇となるのは一九三一年の普及版『詩集』以降のことである。

以下、『旧詩帖』と『魅惑』の最終形態に基づいて形式と内容それぞれの点から両詩集を比較してみよう。

形式面

詩型

『旧詩帖』と『魅惑』をそれぞれ詩型別に分類すれば（表1）、『旧詩帖』には一二音節詩句によるソネが圧倒的に多いのに対して『魅惑』では特に偏りは見られず、むしろさまざまな詩型と音節数が試みられている点が注目される。この点についてはヴァレリー自身きわめて意識的であった。一九二四年の『カイエ』断章がその証である。

『魅惑』についての観察
一、形式の多様性。オード、ソネ、韻律
二、主題の多様性
三、慣例的条件の遵守[61]

『旧詩帖』20 篇（以下，散文形式の「詩のアマチュア」を除く）

	ソネ	テルツァリーマ	4 行詩	詩節構成自由
12 音節	エレーヌ オルフェ ヴィーナスの誕生 夢幻境 同じく夢幻境 水浴 眠れる森で カエサル 異容な火が…… ヴァルヴァン	紡ぐ女	夏 アンヌ セミラミスのアリア	むなしい踊り子たち ナルシス語る 挿話 夕暮れの豪奢
9 音節	友愛の森			
7 音節	ながめ〔英式ソネ〕			

『魅惑』21 篇

	ソネ	4 行詩	6 行詩	10 行詩	詩節構成自由
12 音節	眠る女	漕ぐ人			室内
10 音節			海辺の墓地		
8 音節	蜜蜂 柘榴 失われた酒 帯〔準英式ソネ〕	足音 秘密のオード		巫女 蛇の素描	
7 音節		詩		曙 棕櫚	
6 音節		円柱讃歌			
5 音節	風の精	忍びこむもの			
混合 (12+6/8)		プラタナスに			仮死の女 ナルシス断章

表 1 『旧詩帖』と『魅惑』の詩型の分類

一二音節詩句からなる長詩『若きパルク』を発表したのち詩集『魅惑』を編むにあたって詩人がとりわけ配慮したのは形式および主題における「多様性」であった。この『カイエ』断章が書かれた一九二四年の六月、ガリマール社からヴァレリーの評論集『ヴァリエテ（多様性）』が刊行されたことからも、当時のヴァレリーがいかにこの点に関心を寄せていたかがうかがわれる。

『魅惑』の多様性に比して『旧詩帖』では詩型および韻律の偏りが目立つ。

詩型の面では、『旧詩帖』ではソネが圧倒的に多く、所収詩篇の半数以上を占める（一二篇）のに対し、『魅惑』では全体の四割に満たない（六篇）。両詩集に共通する詩型はソネ、四行詩、詩節構成が自由なものであり、ソネについては両詩集とも英式ソネを一篇ずつ含む(62)。他方、『旧詩帖』にのみ用いられた詩型としてテルツァリーマがあり、『魅惑』にのみ用いられた詩型として六行詩と一〇行詩がある。

韻律の面では、『旧詩帖』の大半（一八篇）は一二音節詩句であり、それ以外には九音節と七音節の詩が一篇ずつあるのみである。他方、『魅惑』では一二音節、一〇音節、八音節、七音節、六音節、五音節と多様であるうえ、一二音節と六音節を交互に組み合わせる「プラタナスに」、一二音節に八音節を織り交ぜる「仮死の女」、一二音節を基調としつつ部分的に八音節と六音節を挿入する「ナルシス断章」といった混合詩句もある。『旧詩帖』の方は多様性に乏しいが、『魅惑』には見られない九音節詩句を一篇含むという点が注目される。ヴェルレーヌの愛好したこの奇数脚はヴァレリー詩においてはきわめて珍しく、アンドレ・ジッドに捧げられた「友愛の森」以外に公表されたものは皆無である。初期の詩作に幾つか作例が見られるが、それは当時九音節詩句を偏愛していたピエール・ルイスの影響をうかがわせるものである(63)。

韻律──非古典的な一二音節詩句

ところで両詩集における韻律《メートル》の相違を浮き彫りにするには音節《シラブル》の数を考慮するだけでは十分ではない。というのも長い詩句──一二音節詩句と一〇音節詩句──の韻律を支えているのは詩句の音節数（一二あるいは一〇）ではなく、詩句内部の句切り《セジュール》によって刻まれる一定のリズム（6-6あるいは4-6）[64]だからである。この句切りが遵守されているか否かによって詩句の古典性の度合いが測られるが、この点で『旧詩帖』と『魅惑』（および『若きパルク』）には注目すべき相違が見出される。『韻律の理論』の著者ブノワ・ド・コルニュリエが提起した「非古典的な一二音節詩句を摘出するための五つの基準」[65]に基づいて、『旧詩帖』における一二音節詩句を『魅惑』および『若きパルク』のそれと比較してみると興味深い相違が見えてくる。『魅惑』において一二音節詩句からなる、あるいはそれを含む詩は六篇あるが、そのいずれにおいても句切りは例外なく遵守されている。『若きパルク』においてもほぼ同様のことが言える。[66]他方『旧詩帖』において一二音節詩句からなる詩は一八篇あるが、そのうち非古典的な詩句を一切含まないのは五篇（「水浴」「ヴァルヴァン」「カエサル」「異容な火」「セミラミスのアリア」）だけであり、残る一三篇は句切りを揺るがせる詩句を少なくとも一行含んでいる。

このように昔の詩には非古典的な詩句および象徴派の詩人たちが試みたリズムの揺らぎが散見されるのに対し、新しい詩においてはほとんどすべて句切りを遵守した古典的な詩句となっている。この点は『旧詩帖』における後年の改変という問題とも深いかかわりがあり、第二・三章の詩篇読解において明らかにしたように、旧詩改変の過程で非古典的なリズムの多くが古典的韻律に改鋳されている。『旧詩帖』所収詩篇のうち、一八九〇年代に雑誌掲載された旧作から『旧詩帖』所収の改作へ、非古典的詩句の減少が認められる詩は五篇あり、とりわけ「ナルシス語る」においてその傾向が著しい。[67]要するに、非古典的詩句の存在はヴァレリーの初期詩篇と後期詩篇を分かつ指標の一つであり、『旧詩帖』詩篇の改変は非古典的詩句の減少によって前者から後者への移行を示していると言える。

詩の長さ

次に、両詩集における短詩と長詩の配分を比べてみよう（表2）。

詩篇の長さという点でも『魅惑』の方が『旧詩帖』よりも多様である。『旧詩帖』ではソネ（一四行詩）より短い詩はなく、また一〇〇行以上におよぶ詩は一篇だけである。他方、『魅惑』の諸詩篇は長短の開きが大きく、ソネよりも短い詩が二篇ある一方、一〇〇行を超える長詩が四篇あり、しかもそのうち二篇は三〇〇行以上におよぶ。

	14 行未満	14-19 行	20-49 行	50-99 行	100 行以上
『旧詩帖』		(12) ソネ 12 篇	(4) 紡ぐ女[25] むなしい踊り子たち[20] 挿話[20] 夏[20 → 44]	(3) ナルシス語る[58] アンヌ[36 → 52] 夕暮れの豪奢[97]	(1) セミラミスのアリア[92 → 104]
『魅惑』	(2) 室内[8] 仮死の女[11]	(8) ソネ 6 篇 足音[16] 忍びこむもの[16]	(3) 秘密のオード[24] 漕ぐ人[32] 詩[44]	(4) プラタナスに[72] 円柱讃歌[72] 曙[90] 棕櫚[90]	(4) 海辺の墓地[144] 巫女[230] 蛇の素描[310] ナルシス断章[148 → 314]

表 2　詩の長短の分類
(　) 内は当該欄の詩篇数（以下の表でも同様），[　] 内は詩篇の行数を示す。

	F > M [2:1 以上]	F > M	M = F	M > F	M > F [2:1 以上]
『旧詩帖』	(1) 紡ぐ女[F のみ]	(9) オルフェ[8:6] ヴィーナスの誕生[8:6] 夢幻境[8:6] 同じく夢幻境[8:6] 水浴[8:6] 眠れる森で[8:6] 友愛の森[8:6] ヴァルヴァン[8:6] 夕暮れの豪奢[52:45]	(6) むなしい踊り子たち ナルシス語る 挿話 夏 アンヌ セミラミスのアリア	(4) エレーヌ[8:6] カエサル[8:6] 異容な火が…[8:6] ながめ[8:6]	
『魅惑』	(1) 海辺の墓地[4:2](×24)	(6) 曙[6:4](×9) 棕櫚[6:4](×9) 巫女[6:4](×23) 蜜蜂[8:6] 柘榴[8:6] 忍びこむもの[9:7]	(8) プラタナスに 詩 足音 ナルシス断章 蛇の素描 室内 秘密のオード 漕ぐ人	(3) 帯 [8:6] 眠る女 [8:6] 仮死の女 [6:5]	(3) 風の精 [10:4] 失われた酒[10:4] 円柱讃歌[48:24]

表 3　脚韻の分類
[　] 内は女性韻 F と男性韻 M の比率。各詩篇の行数あるいは一定詩節の行数（×詩節数）に基づいて示す。

	F → F	F → M	M → M	M → F
『旧詩帖』	(11) 紡ぐ女 オルフェ ヴィーナスの誕生 夢幻境 同じく夢幻境 水浴 眠れる森で 友愛の森 挿話 ヴァルヴァン 夕暮れの豪奢	(5) カエサル むなしい踊り子たち 夏 アンヌ セミラミスのアリア	(3) エレーヌ ナルシス語る ながめ	(1) 異容な火が…
『魅惑』	(2) 忍びこむもの 柘榴	(14) 曙 蜜蜂 詩 足音 帯 眠る女 ナルシス断章 巫女 蛇の素描 室内 海辺の墓地 秘密のオード 漕ぐ人 棕櫚		(5) プラタナスに 円柱讃歌 風の精 仮死の女 失われた酒

表4　脚韻の分類（詩篇冒頭と終結部）

なお、『旧詩帖』には初版以降に詩節を増補した詩が三篇（「夏」「アンヌ」「セミラミスのアリア」）見られ[68]、『魅惑』では「ナルシス断章」が一九二二年初版では第一断章のみ、一九二六年再版で第二・第三断章が加えられている[69]。

脚韻

各詩篇における男性韻と女性韻の割合によって両詩集の収録詩篇を分類すれば（表3）[70]、『旧詩帖』では「紡ぐ女」が女性韻のみで構成されている点が注目されるほか、やや女性韻の多い詩が九篇、やや男性韻の多い詩が四篇、偏りのない詩が六篇というように女性韻を多用する傾向が見られる。『魅惑』では、女性韻の多い詩が六篇、偏りのない詩が八篇というように著しい傾向は見られないが、男性韻が女性韻の二倍以上の割合を占める詩が三篇あり、どちらかと言えば男性韻に傾いている。

ただし、女性韻あるいは男性韻の優勢という傾向は単にそれらを含む詩句の総行数によって計量すべきものではなく、特に詩節を締めくくる脚韻がどちらであるかという点を考慮に入れて判断しなければならない[71]。詩篇冒頭の脚韻と終結部の脚韻がそれぞれ男性韻か女性韻かによって各詩篇を再度分類してみよう（表4）。

まず詩篇冒頭の脚韻から見れば、『旧詩帖』において女性韻から始まる詩は一六篇、男性韻から始まる詩は四篇だけであり、『魅惑』においても女性韻から始まる詩一六篇に対して男性韻から始まる詩は五篇しかない。両詩集とも、各詩篇の出だしは圧倒的に女性韻が多い。他方、詩を締めくくる脚韻については、『旧詩帖』では女性韻で終わる詩が一二篇、男性韻で終わる詩が八篇あるのに対し、『魅惑』では女性韻で終わる詩が七篇、男性韻で終わる詩が一四篇ある。『旧詩帖』では女性韻で終わる詩の方が多い（三対二の割合）のに対し、『魅惑』では男性韻で終わる詩の方が多い（二対一の割合）。つまり、『旧詩帖』で最も多いパターンは女性韻に始まり女性韻に終わる型であり、『魅惑』に最も多いのは女性韻に始まり男性韻に終わる型である。ここでもまた『旧詩帖』に女性韻寄りの傾向、『魅惑』に男性韻寄りの傾向が認められる。

さらに各詩節を男性韻・女性韻のいずれか一方のみで構成するという破格の見られる詩篇に注目してみよう。『旧詩帖』では、先述のように全詩行女性韻のみからなる「紡ぐ女」（テルツァリーマ）がひときわ目を引く。が、それ以外には「オルフェ」（ソネ）の第一テルセが女性韻のみ、「異容な火」（ソネ）の第二カトランが男性韻のみで構成されている点を除けば、大半の詩篇は男性韻と女性韻を交互に配置するという古典的な規則に適っている。他方、『魅惑』では脚韻の破格がかなり目立ち、「シルフ」（ソネ）では第一カトランが男性韻のみ、「失われた酒」では第一・第二カトランすべて男性韻、また「円柱讃歌」（四行詩）では男性韻のみからなる詩節が七節、それに対して女性韻のみからなる詩節は一節のみという偏りが見られる。同じく脚韻の気まぐれという点で興味深い「蛇の素描」では、一〇行詩からなる詩節を男性韻のみで埋め尽くす例が見られる。さらに、男性韻・女性韻の量的な割合には大差がない詩篇でも、「蜜蜂」（ソネ）のカトラン二節は女性韻のみ、テルセ二節は男性韻のみという破格が見られ、女性韻から男性韻への移行が顕著である。「秘密のオード」（四行詩）の各詩節も男性韻あるいは女性韻のみからなり、女性韻のみの詩節と男性韻のみの詩節が交互に現れ、全体として女性韻から男性韻へ移行する。

しばしば「古典的な詩人」と形容されるヴァレリーは古典的詩法をあらゆる面で遵守したわけではなく、脚韻の面ではむしろその規則に背くことによって生じる効果を狙っており、特に『魅惑』において破格的な試みが目立つのである。

このように脚韻の面で『旧詩帖』には女性韻優勢、『魅惑』には男性韻優勢という傾向が見られるが、こうした形式的特徴は両詩集の内容・主題とも無縁ではないように思われる。以下、『旧詩帖』と『魅惑』を内容面において比較してみよう。

内容面

題名

まず両詩集を構成する詩篇の題名を列挙してみれば、次のようである。

『旧詩帖 *Album de vers anciens*』	**『魅惑** *Charmes*』

「紡ぐ女 La Fileuse」
「エレーヌ Hélène」
「オルフェ Orphée」
「ヴィーナスの誕生 Naissance de Vénus」
「夢幻境 Féerie」
「同じく夢幻境 Même Féerie」
「水浴 Baignée」
「眠れる森で Au bois dormant」
「カエサル César」
「友愛の森 Le Bois amical」
「むなしい踊り子たち Les Vaines Danseuses」
「異容な火が……Un feu distinct…」
「ナルシス語る Narcisse parle」
「挿話 Épisode」
「ながめ Vue」
「ヴァルヴァン Valvins」
「夏 Été」
「夕暮れの豪奢 Profusion du soir」
「アンヌ Anne」
「セミラミスのアリア Air de Sémiramis」
「詩のアマチュア L'Amateur de poèmes」

「曙 Aurore」
「プラタナスに Au platane」
「円柱讃歌 Cantique des colonnes」
「蜜蜂 L'Abeille」
「詩 Poésie」
「足音 Les Pas」
「帯 La Ceinture」
「眠る女 La Dormeuse」
「ナルシス断章 Fragments du Narcisse」
「巫女ピティ La Pythie」
「風の精シルフ Le Sylphe」
「忍びこむもの L'Insinuant」
「仮死の女 La Fausse Morte」
「蛇の素描 Ébauche d'un serpent」
「柘榴 Les Grenades」
「失われた酒 Le Vin perdu」
「室内 Intérieur」
「海辺の墓地 Le Cimetière marin」
「秘密のオード Ode secrète」
「漕ぐ人 Le Rameur」
「棕櫚 Palme」

両詩集の題名を見比べてみると、まず『旧詩帖』には〈固有名〉、それも〈神話・歴史・伝説にちなむ名〉が多いということに気づく。「エレーヌ」「オルフェ」「ナルシス」や「ヴィーナス」といったギリシア・ローマ神話の形象、「カエサル」や「セミラミス」といった歴史上あるいは伝説上の人物が名を列ねている。[72] 一方『魅惑』では同じく「ナルシス」の名が見えるほかは、ギリシア神話の「巫女ピティ」（アポロンの神託を受けたデルポイの巫女ピュティア）とケルト・ゲルマン神話の「風の精シルフ」があるくらいである。「蛇の素描」の「蛇」は旧約聖書の「エヴァ」を誘惑した蛇にちなむが、題名には不定冠詞が付され、むしろその姿をくらましている。

また『魅惑』と比べて『旧詩帖』には〈女性の形象〉が目立つ。「紡ぐ女」「エレーヌ」「ヴィーナスの誕生」「眠れる森（の美女）」「水浴（する女）」「むなしい踊り子たち」「アンヌ」「セミラミスのアリア」の八篇は題名からすでに女性を提示あるいは暗示している。このうち「エレーヌ」と「セミラミスのアリア」は題に掲げられた女性が一人称で語る。また、「夢幻境」「同じく夢幻境」「挿話」「ながめ」「夏」の五篇においても主に女性が描かれている。一方、題名に男性名を掲げる詩として「オルフェ」「ナルシス語る」「カエサル」の三篇があるが、まさしく男性的な英雄は「カエサル」だけであり、「ナルシス」と「オルフェ」は両性具有的な存在といえる（なおセミラミスはこれとは逆に雄々しい女王である）。なお「友愛の森」では友人ふたりが「フィアンセのように」手に手を取って歩く姿をうたう。

他方『魅惑』で題名に女性を掲げるのは「眠る女」「仮死の女」「巫女ピティ」の三篇、そのほかに女性を主題とするのは「蜜蜂」の一篇だけである（そのなかで「巫女」と「蜜蜂」が女性による一人称語り[73]）。もっとも「円柱讃歌」には「姉妹」としての「円柱」が、「詩」では「母なる知性」が、また「足音」や「帯」では女性的な「影」が現れるが、それらにおいては女性が詩の中心主題をなすとは言いがたい。一方、男性的な形象が目を引く詩として、水流に逆らって「漕ぐ人」や、女（「エヴァ」）を誘惑する男（「蛇」）の弁舌が冴える「蛇の素描」および「忍びこむもの」が挙げられる。もっとも「主題の多様性」を企図した『魅惑』にはしばしば男性・女性の両方が現れ、どちらか一方に分類しがたい詩篇も多い。

人称

この点をもう少し精密に分析するために両詩集における人称表現を観察してみよう（表5）。

先に述べたように両詩集には女性が一人称で語る詩が共通してある点も注目されるが、『旧詩帖』と『魅惑』の相違として特筆すべきは『魅惑』には男性一人称が多く、『旧詩帖』には女性三人称が多いという点である。つまり、『旧詩帖』ではもっぱら女性たちが三人称で描写され（あるいは二人称で呼びかけられ）、それを描く（あるいは呼びかける）一人称の「私」が姿を現さないのに対して、『魅惑』ではそのような例は皆無であり、「眠る女」を見る「私」、「仮死の女」と交わる「私」、「母なる知性」（詩の女神）の乳を断たれた「私」、「神の影」のごとき人の「足音」をベッドで待つ「私」[74]など、常に一人称の話者の存在が示されている。『魅惑』において唯一、「私」が現れない「秘密のオード」においても、感嘆表現を畳みかけるこの詩には話者の存在が感じられる。

また『魅惑』詩篇では一人称のほかに二人称の表現も多く、しばしば一詩篇のうちに複数の人称が混在するが、この点も同詩集において詩人自身が配慮した「多様性」に通じる特徴と言えよう。それに関連して、『魅惑』では話者の交替を含む詩篇が幾つかある点も注目される。「曙」「プラタナスに」「円柱讃歌」「詩」において話者の「私」はそれぞれ「観念」「樹木」「円柱」「詩の女神」と対話する。また「巫女」「蛇の素描」「棕櫚」においても、対話形式ではないが、話者あるいは話し相手の交替による複合的な構成が認められる。一方、『旧詩帖』で話者の交替を含む詩篇は「セミラミスのアリア」（「曙」の呼びかけに女王が応える）だけである。

時間帯

さらに詩の背景となる〈時間帯〉という観点から『旧詩帖』と『魅惑』を比較してみよう（表6）。『旧詩帖』では、〈朝〉の詩が三篇、〈日中〉の詩が五篇、〈夕べ〉の詩が六篇、〈夜〉の詩が五篇ある。[75]『魅惑』では『旧詩帖』に比べて時間帯を特定しにくい詩篇が多いが、〈朝〉の詩一篇、〈日中〉の詩九篇、〈夕べ〉の詩二篇、〈夜〉の詩五篇に分けられ、分類しがたい詩が四篇ある。[76]〈朝と日中〉を一組、〈夕べと夜〉を一組として再分類すれば、

『旧詩帖』では〈朝・日中〉が八篇に対して〈夕・夜〉が一一篇、『魅惑』では〈朝・日中〉が一〇篇に対して〈夕・夜〉が七篇となり、『旧詩帖』詩篇が〈闇〉に傾く一方、『魅惑』詩篇は〈光〉に向かう傾向が認められる。この対比はさらに両詩集の巻頭を飾る詩にも見出される。〈夕暮れ〉どきの空を背景に〈眠り〉へ落ちてゆく「紡ぐ女」と、〈朝〉の〈目覚め〉を高らかにうたう「曙」（一人称の「私」は文法上男性）は好対照をなし、それぞれ詩集全体の趣を告げる役割を担っていると言ってもいいだろう。

なお、『魅惑』には複数の時間帯にかかわる詩篇が幾つかある。「プラタナスに」は「陽光」あふれる日中に「夕べ」の一刻を挿入し、「巫女ピティ」は夜のような闇のなかに回想場面として「ある夕べ」を差し挿む。「円柱讃歌」では「日の神」の輝く時刻を舞台としつつ「太陽と月」が交替する時のめぐりをうたう。一方『旧詩帖』のなかでこのような複合的な構成をもつのは後年の作「セミラミスのアリア」だけである（朝を舞台としつつ日中のバビロン建設の場面が喚起される）。

以上、『旧詩帖』と『魅惑』を形式面および内容面において比較した結果、次のような対照が見出された。

第一に、詩型の面で、『旧詩帖』には一二音節詩句によるソネの多用という傾向が見られる一方、『魅惑』にはそうした偏りがなく、むしろその特色は詩型の多様性にある。

第二に、脚韻・主題・人称という点で、『旧詩帖』には〈女性的〉傾向が際立つのに対し、『魅惑』にはどちらかといえば〈男性的〉傾向が認められる。

第三に、詩にうたわれた時間帯という点で、『旧詩帖』詩篇群には夕暮れや夜の〈闇〉がより濃厚である一方、『魅惑』には朝や日中の〈光〉がより多く差している。

以上の点すべてにかかわることとして、『魅惑』は『旧詩帖』よりも多様であり、より複合的な構成が見られる。詩人自身が自負するように、『魅惑』には形式および主題における「多様性」が確かに認められるのである。それに比べると『旧詩帖』は多様性に乏しいと言わざるをえないが、この詩集の特徴は別のところに見出される。本節のはじめに、新しい詩のみからなる『魅惑』が〈均質的〉であるのに対し、新旧さまざまな制作時期を含む『旧詩帖』は

	女性１人称	男性１人称	女性２人称	中性的２人称 （無性的なものへの呼びかけ）	男性２人称	女性３人称
『旧詩帖』	（2） エレーヌ セミラミスのアリア	（5） オルフェ ナルシス語る 異容な火が… 夕暮れの豪奢 友愛の森 （nous）	（4） 紡ぐ女 眠れる森で アンヌ 夏 （ナルシス語る）	（ナルシス語る） （夕暮れの豪奢） （セミラミスのアリア）	（2） カエサル ヴァルヴァン （ナルシス語る） （セミラミスのアリア）	（7） ヴィーナスの誕生 夢幻境 同じく夢幻境 水浴 むなしい踊り子たち 挿話 ながめ
『魅惑』	（3） 蜜蜂 巫女 円柱讃歌 （nous）	（17） 曙 プラタナスに 詩 足音 帯 眠る女 ナルシス断章 風の精 忍びこむもの 仮死の女 蛇の素描 柘榴 失われた酒 室内 海辺の墓地 漕ぐ人 棕櫚	（曙） （円柱讃歌） （詩） （足音） （眠る女） （ナルシス断章） （忍びこむもの） （仮死の女） （蛇の素描） （棕櫚）	（蜜蜂） （ナルシス断章） （柘榴） （失われた酒） （漕ぐ人）	（1） 秘密のオード （プラタナスに） （ナルシス断章） （巫女） （海辺の墓地）	（0）

表５　人称表現の分類

１人称が男性か女性かという点は文法的にはどちらも可能な場合があるが，ここでは女性形の有無によって区分する。３人称の欄には１人称・２人称を含まない詩篇のみを挙げ（男性３人称のみの詩篇はない），２人称の欄には１人称を含む場合は括弧付きで表記し，数には入れない。

	朝	日中	夕べ	夜	分類不可
『旧詩帖』	(3) エレーヌ ヴィーナスの誕生 セミラミスのアリア＊	(5) 水浴 眠れる森で ながめ ヴァルヴァン 夏 (セミラミスのアリア)	(6) 紡ぐ女 オルフェ カエサル ナルシス語る 挿話 夕暮れの豪奢	(5) 夢幻境 同じく夢幻境 友愛の森 むなしい踊り子たち 異容な火が…	(1) アンヌ 〔夜～朝〕
『魅惑』	(1) 曙	(9) プラタナスに＊ 円柱讃歌＊ 蜜蜂 蛇の素描 柘榴 室内 海辺の墓地〔正午〕 漕ぐ人 棕櫚	(2) 帯 ナルシス断章 (プラタナスに) (巫女)	(5) 詩 足音 巫女＊ 仮死の女 秘密のオード (円柱讃歌)	(4) 風の精 忍びこむもの 眠る女 失われた酒

表6　時間帯の分類

＊を付した詩は回想場面などで他の時間帯を含む（括弧付きで他の欄に記入）。

〈不均質的・多層的〉であると述べたが、初期詩篇の改変および偽装という問題をはらむこの詩集の最大の特色はまさしくこの〈多層性〉にあり、ここに『魅惑』の「多様性」に比肩しうる『旧詩帖』の特異性が認められると思われる。『魅惑』の特徴が〈均質的な多様性〉にあるとすれば、古い層と新しい層を幾重にも織り込む『旧詩帖』の特徴は〈傾向性をもった多層性〉にあると言えよう。

終章　初期詩篇の改変から詩的自伝へ

改変の主な特徴——象徴主義との距離

これまで『旧詩帖』の経緯と構成（第一章）および所収詩篇の幾つかの読解（第二・三・四章）を通して、この詩集における初期詩篇の改変という問題を考察してきたが、その主な特徴をまとめてみよう。

まず、初期詩篇に対する後年の改変は、『旧詩帖』所収の際に一気になされたわけではなく、機会のあるたびに段階的になされたということ。一九〇〇年刊行の『今日の詩人たち』に収録された七篇はすでにこの段階で書き換えが始まっており、ヴァレリーの詩を初めて収録したこのアンソロジーは二〇年後の『旧詩帖』における改変を先取りするものと位置づけられる。また『旧詩帖』所収以降も、詩篇によっては大幅な加筆修正が晩年まで続いており、初期詩篇の改変は少なくとも四段階（一九〇〇年、一九二〇年、一九二六年、一九四二年）に分けて捉える必要がある。

こうした〈段階的改変〉の全般的傾向としては次の点が挙げられる。

内容面における変化

一、宗教色あるいは古代色を帯びた語彙の削減。

二、世紀末に流行し、象徴派詩人たちが愛用した語彙やイメージ（宝石類・百合・両性具有など）の削減。

三、装飾的要素の削減。この点は内容・形式の区別がむずかしいが、稀語や造語や特殊な綴りは影を潜め、字体（頭文字大文字・イタリック）や句読法（感嘆符・中断符）などによる強調効果も消去される傾向にある。

四、陰影の添加。概して旧作には繊細優美な趣や甘美な官能性がただよっているが、改作ではそこに暗さ、虚しさ、苦痛、醜悪、破壊などネガティブと形容しうる要素が付け加えられることが多い。

五、婉曲性や両義性の追求。この点は旧作においても認められるが、改作では特に女性的形象に関していっそう暗示的あるいは換喩的な表現が増している。

六、人称表現の多様化。旧作には三人称による描写が多いが、改作ではそこに一人称の独白や二人称への呼びかけを添加する傾向にある。

七、詩節の増補による複合的な構成。後年詩節を加えた詩篇については、異質な要素（別の時制・人称・視点など）を組み込むことによって全体の構成をより複合的にしようとする配慮が認められる。この点は一九三〇年代以降ヴァレリーが手がけることになる劇作品（「アンフィオン」「セミラミス」「わがファウスト」など）に通じる特徴とみなされる。

形式面における変化

一、脚韻の補充および重層化。旧作に残っていた脚韻の不備を補う（「ナルシス」「オルフェ」）とともに、同じ脚韻をさらにもう一つ重ねたり、各々の脚韻の響きをより豊かにする傾向が認められる。

二、音韻効果の増大。先に挙げた脚韻とともに、畳韻および半諧音の効果を増す傾向が顕著に見られる。この点に関連して、ある単語や表現を変えようとする際、通常は類義語に置き換える（意味を保ったまま音を変える）が、それとは逆に類音語を探す（音を保って意味を変える）という詩に特有の現象がしばしば認められた。ヴァレリーは詩句を音楽的形式と意味内容という「二つの独立変数」なる複合体とみなし、それを「複素数」に喩えたこともあるが[1]、シニフィアンとシニフィエを同列に扱う詩人の手つきには、そのような見方が反映されているだろう。

三、古典的韻律への回帰。一八九〇年代に書かれた一二音節詩句には古典的詩法の要諦というべき中央の句切りを揺るがせる象徴派風のリズムが散見される一方、後年の改変ではそうしたリズムの揺らぎを古典的な韻律に改める傾向が全般的に認められる。特にヴァレリー初期の代表作「ナルシス語る」の改変においてその傾向が著しい。一二音節詩句の韻律の古典性の度合いはまたヴァレリーの初期詩篇と後期詩篇を見分ける指標となるものであり、『若きパルク』以後に書き出され、「昔の詩」の偽装という問題をはらむ二篇「カエサル」と「セミラミスのアリア」は、その古典的韻律によってその他の旧詩群とは一線を画している。

以上のことから、内容および形式の両面にかかわる改変の主な特徴として、〈象徴派的な要素の削減〉を指摘することができる。また特に韻律に関して、古典的詩法を遵守しようとする反時代的な傾向も注目される。が、はたしてそこからヴァレリーは若い頃に傾倒した象徴主義から古典主義へ転身したという結論を導き出すべきだろうか。この点は注意深く検討する必要がある。というのも、象徴主義的な詩風から古典的な詩風への変化はある一面に限られるからである。たとえば語彙のレベルでは象徴派的な嗜好からの距離感が認められるが、表現の婉曲性や両義性の追求という特徴は象徴派の美学に直結するものである。また、後年の改変の全般的傾向が世紀末に流行した語彙の使用を控え、象徴派風の不安定なリズムを古典的な韻律に改めるものであったことは確かだが、ヴァレリーはそうした時代色をすべて消し去ったわけではなく、昔日の面影をわずかに留めているという点も看過しえない。改変の手を経てなおも残ったその痕跡は、数こそ少ないが、古典的な詩句との対比という点でいっそう際立つとみなすこともできよう。他方、ヴァレリーの後年の代表作には「古典的」という形容を付与されることが多いが、後年のヴァレリーはあらゆる面で古典的であったわけではなく、古典的詩法のすべてを一様に遵守したわけでもない。たとえば、脚韻については比較的自由な態度を示しており、男性韻と女性韻を交互に配置するという古典的な規則をあえて破ったり、詩節構成の自由な詩篇において詩節を跨ぐ押韻を用いたりしている。しかも、ある効果を案出するためであれば伝統的な慣習に背くことも辞せず（母音衝突《イアチュス》や分音《ディエレーズ》などの意図的な用法）、詩人には規則に反して言語的効果を追究する権利があると主張する。もっとも「あらゆる逸脱が作家に許されているわけではない」が、「言語によって働きかけるために、言語に対して働きかける」作家の仕事と野心は「言語を豊かにする逸脱――言語の潜在力、純粋さ、深みといった錯覚を与えるような逸脱」を見出すことにあると言うのである。[2]

要するに、後年のヴァレリーは語彙の面では象徴派から一定の距離を置き、韻律の面では象徴派的な詩風から古典的な詩風へ回帰したと言えるが、それはある主義から別の主義への転換というよりはむしろ語彙・韻律・脚韻・詩節の構成等、各々の言語的事象について詩人がそのつど選択した結果とみなされる。主義や流派のレッテルを貼って分類するよりも、そのような細部の言語的事実を観察することが重要であろう。

ヴァレリー曰く「〈象徴主義〉は〈流派〉ではない」。それは「数多くの、しかもまったく一致することのない〈流派〉を許容する」ものであり、「象徴主義者」とは「〈美学《エステティック》〉においては分裂し、〈倫理《エティック》〉によって結びつく」ような多種多様な芸術家の総称である。[3] ヴァレリー自身が警鐘を鳴らしたように「象徴主義・象徴派」という語は曖昧であり、さまざまな意味を許容するが、少なくとも次の二つの語義、すなわち狭義の「象徴派」風詩句（一九世紀後半にフランス詩の改革を試みた一群の詩人たちの作品に共通する特徴）と、広義の「象徴主義」的精神（諸芸術に通底する一時代の精神風土ないし倫理）を区別すべきだろう。象徴主義的風土のなかで詩を書き始め、その後ひとたび詩を放棄した末に再び詩作に身を投じたヴァレリーは、詩人としての自己の立ち位置を意識的に選び取ったはずである。言語的事象としての象徴派的趣味からは後年はっきりと距離を取る一方、広義の象徴主義については生涯を通じてその精神を遵奉しつづけ、作家としての自らの姿勢の支柱としたように思われる。「美学」は過去のものとなっても、その「倫理」は古びなかったと言えよう。

さまざまな「影響」——先行詩人、友人、女性

先行詩人の影響としては、ユゴー、ゴーチエ、ルコント・ド・リール、エレディア、ボードレール、ポー、マラルメ、ヴェルレーヌ、ランボーとの関連性について言及したが、そのなかでもマラルメの存在の大きさが改めて確認された。本書ではまた特に「紡ぐ女」の源泉をめぐって、アンリ・ド・レニエとフランシス・ヴィエレ＝グリファンの作品との関連性を指摘した。

また序章でも触れたように、ヴァレリーの初期詩篇およびその改変に「影響」をおよぼしたのは先行詩人ばかりではなく、友人や女性たちの存在も看過しえない。

ピエール・ルイスとアンドレ・ジッドという二人の友人との出会いとその後まもなく始まる文通がヴァレリー初期の詩作において果たした役割はきわめて大きく、一八九〇―一八九一年頃、ヴァレリーはルイスおよびジッド宛の手紙に詩の初稿を送って批評を仰ぎ、友人による批評や助言によって詩を書き改めることもしばしばであった。

ルイスは当時名もないヴァレリーの詩才を見抜き、いち早くその詩を評価したばかりでなく、自ら創刊した『ラ・コンク』誌のために詩を書くよう促し、筆の進まぬ友人を時には叱咤激励して文学の道に誘い入れた。このパリの編集長《ディレクター》はモンペリエの青年にとって一時期「霊的指導者《ディレクター・スピリチュエル》」と呼ぶほど大きな存在であった。約三〇年の歳月を経て『旧詩帖』を編むにあたり、ヴァレリーはかつて『ラ・コンク』誌に発表した自作の詩一二篇のうち八篇を選び、また最終的に実現しなかったとはいえこの詩集をルイスに捧げようと手紙形式の序文をしたためた。

他方、ジッドもヴァレリーの初期詩篇のよき読者であり、よき批評家であった。ヴァレリーが「友愛の森」と『若きパルク』を捧げたこの友人は、散文のなかに隠されたソネ（「オルフェ」）を見抜く洞察力をもって、「ナルシス語る」や「紡ぐ女」に細やかな批評を施した。そしてなにより沈黙期のヴァレリーを詩作復帰へと導く大きなきっかけを作ったのもジッドであった。

ルイスとジッドは若いヴァレリーにとって第一の読者・評者となるとともに、いわば詩作における産婆というべき役割を果たしたと言える。それればかりではない。三人の文学青年の初期作品のあいだには緊密な相互作用が認められ、

互いに作品を送りあい、評しあい、刺激しあって各々の創作活動に打ち込んでいたことが裏づけられる[4]。『旧詩帖』にはまた女性たちの影も垣間見える。青年期の作から最晩年の改変まで詩人の生涯に付き添ったこの詩集はヴァレリーがその間に出会った幾人かの女性たちとも関係があると思われる。

一八八九年、一七歳の夏に見かけて以来、青年の心中を占め、「一八九二年のクーデタ[5]ー」の最大の引き金となったシルヴィ・ド・ロヴィラ夫人(一九歳年長の未亡人)の存在は、ヴァレリーの初期詩篇に色濃く影響をおよぼしたが、『旧詩帖』詩篇においても「ヴィーナスの誕生」「水浴」「挿話」「ながめ」などにこの夫人の幻影が認められる。

一九二〇年におけるカトリーヌ・ポッジ(一一歳年下)との衝撃的な出会いは、すでに四〇代の終わりに差しかかっていたヴァレリーに未曾有の経験――「何か途方もない、無際限の、計り知れないもの[6]」――を味わわせた。その反映が「アンヌ」と「セミラミス」の生成過程にうかがわれる。『旧詩帖』初版で「未完成の詩」と付記されたこの二篇は一九二六年の再版でともに新たな詩節を加えられるが、それらはいずれも性愛の行為にかかわるものであり、波乱に満ちたポッジとの恋愛と無縁ではないと思われる。

ヴァレリーはその後、ルネ・ヴォーティエやエミリー・ヌーレなどとも近しい関係になるが、一九三七年、六六歳の冬に知りあった最後の愛人ジャンヌ・ロヴィトン(三二歳年下)の存在はひときわ大きい。ジャン・ヴォワリエの筆名で創作も手がけ、数多くの愛人とスキャンダラスな噂に彩られたこのロマネスクな女性は、老詩人に『わがファウスト』と『コロナ・コロニラ』を書かせたばかりではなく、一九四二年に大きな改変を被った『旧詩帖』詩篇、「夏」にその若々しい影を落としている。

また、これら華々しい愛人たちの陰に隠れてあまり目立たないとはいえ、ヴァレリーが一九〇〇年に結婚したジャンニー・ゴビヤールの存在も看過しえず、私的な詩篇の生成とその改変に深く関与している。『旧詩帖』の一篇「異容な火が……」(初稿は「愛の火が……」)は、その「愛の火」を隠蔽するかたちで『旧詩帖』に収録されるまで一度も公表されることがなかったが、結婚後まもなくその初稿を筆写した新妻ジャンニーとのかかわりが深い詩篇である。

改変の動機——限定された過去から「各瞬間において可能なもの」へ

先行詩人たちの「影響に対する自己批判」および「過去の変形」というスザンヌ・ナッシュが提起した問題については、きわめて興味深い論点であることは確かだが、実際に『旧詩帖』諸詩篇の旧作と改作を比較検討してみると、それに一定の留保を加える必要があると思われる。ヴァレリーは初期詩篇に見られる「影響」の痕跡を消去・改変することもあれば、それをそのまま放置することも珍しくないからである。『旧詩帖』が「過去の変形」という問題を含んでいることに変わりはないが、ヴァレリーはその点にのみ拘っていたわけではないだろう。「ジェノヴァの夜」の神話化なども指摘されるこの作家はもちろん自身の〈過去〉に無関心であったはずはないが、その関心はむしろ〈現在〉に強くあったと思われる。昔の作に手を入れる際にも、ことさら過去を書き換えようとするよりは、今現在の審美眼に照らして詩句を改めようとしたのではないだろうか。

一八九一年から一八九二年にかけて『ラ・コンク』誌に掲載された詩篇を『旧詩帖』刊行後一冊にまとめた『ラ・コンクの詩』（一九二六年）の巻頭には次のような言葉が置かれている。

ここに収める詩篇は、『旧詩帖』に時として改変を施したうえで収録されている作品の大部分の初出ヴァージョンである。

周知のように、この著者は一作品が刻々と無際限に変形する体系であることに反対する者ではなく、一篇の詩をやり直しと手直しの尽きることのない内的事物とみなしている。(7)

『旧詩帖』収録詩篇のもとのヴァージョンを含む初期詩篇を再刊し、序にこのような文章を載せるヴァレリーに、修正ないし美化される以前の過去を抹消したり、旧詩を改変した事実を隠蔽したりしようとする意図がないことは明らかだろう。もっとも、「改変」に付与された「時として」という限定は、程度の差はあれ改変をまったく被らなかった詩篇が皆無であることを考慮に入れれば、いささか韜晦のきらいがある。また第一章で見たように、『旧詩帖』初版に掲げられた「刊行者の注記」——「本詩集に収める小詩篇のほとんどすべて（あるいはその前提《もと》となり、それにかなりよく似た別の詩篇）は一八九〇年から一八九三年にかけて幾つかの雑誌に発表された」という婉曲的な表現——に、改変の事実を明言することを避けようとする心理が読み取れることも確かである。が、少なくとも右に引用した『ラ・コンク誌』巻頭言の力点は後半部分、すなわち詩作品を「刻々と無際限に変形する体系」、「やり直しと手直しの尽きることのない内的事物」とみなすという点にあるだろう。

ヴァレリーがみずからの詩作復帰や文学観などについて語った「ある詩篇の回顧録断片」（一九三七年）においても似たような考え方が述べられている。ヴァレリーは自分には物事の「恣意性」を強く感じ、さまざまな「置換可能性」を探ろうとする「倒錯的な癖」あるいは「方法」があり、置換可能なものを思考によって変形させる潜在行為を好むと打ち明けたうえで、ただ一つの筋道をたどろうとする「物語」や「歴史」を「《過去》に対する私たちの信仰」を示すものとして批判する一方、さまざまな展開の可能性をあえて見せるような「作品」を提案している。

次のような作品を一度作ってみるのはおそらく興味深いことだろう。作品の各転換点において〔作者の〕精神に生じうるさまざまな展開、そのなかから〔作者の〕精神は後にテクストに与えられることになる唯一の展開を選んでいるのだが、そうした展開の多様性を各転換点において示すような作品を。それはまさに、現実を模倣してそれを唯一のものとして限定しようとする幻想に代えて、各瞬間において可能なものという幻想を提示することであって、私にはこちらの方が真実に近いと思われる。かつて私は同じ詩篇の異なるテクストをいくつか発表したことがあった。そのなかには互いに矛盾するものもあり、この点に関して私は批判されずにはすまなかった。しかし、なぜこうした変奏を慎まなければならないのか、その理由を語ってくれる人はいなかった。(8)

『旧詩帖』における初期詩篇の改変も、こうした多様な潜在可能性に重きを置く精神、「目の前にある完全に限定されたものから可能なものへ」(9)と立ち返ろうとするヴァレリーの精神の傾向を表わすものと思われる。それは「過去の起した作品の一例、ソネの「転換点」における「多様な展開」を示すような「変奏」にほかならない。

えられるだろう。『旧詩帖』の対をなす詩篇「夢幻境」とその異文「同じく夢幻境」はまさしくヴァレリー自身が提

変形」ないし「改竄《かいざん》」というよりは、むしろ現在における「置換」ないし「変奏」可能性という観点からよりよく捉

『旧詩帖』の多層性と自伝性

第五章では『若きパルク』との関連および『魅惑』との比較という観点から『旧詩帖』についての考察を深め、この詩集の特徴を探った。

『旧詩帖』と『若きパルク』は当初から截然と区別されていたわけではなく、同時進行する生成過程のなかで次第に分化していったが、両者には実際にテクスト間・草稿間におけるさまざまな関係が認められる。第二・三章において確認したように、『旧詩帖』詩篇の改作および関連草稿には『若きパルク』に通じる語句やイメージが見出され、「昔の詩」の推敲に「新しい詩」の制作がおよぼした影響がうかがわれる。他方、「昔の詩」を出版するという機会がなければ「新しい詩」も生まれなかったかもしれない。しかも「昔の詩」は単に「新しい詩」の誕生のきっかけとなるばかりでなく、五一二行におよぶテクストの中にそれとなく織り込まれている。第五章では「思い出」の主題が展開される『若きパルク』第八断章に焦点を絞り、「子供時代の思い出」に対するパルクのアンビヴァレントな反応に「昔の詩」に対するヴァレリー自身のそれを重ねあわせる読みの妥当性を吟味したうえで、同断章の直前に置かれた「旧詩」の一句――一八九二年の青年期危機のさなかに書かれた「挿話」の冒頭詩句の異文――が担いうる遂行的かつ象徴的な機能を明らかにした。すなわち、「蘇らせる」という動詞を含むこの詩句は在りし日の「夕べ」の「思い出」を蘇らせるだけでなく、二〇歳の頃に書かれた〈旧詩の一句〉そのものを蘇らせるのであり、さらには〈昔の詩〉全体を象徴する機能を果たすと読むことができる。「挿話」の一句をふくむ「夕べ」の場面はヒロインの意識において最も遠い過去に遡るとともに、この長詩の生成過程においても最初期に属する。『若きパルク』の詩人は、「一夜における意識の変化」を主題とするこの詩において本来存在しないはずの夕暮れ時を「思い出」として挿入するこ

とにより、二〇年余りの歳月を隔てる〈昔〉と〈今〉をひそかにつなごうとしたと思われる。

第五章ではまたヴァレリーが生前に発表した二つの詩集『旧詩帖』と『魅惑』を比較し、両者の特色を指摘した。『若きパルク』刊行後、新旧の対比を際立たせるように相次いで発表された両詩集は単に古い詩集と新しい詩集という形で対照をなすのではなく、新しい詩のみからなる『魅惑』の〈多様性〉に対し、古い層と新しい層が混淆する『旧詩帖』の〈多層性〉というかたちで対比される。また両詩集を形式・内容の両面から分析した結果、脚韻・主題・人称において、『旧詩帖』には〈女性的〉傾向が顕著であるのに対し、『魅惑』にはどちらかといえば〈男性的〉傾向が認められ、詩にうたわれた時間帯という点では、『旧詩帖』に夕べや夜をうたった詩篇が目立つ一方、『魅惑』には朝や日中を舞台とする詩篇が多いという対照も見出された。要するに、『魅惑』と比較して浮かび上がる『旧詩帖』の特徴は〈女性的〉および〈闇への傾斜〉という傾向性をもった〈多層性〉にあると言える。『旧詩帖』は二重の意味で〈多層的〉な詩集である。第一に、各詩篇が内包する新旧さまざまな層の混淆、つまり先述した段階的改変によって、第二に、詩篇相互間の制作時期の懸隔によって、この詩集は多層からなる不均質体である。古層のなかでも、一八九二年の危機以前に発表された旧作に遡る一二篇と、それ以後の作七篇には弁別すべき特徴がある（後者はさらに一九〇〇年前後に公表された五篇と、一九〇〇年以前に初稿が書かれながら一九二〇年以降に公表された二篇に分かれる）。それに加えて、一九一七年『若きパルク』刊行以後に書き出され、「昔の詩」の偽装という問題をはらむ後年の作が二篇ある。

まさしくこの多層性により、『旧詩帖』はヴァレリーの初期詩篇と後期詩篇に橋をわたす重要な役割を担うとともに、ヴァレリーの詩における「自伝」性の問題とも深いかかわりをもつ。「告白」する作家の「誠実さ」を容赦なく糾弾したヴァレリーはむしろ「自伝」を批判した作家として知られるが、その一方で「自伝」という語を独特な仕方で自作の詩に付与している。この詩人が「ナルシスの主題」を「詩的自伝」と呼び、『若きパルク』を「形式における自伝」と称したことについては、それぞれ「ナルシス語る」および『若きパルク』を論じた節で述べたとおりだが、『旧詩帖』詩篇の改変の全過程が一八九〇年から一九四二年まで実に詩人の一生涯におよぶことを思いあわせるならば、この詩集をヴァレリーの「詩的自伝」と呼ぶこともできるだろう。「過去は私にとってゼロ以下だ[10]」と言うことさえあった作家が、みずから「昔」を刻印した詩集に最晩年まで手を入れ続けたという事実は興味深い。初期詩篇の改変を〈過去の変形〉とみなすか、あるいは〈現在における変奏〉とみなすか、一つの事象の表裏ともいえるこれら二つの見方は『旧詩帖』の評価およびヴァレリーの詩人像を左右するものである。かつてヴァレリーは「旧詩」と再会したとき、自嘲を込めてそれを「草花標本」に喩えたが、その後新たに手を加えられた『旧詩帖』は「標本」のように古いというよりはむしろ〈老木〉のように古いとみなすことはできないだろうか。「旧詩」という〈台木〉に新たな〈接ぎ木〉をすることによって再生したこの詩集は、一八九〇年の危機以前に遡る古い層に根を下ろす一方、『若きパルク』や『魅惑』などの新しい詩とも枝葉を交わしている。幾重にも織り込まれた新旧の層は容易には見分けがたいが、長い歳月にわたって行われた段階的改変の全過程、言い換えればこの詩集が生成発展した全行程は、ちょうど樹木のうちに刻まれる〈年輪〉のようにはっきりと読みとることができる。『旧詩帖』という老木が成長を止めなかったのは、その年輪の最も古い小さな輪に刻まれた若い季節の思い出が詩人の老年に至るまで疼《うず》きつづけたからではないだろうか。

あとがき

本書は、二〇一六年京都大学大学院文学研究科に提出した博士論文「ポール・ヴァレリーの『旧詩帖』」に大幅な加筆修正をほどこして再編したものである。論文の執筆および本書の刊行は、多くの学恩と助力なしには実現できるものではなかった。ここに感謝の言葉を記したい。

振り返れば、私が研究の道に足を踏み入れるきっかけとなったのは関西日仏学館で教鞭を執っておられた阿部哲三先生との出会いであった。フランス語を教えることを天職とされ全身全霊を授業に傾ける先生の熱意に、当時大学二年の私は滝に身を打たれるかのような思いであった。何に悩み何を求めているかも判然としないどうしようもない状況に陥っていた学生に、先生はフランス語を一緒に読もうと仰ってくださった。それから週に一度、鳴滝の御宅に通ってボードレール、ユルスナール、シュオブ、シュペルヴィエルなどの詩文を読む日々が始まった。そのなかにヴァレリーの詩もあった。読書後、先生はよく手料理をふるまってくださった。玄関の壁には四国遍路に同行した傘と杖が掛かっていたが、健脚の先生は私を屋外に、別の時間が刻まれる空間に連れ出してもくださった。未明に鳴滝を発ち、大悲山峰定寺や蟠満寺まで一緒にひたすら歩いた夏の日の影法師は忘れがたい。一昨年の秋、享年八八で逝去された先生はいま衣笠の大文字の麓に眠っておられる。先生の墓前にこの本を捧げたい。

ともすれば逡巡の森に迷い込む私がこれまで研究を続けて来られたのは、幾多の導きがあればこそであった。

京都大学フランス語学フランス文学研究室の先生方には授業や院演習においてご指導いただいたうえ、文献資料の入手や図書館の利用などさまざまな面でご配慮を賜った。吉川一義先生には修士課程の頃から論文指導をしていただいたほか、キャンパスを離れた山歩きの道々でも親身な励ましをいただいた。博士論文の審査をしてくださった田口紀子先生、増田真先生、永盛克也先生には学部生の頃からご指導いただき、論文審査を通しても数々の貴重なご指摘と、今回の書籍化にあたり修正を施すうえで重要な指針を与えていただいた。いつも相談に乗っていただき手を差し伸べてくださった永盛先生にはとりわけお世話になった。論文をようやく形にすることができたのも、また本書の出版が実現したのも先生方に導いていただいたおかげである。あらためて感謝申し上げたい。

また京都大学人文科学研究所の森本淳生先生に論文審査に加わっていただけたことは大変ありがたいことであった。ヴァレリー研究の先達から賜った鋭いご指摘と細やかな助言は、本書を執筆するうえでも大いに参考になった。

二〇一六年度、九州大学人文科学研究院助教に迎えていただいた吉井亮雄先生と髙木信宏先生にも謝意を表したい。吉井先生には過分なご厚情を賜ったうえ、ジッドの遺産相続人の許可が必要な資料にかんして貴重なご教示をいただいた。髙木先生からは初めて訪れた福岡の地でなにかとお心遣いいただき、またスタンダールとヴァレリーの興味深い接点について教えていただいた。

ヴァレリー研究を牽引されている先生方から受けた学恩も大きく、論文執筆の道しるべとなった。本書でもたびたび引用参照させていただいた清水徹先生からは特にご高著をとおして多くを学ばせていただいた。また共同翻訳をはじめさまざまな機会にお声がけいただき励ましてくださった恒川邦夫先生、研究の方向性を決めあぐねていた私にありがたいご助言を与えてくださった松田浩則先生、初めての学会発表で司会を務めていただき拙論に貴重なご意見をくださった山田広昭先生、ヴァレリーの草稿閲覧許可を得るのを助けてくださったり稀少な研究書を送っていただいたり折にふれて手を差し伸べてくださった塚本昌則先生、拙論に重要なご指摘をいただいたうえ入手しがたい講演会記録や文献資料を与えてくださった今井勉先生と田上竜也先生、先生方のご指導ご厚情の数々に感謝申し上げたい。

また難解をもって鳴るマラルメのテクストの数ページあるいは数行を半日かけて読むという希有な体験に誘ってく

ださったのは、神戸大学の中畑寛之先生であった。読書会の濃密な時間とその後の宴会からは特別な励みと楽しみを得ている。関西マラルメ研究会で出会い、一緒に首を傾げ、いろいろとお世話になった方々への感謝とともに、月に一度数人の仲間が集まる読書会がこれからも続くことを願っている。

ヴァレリーのご令孫マルチーヌ・ボワヴァン＝シャンポー Martine Boivin-Champeaux 氏には草稿の閲覧を快く承諾していただいたうえ励ましの言葉を頂戴した。心よりお礼申し上げたい。

二〇一四年春、京都大学に再び教えに来られたジャン＝ポール・オノレ Jean-Paul Honoré 先生に出会えたこと、そしてフランス詩法についてのユーモア溢れる授業と詩作実習の場 atelier de versification をとおして教わったことが博士論文を書き進めるうえで大きな指針となった。その後もオノレ先生は私のどんな質問に対しても惜しみない教示を与えてくださっている。感謝の念に堪えない。また修士課程の頃からフランス語の添削指導をしてくださったエリック・アヴォカ Eric Avocat 先生にも感謝申し上げたい。アヴォカ先生の添削から学ぶことは多く、フランス語の文章表現の機微に触れるこのうえない機会となった。またパリ留学中からフランス語での発表や執筆に際して懇篤なご助力をたまわったジャクリーヌ・ディディエ Jacqueline Didier 氏、本書に添えた英文要約にお力を貸してくださったダニエル・ロビンソン Danielle Robinson 氏にも感謝の気持ちを表したい。

そして本書の出版を引き受けていただいた水声社社主の鈴木宏氏、丁寧な編集をしてくださった井戸亮氏に厚くお礼申し上げる。

本書の刊行にあたっては京都大学総長裁量経費「若手研究者に係る出版助成事業」による助成を受けた。身に余る恩恵を授けてくださった関係各位に深く感謝する。

最後に、これまであたたかく見守ってくれた家族に、そしていつも励まし支えてくれた妻の昌子に感謝したい。

二〇一七年冬　京都にて

鳥山定嗣

Paul Valéry's Album de vers anciens: Modified early verses and 'poetic autobiography'

Teiji Toriyama

This study on Paul Valéry's 1920 *Album de vers anciens* shows that this collection of poems labelled as his early verse is far from the truth. Instead, we argue that the poems' evident artifices, reworking and retouches make these 'early verses' a chain of 'successive and indefinite transformations' written over the entire course of the poet's life.

Two events in Valéry's life mark major shifts in his poetic career: his 1892 'Night of Genoa', mythical origin of his abandonment of literature, and the 1917 publication of *La Jeune Parque*, which marks his return to poetry. *Album* connects these events over the long silence and occupies a very special place in Valéry's body of writing: in addition to containing some modified early verses, it also includes some poems *disguised* as early works. These latter poems were, in fact, written after the completion of *La Jeune Parque* in 1917, and they are therefore contemporary with *Charmes*, a later volume of Valéry's poetry.

In this work, we attempt to answer the following questions: Why and how did Valéry return to the art of poetry that he had abandoned? Why did he feel the need to rework his earlier poems? What modifications did he make to his early verses in *Album*?

In the first chapter, we examine the circumstances that gave birth to *Album* and the factors that led Valéry back to poetry. We also observe the collection's evolution: the first edition, published in 1920, contains 16 poems, then others were added in 1926 and 1931, and the final edition of *Album* consists of 21 pieces. We study *Album*'s composition by considering the order of the pieces in each edition. (Indeed, the collection does have one, despite bearing that 'condemnatory word of *Album*', which according to Mallarmé is used to describe a collection without composition, the very antipode of a 'book'.)

The following three chapters are devoted to analysing nine different poems. Chapter 2 examines three pillars of the collection: 'La Fileuse', 'Narcisse parle' and 'Amateur de poèmes'. (These pieces, respectively located in the beginning, middle and end of the collection, were gathered together in the 1906–1907 *Anthologie des poètes français contemporains*.) Chapter 3 analyses four sonnets: 'Naissance de Vénus', 'Baignée', 'Féerie' and 'Même féerie'. Finally, Chapter 4 examines two poems disguised as early verses: 'César' and 'Air de Sémiramis'.

To consider Valéry's modifications of his early works in *Album*, we compare the primitive versions published in various journals (*La Conque*, *L'Ermitage*, *La Syrinx*, etc.) between 1890 and 1892 to their *Album* modified versions, taking into account intermediate states and later retouching. It is in 'Narcisse parle' – the poem Valéry considered as 'the first characteristic state of his ideal and means at that time' – that these modifications are the most representative. We also examine the formal specificity of 'La Fileuse', *terza rima* only composed of feminine rhymes, in relation to its Parnassian and Symbolist sources (Leconte de Lisle, Verlaine, Henri de

Régnier and Francis Vielé-Griffin). As for 'Amateur de poèmes', the only prose (or prose poem) of the collection, we reflect on the complexity of this poetics of Valéry, written from the reader's point of view. Among the sonnets, 'Féerie' and 'Même féerie' are twin examples of variation on the same theme, while 'Naissance de Vénus' and 'Baignée' both illustrate young Valéry's obsession with Madame de Rovira. Finally, 'Air de Sémiramis', one of the poems disguised as early work, is notable for its ostensible subtitle, 'fragments of a very old poem', and for its relationship with *La Jeune Parque* and possible link to Catherine Pozzi.

Valéry completes the poems' modifications in stages: they had already begun in 1900, with seven poems collected in the *Poètes d'Aujourd'hui* anthology, and had continued until 1942, when Valéry reviewed and corrected the last edition of *Poésies*. Asking ourselves what the reasons may be for these successive retouches, we argue that for a poet, who considers a poem 'an inexhaustible inner object of reprise and regret', the act of modifying an early verse is not necessarily to transfigure or disguise his past, but rather to free himself from the defined and return to the 'possible-at-every-moment', the living state of production.

One of the most important tendencies of Valéry's modifications is his weakening the link with symbolism: the religious or precious vocabulary, uncertain rhythm and the breaking of the caesura against the classical metric are all typical of symbolist poets and can be found quite frequently in Valéry's early verses, whereas these features tend to fade through retouching. The poems disguised as early works also stand out on the metrical level from *Album*'s other pieces: in many ways, these works have more in common with Valéry's poems written after *La Jeune Parque*. This shows that Valéry had moved away from the symbolist aesthetics to return to classical aesthetics. However, he always kept to the ethics of symbolism (it was not the *aesthetics* but the *ethics* which according to him united the symbolists) and preserved some traces of the end of the 19th century in vocabulary as well as in metrics.

In the fifth and final chapter, we consider the relationships of *Album de vers anciens* to the poems of his maturity such as *La Jeune Parque* and *Charmes*.

Valéry's reworking of early verses and his new 'exercise' of the future *Jeune Parque* took place around the same period. This fact invites us to examine the interactions in their final texts and their drafts. We particularly focus on a passage from *La Jeune Parque* where the poet developed the theme of 'memory' (l. 185-208) inserting one verse derived from an early poem 'Episode' (published in *La Syrinx* in 1892 and collected in *Album*): 'Ressusciter un soir favori des colombes (To resurrect an evening favoured by doves)' (l. 186). Originally written more than twenty years before the birth of the new poem in which it appears, this line fulfils a performative and symbolic role: it not only resurrects the childhood of the Parque, but also the early verse itself and, through that verse, all of Valéry's early works and his youth. This self-referential aspect brings to mind the often-debated question of 'an autobiography in the form' as the poet of *La Jeune Parque* says himself.

The comparison of *Album* with *Charmes*, which also consists of 21 pieces, reveals the differences between the two collections. The poems of *Charmes* were composed during one decade (1917–1926), which gives them some homogeneity, while the writing of *Album*'s poems

was spread over from 1890 to 1920, and possibly even until 1942, making the volume rather heterogeneous and composite. There are three distinguishable time periods to the poems: before Valéry's 1892 crisis, after he published *La Jeune Parque*, and the period between these two events. If *Charmes*' particularity consists in the variety of forms and subjects, that of *Album* resides in the multiple layers found in each poem as well as in the collection as a whole.

It is precisely through this multi-layered aspect that *Album de vers anciens* builds a bridge connecting the poet's youth to his maturity, and might therefore, as Valéry himself qualified his works on the theme of Narcissus, be called a 'poetic autobiography'.

人名索引

＊イタリックの数字＋nは当該ページの注に現れることを示す。

ア行
アダン，ポール（Paul Adam） 114
アポリネール，ギヨーム（Guillaume Apollinaire） 18, *216*n
アラゴン，ルイ（Louis Aragon） 38, *216*n
アルトー，アントナン（Antonin Artaud） *216*n
アルベール，アンリ（Henri Albert） 62
ヴィエレ＝グリファン，フランシス（Francis Vielé-Griffin） 26, *54*n, 109, 111, 114-117, 121-122, 363
ヴィニー，アルフレッド・ド（Alfred de Vigny） 48
ヴィニエ，シャルル（Charles Vignier） *49*n, 231
ヴェルレーヌ，ポール（Paul Verlaine） 26, 48-49, 61, 88, 109-111, 117-122, 144, 246, 344, 363
ヴォルテール（Voltaire） 277
ヴォワリエ，ジャン［本名ジャンヌ・ロヴィトン］（Jeanne Loviton, *dite* Jean Voilier） 20, *137*n, 364
ウンガレッティ，ジュゼッペ（Giuseppe Ungaretti） 18
エレディア，ジョゼ＝マリア・ド（José-Maria de Heredia） 20, 26, *54*n, 61, 109, 111, 117, 235, 267, 271, 274, 363
エロルド，アンドレ＝フェルディナン（André-Ferdinand Herold） 62

カ行
ガスケ，ジョアシャン（Joachim Gasquet） 62, *239*n
ガスパール＝ミシェル，アレクサンドル（Alexandre Gaspard-Michel） 35-37, 42, 45
カバネル，アレクサンドル（Alexandre Cabanel） 235-236
ガリマール，ガストン（Gaston Gallimard） 20, 33-35, 39-40, 45, 312
ガリレイ，ガリレオ（Galileo Galilei） 275
ギル，ルネ（René Ghil） 185
クインシー，トマス・ド（Thomas de Quincey） *351*n
クールベ，ギュスターヴ（Gustave Courbet） 90, 109, *235*n
グルック，クリストフ・ヴィリバルト（Christoph Willibald Gluck） *322*n, *336*n
クローデル，ポール（Paul Claudel） 18, 37, 43, *58*n, *216*n, 277
ゴーチエ，ジュディット（Judith Gautier） *61*n
ゴーチエ，テオフィル（Théophile Gautier） *109*n, 117, 119, 195, 203-204, 235, 363
ゴビヤール，ジャンニー［ポール・ヴァレリー夫人］（Jeannie Gobillard, Mme Paul Valéry） 20, 32, *33*n, 34-36, 41, *42*n, 229, *254*n, 364

サ行
サティ，エリック（Erik Satie） 38
サロート，ナタリー（Nathalie Sarraute） 171
サン＝サーンス，カミーユ（Camille Saint-

Saëns） *109*n
サン＝ジョン・ペルス（Saint-John Perse） 43, 45
ジェラール，ジャンヌ（Jeanne Gérard） 50
ジッド，アンドレ（André Gide） 19-20, 26, *32*n, 33-38, 40, 42-45, 51-53, 61-62, 64, 69, *77*n, 86, *89*n, *91*n, *95*n, 96-97, 100, *106*n, 108, *110*n, 111, *134*n, *141*n, *156*n, 184, *194*n, *215*n, *228*n, *231*n, 239, *243*n, *244*n, *246*n, 252, *254*n, *272*n, *278*n, 312, 320, 329, 331-332, *334*n, 335-336, 338, *339*n, 344, 363, *364*n
シュペルヴィエル，ジュール（Jules Supervielle） 18
ジョイス，ジェームズ（James Joyce） 37-38
スウィンバーン，アルジャーノン・チャールズ（Algernon Charles Swinburne） *61*n, 115
スーポー，フィリップ（Philippe Soupault） 18
ゾラ，エミール（Émile Zola） 235

タ行

ダンテ（Dante） 117
チボーデ，アルベール（Albert Thibaudet） *41*n, 42, 88
ツェラン，パウル（Paul Celan） 18
ディエルクス，レオン（Léon Dierx） *61*n
ティナン，ジャン・ド（Jean de Tinan） 62
デカルト，ルネ（René Descartes） 174
デシャン，レオン（Léon Deschamps） 63
テニスン，アルフレッド（Alfred Tennyson） *109*n
デュグリップ，アルベール（Albert Dugrip） 195-196, *200*n, *252*n
デュコテ，エドゥアール（Édouard Ducoté） 62
ドガ，エドガー（Edgar Degas） 49, 180, 255-257, 277-278, 280, 304
ドビュッシー，クロード（Claude Debussy） *42*n
ドマン，エドモン（Edmond Deman） *58*n

ナ行

ナポレオン（Napoléon Ier） 261, 275
ニジンスキー，ヴァーツラフ（Vaslav Nijinski） 42
ネルヴァル，ジェラール・ド（Gérard de Nerval） 35, 205, *206*n, 266
ヌーレ，エミリー（Émilie Noulet） 314, 364
ノセ，アルベール・ド（Albert de Nocée） *49*n

ハ行

ハイネ，ハインリヒ（Heinrich Heine） 252
パウンド，エズラ（Ezra Pound） 38
バルト，ロラン（Roland Barthes） 107
バンヴィル，テオドール・ド（Théodore de Banville） 42, 67, *109*n, 117, 119-120, 252-255, 277
ビーチ，シルヴィア（Sylvia Beach） 37
ファルグ，レオン＝ポール（Léon-Paul Fargue） 37-38, 43
ファンタン＝ラトゥール，アンリ（Henri Fantin-Latour） 62
ブヴェール，アドルフ・ヴァン（Adolphe van Bever） *32*n, 63
ブーグロー，ウィリアム（William Bouguereau） 235-236
プーランク，フランシス（Francis Poulenc） 38, *77*n
フールマン，ギュスターヴ（Gustave Fourment） 173, *298*n
フォンテーナス，アンドレ（André Fontainas） 329-336, 338-339
ブランシュ，ジャック＝エミール（Jacques-Émile Blanche） 62
ブルダルー，ルイ（Louis Bourdaloue） 292
ブルトン，アンドレ（André Breton） 18, 38, 43, 45, 170, *171*n
フロイト，ジークムント（Sigmund Freud） 320
フロベール，ギュスターヴ（Gustave Flaubert） 109, *221*n, 252
ペトラルカ（Pétrarque） 117

ヘミングウェイ，アーネスト（Ernest Hemingway） 38
ベルリオーズ，エクトール（Hector Berlioz） *302*n
ボエス，カルル（Karl Boès） 63
ポー，エドガー・アラン（Edgar Allan Poe） 26, 43, 87, *108*n, *142*n, 173, 185, 200, 231, 302, 363
ボードレール，シャルル（Charles Baudelaire） 24, 26, 48-49, 65, 105, 120, 243, 363
ボシュエ，ジャック＝ベニーニュ（Jacques-Bénigne Bossuet） *292*n
ポッジ，カトリーヌ（Catherine Pozzi） 20, 26-27, *38*n, 55-56, *76*n, 305-306, 308, 364
ボニオ，エドモン（Edmond Bonniot） 40, 42
ボヌフォワ，イヴ（Yves Bonnefoy） *216*n
ホプキンス，ジェラード・マンリー（Gerard Manley Hopkins） *216*n

マ行

マゼル，アンリ（Henri Mazel） 62
マラルメ，ステファヌ（Stéphane Mallarmé） 19, 24, 26, 31-32, 40-42, 45, 48-50, *54*n, *58*n, 61, 65-67, 78, 80-81, 87, 105, *108*n, 109, 111-112, 117-120, 122, 134, 144, 159, *176*n, 180, 183, 185-186, 200, *216*n, *221*n, *228*n, *231*n, 243, *245*n, 247, *248*n, 251-256, *271*n, 277-278, 320-321, 332-334, *337*n, 363
ミショー，アンリ（Henri Michaux） *216*n
ミトゥアール，アドリアン（Adrien Mithouard） *58*n
ミュッセ，アルフレッド・ド（Alfred de Musset） 97
ミヨー，ダリユス（Darius Milhaud） 38
メーテルランク，モーリス（Maurice Maeterlinck） 61
モクレール，カミーユ（Camille Mauclair） *239*n, 277
モッケル，アルベール（Albert Mockel） 63, *322*n, *332*n, *339*n
モニエ，アドリエンヌ（Adrienne Monnier） 37-39, 47, 58, 76, 341
モリス，シャルル（Charles Morice） *61*n
モリゾ，ベルト（Berthe Morisot） 32
モレアス，ジャン（Jean Moréas） *61*n
モロー，ギュスターヴ（Gustave Moreau） *221*n, *235*n, 252

ヤ行

ユイスマンス，ジョリス＝カルル（Joris-Karl Huysmans） 19, *34*n, 204, *228*n, 235, 252
ユゴー，ヴィクトル（Victor Hugo） 26, *54*n, 109, 251, 277, 363

ラ行

ラシーヌ，ジャン（Jean Racine） 180, 334
ラルボー，ヴァレリー（Valery Larbaud） 38, 43, 304
ランボー，アルチュール（Arthur Rimbaud） 26, 31, 42-43, *49*n, *54*n, *108*n, 109, 144, 174, *216*n, 236-237, 251, 277, 363
リルケ，ライナー・マリア（Rainer Maria Rilke） 18, *216*n, 236-238
ルイス，ピエール（Pierre Louÿs） 19-20, 26, 35-36, *37*n, 50-51, 53-54, 56, 61-62, *63*n, 64, 74, 85-86, *91*n, 96-97, 100-101, 105, 107, 110-111, 113-115, 120, *121*n, *137*n, *141*n, 142, 150, 168, 194, *200*n, 201, 204, 220, 224-225, 231, *232*n, 239, *242*n, *244*n, *246*n, 248, *252*n, *254*n, *271*n, *298*n, 307, 316, 327-328, *338*n, 339, 344, 363, *364*n
ルーベ，ジョゼフ（Joseph Loubet） 63
ルーマニーユ，テレーズ（Thérèse Roumanille） 50
ルコント・ド・リール（Leconte de Lisle） 61, 117-119, 122, *228*n, 236, 363
ルドネル，ポール（Paul Redonnel） 63
ルドン，オディロン（Odilon Redon） *42*n, *235*n
ルニョー，アンリ（Henri Regnault） 252, 255
ルフェーヴル，フレデリック（Frédéric Lefèvre） 314
ルベー，アンドレ（André Lebey） 37, 62

ルベー，エドゥアール（Édouard Lebey） 20, 32, 44
ルミュ，ルイ（Louis Roumieux） 63
レオトー，ポール（Paul Léautaud） *32*n, 63, *334*n
レオナルド・ダ・ヴィンチ（Léonard de Vinci） 20, 176, 248, 275, 308
レニエ，アンリ・ド（Henri de Régnier） 20, 26, *54*n, 61-62, 67, 105, 109, 111-115, 117, 121-122, 224-225, 230-231, 233, 363
ロヴィラ夫人，シルヴィ・ド（Mme de Rovira, née Sylvie Blondel de Roquevaire） 20, 26-27, 31-32, 221, 224, 226, 230-231, 247-249, 257, 364
ロダン，オーギュスト（Auguste Rodin） *42*n
ロッシーニ，ジョアキーノ（Gioachino Rossini） 277
ロップス，フェリシアン（Félicien Rops） 62
ロマン，ジュール（Jules Romains） 38
ロルカ，フェデリコ・ガルシア（Federico García Lorca） *216*n
ロンサール，ピエール・ド（Pierre de Ronsard） 117

ワ行

ワーグナー，リヒャルト（Richard Wagner） 31, 302
ワイルド，オスカー（Oscar Wilde） 252
ワルク，ジェラール（Gérard Walch） *32*n, 63, 172, 184

参考文献

1. ヴァレリーの著作

『作品集』および『カイエ』

Œuvres, édition, présentation et notes de Michel Jarrety, 3 vol., Paris, Librairie Générale Française, « Le Livre de Poche / La Pochothèque », 2016.

Œuvres, édition établie et annotée par Jean Hytier, 2 vol., Paris, Gallimard, « Bibliothèque de la Pléiade », 2002 [1957] et 2000 [1960].

Cahiers, édition intégrale en fac-similé, 29 vol., Paris, C.N.R.S., 1957-1961.

Cahiers 1894-1914, 13 vol., édition intégrale, établie, présentée et annotée sous la co-responsabilité de Nicole Celeyrette-Pietri (tomes I-XIII), Judith Robinson-Valéry (t. I-III), Robert Pickering (t. VII-XII) et William Marx (t. XIII), Paris, Gallimard, 1987-2016.

Cahiers, édition établie, présentée et annotée par Judith Robinson-Valéry, 2 vol., Paris, Gallimard, « Bibliothèque de la Pléiade », 1973 et 1974.

『旧詩帖』『若きパルク』『魅惑』および関連詩集

Album de vers anciens : 1890-1900, Paris, A. Monnier et Cie, 1920.

Album de vers anciens, Maestricht, A. A. M. Stols, 1926.

Album de vers anciens, Paris, Gallimard, Éditions de La Nouvelle Revue Française, 1927.

La Jeune Parque, Paris, Éditions de La Nouvelle Revue Française, 1917.

Charmes ou Poèmes, Paris, Éditions de La Nouvelle Revue Française, 1922.

Charmes, Paris, Gallimard, Éd. de La N.R.F., février 1926.

Charmes, nouvelle édition revue, Paris, Gallimard, Éd. de La N.R.F., décembre 1926.

Narcisse, Anvers, A. A. M. Stols, 1926.

Études pour Narcisse, Paris, Éditions des Cahiers libres, 1927.

Poésies (*Album de vers anciens. La Jeune Parque. Charmes*), Paris, Éditions de La Nouvelle Revue Française [édition monumentale], 1929.

Poésies (*Album de vers anciens. La Jeune Parque. Charmes*), Paris, Gallimard, Éd. de La N.R.F., 1931.

Poésies (*Album de vers anciens : 1891-93. La Jeune Parque. Charmes. Pièces diverses. Cantate du Narcisse. Amphion. Sémiramis*), Paris, Gallimard, 1942.

Poésies (*Album de vers anciens. Charmes. Amphion. Sémiramis. Cantate du Narcisse. Pièces diverses de toute époque*), Paris, Gallimard, coll. « Poésie », 2001 [1958].

La Jeune Parque et poèmes en prose (L'Ange. Agathe. Histoires brisées), édition présentée par Jean Levaillant, Paris, Gallimard, coll. « Poésie », 2002 [1974].

その他の作品・資料

Alphabet (inédit), édition établie, présentée et annotée par Michel Jarrety, Paris, Librairie Générale Française, coll. « Le livre de poche / classique », 1999.
Cahier de Cette, Fata Morgana, 2009.
Corona & Coronilla, Paris, Éditions de Fallois, 2008.
Poésie perdue. Les poèmes en prose des Cahiers, édition présentée, établie et annotée par Michel Jarrety, Paris, Gallimard, coll. « Poésie », 2000.
Souvenirs et réflexions, édition établie, présentée et annotée par Michel Jarrety, Paris, Bartillat, 2010.
Très au-dessus d'une pensée secrète. Entretiens avec Frédéric Lefèvre, édition établie, présentée et annotée par Michel Jarrety, Paris, Éditions de Fallois, 2006 [Frédéric Lefèvre, *Entretiens avec Paul Valéry*, Paris, Flammarion, 1926].
Une chambre conjecturale, poèmes ou proses de jeunesse par Paul Valéry, Montpellier, Bibliothèque artistique & littéraire, Fata Morgana, 1981.
Vue, Paris, La Table ronde, 1948.
Voix de poètes : 14 poètes disent leurs textes d'Apollinaire à Saint-John Perse, Édité par Distrib. La Voix de son Livre, 1993 [Paul Valéry, « Fragment du Narcisse » et « Poésie »]. [CD]

書簡

Lettres à quelques-uns, Paris, Gallimard, 1997 [1952].
André Gide – Paul Valéry, *Correspondance 1890-1942*, nouvelle édition établie, présentée et annotée par Peter Fawcett, Paris, Gallimard, 2009 [éd. Robert Mallet, Gallimard, 1955].
André Gide – Pierre Louÿs – Paul Valéry, *Correspondances à trois voix 1888-1920*, édition établie et annotée par Peter Fawcett et Pascal Mercier, Paris, Gallimard, 2004.
Paul Valéry – André Fontainas, *Correspondance 1893-1945*, édition établie par Anna Lo Giudice, Paris, Éditions du Félin, 2002.
Paul Valéry – André Lebey, *Au miroir de l'histoire, choix de lettres 1895-1938*, édition établie, annotée et présentée par Micheline Hontebeyrie, Paris, Gallimard, 2004.
Paul Valéry – Gustave Fourment, *Correspondance 1887-1933*, avec introduction, notes et documents par Octave Nadal, Paris, Gallimard, 1957.

草稿

« Album de Vers anciens », BNFms, Naf 19003.
« Vers anciens II. 1891-1900 », BNFms, Naf 19002.
« Ses Vers », BnFms, Naf 14628.
« La Jeune Parque », 3 vol., BNFms, Naf 19004-19006.

邦訳

〈作品集・カイエ〉

『ヴァレリー全集』全 12 巻・補巻 2 巻，筑摩書房，1967-1979 年
『ヴァレリー全集　カイエ篇』全 9 巻，筑摩書房，1980-1983 年
『ヴァレリー　セレクション』上・下，東宏治・松田浩則編訳，平凡社ライブラリー，

2005年
『ヴァレリー集成』全6巻，筑摩書房，2010-2011年

〈書簡集〉
『ジッド＝ヴァレリー往復書簡』全2巻，二宮正之訳，筑摩書房，1986年
「ヴァレリー＝フルマン往復書簡」，三浦信孝・恒川邦夫訳（『ヴァレリー全集』補巻1，筑摩書房，1979年，323-563頁）
アンドレ・ジッド，ピエール・ルイス，ポール・ヴァレリー『三声書簡 1888-1890』，松田浩則・山田広昭・塚本昌則・森本淳生共訳，水声社，2016年

〈『旧詩帖』全訳・抄訳〉
菱山修三訳『旧詩帖』，『ヴァレリー詩集』，JCA出版，1978年〔青磁社，1942年〕
鈴木信太郎訳『旧詩帖』，『ヴァレリー全集』第1巻，筑摩書房，1967年，『ヴァレリー詩集』，岩波文庫，1968年〔初出情報は『鈴木信太郎全集』第二巻「訳詩」，大修館書店，1972年，882-885頁を参照。「ナルシス語る」（1953），「紡ぐ女」「ヴェニュスの誕生」（1955），『旧詩帖』（1960）〕
PAUL, David (trans.), *Album of Early Verse*, in *The Collected Works of Paul Valéry*, vol. I *Poems*, Bollingen Series XLV, Princeton University Press, New Jersey, 1971.
齋藤磯雄訳「紡ぐ女」，『齋藤磯雄全集』第3巻，東京創元社，1991年〔『現代世界文学全集・第27巻・現代世界詩選』，三笠書房，1955年初出〕
井沢義雄訳「紡ぐ女」「ヘレネ」「オルフェー」「夢幻境」「眠りの森にて」「シーザー」「友情の森」「定かなる火や……」「挿話」「夏」「アンヌ」「セミラミスの歌」，『ヴァレリイ詩集』，弥生書房，1964年
成田重郎訳「悲しき女王エレーヌ」「浴せる女」「ヴァルヴァン」「友愛の森」「断篇」「紡ぐ女」「夏」「ナルシイスは語る」「セミラミスの曲」，『知性の詩人ポール・ヴァレリイ』，東出版，1976年
田中淳一訳「紡ぐ女」「ナルシスが語る」「友情の森」「ヴァルヴァン」，『フランス世紀末文学叢書・第XIII巻・詞華集』，井上輝夫，小浜俊朗，田中淳一，立仙順郎編訳，国書刊行会，1985年
中井久夫訳「セミラミスのアリア」，『ユリイカ』1996年4月号，『アリアドネからの糸』，みすず書房，1997年，『若きパルク／魅惑』改訂普及版，みすず書房，2003年

〈『若きパルク』訳〉
菱山修三訳『若きパルク』，青磁社，1942年
鈴木信太郎訳『若きパルク』，『ヴァレリー全集』第1巻，筑摩書房，1967年，『ヴァレリー詩集』，岩波文庫，1968年〔『現代世界文學全集・第25巻・若きパルク，我がファウスト』，新潮社，1955年〕
矢内原伊作・原亨吉（共訳）『ヴァレリイ　若きパルク／アラン注訳』，角川書店，1954年
井沢義雄訳『ヴァレリーの詩　若きパルク』，弥生書房，1973年
平井啓之訳『若いパルク』，『世界詩人全集10　マラルメ・ヴァレリー詩集』，新潮社，1969年
中井久夫訳『若きパルク／魅惑』改訂普及版，みすず書房，2003年〔初版1995年〕

〈『魅惑』訳〉
菱山修三訳『魅惑』，『ヴァレリー詩集』，角川書店，1953年

鈴木信太郎訳『魅惑』,『ヴァレリー全集』第 1 巻, 筑摩書房, 1967 年,『ヴァレリー詩集』, 岩波文庫, 1968 年
井沢義雄訳『ヴァレリイの詩　<魅惑>の訳と注解』, 弥生書房, 1958 年
清水徹・菅野昭正・平井啓之（分担共訳）『魅惑』,『世界詩人全集 10　マラルメ・ヴァレリー詩集』, 新潮社, 1969 年
中井久夫訳『若きパルク／魅惑』改訂普及版, みすず書房, 2003 年〔初版 1995 年〕
堀口大學訳「蜂」「風神」「慇懃」「失われた美酒」「眠る女」「仮死女」,『月下の一群』, 講談社文芸文庫, 2008 年〔初版, 第一書房, 1925 年〕

2. ヴァレリー研究

論文集（シンポジウム記録・雑誌特集号）

Bulletin des Études Valéryennes [en abrégé : *BEV*], Montpellier, Centre d'Études valéryennes ; Centre d'Études du XXème siècle, Université Paul Valéry, 1974-.
Cahiers Paul Valéry 1. Poétique et poésie, Paris, Gallimard, 1975.
Colloque Paul Valéry, Amitiés de jeunesse, influences, lectures. Université d'Édimbourg, novembre 1976, texte établi par Carl P. Barbier, Paris, A.-G. Nizet, 1978.
Écriture et génétique textuelle : Valéry à l'œuvre, textes réunis par Jean Levaillant, Lille, Presses universitaires de Lille, 1982.
Entretiens sur Paul Valéry. Actes du colloque de Montpellier, les 16 et 17 octobre 1971, textes recueillis par Daniel Moutote, Paris, PUF, 1972.
Génétique & Traduction. Actes du colloque de Arles, textes réunis et présentés par Serge Bourjea, Paris, L'Harmattan, 1995.
Littérature, n° 172, *Paul Valéry, en théorie*, Paris, Larousse / Armand Colin, décembre 2013.
Mallarmé / Valéry : Poétiques. Actes du colloque international de Montpellier, textes réunis par Serge Bourjea, *BEV*, n°s 81/82, 1999.
Paul Valéry... aux sources du poème : La Jeune Parque – Charmes, études réunies par Nicole Celeyrette-Pietri, Paris, Champion, 1992.
Paul Valéry contemporain. Actes des colloques organisés par le C.N.R.S. et l'Université des sciences humaines de Strasbourg, textes rassemblés et présentés par Monique Parent et Jean Levaillant, Paris, Klincksieck, 1974.
Paul Valéry : dialogues Orient & Occident. Actes du colloque international à l'Université Hitotsubashi les 24-27 septembre 1996, textes réunis et présentés par Kunio Tsunekawa, Lettres Modernes – Minard, 1998.
Paul Valéry : essais et témoignages inédits, recueillis par Marc Eigeldinger, La Presse française et étrangère, 1945.
Paul Valéry vivant, Marseille, Cahiers du Sud, 1946.
Rémanences, n°s 4/5, *Paul Valéry: l'avenir d'une écriture*, Bédarieux, juin 1995.
Valéry, 'en somme'. Actes du colloque organisé à Sète, Médiathèque François Mitterrand, les 9-11 mai 2000, textes recueillis et présentés par Serge Bourjea, *BEV*, n°s 88/89, 2001.
Valéry : le partage de midi, « Midi le juste ». Actes du colloque international tenu au Collège de France, le 18 novembre 1995, textes réunis et présentés par Jean Hainaut, Paris, Honoré Champion, 1998.
『ヴァレリー研究』(*Bulletin Japonais d'Études Valéryennes*), 日本ヴァレリー研究セン

ター，1999年-.
『現代詩手帖』特集「「カイエ」以後のヴァレリー」，思潮社，1979年9月号
『現代詩手帖』特集「ヴァレリーの新世紀　没後60年」，思潮社，2005年10月号

研究書・伝記

BERTHOLET, Denis, *Paul Valéry : 1871-1945*, Paris, Plon, « Bibliographies », 1995.〔ドニ・ベルトレ『ポール・ヴァレリー 1871-1945』，松田浩則訳，法政大学出版局，2008年〕
BOURJEA, Serge, *Paul Valéry, le sujet de l'écriture*, Paris, L'Harmattan, 1997.
CELEYRETTE-PIETRI, Nicole, *Valéry et le Moi. Des « Cahiers » à l'œuvre*, Paris, Klincksieck, 1979.
DUCHESNE-GUILLEMIN, Jacques, *Études pour un Paul Valéry*, Neuchâtel, La Baconnière, 1964.
FONTAINAS, André, *De Stéphane Mallarmé à Paul Valéry, notes d'un témoin, 1894-1922*, Paris, Edmond Bernard, Éditions du Trèfre, 1928.
GUIRAUD, Pierre, *Langage et versification d'après l'œuvre de Paul Valéry. Étude sur la forme poétique dans ses rapports avec la langue*, Paris, Klincksieck, 1953.
HENRY, Albert, *Langage et poésie chez Paul Valéry avec un lexique des œuvres en vers*, Paris, Mercure de France, 1952.
HYTIER, Jean, *La Poétique de Valéry*, Paris, Armand Colin, 1953.
JALLAT, Jeannine, *Introduction aux figures valéryennes (imaginaire et théorie)*, Pisa, Pacini Editore, 1982.
JARRETY, Michel, *Valéry devant la littérature. Mesure de la limite*, Paris, PUF, 1991.
——, *Paul Valéry*, Fayard, 2008.
LARBAUD, Valery, *Paul Valéry*, Paris, Librairie Félix Alcan, coll. « Les Quarante », 1931.
LARNAUDIE, Suzanne, *Paul Valéry et la Grèce*, Genève, Librairie Droz, 1992.
LAURENTI, Huguette, *Paul Valéry et le théâtre*, Paris, Gallimard, 1973.
LAWLER, James, *The Poet as Analyst, Essays on Paul Valéry*, Berkeley, University of California Press, 1974.
LUSSY, Florence de, *L'univers formel de la poésie chez Valéry ou la recherche d'une morphologie généralisée*, Paris, Lettres modernes, 1987.
MONDOR, Henri, *Les Premiers Temps d'une Amitié, André Gide et Paul Valéry*, Monaco, Éditions du Rocher, 1947.
——, *L'Heureuse rencontre de Valéry et Mallarmé*, Paris, Éditions de Clairefontaine, 1947.
——, *Précocité de Valéry*, Paris, Gallimard, 1957.
MORIMOTO, Atsuo, *Paul Valéry. L'Imaginaire et la genèse du sujet : de la psychologie à la poïétique*, Lettres modernes – Minard, 2009.
NOULET, Emilie, *Paul Valéry (études)*, Paris, Éditions Bernard Grasset, 1938.
PHILIPPON, Michel, *Paul Valéry, une poétique en poèmes*, Bordeaux, Presses universitaires de Bordeaux, 1993.
PIETRA, Régine, *Valéry : directions spatiales et parcours verbal*, Paris, Lettres modernes – Minard, 1981.
RYAN, Paul, Paul Valéry et le dessin, Frankfurt, Peter Lang, 2007.
SARRAUTE, Nathalie, *Paul Valéry et l'enfant d'éléphant*, Paris, Gallimard, 1986 [1947].
SCARFE, Francis, *The Art of Paul Valéry. A Study in Dramatic Monologue*, Melbourne – London – Toronto, William Heinemann Ltd., 1954.
THIBAUDET, Albert, *Paul Valéry*, Paris, Bernard Grasset, 1923.〔アルベール・チボーデ『ポール・

ヴァレリー』，森英樹訳，理想社，1970〕
WALZER, Pierre-Olivier, *La Poésie de Valéry*, Genève, Slatkine Reprints, 1966 [Genève, Pierre Cailler, 1953].
清水徹『ヴァレリーの肖像』，筑摩書房，2004 年
——『ヴァレリー——知性と感性の相克』，岩波新書，2010 年
田上竜也・森本淳生（編訳）『未完のヴァレリー：草稿と解説』，平凡社，2004 年
恒川邦夫（編）『アガート：訳・注解・論考』，筑摩書房，1994 年
成田重郎『知性の詩人ポール・ヴァレリイ』，東出版，1976 年

論文

BARBIER, Carl P., « Valéry et Mallarmé jusqu'en 1898 », in *Colloque Paul Valéry, Amitiés de jeunesse, influences, lectures*, éd. citée, p. 49-83.
BOURJEA, Serge, « D'une "tombe" impossible », in *Génétique & Traduction*, éd. citée, p. 121-137.
CELEYRETTE-PIETRI, Nicole, « L'autobiographie spirituelle », in *Littérature* n° 56, 1984, p. 3-22.
FROMILHAGUE, René, « Paul Valéry poète du sensuel », in *Entretiens sur Paul Valéry*, éd. citée, p. 99-112.
GUIRAUD, Pierre, « Le champ stylistique du mot "ombre" et sa genèse chez Paul Valéry », in *Orbis Litterarum*, vol. 19, mars 1964, p. 12-26.
INCE, Walter, « Valéry et Heredia », in *Colloque Paul Valéry, Amitiés de jeunesse, influences, lectures*, éd. citée, p. 119-137.
LACORRE, Bernard, « La Catastrophe de 1908 », in *BEV*, n° 43, nov. 1986, p. 19-26.
LAWLER, James, « Valéry et Mallarmé : le tigre et la gazelle », in *Colloque Paul Valéry, Amitiés de jeunesse, influences, lectures*, éd. citée, p. 85-103.
LUSSY, Florence de, « La crise de 1908. Paul Valéry et Ernst Mach », in *Valéry : le partage de midi*, éd. citée, p. 91-107.
——, « Valéry et Huysmans: de la ferveur au détachement », in *Colloque Paul Valéry, Amitiés de jeunesse, influences, lectures*, éd. citée, p. 273-316.
MARX, William, « Les deux poétiques de Valéry », in *Paul Valéry et l'idée de littérature*, publié sur *Fabula*, le 8 avril 2011 (http://www.fabula.org/colloques/document1426.php).
——, « Valéry, une poétique du sensible », in *Aisthesis*, anno V, numero 1, Firenza University Press, 2012, p. 95-109 (http://www.fupress.com/aisthesis).
——, « Le poète et le *ready-made* », in *Littérature*, n° 172, p. 56-61.
MILLAN, Gordon, « Valéry et Pierre Louÿs », in *Colloque Paul Valéry, Amitiés de jeunesse, influences, lectures*, éd. citée, p. 19-36.
MONDOR, Henri, « Le Vase brisé de Paul Valéry étudiant », in *Paul Valéry : essais et témoignages inédits*, éd. citée, p. 13-19.
ROBINSON-VALÉRY, Judith, « Valéry face à la mort de Mallarmé : de l'impossible prose à la poésie », in *Genesis 2*, 1992, p. 61-79.
TORIYAMA, Teiji, « Valéry et Louÿs : "Narcisse parle" à "Chrysis" », in *Littera. Revue de Langue et Littérature Françaises*, n° 3, Société japonaise de langue et littérature françaises, 2018.
TSUKAMOTO, Masanori, « "À l'état NAISSANT, tout est rêve." : Le rêve et la poésie chez Valéry », in *Études de Langues et Littératures Françaises*, n° 66, 1995, p. 127-140.
——, « Valéry et les choses vagues », in *Paul Valéry : dialogues Orient & Occident*, éd. citée, p. 307-319.

——, « Le provisoire : une étude de l'écriture fragmentaire chez Valéry », in *BEV*, n°s 88/89, 2001, p. 163-174.
——, « "L'éternellement provisoire" : une poétique du fragment chez Paul Valéry », in *Littérature*, n° 125, mars 2002, p. 73-79.
YAMADA, Hiroaki, « Masculin / Féminin, ou comment rêve un hystérique mâle », in *Rémanences*, n°s 4/5, éd. citée, p. 221-229.
——, « Une généalogie du *ça* », in *Littérature*, n° 172, éd. citée, p. 27-40.
今井勉「抽斗にしまった手紙——「ロヴィラ夫人関連資料」から恋文草稿を読む」,『東北大学文学研究科研究年報』第 53 号，東北大学大学院文学研究科，2004 年，154-176 頁
——「限界のテスト氏」,『フランス文学研究』第 21 号，東北大学フランス語フランス文学研究会，2001 年，25-39 頁
清水徹「ナルシスの出発——初期のヴァレリーの想像的世界」,『明治学院論叢』第 376 号，1985 年，49-111 頁
——「いわゆる《ジェノヴァの夜》について——神話解体の試み」,『明治学院論叢』第 390 号，1986 年，45-83 頁
——「《アルトの声》について」,『明治学院論叢』第 411 号，1987 年，87-107 頁
——「ヴァレリーの作ったマラルメ像」,『現代詩手帖』，2005 年 10 月号，50-53 頁
田上竜也「ヴァレリーにおける意識のナルシス構造について」,『慶応義塾大学日吉紀要．フランス語フランス文学』第 35 号，2002 年，18-31 頁
——「ヴァレリーと時間」,『慶応義塾大学日吉紀要．フランス語フランス文学』第 44 号，2007 年，49-65 頁
塚本昌則「疎遠さについて——ヴァレリーと天使」,『現代思想』第 22 号，青土社，1994 年，198-209 頁
——「「夢の圧力」——プルーストとヴァレリーにおける眠りと夢について」,『思想』第 1075 号，岩波書店，2013 年 11 月，103-123 頁
——「まどろみの詩学——プルーストとヴァレリーにおける夢」,『言語文化』第 32 号，明治学院大学言語文化研究所，2015 年 3 月，59-77 頁
恒川邦夫・今井勉・塚本昌則「ド・ロヴィラ夫人関連資料—解読と翻訳の試み—翻訳篇（上）」『ヴァレリー研究』第 3 号，2003 年，23-44 頁
——「ド・ロヴィラ夫人関連資料—解読と翻訳の試み—翻訳篇（下）」『ヴァレリー研究』第 4 号，2007 年，59-71 頁
恒川邦夫「『テスト氏論』のためのメモ」,『一橋大学研究年報．人文科学研究』第 25 号，1986 年，3-34 頁
——「『テスト氏論』のためのメモ（２）」『一橋大学研究年報．社会学研究』第 25 号，1987 年，109-145 頁
鳥山定嗣「ポール・ヴァレリーの若書きの詩について——形式的観点から」,『フランス語フランス文学研究』第 106 号，日本フランス語フランス文学会，2015 年，227-245 頁
——「ジッドとヴァレリーの詩をめぐる交流——初期の友情を中心に」および「ジッドとヴァレリーの詩をめぐる交流（2）——ヴァレリーの「紡ぐ女」におけるジッドの影響」,『ステラ』第 34 号，九州大学フランス語フランス文学研究会，2015 年，289-301 頁，303-317 頁
——「ポール・ヴァレリーの詩における〈眠る女〉の主題」,『関西フランス語フランス文学』第 20 号，日本フランス語フランス文学会関西支部，2014 年，63-74 頁

松田浩則「ヴァレリー，あるいはロヴィラ夫人の変貌」，『神戸大学文学部紀要』第 27 号，2000 年，455-484 頁
――「ヴァレリー，あるいはヴィーナスの変貌」，『神戸大学文学部紀要』第 28 号，2001 年，103-138 頁
――「ヴァレリー 1894 年」『仏語仏文学研究』第 42 号，東京大学仏語仏文学研究会，2011 年，171-183 頁
――「ポール・ヴァレリー『セット手帖』」，『神戸大学文学部紀要』第 42 号，2015 年，67-112 頁
森本淳生「ポール・ヴァレリーと生成の詩学《ポイエティック》」，『文学作品が生まれるとき：生成のフランス文学』，田口紀子・吉川一義編，京都大学学術出版会，2010 年，455-470 頁
山田広昭「ポール・ヴァレリーとフランス精神分析」，『思想』第 1068 号，岩波書店，2013 年 4 月，207-224 頁
――「照応か，それとも総合か？　競合する芸術を前にしたヴァレリー」，『芸術照応と魅惑――近代パリにおける文学，美術，音楽の交差』（日仏シンポジウム，2015 年 11 月 7-8 日，日仏会館）

『旧詩帖』研究

NASH, Suzanne, *Paul Valéry's Album de vers anciens, A Past Transfigured*, New Jersey, Princeton University Press, 1983. ［« Orphée », « César », « Le bois amical », « Les Vaines Danseuses » を除く 17 篇に関する論文］
SCARFE, Francis, *The Art of Paul Valéry*, chap. IV « *Album de vers anciens* », éd. citée, p. 141-165.
PIETRA, Régine, « De *La Jeune Parque* à *Album de vers anciens* et *vice versa* – de la source au commencement », in *Paul Valéry 11*, *op. cit*., p. 43-58.
WALZER, Pierre-Olivier, *La Poésie de Valéry*, 1ère partie, chap. II « *L'Album de Vers anciens* », éd. citée, p. 67-104.
WHITING, Charles, *Valéry, jeune poète*, New Haven, Yale University Press, 1960. ［« Même Féerie », « L'amateur de poèmes » を除く 19 篇に関する論文］

〈『旧詩帖』所収詩篇に関連する論文〉

BARBIER, Carl P., « Valéry et Mallarmé jusqu'en 1898 », in *Colloque Paul Valéry, Amitiés de jeunesse, influences, lectures*, éd. citée, p. 49-83. ［« Vue », « Valvins »］
BELLEMIN-NOËL, Jean, « En marge des premiers "Narcisse" de Valéry : L'en-jeu et le hors-jeu du texte », in *Revue d'Histoire littéraire de la France*, 1970, p. 975-991.
――, « Le narcissisme des Narcisses (Valéry) », in *Littérature*, n° 6, 1972, p. 33-55.
――, « Lecture psychanalytique d'un brouillon du poème : "Été" de Valéry », in *Essais de critique génétique*, Paris, Flammarion, 1979, p. 103-149.
BOUGNOUS, Daniel, « Le poète au rouet (sur un incipit générateur de Valéry) », in *Mobiles, essais sur la notion de mouvement*, n° 2 (*Cahiers du XXe siècle*), Klincksieck, 1974, p. 85-105. ［« La Fileuse »］
DÉCAUDIN, Michel, « Narcisse : une sorte d'autobiographie poétique », *L'information littéraire*, mars-avril 1956, p. 49-55.
DUBU, Jean, « Valéry et Courbet, Origine de "La Fileuse" », in *Revue d'Histoire littéraire de la France*, 65e année, n° 2, avril-juin 1965, p. 239-243.
FABUREAU, Hubert (éd.), Paul Valéry, *Poésies choisies*, avec une notice biographique et

litttéraire et des notes explicatives par Hubert Fabureau), Librairie Hachette, 1952. [« La Fileuse », « César », « Les Vaines Danseuses », « Un Feu distinct... », « Narcisse parle » に関する注解]
FRANKLIN, Ursula, « Valéry's reader : "L'amateur de poèmes" », in *The Centennial review*, vol. 22, 1978, p. 389-399.
FEUSER, W. F., « "The Birth of Venus" : Rilke and Valéry », in *Neohelicon : acta comparationis litterarum universarum*, vol. 5 (2), sept. 1977, p. 83-102.
GRUBBS, Henry A., « La nuit magique de Paul Valéry. Étude de "Féerie" », in *Revue d'Histoire Littéraire de la France*, avril-juin, 1960, p. 199-212.
IMAI, Tsutomu, « *Été*, poème descriptif de Paul Valéry », in *Modernités*, n° 37, « Transmission et transgression des formes poétiques régulières », textes réunis et présentés par Éric Benoit, Presses universitaires de Bordeaux, octobre 2014, p. 149-155.
JARRETY, Michel, « Orphée et Valéry : De la voix de l'architecte à la voix de l'Eros », in *Revue de littérature comparée*, n° 73, 1999, p. 499-509.
LAURENT, Freddy, « Interprétation d'un poème de Valéry, *La Fileuse* », in *Les Études Classiques*, Tome XXVI, n° 3, Juillet, 1958, p. 272-285.
LAWLER, James, « Orphée», in *Journal of the Australasian Universities Modern Language Association*, n° 5, October 1956, p. 54-64.
——, « Un feu distinct... », in *French Studies*, vol. 28, April 1974, p. 169-176.
——, « Existe ! Sois enfin toi-même... », dans *The Poet as Analyst*, éd. citée, p. 36-73. [« Air de Sémiramis »]
——, « L'Ange frais de l'œil nu... », dans *The Poet as Analyst*, éd. citée, p. 74-116. [« Profusion du soir »]
——, « J'ai adoré cet homme... », dans *The Poet as Analyst*, éd. citée, p. 117-136. [« Valvins »]
——, « Lucidité, phœnix de ce vertige... : the theme of "la belle endormie" », dans *The Poet as Analyst*, éd. citée, p. 149-165. [« La Fileuse », « Au bois dormant », « Anne », etc.]
——, « Valéry et Mallarmé : le tigre et la gazelle », in *Colloque Paul Valéry, Amitiés de jeunesse, influences, lectures*, éd. citée, p. 85-103. [« Vue », « Amateur de poèmes »]
——, « Été, roche d'air pur », in *Baudelaire, Mallarmé, Valéry, new essays in honour of Lloyd Austin*, Cambridge University Press, 1982, p. 398-410.
MARCHANDISSE, Fina, « L'amateur de poèmes – Paul Valéry, *Album de vers anciens* », in Étienne Servais (éd.), *Expérience d'analyse textuelle en vue de l'explication littéraire*, Droz, 1979, p. 104-113.
MULLER, Marcel, « La dialectique de l'ouvert et du fermé chez Paul Valéry », in *Poétiques : théorie et critique littéraires*, textes réunis par Floyd Gray, *Michigan Romance studies*, vol. 1, 1980, p. 163-185. [« César »]
PHILIPPON, Michel, « Le mythe du poète : *Orphée* », dans *Paul Valéry, une poétique en poèmes*, éd. citée, p. 19-42.
——, « La femme massive : *Été* », dans *Paul Valéry, une poétique en poèmes*, éd. citée, p. 125-144.
——, « La femme balbutiante : *Vue* », dans *Paul Valéry, une poétique en poèmes*, éd. citée, p. 145-158.
——, « Les deux versants : *César* », dans *Paul Valéry, une poétique en poèmes*, éd. citée, p. 251-272.
SABBAGH, Céline, « Transformations textuelles : *Le Sourire funèbre* », in *Écriture et génétique textuelle : Valéry à l'œuvre*, éd. citée, p. 133-156.

SPITZER, Leo, « La Genèse d'une poésie de Paul Valéry », in *Renaissance*, 1945, p. 311-321.〔« La Fileuse »〕
井上富江「Narcisse を主題にした 2 つの詩—— « Narcisse Parle » と « Fragments du Narcisse » に関する覚書」,『別府大学紀要』, 1968 年, 314-326 頁
宇佐美斉「ヴァレリー：ふたつのナルシス」,『フランス詩道しるべ』, 臨川書店, 1997 年, 151-169 頁〔『人文論究』, 1973 年, 97-112 頁〕
清水徹「ナルシスの出発——初期ヴァレリーの想像的世界」,『ヴァレリーの肖像』第 1 章, 前掲, 7-57 頁〔『明治学院論叢』第 376 号, 1985 年, 49-111 頁〕
中井久夫「セミラミスのアリア」訳および注釈「脳髄の空中庭園」,『アリアドネからの糸』, みすず書房, 1997 年, 276-284 頁〔『ユリイカ』1996 年 4 月号, 97-111 頁〕

『若きパルク』研究

Paul Valéry 2, recherches sur « La Jeune Parque », textes réunis par Huguette Laurenti, Lettres modernes – Minard, 1977.
Paul Valéry 11, "La Jeune Parque" des brouillons au poème. Nouvelles lectures génétiques, Caen, Lettres Modernes – Minard, 2006.
ALAIN, *La Jeune Parque commentée par Alain*, Paris, Gallimard, 1953 [1936].
BALLESTRA-PUECH, Sylvie, *Lecture de La Jeune Parque*, Paris, Klincksieck, 1993.
BÉMOL, Maurice, *La Parque et le Serpent*, Paris, Les Belles Lettres, 1955.
CAZEAULT, Louise, « Le Symbole du serpent : étude des Cahiers de 1910 à 1913 », in *Paul Valéry 2*, *op. cit.*, p. 77-87.
DUCHESNE-GUILLEMIN, Jacques, *Études pour un Paul Valéry*, chap. II « *La Jeune Parque* », éd. citée, p. 43-96.
FROMILHAGUE, René, « *La Jeune Parque* et l'autobiographie dans la forme », in *Paul Valéry contemporain*, éd. citée, p. 209-235.
GIAVERI, Maria Teresa, « *La Jeune Parque*, "Une autobiographie dans la forme" », in *Valéry : le partage de midi*, éd. citée, p. 163-177.
GIFFORD, Paul, « La Fulgurance de 1913 et "*l'embryon féconde*" de *La Jeune Parque* », in *Paul Valéry 11*, *op. cit.*, p. 75-98.
HYTIER, Jean, « Étude de *La Jeune Parque* » [*L'Arche*, septembre 1945], dans *Questions de Littérature, études valéryennes et autres,* Genève, Librairie Droz, 1967, p. 3-39.
LEVAILLANT, Jean, « La Jeune Parque en question », in *Paul Valéry contemporain*, éd. citée, p. 137-151.
LUSSY, Florence de, *La genèse de La Jeune Parque de Paul Valéry, essai de chronologie*, Paris, Lettres modernes – Minard, 1975.
MARX, William, « Grammaire et genèse – le travail syntaxique dans les brouillons de *La Jeune Parque* », in *Paul Valéry 11*, *op. cit.*, p. 149-161.
MORIMOTO, Atsuo, *Paul Valéry. L'Imaginaire et la genèse du sujet*, chap. VII « La Jeune Parque », éd. citée, p. 273-322.
NADAL, Octave (éd.), Paul Valéry, *La Jeune Parque*, manuscrit autographe, texte de l'édition de 1942, états successifs et brouillons inédits du poème, présentation et étude critique des documents par Octave Nadal, Le Club du Meilleur Livre, 1957.
NOULET, Emilie, « L'explication de *La Jeune Parque* » dans *Paul Valéry (études)*, éd. citée, p. 81-108.
PARENT, Pierre, « Les leitmotive dans la "Jeune Parque" », in *Travaux de linguistique et de*

littérature, XI, 2, Strasbourg, 1973, p. 171-183.
PIETRA, Régine, « De *La Jeune Parque* à *Album de vers anciens* et *vice versa* – de la source au commencement », in *Paul Valéry 11*, *op. cit.*, p. 43-58.
——, *Valéry : directions spatiales et parcours verbal*, 3ème partie, chap. III, « *La Jeune Parque* », éd. citée, p. 406-474.
——, « *La Jeune Parque* : “mon drame lyrique” », in *Paul Valéry ... aux sources du poème : La Jeune Parque – Charmes*, éd. citée, p. 17-82.
ROBINSON-VALÉRY, Judith, « Un nouveau visage de *La Jeune Parque* : le poème commenté par son auteur », in *BEV*, n° 25, octobre 1980, p. 47-65.
——, « Les cris refoulés de la *Jeune Parque* : le rôle de l'autocensure dans l'écriture », in *Baudelaire, Mallarmé, Valéry : new essays in honour of Lloyd Austin*, Cambridge University Press, 1982, p. 411-432.
SCARFE, Francis, *The Art of Paul Valéry*, chap. V « *La Jeune Parque* », éd. citée, p. 171-242.
SØRENSEN, Hans, *La Poésie de Paul Valéry. Étude stylistique sur La Jeune Parque*, Copenhague, Arnold Busck, 1944.
STIMPSON, Brian, *Paul Valéry, L'Écriture en devenir*, Frankfurt, Peter Lang, 2009.
TORIYAMA, Teiji, « Le souvenir d'“un soir” dans la poésie valéryenne : des vers anciens à *La Jeune Parque* », in *Études de Langues et Littératures Françaises*, n° 110, 2017, p. 37-53.
VASSEUR, Fabien, *Poésies – La Jeune Parque de Paul Valéry (commentaire)*, Paris, Gallimard, coll. « Foliothèque », 2006.
WALZER, Pierre-Olivier, *La Poésie de Valéry*, 3ème partie, chap. III « La Jeune Parque », éd. citée, p. 189-236.
井沢義雄『ヴァレリーの詩　若きパルク』（訳と注解，前掲）
清水徹『ヴァレリーの肖像』第 5 章「ふたたび嵐について――『若きパルク』を読む」，前掲，231-379 頁
中井久夫『若きパルク／魅惑』（訳と注解，前掲）
三浦信孝「ヴァレリーにおける眠りと目覚め――『アガート』から『若きパルク』へ」，『静岡大学教養部研究報告，人文社会科学篇』第 18 号，1982 年，41-70 頁
森本淳生「裂開と神秘――『若きパルク』の構造とその身体論」，『身体のフランス文学：ラブレーからプルーストまで』，吉田城・田口紀子編，京都大学学術出版会，2006 年，234-255 頁

『魅惑』研究

Charmes de Paul Valéry : Six lectures, réunies et présentées par Jean Pierrot, Mont-Saint-Aignan, Publications de l'Université de Rouen, 1995.
Paul Valéry 1 : lectures de « Charmes », textes réunis par Huguette Laurenti, Lettres modernes - Minard, 1974.
ALAIN, *Charmes commentés par Alain*, Paris, Gallimard, 1952 [1928].
BERGERON, Léandre, *Le son et le sens dans quelques poèmes de Charmes de Paul* Valéry, Aix-en-Provence, Orhrys, 1963.
BOURJEA, Serge, « L'Ombre-Majuscule – une exégèse de “La Ceinutre” », in *Paul Valéry 1*, *op. cit.*, p. 121-145.
CELEYRETTE-PIETRI, Nicole, « Métamorphoses de Narcisse », in *Paul Valéry 1*, *op. cit.*, p. 9-28.
DUCHESNE-GUILLEMIN, Jacques, *Études pour un Paul Valéry*, chap. III « *Charmes* », éd. citée, p. 97-156.

GOCEL, Véronique, « Le “nombre d’or” de *Charmes* de Valéry : Sur quelques associations significatives du recueil », in *L’Information grammaticale*, n° 56, 1993, p. 24-27.
LAWLER, James, *Lecture de Valéry : une étude de « Charmes »*, Paris, PUF, 1963.
LUSSY, Florence de, *Charmes d’après les manuscrits de Paul Valéry, histoire d’une métamorphose*, 2 vol., Paris, Lettres modernes – Minard, 1990 et 1996.
——, « Genèse de *Charmes* ou comment l’ancien se sépare du nouveau », in *Paul Valéry... aux sources du poème : La Jeune Parque – Charmes*, éd. citée, p. 83-95.
MONESTIER, Robert (éd.), Paul Valéry, *Charmes*, précédé d’extraits en prose relatifs à la « poétique » de Valéry, avec une notice biographique, une notice historique et littéraire, des notes explicatives, une documentation thématique, des jugements, un questionnaire et des sujets de devoirs, par Robert Monestier, Librairie Larousse, coll. « Nouveau Classiques Larousse », 1975 [1958].
NOULET, Emilie, « La Composition de *Charmes* » dans *Paul Valéry (études)*, éd. citée, p. 67-80.
PARENT, Monique, *Cohérence et résonance dans le style de « Charmes » de Paul Valéry*, Paris, Klincksieck, 1970.
PICKERING, Robert, « L’écriture artistique et architecturale de *Charmes* », in *Paul Valéry... aux sources du poème : La Jeune Parque – Charmes*, éd. citée, p. 165-188.
井沢義雄『ヴァレリイの詩　＜魅惑＞の訳と注解』（前掲）
清水徹『ヴァレリーの肖像』第 6 章「『ナルシス断章』を中心に」，前掲，381-438 頁
中井久夫『若きパルク／魅惑』（訳と注解，前掲）
中井久夫「「若きパルク」および『魅惑』の秘められた構造の若干について」，『アリアドネからの糸』（1997）前掲，202-222 頁

3. 同時代フランス詩（19 世紀末 - 20 世紀初頭）

同時代の雑誌・アンソロジー

La Conque, anthologie des plus jeunes poëtes, Paris, 1891-1892.
Le Centaure, recueil trimestriel de littérature et d’art, Paris, 1896.
Poètes d’Aujourd’hui 1880-1900, Morceaux choisis, accompagnés de notices biographiques et d’un essai de bibliographie, éd. Adolphe van Bever & Paul Léautaud, 2 volumes, Paris, Société du Mercure de France, 1900.
Anthologie des Poètes français contemporains, Le Parnasse et les écoles postérieures au Parnasse (1866-1906), Morceaux choisis, accompagnés de notices bio-bibliographiques et de nombreux autographes, par Gérard Walch, préface de Sully Prudhomme de l’académie française, 3 volumes, Paris, Ch. Delagrave, 1906-1907.
Anthologie de la poésie française, éd. André Gide, Paris, Gallimard, « Bibliothèque de la Pléiade », 1949.

各作家の著作

BANVILLE, Théodore de, *Œuvres*, 8 vol., Genève, Slatkine Reprints, 1972.
BAUDELAIRE, Charles, *Œuvres complètes*, texte établi, présenté et annoté par Claude Pichois, 2 vol., Paris, Gallimard, « Bibliothèque de la Pléiade », t. I, 1980 [1975], t. II, 1993 [1976].
——, *Correspondance*, texte établi, présenté et annoté par Claude Pichois avec la collaboration de Jean Ziegler, 2 vol., Paris, Gallimard, « Bibliothèque de la Pléiade », 1973.
GAUTIER, Théophile, *Poésies complètes*, édition de René Jasinski, 3 vol., Paris, A. G. Nizet,

1970.
——, *Émaux et Camée*, édition présentée, établie et annotée par Claudine Gothot-Mersch, Paris, Gallimard, « Poésie », 1981.
GIDE, André, *Les Cahiers et les Poésies d'André Walter*, édition établie et présentée par Claude Martin, Paris, Gallimard, « Poésie », 2012 [1986].
HEREDIA, José-Maria de, *Poésies complètes : Les Trophées, sonnets et poèmes divers : texte définitif avec notes et variantes*, Genève, Slatkine Reprints, 1979.
——, *Les Trophées*, édition présentée, établie et annotée par Anny Detalle, Paris, Gallimard, « Poésie », 1981.
HUGO, Victor, *Œuvres poétiques*, édition établie et annotée par Pierre Albouy, 3 vol., Paris, Gallimard, « Bibliothèque de la Pléiade », 1964-1974.
——, *La Légende des siècles ; La Fin de Satan ; Dieu*, édition établie et annotée par Jacques Truchet, Paris, Gallimard, « Bibliothèque de la Pléiade », 1997.
HUYSMANS, Joris-Karl, *À rebours*, texte présenté, établi et annoté par Marc Fumaroli, Paris, Gallimard, « folio classique », 2012.
LECONTE DE LISLE, *Poèmes barbares*, édition présentée, établie et annotée par Claudine Gothot-Mersch, Paris, Gallimard, « Poésie », 1985.
——, *Poëmes antiques* [édition originale], Paris, Librairie de Marc Ducloux, 1852.
——, *Poèmes antiques*, édition présentée, établie et annotée par Claudine Gothot-Mersch, Paris, Gallimard, « Poésie », 1994.
LOUŸS, Pierre, *Les Poëmes*, édition définitive établie par Yves-Gérard le Dantec, 2 vol., Paris, Albin Michel, 1945.
——, *Poésies*, tome XIII des *Œuvres complètes*, 13 vol., Slatkine Reprints, 1973.
MALLARMÉ, Stéphane, *Œuvres complètes*, édition présentée, établie et annotée par Bertrand Marchal, 2 vol., Paris, Gallimard, « Bibliothèque de la Pléiade », t. I, 2004 [1998], t. II, 2003.
——, *Correspondance*, recueillie, classée et annotée par Henri Mondor et Lloyd James Austin, 11 vol., Paris, Gallimard, 1959-1985.
——, *Correspondance complète 1862-1871*, suivi de *Lettres sur la poésie 1872-1898 avec des lettres inédites*, édition établie et annotée par Bertrand Marchal, Paris, Gallimard, « folio classique », 2009 [1995].
POE, Edgar Allan, *Contes – Essais – Poèmes*, traductions de Baudelaire et de Mallarmé, complétées de nouvelles traductions de Jean-Marie Maguin et de Claude Richard, Paris, Robert Laffont, « Bouquins », 1989.
——, *Poèmes*, traduction de Stéphane Mallarmé, et *La Genèse d'un poème*, traduction de Charles Baudelaire, présentation de Jean-Louis Curtis, Paris, Gallimard, « Poésie », 2013 [1982].
RÉGNIER, Henri de, *Poèmes anciens et romanesques, 1887-1889*, Paris, Librairie de l'Art indépendant, 1890.
——, *Poèmes 1887-1892 (Poèmes anciens et romanesques. Tel qu'en songe, augmentés de plusieurs poèmes)*, Paris, Société du Mercure de France, 7e édition, 1907 [1895].
——, *Premiers Poèmes (Les Lendemains. Apaisements. Sites. Épisodes. Sonnets. Poésies diverses)*, Paris, Société du Mercure de France, 1899.
RIMBAUD, Arthur, *Œuvres complètes*, édition établie par André Guyaux, avec la collaboration d'Aurélia Cervoni, Paris, Gallimard, « Bibliothèque de la Pléiade », 2009.
——, *Poésie complètes 1870-1872*, introduction, chronologie, bibliographie, notices et notes par

Pierre Brunel, Paris, Librairie Générale Française, « Le Livre de Poche », 1998.
——, *Une saison en enfer. Illuminations et autres textes (1873-1875)*, introduction, chronologie, édition, notes, notices et bibliographie par Pierre Brunel, Paris, Librairie Générale Française, « Le Livre de Poche », 1998.
VERLAINE, Paul, *Œuvres poétiques complètes*, texte établi et annoté par Y.-G. Le Dantec, édition révisée, complétée et présentée par Jacques Borel, Paris, Gallimard, « Bibliothèque de la Pléiade », 1962.
——, *Fêtes galantes*, précédé de *Les Amies* et suivi de *La Bonne Chanson*, édition critique établie, annotée et présentée par Olivier Bivort, Paris, Librairie Générale Française, « Le Livre de Poche », 2000.
——, *Sagesse*, édition critique établie, annotée et présentée par Olivier Bivort, Paris, Librairie Générale Française, « Le Livre de Poche », 2006.
VIELÉ-GRIFFIN, Francis, *Les Cygnes : poésies 1885-1886*, Paris, Alcan-Lévy, 1887.
——, *Poèmes et Poésies (Cueille d'Avril. Joies. Les Cygnes. Fleurs du chemin et chansons de la route. La chevauchée d'Yeldis, augmentés de plusieurs poèmes)*, Paris, Société du Mercure de France, 1907.

〈邦訳〉
『ヴェルレーヌ詩集』，堀口大學訳，新潮文庫，2015（1948）年
『ヴェルレエヌ詩集』，鈴木信太郎訳，岩波文庫，1970（1952）年
『ボードレール　悪の華』，安藤元雄訳，集英社文庫，1991 年
『ボードレール全詩集』全 2 巻，阿部良雄訳，ちくま文庫，1998 年
『マラルメ全集』全 5 巻，筑摩書房，1989-2010 年
『マラルメ詩集』，渡辺守章訳，岩波文庫，2014 年
『ランボー全詩集』，宇佐美斉訳，ちくま文庫，1996 年

4. フランス詩法および詩史

AQUIEN, Michèle, *La Versification appliquée aux textes*, Paris, Armand Colin, 2010 [Nathan, 1993].
AQUIEN, Michèle et HONORÉ, Jean-Paul, *Le Renouvelllement des formes poétiques au XIXe siècle*, Paris, Armand Colin, 2005 [Nathan, 1997].
BANVILLE, Théodore de, *Petit traité de poésie française*, dans *Œuvres*, tome VIII, Genève, Slatkine Reprints, 1972 [Bibliothèque de l'Écho de la Sorbonne, 1871].
CORNULIER, Benoît de, *Théorie du vers. Rimbaud, Verlaine, Mallarmé*, Paris, Éditions du Seuil, 1982.
——, *Art poëtique. Notions et problèmes de métrique*, Lyon, Presses universitaires de Lyon, 1995.
DESSONS, Gérard et MESCHONNIC, Henri, *Traité du rythme. Des vers et des proses*, Paris, Dunod, 1998.
GOUVARD, Jean-Michel, *La versification*, Paris, PUF, 1999.
GRAMMONT, Maurice, *Le vers français, ses moyens d'expression, son harmonie*, Paris, Delagrave, 1964 [Picard, 1904].
——, *Petit traité de versification française*, Paris, Armand Colin, 1976 [1930].〔モーリス・グラモン『フランス詩法概説』，杉山正樹訳，駿河台出版社，1972 年〕

JARRETY, Michel (dir.), *La poésie française du Moyen Âge au XXe siècle*, Paris, PUF, coll. « Quadrige », 2007 [*La poésie française du Moyen Âge jusqu'à nos jours*, 1997].
MARCHAL, Hugues, *La poésie*, Paris, Flammarion, 2007.
MAZALEYRAT, Jean, *Éléments de métrique française*, Paris, Armand Colin, 1974.〔ジャン・マザレラ『フランス詩法　リズムと構造』，滝沢隆幸・大野一道・小井戸光彦・金光仁三郎・山辺雅彦・熊沢一衛訳，海出版社，1980年〕
MORIER, Henri, *Le Rythme du vers libre symboliste* (étudié chez Verhaeren, Henri de Régnier, Vielé-Griffin) *et ses relations avec le sens*, nouvelle édition revue, corrigée et augmentée, Genève, Slatkine Reprints, 1977 [Genève, Les Presses académiques, 1943].
QUICHERAT, Louis, *Petit traité de versification française* Paris, Hachette, 8e édition, 1882 [*Traité de versification française où sont exposées les variations successives des règles de notre poésie et les fonctions de l'accent tonique dans le vers français*, 1838, 2e édition revue et augmentée, 1850].
ROUBAUD, Jacques, *La Vieillesse d'Alexandre. Essai sur quelques états du vers français récent*, Paris, Éditions Ivrea, 2000 [Maspero, 1978].
SPIRE, André, *Plaisir poétique et plaisir musculaire*, José Corti, 1986 [1949].
鈴木信太郎『フランス詩法』上・下，白水社，1954年
杉山正樹『やさしいフランス詩法』，白水社，1981年

〈辞典〉

AQUIEN, Michèle, *Dictionnaire de poétique*, Paris, Librairie Générale Française, « Le Livre de Poche », 1993.
CHARPENTREAU, Jacques, *Dictionnaire de la poésie française*, Fayard, 2006.
JARRETY, Michel (dir.), *Dictionnaire de poésie de Baudelaire à nos jours*, Paris, PUF, 2001.
MORIER, Henri, *Dictionnaire de poétique et de rhétorique*, Paris, PUF, 1982.

注

序章　『旧詩帖』の問題性

(1)　鈴木信太郎訳『ヴァレリー詩集』(岩波文庫，2000年，初版は1968年）の表紙に掲げられた言葉。また成田重郎の著書『知性の詩人ポール・ヴァレリイ』(東出版，1976年）からも当時の詩人ヴァレリー像が窺い知れる。
(2)　« Valéry est avant tout un voluptueux et tout son art est une attention voluptueuse. C'est l'esprit attentif à la chair et l'enveloppant d'une espèce de conscience épidermique [...] » (Paul Claudel, « Le Poète et le Shamisen » [*Commerce*, 1926, *L'Oiseau noir dans le soleil levent*, 1929], *Œuvres en prose*, Paris, Gallimard, 1965, p. 825).
(3)　« [...] ce poète, un des plus sensuels des lettres françaises. [...] cette poésie où le verbe se fait chair et jamais il ne fut plus charnu [...] / Valéry goûte et nous fait goûter ses vers comme un vin précieux. On sent tout le plaisir qu'il éprouve à les faire passer par ses lèvres et les nôtres. En dehors de leur sens même, ces vers forment un ensemble exquis. C'est un élixir de sonorités. » (Jules Supervielle, « Offrande », in *Paul Valéry vivant*, Cahiers du Sud, 1946, p. 83).
(4)　ウンガレッティは直截にこう述べている。「これまでヴァレリーについて言われた馬鹿げたことすべては人々の偏見によっている。彼の詩学が「理知的」だなどとは。誰が何と言おうが，肉感的な詩人だ。」« Toutes les bêtises qu'on a dites sur lui, dépendent du préjugé des gens, que sa poétique soit "intellectuelle". Quoi qu'on dise, c'est un poète charnel. » (Lettre de Giuseppe Ungaretti adressée à Gaëtan Picon, citée dans Michel Jarrety, *Paul Valéry*, Fayard, 2008, p. 568).
(5)　清水徹『ヴァレリーの肖像』，筑摩書房，2004年，5頁。
(6)　清水徹『ヴァレリー――知性と感性の相克』，岩波新書，2010年，2頁。
(7)　20世紀における「前衛」と「後衛」の問題については次を参照。*Les arrière-gardes au XXe siècle : l'autre face de la modernité esthétique*, sous la direction de William Marx, Presses universitaires de France, 2008；塚本昌則・鈴木雅雄（共編）『「前衛」とは何か？「後衛」とは何か？――文学史の虚構と近代性の時間』，平凡社，2010年。
(8)　満年齢で数え，未満は切り捨てる（ヴァレリーは1871年10月30日生まれ)。
(9)　ヴァレリーの生涯，とりわけ愛人との関係については，清水徹『ヴァレリー――知性と感性の相克』(前掲書）を参照。
(10)　『若きパルク』については菱山修三，鈴木信太郎，矢内原伊作・原良吉（共訳)，井沢義雄，平井啓之，中井久夫による翻訳および注解がある。『魅惑』については，すでに1922年にフランスで初版が刊行されてまもなく，鈴木信太郎，堀口大學，菱

山修三によって数篇が邦訳されて以来，菱山修三，鈴木信太郎，井沢義雄，清水徹・菅野昭正・平井啓之（分担共訳），中井久夫による詩集全訳がある。詳細は巻末の参考文献を参照。

(11) 菱山修三訳『旧詩帖』，青磁社，1942 年。鈴木信太郎訳『旧詩帖』(『ヴァレリー全集』，筑摩書房，1967 年および『ヴァレリー詩集』，岩波文庫，1968 年に所収，初出は『世界文學体系　第 51 巻　クローデル・ヴァレリー』，筑摩書房，1960 年)。

(12) 齋藤磯雄は「紡ぐ女」の 1 篇を，井沢義雄は「紡ぐ女」「ヘレネ」「オルフェー」「夢幻境」「眠りの森にて」「シーザー」「友情の森」「定かなる火や……」「挿話」「夏」「アンヌ」「セミラミスの歌」の 12 篇を，成田重郎は「悲しき女王エレーヌ」「浴せる女」「ヴァルヴァン」「友愛の森」「断篇」「紡ぐ女」「夏」「ナルシイスは語る」「セミラミスの曲」の 9 篇を訳している。また，田中淳一は「紡ぐ女」「ナルシスが語る」「友情の森」「ヴァルヴァン」の 4 篇を，中井久夫は「セミラミスのアリア」の 1 篇を訳している。詳細は巻末の参考文献を参照。

(13) Pierre-Olivier Walzer, *La Poésie de Valéry*, Genève, Slatkine Reprints, 1966 [Genève, Pierre Cailler, 1953]. 第 2 章が『旧詩帖』に充てられている。

(14) Francis Scarfe, *The Art of Paul Valéry*, William Heinemann, 1954. 第 3 章が『旧詩帖』に充てられている。

(15) Charles Whiting, *Valéry, jeune poète*, New Haven, Yale University Press, 1960.

(16) James Lawler, *Lecture Valéry : Une étude de « Charmes »*, Paris, P.U.F., 1963.

(17) James Lawler, *The Poet as Analyst, Essays on Paul Valéry*, Berkeley, University of California Press, 1974.

(18) James Lawler, « Orphée», *Journal of the Australasian Universities Modern Language Association*, October 1956, p. 54-64 ; « Un feu distinct... », *French Studies*, vol. 28, April 1974, p. 169-176.

(19) Suzanne Nash, *Paul Valéry's Album de vers anciens, A Past Transfigured*, New Jersey, Princeton University Press, 1983.

(20) ただし実際にはその選定基準は揺れている。21 篇中 17 篇の詩が論じられているが，除外された 4 篇は「オルフェ」「カエサル」「友愛の森」「むなしい踊り子たち」である。そのうち「友愛の森」は 1920 年の初版に収録されており，除外された根拠は不明。逆に，初版にはなく 1926 年の再版で収録されることになる「夕暮れの豪奢」と「同じく夢幻境」が取り上げられている。

(21) Jean-Bellemin Noël, « En marge des premiers « Narcisse » de Valéry : L'en-jeu et le hors-jeu du texte », in *Revue d'Histoire littéraire de la France*, 1970, p. 975-991 ; « Le narcissisme des Narcisses (Valéry) », *Littérature*, n° 6, 1972, p. 33-55 ; « Lecture psychanalytique d'un brouillon du poème : "Été" de Valéry », in *Essais de critique génétique*, Paris, Flammarion, 1979, p. 103-149.

(22) Michel Philippon, *Paul Valéry : une poétique en poèmes*, Presses universitaires de Bordeaux, 1993.『旧詩帖』詩篇としては「オルフェ」「夏」「ながめ」「カエサル」を論じている。

(23) Florence de Lussy, *La genèse de* La Jeune Parque *de Paul Valéry : essai de chronologie*, Lettres modernes – Minard, 1975.

(24) フランス国立図書館に所蔵されている『旧詩帖』草稿および「旧詩」草稿（« Album de Vers anciens », BnFms, Naf 19003 ; « Vers anciens », 2 vols., BnFms, Naf 19001-19002)。またジャック・ドゥーセ図書館のヴァレリー関連資料にも『旧詩帖』詩篇に関連する草稿が散在している。

第 1 章 『旧詩帖』の経緯と構成

(1)　清水徹「いわゆる《ジェノヴァの夜》について――神話解体の試み」,『明治学院論叢』第 390 号，1986 年，45-83 頁。『ヴァレリー――知性と感性の相克』，岩波新書，2010 年，13-39 頁。

(2)　その 1 年後，ヴァレリーはジッドに宛てた手紙（1893 年 12 月 14 日付）において，過去をふりかえりつつ現在にまで及ぶ危機の変動を曲線で表しているが，それによればこのパリの危機はジェノヴァの危機以上に激しいものであったと推測される（*Corr. G/V*, p. 274）。

(3)　この年代はヴァレリー自身が意識していたものである。たとえば「私の回想録」と題する 1928 年の次の『カイエ』断章（*C*, XIII, 107 / *C1*, 114）を参照。「1892 年から 1912 年まで（ただしそれだけというわけではなく）私は自分なりの仕方で仕事に打ち込んだ。その仕事は名もなく対象もないものであり，いかなる励みも目的も目指された作品もなく，その目的はただ私のものの見方《ヴィジョン》を自分の真の問題，自分の真の力と完璧に適合させるということだけであった。」

(4)　詩のみに限っても，「夏」と「ながめ」（1896 年『ル・サントール』誌），「ヴァルヴァン」（1898 年『ラ・クープ』誌掲載，前年マラルメに贈呈されたアルバムに自筆稿を載せる），「アンヌ」（1900 年『ラ・プリューム』誌）が発表されているほか，かつて発表した「波から出る女」の再掲載（1897 年『ル・ジェスト』誌，初出は 1890 年）もなされている。

(5)　『今日の詩人たち』（アドルフ・ヴァン・ブヴェール，ポール・レオトー共編）には「エレーヌ，悲しき王妃」「ナルシス語る」「水浴」「紡ぐ女」「断片」「夏」「ヴァルヴァン」の 7 篇が，『現代フランス詩人選集』（ジェラール・ワルク編）には「紡ぐ女」「ナルシス語る」「詩のアマチュア」の 3 篇が収められている。

(6)　「アンヌ」（1912 年『アリアンヌのための詩集』誌），「オルフェ」（1913 年『レ・フェット』誌），「妖精」（1914 年『レ・フェット』誌）。3 篇ともさらに改変の手を加えて『旧詩帖』に収録される（「妖精」は「夢幻境」に改題）。

(7)　そのなかにはのちに『旧詩帖』所収となる詩「異容な火」と「夕暮れの豪奢」の初稿（1897-1900 年頃）も含まれる。そのほか「わが夜 Ma nuit」（1900 年頃作），「四月 Avril」（同），「海難 Sinistre」（1909 年作）といった韻文詩や，1912 年の「カイエ」に書かれた散文詩「海辺でのように Comme au bord de la mer...」「ある声についての詩篇聖歌《プソーム》 Psaume sur une voix」など。

(8)　妻ジャンニー宛の手紙（未刊，*ŒPl*, I, 35）。プレイヤード版『作品集』の年譜では 1911 年 7 月の手紙となっているが，ヴァレリーの浩瀚な伝記を著したミシェル・ジャルティはそれを「10 月」と訂正している（Michel Jarrety, *Paul Valéry*, Fayard, 2008, p. 350）。なお，ジャンニーは 1908 年以来病気を患い，各地へ療養に出かけたため，ヴァレリーは妻と文通を交わす機会が多くあった。

(9)　Michel Jarrety, *op. cit.*, p. 350.

(10)　1912 年 5 月 31 日消印，6 月 4 日推定，7 月 19 日付ジッドのヴァレリー宛の手紙（*Corr. G/V*, p. 696-697, 698, 702-703）。

(11)　1912 年 6 月 7 日付ガリマールのヴァレリー宛の手紙（未刊，ヴァレリー家所蔵）。「ご高著の出版について合意に達するべく，私としましてはご意向にまったく沿う心づもりでおります。〔……〕ついに見出し得たものを読みたくてならない焦燥の念を

隠しはいたしません。」Cf. M. Jarrety, *op. cit.*, p. 352.

(12) *Corr. G/V*, p. 696, 702.

(13) 1912年6月20日頃推定のジッド宛の手紙（*Corr. G/V*, p. 700-701）。『ジッド＝ヴァレリー往復書簡』，二宮正之訳，筑摩書房，1986年を参照のうえ拙訳した（以下同様）。

(14) 7月25日消印のジッド宛の手紙（*Corr. G/V*, p. 706）。

(15) « un volume de mes antiques proses... Maigre volume.. » (Lettre à Jeannie Valéry, *ŒPl*, I, 35) ; « Cela fait très peu — de vers » (*Corr. G/V*, p. 701).

(16) 妻ジャンニー宛の手紙（*ŒPl*, I, 35）。

(17) ジッドが挙げている作品は，「詩」，「テスト氏との一夜」，「レオナルド・ダ・ヴィンチの方法序説」，「ドイツの制覇」（＝「方法的制覇」），「『メルキュール〔・ド・フランス〕』誌に載せた幾つかの論考」，「アガート」，「鴨緑江」である。『メルキュール・ド・フランス』誌の論考とは，ヴァレリーが1897年から1899年にかけて「方法 Méthodes」という標題で発表した論文・書評，すなわちユイスマンスを論じた「デュルタル」のほか，ミシェル・ブレアル『意味論試論』，H・G・ウェルズ『タイム・マシーン』，ロシアの軍事教練に関する著作（Loukhiane Carlovitch, *Éducation et Instruction des Troupes*, IIe Partie, « Paroles » selon Mikhael Ivanovitch, Berger Levrault, 1897）についての書評である。

(18) *Corr. G/V*, p. 701.「テスト氏とひとめぐり un petit tour avec Monsieur Teste」は「テスト氏との散歩 La Promenade avec Monsieur Teste」を指すが，「アガート」と同じく，ヴァレリー生前中は未発表に終わり，1946年ガリマール社刊『テスト氏』（連作）において初めて収録される。なお，『若きパルク』関連草稿（*JP*msII, 1）に，「テスト氏との一夜（および他のもの）LA SOIRÉE / AVEC M. TESTE / (ET D'AUTRES CHOSES)」という標題と本の表紙の図案が見えるが，フロランス・ド・リュシーはそれを1912年7月に書かれたと推定している。Cf. Florence de Lussy, *La genèse de La Jeune Parque de Paul Valéry : essai de chronologie*, Lettres modernes – Minard, 1975, p. 22, note 9.

(19) ヴァレリーは「ネルヴァルの回想」（1944年）のなかで「褪せた緑色の表紙」の『粋な放浪生活』（ミシェル・レヴィ版）が12歳の頃の愛読書であったと述懐している（*ŒPl*, I, 590）。なお，ネルヴァルの自伝的な詩文集「粋な放浪生活 La Bohème galante」は1852年『アルティスト』誌に連載され，翌年『ボヘミアの小さな城 *Petits Châteaux de Bohême*』に整理縮約してまとめられた。

(20) *Corr. G/V*, p. 705.

(21) 「明日はガリマールが厄介な話をもってくる，例の『あるがまま』の件だ。ジッドから情愛のこもった手紙を受けたせいで，古くさいものを一切合財，本当にあるがままの状態で彼らに渡してしまいたい気持ちだ。」Lettre inédite à Jeannie du 22 juillet 1912, citée par M. Jarrety, *op. cit.*, p. 355.

(22) 詩と散文を混在させる詩文集という案は，詩集のみの出版に取って代わられるが，後年，『混淆集』（1939）および『あるがまま』（1941-43）において実現することになる。なお，ルイスが提案した「混淆集 Mélanges」は複数形で，ヴァレリーはそれを単数形に変えている。1939年刊行の豪華版は『散文と詩の混淆集／著者によるデッサンの銅版画を添えたアルバム *Mélange de prose et de poésie / Album plus ou moins illustré d'images sur cuivre de l'auteur*』と題され，1941年の普及版以降，「混淆集 Mélange」となる。

(23) 1912年10月13日推定ジッド宛の手紙（*Corr. G/V*, p. 708-709）。

(24)　1912年10月15日付および12月18日推定のジッドのヴァレリー宛の手紙（*Corr. G/V*, p. 709-710 et 712）。

(25)　M. Jarrety, *op. cit.*, p. 358.

(26)　「P・V をたたえて En l'honneur de P. V.」という献辞を冠するこの詩「愛の仮面 Le masque de l'amour」はガスパール＝ミシェルの処女詩集『カエサレア *Césarée*』（同1911年刊行）に収められている。Cf. M. Jarrety, *op. cit.*, p. 348.

(27)　1911年推定〔日付なし〕のジャンニー宛の手紙（未刊）。Brian Stimpson, *Paul Valéry : L'Ecriture en devenir*, Peter Lang, 2009, p. 127-128 ; M. Jarrety, *op. cit.*, p. 350. このジャンニー宛の手紙を引用したブライアン・スティンプソンは，ヴァレリーが1911年，あるいはガスパール＝ミシェルが現れた1910年の段階ですでに，昔の詩に再び目を通していたのではないかと推測している。

(28)　1911年11月10日付ピエール・ルイス宛の手紙（*Corr. G/L/V*, p. 1029）。

(29)　1912年10月13日推定のジッド宛の手紙（*Corr. G/V*, p. 708）。

(30)　Paul Valéry – André Lebey, *Au miroir de l'histoire : choix de lettres 1895-1938*, éd. Micheline Hontebeyrie, Gallimard, 2004, p. 244.

(31)　Adrienne Monnier, « Valéry dans la rue de l'Odéon» [*Terre des hommes*, oct. 1945], *Rue de l'Odéon*, Albin Michel, 1960, p. 125-130.〔アドリエンヌ・モニエ『オデオン通り——アドリエンヌ・モニエの書店』，岩崎力訳，河出書房新社，2011（1975）年，131-138頁〕。M. Jarrety, *op. cit.*, p. 396-397, 436-437 およびドニ・ベルトレ『ポール・ヴァレリー　1871-1945』，松田浩則訳，法政大学出版局，2008年，351-353頁も参照。

(32)　3ヵ月前に知り合ったカトリーヌ・ポッジが別荘をもつその地で，ヴァレリーは彼女と結ばれ，以後8年余りにわたって「激しい愛」——性愛と知性の合一の夢と不和——を体験する。この点については清水徹『ヴァレリー——知性と感性の相克』，前掲書，91-117頁を参照。

(33)　Florence de Lussy, *Charmes d'après les manuscrits de Paul Valéry : histoire d'une métamorphose*, 2 vol., Lettres modernes – Minard, 1990 et 1996 [以下 *Charmes* と略記], p. 578.「手記 Mss」は「脳漿のなかで見つかった手記 Manuscrit trouvé dans une cervelle」（＝「アガート」）のこと。1898年に書き出されたこの短編《コント》ないし散文詩は，アンドレ・ブルトンが『文学』誌に掲載することを望んでいたものでもあるが，結局ヴァレリー生前中は未発表に終わる。

(34)　『今日の詩人たち』（1900）と『現代フランス詩人選集』（1906-1907）のこと。

(35)　パリ大学付属ジャック・ドゥーセ図書館所蔵の手紙（VRY MS 4627）。Cf. F. de Lussy, *Charmes*, p. 582.

(36)　同前（VRY MS 4628）。Cf. F. de Lussy, *Charmes*, p. 583.

(37)　Cf. F. de Lussy, *Charmes*, p. 584.

(38)　1912年6月20日頃（新版）あるいは7月下旬（旧版）推定のジッド宛の手紙（*Corr. G/V*, p. 700）。

(39)　1913年のアルベール・チボーデ宛の手紙（*LQ*, p. 95）。この版では「1912年」の手紙となっているが，ジャルティが指摘したように，1913年の『カイエ』（*C*, IV, 911）に見られるこの手紙の下書きには「1913年3月10日」付と明記されている。M. Jarrety, *op. cit.*, p. 1221, note 12.

(40)　*VAms*II, 142-150. « Terre mêlée à l'herbe et rose, porte-moi / Porte doucement moi, ô trouble et bienheureuse » (*VAms*II, 146). Cf. « Terre trouble... et mêlée à l'algue, porte-moi, / Porte doucement moi...Ma faiblesse de neige / [...] / Terre trouble, et mêlée à l'algue, porte-moi ! » (*La Jeune Parque*, v. 304-305, v. 324).

(41) 1904年7月のジャンニー宛の手紙（未刊，*ŒPl*, I, 30）。
(42) 1909年7月のジャンニー宛の手紙（未刊，*ŒPl*, I, 33-34）。
(43) 清水徹「ヴァレリーの作ったマラルメ像」,『現代詩手帖』，2005年10月号，50-52頁。
(44) *LQ*, p. 93-96 et p. 96-100. 2通の手紙はともに「1912年」とされているが，前者は先述のように1913年，後者は1911年の手紙と推定される。Cf. M. Jarrety, *op. cit.*, p. 1221, note 12 et 1239-1240, note 38.
(45) « Psaume sur une voix » (*ŒPl*, II, 682). 1912年の『カイエ』（*C*, IV, 684）に記されたこの詩の初稿には，マラルメのイニシャル「SM」が見える。Cf. Paul Valéry, *Poésie perdue : Les poèmes en prose des Cahiers*, éd. Michel Jarrety, Gallimard, coll. « Poésie », 2000, p. 101-102.
(46) ドビュッシーの音楽をもとにニジンスキーが振付と主演を務めた『半獣神の午後』は古典的なバレエの様式を否定し，露骨な性的表現と非難された大胆な演技によって物議を醸した。ルドンやロダンはニジンスキー擁護の論陣を張ったが，ヴァレリーはそれには加わらず，妻ジャンニー宛の手紙に「なんたる劇の醜悪さ Quelle infamie de spectacle !」と記している。Cf. M. Jarrety, *op. cit.*, p. 352.
(47) 1914年7月5日推定のジッド宛の手紙（*Corr. G/V*, p. 736）。「エロディアード：舞台」第23行およびマラルメ20歳の詩「放蕩息子 L'Enfant prodigue」第14行を参照。Stéphane Mallarmé, *Œuvres complètes*, 2 vol., éd. Bertrand Marchal, Gallimard, « Bibliothèque de la Pléiade », 1998 et 2003, t. I, p. 18 et 63.
(48) *ŒPl*, I, 36.
(49) M. Jarrety, *op. cit.*, p. 348.
(50) *Ibid.*, p. 363 *sqq*.
(51) この「1908年の危機」については次の論考を参照。Bernard Lacorre, « La Catastrophe de 1908 », in *Bulletin des études valéryennes*, n° 43, nov. 1986, p. 19-26 ; Florence de Lussy, « La crise de 1908. Paul Valéry et Ernst Mach », in *Valéry : le partage de midi*, acte du colloque du Collège de France de 1995, Honoré Champion, 1998, p. 91-107.
(52) 1908年3月18日消印のジッド宛の手紙（*Corr. G/V*, p. 670）。
(53) 清水徹『ヴァレリー——知性と感性の相剋』，前掲書，71-72頁
(54) « Fragments des mémoires d'un poème » (*ŒPl*, I, 1479-1480). 『集成III』所収「ある詩篇の思い出　断章」を参照のうえ拙訳した（以下同様）。なお，「ある詩篇」とは『若きパルク』のことである。
(55) 『集成III』，453-455頁，注14を参照。
(56) M. Jarrety, *op. cit.*, p. 354およびベルトレ前掲邦訳書，293頁を参照。
(57) 1912年7月21日消印のジッド宛の手紙（*Corr. G/V*, p. 704-705）。
(58) もし「ジェノヴァの夜」を指すのであれば，1892年10月4-5日当時，ヴァレリー（1871年10月30日生）は「21歳」となる直前である。
(59) « Fragments des mémoires d'un poème » (*ŒPl*, I, 1480).
(60) *Ibid*.
(61) *Ibid*. (*ŒPl*, I, 1488).
(62) 『集成III』，470頁。
(63) 『旧詩帖』関連草稿の第1葉（*AVAms*, 1）に « Paul Valéry / Album de Vers anciens / 1890-1900 » と記されているが，この手稿の執筆年は不明。なお，著者名と作品名は黒ペンで，年代は青色の色鉛筆で書かれており，後者はおそらく後から加筆されたものと推測される。

(64)　M. Jarrety, *op. cit.*, p. 474, 477.
(65)　Suzanne Nash, *Paul Valéry's Album de vers anciens : A past transfigured*, New Jersey, Princeton University Press, 1983, p. 5.
(66)　1861年12月16日頃のボードレールのヴィニー宛の手紙。« Le seul éloge que je sollicite pour ce livre est qu'on reconnaisse qu'il n'est pas un pur album et qu'il a un commencement et une fin. » (Charles Baudelaire, *Correspondance*, 2 vol., éd. Claude Pichois, Gallimard, « Bibliothèque de la Pléiade », 1973, t. II, p. 196).
(67)　1885年11月16日付マラルメのヴェルレーヌ宛の手紙。« [...] c'est bien juste s'ils [*ce pronom remplace un mot oublié* : morceaux ou poèmes] composent un album, mais pas un livre. Il est possible cependant que l'Editeur Vanier m'arrache ces lambeaux, mais je ne les collerai sur des pages que comme on fait une collection de chiffons d'étoffes séculaires ou précieuses. Avec ce mot condamnatoire d'*Album*, dans le titre, *Album de vers et de prose*, je ne sais pas [...] » (Stéphane Mallarmé, *Œuvres complètes*, éd. citée, t. I, p. 788-789).
(68)　もっとも「アルバム」という語には他の意味もあり，この語を題名に冠することが必ずしも否定的な意味を帯びるとは言えない。たとえば，1870年代初頭，ヴェルレーヌやランボーをはじめ約20名の「ジュティスト」らが戯作詩および戯画を寄せ合った『アルバム・ジュティック *Album zutique*』があるが，この場合，題名に付された「アルバム」は複数の作者による合作という意味であろう。また1897年，55歳の誕生日を迎えるマラルメのために23名の若い詩人たちが自作を寄せ合って贈呈した品も「自筆詩篇のアルバム un album de poëmes manuscrits」と呼ばれている（先述のようにその際ヴァレリーはマラルメに「ヴァルヴァン」を捧げている）。
(69)　この叢書「フランスおよびベルギー作家の現代名作集」はアルベール・ド・ノセ編集のもと，1887年から翌年まで，全6集68巻（各巻に一人の作家）に及んだが，マラルメの詩文集は第1集（第10巻）に，ヴェルレーヌの詩文集は第5集（第58巻）に収録されている。なお，第2集（第21巻）には，象徴派の詩人シャルル・ヴィニエの詩文集が同じく『詩と散文のアルバム』という題で収められている。Collection « Anthologie contemporaine des écrivains français et belges : Poètes et Prosateurs », dir. Albert de Nocée, Bruxelle : Librairie nouvelle / Paris : Librairie Universelle, 1887-1888.
(70)　ジャルティによれば，ヴァレリーが入手したレオン・ヴァニエ版『詩と散文のアルバム』（現在パリ大学付属ジャック・ドゥーセ文庫蔵：VRY MS 1846）の第1頁に，「この3スー〔＝15サンチーム〕の分冊本で，私はマラルメの有名な4篇のソネを初めて読んだ」と書き込まれている。M. Jarrety, *op. cit.*, p. 49 et 1216 (note 16). Voir aussi *Corr. G/V*, p. 55, note 4.
(71)　« Le passé pour moi est *moins que rien*. » (*C*, XXVIII, 89 / *C1*, 222 [1944]).
(72)　M. Jarrety, *op. cit.*, p. 985.
(73)　1915-1916年推定の2枚のタイプ打ち草稿（*AVA*ms, 47, 48）を参照。
(74)　「アルバム」という語の語源をたどれば，まず古代ローマにおいて，元老院の名前や広報を掲示する「白塗りの板」（ラテン語 albus「白い」）を意味していたが，17世紀ドイツにおいて，旅行の際に所持し，旅先の著名人に名前や名言を書き記してもらうために持ち歩く記念帳が「友情アルバム album amicorum」と呼ばれ，その後，フランスでは18世紀以降，あらゆる種類の思い出の品を「記念」として「収集」するためのものという語義で用いられるようになった（Trésor de la langue française 参照）。今日「アルバム」と言うと，写真や切手などイメージのあるものを指すことが多いが，元来はある個人の筆跡を留めておくためのものであり，ルーマニーユの娘の「アルバム」もそうした類のものであったと思われる。

(75)　1891年12月21日付ルイス宛の手紙（*Corr. G/L/V*, p. 547-548）。

(76)　詳しくは次節「『旧詩帖』の構成」――「収録詩篇の選定」（本書61頁以下）を参照。

(77)　« Praefatio ad P. L. » (*AVA*ms, 5) ; « Praefatio ad P. » (*AVA*ms, 6).

(78)　F. de Lussy, *Charmes*, p. 83.

(79)　« A. P. L. / Ces quelques vers sont à toi / Avant que Aphrodite naquit, la seule Conque / au début de ma vie / je les ai faits comme exercices / tant différé de les publier. / Ces vers à toi. Si tu ne m'avais pas excité, j'avoue que je n'aurais pas / tiré de moi seul l'idée ~~d'en~~ de faire [inachevé] / ~~Infi~~ In fine / Ces vers sont presque tous à toi. » (*AVA*ms, 8)

(80)　« Je te dédie ces exercices < Corps à corps, style > où il n'y a / ~~heureusement~~ < presque > rien de moi-même < ma véritable pensée / mes véritables soucis > / — Il s'agissait de satisfaire à < l'idée que je me faisais > la définition des beaux vers telle que je la trouvais dans ceux que j'aimais / Si j'y fusse parvenu, je n'aurais atteint / qu'un idéal de convention - / Mais cette convention n[ou]s l'avons adorée / comme vérité lumineuse vers 1890. / Ce n'est pas un signe certain de / modestie de donner ce titre d'Exercices. » (*AVA*ms, 9).

フロランス・ド・リュシーによれば，この草稿は，収録詩篇のリストおよび「18の練習作 XVIII exercices」という題名を記す草稿（*AVA*ms, 4）と同じく1916年初頭に書かれたものであり，この年，詩集の構想が定まりかけ，ヴァレリーは詩のリストを挙げるとともに序文にも手を入れた（F. de Lussy, *Charmes*, p. 84）。

(81)　« Je les appelle exercices, ces vers, car ils ne représentent / pas mes pensées. Ils ne sont pas l'expression de ce qui / m'intéresse le plus. / Mais d'un autre côté, je ne mets rien au dessus de / la gymnastique – / Je ne vois rien plus – et quoique j'aie eu mes passions / mes émotions, je n'y ai vu jamais d'autre valeur / que celle d'agrandir d'[*un mot illisible*] pour un domaine / plus étendu. » (*AVA*ms, 10).

(82)　« Fragments des mémoires d'un poème » (*ŒPl*, I, 1465, 1469).

(83)　1890-1891年頃，当時20歳前のヴァレリーは宗教的な事柄，とりわけカトリックの典礼に多大な関心を抱いており，「典礼詩 poésie liturgique」と称する詩篇を集めた詩集に「神秘聖唱 Chorus mysticus」という標題を付けようとしていた。そのことを知っていたルイスは『ラ・コンク』誌の近刊案内欄において，ヴァレリーの「準備中」の作品として『神秘聖歌 Carmen mysticum』という詩集名を掲げた。ルイスは標題を少し変えたわけだが，第1号から第8号まではこのまま，第9-10号では Chorus mysticus に変更される。ヴァレリーはこの詩集のための「短い序文」を構想してもいたが，結局それは若き日の夢想に終わった（とはいえ，ルイスが言い換えた Carmen の語がヴァレリーの詩集『魅惑 *Charmes*』にこだましているかもしれない）。この詩集および序文については以下を参照。*Corr. G/L/V*, p. 296, 432 ; Paul Valéry – Gustave Fourment, *Correspondance 1887-1933*, éd. Octave Nadal, Paris, Gallimard, 1957, p. 218-219 ; M. Jarrety, *op. cit*., p. 61 [BnF, Naf 19001, f° 171 *sqq*.].

なお，スザンヌ・ナッシュはこの『神秘聖歌』にヴァレリーが収録しようとしていた詩篇として，ヴァレリー自身の詩6篇のほか，他の詩人たち（エレディア，レニエ，ユゴー，ヴィエレ＝グリファン，マラルメ，ランボー）の作も挙げているが，その根拠は不明である。ミシェル・ジャルティによれば，今日残っているのは「空っぽの紙ばさみ」（その薄緑色の表紙にヴァレリーは青い翼の天使を描いている）だけであり，収録詩篇を正確に知ることはできない。Suzanne Nash, *op. cit*., p. 275-316 ; M. Jarrety, *op. cit*., p. 61.

(84)　*Corr. G/L/V*, p. 1231-1232. Cf. aussi F. de Lussy, *Charmes*, p. 83.

(85) « Projet d'une lettre-préface à Pierre pour le volume de vers » (*C*, VI, 477) [p. 476 に追記あり]. Cf. aussi *Corr. G/L/V*, p. 38-40 et F. de Lussy, *Charmes*, p. 84.

(86) 1890 年 9 月 14 日付および 21 日推定のルイス宛の手紙（*Corr. G/L/V*, p. 284, 297）を参照。フランス国立図書館蔵「旧詩」草稿第 2 巻に「数人の友達 QVELQVES AMIS」と題する緑色の表紙と 8 篇の詩の手稿が見られる（*VA*msII, 47-55）。

(87) F. de Lussy, *Charmes*, p. 83, note 31 [BnF, Proses anciennes, f°s 253-256] および松田浩則「ヴァレリー，あるいはロヴィラ夫人の変貌」，『神戸大学文学部紀要』第 27 号，2000 年，475 頁を参照。

(88) M. Jarrety, *op. cit.*, p. 478.

(89) ルイスとヴァレリーの不和には二つの大きな要因があった。一つは「19 歳」と題する自伝的な書物を書こうとしていたルイスが，昔ヴァレリーに送った「1890 年の手紙」を貸してほしいと頼んだこと。当時すでに自分の手紙が売買されることに傷心憤慨していたヴァレリーはルイスの貧窮状態をおもって懸念躊躇した末，友人の頼みを聞き入れたが，結局手紙を返すという約束は果たされなかった（*Corr. G/L/V*, p. 1410-1411, 1419-1420）。もう一つの不和の要因は，いわゆる「モリエール＝コルネイユ論争」であり，1919 年モリエールの幾つかの作品をコルネイユの作と主張して物議を醸したルイスがヴァレリーに援護を求めたが，この文学史的な論議にヴァレリーが加担しなかったことである（*Corr. G/L/V*, p. 1448, 1449）。それ以降，両人のあいだに生じた無理解の亀裂は修復しがたく，互いに友愛の情を保ちつづけるものの，1925 年にルイスが世を去るまでふたりが再会することはない。Cf. M. Jarrety, *op. cit.*, p. 463-465.

(90) Paul Valéry, *Album de vers anciens : 1890-1900*, Paris, A. Monnier et Cie, 1920.

(91) *Quelques vers anciens* (« Orphée », « Féerie (Variante) », « César », « Profusion du soir, poème abandonné... »), Maestricht, A.A.M. Stols, 1926.

(92) Paul Valéry, *Album de vers anciens*, Maestricht, A.A.M. Stols, 1926.

(93) Paul Valéry, *Album de vers anciens*, Paris, Gallimard, 1927.

(94) *Poésies de Paul Valéry (Album de vers anciens, La Jeune Parque, Charmes)*, Paris, Éditions de La Nouvelle Revue Française [édition monumentale], 1929.

(95) Paul Valéry, *Poésies (Album de vers anciens, La Jeune Parque, Charmes)*, Paris, Gallimard, Éditions de La Nouvelle Revue Française, 1931.

(96) 渡辺守章（『マラルメ詩集』，岩波文庫，2014 年，542 頁）によれば，19 世紀末から 20 世紀初頭にかけての文芸出版には「世紀末の絵画表象」にも通じるような「イタリック体の流行」があり，ベルギーの出版者エドモン・ドマンが 1899 年に刊行したステファヌ・マラルメの『詩集』や，アドリアン・ミトゥアールが 1901 年に創刊した詩の雑誌『西洋 *L'Occident*』およびその叢書から発表されたポール・クローデルの作品（『五大讃歌』や『真昼に分かつ』）が，すべてイタリック体で組まれている。なお，ヴァレリーの詩を載せた雑誌『レ・ゼクリ・ヌーヴォー』（1917 年ポール・バドリ創刊）などは，詩をイタリック体，散文をローマン体で組んでおり，『ル・サントール』（1896 年）も同様の区別をするが，詩のなかでもソネのみはローマン体にしている。

(97) « Note de l'éditeur », *Album de Vers anciens*, 1920 (*Œ*, I, 434).

(98) 「白」（1890 年 12 月『レルミタージュ』，後に「夢幻境」と改題），「波から出る女」（1890 年 12 月『モンペリエ学生総連合会報』，後に「ヴィーナスの誕生」と改題），「ナルシス語る」（1891 年 3 月『ラ・コンク』），「眠れる森の美女」（1891 年 6 月『ラ・シガロ・ドール』および同年 11 月『ラ・コンク』，後に「眠れる森で」と改題），「エ

レーヌ，悲しき王妃」(1891年8月『ラ・シメール』および同年10月『ラ・コンク』，後に「エレーヌ」と改題)，「紡ぐ女」(1891年9月『ラ・コンク』)，「友愛の森」(1892年1月『ラ・コンク』)，「挿話」(1892年1月『ラ・シランクス』および『ラ・コンク』，後者では「断片」と題する)，「水浴」(1892年8月『ラ・シランクス』)。

(99)「夏」と「ながめ」(1896年5月『ル・サントール』)，「ヴァルヴァン」(1898年2月『ラ・クープ』)，「アンヌ」(1900年12月『ラ・プリューム』)。

(100)「詩のアマチュア」(1906年『現代フランス詩人選集』)，「異容な火」(1920年『旧詩帖』)，「セミラミス」(1920年7月『レ・ゼクリ・ヌーヴォー』)。

(101) ただし，『ラ・プリューム』誌初出の際，「アンヌ」に付記された「1893」年という制作年はおそらく正しくない。フロランス・ド・リュシーが指摘したように，この詩の最初期の初稿はヴァレリーが1897年に入省した陸軍省の用紙に書かれており，制作開始年はそれ以降と推定される。Cf. F. de Lussy, *Charmes*, p. 110.

(102) リュシーによれば，「セミラミス」が書き出されたのは1918年5月である。*Ibid.*, p. 197.

(103) « Note au lecteur de la deuxième édition », *Album de Vers anciens*, 1926 (*Œ*, I, 435).

(104) 1926年版の題名は「夢幻境（異文）Féerie (Variante)」，1927年版以降，「同じく夢幻境 Même féerie」と改題。

(105) Paul Valéry, *Album de vers anciens : 1891-93*, in *Poésies*, Paris, Gallimard, 1942.

(106) Paul Valéry, *Poésies (Album de vers anciens. Charmes. Amphion. Sémiramis. Cantate de Narcisse. Pièces diverses de toute époque)*, Paris, Gallimard, « Poésie », [Éditions de 1929 renouvelé en 1958].

(107) Cf. *ŒPl*, I, 1528. *Œuvres de Paul Valéry* [12 vol.], tome C *(Album de vers anciens, La Jeune Parque, Charmes, Calepin d'un poète)*, Paris, Gallimard, Éditions de La Nouvelle Revue Française, 1933 ; *Poésies*, Paris, Gallimard, 1941.

(108)〈プレイヤード〉版『作品集』ではこの最晩年の改変を被る以前のテクストを提示していたのに対し，新版『作品集』では両詩篇とも1942年版の改変を踏まえたテクストを採用している。〈ポエジー叢書〉の『詩集』では，「夏」については1942年版を採用する一方，「むなしい踊り子たち」については最後の改変が反映されていない。

(109)『ラ・コンク』誌の巻頭を飾ったその他の詩人は，レオン・ディエルクス，アルジャーノン・スウィンバーン，ジュディット・ゴーチエ，ジャン・モレアス，シャルル・モリス（掲載順）である。また，ピエール・ルイスとアンドレ・ジッドは彼ら自身の本名で発表するとともに，それぞれ筆名（前者はクロード・モロー Claude Moreau，後者はアンドレ・ワルテル André Walter）でも詩を載せている。

(110) « Le Montpellier de 1890. Impressions et souvenirs » [*La Vie montpelliéraine*, 1923] (*Œ*, I, 936-942) ; « Pierre Louÿs » [1925] (*Vues*, La Table Ronde, 2006 [1948], p. 189-194, repris dans *Œ*, I, 943-948 sous le titre « Sur la tombe de Pierre Louÿs »).

(111)『ラ・プリューム』誌主宰のソネ・コンクールの概要および結果については次を参照。*Corr. G/L/V*, p. 389, note 2 ; M. Jarrety, *op. cit.*, p. 59-60.

(112) 各雑誌に掲載された作品は次のとおり。『ラ・ワロニー』に「アリオン」と「紡ぐ女」(1892年1月)，『シメール』に M. Doris の筆名で「エレーヌ，悲しき王妃」(1891年8月）と散文詩「未完のページ」(同年11月)，『モンペリエ学生総連合会報』に「波から出る女」(1890年12月)，「神秘の花」(1891年1月)，「夜のために」(1892年)，「建築家についての逆説」(1892年)，『ラ・シガロ・ドール』に「眠れる森の美女」(1891年6月)，『ラ・クープ』に「ヴァルヴァン」(1898年2月)。以上

10篇のうち，後年『旧詩帖』に収められるのは「紡ぐ女」，「エレーヌ，悲しき王妃」（＝「エレーヌ」），「波から出る女」（＝「ヴィーナスの誕生」），「眠れる森の美女」（＝「眠れる森で」），「ヴァルヴァン」の5篇である。

（113） *Poètes d'Aujourd'hui 1880-1900*, Morceaux choisis, accompagnés de notices biographiques et d'un essai de bibliographie, éd. Adolphe van Bever & Paul Léautaud, 2 volumes, Paris, Société du Mercure de France, 1900. なお，ポール・レオトーによるヴァレリーの紹介文は次のようである。
「ポール＝アンブロワーズ・ヴァレリー氏は〔……〕これまでほとんど友人達だけのために，内輪の雑誌に書いただけである〔……〕。以下に掲げる詩は，その作者がいまでは長らく前から色あせた快楽とみなしているものだが，その大部分は1889年から1895年にかけて作られたものである〔……〕。以来，ポール・ヴァレリー氏はほとんど書いていない。せいぜい『メルキュール・ド・フランス』誌に，時々，彼の名前が見える程度であるが，その論考の表題，すなわち「方法」は彼の精神が身を投じた数学的な思弁と抽象を示している。ポール・ヴァレリー氏は，実際，数年前から文学とは別の探究に没頭しているが，それを定義するのは容易ではない。というのも，それは精密科学と芸術的本能との熟慮の上での混同を基盤としているからである。が，その探究はいまだ作者によって公表されてはおらず，唯一『メルキュール・ド・フランス』誌にポール・ヴァレリー氏が載せた「方法」だけが，彼の作家としての意向を窺わせるものである。」

（114） 1900年3月2日付ピエール・ルイス宛の手紙（*Corr. G/L/V*, p. 890）において，ヴァレリーは「レオトーは結局，〔詩の〕写しを頼んできた……それで幾つか送った。〔……〕この『アンソロジー』のために，『コンク』をめくって，昔のぼろ切れ〔同然の詩〕を幾つか骨折って集めた次第」と述べている。

（115） 制作年代順であれば，「ナルシス語る」が先頭に置かれるはずであり，雑誌別であれば，「エレーヌ」「ナルシス」「紡ぐ女」「断片」（いずれも『ラ・コンク』誌掲載）がひとまとまりになるはずである。冒頭に「エレーヌ，悲しき王妃」を置き，「水浴」を「ナルシス語る」と「紡ぐ女」の間に配するところに編集作業がうかがわれる。

（116） *Anthologie des Poètes français contemporains, Le Parnasse et les écoles postérieures au Parnasse (1866-1906)*, Morceaux choisis, accompagnés de notices bio-bibliographiques et de nombreux autographes, par Gérard Walch, préface de Sully Prudhomme de l'académie française, 3 volumes, Paris, Ch. Delagrave, 1906-1907. ジェラール・ワルクはヴァレリーの紹介文として，ヴァレリー自身の言葉――「私の詩については，とりわけ気に入っているものはひとつもありません。作る前は同じように気に入り，最後には気に入らず，今となって忘れました」――を引用したのち，1900年刊『今日の詩人たち』におけるポール・レオトーによる紹介文，さらにそこで参考文献として挙げられていたポール・スーションの次の言葉を引用している。「ヴァレリー氏は，特別な芸術，エリートと神秘的な美の表現に限定された詩の代表者である……　彼は君主たちの宝石商である。その詩は，魅力的で，しばしば致命的な，見事な危険としてとどまるだろう。」Cf. Paul Souchon, *Critique des poètes : M. Paul Valéry*, Le Geste (Nîmes), n[o] du 12 au 19 décembre 1897.

（117） 1892年2月14日付ルイスのヴァレリー宛の手紙および同月16日推定のヴァレリーのルイス宛の返信を参照（*Corr. G/L/V*, p. 562-565）。

（118） 1892年4月27日付ルイスのヴァレリー宛の手紙（*Corr. G/L/V*, p. 585）。

（119） ヴァレリーがルイスにこの自筆詩集を贈ったのは1892年5月中旬，ルイスは

5月17日付ジッド宛の手紙にその旨を告げ，同日ヴァレリー本人に収録詩篇の少なさを嘆いている。一方，ヴァレリーは同月25日付ジッド宛の手紙において，ルイスに自筆詩集を送ったと述べており，同じ数の詩篇をジッドに贈ったのはそれからまもなくのことと思われる。*Corr. G/L/V*, p. 593 et 594-595 ; *Corr. G/V*, p. 220.

(120)　ルイスとジッド双方に贈られた自筆詩集の内容が同じかどうか定かではない。が，1892年5月17日この贈り物を受け取ったルイスは，そこに収められていない詩篇（「ナルシス語る」「不確かな乙女」「若き司祭」「白」「夜のために」）を挙げており，それらの詩篇がジッドに贈られた詩集にも見られないことから，両者の内容は同じである可能性が高いと推測される。*Corr. G/L/V*, p. 594.　なお，ジッドに贈られたものは，1945年ヴァレリーの死後，ジッドからアンリ・モンドールに寄贈され，モンドールの死後，現在はフランス国立図書館に所蔵されている。Paul Valéry, « Ses Vers », BnFms. Naf 14628. Voir aussi Henri Mondor, *Les premiers temps d'une amitié : André Gide et Paul Valéry*, Monaco, Éditions du Rocher, 1947, p. 91-112.

(121)　署名と標題を記した表紙ページには，ヴァレリー自身の手になるデッサンが中央に大きく描かれている。〈波から現れる女性〉を描いたものだが，ほぼ全裸で両腕を欠き，中性的にもみえるその容姿は「奇妙なセイレーン」（アンリ・モンドール）あるいは「両性具有のオルフェ」（ピーター・フォーセット）と形容される。一方，同じく自筆詩集を贈られたルイスは表紙のデッサンを「ルノワール風」と評しているが，収録詩篇の内容と同様，デッサンについてもジッドに贈られたものと同一である確証はない。Henri Mondor, *op. cit.*, p. 93 ; *Corr. G/L/V*, p. 593.

(122)　ジッドはその他に『魅惑』から8篇（「曙」「蜜蜂」「巫女《ピティ》」「忍びこむもの」「仮死の女」「蛇の素描」「海辺の墓地」「棕櫚」）を選んでいる。André Gide (éd.), *Anthologie de la poésie française*, Paris, Gallimard, « Bibliothèque de la Pléiade », 1949.

(123)　前節「『旧詩帖』が編まれるまで」――「『旧詩帖』という題名」（本書47-50頁）を参照。

(124)　1941年マルセイユで行った講演「《ナルシス詩篇》について」。Cf. « Sur les "Narcisse" », *Paul Valéry vivant*, Cahiers du Sud, 1946, repris dans Paul Valéry, *Souvenirs et réflexions*, éd. Michel Jarrety, Bartillat, 2010, p. 104-105.

(125)　「ながめ」は終始英式ソネ（4-4-4-2）の型を保つ一方，「ヴァルヴァン」は初稿では英式ソネであったが，のちに通常のソネ（4-4-3-3）に改変された。

(126)　ソネから不定型の長詩へという推移はまたヴァレリー初期詩篇全体の変遷を象徴するものでもある。この点については，拙稿「ポール・ヴァレリーの若書きの詩について――形式的観点から」，『フランス語フランス文学研究』第106号，日本フランス語フランス文学会，2015年，227-245頁を参照されたい。

(127)　渡辺守章訳『マラルメ詩集』，岩波文庫，2014年，541-550頁。

(128)　マラルメは「祝盃」のみ「巻頭の辞のように小ぶりのイタリック体の活字で組む」よう要請したが，出版者のドマンは詩人の意向を汲むことなく全篇イタリック体で組んだ（同書，541頁）。

(129)　Théodor de Banville, « Décor », *Les Stalactites* (1846) ; Henri de Régnier, « Prélude », *Poèmes anciens et romanesques* (1890). バンヴィルの「装飾」はテルツァリーマの変形バージョンであり，単独の一詩句を末尾だけでなく冒頭にも付け加えている。

(130)　実際，マラルメの「不遇の魔」やレニエのテルツァリーマ（『昔日のロマネスクな詩集』巻頭の「序曲」）とヴァレリーの「紡ぐ女」との類似が見出される。この点については第2章の1「紡ぐ女」（本書109-122頁）を参照。

(131)　« Hélène / Le Bois amical / Orphée / Un feu distinct / Fée [= *Féerie*] / Narcisse [=

Narcisse parle] / Vénus [= *Naissance de Vénus*] / Fileuse / Vue / Fragment (Episode) / Ma nuit / Été / Valvins / Anne / L'amateur de poèmes » (*AVAms*, 3).

(132) « Hécube / La princesse [= *Au bois dormant*] / Regard – Marine [= *Profusion du soir*] » (*AVAms*, 3).

(133) 「わが夜」は1900年頃書き出されたと推定されるソネ（生前未発表）。「エキューブ」はギリシア神話の「ヘカベー」（トロイア最後の王プリアモスの妻，ヘクトールとパリスの母）であり，「エレーヌ（ヘレネー）」との関連が窺えるが，どの詩を指すか不明。

(134) « Hélène, la reine triste / Orphée / Naissance de Vénus / Féerie / Le bois amical / Album [= *Au bois dormant*] / NARCISSE PARLE / Episode / Vue / Un feu distinct / Baignée / La Fileuse / Anne / Divinité du Styx [= *La Jeune Parque*] / Eté / Valvins / Facilité du soir [= *Profusion du soir*] / Ma Nuit... / / L'amateur de poèmes » (*AVAms*, 4). Cf. F. de Lussy, *Charmes*, p. 21.

(135) このタイプ打ち草稿とよく似た手書き草稿（同じく1916年推定）が「アンヌ」の草稿の裏（*AVAms*, 142v°）に書かれているが，同様に「18篇の練習作」という題名の下，ほぼ同じ順序で詩が並んでいる。ただし，冒頭6篇の順序は異なり，最初に「ヴィーナスの誕生」が置かれている。« Naissance de Vénus / Hélène / Bois amical / Orphée / Album [=*Au bois dormant*] / Blanc [= *Féerie*] / Narcisse [= *Narcisse parle*] / Episode / Vue / Un feu distinct / Baignée / La Fileuse / / Anne / Divinité du Styx [= *La Jeune Parque*] / Eté / Valvins / Facilité du Soir [= *Profusion du soir*] / Ma nuit... / L'amateur de poèmes » (*AVAms*, 142v°). 原草稿には La Fileuse と Anne をひとまとめにする記号 ｛ が付されている。

(136) « Le Parnassien mal tempéré » は音楽用語として用いられる bien tempéré を意識した表現かもしれない。J・S・バッハの「平均律クラヴィーア曲集 Das Wohltemperite Clavier」のフランス語は le Clavecin bien tempéré。フランス語の bien tempéré は，ドイツ語の Wohltemperit(e) と同様，必ずしも「平均律」を意味するわけではなく，「(あらゆる調で演奏できるように）よく調整された」という意味である。

(137) « Orphée (14) / Hélène (14) / Naissance de Vénus (14) / Féerie (14) / Le bois amical (14) / Au bois dormant (14) / Narcisse [= *Narcisse parle*] (57) / Episode (20) / Vue (14) / Un feu.. [= *Un feu distinct*] (14) / Baignée (14) / Fileuse (25) / Anne (44) / Valvins (14) / Eté (20) / Intérieur (8) / Heure (18) / Facilité du soir [= *Profusion du soir*] (102) / Au jardin spirituel (Aurore) [= *Aurore* + *Palme*] (140) / Les doléances [= *Ébauche d'un serpent*] (80) / Le vieillard (70) / La jeune Parque (514) / L'amateur de poëmes / Nuit [= *Ma nuit*...] (14) / / (1252) » (*AVAms*, 11). 括弧内の数字は各詩篇の総行数を示す（原草稿には括弧なし）。

(138) 「時刻」（1916年初頭作）は1942年版『詩集』に収録，「老人」（1917年4月作）は生前未発表。なお，同草稿の下方に，「忍びこむもの L'insinuant」，「乳母 La nourrice」〔＝「詩の女神 Poésie」〕，「横道十二宮 Le Zodiaque」〔＝「秘密のオード Ode secrète」（3篇とも『魅惑』所収）の名が記されているが，リュシーによれば，これは同年10月に加筆されたものである。F. de Lussy, *Charmes*, p. 105-106.

(139) F. de Lussy, *Charmes*, p. 106-107.

(140) « Lettre préface / —— / Hymne (8) / —— / À la Conque : Hélène (12) / Orphée (12) / Narcisse [= *Narcisse parle*] (12) / Fileuse (12) / Episode (12) / Vénus (12) / Bois amical (9) / Bois dormant (12) / ~~Hélène~~ Féerie (12) / Baignée (12) / —— / Au Centaure : Vue (7) / Eté (12) / —— / Sans dates / Essais : Facilité du soir (12) / Sinistre (10) / Les doléances (8) / L'insinuant (5) / Vieillard (12/8) / Mythe [= *Ode secrète*] (8) / Parque [= *La Jeune Parque*] (12) / Aurore

(7) » (*AVA*ms, 12). 括弧内の数字は各詩篇の音節数を示す（原草稿には題名の左横に括弧なしで数字が付されている）。

(141)　「讃歌 Hymne」（8 音節詩句）がどの詩を指すか定かでないが，リュシーは「巫女」（『魅惑』所収）の最終詩節の素描と推測している。F. de Lussy, *Charmes*, p. 149.

(142)　« Un feu distinct (1) / Nuit [= *Ma nuit*...] ~~Vus~~ (2) / Heure (5) / Valvins (3) / Intérieur (4) / Caresse (6) » (*AVA*ms, 12). 括弧内の数字は詩篇の配列順序を示すと思われる（原草稿では括弧なし）。

(143)　F. de Lussy, *Charmes*, p. 148.「室内」（『魅惑』所収）と「時刻」はもともと同一の詩で，1916 年初頭に書き出された。「愛撫」（1917 年作）は 1918 年 6 月『レ・ゼクリ・ヌーヴォー』誌に初出の後，1933 年『作品集』および 1942 年『詩集』に再録。

(144)　F. de Lussy, *Charmes*, p. 179-185.

(145)　この「『魅惑』手帖 I 」は 1919 年初頭まで断続的に用いられ，1918 年 7 月には「セミラミスのアリア」が記されているが，この詩は，先述のように，同年 5 月に生まれたばかりの新しい詩である。

(146)　例外は「ながめ」と「友愛の森」である。特に「ながめ」は，『旧詩帖』詩篇のなかで唯一，1919 年 3 月まで『魅惑』詩篇のリストのなかに名を連ねている。他方，「友愛の森」は，「ながめ」とともに，1918 年 5 月に用いられ始めた「『魅惑』手帖Ⅳ」の見返しに新しい詩篇群に交じって挙げられているが，これはヴァレリーが再度，旧詩篇を含めた詩集という元の案に戻ったことを示すものであり，一時的な現象にすぎない。Cf. F. de Lussy, *Charmes*, p. 182-183, 260, 328, 490, 517-518.

(147)　« Heure (14) / Orphée (14) / Caresse (12) / Nuit [= *Pour la nuit*] (14) / Vaines Danseuses (12) / Sinistre (28) / Facilité du Soir (40) / Flûtes [= *Colloque (pour deux flûtes)*] (25) / Ma nuit (14) / Grottes [= *À des divinités cachées*] (40) / César (14) / / Neige / / < Le Jardin rose / Ballet > / / < Arion / Le Vieillard > » (*AVA*ms, 12 bis). 括弧内の数字は各詩篇の総行数を示す（原草稿では題名の左横に括弧なしで数字が付されている）。

(148)　F. de Lussy, *Charmes*, p. 579, note 3. Voir *AVAms*, 12 ter^{vo}.

(149)　リュシーによれば，この草稿は 1920 年 9 月 14 日，ドルドーニュ県ラ・グローレのカトリーヌ・ポッジの別荘へ出立する前に書かれた（*ibid*., p. 578）。

(150)　*Ibid*., p. 581.『魅惑』のリストから最終的に除外されたのは，「洞穴」〔＝「隠れた神々に」〕「老人」「海難」「時刻」「愛撫」「フルート」〔＝「対話（二つのフルートのための）」〕「わが夜」「雪」である。

(151)　「海難」「時刻」「愛撫」「雪」「対話（二つのフルートのための）」は 1942 年版『詩集』に「拾遺詩篇 Pièces diverses」として収められた（それ以前に「愛撫」は 1933 年『作品集』,「雪」「海難」「対話」は 1939 年『混淆集』に収録されている）。なお，「対話（二つのフルートのための）」は 1939 年『NRF』誌初出の際，「音楽となるために作られた昔の作」という副題を伴っており，実際，1940 年フランシス・プーランクがこの詩にメロディーを付けている（標題「対話（ソプラノ，バリトンおよびピアノのための）」）。ヴァレリーは 1942 年『詩集』にこの詩を収録し，「この対話を歌わせたフランシス・プーランクに」という献辞を添えている。

(152)　「夜のために」（1890 年 10 月『独立評論』誌），「アリオン」（1892 年 1-2 月号『ラ・ワロニー』誌）。なお「バレエ」は雑誌発表されていないが，「アリオン」とともに，1892 年ジッドに贈られた自筆詩集『彼の詩』に筆写されている。

(153)　「薔薇色の庭」（1890 年作），「わが夜」（1900 年頃作），「老人」（1917 年 4 月作），「洞穴」〔＝「隠れた神々に」〕（1917 年作）。

(154)　もう一つの可能性として，草稿（*AVA*ms, 142v^{o}）では「ヴィーナスの誕生」が

先頭に置かれている。前注 135 参照。

（155） 例外は，この散文とソネ「わが夜」の順序を逆転させる案（*AVA*ms, 11）だけである。「わが夜」は常に終盤に位置づけられ（*AVA*ms, 4），詩集を締めくくる風格を備えていたにもかかわらず，最終的に未発表のまま詩人の筐底に秘せられた。

（156） Paul Valéry, *Très au-dessus d'une pensée secrète : Entretiens avec Frédéric Lefèvre*, éd. Michel Jarrety, Paris, Éditions de Fallois, 2006, p. 65.

（157） *C*, V, 39 / *C1*, 243 [1913] ; *C*, VI, 299 / *C1*, 245 [1916].

（158） Paul Valéry, *Alphabet* (inédit), éd. Michel Jarrety, « Le livre de poche », 1999.

（159） Cf. James Lawler, « Été, roche d'air pur », in *Baudelaire, Mallarmé, Valéry : new essays in honour of Lloyd Austin*, Cambridge University Press, 1982, p. 399.

（160） Suzanne Nash, *op. cit.*, p. 149.

（161） マラルメの未完の大作『エロディアードの婚姻』「序曲」（Si.. / Génuflexion...）や拾遺詩篇「お望みならば愛し合おう……」（Si tu veux nous nous aimerons...）などを参照。なお，ベルトラン・マルシャルによれば，この「虚構」を宣言する接続詞は「聖ヨハネ」を象徴するものでもある（聖ヨハネのラテン語名 Sancte Ioannes のイニシャルは SI）。Cf. Stéphane Mallarmé, *Œuvres complètes*, éd. citée, t. I, p. 57, 134, 147 et 1225-1226.

第２章 『旧詩帖』の三柱

（1） « Le poème — cette hésitation prolongée entre le son et le sens » (*ŒPl*, II, 637 ; *C*, IV, 782 / *C2*, 1065 [1912]) ; « Entre la Voix et la Pensée [...] oscille le pendule poétique » (*ŒPl*, I, 1333) ; « La puissance des vers tient à une harmonie *indéfinissable* entre ce qu'ils *disent* et ce qu'ils *sont* » (*ŒPl*, II, 637 ; *C*, VII, 151 / *C2*, 1091 [1918]).

（2） 1891 年 6 月 15 日付・18 日付アンドレ・ジッド宛の手紙（*Corr. G/V*, p. 117, 127-128）および同年 6 月 21 日付ピエール・ルイス宛の手紙（*Corr. G/L/V*, p. 476）。なお，ルイス宛の手紙に同封された初稿の原文は『三声書簡』には収録されていないが，おそらくピエール＝オリヴィエ・ワルゼルがルイス所蔵版として紹介したテクストと同一と思われる。Cf. Pierre-Olivier Walzer, *La poésie de Valéry*, Genève, Slatkine Reprints, 1966 [Pierre Cailler, 1953], p. 74.

（3） « Ses Vers », BnFms, Naf 14628, f°s 20-21. Henri Mondor, *Les premiers temps d'une amitié : André Gide et Paul Valéry*, Monaco, Éditions du Rocher, 1947, p. 110-111.

（4） André Gide (éd.), *Anthologie de la poésie française*, Paris, Gallimard, « Bibliothèque de la Pléiade », 1949.

（5） テクストはプレイヤード版『作品集』に基づく（*ŒPl*, I, 75-76）。『旧詩帖』版「紡ぐ女」の拙訳にあたり次の既訳を参考にした。菱山修三訳（1942），鈴木信太郎訳（1955），齋藤磯雄訳（1955），井沢義雄訳（1964），成田重郎訳（1976），田中淳一訳（1985），デイヴィッド・ポールによる英訳（« The Spinner », 1971）。出典は巻末の参考文献を参照。

（6） 日本聖書協会文語訳（「或いは「野の花」と訳す」と注記あり）。ラテン語原文は Considerate lilia agri quomodo crescunt : non laborant, neque nent であり，「ルカによる福音書」（12-27）にも同種の表現 lilia neque nent neque laborant が見られる。なお，フランス王家の盾の紋章に「百合は労せず紡がざるなり Lilia non laborant neque nent」――女性の王位継承権を否定するサリカ法（ゲルマン諸部族の古慣習法）をほのめか

す表現——が記されている（Œ, I, 436, note 1）。また，キーツの詩「怠惰に寄せるオード」も同じ福音書の一節からエピグラフを引いている。Keats, « Ode on Indolence », 1819 (« *They toil not, neither do they spin* »). Cf. James Lawler, « "Lucidité, phœnix de ce vertige..." » (*Modern Language Notes*, June, 1972), in *The Poet as Analyst : Essays on Paul Valéry*, University of California Press, 1974, p. 152, note 7.

（7） 同一子音を重ねる「畳韻 allitération」および同一母音を重ねる「半諧音 assonance」の多用はヴァレリー詩全般に言えることだが，「紡ぐ女」には特に顕著に見られ，詩人自身そのことを証言している。「詩句とは畳韻および半諧音の連続する体系のようなものと私には思われます（「紡ぐ女」をご覧ください，私の初期の作です）。」Cf. Aimé Lafont, *Rencontres avec Paul Valéry*, Le Figaro littéraire, 19 juillet 1952 ; Charles Whiting, *Valéry, jeune poète*, New Haven, Yale University Press, 1960, p. 24.

（8） 鈴木信太郎，前掲書，258 頁。「大鴉」冒頭部分のマラルメ訳とポーの原文は次のとおり。« Une fois, par un minuit lugubre [...] tandis que je dodelinais la tête, somnolant presque, » (trad. Mallarmé, *Le Corbeau*) ; « Once upon a midnight dreary [...] / While I nodded, nearly napping, » (Poe, *The Raven*).

（9） Albert Thibaudet, *Paul Valéry*, Paris, Bernard Grasset, 1923, p. 74.

（10）「詩法」第 7-8 行：« Rien de plus cher que la chanson grise / Où l'Indécis au Précis se joint ». そのほかヴェルレーヌの詩の基調をなす「灰色と薔薇色」をよみこんだ詩篇群——『土星人の詩』の「エピローグ」（« rayons gris et rose »），『雅びな宴』の「マンドリン」（« une lune rose et grise »），『言葉なき恋歌』の「忘れられたアリエッタ」第 5 番（« le soir rose et gris vaguement »）などを参照。

（11） 初稿は「碧空の傍ら auprès de l'azur」という比較的平板な表現であった（1891 年 6 月 18 日付ジッド宛の手紙 *Corr. G/V*, p. 127）。

（12）「無音の e 」« *e* muet » という呼称は，厳密に言えば，詩句においてはこれを音節として勘定し，発音する場合もあるため適切とは言えない。他に「脱落性の e 」« *e* caduc » や「不安定な e 」« *e* instable » の呼称もあるが，本書では便宜上，最も普及していると思われる「無音の e 」の呼称を用いることにする。

（13） ただし，第 2 行詩句が句切りを完全に無化するのに対して，第 6 行詩句は句切りを跨ぎながらも 6-6 の古典的リズムを保っている。7 音節目に「非脱落性の無音の e」« *e* muet non élidé » を含むこうした非定型 12 音節詩句の問題については次の文献を参照。Benoît de Cornulier, *Art Poëtique*, Presses Universitaires de Lyon, 1995, p. 64-66.

（14） たとえば「水の讃歌」と題する散文詩では，「大樹」を「直立した河」とみる（*ŒPl*, I, 203）。

（15） Cf. Francis Scarfe, *The Art of Paul Valéry*, William Heinemann, 1954, p. 143 ; Jean Dubu, « Valéry et Courbet : Origine de "La Fileuse" », in *Revue d'Histoire littéraire de la France*, 65e année, no 2, avril-juin 1965, p. 239-243. ジャン・デュビュは，ヴァレリーが学生時代を過ごしたモンペリエのファーブル美術館にクールベの《眠る糸紡ぎ女》（1853 年作）が当時から所蔵されていたとして，この絵をヴァレリーの「紡ぐ女」の着想源とみなし，両者の共通点を挙げたうえで，相違点については，クールベの絵が「世俗的」なのに対し，ヴァレリーの詩には「宗教的・神秘的」な要素が含まれていると指摘している。

（16） 1891 年 6 月ジッドとルイスに送られた初稿では Et，同年 9 月『ラ・コンク』誌に掲載された版では Car，1892 年ジッドに捧げられた自選詩集『彼の詩』以降 Mais となる。

（17） 既訳を参照すれば，菱山修三，井沢義雄，成田重郎，田中淳一，英訳者デイヴ

ィッド・ポールは une laine isolée と読む一方，鈴木信太郎と齋藤磯雄は la dormeuse... isolée と解釈する。また，フレッディ・ロランはこれを修辞法の一つ「代換法《イパラージュ》」，つまり本来 fileuse にかかる isolée を laine にかけたものと説く。Freddy Laurent, « Interprétation d'un poème de Valéry : *La Fileuse* », *Les Études Classiques*, Tome XXVI, n° 3, Juillet, 1958, p. 276.

(18) 詩行末の語と次行半句末の語との押韻を rime batelée と称するが，ここでは paresse (v. 16) と cesse (v. 17) および crédule (v. 17) と ondule (v. 18) がそれぞれ押韻し，二重の rime batelée となっている。

(19) 既訳では，菱山修三，齋藤磯雄，田中淳一は au doux fuseau crédule と読む一方，鈴木信太郎，井沢義雄，成田重郎とデイヴィッド・ポールは la chevelure crédule au doux fuseau と解釈する。また，この詩に注を付したユベール・ファビュローは前者の解釈を示している。Cf. Paul Valéry, *Poésies choisies* (avec une notice biographique et litttéraire et des notes explicatives par Hubert Fabureau), Librairie Hachette, « Classiques Illustrés Vaubourdolle », 1952, p. 13.

(20) Jean Dubu, *art. cit.*, p. 242 ; James Lawler, *art. cit.*, p. 151-152；田中淳一訳「眠る女」などを参照。

(21) « sombre rose » (*VA*msII, 25).

(22) 「聖女」と「薔薇」のイメージ連関は，スルバランの《聖アガート》——切断された乳房を盆に捧げ持つ聖女——について若い頃ヴァレリーが書いた短文（「紡ぐ女」と同じ 1891 年執筆，1892 年 M. Doris の筆名で『シメール』誌に掲載）にも見出される。Cf. *ŒPl*, II, 1289 ; Charles Whiting, *op. cit.*, p. 30.

(23) 形容詞 vague のラテン語語源 vagum はフランス語の errant, vagabond などに相当する。ファビュローは errant（さまよう），vide（～が欠けた），indistinct（はっきりしない）の三語を挙げて，形容詞 vague の多義性を示している。Cf. Paul Valéry, *Poésies choisies*, éd. citée, p. 14.

(24) ヴァレリーはこの同音異義性を意識して用いており，形容詞 vague と女性名詞 vague を押韻する例が「ヴィーナス誕生」（『旧詩帖』）や「曙」（『魅惑』）などに見られる。また，「紡ぐ女」の当該箇所との関連では，とりわけ『若きパルク』第 104-106 行（... Front limpide, et par ondes ravis, / Si loin que le vent vague et velu les achève, / Longs brins légers...）が想起される。

(25) 1892 年ジッドに捧げられた自選詩集『彼の詩』。

(26) あるいは，ここでの母音衝突は窮余の策だったかもしれない。「旧詩」草稿の異文 Tu t'es éteinte（*VA*msII, 25）と最終稿の Tu es éteinte を比較すると，前者は母音衝突を回避する代わりに子音［t］の耳障りともいえる連続（*T*u *t*'es é*t*ein*t*e）を含むため，詩人はそれよりは母音衝突の方を選んだ可能性もある。

(27) 第 3 行の複合過去（l'a grisée）は完了の意味である。第 24 行の Tu es éteinte は文法的には他動詞 éteindre の受動態だが，これも完了（「消えた」）の意味であろう（先述のように代名動詞の複合過去形 Tu t'es éteinte の異文も見られる）。

(28) ルイスに送られた手稿および「旧詩」草稿（*VA*msII, 24）。

(29) 『現代フランス詩人選集』（1907）に収録されたテクストは，句読点の異同以外は，1900 年『今日の詩人たち』（1900）所収のテクストと同一である。

(30) 1891 年 6 月 26 日付ルイス宛の手紙（*Corr. G/L/V*, p. 477）。

(31) 第 7 節の改変について問題の詩句を（イ）（ロ）（ハ）で示せば，まず 1891 年の作から 1900 年の作へ 3 行目が（ロ）から（ハ）に変更，1900 年の作から 1920 年の作へ，3 行目はそのまま，1 行目が（イ）から（ロ）に変更された。

（イ）　N'es-tu morte naïve au bord du crépuscule ?
Naïve de jadis, et de lumière ceinte ;
（ロ）　Derrière tant de fleurs l'azur se dissimule !... (*La Conque*, 1891)

（イ）　Tu es morte naïve au bord du crépuscule,
Fileuse de feuillage et de lumière ceinte.
（ハ）　Tout le ciel vert se meurt. Le dernier arbre brûle. (*Poètes d'aujourd'hui*, 1900)

（ロ）　Derrière tant de fleurs, l'azur se dissimule,
Fileuse de feuillage et de lumière ceinte :
（ハ）　Tout le ciel vert se meurt. Le dernier arbre brûle. (*Album de vers anciens*, 1920)

(32)　« Ses Vers », BnFms, Naf 14628, f°s 20-21. Henri Mondor, *op. cit.*, p. 110-111.
(33)　以下，［ ］内に詩節数を示す。
(34)　Héden は Éden のことと思われるが，語頭に H を付ける理由は不明。この語のヘブライ語起源と何らかの関係があるか，あるいは単に異国風に綴っただけか。2 行下にギリシア語起源の語 hyménées が見える。
(35)　1891 年 10 月 25 日付ジッド宛の手紙（*Corr. G/V*, p. 176）で，ヴァレリーは「紡ぐ女」を「僕のかわいい原始的な女 ma petite femme primitive」と呼んでいる。
(36)　この点については，次項「「紡ぐ女」の源泉」（本書 109 頁以下）で述べる。
(37)　1891 年 8 月 18 日付ルイス宛の手紙（*Corr. G/L/V*, p. 495-496）。
(38)　『ラ・コンク』誌に掲載された「紡ぐ女」を目にしたアンドレ・ジッドは「このうえなく希少なエッセンス」からなるこの詩をまさしく「洗練された précieuse」という形容詞で褒めたたえ，それに対してヴァレリーもジッドの「最も貴重な挨拶 le plus précieux salut」に対する謝意を述べている（*Corr. G/V*, p. 175-176）。
(39)　『魅惑』の一篇「眠る女」をはじめ，『若きパルク』，『旧詩帖』詩篇（「眠れる森で」「夏」「アンヌ」）や初期詩篇においてヴァレリーは「眠る女」を主題として数多くの詩を書いている。この点については拙稿「ポール・ヴァレリーの詩における〈眠る女〉の主題」，『関西フランス語フランス文学』第 20 号，日本フランス語フランス文学会関西支部，2014 年，63-74 頁を参照されたい。
(40)　1890 年 6 月 2 日付ルイス宛の手紙（*Corr. G/L/V*, p. 183）。大文字・イタリックはヴァレリー自身による。
(41)　Cf. James Lawler, *art. cit.*, p. 151-152 ; Daniel Bougnous, « Le poète au rouet (sur un incipit générateur de Valéry) », *Mobiles : essais sur la notion de mouvement*, n° 2 (*Cahiers du XXe siècle*), Klincksieck, 1974, p. 101-102.
(42)　Roland Barthes, *Le plaisir du texte*, Éditions du Seuil, 1973, p. 100-101.
(43)　なお，croisée(s) の語は「紡ぐ女」の源泉の一つとみなされるランボーの「虱をとる女たち Les Chercheuses de poux」に見られるほか，マラルメの「窓 Les Fenêtres」，「-yx のソネ」として知られる無題のソネ（*Ses purs ongles très haut...*）およびエドガー・ポーの詩「ヘレンに」の散文訳（Stances à Hélène）などにも用いられている。「紡ぐ女」のさまざまな源泉については次項で改めて述べる。
(44)　1891 年 6 月 15 日付ジッド宛の手紙（*Corr. G/V*, p. 117）。この一言にどこまで信憑性があるかは別として，ヴァレリーが〈眠り〉というテーマを，この詩の内容の次元にとどまらず，詩作行為のあり方にまで及ぶものであると示唆している点は興味深

い。実際，この頃ヴァレリーは即興詩（無題のソネ *Bathyle de Lesbos...*）を試みるなど，後のシュールレアリスムの自動筆記に通じるような無意識的な詩作方法に関心を示している。Cf. *ŒPl*, I, 1595. *Corr. G/V*, p. 181. *Corr. G/L/V*, p. 531-532.

（45） Cf. Francis Scarfe, *op. cit.*, p. 41, 143 ; Charles Whiting, *op. cit.*, p. 17-33 ; Daniel Bougnous, *art. cit.*, p. 85-105. そこからさらにヴァレリーの詩における〈糸〉のモチーフ，〈詩人＝糸を紡ぐ者＝蜘蛛〉というイメージ連関へと展開することもできるだろう。

（46） « Les belles œuvres sont filles de leur forme, *qui naît avant elles* » (*ŒPl*, II, 477).

（47） Leo Spitzer, « La Genèse d'une poésie de Paul Valéry », in *Renaissance*, 1945, p. 311-321 ; Henri Mondor, *Les Premiers Temps d'une Amitié : André Gide et Paul Valéry*, Monaco, Éditions du Rocher, 1947, p. 96-102 ; Francis Scarfe, *The Art of Paul Valéry*, William Heinemann, 1954, p. 143-146 ; Charles Whiting, *Valéry, jeune poète*, New Haven, Yale University Press, 1960, p. 17-33 ; Jean Dubu, « Valéry et Courbet : Origine de "La Fileuse" », in *Revue d'Histoire llittéraire de la France*, 65e année, n° 2, avril-juin 1965, p. 239-243 ; Daniel Bougnous, « Le poète au rouet (sur un incipit générateur de Valéry) », *Mobiles : essais sur la notion de mouvement*, n° 2 (*Cahiers du XXe siècle*), Klincksieck, 1974, p. 85-105 ; James Lawler, *The Poet as Analyst : Essays on Paul Valéry*, University of California Press, 1974, p. 149-165 ; Suzanne Nash, *Paul Valéry's Album de vers anciens : A Past Transfigured*, New Jersey, Princeton University Press, 1983, p. 115-141.

（48） F. Scarfe, *op. cit.*, p. 143 ; J. Dubu, *art. cit.* ; J. Lawler, *art. cit.*, p. 151-152 ; D. Bougnous, *art. cit.*, p. 101-102.

（49） ヘラクレスを奴隷として従えたこのリディアの女王「オムパレ Omphale」は，一説には，怪力無双の英雄に羊毛を紡がせる一方，自らは獅子の皮をまとって棍棒を振り回したという女傑だが，男女の性別を倒錯させるその主題は 19 世紀のフランス詩においてしばしば取り上げられた。ゴーチエの短編小説『オムパレ（恋のタピスリー，ロココ物語）』，ユゴーの詩「オムパレの糸車」（『観想詩集』），バンヴィルのソネ「オムパレ」（『王女たち』）および長詩「女王オムパレ」（『亡命者』）などのほか，エレディアのソネ「ステュンファロス」（『戦勝碑《トロフェ》』）やアンリ・ド・レニエ『昔日のロマネスクな詩篇』の巻頭詩「序曲《プレリュード》」にもこの女傑が登場する。「オムパレとヘラクレス」の神話は絵画および音楽の題材ともなり，サン＝サーンスは上述のユゴーの詩に着想を得て同題名の交響詩を作曲している。

（50） ヴァレリーも愛した英国詩人アルフレッド・テニスンに同題名の詩（The Lady of Shalott）がある。

（51） その他に，アンドレ・ジッドの若書きの詩（「オムパレ」および「イデュメの夜」）との関連性も窺える。この点については，拙稿「ジッドとヴァレリーの詩をめぐる交流（2）――ヴァレリーの「紡ぐ女」におけるジッドの影響」，『Stella』34 号，九州大学フランス語フランス文学研究会，2015 年，303-317 頁を参照されたい。

（52） 1890 年 6 月 22 日付ルイス宛の手紙（*Corr. G/L/V*, p. 209）。

（53） Charles Whiting, *op. cit.*, p. 24.

（54） Verlaine, « Luxures », v. 12-14.

（55） « La Fileuse » (*La Conque*), v. 22-24.

（56） 以下，詩句の行数を（ ）内に示す。

（57） 1891 年夏に書かれたと推定される「旧詩」草稿の第 20 行：« Fille, où files-tu ? La cloche enfantine tinte ; » (*V*AmsII, 23).

（58） 1890 年 10 月 24 日付ルイスのヴァレリー宛の手紙および同年 11 月 1 日付ヴァレリーのルイス宛に返信（*Corr. G/L/V*, p. 331-332 et 336）。なおルイスはレニエのほかに

ロドルフ・ダルゼンとエフライム・ミカエルの詩の抜粋を筆写しており，ヴァレリーはそのなかでレニエが一番好きだと述べている。ルイスが手紙に筆写したレニエの詩は『昔日のロマネスクな詩篇』所収の「黄昏どきの景色 Scènes au crépuscules」第 2 番（第 1-8 行），「森の夢想 Le Songe de la forêt」第 3 番（第 15-17 行），「砂浜の見張り La Vigie des grèves」第 5 番（第 24 行），「見知らぬ女への挨拶 Le Salut à l'étrangère」第 3 番（第 14 行）である。さらに同年 11 月 11 日付ルイス宛の手紙において，ヴァレリーはレニエの「森の夢想」を踏まえ，「素晴らしい森のなかのド・レニエの騎士のようにさまよっています」と述べている（*Corr. G/L/V*, p. 338)。

(59) 1890 年 12 月 2 日付ルイス宛の手紙（*Corr. G/L/V*, p. 347-348)。この贈りものに対してヴァレリーは謝意を述べつつ，レニエの詩句——「狂える秋」第 5 番の第 12 行「そして宝石が軋むのだった，足下に！ 笑いのなか！ Et les gemmes craquaient sous les pas ! parmi les rires !」——を引用している（往復書簡集の編者が指摘しているように感嘆符はヴァレリーによる追加)。

(60) 1890 年 12 月 27 日付ルイスのヴァレリー宛および 1891 年 1 月 7 日ヴァレリーのルイス宛の手紙を参照（*Corr. G/L/V*, p. 375-376, 378)。この点について詳しくは第 3 章の 2「ヴィーナスの誕生」（本書 224-225 頁）を参照。

(61) 1891 年 1 月 23 日付ルイスのヴァレリー宛の手紙および同年 1 月 25 日付ヴァレリーのルイス宛返信（*Corr. G/L/V*, p. 391-392 et 393)。

(62) Suzanne Nash, *op. cit.*, p. 117-120.

(63) Henri de Régnier, « Prélude », v. 1-3, *Poèmes anciens et romanesques, 1887-1889*, Paris, Librairie de l'Art indépendant, 1890, p. 3. Cf. *Poèmes 1887-1892*, Paris, Mercure de France, 7e édition, 1907 [1895], p. 7.

(64) « Prélude », « La Vigie des grèves », « Le fol automne », « Le salut à l'étrangère », « Motifs de légende et de mélancolie », « Scènes au crépuscule », « Le songe de la forêt », « Épilogue ».

(65) « Le Salut à l'étrangère », II, v. 5-8 ; « Scènes au crépuscule », IV, v. 2, 5, 18, 20. *Poèmes anciens et romanesques, 1887-1889*, éd. citée, p. 58, 108-109. Cf. *Poèmes 1887-1892*, éd. citée, p. 47, p. 83-84.

(66) « Le fol automne », III, v. 16-18. *Poèmes anciens et romanesques, 1887-1889*, éd. citée, p. 38. Cf. *Poèmes 1887-1892*, éd. citée, p. 34.

(67) 1890 年 12 月 27 日付ルイスのヴァレリー宛の手紙（*Corr. G/L/V*, p. 377)。

(68) « Le fol automne », V, v. 2. *Poèmes anciens et romanesques, 1887-1889*, éd. citée, p. 42. Cf. *Poèmes 1887-1892*, éd. citée, p. 37.

(69) « Scènes au crépuscule », II, v. 30, III, v. 13 ; « Le songe de la forêt », III, v. 13-14. *Poèmes anciens et romanesques, 1887-1889*, éd. citée, p. 105, 107, 135. Cf. *Poèmes 1887-1892*, éd. citée, p. 82, 101.

(70) « Le fol automne », V, v. 16-18. *Poèmes anciens et romanesques, 1887-1889*, éd. citée, p. 43. Cf. *Poèmes 1887-1892*, éd. citée, p. 38.

(71) *Sites*, XXI, v. 9-11. レニエの第三詩集『景色 *Sites*』（1887）はソネのみ 27 篇集めた詩集。引用はレニエの『初期詩篇』を集めた次の版に基づく。Henri de Régnier, *Premiers Poèmes : Les Lendemains, Apaisements, Sites, Épisodes, Sonnets, Poésies diverses*, Paris, Société du Mercure de France, 1899, p. 140.

(72) 例えば，レニエの第四詩集『挿話 *Épisodes*』（1888）の巻頭詩（*Ô roses du Jardins et des aubes vaillantes...*）や「灰 Cendres」など（*Premiers Poèmes*, éd. citée, p. 172, p. 251)。「オムパレ」の複数形は，ヘラクレスのような英雄を従えさせる「強い女たち」の謂

に解釈される。

(73) « Prélude », v. 20, v. 49. *Poèmes anciens et romanesques, 1887-1889*, éd. citée, p. 4, 6. Cf. *Poèmes 1887-1892*, éd. citée, p. 8, 10.

(74) « *Les heures, fol essaim, sont mortes, une à une...* », v. 9-11 (*Épisodes*) ; Sonnet XXII, v. 14 (*Sonnets 1888-1890*). *Premiers Poèmes*, éd. citée, p. 218, 282.

(75) « N'est-ce pas là le rêve de tout Poète contemporain ? » (Francis Vielé-Griffin, « Notes et notules », *Les Entretiens politiques et littéraires*, n° 15, juin 1891, p. 223-224). Cf. *Corr. G/L/V*, p. 464-465, note 1 ; *Corr. G/V*, p. 113, note 4.

(76) 「『ラ・コンク』誌の若い作家たちにわれわれは共感を表明してよいと思う。もちろん彼らにだけというわけではないが，彼らのうちの一人，ポール・ヴァレリー氏に対してはまったく正当な共感の表明である。ひときわ注目すべき，あるいはより円熟した幾つかの詩篇により，われわれは彼を評価しうる。」« Que les jeunes auteurs de *La Conque* nous permettent donc d'exprimer notre sympathie, certes non exclusive, mais parfaitement raisonnable pour l'un d'eux, M. Paul Valery [*sic*], que des pièces plus considérables ou mieux mûries nous ont permis d'apprécier. » (« Notes et notules » des *Entretiens politiques et littéraires*, n° 20, novembre 1891, p. 180-181). Cf. *Corr. G/L/V*, p. 529, note 3.

(77) *LQ*, p. 44. 手紙は日付未詳だが，「オルフェ」評に対する返礼であることから，おそらく 1891 年 6 月に書かれた手紙と思われる。

(78) 1891 年 1 月 23 日付ルイスのヴァレリー宛の手紙（*Corr. G/L/V*, p. 391-392）。なおルイスは 1890 年 6 月 24 日付の手紙でもヴィエレ＝グリファンに言及している（*Ibid.*, p. 229）。

(79) 「機織りしていた婦人」を含む『白鳥：1885-86 の詩』（1887 年刊）所収の詩篇群は，1907 年『詩篇と詩集』以降，再編成されて『四月の摘み取り』に収められる。ちなみにグリファンには『白鳥』と題する詩集がもうひとつあり，『詩篇と詩集』所収のものは『白鳥：1890-91 年の新たな詩』（1892 年刊）である。Francis Vielé-Griffin, « La Dame qui tissait », *Les Cygnes : poésies 1885-1886*, Paris, Alcan-Lévy, 1887, p. 107-111 , repris dans *Poèmes et Poésies* (« Cueille d'Avril »), Paris, Société du Mercure de France, 1907, p. 66-69.

(80) « La Dame qui tissait », v. 1-8. Francis Viélé-Griffin, *Les Cygnes : poésies 1885-1886*, éd. citée, p. 107 ; *Poèmes et Poésies*, éd. citée, p. 66.

(81) Et comme l'écheveau de pourpre, que dévide
Sa main agile, enflait la navette ; en chantant
Mon rêve, je tressai sa chevelure [...]
(« La Dame qui tissait », str. 7, v. 49-51. Francis Viélé-Griffin, *Les Cygnes : poésies 1885-1886*, éd. citée, p. 110 ; *Poèmes et Poésies*, éd. citée, p. 68.)

(82) Cf. Algernon Charles Swinburne, « Rondel », v. 1-2, 7 : « Kissing her hair, I sat against her feet : / Wove and unwove it, —wound, and found it sweet : / [...] / Sleep were no sweeter than her face to me, — » (*Poems and Ballads*, 1866).

(83) « La Dame qui tissait », v. 9-16. Francis Viélé-Griffin, *Les Cygnes : poésies 1885-1886*, éd. citée, p. 108 ; *Poèmes et Poésies*, éd. citée, p. 66-67.

(84) なお「西洋夾竹桃」と訳した laurose は laurier-rose（月桂樹＋薔薇）の縮約した形であり，地中海的風土に育つ灌木らしい。ヴァレリーの「紡ぐ女」の「庭」にも「薔薇」の「灌木 arbuste」の姿があった。

(85) « Terza rima » (*Poésies diverses*, 1833-1838) in *Poésies complètes de Théophile Gautier*,

éd. René Jasinski, A. G. Nizet, 1970, t. II, p. 171-172. また「闇」Ténèbres と題するゴーチエのテルツァリーマ（*Ibid*., p. 56-64）も，1837 年 3 月『フランス・リテレール』誌（*La France littéraire*）に掲載された時は「テルツァリーマ」と題されていた。Cf. J. Charpentreau, *Dictionnaire de la poésie française*, éd. citée, p. 1044.

（86） Théodore de Banville, *Petit traité de poésie française* (1871), in *Œuvres*, t. VIII, Genève, Slatkine Reprints, 1972, p. 176.

（87） Leconte de Lisle, *Poèmes barbares*, édition de Claudine Cothot-Mersch, Gallimard, « Poésie », 1985.

（88） « Romancero » : « Le Serrement de mains » ; « La Revanche de Diego Laynez » ; « Le Triomphe du Cid » (*Revue des Deux Mondes*, 1885 ; *Les Trophées*, 1893) ; « Monument » (*Le Tombeau de Théophile Gautier*, Paris, 1873). Cf. José-Maria de Heredia, *Poésies complètes : Les Trophées, sonnets et poèmes divers : texte définitif avec notes et variantes*, Genève, Slatkine Reprints, 1979, p. 163-179, p. 253-255.

（89） 1890 年 10 月ヴァレリーがマラルメに初めて送った手紙に同封した「甘美な死に際 La Suave Agonie」はテルツァリーマの詩型に近いが，脚韻構成のうえで完全なテルツァリーマとは言えない。また「紡ぐ女」と同じく『旧詩帖』に収められた「夕暮れの豪奢」の草稿中にテルツァリーマの脚韻構成を試みた形跡が見られる（*AVA*ms, 78v°, *AVA*ms, 79, *VA*msII, 160）が，最終的には別の詩型となった。

（90） 鈴木信太郎『フランス詩法』（下），白水社，1954 年，214 頁。

（91） 残る一篇のテルツァリーマは「貧者への憎しみ Haine du pauvre」である。以前はこの詩を「施しもの」の初稿とする見解もあったが，現在では同じ主題を扱った別の詩篇とみなすのが一般的な見解のようである（『マラルメ全集 I （別冊改題・注解）』，筑摩書房，2010 年，62 頁を参照）。

（92） Stéphane Mallarmé, *Œuvres complètes*, éd. Bertrand Marchal, Gallimard, « Bibliothèque de la Pléiade », 2004 [1998], t. I, p. 16, 82, 108-109, 122-123.

（93） « Le Guignon », v. 61-64 (*ibid*., p. 7).

（94） 『悪の華』（1857）所収の「曇り空 Ciel brouillé」と「赤毛の乞食娘に À une mendiante rousse」はともに男性韻のみからなる。

（95） バンヴィルは『小オード *Odelettes*』所収の「フィロクセーヌ・ボワイエに À Philoxène Boyer」（1856 年 6 月作）をはじめ，『亡命者たち *Les Exilés*』（1867）所収の「恋にのぼせた女 L'Enamourée」や「エリンナ Érinna」，『プロイセンの田園恋愛詩 *Idylles Prussiennes*』（1871）や『ロンデル *Rondels*』（1875）所収の詩篇において，女性韻づくしの詩を多数試みており，生涯に少なくとも 15 篇書いている。Cf. Théodore de Banville, *Œuvres*, 8 vol., Genève, Slatkine Reprints, 1972, t. II, p. 146, t. VII, p. 178, p. 99.

（96） ヴェルレーヌは後述する『女友達』（1867）や，『言葉なき恋歌』（1874）所収の「忘れられたアリエッタ」（II, IV, VIII, IX）をはじめ，初期から晩年まで女性韻一色の詩を書き続け，少なくとも 30 篇以上の作例が見られる。Cf. Verlaine, *Œuvres poétiques complètes*, texte établi et annoté par Y.-G. Le Dantec, édition révisée, complétée et présentée par Jacques Borel, Paris, Gallimard, « Bibliothèque de la Pléiade », 1962, p. 191-196, 486-489, etc.

（97） *Corr. G/L/V*, p. 209.

（98） 1867 年，当時 23 歳のヴェルレーヌが Pablo de Herlagnez の偽名（スペイン名）でベルギーの出版社から刊行した詩集『女友達 *Les Amies*』はまもなく発禁処分を受けるが，1884 年 10 月『独立評論』誌に掲載され，1899 年にはヴェルレーヌ自身の『双心詩集 *Parallèlement*』に再録された。ミシェル・ジャルティによれば，ヴァレリ

ーはおそらくこの詩集で『女友達』を知った（Michel Jarrety, *Paul Valéry*, Fayard, 2008, p. 49, 183）。なお，「髪」を修飾する câlin.e の形容詞はヴァレリー詩には珍しいが，ヴェルレーヌの『女友達』の一篇（Per amica silentia）に先例が見られる。

（99）　*Corr. G/L/V*, p. 457.

（100）　「肌着の女 L'Enchemisée」は，「紡ぐ女」制作の約 1 年前，1890 年 9 月 26 日付ルイス宛の手紙に「1890 年 8 月 28 日」作として送られた（*Corr. G/L/V*, p. 311）。

（101）　先に挙げた他の詩人たちがほとんど皆テルツァリーマの詩型に 12 音節詩句のみを用いているのに対し，ヴェルレーヌは 12 音節のほかに 8 音節詩句によるテルツァリーマを試みている点が注目される。Cf. Verlaine, *Œuvres poétiques complètes*, éd. citée, p. 79-80, 111, 154, 241-243, 852-853, 864-865.

（102）　ただし，脚韻構成上テルツァリーマではない三行詩について言えば，それを女性韻のみで構成する例がヴェルレーヌにはかなりある。特に各詩節に同一の脚韻を配する詩型（aaa / bbb / ccc...）に多い。

（103）　Verlaine, *op. cit*, p. 736-737. このヴェルレーヌのテルツァリーマは女性韻のみからなるという特色以外にも，先に触れた，最終詩節から最終行にかけての句読点を伴わない詩節跨ぎ，さらには脚韻上の円環構造を有している。

（104）　「おそろしい不眠の夜！ L'horrible nuit d'insomnie !」とはじまるこの詩は，後に『彼女のための歌 *Chansons pour elles*』（1891）に収録される。Verlaine, *op. cit*, p. 717.

なお『ラ・コンク』誌関連で付言すれば，この雑誌に寄稿していた青年詩人の一人アンリ・ベランジェ Henry Bérenger が，ヴァレリーの「紡ぐ女」の 1 ヵ月後，1891 年 10 月号に同じくテルツァリーマの形式の詩「人生の夢 Le Rêve de la vie」を書いている（ただし脚韻は女性韻と男性韻を交互に配する）。

（105）　テルツァリーマの詩は「序曲」のほか「狂える秋」第 3 番と第 4 番，「見知らぬ女への挨拶」第 1 番（後半部）。女性韻のみからなる詩は「砂浜の見張り」第 8 断章，「狂える秋」第 5 番，「見知らぬ女への挨拶」第 1 番（後半部）と第 4 番，「伝説と憂愁のモチーフ」第 4 番（第 1 断章）および第 10 番，「森の夢想」第 1 番（第 3 断章および第 4 断章）である。Henri de Régnier, *Poèmes anciens et romanesques, 1887-1889*, éd. citée, p. 3-7, 21-22, 37-43, 56-57, 61-62, 75-76, 96, 129-131.

（106）　« *L'usurpateur mystérieux des destinées...* » (« Le Salut à l'étrangère I »), dans *Poèmes anciens et romanesques, 1887-1889*, éd. citée, p. 56-57. Cf. *Poèmes 1887-1892*, éd. citée. p. 45-46.

（107）　テルツァリーマの詩は「神秘的な時刻 Heure mystique」の第 2 番（次注参照）と第 3 番（*La pénombre languit dans les cimes du Pinde...*）である。前者は女性韻のみ，後者は女性韻と男性韻の交替からなり脚韻上の円環構造が見られる。女性韻のみからなる詩としては，「神秘的な時刻」第 2 番のほかに，詩集巻頭の詩（*De l'herbe bleue aux plaines roses...*），「三重神 Triplici」，「快い響き Euphonies」の巻頭詩（*Ce furent là des heures douces...*」）と末尾の詩（*Ce jour de fol amour décline...*），「永久唱歌 Carmen Perpetuum」第 3 番（*Naïvement lubrique, à l'aguet d'u vieux faune...*）が挙げられる。なお，詩集を締めくくる「終章 Épilogue」は女性韻のみの詩節と男性韻のみの詩節を交替させるが，冒頭詩節と最終詩節は女性韻のみからなり，詩集全体としても女性韻によってはじまり女性韻によって終わる構成となっている。Francis Viélé-Griffin, *Les Cygnes : poésies 1885-1886*, éd. citée, p. 9, 19-22, 41-42, 61-62, 85-86, 119-125, 129-133 ; *Poèmes et Poésies*, éd. citée, p. 31, 55-58, 78-79, 94-100, 101-104.

（108）　« Heure mystique II » : « *Ô futile joueur de lyre, évoque une ombre...* », « *Il eût suffi pourtant de ce deuil monitoire...* », « *Ô vision d'un soir et la royale escorte...* », Francis Viélé-

Griffin, *Les Cygnes : poésies 1885-1886*, éd. citée, p. 120-123〔版によっては乱丁があり p. 119 と p. 123 が反転している〕; *Poèmes et Poésies*, éd. citée, p. 94-97.

(109)　« Sur les « Narcisse » », *Paul Valéry vivant*, Cahiers du Sud, 1946, p. 283-290 ; Paul Valéry, *Souvenirs et réflexions*, éd. Michel Jarrety, Bartillat, 2010, p. 99-109.

(110)　清水徹『ヴァレリーの肖像』，筑摩書房，2004 年，11 頁。

(111)　アンリ・モンドール（1947）およびピエール＝オリヴィエ・ワルゼル（1953）によって紹介されたソネ形式の「ナルシス語る」を論じたものとして，ジャン・ベルマン＝ノエル（1970）の論考がある。また 3 種あるソネの 1 篇については清水徹が前掲書（9-10 頁）において訳出している。Henri Mondor, *Les premiers temps d'une amitié : André Gide et Paul Valéry*, Monaco, Editions du Rocher, 1947, p. 113-133 ; Pierre-Olivier Walzer, *La Poésie de Paul Valéry*, Genève, Slatkine Reprints, 1966, p. 85-96 ; Jean Bellemin-Noël,. « En marge des premiers « Narcisse » de Valéry : L'en-jeu et le hors-jeu du texte », in *Revue d'Histoire littéraire de la France*, 1970, p. 975-991.

(112)　初出は第 I 断章が最も早く（1919 年 9 月『パリ評論』誌），次に第 III 断章（1922 年 5 月『新フランス評論』誌）であり，第 II 断章（1923 年 6 月同誌掲載）の脱稿が最も遅い。

(113)　Paul Valéry, *Narcisse*, Anvers, A.A.M. Stols, 1926. Paul Valéry, *Études pour Narcisse*, Paris, Éditions des Cahiers libres, 1927.『ラ・コンク』誌版と『旧詩帖』版はそれぞれ「第 1 バージョン」と「第 2 バージョン」と付記されている。

(114)　清水徹「ナルシスの出発――初期のヴァレリーの想像的世界」，『明治学院論叢』第 376 号，1985 年，49-111 頁。

(115)　「ナルシス」神話をめぐるヴァレリーの哲学的思想――鏡に映る自己を見るとはどういうことか――については，プレイヤード版『カイエ』（主題別分類抄録）における「自己と個人性」の項目を参照（*C2*, 277-333）。ただし，「ナルシス詩篇を書きながら想を得た」「抽象観念」は「詩にはまったく現れていない」とヴァレリー自身は語っている（*ŒPl*, I, 1673）。

(116)　もっとも「ナルシス語る」の旧作と改作の相違に言及する研究がないわけではない。ヴァレリーの初期詩篇に早くから関心を寄せたチャールズ・ホワイティングは，「語る」の旧作と改作および「断章」を比較して「旧作の弱点と長所」を見定めようとしている。具体的には，旧作の「感情の弱さ」を補うために改作では 1 人称代名詞と詩節の数を増した（空白に感情が盛り込まれるため）と指摘する一方，「修正は常に適切であったわけではない」として，最後の数行については旧作にみられた「真の感情」を「知的で冷たい構成」によって置き換えたと批判している。また『旧詩帖』における初期詩篇の改変に「過去の変形」（影響の書き換え）を読み取るスザンヌ・ナッシュは，「ナルシス語る」の改作の要点を「象徴主義的反自然」（外界に背を向ける自己凝視）から「"自然主義"」（外界に開かれた自己と自然の調和）への方向転換，すなわち「完全に自己言及的な言語という象徴主義的な理想の問いただし」および「初期の素描から抑圧除外された"自然主義的"衝動の再評価」にあると論じている。Charles G. Whiting, *Valéry, jeune poète*. New Haven, Yale University Press, 1960, p. 59-68. Suzanne Nash, *Paul Valery's Album des vers anciens : A Past Transfigured*, Princeton University Press, 1983, p. 180-197.

(117)　『今日の詩人たち』（1900 年）と『現代フランス詩人選集』（1906-1907 年）のテクストはほぼ同一である（句読点以外の異同は 1 ヵ所のみ，第 21 行）。『旧詩帖』初版のテクストに対して，1926 年の再版と 1927 年版のテクストはそれぞれ若干の異文を含む。なお，プレイヤード版『作品集』所収のテクストは 1933 年刊『全集』お

よび1941年版『詩集』に準拠（*ŒPl*, I. 82-83）する一方，ミシェル・ジャルティ編纂による新版『作品集』には『ラ・コンク』誌初出稿と『旧詩帖』版最終稿（1942年版）が併録されている（*Œ*, I, 66-70, 445-447）。

(118)　『旧詩帖』版「ナルシス語る」については次の既訳を参考にした。菱山修三訳「ナルシスは語る」(1942)，鈴木信太郎訳「ナルシス語る」(1953)，成田重郎訳「ナルシイスは語る」(1976)，田中淳一訳「ナルシスが語る」(1985)，デイヴィッド・ポールによる英訳（« Narcissus Speaks », 1971)。出典は巻末の参考文献を参照。なお，1920年『旧詩帖』初版はイタリック体を基本とした表記（ローマン体とイタリック体を反転）を採用しているが，引用にあたってはローマン体を基本とする通常の表記に改める。

(119)　以下，「ナルシス語る」『ラ・コンク』誌版をCQ,『旧詩帖』版をAVAと略記し，その後に各版の行数を記す。

(120)　ミシェル・ジャルティは草稿にcristalの表記が見られることから，crystalを気取った綴り（英語表記）よりはむしろ誤植と判断している（*Œ*, I, 70)。

(121)　唯一の例外は第3行に3度繰り返される「ナンフ」の語。旧作では頭文字に大文字と小文字を併用していたが，最終的にすべて大文字となるとともに複数形から単数形に変化する。

(122)　glauque（深緑の・暗鬱な）という形容詞は『半獣神の午後』第27行（l'or glauque）に用いられている一方，『エロディアード』には見られないが，この詩の全文をジッドから筆写送付してもらった返礼の手紙（1891年2月10日付）でヴァレリーは「エロディアードの幻にとらわれています，深緑暗鬱なエロディアード（la glauque Hérodiade）に」と述べている（*Corr. G/V*, p. 57)。

(123)　« Sur les "Narcisse" », *Souvenirs et réflexions*, p. 102.

(124)　*Ibid.*, p. 103.

(125)　Michel Décaudin, « Narcisse : une sorte d'autobiographie poétique », *L'information littéraire*, mars-avril 1956, p. 50 ; *ŒPl*, I, 1555-1556. ヴァレリーはまた「ナルシス語る」旧作を書いたのち，それを交響楽的構成の作品として新たに発展させようとしていたが，その構想メモにも同種のイメージが見られる。「ナルシス，古典的様式の田園交響曲」と題する構想メモに次のような一節がある。「風景。〈黄昏〉，おお私に似たものよ / その美しさは / ナルシスの美にも等しい。二つの性の混淆 / 葉陰にのぞく裸の姿は / 百合の裸にも似て」Michel Décaudin, art. cité, p. 52-53 ; *ŒPl*, I, 1556.

(126)　« Sur les "Narcisse" », *op. cit.*, p. 99-100.

(127)　この点で，ナルシス関連詩篇群における女性的形象が注目される。たとえば，ヴァレリーが「ナルシス語る」の次に『ラ・コンク』誌第2号に発表した「不確かな乙女 Vierge incertaine」と題するソネは，「ナルシス」の「不確かな！／肉体」の変奏と思われる。また，ナルシス関連草稿「葬いの微笑」においては，「泉」の「鏡」あるいは「夜空の水」を舞台として，「プシシェ（魂）Psyché」という名の女性が「涙」あるいは「微笑」を浮かべている。女性への呼びかけが中心だが，女性2人称のほか，女性1人称もあれば男性2人称もあり，性の揺らぎが顕著である。この草稿については Céline Sabbagh, « Transformations textuelles : *Le Sourire funèbre* », in *Ecriture et génétique textuelle : Valéry à l'œuvre,* textes réunis par Jean Levaillant, Presses Universitaires de Lille, 1982, p. 133-156 および清水徹，前掲書，29-51頁を参照。

(128)　ヴァレリーは後年になってもこの女性名を忘れることはなく，晩年の愛人ジャンヌ・ロヴィトン（ジャン・ヴォワリエ）に捧げた詩のなかに彼女を「ナルキッサ」として詠ったソネがある。Cf. Paul Valéry, *Corona & Coronilla*, Fallois, 2008, p. 13, 52.

(129)　特に amour の語を女性単数形で用いることが多い。

(130)　この点については，「テスト氏」の女性化について論じた山田広昭の論考（« Masculin / Féminin », *Rémanences*, n° 4-5, juin, 1995, p. 221-229），散文詩『アルファベット』の「D」における水浴する男の「身体の非人称化」「女性化」「両性化」やピエール・ルイス宛の手紙にみえる女性名詞「友情」の擬人化・神格化（友情という名の「子供のヴィーナス」）について指摘した松田浩則の論考「ヴァレリー，あるいはロヴィラ夫人の変貌」（『神戸大学文学部紀要』27 号，2000 年，474 頁以降）および「ヴァレリー，あるいはヴィーナスの変貌」（同紀要 28 号，2001 年，132-133 頁），また「境界」というトポスや「性愛」のエクリチュールにおける「女性化」について言及した清水徹の前掲書（38, 45, 411 頁）などが手懸かりとなる。他にも「若きパルク」をはじめとする女性の「私」，「アガート」の中性性や「天使」の無性別性など，関連する問題系は広汎にして多様である。

(131)　『旧詩帖』版「ナルシス語る」に 3 度（『ラ・コンク』誌版には 2 度）現れる「笛 flûte」（AVA, 47, 54, 57 ; CQ, 45, 52）およびその「吹き手」（AVA, 55）はさまざまな解釈を許容するイメージであり，この詩の読解における大きな難点である。この点については拙稿「ヴァレリー「ナルシス語る」の二つの版──『ラ・コンク』誌版（1891）と『旧詩帖』版（1920）」，『仏文研究』第 46 号，京都大学フランス語学フランス文学研究会，2015 年，112-116 頁および « Valéry et Louÿs : “Narcisse parle” à “Chrysis” », *LITTERA. Revue de Langue et Littérature Françaises*, n° 3, Société japonaise de langue et littérature françaises, 2018 を参照されたい。

(132)　第 3 行の「ナンフ」は『旧詩帖』1927 年版以降，複数形から単数形に変わっている。

(133)　先に，水面のナルシス像が第 37 行までは主に男性名詞で表現され，第 38 行以降女性名詞に変化すると指摘したが，この文法的性における〈ナルシスの女性化〉は人称の推移（3 人称から 2 人称へ）とほぼ軌を一にしている。

(134)　『ラ・コンク』誌編集長のピエール・ルイスに急き立てられ「2 日というか 6 時間」で脱稿しなければならなかったヴァレリーは，未練の残る「ナルシス」に自ら未完成の刻印を押したのかもしれない（1891 年 2 月 15 日付アンドレ・ジッド宛の手紙 *Corr. G/V*, p. 63)。スザンヌ・ナッシュは「ナルシス語る」関連草稿の分量からこの証言を詩人による韜晦と判断しているが，「ナルシス断章」（『魅惑』）でも，題名に「断片」性が掲げられ，「語る」旧作と同じく，脚韻の欠如（第Ⅲ章）を含むことを考え合わせると，断片性および未完成という特徴は，ニコル・セレレット＝ピエトリも指摘するように，「ナルシス」という主題に必然的に伴うものであったように思われる。Cf. Nicole Celeyrette-Pietri, « Métamorphoses de Narcisse », in *Paul Valéry 1 : lectures de « Charmes »*, Lettres modernes - Minard, 1974, p. 9, 23-24.

(135)　Francis Scarfe, *The Art of Paul Valéry*, William Heinemann, 1954, p. 152-153. スカーフはまた読者の「予測を裏切る」脚韻がポーの詩学を反映しているとも述べている。

(136)　一般に，ヴァレリーは『若きパルク』以降，古典的な詩法を厳密に遵守した詩句を書いたとされるが，この脚韻と詩節の調和という点に関しては，詩人が自らに課した遵守事項に入っていないようである。断片的な詩節をどのように繋げるかということに腐心した『若きパルク』の詩人は，行白を隔てる脚韻によって 2 つの詩節を結びつける働きを重んじたのかもしれない。

(137)　*Corr. G/L/V*, p. 447. イタリック強調はヴァレリーによる。

(138)　「肌着の女 L’Enchemisée」第 2 行。

(139)　「ナルシス断章」第Ⅰ部に見られる「森から生まれる腕」（v. 110）や，第Ⅲ部

における木の描写――「盲目の木は木の方へその暗い四肢 membres を伸べ，／闇に消える木をむごたらしくも探し求める……」(v. 37-38)。また，後年ヴァレリーが NARCISSE の文字をデザインした版画にも枝を絡ませあう樹々が背景に描き込まれている。本書 165 頁の図 6 を参照。

(140)　Benoît de Cornulier, *Théorie du vers*, Éditions du Seuil, 1982, p. 134 *sqq*. コルニュリエは伝統的な詩法用語が古典的詩句には通用するが，ヴェルレーヌやマラルメなどの詩句を分析するには不十分であるとして，それを厳密にしようとする。「女性の e」« *e* féminin » とは「無音の e」« *e* muet » を，「語の男性部分 partie masculine du mot」とは「語 mot」をそれぞれ精密化したものである。それらを含め，「接語 mot clitique」（前接語 enclitique と後接語 proclitique）等の用語についても，コルニュリエは同書で定義している。なお，古典的な 12 音節詩句は中央の句切りによって二つの均等な半句に分かれ，6-6 のリズムを基本とする（たとえ統辞法上は別のリズムが可能でも，第 6 音節目の句切りには必ず強勢を置くことのできる語がなければならない）。他方，非古典的な 12 音節詩句とは，この第 6 音節目の強勢を何らかの仕方で不自然あるいは不可能にすることによって，古典的詩法の要諦ともいうべき句切りを侵すような詩句である。

(141)　「ナルシス語る」ではまた「夜」（旧作では頭文字大文字）も「小声で語る」(CQ, 35 ; AVA, 36)。「夜」も「泉」も女性名詞であり，その声はいわば「ナルシス」の対声部をなす。

(142)　最初期の「ナルシス語る」(*Œ*, I, 306-309 ; *ŒPl*, I, 1557-1559) は「変則ソネ sonnet irrégulier」で書かれていたが，その主要なリズムは 4-8 であった。なお，前掲の旧作第 21 行の詩句も最初期のソネにそのままの形で見出される。

(143)　1920 年の初版および 1926 年の再版までは『ラ・コンク』誌のヴァージョンとほぼ同一であった（Et の後の読点のみ消去）。なお，プレイヤード版では，1927 年版以降のバージョンの「ナンフ Nymphe」が三つとも頭文字大文字となっている (*ŒPl*, I, 82)。

(144)　1920 年の初版はまだ『ラ・コンク』誌のヴァージョンに近い（« Et toi, verse pour la lune, flûte isolée »)。なお，プレイヤード版では句読点の異同（Et の後の読点）が見られる (*ŒPl*, I, 82)。

(145)　ヴァレリー自身が「ナルシス断章」の一部を朗読した音源が残っているが，詩人は題名を読んだのち，この詩句（「断章 I」第 72 行）から朗読をはじめている。Cf. *Voix de poètes : 14 poètes disent leurs textes d'Apollinaire à Saint-John Perse*, réalisé par Olivier Germain-Thomase et Judith d'Astier, Éd. Distrib. La Voix de son Livre, 1993.

(146)　コルニュリエによれば，定型 12 音節詩句のリズム 6-6 以外に，ロマン派詩人が好んで用いた 3 分節詩句のリズム 4-4-4 およびその変形リズム 8-4 と 4-8 までは「韻律」の型とみなしうるが，それ以外のリズム（たとえば 3-4-5）は「韻律的 métrique」とは言えない。Cf. B. de Cornulier, *op. cit.*, p. 156 *sqq*.

(147)　1920 年『旧詩帖』初版では詩行末に読点が付されており，感嘆符から句読点の消去へ，段階的な変化をたどったことが分かる。

(148)　*Corr. G/L/V*, p. 446.　傍点は原文の強調（イタリック）。

(149)　もっとも引用したくだりにおいて「柔軟な詩句」が「より頻繁」とは言えないが，『ラ・コンク』誌版では古典的な詩句がもう一つ多かった (CQ, 36)。

(150)　別の解釈として，qui の先行詞を la solitude とみなし，「悲しくも花開いた孤独」が「眠れる森の鏡に身を映す」と読むことも不可能ではない。（その場合，そうした「孤独のために」「私は不確かな肉体を愛おしむ」とつながる）が，ここでは

「鏡に身を映す」のは「悲しくも孤独のために花開いた肉体」と取る。

(151) 宇佐美斉,「ヴァレリー：ふたつのナルシス」(『人文論究』, 1973年, 97-112頁),『フランス詩　道しるべ』, 臨川書店, 1997年, 151-169頁。井上富江,「Narcisseを主題にした2つの詩——« Narcisse Parle » と « Fragments du Narcisse » に関する覚書」,『別府大学紀要』, 1968年, 314-326頁。

(152) Nicole Celeyrette-Pietri, « Métamorphoses de Narcisse », in *Paul Valéry 1 : lectures de « Charmes »*, Lettres modernes - Minard, 1974, p. 9-28 ; *Valéry et le Moi*, Klincksieck, 1979, p. 155. 清水徹「ナルシスの変貌——『ナルシス断章』を中心に」(『明治学院論叢』633号, 1999年),『ヴァレリーの肖像』, 筑摩書房, 2004年, 381-438頁。たとえば, 宇佐美斉による次の指摘を参照——「語る」が「みずからの悲運をひたすらなげいている神話の中の人物を, モノローグの形で抒情的に歌いあげていた」のに対し,「断章」では「人物の意識のはたらきがより一層内面的に探られており, ナルシスがみずからに問いを発しつづけなければいられないほどに, 内面の凝視と自己認識のテーマが掘りさげられている」(前掲書, 166頁, 159頁)。

(153) Florence de Lussy, *Charmes d'après les manuscrits de Paul Valéry*, Lettres modernes, 2 vol., 1990-1996, p. 108-111.

(154) 1919年9月『パリ評論』誌に掲載されたのは第I断章のすべてではなく,『魅惑』所収のテクストと総行数と詩句の順序に異同があるうえ, 表題も若干異なる(« Fragments de Narcisse »)。

(155) Cf. N. Celeyrette-Pietri, art. cité, p. 11 et p. 26, note 10.

(156) 以下に引用するテクストはミシェル・ジャルティ編纂の新版『作品集』に基づく。« Narcisse parle (*La Conque*) » (*Œ*, I, 66-70), « Narcisse parle (*Album de vers anciens*) » (*Œ*, I, 445-447), « Fragments du Narcisse » (*Œ*, I, 640-650).

(157) 以下,「ナルシス断章」をFNと略記し, その後に詩行数を記す。

(158) プレイヤード版では第75行末尾に感嘆符を付す(*ŒPl*, I, 124)。

(159) 宇佐美斉, 前掲書, 158頁以下。

(160) N. Celeyrette-Pietri, art. cité, p. 14. 清水徹, 前掲書, 428-429頁。

(161) この点に関して, 1891年11月16日付アンドレ・ジッド宛の一節が興味深い。「大詩人だろうが小詩人だろうが今後は僕を詩人とはどうか呼ばないでもらいたい。僕は詩人ではない。〔……〕最後の徴候として, 詩句のなかにたとえば魂という語を書くことは必然的に粗雑にならざるをえないと考えている」(*Corr. G/V*, p. 184-185)。翌年10月の「ジェノヴァの夜」およびそれに続く詩作放棄を予感させるこの一節から,「断章」における「黒い目の魂」の追加を単に自己凝視の深化とみなすだけでは不十分なことが分かる。そこには「魂という語を詩句の中に書く」ことの拒否から容認への転換があった。

(162) ** は『旧詩帖』版「語る」および「断章」に残存した詩句を, * は「語る」改作まで残存したが「断章」で改変された詩句を示す。

(163) moiの後の読点(句切りを強調)は『旧詩帖』版「語る」にはなく「断章」で付加されたものである。

(164) 「語る」では引用した詩句の前に4行あるのみ(「悲しき百合」と「ナンフ」への呼びかけ)だが,「断章」では「ナンフ」への呼びかけを30行以上に膨らませ, ナンフの「眠り」(ナルシスを映すためにナンフは目覚めて＝波立ってはならず, 眠ったナンフ＝静かな水面の「夢」にナルシスの反映が現れる)というイメージや, 何を映しても動じない「水の平穏」とナルシスを襲う「人の身の乱心」(FN, 28)の対比などが加えられた。

(165)　清水徹，前掲書，421 頁。

(166)　Francis Scarfe, *op. cit.*, p. 154.

(167)　「○」は「語る」の旧作と改作（および「断章」）に共通・類似する詩句，「◎」は「語る」改作と「断章」にのみ共通・類似する詩句を示す。

(168)　ミシェル・ジャルティが注記しているように，1919 年『ルヴュ・ド・パリ』誌掲載のテクストには数多くの異文が見られ，「語る」と「断章」に共通する語句についても異同が見られる（Œ, I, 644)。1919 年の段階ではまだ「語る」と同じ語句が残っている場合もあれば，さらに興味深い例として，1919 年の段階では「語る」とは別の語句に書き換えていながら，最終的に「語る」のヴァージョンに戻す場合も見られる。

なお「断章」では，Que je déplore... とはじまる 4 行の詩句（v. 72-75）と引用したくだり（v. 110-120）の間に 30 行以上の詩句が挿入されており，そこが「断章」第 I 部のなかで最も変化に富む部分となっている。前半（v. 76-92）は 12 音節詩句のなかに 8 音節詩句を介在させ，「目」と「目」が出会ったことによる動揺をリズムの変動によって巧みに表し，後半（v. 93-109）はナルシスを揶揄嘲笑するかのような「エコー」の声，すなわち expire の語の最後の響き Pire の音（「もっとひどい」の意）が繰り返される反響現象を，詩句を一行内で分断するという手法を用いて表現する。

(169)　この部分は『ナルシス断章』第 I 部では「森から生まれる腕」という表現になっているが，森を擬人化し，樹木の枝を腕にたとえる比喩は，『若きパルク』(v. 230-231）をはじめ，「蛇の素描」(str. 29)，「プラタナスの木に」(str. 11)，「分点（エキノックス)」(str. 1）など，後年のヴァレリー詩のなかにしばしば見られる。また，『旧詩帖』の一篇「むなしい踊り子たち」第 15-17 行に「仲良しの銀梅花 sous les myrtes amis」の木陰で，踊り子たちが「腕」を「絡ませあう」イメージがある。

(170)　* を付した行では 2 度現れる。

(171)　ただし，『旧詩帖』初版では，「断章」と同じく「私の願い mes vœux」であった。ワルゼルは「単なる誤植」であろうと推断した（P.-O. Walzer, *op. cit.*, p. 95）が，もしかするとヴァレリーは「語る」を改作する過程で « mes yeux » を « mes vœux » に変えた（1920 年初版）が，後にそれを「断章」でも採用することに決めたとき，「語る」には変更前の案を当てたというような割り振りがあったかもしれない。

(172)　1939 年に刊行された『混淆集』の初版豪華版（『散文と詩の混淆集』）に添えられたヴァレリー自身のデッサンに基づく銅版画。*Mélange de prose et de poésie* (Album plus ou moins illustré d'images sur cuivre de l'auteur), Les Bibliophiles de l'Automobile-Club de France, 1939. Cf. Paul Ryan, *Paul Valéry et le dessin*, Frankfurt, Peter Lang, 2007, p. 344.

(173)　ジャン・ベルマン＝ノエルは，« Narcisse » という名前を分解して得られる 2 つの意味，すなわち narc-（*narcos*, 眠り）と « cisse »（*-scisse*, de *scindo*, 切る）に言及している。Jean Bellemin-Noël, « Le narcissisme des Narcisses (Valéry) », in *Littérature*, 1972, p. 45. なお，「ナルシス交声曲」(1937）に，« Narcisse » の最後の音 « Cisse » を「エコー」が繰り返す場面や，「第一のナンフ」が最後に « Nar-cisse... Nar-cis-se ! » とこの名を分節して嘆く場面がある（*ŒPl*, I, 412, 420)。

(174)　*Corr. G/L/V*, p. 446-447.

(175)　モーリス・グラモンは母音をその「調音点 aperture」によって，「明るい母音 voyelles claires」と「重々しい母音 voyelles graves」に分類し，前者のなかでも［i］と［y］を「鋭い母音 voyelles aiguës」として区別する（グラモン『フランス詩法概説』，杉山正樹訳，駿河台出版社，1972 年，174 頁）。またアンリ・モリエは母音をその「強度 intensité」によって分類し，［i］［y］［e］を「衝撃的な母音

voyelles percutantes」として他と区別する。Henri Morier, *Dictionnaire de poétique et de rhétorique*, PUF, 1961, p. 477 *sqq*.

(176)　アンドレ・パリノーとの対話。André Breton, *Entretiens (1913-1952)* avec André Parinaud et al., nouvelle édition revue et corrigée, Paris, Gallimard, 1969, p.15-17.『ブルトン シュルレアリスムを語る』，稲田三吉・佐山一訳，思潮社，1994年，18-21頁を参照。

(177)　Nathalie Sarraute, *Paul Valéry et l'enfant d'éléphant*, Gallimard, 1986, p. 21-26, 34, 42, 51.「詩作」とは「最初の感動の瑞々しさ，誠実さ」を「言語の障害を通して保つ」ことと考え，「詩作品」のもたらす「感動」を基準にその良し悪しを論じるナタリー・サロートによれば，『若きパルク』や『魅惑』諸詩篇は「雄弁と修辞と似非古典主義に満ち，気取りと模倣と平凡と悪趣味をまき散らした作品」である一方，「ナルシス語る」はまったく異なり，「この誠実さ，この抑揚の妙なる正確さ，そしてなにより，この《いわく言い難い》何か，この輝き，ほとんど感知しがたいこの震え」が感じられる「真の詩」ということになる。ただし，サロートは『旧詩帖』所収の「ナルシス語る」のみを問題としており，『ラ・コンク』誌掲載の旧作については一切言及がなく，旧作と改作の区別を考慮に入れていない。『若きパルク』の詩人が推敲した『旧詩帖』に「若者らしい瑞々しさ」を疑わず，後年の手の入った「ナルシス語る」改作に「誠実さ」等々を読み取ったのは皮肉なことと言わなければならない。実際「ナルシス語る」から「ナルシス断章」への改悪を例示するためにサロートが引用している前者の好ましい詩句のなかには，後年改変ないし追加された詩句が含まれており，たとえば最終6行はほとんどすべて後年の作である。

(178)　宇佐美斉，前掲書，166-169頁。

(179)　1920年『旧詩帖』初版では，その他の詩篇にはローマ数字を冠する一方，「詩のアマチュア」だけには付されておらず，詩集の内部というよりはむしろ敷居に位置づけられていた。

(180)　*Anthologie des poètes français contemporains*, éd. Gérard Walch, 3 vol., Paris, Ch. Delagrave, 1906-1907, t. III, p. 53-58.

(181)　1903年末，ジェラール・ワルクはアムステルダムからヴァレリーに手紙を送り，アンソロジーに入れる詩篇を選ぶとともに，「著者略歴の後に置くための数行を自筆で，ちょうど選んだ詩篇への序文ないし序説となるようなもの」を所望した（Œ, I, 251）。

(182)　*Anthologie des poètes français contemporains*, éd. citée, t. III, p. 56.

(183)　異文は8ヵ所，句読点以外の異同は4ヵ所のみ。新版ヴァレリー『作品集』には1907年の初出稿（Œ, I, 251-252）と1942年版の決定稿（Œ, I, 462-463）の両者が収録されている。ただし，『現代フランス詩人選集』初出のテクストについては若干不備が見られる（第3段落 « je respire une loi » は正しくは « je respire suivant une loi »，第4段落 « d'avance » の後のコンマはなし）。なお，同アンソロジーは「紡ぐ女」と「ナルシス語る」をローマン体で組む一方，「詩のアマチュア」は全文イタリック体で組んでいる。

(184)　« une page de prose qui se rapporte à l'art des vers, mais qui ne prétend rien apprendre, ni rien interdire à personne. » (« Notes de l'éditeur » dans *Album de vers anciens*, 1920. Œ, I, 434).

(185)　その実例を指摘し，批判した論考がある。Fina Marchandisse, « L'amateur de poème – Paul Valéry, *Album de vers anciens* », in Étienne Servais (éd.), *Expérience d'analyse textuelle en vue de l'explication littéraire*, Droz, 1979, p. 104-113.

(186)　*Leçon inaugurale du cours de poétique du Collège de France* (Œ, III, 952 *sqq*.) ;

Poésie et pensée abstraite (Œ, III, 819 *sqq*.).

(187)　1889年11月『ル・クーリエ・リーブル』誌に投稿されたこのテクストは同誌廃刊のため未掲載となり，ヴァレリー生前中は公表されなかった（Œ, I, 290-295）。

(188)　« La voix des choses » (Œ, I, 265-266 ; *Corr. V/F*, p. 224-225).

(189)　フランス国立図書館蔵『旧詩帖』関連草稿には「詩のアマチュア」草稿が10数枚（*AVA*ms, 183-199）あり，1905年1-2月の『カイエ』から抜き取られた一葉（*AVA*ms, 193 bis）に第1段落を清書していることから，執筆開始はそれ以前に遡ると推定される。

(190)　原文は別丁の付録を参照。拙訳にあたり，菱山修三訳「詩の愛好家」(1942)，鈴木信太郎訳「詩のアマチュア」(1960)，およびデイヴィッド・ポールによる英訳（« The Lover of Poems », 1971）を参考にした。出典は巻末の参考文献を参照。

(191)　Cf. Ursula Franklin, « Valéry's reader : "L'amateur de poèmes" », in *The Centennial review*, vol. 22, 1978, p. 389-399 ; Suzanne Nash, *Paul Valéry's Album de vers anciens, A past transfigured*, New Jersey, Princeton University Press, 1983, p. 264-267.

(192)　「私のありのままの思考」と訳した ma véritable pensée という表現は，当初「私の通常の思考 ma pensée ordinaire」であった（*AVA*ms, 190）。

(193)　« bande intérieure murmurée, babil dont la valeur générale est nulle », « ce bavardage niais » (*AVA*ms, 183).

(194)　*C*, VIII, 156 / *C1*, 412 [1921].

(195)　*C*, VI, 563 / *C1*, 7 [1917]. Voir aussi *C*, VII, 842 / *C1*, 7 [1921].

(196)　「注意論 Mémoire sur l'attention」については，森本淳生による草稿の訳および解説論文「ヴァレリー，あるいは生成の場――『マラルメ試論』と『注意論』の問題系」，『未完のヴァレリー――草稿と解説』，田上竜也・森本淳生編訳，平凡社，2004年，69-122頁および186-271頁を参照。

(197)　*ŒPl*, I, 1155 ; *ŒPl*, II, 25.

(198)　*C*, IX, 576 / *C1*, 345 [1923].

(199)　*C*, XX, 678 / *C1*, 11-12 [1937].

(200)　« *l'œuvre de l'esprit n'existe qu'en acte*. » (Œ, III, 964).

(201)　*C*, XXVIII, 512 / *C2*, 1141 [1944] ; *C*, XXVIII, 427 / *C2*, 1053 [1944].

(202)　初出テクストでは「ある法則にしたがって呼吸する je respire suivant une loi」であり，1920年『旧詩帖』初版以降，前置詞 suivant が消去される。なお，草稿では「呼吸する」が当初「考える」であった（*AVA*ms, 185）。

(203)　« un poème est une sorte de machine à produire l'état poétique au moyen des mots. » (Œ, III, 845).

(204)　*C*, XVI, 361 / *C2*, 965 [1933]. 次の断章も参照――「歌うとは，ある声に，成長する植物の形を，あるいは空間のなかを動く鳥の形を与えることだ」(*C*, XIX, 208 / *C2*, 972-973 [1936])。

(205)　*C*, VI, 42 / *C2*, 1168-1169 [1916].

(206)　« La musique du vers – oblige à tout lire [...] chaque mot devient malgré tout une nécessité » (*AVA*ms, 183).

(207)　Stéphane Mallarmé, « Crise de vers », dans *Œuvres complètes*, 2 vol., éd. Bertrand Marchal, Gallimard, « Bibliothèque de la Pléiade », 2003, t. II, p. 211.

(208)　*Degas Danse Dessin* (*ŒPl*, II, 1208).

(209)　*De la diction des vers* (*ŒPl*, II, 1256, 1258). 詩の朗読に関するこうした考え方は，詩作の実践とも関係しているはずであり，ヴァレリーは自作の詩がいまだ「意味」の

ない「リズム」から生まれたという実体験を一度ならず語っている（*ŒPl*, I, 1322-23 et 1474-75）。

(210)　« Je suis sûr que les mots ne me manqueront pas. » ; « Je suis sûr que les mots ~~nécessaires~~ qu'il faudra vont venir – Je ne sais quels ? les justes » (*AVA*ms, 189).

(211)　nombre という語は，韻律の基盤をなす「(音節) 数」を指すとともに，より広く詩の「諧調・律動」を意味する。草稿によれば，「数の一部をなしている」という部分は当初「韻律分節のなかに組み込まれている incorporées dans la mesure」となっていた（*AVA*ms, 189）。

(212)　« La musique interdit la réflexion <involontaire> — le retour (autre que celui qu'elle veut). » (*AVA*ms, 186)

(213)　« indéfiniment » は通常「際限なく・いつまでも」と訳されるが，ここでは何を「待ちのぞんでいる」か「はっきりしない・不確定の indéfini」という意味に解した。なお，草稿には他に「潜在的に virtuellement」（*AVA*ms, 183）や「音楽的に musicalement」（*AVA*ms, 190）という副詞が用いられている。

(214)　初出の『現代フランス詩人選集』には各詩人による自筆稿のファクシミリが載っており，ヴァレリーについても「詩のアマチュア」最終段落の自筆稿が見られるが，そこでは結語 achevée に下線が引かれている。ミシェル・ジャルティは「この語がイタリック体になっていない」のは「印刷工の不注意」によるものと判断し，これを復元している（*Œ*, I, 252 ; *Anthologie des poètes français contemporains*, éd. citée, t. III, p. 58）。

(215)　アンドレ・ベルヌ＝ジョフロワ著『ヴァレリーの存在』の序文として執筆され，1944 年にプロン社から刊行された。« Propos me concernant » (*Œ*, III, 664-709).

(216)　*Œ*, III, 707-708.

(217)　*Œ*, III, 708.

(218)　« résistence / fixe / contrainte / solidité / absolue fluidité / indépend[ente] » (*AVA*ms, 187).

(219)　*Au sujet du Cimetière marin* (*ŒPl*, I, 1497).

(220)　*C*, VIII, 657, 773-774 / *C2*, 1010-1011 [1922]. Voir aussi *ŒPl*, II, 553.

(221)　*Fragments des mémoires d'un poème* (*ŒPl*, I, 1465).

(222)　« Quant à mes poèmes, je n'en préfère aucun. Ils m'ont plu également avant de les faire, déplu à la fin ; — maintenant je les ai oubliés. » (*Anthologie des poètes français contemporains*, éd. citée, t. III, p. 53)　ヴァレリーのこの言葉は，編者ワルクから「著者略歴の後に置くため」の「各詩篇への序文ないし序説」を所望されたことへの返答と思われる。

(223)　1891 年 11 月 16 日付アンドレ・ジッド宛の手紙を参照（*Corr. G/V*, p. 184-185）。

(224)　« A. lit – fonctionne mais suivant B / par une suite continuelle d'interventions guidé / il se lit ou connaît lui même dans l'ordre / Temps – ordre (B) – matière (A) – efforts (B) – retentissements (A) » (*AVA*ms, 185)

(225)　« Si je colore et anime la pensée écrite d'autrui / épouse l'écriture » (*AVA*ms, 185).「詩のアマチュア」本文にも，「私を運び，私が色を添える韻律」（第 5 段落）という表現が見られる。

(226)　Mallarmé, « Avant-dire (au *Traité du Verbe*) », *Œuvres complètes*, éd. citée, t. II, p. 678. なお，この「緒言」（1886）の一節をほぼそのまま組み込んだ「詩の危機」（1897）のテクストでは，「明るく見透すような clairvoyante」が「新しい neuve」に変更されている。

(227)　「詩のアマチュア」第 4 段落に見えるこの語は草稿では当初 surprises であった（*AVA*ms, 186, 189）。

(228)　*ŒPl*, II, 1255-1256.

(229)　すなわち2つの形容詞句（Incohérente sans le paraître と nulle instantanément...）の前置，定型12音節詩句のリズム（nulle instantanément / comme elle est spontanée），音韻の連鎖（spontanée, la pensée）など。

(230)　たとえば「詩のアマチュア」冒頭と末尾は次のようである。( ) 内に音節数を示す。Si je regarde tout à coup (8) ma véritable pensée (7), je ne me console pas (7) de devoir subir (5) cette parole intérieure (8) sans personne et sans origine (8) ; [...]. / [...] Je trouve sans effort (6) le langage de ce bonheur (8) ; et je pense par artifice (8), une pensée toute certaine (8), merveilleusement prévoyante (8), — aux lacunes calculées (7), sans ténèbres involontaires (8), dont le mouvement me commande (8) et la quantité me comble (7) : une pensée (4) singulièrement achevée (8).

(231)　*AVA*ms, 191.

第3章　ソネ三篇——初期詩篇の改変

(1)　« Fragments des mémoires d'un poème » [1937] (*ŒPl*, I, 1467).

(2)　« Au sujet du *Cimetière marin* » [1933] (*ŒPl*, I, 1501).

(3)　*Corr. G/L/V*, p. 274-275.　なお，『旧詩帖』所収詩篇のうち1890年に初稿が書かれた詩は他に3篇ある。「ナルシス語る」（9月28日作，ソネ），「波から出る女」（12月2日作），「友愛の森」（12月作，ジッドに捧げる）であり，いずれもルイス宛の手紙に同封された（*Corr. G/L/V*, p. 315, 345, 358-359, 369）。

(4)　グラブスはそれを詩の優劣に結びつけ，「白」よりも「妖精」が，さらにそれよりも「夢幻境」が優れていると評する一方，「夢幻境」とその「異文」については後者よりも前者を好むと述べており，その点で1929年に『ル・タン』紙に時評を載せたポール・スーデの評価と一致する。Henry A. Grubbs, « La nuit magique de Paul Valéry. Étude de "Féerie" », *Revue d'Histoire Littéraire de la France*, avril-juin, 1960, p. 203 et 211 ; Paul Souday, Feuilleton du *Temps* du 13 juin 1929 (cf. Pierre-Olivier Walzer, *La Poésie de Valéry*, Genève, Slatkine Reprints, 1966, p. 80-81).

(5)　『旧詩帖』版「夢幻境」および「夢幻境（異文）」については次の既訳を参考にした。菱山修三訳「夢幻境」「同じく夢幻境」（1942），鈴木信太郎訳「妖精の国」「同じく妖精の国」（1960），井沢義雄訳「夢幻境」（1964）〔＝実際には Même Féerie の訳〕，デイヴィッド・ポールによる英訳（« Faery », « Same Faery », 1971）。出典は巻末の参考文献を参照。

(6)　P. Souday, Feuilleton du *Temps* (cf. P.-O. Walzer, *op. cit.*, p. 81) ; H. Grubbs, art. cité, p. 205.

(7)　1890年11月15日頃に書かれたと推定されるアルベール・デュグリップ宛の手紙（*LQ*, p. 40）。推定年代はミシェル・ジャルティによる。なお，スザンヌ・ナッシュがこの手紙と「白」を結びつけている。Michel Jarrety, *Paul Valéry*, Fayard, 2008, p. 1217, note 59 ; Suzanne Nash, *Paul Valéry's Album de vers anciens, A Past Transfigured*, New Jersey, Princeton University Press, 1983, p. 158.

　このデュグリップ宛の手紙には自作の詩を同封する旨が記されており，これまでそれは「夜のために」と推定されてきた（*LQ*, p. 41, note 1 ; *ŒPl*, I, 1580）が，その点には疑念が残る。1889年作のソネ「夜のために Pour la Nuit」は1890年6月2日付ルイス宛の手紙に同封され（*Corr. G/L/V*, p. 184），同年10月『独立評論』誌および1892

年『モンペリエ学生総連合会報』に掲載されたが，そのいずれにも献辞はない（*ŒPl*, I, 1579)。1890年11月デュグリップ宛の手紙に同封された詩はむしろその翌月『レルミタージュ』誌にまさしくデュグリップへの献辞を伴って掲載された「白」ではないかと思われる。なお，ヴァレリーは同じく白の魅力をうたった「白猫 Les Chats blancs」(1889年作）をこの友人に捧げている。

(8)　清水徹『ヴァレリーの肖像』，筑摩書房，2004年，19頁。

(9)　なお「白」の最初稿と思われる素描が「旧詩」草稿中に見られ，同紙片に「水浴するみだらな女 Luxurieuse au bain」の素描も見える。両ソネには，月下の「白」と夕陽の「赤」，「海」と「プール」，「羞恥 pudique」と「破廉恥 impudique」といった対照が際立ち，草稿中には共通の語彙・イメージが見られる（*VAms*II, 103 ; *Corr. G/L/V*, p. 310-311 ; *ŒPl*, I, 1590)。

(10)　清水徹，前掲書，19頁。Cf. « Le Cygne » (*ŒPl*, I, 1589) ; « Narcisse parle » [sonnet] (*Corr. G/L/V*, p. 315, 345).

(11)　« Voit des galères d'or, belles comme des cygnes, » (Stéphane Mallarmé, « Les Fenêtres », v. 17).

(12)　*Corr. G/L/V*, p. 391, 396 et 444.

(13)　1891年4月20日付ルイス宛の手紙（*Corr. G/L/V*, p. 446)。なお，「水面の羞じらい Pudeur sur l'eau」(別題「水面にて Sur l'eau」) は1890年9月21日付ルイス宛の手紙に同封され，「白」との制作差はわずか2週間であり，「水面の波紋」や「羞恥」といった語を共有する（*Corr. G/L/V*, p. 297 ; *ŒPl*, I, 1598)。

なお，ルイスはヴァレリー宛の手紙で，「白」(および「光輝 Splendor」) について「細部は美妙」だが「全体〔の統一感〕に欠ける」と評している（*Corr. G/L/V*, p. 280)。

(14)　以下，詩句の行数を（ ）内に示す。

(15)　「真珠の車 char de perle」という表現は「月の車 char de la lune」(月の神話的呼称）をもじったものか。なお，グラブスが指摘したように（art. cité, p. 207, note 1)，「妖精」を執筆していた頃の『カイエ』に「言語という妖精の車 un char de fée verbal」(*C*, IV, 851 [1912]) という表現が見られる。

(16)　P. Souday, Feuilleton du *Temps* (cf. P.-O. Walzer, *op. cit.*, p. 80-81) ; H. Grubbs, art. cité, p. 207.

(17)　ミシェル・ジャルティは新版ヴァレリー『作品集』において，「妖精」第9行を « Mouvant l'Ombre <u>et</u> l'iris de présences subtiles »（下線は引用者）と改訂したうえで，『旧詩帖』草稿（*AVAms*, 39）にあった接続詞 et を復元したと注記している。また，この接続詞がないと詩句の意味が不明瞭となるため，それは誤って消去されたと推測している（*Œ*, I, 259)。ただし，この改訂にはやや疑問が残る。というのも，ジャルティの参照している1913年推定のタイプ打ち草稿（*AVAms*, 39）では « Mouvant l'<u>o</u>mbre <u>et</u> l'iris de présences subtiles » というように「影」が小文字となっているからである。この小文字の「影」は第3行の大文字の「〈影〉」と同じものではなく，「捉えがたい物の姿」の「虹色と影」と読むべきだろう。しかも，1915-1916年推定のタイプ打ち草稿（*AVAms*, 40）では，『フェット』誌掲載のテクストと同様，第9行の「影」は大文字となり，接続詞 et は消去されていることから，それが誤植とは考えにくい。「影」の大文字化と接続詞 et の消去は同時になされたものであり，ヴァレリー自身の意図によるものと思われる。

なお，「妖精」から「夢幻境」への改変に関わる草稿（*AVAms*, 40）には，« Mouvant l'Ombre l'iris de présences subtiles » とタイプ打ちされた上に « Sa présence mouvant l'iris » や « L'ombre traîne l'iris » と鉛筆書きされており，次の草稿 *AVAms*, 41 では

« Elle traîne l'iris de présences subtiles » とタイプ打ちされている。以上のことから，「妖精」第9行を絶対分詞節とみなし，「〈影〉」が「捉えがたい物の姿の虹色」を「動かしつつ」と読む解釈へ導かれもするが，現在分詞の意味上の主語を後置することが可能かという問題が残る。

(18) 「白」と「妖精」に共通する形容詞句 confuse de ~ は前後の語句によって意味を変えるように思われる。「白」（La Mer confuse de fleurs pudiques）は「羞じらう花々」を散らされて「当惑した海」とも解釈できるが，confus(e) を語源的な意味 confondre に遡って「混ざりあった」と訳した。他方，「妖精」（La chair confuse de molles roses）では「肉体」と「薔薇」を別ものとして「薔薇に当惑した肉体」とするか，同じものとみなして「薔薇の（でできた）肉体」とするか解釈が分かれるだろうが，拙訳では後者の解釈に基づき，confuse を「漠とした」と訳した。

(19) *Corr. G/L/V*, p. 275.

(20) *AVA*ms, 39.

(21) 1920年『旧詩帖』初版はイタリック体を基本とした表記（ローマン体とイタリック体を反転）を採用しているが，引用にあたってはローマン体を基本とする通常の表記に改める。

(22) ただし，後年ヴァレリーは再度「影」を頭文字大文字に改めている。1926年の『旧詩帖』再版では初版と同じく小文字だが，1927年版で大文字に戻り，プレイヤード版『作品集』（*ŒPl*, I, 77）およびミシェル・ジャルティ編『作品集』（*Œ*, I, 439）でも大文字となっている。

(23) *AVA*ms, 39.

(24) ヴァレリーは「ネルヴァルの回想」の中で『幻想詩篇 *Les Chimères*』の一篇「廃嫡者 El Desdichado」の最終行「聖女の溜息と妖精の叫び Les soupirs de la sainte et les cris de la fée」を引用している（*ŒPl*, I, 595）。

(25) 草稿（*AVA*ms, 40）には「物語 fable」の語が第2行の「織物」や「スカート」に結びつけられているほか，「嘘 mensonge」や「誤り erreur」といった語が数多く書きこまれている。

(26) 1927年版『旧詩帖』所収のテクストは，句読点を除けば，プレイヤード版所収のテクスト（*ŒPl*, I, 78）と同一である。句読点の相違は，第1行，第2行，第13行それぞれの末尾の読点が前者にはなく後者にはある。

(27) 1927年版以降，「まき散らす disperse」が「振りまく dispense」に改められるが，これも音を通じて語を変える例である。

(28) 1926年のテクストにおける「あなた（たち）の魅惑 votre charme」という表現は，第3節の無冠詞名詞「甘美な砂漠」と「気も遠のく孤独」への呼びかけと解釈できるが，やや唐突の感が否めない。1927年版以降，第12行後半句および次行冒頭が「夜の容赦なき魅惑 l'inexorable charme / De la nuit」に改められる。なお，ヴァレリーが自らの詩集の題名に冠した「魅惑」の語には「詩歌」の原義と「呪術」的な含意が含まれる。『魅惑』初版の刊行は1922年，「夢幻境（異文）」以前である。

(29) 本書218頁に引用した草稿を参照 (*AVA*ms, 42). 同草稿にはこの他に3度 extase の語が記されている。

(30) 例えば1945年の『カイエ』に次のような言葉が記されている。「エロスの行為は聖なるダンスのようなものだ。それはなにかよく分からぬものを，ある一点に向かって――叫びにも似た点に向かって高めようとする」« L'acte d'Eros est une danse — sacrée, certes – qui tend à exhausser quelque chose vers un certain point – analogue à un cri. » (*C*, XXIX, 456).

(31)　P. Souday, Feuilleton du *Temps* (cf. P.-O. Walzer, *op. cit*., p. 81) ; H. Grubbs, art. cité, p. 211.

(32)　異同は末尾の読点の有無に限られる。「白」(1890) では第 1 行末に読点を付す一方，「妖精」(1914)「夢幻境」(1920)「夢幻境（異文）」(1926) にはそれがない。ただし「夢幻境」と「同じく夢幻境」は 1931 年版『詩集』以降，第 1 行末に読点が付され，プレイヤード版『作品集』およびジャルティ編纂の新版『作品集』でも同様である（*Œ*, I, 439-440 ; *ŒPl*, I, 77-78)。

(33)　Benoît de Cornulier, *Théorie du vers*, Éditions du Seuil, 1982, p. 134 *sqq*.　コルニュリエの韻律理論については，第 2 章の 2「ナルシス語る」においてその要点を述べた箇所（本書 144 頁）を参照。

(34)　ヴァレリー詩における「影」の含意については，Pierre Guiraud, « Le champ stylistique du mot "ombre" et sa genèse chez Paul Valéry », in *Orbis Litterarum*, vol. 19, mars 1964, p. 12-26 を参照。また大文字の「〈影〉」は『魅惑』の「帯」にも現れる。Cf. Serge Bourjea, « L'Ombre-Majuscule — une exégèse de "La Ceinutre" » in *Paul Valéry 1 : lectures de « Charmes »*, Lettres modernes Minard, 1974, p. 121-145.

(35)　さらに言えば，パルクの「影」は「しなやかに動くミイラ」「軽やかな死」「喪の小舟」などと形容され，その「踊り，滑る」動きによって「蛇」のイメージに重なる（142-148)。

(36)　*JP*msII, 17v°, 18. Voir aussi Florence de Lussy, *La genèse de La Jeune Parque de Paul Valéry*, Lettres modernes Minard, 1975, p. 74-75, note 73.

(37)　« Jalouse de cette ombre < la chair > où je m'étais placée » (*JP*msII, 18).

(38)　ヴァレリーにおいて「眠り」は「水」のイメージと不可分であり，ギブズの「相」理論を援用して，覚醒時と睡眠時・夢を固相と液相の対比で捉えている（『集成 II』，610-612 頁を参照)。「眠り」の「水」はしばしば「死」の床となり，死んだように眠る女「アンヌ」は「蒼白のベッドの上に浮かぶ」(第 11 行)。

(39)　あるいは「ナルシス」との関連性もうかがわれる。フロランス・ド・リュシーによれば，「夢幻境」第 9-10 行の詩句が「ナルシス断章」の草稿（*Ch*msII, 192）にそのままの形で見出される。他方，「夢幻境」草稿中には，1915-16 年の草稿裏（*AVA*ms, 41v°）に第 3 節の素描が見られるが，タイプ打ちされた形跡はない。ヴァレリーは「妖精」を「夢幻境」に改変する過程で生まれた詩句を「ナルシス」に挿入しようと試みたのだろうか，あるいは逆に「ナルシス断章」の制作過程で生じた詩句を同じく水辺を舞台とする「夢幻境」に転用したのだろうか。いずれにせよ，リュシーの指摘するように，ヴァレリー詩の生成過程においては，ある詩句が詩篇間を移動することは頻繁に起こる。Cf. Florence de Lussy, *Charmes d'après les manuscrits de Paul Valéry : histoire d'une métamorphose*, Lettres modernes Minard, 1990, t. 1, p.109, note 5.

(40)　『若きパルク』における「蛇」の象徴性については次を参照。Maurice Bémol, *La Parque et le Serpent*, Paris, Les Belles Lettres, 1955 ; Louise Cazeault, « Le Symbole du serpent : étude des Cahiers de 1910 à 1913 », in *Paul Valéry 2, recherches sur « La Jeune Parque »*, textes réunis par Huguette Laurenti, Lettres modernes Minard, 1977, p. 77-87 ; 清水徹『ヴァレリーの肖像』，291-315 頁；Atsuo Morimoto, *Paul Valéry : L'imaginaire et la genèse du sujet*, Lettres modernes Minard, 2009, p. 290-296.

(41)　Régine Pietra, « De *La Jeune Parque* à *Album de vers anciens* et *vice versa* — *de la source au commencement* », in *Paul Valéry 11, "La Jeune Parque" des brouillons au poème, nouvelles lectures génétiques*, Lettres Modernes Minard, 2006, p. 54.

(42)　1917 年 6 月 14 日付アンドレ・ジッド宛の手紙（*Corr.G/V*, p. 757)。

(43)『若きパルク』制作中にヴァレリーが参照したと言われるレオン・クレダの『フランス語語源事典』(L. Clédat, *Dictionnaire étymologique de la langue française*)によれば，subtil のラテン語語源 *subtilem* の原義は密かに織られた（tissé en dessous)，繊細に織られた（tissé fin）であり，このラテン語からフランス語の「織る tisser」が派生した。

(44) Cf. *Dictionnaire des mythologies et des religions des sociétés traditionnelles et du monde antique*, sous la direction de Yves Bonnefoy, Flammarion, 1981, p. 402. なお，『眠りと夢』(1861) に関する研究でも知られる碩学アルフレッド・モーリーは，『中世における妖精』(1843）において「妖精」と「パルク」の深い結びつきについて述べている（ヴァレリーの『カイエ』には「ギロチンの夢」として知られる「モーリーの夢」への言及が見られる)。Alfred Maury, *Les Fées au Moyen Âge* [1843] (réédité avec *Histoire des légendes pieuses au Moyen Âge* sous le titre *Croyances et légendes du Moyen Âge* [1896] ; *Le Sommeil et les rêves* [1861].

(45)「敏捷な小妖精（Lutin）／糸を紡ぐパルク（Parque）／そしてお化け，／さまよう仙女（Fée）／唸り声をあげる竜／そしてお前，大悪魔！」(Paul Valéry, *Cahier de Cette*, Fata Morgana, 2009, p. 52〔邦訳は松田浩則「ポール・ヴァレリー『セット手帖』」,『神戸大学文学部紀要』第 42 号，2015 年，94 頁〕)。なお，少年ヴァレリーは自ら主宰する「宵のサバト」にあらゆる妖魔・精霊を招待しており，そのなかには「風の精 Sylphes」の姿もある。

(46) 第 13 行「宿命的な fatal」の語も 1914 年の改作で加えられたものだが，そのラテン語語源「運命 fatum」により，「妖精 fée」の縁語と言える。

(47) R. Pietra, art. cité, p. 54-55.

(48) Judith Robinson, « Les cris refoulés de la *Jeune Parque* : le rôle de l'autocensure dans l'écriture », *Baudelaire, Mallarmé, Valéry : new essays in honour of Lloyd Austin*, Cambridge University Press, 1982, p. 411-432.

(49) 近代の他の詩人としてジュディス・ロビンソンは，ホプキンズ，リルケ，ロルカ，ランボー，マラルメ，クローデル，アポリネール，アルトー，アラゴン，ミショー，ボヌフォワの名を挙げている。また，「巫女」が「叫び」を通り越して「吠える hurler」ことは，それまでの「抑圧」の強さを物語ると述べている（*Ibid.*, p. 427)。

(50) « À frémir, si sa voix < d'un chant le > < cri > d'un diamant fatal » (*AVA*ms, 39).

(51) « une larme / des larmes » ; « La chair confuse des molles roses balance / Des larmes si » (*AVA*ms, 39).

(52) 1926 年推定の手書き草稿（*AVA*ms, 42)。抹消線は原草稿のまま，< > 内は加筆部分を示す。実際の草稿には引用した詩句の付近にさまざまな代替案が書き込まれているが，煩瑣になるため主要部分のみ抜き出す。なお，1925 年の『カイエ』断章（*C*, X, 589）にこれとよく似た素描が見られる。(本文中に引用した『旧詩帖』草稿の推定年代はフランス国立図書館によるが，以下に引く『カイエ』断章と見比べると，それよりも先に書かれたのではないかと思われる。)

Quel cœur pourrait souffrir longuement votre charme
Sans trouver en soi-même une profonde larme
Dans la nuit éclatante offerte au ciel fatal

Sans trouver en soi-même un cri pur comme une arme (*C*, X, 589).

(53)　新版『作品集』は 1890 年の雑誌初出稿と 1942 年版の最終稿を収める（*Œ*, I, 61-62, 438-439）。また拙訳にあたり，次の既訳を参考にした。菱山修三訳「ヴェニュスの生誕」（1942），鈴木信太郎訳「ヴェニュスの誕生」（1955），デイヴィッド・ポールによる英訳（« Birth of Venus », 1971）。出典は巻末の参考文献を参照。

(54)　*Bulletin de l'Association générale des Étudiants de Montpellier*, 1er décembre 1890, p. 297. なお，« À J. B. » とイニシャルで示された献辞の相手は，新版『作品集』の編者ミシェル・ジャルティによれば，モンペリエ時代の級友 Jules Batier あるいは Jean Boyer と推測される（*Œ*, I, 62, note 1）。

(55)　1890 年 12 月 9 日付ルイス宛の手紙（*Corr. G/L/V*, p. 357-359）。ソネには 12 月 2 日作と日付が記されている。

(56)　その他に「波 Vagues」（14）の大文字，感嘆符の追加（7, 8）などの相違が見られる。

(57)　1891 年 7 月 4 日付の手紙（未刊）の草稿。以下に原文を掲げる。« Je vous salue, Madame, qui m'ignorez, et que ces pages divertiront, je vous salue comme une délicate apparition, — celle qui fut toujours désirée, et dont la grâce légère a séduit mon esprit languissant. / [...] / J'ai trop lu de poèmes pour me satisfaire du sourire de toutes les figures. Mais le vôtre, je l'imagine pendant des heures et j'aime le souvenir de votre grâce quand vous revenez de la mer avec des cheveux humides et ces regards si vagues d'avoir tant regardé les vagues. / [...] / Une seule parole surprise à votre langueur d'après-midi, écrite de votre main précieuse – et cela ne sera-t-il pas un souvenir ? Je vous offre ce souvenir – et toute la vie a-t-elle un autre destin que d'agrandir le jardin d'or des souvenances ? / [...] » (BnF. « Notes anciennes », IV, 41-42).

(58)　Michel Jarrety, *Paul Valéry*, Fayard, 2008, p. 98.

(59)　手紙における apparition の語はまた，松田浩則や今井勉の指摘するように，マラルメの詩 « Apparition »，ギュスターヴ・モローの画 « L'Apparition »，フロベールの『感情教育』におけるアルヌー夫人の出現（« Ce fut comme une apparition »）を想起させる（松田浩則「ヴァレリー，あるいはロヴィラ夫人の変貌」，『五十周年記念論集』，神戸大学文学部，2000，463 頁；今井勉「抽斗にしまった手紙──「ロヴィラ夫人関連資料」から恋文草稿を読む」，『東北大学文学研究科研究年報』第 53 号，東北大学大学院文学研究科，2004，168 頁）。なお，apparition という語はカトリックの用語として épiphanie と同義，すなわち通常目に見えない霊的存在が突如目に見える形をとって現れ出ることを意味する。「天使祝詞」をおもわせる手紙の冒頭句や，後段に grâce（優美・聖寵）の語も見えることから，ロヴィラ夫人が海から現れ出るヴィーナスとともに，奇跡的に出現する聖母マリアに重ねられていると言えよう。

(60)　松田浩則，前掲論文，460 頁を参照。なお，ヴァレリーはこの同音異義語の脚韻 vague(s) / vague(s) を若書きのソネ「水浴びするみだらな女 Luxurieuse au bain」の冒頭や，『魅惑』巻頭を飾る「曙 Aurore」の最終節にも用いている。

(61)　Charles Whiting, *op. cit.*, p. 72.

(62)　1890 年 12 月 27 日付ルイスのヴァレリー宛の手紙（*Corr. G/L/V*, p. 375-376）。

(63)　1891 年 1 月 7 日付ルイス宛の手紙（*Corr. G/L/V*, p. 378）。

(64)　『レルミタージュ』誌掲載から約 6 年後，1897 年 9 月 5 日，このソネはニームの小雑誌『ル・ジェスト』に再掲されることになるが，どういうわけかその際掲載されたのは，『レルミタージュ』誌の改訂版ではなく，もとの『モンペリエ学生総連合会報』の版となっている。

(65)　『旧詩帖』版「ヴィーナスの誕生」について，1920 年初版のテクストは詩句の順序変更など一時的な改変を含む複雑なテクストであるため，比較対象としては 1926

年版のテクストを採用し，1920 年版については特殊な異文として注記することにする。

（66） esprit は語源的に息吹，esprit de la mer は海の息吹すなわち潮風。

（67） 古典詩法によれば，« vom*ie au* » の部分は，連続する 2 つの母音の間に無音の « e » が介在するため，禁止事項の hiatus には当らないとして許容されるが，実質的には hiatus と同等の母音衝突がある。ヴァレリーはこうした規則を遵守しつつ，hiatus 同然の効果を狙ったのではないかと思われる。

（68） « De sa mère profonde avec un cri fumante » (*AVA*ms, 31-32) ; « De sa profonde mère avec un cri fumante » (*AVA*ms, 33-36).

（69） Suzanne Nash, *op. cit*., p. 152, 154-155.

（70） di-amants の分音自体は慣例に則ったものであり，ことさら「分音 diérèse」を指摘するには及ばないが，それを「句切り」と重ね合わせた点が特殊である。

（71） *AVA*ms, 36.

（72） 『旧詩帖』初版（1920）の異文：« Vois son sourire suivre au long de ses bras blancs / De l'humide Thétys périr la pierrerie / Qu'éplore l'orient d'une épaule meurtrie ; »（第 6-7 行が逆転）。

（73） この「打ち身を負った肩」は東の空に昇りかける朝日の比喩であろうが，草稿（*AVA*ms, 32）には « Un orient se pose aux épaules meurtries » とあり，朝日を浴びるヴィーナス自身の肩とも解釈でき，その両方のイメージが重なっていると思われる。

（74） 1920 年初版から 1927 年版まで，通常の表記（Thétis）ではなく « Thétys » と綴られている（1929 年の『詩集』以降，通常の表記に変更）。もしかすると Thétis（テティス，ギリシア神話の海の女神で，無数の水の女神オケアニデスの 1 人ドリスの娘）と Téthys（テチュス，ティタン神族の 1 人で，オケアニデスの母，テティスの祖母にあたる）の混同があるかもしれないが，いずれにせよ両者とも水の女神であり，ヴァレリーの詩では「ヴィーナス」を生みだす母なる海である。なお，ルコント・ド・リールの詩「ミロのヴィーナス」（『古代詩集』）にも，« Vénus » と « Thétis » がともに現れるうえ，1852 年の初版など版によっては « Thétys » と表記されている。Cf. Leconte de Lisle, « Vénus de Milo », *Poëmes antiques* [édition originale], Paris, Librairie de Marc Ducloux, 1852, p. 123.

（75） « ses bras blancs / Qu'éplore l'orient »「東の空が泣き濡らす白い腕」における動詞 éplorer は，アルベール・アンリによれば，形容詞 éploré（泣き濡れた）から派生した新造語《ネオロジスム》（泣き濡らす）であるが，ヴァレリー独自のものというよりは時代的なものであり，ユイスマンスに s'éplorer の用法がある。Albert Henry, *Langage et poésie chez Paul Valéry*, Mercure de France, 1952, p. 49, 124. なお，ジッドの若書きの詩にも s'éplorer の用法が散見される（「イデュメの夜」や『アンドレ・ワルテルの詩』所収の「埋立地《ポルダー》」など）。*Corr. G/V*, p. 71 ; *La Conque*, du 1er avril 1891 ; André Gide, *Les Cahiers et les Poésies d'André Walter*, Gallimard, « Poésie », p. 177, 274.

（76） 同じく『旧詩帖』所収の「挿話」にも単数形 pierrerie が用いられている。また，マラルメの英式ソネ（« Au seul souci de voyageur... »）にも同様の用法がある。なお，レジーヌ・ピエトラは，後年ヴァレリーが『旧詩帖』に収めなかった多くの若書き詩篇の特色として，19 世紀末の時代色を色濃く感じさせる「宝石」用語の多用を指摘している。Régine Pietra, « De *La Jeune Parque* à *Album de vers anciens* et *vice versa* — de la source au commencement », in *Paul Valéry 11 : "La Jeune Parque" des brouillons au poème*. *Nouvelles lectures génétiques*, Caen, Lettres Modernes Minard, 2006, p. 51-52.

（77） 第 6-7 行目の脚韻を « fleuries / pierreries » から « meurtrie / pierrerie » に変えたヴァレリーはマラルメを意識していた可能性がある。単数形 pierrerie の特殊用法がマラ

ルメの英式ソネにあることは前注に記した通りだが，他にも『エロディアード』の「舞台」を締めくくる脚韻 « cris / meurtris / rêveries / pierreries » や，『半獣神の午後』に見られる脚韻 « pierreries / meurtries » (v. 67-68) が思いあわされる。しかも『半獣神の午後』の前身にあたる « intermède héroïque » の草稿では，« pierreries » と押韻する語が « fleuries » (v. 64) となっており，奇しくもマラルメとヴァレリーはそれぞれ旧作を改鋳する過程で同種の書き換えをしたことになる。Cf. Stéphane Mallarmé, *Œuvres poétiques*, 2 vol., éd. Bertrand Marchal, Gallimard, « Bibliothèque de la Pléiade », 1998, vol. I, p. 22, 24, 155. ヴァレリーは 1898 年秋にマラルメが死去した後，その未発表草稿類に目を通しており，この「幕間劇」も読んだ可能性がある。

(78)　*AVA*ms, 32.

(79)　*AVA*ms, 33-34.

(80)　草稿では実際，この形容詞が砂浜に残る足跡の凹みを指していた。« [...] la grève facile / Garde ~~nus~~ <creux> les baisers qu'elle a bus puérils » (*AVA*ms, 31).

(81)　Cf. Michel Jarrety, *Paul Valéry*, Fayard, 2008, p. 361.　1913 年 7 月初め，長らく病を患っていたジャンニーがル・メニルへ療養に出かける一方，ヴァレリーは子どもたちを連れて，ジュリー＝エルネスト・ルアール夫妻が別荘を有するペロス＝ギレック（Perros-Guirec）へヴァカンスを過ごしに行った。当地で目にしたブルターニュの海，とりわけ海に面した城から見渡せる「7 つの島」が『若きパルク』の「島」の断章（第 348-360 行）におそらくその面影を残していることは，ミシェル・ジャルティおよびウィリアム・マルクスの指摘するとおりである。ただし，ヴァレリーが妻宛の手紙に記した一句 « Croule, creuse rumeur de soif, etc » について，ジャルティは『若きパルク』の「決定稿には現れない」と注記するのみで，この詩句が「波から出る女」の改作「ヴィーナスの誕生」に用いられていることには言及していない。初期詩篇の改変と新しい詩の制作（『若きパルク』は当時制作の最初期にあった）との同時進行を示す一例として興味深い。

(82)　異文：« Où dort le souvenir des mobiles périls » (*L'Érmitage*, 1891).

(83)　異文：« Son œil mobile emporte, éclairant nos périls, » (*AVA*, 1920).

(84)　例えば最晩年のヴァレリーは「失われた時を求めるのは私ではない」とか「私にとって過去はゼロ以下だ」などと述べている（*Propos me concernant*, 1944, *Œ*, III, 667 ; *ŒPl*, I, 1508 ; *C*, XXVIII, 89 ; *C1*, 222 [1944]）。

(85)　« mille merveilles vagues / dans ses yeux » (*AVA*ms, 31) ; « mille menaces vagues » (*AVA*ms, 32).

(86)　ロヴィラ夫人＝メドゥーサの観念連合については，松田浩則，前掲論文（464 頁）および今井勉，前掲論文（165, 169 頁）を参照。後者では，ロヴィラ夫人への恋文草稿において「眼差し」の語が 2 度にわたり抹消されている事実が指摘され，夫人の「眼差し」の脅迫性を語るものと論じられている。なお，1891 年 7 月 4 日付ジッド宛の手紙には「ある眼差しにいかれてしまって僕はもう終わりです」とある（*Corr. G/V*, p. 137）。

(87)　ヴァレリー初期の詩論については，1889 年 9 月カルル・ボエス宛の手紙（*LQ*, p. 9），1890 年 10 月マラルメ宛の最初の手紙（*LQ*, p. 28-29），『文学の技術についての覚書』と題するヴァレリー 18 歳の文学論（*Œ*, I, 290-295 ; *ŒPl*, I, 1830-33），1890 年 6 月 2 日付ピエール・ルイス宛の手紙（*Corr. G/L/V*, p. 182-183）などを参照。

(88)　Charles Vignier, « Notes d'esthétique – la suggestion en art », in *Revue contemporaine*, décembre 1885, p. 464-476. ヴィニエ自身は「主観的形容詞」« épithète subjective » という表現を用いており，「暗示的形容詞」« épithète suggestive » の表現はヴァレリー

がヴィニエの次の一文を縮約したものと思われる：« Au lieu de se borner à chercher des qualités objectives, on acquit une inépuisable mine à la suggestion en *qualifiant par des épithètes subjectives* » (Vignier, art. cité, p. 475). なお，ヴィニエの芸術理論がヴァレリーに及ぼした影響については，Jeannine Jallat, *Introduction aux figures valéryennes (imaginaire et théorie)*, Pisa, Pacini Editore, 1982, p. 208-217 を参照。

(89)　« Elle apparaît ! dans le (//) frisson de ses bras blancs » (« Celle qui sort de l'onde », v. 5)
« D'océaniques et (//) d'humides pierreries. » (v. 7)
« Les graviers d'or, qu'arro(//)se sa marche gracile, » (v. 9)
« La voici ! fleur antique // et d'écume fumante, » (v. 1)
« Les seins tremblent ! mouillés // à leurs pointes fleuries » (v. 6).

(90)　« Se délivre des di(//)amants de la tourmente. » (« Naissance de Vénus », v. 4)
« Croule, creuse rumeur // de soif, et le facile » (v. 10).

(91)　Benoît de Cornulier, *Théorie du vers*, Éditions du Seuil, 1982, p. 134 *sqq*.　コルニュリエの韻律理論については，第 2 章の 2「ナルシス語る」（本書 144 頁）を参照。

(92)　句読点は版により異同があるが，感嘆符が最も多いのはルイス宛の手紙に添えられた初稿であり，カトラン 2 節中，感嘆符を 6 つ含む（*Corr. G/L/V*, p. 358-359)。

(93)　『若きパルク』関連草稿（*JP*ms III, 131v°）に « Vénus / Par sa profonde mère offerte, encor fumante » とある。表には『若きパルク』の結末の素描（v. 503-504）があり，1917 年 4 月に書かれたと推定されている。

(94)　« Hérissée, elle brille et suit sur ses bras blancs » (*AVA*ms, 33-35).

(95)　« Que fais-tu, hérissée, et cette main glacée, / Et quel frémissement d'une feuille effacée / Persiste parmi vous, îles de mon sein nu ?... », (*La Jeune Parque*, v. 13-15).

(96)　« O rude / Réveil d'une victime inachevé... et seuil / Si doux... si clair, que flatte, affleurement d'écueil, / L'onde basse » (*La Jeune Parque*, v. 334-337).

(97)　« l'onde [...] vient des hautes mers vomir la profondeur » (*La Jeune Parque*, v. 502-504).

(98)　« Comme chose déçue et bue amèrement » (*La Jeune Parque*, v. 11).

(99)　« ses bras blancs / D'océaniques et d'humides pierreries » (*AVA*ms, 31).

(100)　*AVA*ms, 34.

(101)　もっとも，《ヴィーナスの誕生》を描く絵画のなかには，単に優美にして官能的な女神像だけではなく，華やかな天上世界とは無縁の暗い色調に包まれたギュスターヴ・モローの作（1870）や，抽象的な線と暖色の色調がどことなく痛々しさを感じさせるオディロン・ルドンの作（1912）などもある。また，ヴィーナスに限定されない旧作「波から出る女」はむしろギュスターヴ・クールベの《波のなかの女 *La femme dans les vagues* (1868)》を想起させるかもしれない。

(102)　ゾラはカバネルの《ヴィーナスの誕生》(1863）を「ミルクの大河に浸った女神は〔……〕白とピンクのマジパンみたいなものでできた美味な娼婦のようだ」と揶揄し，ヴァレリーが若いころ心酔したユイスマンスは，ブーグローの《ヴィーナスの誕生》(1879）を「蛸の軟らかな肉のようなもの」あるいは「膨らみ切らないゴム風船」と扱き下ろした。Émile Zola, « Nos peintres au Champ-de-Mars » (1867), dans *Écrits sur l'art*, Gallimard, « Tel », 1991, p. 182 ; Joris-Karl Huysmans, « Salon de 1879 », *L'Art moderne*, dans *Écrits sur l'art*, Flammarion, 2008, p. 58-59.

(103)　*Œ*, I, 61. なお，ヴァレリーの詩には「ヴィーナスの誕生」のほかにも，この愛と美の女神に関わりのある詩が幾つかある。『旧詩帖』所収の「夕暮れの豪奢」(v. 38）や若書きのソネ「アリオン」(v. 14）のほか，初期詩篇「挿話」の草稿や『魅惑』所収の「帯」の草稿にも，「ヴィーナス」の語が見られる。また，『魅惑』所収の「プラタ

ナスに」(v. 34) と「巫女」(v. 83) には「アフロディテ」の語が見える。ローマ＝ギリシア神話のヴィーナス＝アフロディテという形象は，海から現れ出る女体を指すこともあれば，空に浮き出る「金星」（特に宵の明星）を指すこともあり，場合によっては両者のイメージが重なっている。

（104）　« Je crois en toi ! je crois en toi ! Divine mère, / Aphrodité marine ! — Oh ! la route est amère » (*Soleil et Chair*, v. 45-46).

（105）　« Zeus, Taureau, sur son cou berce comme une enfant / Le corps nu d'Europé, qui jette son bras blanc / Au cou nerveux du Dieu frisonnant dans la vague. / Il tourne lentement vers elle son œil vague ; » (*Soleil et Chair*, v. 95-98).

（106）　両者を比較した論考がある。W. F. Feuser, « "The Birth of Venus" : Rilke and Valéry », in *Neohelicon : acta comparationis litterarum universarum*, vol. 5 (2), sept. 1977, p. 83-102.　リルケの「ヴィーナスの誕生」（『新詩集』所収）については，塚越敏訳（『リルケ全集』第 3 巻，河出書房新社，1990 年，117-121 頁），富岡近雄訳（『新訳リルケ詩集』，郁文堂，2003 年，252-254 頁）および同論文に掲げられている John Leishman による英訳（p. 97-99）を参照した。

（107）　1892 年 9 月 21 日付ヴァレリーのジッド宛の手紙を参照（*Corr. G/V*, p. 239）。「水浴」初稿に関連する「旧詩」草稿は 4 枚（*VAms*II, 28-30, 37v^{o}）あり，フランス国立図書館による分類では大雑把に 1891-1894 年の草稿中に収められているが，その中の一枚（*VAms*II, 29）には 1892 年 2 月〔3 日あるいは 4 日〕の日付が書き込まれており，ジッド宛の手紙の証言と一致する。

（108）　『ラ・シランクス』誌（ジョアシャン・ガスケ主宰のエクサン＝プロヴァンスの雑誌）1892 年 4 月号においてカミーユ・モクレールから「五芒星 Pentacle」と題する「強烈で黒いソネ」を献じられたヴァレリーは，「水浴」をモクレールに捧げようか迷っていたが，結局献辞なしで掲載された（*Corr. G/L/V*, p. 584 ; *Corr. G/V*, p. 214）。なお「旧詩」草稿中には，献辞の相手としてモクレールではなく『ラ・シランクス』誌の同人レオン・ド・ロットの名が記されている（À M. de Loth）。

（109）　1892 年 4 月 18 日付ピエール・ルイス宛の手紙（*Corr. G/L/V*, p. 583-584）。ジッドに贈られた『彼の詩』（« Ses Vers », BnFms, Naf 14628, f°s 24-25. Henri Mondor, *Les premiers temps d'une amitié : André Gide et Paul Valéry*, Monaco, Éditions du Rocher, 1947, p. 111-112）。これらのテクストは『ラ・シランクス』誌初出のテクストといくつか異同を含む。

（110）　鈴木信太郎『ヴァレリー詩集』，岩波文庫，2000［1968］年，263 頁。

（111）　*VAms*II, 29 et 30.

（112）　新版『作品集』は 1892 年の雑誌初出稿と 1942 年版の最終稿を収めるが，前者については『ラ・シランクス』誌の誤植をそのまま載せている（*Œ*, I, 105-106, 440-441）。また拙訳にあたり次の既訳を参考にした。菱山修三訳「水浴する女」(1942)，鈴木信太郎訳「水浴」(1960)，成田重郎訳「浴せる女」(1976)，デイヴィッド・ポールによる英訳（« Immersed », 1971）。出典は巻末の参考文献を参照。なお，1920 年『旧詩帖』初版はイタリック体を基本とした表記（ローマン体とイタリック体を反転）を採用しているが，引用にあたってはローマン体を基本とする通常の表記に改める。

（113）　『ラ・シランクス』誌の異文 où je figure は誤植と思われる。ルイスに送られた初稿や『彼の詩』自筆稿でも où se figure となっている。

（114）　Charles Whiting, *Valéry, jeune poète*, New Haven, Yale University Press, 1960, p. 77.

（115）　旧作第 4 行の後半句の異文として，「青い墓にそって au fil du bleu tombeau」（ル

イスに送られた初稿),「青い墓のまにまに au gré du bleu tombeau」(『彼の詩』),「青い墓すれすれに au ras du bleu tombeau」(*VA*msII, 29),「明るい墓すれすれに au ras du clair tombeau」(*VA*msII, 30) などがある。

(116) ホワイティングはボードレールの無題のソネ「ある夜おぞましいユダヤ女の傍らで……」の「かぐわしい兜をなしている彼女の髪 Ses cheveux qui lui font un casque parfumé」(第 7 行),あるいはマラルメのソネ「打ち勝って逃れた 美しい自死……」の「幼い女帝の戦いの兜 un casque guerrier d'impératrice enfant」(第 13 行) からの借用と指摘している (Whiting, *op. cit.*, p. 78)。「髪」を「兜」に見立てる例は他にも,ボードレール『漂着物』所収の「怪物あるいは墓場趣味のニンフへの賛辞」や散文詩『パリの憂鬱』の一篇「ひとみな幻想獣《キマイラ》を」などに見られる。またボードレールの「髪」に見られる「よじった髪の房 mèches tordues」「重いたてがみ crinière lourde」(最終 2 節) や,マラルメ「エロディアード (舞台)」の「あまりにも荒々しい」獅子の「たてがみ」に似た逆髪 (第 25-26 行) なども,「水浴」の「ねじり上げた髪 torsade」と結びつくイメージである。

(117) 1892 年初出以前の草稿 (*VA*msII, 29 et 30) には,la Tête d'or と頭文字大文字にする案がみえる。

(118) 清水徹『ヴァレリーの肖像』,筑摩書房,2004 年,37-38, 337, 411 頁;今井勉「限界のテスト氏」,『フランス文学研究』第 21 号,東北大学フランス語フランス文学研究会,2001 年,25-39 頁。

(119) *AVA*ms, 43. 1913–1920 年推定の草稿で,1900 年『今日の詩人たち』掲載のテクストをタイプ打ちした上に,ペンおよび鉛筆で加筆修正が施されている。

(120) 特に「真珠のように輝くうなじ」(« nuque de nacre » ; « nuque nacrée ») というイメージが見られる。

(121) 『ラ・シランクス』誌では bouche と表記されている (新版『作品集』*Œ*, I, 105 でも同様) が,これはヴァレリー自身がジッド宛の手紙で述べているように誤植である (*Corr. G/V*, p. 239)。

(122) ジャルティも注記しているように,「水浴」改作第 5 行 (Éclose la beauté par la rose et l'épingle) とまったく同一の詩句が,ヴァレリーの初期詩篇「レスボスのバティルは……」とはじまる無題のソネの第 7 行に見られる (*Œ*, I, 441, note 1)。このソネは 1891 年 11 月 8 日付ジッド宛の手紙 (*Corr. G/V*, p. 181) および同年 11 月 11 日付ルイス宛の手紙 (*Corr. G/L/V*, p. 531-532) に「即興作」として同封されたものであり,「水浴」以前の作である。なお,「おまえの怒り狂った手によって殺された古代のオルフェ」の一句によって締めくくられるこのソネは,『旧詩帖』の一篇「オルフェ」との関連においても興味深い (*Œ*, I, 316-317)。

(123) 前章で見たように,「ナルシス語る」改変においても同様の置換 (« Hélas ! l'Image est douce » から « Hélas ! L'image est vaine ») がなされている。

(124) 「水浴」テルセ二節における「片腕 un bras」と「もう片方 l'autre」の対比は,マラルメの『詩集』掉尾を飾るソネ「私の本もパフォスの名に閉じて……」の同じくテルセ二節における対比——「人間の芳しい肉の果実」と「古代アマゾン女族の焼きとった乳房」という「もう一つ別の果実」——を想起させる。

> Ma faim qui d'aucuns fruits ici ne se régale
> Trouve en leur docte manque une saveur égale :
> Qu'un éclate de chair humain et parfumant !

Le pied sur quelque guivre où notre amour tisonne,
Je pense plus longtemps peut-être éperdûment
A l'autre, au sein brûlé d'une antique amazone. (« *Mes bouquins refermés...* », v. 9-14).

マラルメのソネにおいては，左右の乳房に虚と実のイメージが重なるのに対し，ヴァレリーのソネでは両腕の対比によって眠りと目覚めの対照が際立つ。

(125)　松田浩則「ヴァレリー，あるいはロヴィラ夫人の変貌」，『神戸大学文学部紀要』27号，2000年，483-484頁，注18を参照。

(126)　「昆虫の貧弱な飛翔を深い金のなか捕まえる Capture en l'or profond un vol mince d'insecte」（*VA*msII, 30），「昆虫の水晶のように透明な飛翔を閉じ込める Emprisonne le vol cristallin d'un insecte」（ルイスに送られた初稿），「昆虫の響きよい飛翔を閉じ込める Emprisonne le vol sonore d'un insecte」および「昆虫の狂った飛翔をくすんだ金のなか捕まえる Captive dans l'or mat le vol fou d'un insecte」（*VA*msII, 29），さらには「昆虫が危険にさらす金を捕まえて燃やす Capture et brûle l'or qu'aventure un insecte」（ジッドに贈られた『彼の詩』）。概して，女の金髪に吸い寄せられる昆虫の落命ないし不自由が表現されているが，『彼の詩』所収のテクストだけは，「金」が女の「髪」ではなく「昆虫」の命の比喩となっている。

(127)　Verlaine, « *L'espoir luit comme un brin de paille dans l'étable...* » (*Sagesse*, III, 3). Ch. Whiting, *op. cit.*, p. 78. なお，ワルゼルも「水浴」最終行とヴェルレーヌの詩句を比較しているが，ワルゼルの引くヴェルレーヌの詩句 « Qu'as-tu peur de l'abeille ivre de son vol fou ? » は当該ソネの第2行詩句 « Que crains-tu de la guêpe ivre de son vol fou ? » と若干異同が見られる。おそらく異文と思われるが，ワルゼルの引用する詩句の出典は不明。Pierre-Olivier Walzer, *La Poésie de Valéry*, Genève, Slatkine Reprints, 1966, p. 82. なお，「水浴」草稿中に見られる一句 « Captive dans l'or mat le vol fou d'un insecte » (*VA*msII, 29) に，ヴェルレーヌの詩句にある「狂った飛翔」の表現が認められる。

(128)　1892年ジッドに贈られた『彼の詩』に自筆稿が見られ，アンリ・モンドールによって初めて公表されたソネ。同年5月6日付ジッド宛の手紙（*Corr. G/V*, p. 216）にその冒頭部分が記されている。ヴァレリー生前中未刊であった「バレエ」のテクストについては紹介者・校訂者によって少なからぬ異同が見られる。Cf. Paul Valéry, « Ses Vers », BnFms, Naf 14628, f°s 22-23 ; Henri Mondor, *op. cit.*, p. 111 ; P.-O. Walzer, *op. cit.*, p. 55-56 ; *ŒPl*, I, 1596 ; *Œ*, I, 327.

(129)　1920年の『旧詩帖』初版では，第1, 2, 3, 6, 11, 13行の末尾および第2行の丸括弧の後と第12行 Si l'autre の後に読点が加えられる一方，第9行 Un bras vague の後の読点は消去された。なお，1927年以降の最終稿では，第2行の丸括弧の後の読点は外される一方，第12行末に読点が加えられている。

(130)　ヴァレリーが句読点皆無の詩をはじめて目にしたのはおそらく『ラ・コンク』誌第4号（1891年6月）に掲載されたマラルメの「扇（マラルメ夫人に）」であると思われる。なお，1892年頃ヴァレリーはマラルメの模倣というべき詩を幾つか書いており，そのなかには句読点皆無のものが散見される（*VA*msII, 52-54）。

(131)　フランス国立図書館草稿部所蔵「「ド・ロヴィラ夫人関連資料」―解読と翻訳の試み―翻訳篇（上・下）」，恒川邦夫・今井勉・塚本昌則共同訳，『ヴァレリー研究』第3号，2003年，23-44頁および第4号，2007年，59-71頁。以下，「R夫人資料（上・下）」と略記。

(132)　« À la messe. L'Élévation m'illusionne – et fixant cette nuque nue et / à peine parue – je concentre toute pensée sur une blancheur de chair – / stupide ! – » (BNF*ms*, *Dossier de*

Mme de Rovira, f° 49). 原文は，今井勉「抽斗にしまった手紙――「ロヴィラ夫人関連資料」から恋文草稿を読む」，『東北大学文学研究科研究年報』第 53 号，2004 年，154-176 頁，注 24（161 頁）に基づく。

(133)　「R 夫人資料（下）」60 頁，注 6 および同「資料（上）」37 頁（f° 39）。なお，f° 58 にも夫人の「波打つ髪」，「ばら色の藻の耳」，「不思議な眼つき」とともに「腰」および「首」の「露わな曲線」が言及されている。

(134)　松田前掲論考，469 頁および「R 夫人資料（下）」69 頁（f° 72）を参照。

(135)　なお，今井はもうひとつの「源泉」として，マラルメの『半獣神の午後』第 63 行以下――「半獣神」の眼差しがナンフの「不滅の襟足 chaque encolure / Immortelle」を射貫くくだり――を挙げている。前掲論考「限界のテスト氏」および *ŒPl*, II, 20 ; *ŒPl*, I, 1166 ; *La Jeune Parque*, v. 118-119 を参照。

(136)　投函されなかった恋文草稿 f°s 40, 41, 43（「R 夫人資料（下）」39, 40, 42 頁）を参照。また，f° 59 では，「いつも濡れた髪」が「蔦，石炭，糸状の黒いダイヤモンド」に喩えられ，「黒々としためまいをもたらす」と形容されている（同「資料（下）」65 頁）。

(137)　たとえば『魅惑』所収の「ナルシス断章」，「巫女」，「蛇の素描」，『混淆集』所収の「聖歌 Y」のほか，散文詩『アルファベ』などに「うなじ」の語が見られる。« Fragments du Narcisse », II, v. 29 ; « La Pythie », str. 20 ; « Ébauche d'un serpent », str. 15 ; « Psaume Y » (*ŒPl*, I, 318) ; *Alphabet*, « T », éd. Michel Jarrety, Paris, Librairie Générale Française, coll. « Le livre de poche classique », 1999, p. 103.

(138)　「挿話」第 13-14 行詩句は「後光〔のごとき髪〕をいじる美は／その汚れなき目の彼方に，金色を映す la beauté jouant de l'auréole / Mire, dans le lointain de son œil vierge, un or」（1892）から「彼女は重い後光をほどき／うなじからうなじを捩る快楽を引き出して elle démêle une lourde auréole, / Et tirant de sa <u>nuque</u> un plaisir qui la tord,」（1920）へ改変された。

(139)　*Corr. G/L/V*, p. 551.

(140)　*AVA*ms, 43.

(141)　1930 年『ルヴュ・ド・メドゥサン』誌初出の後，散文詩集『アルファベット』（未完）に所収（*Alphabet*, éd. citée, p. 55-56）。

(142)　1889 年末アルベール・デュグリップ宛の手紙（*LQ*, p. 11）および 1890 年 9 月 26 日付ピエール・ルイス宛の手紙（*Corr. G/L/V*, p. 310）を参照。

(143)　《サロメ・ヘロディアス（エロディアード）》の主題の先駆けとなったのは，文学においてはハインリッヒ・ハイネの『アッタ・トロル』（ドイツ語原文は 1843 年，フランス語訳は 1847 年刊行），絵画においてはアンリ・ルニョーの《サロメ》（1870 年）であった。テオドール・ド・バンヴィルもこの主題にいち早く関心を示し，1842 年『女像柱 *Les Cariatides*』所収の「石の接吻 Les Baisers de pierre」や「狂ったミューズに À une Muse folle」においてハイネの詩にちなんだエロディアードを詠っている。また 1870 年にはルニョー画《サロメ》に基づくソネ「踊り子」をこの画家に捧げており（1875 年『金色の脚韻』所収），さらにハイネの一句をエピグラフに掲げたソネ「エロディアード」（1874 年『王妃たち』所収）を書いている。その後のマラルメ「エロディアード（舞台）」（1871 年『現代高踏詩集』），モロー画《出現》（1876），フロベール「ヘロディアス」（『三つの物語』1877 年），ワイルド「サロメ」（1893）という系譜はよく知られていよう。

(144)　« Recommandation quant à mes Papiers » (Stéphane Mallarmé, *Œuvres complètes*, éd. Bertrand Marchal, Gallimard, « Bibliothèque de la Pléiade », 2004 [1998], t. I, p. 821).

(145)　ジッドとヴァレリーの『往復書簡集』新版の編者ピーター・フォーセットは,「50行程度の12音節詩句」を『エロディアードの婚姻』の「序曲III」(À quel psaume de nul antique antiphonaire... と始まる36行の詩句) と推定している。*Corr. G/V*, p. 510, note 2.

(146)　Théodore de Banville, « À Henry Murger », « Les Muses au tombeau » (*Odelettes*, 1856, 1892).

(147)　« Cantique de saint Jean », v. 9-16. Stéphane Mallarmé, *Œuvres complètes*, éd. citée, t. I, p. 148.

(148)　4行詩の各詩節を締めくくる最終行の短さ (6, 6, 6, 4) は, 首の〈落下〉のイメージと照応するだろう——ヨハネの首の落下運動は没しゆく「太陽」(第1行) の軌道に重ねられてもいる。『エロディアードの婚礼』の他の部分がすべて12音節詩句からなっていることを考えあわせると,「聖ヨハネ頌歌」の詩句の短さ (=息の短さ) は例外的であり, 各詩節最終行の〈落下〉はひときわ際立つと言える。

(149)　« Scène intermédiaire », v. 12-13. Stéphane Mallarmé, *Œuvres complètes*, éd. citée, t. I, p. 150.

(150)　『エロディアードの婚礼』の草稿をヴァレリーがどれほど知っていたか定かではないが, 1897年5月26日付ルイス宛の手紙 (*Corr. G/L/V*, p. 838) では, ヴァルヴァンに居るマラルメが「『エロディアード』の残りに取り掛かろうとしている」と記しており, 1898年9月12日付ジッド宛の手紙 (*Corr. G/V*, p. 505) には, 生前中マラルメ自身から「書きかけの『エロディアード』の草稿を見せてもらった」ことを明かしている。また, マラルメの死後まもなく,「聖ヨハネ頌歌」と「50行ほど」の断章を見たことは確実であり, その後も1904年に『イジチュール』の草稿を (同年7月妻ジャンニー宛の手紙 *ŒPl*, I, 30), 1914年にマラルメの初期詩篇を見ている (同月5日付ジッド宛の手紙 *Corr. G/V*, p. 736)。ヴァレリーが「水浴」改作以前に『エロディアード』関連草稿を見る機会があったとしても不思議ではない。

(151)　Banville, « Hérodiade », v. 9-14 (*Poésies complètes*, 1857 ; *Les Princesses*, 1874).

(152)　« Elle rit et folâtre avec un air badin » (Banville, « Hérodiade », v. 5).

(153)　corridor – d'or の脚韻は, マラルメの「葬の乾杯」第3-4行にも見られる。

(154)　なお, マラルメのいわゆる「3連作」のソネ第2番 (*Surgi de la croupe et du bond...*) にも, 花の活けられていない花瓶の「首」の「中断」(切断) というイメージが見られる (« Le col ignoré s'interrompt », v. 4)。

(155)　*ŒPl*, II, 1191.

(156)　*ŒPl*, II, 1175.　居住スペースは3階であった。

(157)　ドガは同時期にこの写真と似通った構図の油彩画を3枚残しており, 女性のポーズや色彩などに微妙な変化を加えつつ, 写真と油彩画という異なる表現媒体を通して, 同一主題の変奏をいろいろと試している (『世界美術大全集』西洋編第21巻「レアリスム」, 小学館, 1993年, 374頁を参照)。

(158)　『ドガ・ダンス・デッサン』を書いたヴァレリー自身, デッサンの習作を少なからず残しているが,「水浴」と同じく『旧詩帖』所収の一篇「アンヌ」の草稿 (*AVAms*, 126) に, あぐらをかき, 床に置いた鏡台をのぞきこむ裸婦を描いた, まさしくドガ風のデッサンが見られる。

第4章　後年の作——「昔の詩」の偽装

(1)　« Le César de Soi-même / El Cesar de su mismo / Il Cesare di se stesso / The Cesar of

himself [*sic*]. » (*C*, I, 274 / *C1*, 323 / *CII*, 142) [1897-1899]. なおスペイン語は正しくは El César de sí mismo，英語は The Caesar... である。

(2) *C*, IV, 623 / *C1*, 53-54 [1910].

(3) 『旧詩帖』関連草稿として，1919-1921 年のものと推定される手書き草稿 2 葉（*AVA*ms, 53-54）とタイプ打ち草稿 2 葉（*AVA*ms, 55-56）がある。

(4) テクストはプレイヤード版『作品集』（*ŒPl*, I, 79-80）に基づき，異文については随時注記する。また拙訳にあたり次の既訳を参考にした。菱山修三訳「ジュリアスシーザー」（1942 年），鈴木信太郎訳「皇帝」（1960），井沢義雄訳「シーザー」（1964），デイヴィッド・ポールによる英訳（« Caesar », 1971）。出典は巻末の参考文献を参照。

(5) 「鬚」の存在は「カエサル（皇帝）」の同定を揺るがせる要素である。歴史上のカエサル（ガイウス・ユリウス）には「顎髭 barbe」がなかったらしく，ユベール・ファビュローは「この髭のある皇帝はカラカラを想わせる」と注記する一方，ホワイティングはあくまでユリウス・カエサルととり，この表現を「顎 menton の比喩にすぎない」と説明する。鈴木信太郎が述べているように，「皇帝」の称号でもある「カエサル」を特定する必要はないだろうが，ヴァレリーによる「顎髭」の添加は「カエサル」の男性性を強調するものとみなすこともできるだろう。Paul Valéry, *Poésies choisies*, avec une notice biographique et littéraire et des notes explicatives par Hubert Fabureau, Paris, Librairie Hachette, 1952, p. 14 ; Charles Whiting, *Valéry, jeune poète*, New Haven, Yale University Press, 1960, p. 115 ; 鈴木信太郎『ヴァレリー詩集』，岩波文庫，264-265 頁。

(6) プレイヤード版『作品集』およびポエジー叢書『詩集』においては頭文字大文字，ジャルティ編纂の新版『作品集』では小文字表記を採用している。前二者はそれぞれ 1933 年版『作品集』（および 1941 年版『詩集』）と 1929 年版『詩集』に基づく一方，ジャルティは 1942 年版『詩集』に基づく。なお，『旧詩帖』の再版・第 3 版（1926, 1927）および『詩集』のその他の版（1931, 1938, 1942）ではいずれも小文字表記となっている。*ŒPl*, I, 1549 ; *Poésies*, Gallimard, coll. « Poésie », 2001, p. 12 ; *Œ*, I, 442.

(7) 以下，詩句の行数を（ ）内に示す。

(8) « La mer en vain palpite et lèche un sable rose » (*AVA*ms, 55).

(9) 「詩における詩学」という観点からヴァレリーの詩を読解しようとするミシェル・フィリッポンは，ここに「言葉の誕生」（詩の生成）という暗喩を読みこみ，さらには「カエサルの沈黙」とそれを破る発言に，ヴァレリー自身の沈黙期と『若きパルク』の刊行という寓意を重ね読んでいる。Michel Philippon, « Les deux versants : *César* », *Paul Valéry, une poétique en poèmes*, Presses universitaires de Bordeaux, 1993, p. 259-260.

(10) 「夕焼けを朝焼けに変える」という発想は，初期のソネ「素晴ラシキ世界 Mirabilia Saecula」（1889 年作）にも見られ，そこではローマ帝国の「夕暮れ」とキリスト教の「夜明け」が対比されている。Cf. *Corr. V/F*, p. 87, 214 ; *ŒPl*, I, 1601-1602 ; *Œ*, I, 271.

(11) ホワイティングはまた「偶然に揺すられる漁夫」に「幸運を当てにする芸術家」の姿を読み込んでもいる（Charles Whiting, *op. cit.*, p. 116-117）。

(12) 鈴木信太郎，前掲書，265 頁。

(13) 中井久夫訳『若きパルク／魅惑（改訂普及版）』，みすず書房，2003 年，310 頁。ちなみに，「カエサル」の草稿には「無垢な漁夫 un pêcheur innocent」という語句が見られるが，pécheur innocent（無実の罪人）という撞着語法を想起させるこの表現から，詩人が pêcheur – pécheur の類音を意識していたことが窺われる。

(14)　イエス・キリストが，漁夫であったシモン・ペトロに，今後は「人間をとる漁夫」になるだろうと予言したという逸話が想起される（マタイによる福音書4-19，マルコによる福音書1-17，ルカによる福音書5-10）。

(15)　« Enfin Pilate seul, qui veillait pour César, / Sentant quelque pitié, se tourna par hasard : / « Allez chercher ce fou ! » dit-il aux satellites. » (« Le Christ aux Oliviers », IV, v. 12-13)「カエサル」はここでは「皇帝」の称号。また，このネルヴァルのソネ5連作において，「神は存在しない」と叫ぶ主イエス・キリストが天なる父に向けた言葉として「冷たい必然よ！……偶然よ」という表現がある（III, v. 1-2 et 9）。

(16)　Marcel Muller, « La dialectique de l'ouvert et du fermé chez Paul Valéry », in *Poétiques : théorie et critique littéraires*, textes réunis par Floyd Gray, *Michigan Romance studies*, vol. 1, 1980, p. 163-185.　詩における「開放」性と「閉鎖」性という観点から，ヴァレリーの「カエサル」をエレディアのソネ（ほかに「トレッビア川 La Trebbia」「戦いの夕べ Soir de bataille」「カンヌの後 Après Cannes」）を比較した論考。ミュラーはフランスにおけるソネの歴史を「閉鎖・求心」性を特徴とする第1期（16-17世紀）から「開放・遠心」性を特徴とする第2期（19世紀）への移行と捉えたうえで，エレディアのソネにおける「開放」的側面を指摘する一方，ヴァレリーのソネの特徴は「閉鎖」性にあると主張している。

(17)　« La marche impériale » (*Œ*, I, 56 ; *ŒPl*, I, 1578-1579). 1889年11月『ル・クーリエ・リーブル』誌に掲載されたソネ。

(18)　ピエール・ルイスがヴァレリー宛の手紙においてその点を指摘している（*Corr. G/L/V*, p. 228, 261）。またヴァレリーとエレディアに関する次の論考も参照のこと。Walter Ince, « Valéry et Heredia », in *Colloque Paul Valéry, Amitiés de jeunesse, influences, lectures*, A.-G. Nizet, 1978, p. 121-122.

(19)　« Le Jeune Prêtre » (*Œ*, I, 60-61 ; *ŒPl*, I, 1581).　1890年7月20日付ルイス宛の手紙（*Corr. G/L/V*, p. 253-254）に同封されたこのソネは，同年10月ヴァレリーがマラルメに初めて送った手紙に添えられたほか（*LQ*, p. 29），翌11月には『ラ・プリューム』誌主催のソネ・コンクールに投稿され（*ŒPl*, I, 1580-1581），1891年8月にはルイスの主宰する『ラ・コンク』誌第10号にも掲載された。ヴァレリー初期の代表作というべきソネである。『旧詩帖』関連草稿にはタイプ草稿に手紙で推敲した跡が見られ（*AVAms*, 200），一時は詩集に収録する考えもあったことが窺われる。

(20)　« Retour des Conquistadors » (*Œ*, I, p. 313-314).　高踏派の巨匠ジョゼ＝マリア・ド・エレディアの作風を模倣したこのソネを，ヴァレリーはまさしくエレディア本人に送っている。1890年12月21日付および1891年1月7日付ルイス宛の手紙を参照（*Corr. G/L/V*, p. 367 et 380-381）。

(21)　Paul Valéry, *Cahier de Cette*, Fata Morgana, 2009.「前・最中・後 Avant - Pendant - Après」，「ギリシャ人たちに Aux Grecs」，「軍楽 Sonitus armorum」，「ロランの死 La Mort de Roland」，「冷たい甲冑のもとに煮えたぎる心を隠した誇り高い騎士が好き」とはじまる「私の好きなもの Ce que j'aime」など。

(22)　1894年11月8日消印のジッド宛の手紙――「ずっと前から僕は死のモラルのなかで生きている〔……〕僕はいつも自分を潜勢的な個たらしめるように行動してきた。つまり，戦術的な生き方よりも戦略的な生き方を好んだのだ。自由に使える能力がありながらそれを行使しないこと。」（*Corr. G/V*, p. 307）。

(23)　*ŒPl*, II, 14 et 25. また次のカイエ断章を参照。「T〔＝テスト〕。私は現働的よりも潜勢的な存在である」（*C*, XV, 852 ; *C1*, 132 [1932]）；「このうえなく偉大な才能を持ちながら，それを持っていることを確認したうえで，それをまったく行使しない，その

ような人物を私は夢想していた」(*C*, XXII, 600 ; *C1*, 176 [1929])。

(24) しかも第 3 行末 contemplé と第 7 行末 rassemblé は［ãple – ãble］と豊かに響き，第 6-7 行には，詩句末の脚韻だけでなく半句末の押韻 préci-eux – nœuds［ø］(いわゆる rime brisée) をも含んでいる。

(25) なお，「水浴」「異容な火」「セミラミスのアリア」についても同様のことが言えるが，「セミラミスのアリア」は『若きパルク』以後の作であり，「異容な火」(1897 年頃着手) も『旧詩帖』のなかでは比較的新しい詩である。「水浴」(1892 年 2 月作) だけが「ジェノヴァの夜」(1892 年 10 月) 以前に書かれているが，その事実は，1892 年初頭の段階で，ヴァレリーがすでに伝統的なリズムをあえて揺るがせる象徴派風の詩学から距離を取り始めていたことを示している。

(26) *CII*, 313-314 (« Notes sur Tibère ») ; *CIV*, 419 (« Préface de Tibère ») ; *C*, II, 405 / *C2*, 1310 ; *C*, II, 656 / *C2*, 1311 ; *C*, VIII, 520. この未完の劇「ティベリウス」については次を参照。Huguette Laurenti, *Paul Valéry et le théâtre*, Paris, Gallimard, 1973, p. 319-333.

(27) *C*, XI, 820 / *C2*, 1475 ; *C*, V, 812 / *C1*, 538. Cf. aussi *C*, IV, 185 ; *C1*, 498.

(28) 『魅惑』は 1922 年の初版と 1926 年の再版および改訂版では，収録詩篇の配列順序が異なっており，「セミラミスのアリア」の位置も移動している。初版では後半 (全 22 篇中 17 番目) に，再版では前半 (全 22 篇中 3 番目) に配置されている。

(29) 1919 年 3 月 (雑誌初出以前) にタイプ打ちされたと推定される草稿にも同様の副題が見られる (« Air de Sémiramis / Fragment d'un ancien poëme » ; « Fragment d'un très ancien poème / Sémiramis », *AVAms*, 166 et 169)。また，1919 年末から 1920 年初のものと推定されるタイプ草稿には「昔の習作 セミラミスについての変奏 Étude ancienne Variation sur S[émiramis]」(*AVAms*, 171) と鉛筆で書き込まれている。

(30) ヴァレリーがカミーユ・モクレールに初めて会ったのは 1891 年秋のパリ初滞在の折であり，その後もマラルメの火曜会で顔を合わせることになる。ミシェル・ジャルティによれば，「セミラミスのアリア」を彼に献じた背景には，1917 年 7 月 28 日ジュネーヴの『文学週間 *La Semaine littéraire*』誌において，モクレールが『若きパルク』に好意的な書評を寄せたということがあった。また 1942 年に献辞が消去されたのは，前年 1 月 2 日『ラ・ジェルブ』誌において，モクレールがヴァレリーを「フリーメーソン共和国の桂冠詩人」と揶揄したためであるらしい (*Œ*, I, p. 458, note 2)。

(31) Francis Scarfe, *The Art of Paul Valéry*, William Heinemann, 1954, p. 156-160 ; Charles Whiting, *Valéry, jeune poète*, New Haven, Yale University Press, 1960, p. 147-152. なお，チャールズ・ホワイティングとともに『旧詩帖』所収詩篇の大半について論じたスザンヌ・ナッシュは，「セミラミス」による神殿建設とヴァレリー自身による詩集の制作との「アナロジー」という観点からこの詩を論じているが，詩の制作年代については触れていない。Suzanne Nash, *Paul Valéry's Album de vers anciens, A past transfigured*, New Jersey, Princeton University Press, 1983, p. 254-264.

(32) James Lawler, « Existe ! Sois enfin toi-même... », *The Poet as Analyst, Essays on Paul Valéry*, Berkeley, Los Angelus, London : University of California Press, 1974, p. 36-73 ; Florence de Lussy, *Charmes d'après les manuscrits de Paul Valéry, histoire d'une métamorphose*, 2 vol., Lettres modernes – Minard, 1990-1999［以下 *Charmes* と略記］, p. 196-201, 256-258, 296-302, 447-449 et 534-541.

(33) たとえば『魅惑』所収の「眠る女」にも同様の偽装が見られ，1919 年 3 月に制作した「眠る女」草稿にヴァレリーは「眠る女の昔の習作 Étude ancienne de dormeuse」と付記している。Cf. F. de Lussy, *Charmes*, p. 197, note 3.

(34) Jean Hytier, « Formules valéryennes », *The Romantic Review*, vol. 47, 1956, p. 179-196,

repris dans *Questions de littérature*, Genève : Droz, 1967, p. 141-158 ; F. Scarfe, *op. cit.*, p. 157 ; Ch. Whiting, *op. cit.*, p. 147 ; J. Lawler, *op. cit.*, p. 40-41.

(35) スザンヌ・ラルノディは，マラルメの「エロディアード」とヴァレリーの「セミラミス」を比較して，両者が孤高を持する自尊心，人間的なものを超越しようとする欲求，日常的な生を犠牲にして絶対的純粋をめざす態度を共通点として持つ一方，前者が蒼白で，陰にこもり，苦悩をたたえているのに対して，後者はより雄々しく，勝ち誇った調子で，光と快楽に満ちあふれていると両者の差異を指摘している。そして，ヴァレリーはマラルメと比べて「より地中海的，よりギリシャ的」と結論づける。ただし，「セミラミスのアリア」を依然として「旧詩」と疑わないラルノディは，この詩の勝ち誇った明るさと苦悩の欠如を「1890 年の若い詩人の熱気」によって説明しようとしている。Suzanne Larnaudie, *Paul Valéry et la Grèce*, Genève : Librairie Droz, 1992, p. 89-90.

(36) J. Lawler, *op. cit.*, p. 37 et 70.

(37) この画は，後述するように画家の死後リュクサンブール美術館によって落札され，その後ルーヴル美術館を経由して現在オルセー美術館に所蔵されている。なお，ドガはこの歴史画（*Sémiramis construisant Babylone*）を大画面（151 x 258 cm）で描く前に，小型の習作（26 x 41 cm）を手掛けており，後者は《ある都市を建設するセミラミス *Sémiramis construisant une ville*》と称される。

(38) 『ドガ・ダンス・デッサン』（1936 年刊行）のなかにもこの歴史画への言及が見られる（*ŒPl*, II, 1202）。

(39) 1898 年の『カイエ』に「D 氏あるいは絵画」と題する素描が見られる。Cf. *Corr. G/V*, p. 910 ; *CIII*, 445.

(40) 1898 年 2 月 14 日付および同年 3 月 11 日付ジッド宛の手紙（*Corr. G/V*, p. 472 et 477）を参照。

(41) 1898 年 6 月 24 日付マラルメ宛の手紙（未刊）においてヴァレリーは「20 枚のドガ〔のデッサン〕の驚くべきアルバムを私も見ました」と述べている。「千フラン」の価格とされる当該アルバムは，1897 年グーピル社から刊行された『20 枚のデッサン』（*Vingt Dessins, 1861-1896*, Paris, Goupil, 1897）のことだと思われるが，そのうち最初の 5 枚は《バビロンを建設するセミラミス》のための素描である。Cf. J. Lawler, *op. cit.*, p. 43.

(42) 1918 年 5 月 7 日付ジッド宛の手紙を参照（*Corr. G/V*, p. 799）。

(43) ディミエは 20 代のドガが試みたこの歴史画を「構成能力の欠如」を露呈するものと難じ，リュクサンブール美術館によって 2 万 9 千フランで落札されたこの画を「100 フランにも値しない無価値な」ものと酷評した。Cf. F. de Lussy, *Charmes*, p. 198.

(44) 以下に草稿の原文を掲げる。

Songe [à] écrire à cause
art[icle] de Dimier
s[ur] Degas et contre
ce tableau

Air de Sémiramis

Le balcon

De ces ponts suspendus, de ces <mes> ponts de roses
Je jette de vastes <riches> regards – Transparence de l'air et de ma pensée –
<Tous sont ordres*> <Choses qui se contiennent les unes aux autres>
Ces fourmis sont à moi. Mon orgueil les disposes <compte les choses> –
Ce chien aboie <ces villes sont des choses>

toutes choses	Ces abîmes sont peuplés comme l'Océan
petites	<de ces puissances perspectives>
image* de la puissance	Toute cette puissance, ces perspectives me montent à la tête
	Je respire de si haut, ces capiteuses altitudes et distances
Vision –	Le volume entier de ce monde. Ivresse de la grandeur
ocre*	<La vue a la puissance de l'idée et du vin>
qui fait respirer	Je m'évanouis dans mes pensées. <âme de cet empire>
largement	Tout mon empire est à mes narines comme une évaporation infiniment pénétrante, qui fait ouvrir les poumons comme des ailes intérieures.
	Je respire mon pouvoir. Ma domination m'élève au ciel.
R. l.	Tous ces métiers, on entend geindre le câble et cogner le marteau.
	L'eau souffre les machines et jaillit aux interstices – tuyaux bâtisse
	Le chant lui-même est une perspective –
	Et au plus haut de ma puissance, de ma vision, comme
Crescendo	l'oiseau sur le cèdre – je chante ! – Je ne puis plus parler – <Aboi du chien>
	Montée de l'orgueil, de l'excitation, du dépassement de soi – aux cimes de la voix.
	Strophes bâties – 4 × 8 ? 4 × 7 ? 10 × 7 ?

C'est l'âme de tel jour que Sémiramis

(45) F. de Lussy, *Charmes*, p. 197. Voir aussi J. Lawler, *op. cit.*, p. 43.

(46) ジェームズ・ローラーは「4 × 8」「4 × 7」「10 × 7」のそれぞれにおける「8」「7」「7」を音節数とみなしているが，これは詩節の数をあらわす数字であろう。同草稿にはすでに 12 音節詩句のリズム（6-6）が書き込まれており（« De ces ponts suspendus » ; « Ces fourmis sont à moi. Mon orgueil les dispose. » など），おそらくこの段階ですでに音節数は決定していたと思われる。J. Lawler, *op. cit.*, p. 45 et 47.

(47) 『旧詩帖』初版では，「セミラミス」は直前に置かれた「アンヌ」とともに「未完の詩」という付記を伴っていた。また，1926 年再版以降も，1929 年豪華版および 1938 年版『詩集』においては，再び第 22-24 詩節が省かれている。

(48) テクストはプレイヤード版『作品集』（*ŒPl*, I, 91-94）に基づき，異文については随時注記する。また拙訳にあたり，次の既訳を参考にした。菱山修三訳「セミラミスの唄」（1942），鈴木信太郎訳「セミラミスの歌」（1960），井沢義雄訳「セミラミスの歌」（1964），成田重郎訳「セミラミスの曲」（1976），中井久夫訳「セミラミスのアリア」（1996-1997），デイヴィッド・ポールによる英訳（« Aria for Semiramis », 1971）。出典は巻末の参考文献を参照。

(49) 異文：« ... À l'aube » (*Les Écris nouveaux*, juillet 1920) ; « ... Dès l'aube » (*AVA*, 1920)

(50) イタリック体とローマン体の使い分けが現在の形――第 2-6 詩節（「曙」の台詞）はイタリック体，他の詩節（セミラミスの台詞）はローマン体――となったのは 1926 年版以降である。初出の『レ・ゼクリ・ヌーヴォー』誌では全篇イタリック体，『魅惑』の 3 つの版では全篇ローマン体，『旧詩帖』初版ではイタリック体とローマン体が反転している。なお，『レ・ゼクリ・ヌーヴォー』誌（1917 年ポール・ビュドリ創刊）は詩をイタリック体，散文をローマン体で組んでいる。

(51) 第 5 行（*Existe !... Sois enfin toi-même !* dit l'Aurore,）のリズムを 2-6-4（coupe enjambante）とするか，3-6-3（coupe lyrique）とするか，専門家のあいだでも意見が

分かれる。この 2 種類の「切れ目」については，Henri Morier, *Dictionnaire de poétique et de rhétorique*, PUF, 1961 および Benoît de Cornulier, *Théorie du vers*, Seuil, 1982, p. 177-192 を参照。

(52)　以下，詩句の行数を（ ）に示す。

(53)　異文：« Qui, sous ton sceptre dur, doit subir le bonheur... » (*AVA*, 1942).

(54)　異文：« Tente » (*AVA*, 1926).

(55)　プレイヤード版：« C'est une vaste peau *de* fauve que mon royaume ! » (*ŒPl*, I, 92) は誤植。

(56)　異文：« toujours » (*AVA*, 1926).

(57)　F. de Lussy, *Charmes*, p. 258 et 296-297.

(58)　「巫女 La Pythie」第 10 節――「おまえ，私の肩よ，〔……〕／あるいは肩を鼻孔までもちあげ，／遥かな海へと胸を開き，／美しい湾を描く両腕のあいだに／あふれる乳房を手に秘めて，／私の深淵は飲み込んだ／風のもたらす広大な深みを！」。なお，「巫女」は 1917 年 10 月に着手され，1919 年 2 月，「セミラミス」と同じく『レ・ゼクリ・ヌーヴォー』誌に掲載（初出）された。

(59)　「魂と舞踏 L'âme et la danse」の次の一節――「生命とは踊る女であって，もし彼女自身の跳躍にしたがって雲の果てまでいくことができるなら，神さながら女であることをやめるであろう。だが，私たちは夢のなかでも目覚めていても無限に到達することはできない，それと同じように，彼女もまたたえず自分自身に立ち戻る〔……〕，まさしく彼女を送り出した〈大地〉が彼女を呼び戻し，息切れする彼女をみずからの女の本性へ，彼女の恋人へと送り返すのだ」(*ŒPl*, II, 151)。

(60)　プレイヤード版（*ŒPl*, I, 93）およびミシェル・ジャルティによる新版（*Œ*, I, 460）では，« Toute rumeur<u>s</u> » となっているが，これは後年の版における誤植ではないかと思われる。ジャルティの依拠している 1942 年版『詩集』では確かにそのように表記されているが，初出の『レ・ゼクリ・ヌーヴォー』誌，『旧詩帖』初版および再版，1929 年版豪華版『詩集』では，いずれも « rumeur » は単数形である。

(61)　異文：« Que le calme de l'onde impose à sa fureur, » (*AVA*, 1942)

(62)　異文：« Quand elle met sa force » (*Les Écris nouveaux* ; *AVA*, 1920, 1926 ; *Poésies*, 1929). なお動詞 « rapaiser » は「17 世紀によく用いられた古語」(*Œ*, I, 461, note 2)。

(63)　« Sémiramis. Mélodrame en trois actes et deux interludes » (*ŒPl*, I, 195-196).

(64)　異文：« Rejoindre dans mes yeux » (*Les Écris nouveaux* ; *AVA*, 1920) ; « Rejoindre à mes regards » (*AVA*, 1926)

(65)　「夕暮れの豪奢」の最終 3 行にも同種のアナロジーが見出される。

(66)　フロランス・ド・リュシーが紹介した『魅惑』関連草稿に，「自らの思念のなかに消え去るあの天使のように「我上昇ス」と言わないような〔者はひとりもいない〕／ブルダルー／野心についての説教」という覚書が見られる（強調はヴァレリー自身，F. de Lussy, *Charmes*, p. 199)。また，ミシェル・ジャルティは「あの天使」とは「われ天にのぼり〔……〕至上者のごとくなるべし」（「イザヤ書」第 14 章 13-14）と述べた「堕天使サタン」のことと注記している（*Œ*, I, 462, note 4)。ヴァレリーはアヴァス通信社会長のエドゥアール・ルベーの私設個人秘書として，このパトロンの好んだ 17 世紀の説教師たち（ブルダルー，ボシュエ，ジャン＝バティスト・マシヨンなど）の名演説を読んで聞かせることがしばしばあり，1920 年 1 月 8 日には「ブルダルー，灰色がかった絶対的完璧。古典派たちの比類なき形式」というメモを残している（*ŒPl*, I, 42)。以下にブルダルーの「野心についての説教」の一節を訳出する。「偉大な者から矮小な者にいたるまで，王座から最も卑しい身分にいたるまで，多少

とも，各々が置かれた状態に応じて，高みに昇ろう（出世・向上しよう）としないような者，また自らの思念のなかに消え去るあの天使のように「我上昇ス」と言わないような者は，誰ひとり，あるいはほとんど誰一人としていない。」Louis Bourdaloue, « Sermon pour le seizième dimanche après la pentecote : Sur l'Ambition » dans *Œuvres*, Paris, Chez Firmin Didot Frères, 1840, tome II, p. 154.

(67) Cf. J. Lawler, *op. cit.*, p. 37.

(68) 異文：« apaisements » (*AVA*, 1926)

(69) 異文：« mortels » (*AVA*, 1926)

(70) « Viol » (*Œ*, I, 59 ; *ŒPl*, I, 1580-1581). 1890年『ラ・プリューム』誌主催のソネ・コンクールに「若い司祭」とともに投稿されたソネ，2篇とも同年11月15日号に掲載された。それに先立ち「暴行」は1890年7月13日付ピエール・ルイス宛の手紙に同封されている（*Corr. G/L/V*, p. 240）。

(71) « La marche impériale » (*Œ*, I, 56 ; *ŒPl*, I, 1578-1579). 1889年11月『ル・クーリエ・リーブル』誌掲載のソネ。

(72) « Testament de Vénitienne » (*Œ*, I, 263 ; *ŒPl*, I, 1600-1601). 1887年2月作，リセの級友ギュスターヴ・フールマンに送られた詩（*Corr. V/F*, p. 224）。

(73) « La Jeune Fille » (*Œ*, III, 1422 ; *ŒPl*, I, 1695). 1959年，オクターヴ・ナダルにより『12篇の詩 *Douze poèmes*』と題して公表された詩の一篇。『若きパルク』の草稿中に最初期の素描が見える。Cf. F. de Lussy, *Charmes*, p. 302-303.

(74) たとえばアラン——「私は人間的な印に魅了される」と告白するこの哲学者——は，「権力の詩」である「セミラミスのアリア」にも，特に1926年に追加された3詩節のなかに，『若きパルク』に通じる「人間的な印」（「存在の自己自身に対する不透明性」，「内奥の感情 sentiments viscéraux」）を見出している。Alain, *Paul Valéry, Charmes commentés par Alain*, Paris, Gallimard, 1952, p. 52-60.

この詩を「半散文詩」のかたちに邦訳した中井久夫は『若きパルク』第9断章冒頭——「〈大空に目を据ゑ，わが社《やしろ》を描き出さう！／類《たぐい》ない祭壇をわが上にあらしめやう！〉」（中井訳，第209-210行）とはじまるくだり——を「セミラミスのアリア」の「本歌」とみなし，「身体のエロス的な絡み」（第8断章末尾）からパルクが「緊急避難的に眼を挙げて」天上に描くこの「幻の社殿」が「セミラミスの頭脳の中の空中庭園に対応する」と指摘している。また，1892年の「青年期危機」と関連のある「狂気の詩」として「セミラミス」と「巫女」（『魅惑』）を対をなす2篇と捉え，「錯乱的な狂気を嫌悪」する「巫女」よりも「理性的狂気を肯定」する「セミラミス」のほうが「より深い狂気」であると述べている。中井久夫「脳髄の空中庭園——ヴァレリー「セミラミスのアリア」注釈」，『ユリイカ』，1996年4月号，97-105頁；「脳髄の中の空中庭園」，『アリアドネからの糸』，みすず書房，1997年，259-275頁。

また『若きパルク』および『魅惑』詩篇の生成過程を明らかにしたフロランス・ド・リュシーは，「セミラミスのアリア」関連草稿中に，『若きパルク』のほか，「巫女」，「ナルシス断章」，「足音」といった『魅惑』所収詩篇，さらには生前未発表の「霊的な蜜蜂」や『カイエ』に記された散文詩「主たる観念の歌」などとも関連性が見出されると指摘している。F. de Lussy, *Charmes*, p. 297, p. 534.

(75) F. de Lussy, *Charmes*, p. 374-375.

(76) « Fragments des mémoires d'un poème » [1937] (*ŒPl*, I, 1473).

(77) Frédéric Lefèvre, *Entretiens avec Paul Valéry*, Flammarion, 1926, p. 61, repris dans Paul Valéry, *Très au-dessus d'une pensée secrète, Entretiens avec Frédéric Lefèvre*, éd. Michel Jarrety, Editions de Fallois, 2006, p. 65.

(78)　以下，［ ］内に詩節数を示す。

(79)　*C*, VI, 124 / *C2*, 1002 [1916].

(80)　ベルリオーズが『幻想交響曲』(1830) において「固定楽想 idée fixe」と称した手法は「ライトモチーフ」の前身とみなされるが，ヴァレリーはその名称を 1932 年に書いた作品の題名『固定観念 *Idée fixe*』に用いている。

(81)　Sylvie Ballestra-Puech, *Lecture de La Jeune Parque*, Paris, Klincksieck, 1993, p. 53-56. シルヴィ・バレストラ＝プエクは特に「薔薇」,「乳房」,「鳥」,「蛇」のモチーフに注目している。『若きパルク』における「ライトモチーフ」の手法については次の論考も参照。Pierre Parent, « Les leitmotive dans la "Jeune Parque" », in *Travaux de linguistique et de littérature*, XI, 2, Strasbourg, 1973, p. 171-183.

(82)　Valery Larbaud, *Paul Valéry*, Paris, Librairie Félix alcan, coll. « Les Quarante », 1931, p. 14.

(83)　この点については，清水徹『ヴァレリー――知性と感性の相克』，岩波新書，2010 年，91-117 頁を参照のこと。

(84)　中井久夫「脳髄の空中庭園――ヴァレリー「セミラミスのアリア」注釈」,『ユリイカ』，1996 年 4 月号，102 頁；『アリアドネからの糸』，みすず書房，1997 年，269-270 頁。

(85)　« Traités singuliers » (*C*, XXV, 802 / *C1*, 201-202 [1942]).

(86)　チャールズ・ホワイティングとジェームズ・ローラーは「セミラミスのアリア」第 103 行について，ヴァレリーの散文詩「天使」との関連性を指摘している。Ch. Whiting, *op. cit.*, p. 151 et J. Lawler, *op. cit.*, p. 72-73.

第 5 章　『旧詩帖』と新しい詩

(1)　Florence de Lussy, *La genèse de La Jeune Parque de Paul Valéry : essai de chronologie*, Lettres modernes – Minard, 1975, p. 20-21.

(2)　*Ibid.*, p. 15-19.

(3)　以下，詩行数を ( ) 内に示す。

(4)　第 1 章の 2「『旧詩帖』の構成」――「収録詩篇の配列（草稿――収録詩篇のリスト)」(本書 69-78 頁）を参照。

(5)　*Ibid.*, p. 89 ; Florence de Lussy, *Charmes d'après les manuscrits de Paul Valéry : histoire d'une métamorphose*, 2 vol., Lettres modernes – Minard, 1990-1999, p. 179-185.

(6)　Florence de Lussy, *La genèse de La Jeune Parque de Paul Valéry*, p. 21, note 5.

(7)　興味深いことに，フロランス・ド・リュシーは『若きパルク』と「夕暮れの豪奢」の生成過程をともに「13 状態」に分けている。Florence de Lussy, *Charmes d'après les manuscrits de Paul Valéry*, p. 373.

(8)　Frédéric Lefèvre, *Entretiens avec Paul Valéry*, Flammarion, 1926, p. 61 ; repris dans Paul Valéry, *Très au-dessus d'une pensée secrète, Entretiens avec Frédéric Lefèvre*, éd. Michel Jarrety, Editions de Fallois, 2006, p. 65.

(9)　« Fragments des mémoires d'un poème » (*ŒPl*, I, 1473).

(10)　*C1*, 316 / *C*, XXIX, 91-92 [1944].

(11)　*C2*, 970 / *C*, XVIII, 78 [1935].

(12)　なお，この「転調」という音楽用語は，ヴァレリーにとって，あらゆる芸術に通じる一般性をもちうる概念であり，「芸術の極み」あるいは「芸術のもっとも精緻な

秘訣」とみなされる。*C2*, 956 / *C*, XIV, 435 [1930] ; *C2*, 1042 / *C*, XIX, 824 [1937].

(13) Florence de Lussy, *La genèse de La Jeune Parque de Paul Valéry*, p. 21, note 5.

(14) Paul Valéry, *Poésies de la Conque*, Ronald Davis, 1926.

(15) 詳しくは第1章の2「『旧詩帖』の構成」――「収録詩篇の選定」（本書61-64頁）を参照。

(16) 断章数をローマ数字，各断章に相当する詩行数をアラビア数字で示せば次のようである。I (1-37), II (38-49), III (50-96), IV (97-101), V (102-148), VI (148-172), VII (173-189), VIII (190-208), IX (209-242), X (243-324), XI (325-347), XII (348-360), XIII (361-380), XIV (381-424), XV (425-464), XVI (465-512).

(17) 1917年の初版に基づく。プレイヤード版『作品集』でも同様であるが，版によっては行白の有無が異なり，1942年版のテクストに基づく新版『作品集』（ミシェル・ジャルティ編纂）では第203-204行間の空白はない。前後の空白によって浮き立つ単独詩句は，版によって異同はあるが，512行中6-7行程度である。

(18) 『若きパルク』初版においてイタリック体で表記された箇所は，この「思い出」のくだり（第190-202行）以外に，第3断章の「蛇」への呼びかけ（第50-96行）と第15断章末尾の「入眠」場面（第461-464行）である。1931年の普及版『詩集』以降，イタリック体の強調は第461-464行詩句に限られる。

(19) 1943年から1944年にかけての冬，アンヌ・ケレネック（Anne Quellennec）とエレーヌ・シャコフスコイ（Hélène Schakhowskoy）のもとへよく夕食に招かれていたヴァレリーは，ある晩，ふたりの婦人に求められて『若きパルク』の解説をし，その後それが晩餐会の慣例となった。ふたりの婦人が書き留めたメモをもとに，ジュディス・ロビンソンがこのヴァレリー自身による『若きパルク』注釈の記録を公にしている（Judith Robinson, « Un nouveau visage de *La Jeune Parque* : le poème commenté par son auteur », *Bulletin des Études Valéryennes*, n° 25, octobre 1980, p. 47-65）。なお，エレーヌ・シャコフスコイは1921年から1927年まで『NRF』誌の編集長を務め，1926年には女性愛書家協会Cent Uneを創設したロシア出身の貴婦人，アンヌ・ケルネックは同協会の会長となったコルシカ出身の婦人である。

(20) Régine Pietra, « De *La Jeune Parque* à *Album de vers anciens* et *vice versa – de la source au commencement* », in *Paul Valéry 11. "La Jeune Parque" des brouillons au poème, nouvelles lectures génétiques*, Paris, Lettres Modernes – Minard, 2006, p. 45-50.

(21) 原文を以下に掲げる。[ ] 内の数字は決定稿における該当詩句の行数を，イタリックは決定稿の詩句と異なることを示す。

Encore dans mes os vibre la violence
Du cri que m'arracha l'excès de mon silence
Pour me désobéir une dernière fois...
Mais à peine surgi, je connus dans ma voix
[*201*] Que j'ignorais si rauque et d'amour si mêlée
Une hésitation de figure voilée
Doute ! Et pressentiment d'une absence d'horreur
Pour mon arrière soif de l'ancienne erreur...
Nue aux miroirs de l'air, vibrante, sans défense
Contre tout le trésor des échos de l'enfance,
Moi, j'ai nourri d'azur enflé jusqu'à l'aigu
Tout le jaillissement de ce corps exigu

Cause frêle ici-bas d'une vierge éblouie
Que j'ai ressuscitée au large de l'ouïe
Et je me suis revue et je me suis souri
Sur les bords déchirés de mon extrême cri !

(*JP*msI, 18).

(22)　清水徹『ヴァレリーの肖像』，筑摩書房，2004 年，279-280 頁。

(23)　Judith Robinson, « Les cris refoulés de la *Jeune Parque* : le rôle de l'autocensure dans l'écriture », *Baudelaire, Mallarmé, Valéry : new essays in honour of Lloyd Austin*, Cambridge University Press, 1982, p. 411-432.

(24)　*C2*, 964 / *C*, XVI, 360-361 [1933].「内なる声」はヴァレリーの「純粋詩」の観念とも深いかかわりがある。「最も美しい詩は理想的な女性〈魂〉嬢《マドモワゼル・アーム》の声をしている。私にとっては内なる声が指標となる」（*C2*, 1076 / *C*, VI, 170 [1916]）。「詩の繊細微妙な点は声を獲得することだ。声が純粋詩を定義する」（*C2*, 1077 / *C*, VI, 176 [1916]）など。

(25)　ヴァレリーは『若きパルク』制作にあたり，グルックのオペラのレシタティーヴォをモデルとしたと述べており，特に「コントラルトの声」を思い描いていた。この点については，1917 年アルベール・モッケル宛の手紙（*LQ*, p. 123 ; *ŒPl*, I, 1629）および清水徹「《アルトの声》について」，『明治学院論叢』第 411 号，1987 年，87-107 頁を参照。

(26)　鈴木信太郎『ヴァレリー詩集』，岩波文庫，2000［初版 1968］年，271 頁。Florence de Lussy, *La genèse de La Jeune Parque de Paul Valéry*, p. 30, 55.

(27)　第 1 幕は第 1 断章から第 10 断章まで（1-324），第 2 幕は第 11 断章から第 16 断章まで（325-512）である。『若きパルク』の構造については次を参照。清水徹『ヴァレリーの肖像』，前掲，267-285 頁。森本淳生「裂開と神秘――『若きパルク』の構造とその身体論」，『身体のフランス文学：ラブレーからプルーストまで』，吉田城・田口紀子編，京都大学学術出版会，2006 年，234-255 頁。René Fromilhague, « *La Jeune Parque* et l'autobiographie dans la forme », in *Paul Valéry contemporain*, Paris, Klincksieck, 1974, p. 209-235.

(28)　原文を以下に掲げる。

[1]　Qui pleure là, sinon le vent simple, à cette heure
[2]　Seule avec diamants extrêmes ?... Mais qui pleure
[3]　Si proche de moi-même au moment de pleurer
[4]　Que ma main sur mes traits se venant égarer
[5]　Mieux instruite que moi de ma peine profonde
[6]　Attend le point secret où mon angoisse fonde
[7]　Et qu'au bord de mes yeux se divise de moi
[8]　Le plus pur apparu des cîmes de l'émoi ?
[25]　Vaine, sur cet écueil mordu par la merveille,
[26]　J'interroge mon cœur quelle douleur l'éveille,
[27]　Quel crime par moi-même ou sur moi consommé,
[28]　Ou si le mal me vient d'un songe refermé
[29]　Quand au velours du souffle envolé l'or des lampes
[30]　J'ai de mes bras épais environné mes tempes

[*31*] Et de mes souvenirs délivré les éclaires...
[*32*] Un délice, peut-être, a déchiré mes chairs ?

(*JP*msI, 8).

(29) [*185*] J'ai vu de mes diverses tombes
[*186*] Ressusciter tel soir favori des colombes
[*188*] De ma facile enfance un reflet de rougeur une rose buée
Prompte elle-même bue à peine présagée <saluée>
Sur ma présente joue eût sa nuée située
une rougeur d'amour atténuée
une fleur de buée prostituée

(*JP*msI, 8v°).

(30) Florence de Lussy, *op. cit*., p. 30.

(31) 当初，第 185-189 行の直前には第 167-171 行が置かれており，その間にさまざまな詩句を介在させようと試みた形跡がみられ（*JP*msII, 9v° ; *JP*msI, 46-47），第 173-184 行の詩句が決定稿の位置に定まるのは 1916 年 6 月・第 7 状態以降である（*JP*msI, 83)。また後続部分（第 190 行以下の「思い出」の断章）も，1915 年の段階で流れは決まっているが，最後の段階まで推敲が重ねられている（*JP*msI, 35, 47, 84)。

(32) 「薔薇」と「エメラルド」の補色は「紡ぐ女」第 7 節「おびただしい花々のうしろに碧空が隠れる／〔……〕／いま緑の空が死にゆく。最後の木が燃える。」を想起させる。また，そもそも「夕べ」という時刻自体が青年期のヴァレリーが偏愛して詩にうたったトポスであった。この点については次の拙稿を参照されたい。« Le souvenir d'"un soir" dans la poésie valéryenne : des vers anciens à *La Jeune Parque* », *Études de Langues et Littératures Françaises*, n° 110, 2017, p. 37-53.

(33) Florence de Lussy, *op. cit*., p. 30, p. 55.

(34) 1892 年 2 月 12 日付ルイスのヴァレリー宛の手紙（*Corr. G/L/V*, p. 564)。

(35) 『三声書簡』の編者によれば，この無題の詩が同封されていた手紙の封筒に，ルイスの筆跡で「断片 Fragment」と記されている。さらに抹消線が引かれているが，抹消線までルイスによるものかどうかは不明（*Corr. G/L/V*, p. 552, note 1, p. 559)。

(36) *C*, VI, 508 / *C1*, 246.

(37) Paul Valéry – André Fontainas, *Correspondance 1893-1945*, édition établie par Anna Lo Giudice, Editions du Félin, 2002, p. 222. Voir aussi André Fontainas, *De Stéphane Mallarmé à Paul Valéry, notes d'un témoin, 1894-1922*, Éditions du Trèfre, 1928.

(38) *Corr. G/V*, p. 757.

(39) René Fromilhague, « *La Jeune Parque* et l'autobiographie dans la forme », *op. cit.*, p. 209-235. Octave Nadal, *Paul Valéry, La Jeune Parque, états successifs et brouillons inédits du poème*, Le Club du Meilleur Livre, 1957, p. 169-170.

(40) 清水徹『ヴァレリーの肖像』，前掲書，267-283 頁および 374-375 頁を参照。

(41) « Pour l'Exemplaire de l'auteur. Histoire d'un poème », BnF, Naf 19053, f° 1v°. Voir Brian Stimpson, *Paul Valéry, L'Ecriture en devenir*, Peter Lang, 2009, p. 367.

(42) マラルメの死に接してヴァレリーが素描した詩句「草に入り混じる，薔薇色の大地よ，私を運べ，そっと私を運べ……」が『若きパルク』第一幕の掉尾を飾る詩句として，しかもこの長詩のなかで唯一の反復句（304・324）として織り込まれている。「マラルメの墓」とも称されるこのヴァレリーの旧詩については，1898 年推定の「旧詩」草稿（*VA*msII, 142-150），1912 年推定の『若きパルク』最初期の草稿（*JP*msI,

5-6）および次を参照。Florence de Lussy, *La genèse de La Jeune Parque de Paul Valéry*, p. 24-29 ; Judith Robinson-Valéry, « Valéry face à la mort de Mallarmé : de l'impossible prose à la poésie », in *Genesis 2*, 1992, p. 61-79 ; Serge Bourjea, « D'une "tombe" impossible », in *Génétique & Traduction: actes du colloque de Arles*, Editions L'Harmattan, 1995, p. 121-137.

（43）『若きパルク』と第1次大戦の関連については，ヴァレリー自身，この詩の長期にわたる制作が「戦争ノ徴ノ下 sub signo Martis」，危機に瀕した「フランス語」のための「ささやかな葬いの記念碑」として構想されたと随所で語っている。1917年アルベール・モッケル宛の手紙や1929年ジョルジュ・デュアメル宛の手紙（*LQ*, p. 123, 178-180）を参照。なお，先に引いた「著者用の本のために，ある詩の歴史」と題する草稿にも，「フランス語に捧げられたささやかな葬いの記念碑」という言葉が見える（BnF, Naf 19053, f° 1. Voir. B. Stimpson, *op. cit*., p. 366）。

（44） Maria Teresa Giaveri, « *La Jeune Parque*, "Une autobiographie dans la forme" », in *Valéry : le partage de midi, « Midi le juste »*, Honoré Champion, 1998, p. 163-177 ; Atsuo Morimoto, *Paul Valéry : L'imaginaire et la genèse du sujet – de la psychologie à la poïétique* –, Lettres modernes Minard, 2009, p. 315-322. なお，ジアヴェリが言及しているように，ニコル・セレレット＝ピエトリもヴァレリーにおける「自伝」の問題を取り上げ，『カイエ』を主な対象として「精神的な自伝」について論じている。Nicole Celeyrette-Pietri, « L'autobiographie spirituelle », *Littérature*, n° 56, 1984, p. 3-22.

（45） 前掲ジッド宛の手紙においてヴァレリーは,『若きパルク』の「自伝」性がこの「再教育と解決法」とは「あまり関係がない」とわざわざ括弧を付して断っているが，森本はこれを「ヴァレリー特有の韜晦」とみなしている（Atsuo Morimoto, *op. cit*., p. 317）。

（46） Lettre de Fontainas à Valéry du 20 mai 1917, *Correspondance 1893-1945*, éd. citée, p. 219. フォンテーナスが言及している批判については不詳だが，1917年8月『メルキュール・ド・フランス』誌に掲載されたポール・レオトーの皮肉のこもった批評が有名である。レオトーは匿名（「臨時雇い intérim」）で，ヴァレリーを「今日唯ひとり残ったマラルメの真の弟子」と形容し，20年以上の歳月を経ても変わらない「忠実さ」を「最も美しい美徳のひとつ」であると同時に「恋愛においてと同じく文学においても惨めな脆弱さ」と皮肉った。1917年8月6日付ジッド宛の手紙をあわせて参照（*Corr. G/V*, p. 768, note 4）。

（47） Lettre de Fontainas à Valéry du 20 mai 1917, *op. cit*., p. 220. これに対してヴァレリーは「子供たちの勉強の影響です」「アタリーの夢を暗唱させたことから思いもよらないことを学びました」「私がラシーヌの真価を知ったのは（かなり遅く！）ラシーヌが遭遇したにちがいない困難と，それを切りぬけるのに用いられた巧みさを意識してからのことです」と述べている（*Ibid*., p. 222-223）。

（48） *Ibid*., p. 221.

（49） *Œ*, I, 388. なお「否認 dénégation」という語は精神分析学の用語として「抑圧されていた欲望や感情を表明しながら，一方でそれが自分に属することを否定すること」という意味をになう。

（50） 先に引用した『カイエ』断章の言葉――「この歌の〈形式〉が自伝であるということ」――も「転調」の問題と関連があるかもしれない。文脈の有無は定かでないが，この一文につづいて次のような文章が書かれている。「私はグルックのことが念頭にあった。2本の指で〔ピアノを〕弾いた。コメディ・フランセーズにおけるリュリとは反対に，私は「アタリーの夢」に音譜をつけた。／ 旋律（メロディー）を想定し，引き延ばしたり，遅らせたり，つなげたり，切ったり，挿入したり，さらには締めくくり，解決するといったことを試みた――意味においてと同じく音においても。」（*C*,

VI, 508 / *C1*, 246)。
(51) 「オルフェ／声」と題する 1921 年の「カイエ」断章（*C2*, 422 ; *C*, VIII, 41）を参照。「私の苦しみからすばらしい歌を引き出す操作」とはじまるこの断章では，「存在の転調のすべて toute la modulation de l'être」を「歌」の抑揚に変えることが問題となっている。
(52) 「私はある時ステファヌ・マラルメに語った」の一節（*ŒPl*, I, 657）。
(53) 第 1 章の 1「『旧詩帖』が編まれるまで」――「詩作回帰の諸要因」（本書 45-47 頁）で引用した「ある詩篇の回顧録断片」の一節（*ŒPl*, I, 1488）を参照。
(54) ヴァレリーは『若きパルク』について「後から après coup」発見・追加したことを随所で語っている。本文でも引用したジッド宛の手紙のほか，1916 年 6 月 27 日付ピエール・ルイス宛の手紙では，「透明な死」（第 14 断章冒頭）という表現について「この詩全体を貫く精神（後から見出された trouvé après coups）」と関係があると述べている（*Corr. G/L/V*, p. 1107）。また 1917 年アルベール・モッケル宛の手紙では次のように述べている。「私はまた詩を少々和らげるために，予期しておらず，後から作った断章（des morceaux non prévus et faits après coup）を挿入しなければなりませんでした。性的なものはすべて後から付け足されたものです。たとえば，中央の〈春〉のくだりがそうですが，今となってはそれが本質的な重要性をもっているように思えます。」（*LQ*, p. 124）。
(55) *AVA*ms, 9.
(56) 前掲のフォンテーナス宛の手紙（「私の主な利益」）やジッド宛の手紙（「ちょっとした利益」），さらに 1917 年アルベール・モッケル宛の手紙でも「『パルク』から引き出した真の利益（le véritable bénéfice）」について語られている（*LQ*, p. 123-124）。
(57) ヴァレリーの詩論については，『ヴァレリー集成Ⅲ〈詩学〉の探究』，田上竜也・森本淳生編訳，筑摩書房，2011 年を参照。
(58) *C2*, 1005 / *C*, VI, 485 [1917].
(59) 第 4 章の 2「セミラミスのアリア」（本書 276-277 頁）を参照。
(60) 第 1 章の 2「『旧詩帖』の構成」――「版の区別」（本書 57-58 頁）を参照。
(61) *C*, X, 475 ; *C1*, 259-260 [1924]. なお「オード」とあるのは「秘密のオード」（四行詩）だけでなく，一定の詩節を連ねる詩型すべて――4 行詩，6 行詩，10 行詩――を指すと思われる。1920 年，ヴァレリーは『魅惑』初版に先立って「曙」「巫女」「棕櫚」の 3 篇を『オード』と題して発表している。
(62) 厳密に言えば，『魅惑』の「帯」は 4 行詩 3 連に交差韻ではなく抱擁韻を用いる点で，英式ソネの脚韻構成から外れているが，4-4-4-2 という詩行区分は英式ソネに準ずるものとみなしうる。
(63) この点については拙稿「ジッド，ルイス，ヴァレリーの青年期の交流――邦訳『三声書簡 1888-1890』の書評に代えて」，『ヴァレリー研究』第 7 号，日本ヴァレリー研究会，2017 年を参照されたい。
(64) 12 音節詩句に比べると 10 音節詩句の句切りはやや緩く，主要なリズム 4-6 に 6-4 のリズムを組み合わせることもあり，また 5-5 の句切りも中世以来の伝統的なリズムである。
(65) Benoît de Cornulier, *Théorie du vers*, Éditions du Seuil, 1982, p. 134 *sqq*. コルニュリエの韻律理論については，第 2 章の 2「ナルシス語る」においてその要点を述べた箇所（本書 144 頁）を参照のこと。
(66) ただし 512 行中，次の 2 つの詩句は注目すべき例外である。« À la lumière ; et *sur* // cette gorge de miel, » (v. 119) ; « Loin des purs environs, je suis captive, et *par* //

L'évanouissement... » (v. 156-157). 前者は中央の句切りに，後者は詩句の末尾に，単音節の前置詞を配する点が「非古典的」である。

(67) 非古典的な詩句の減少を括弧内の数字で示せば次のようである。「ナルシス語る」(13 → 4),「波から出る女／ヴィーナスの誕生」(3 → 1),「白／夢幻境」(4 → 2),「オルフェ」(4 → 2),「むなしい踊り子たち」(3 → 0)。なお「むなしい踊り子たち」の改作は 1942 年の版による。

(68) いずれも 4 行詩を列ねる詩型であり,「夏」は 5 節（1920 年初版）から 11 節（1942 年版）へ,「アンヌ」は 9 節（初版）から 13 節（1926 年再版）へ,「セミラミスのアリア」は 23 節（初版）から 26 節（再版）へ，詩節が増補された。

(69) 第 2 章の 2「ナルシス語る」において述べたように，当初ソネであったこの詩は自由詩節に発展し，さらに詩行が加えられた（『ラ・コンク』誌初出では 53 行,『旧詩帖』では 58 行）が,「ナルシス断章」の詩行増加（第 2・第 3 断章の追加）も「ナルシス」の主題の発展性を示すものとみなされる。たえざる変奏を呼ぶこの主題はさらに「ナルシス交声曲」や「天使」などの作品において引き継がれてゆく。

(70) 押韻しない脚韻（rime orpheline）を含む詩（『旧詩帖』の「挿話」と『魅惑』の「ナルシス断章」）については，それも男性韻・女性韻として数えた。また「挿話」については，中断する最終行も押韻しない単独の詩句と同様にみなした。

(71) ブノワ・ド・コルニュリエは各詩節・各詩篇を締めくくる脚韻の重要性を説き，各詩節の最後に置かれる脚韻が男性韻であるか女性韻であるかによって，それぞれ「男性詩節」「女性詩節」と呼んでいる。Benoît de Cornulier, *Art Poëtique*, Presses Universitaires de Lyon, 1995, p. 144-148.

(72) 「アンヌ Anne」の由来ははっきりしないが，トマス・ド・クインシー『阿片吸飲者の告白』に登場する娼婦「アン Ann」との関連が指摘される。Charles Whiting, *Valéry, jeune poète*, New Haven, Yale University Press, 1960, p. 133.

(73) 「円柱讃歌」（女性名詞複数の「円柱」が詩の話者と対話する構成）も女性 1 人称複数を含む。

(74) 「足音」に現れる「私」は文法上，男性・女性の弁別がなく，それを女性の「私」と解釈する余地もある（その点では「失われた酒」を大海に注ぐ「私」も，さらには「眠る女」をみつめる「私」も，文法上は必ずしも男性に限定されてはいない)。ただし，男性の作家が「私」を女性と設定する際には何らかの仕方で 1 人称に女性形の徴を付す（たとえば「蜜蜂」や「円柱讃歌」のように）とも思われるため，表 5 ではあくまで文法上の女性形の有無によって区分した。

(75) 〈夜明け〉まで眠り続ける「アンヌ」は〈夜〉とおぼしき回想場面を含むため，分類不可の欄に挙げた。

(76) 「風の精シルフ」（肌着を着替える間の一瞬姿を現す）と「忍びこむもの」（誘惑のことばをそっと囁く）は特定の時間に属さない。「眠る女」（みずから発光するかのような「影となげやりとの金色の堆積」）は陽光を浴びた〈日中〉の眠りとも，闇のなかで朧ろな光を放つ〈夜〉の眠りとも解釈でき，断定しがたい。「失われた酒」（大海に注がれた一滴の葡萄酒に波が酔い，薔薇色に一瞬染まった海から「最も深いものの姿」が躍り上がる）は〈夕暮れ時〉がふさわしいと思われるが,「ふたたび透きとおる海」が見えるのはむしろ明るい時刻かもしれず,〈日中〉か〈夕べ〉か決めがたい。

終章　初期詩篇の改変から詩的自伝へ

(1)　感覚的に捉えられる音楽的形式が実数，知的に解釈される意味内容が虚数に相当すると思われる。「複素数」については，« L'invention esthétique » [1937] (*Œ*, III, 1088-1089 : *ŒPl*, I, 1414-1415)〔「美的発明」，『全集5』所収〕および « Poésie et pensée abstraite » [1939] (*Œ*, III, 845-846 : *ŒPl*, I, 1338)〔「詩と抽象的思考」，『集成Ⅲ』，430頁，注24〕を参照。また「音声変数」と「意味変数」という「二つの独立変数」については次を参照。*Bulletin de la Société française de Philosophie*, Séance du 6 juin 1931, intervention de Valéry sur un exposé de George D. Birkhoff (cf. Jean Hytier, *La Poétique de Valéry*, Armand Colin, 1953, p. 104-105) ; *Cours de poétique* au Collège de France, leçon 6 [1938] (cf. *Ibid*., p. 84-85, note 5)〔「詩学講義・第6講」，『集成Ⅲ』所収〕。

(2)　« Les droits du poète sur la langue » [1927] (*Œ*, I, 1282-1287 ; *ŒPl*, II, 1262-1265)〔「国語に対する詩人の権利」，『全集6』所収〕。

(3)　« Existence du symbolisme » [1938] (*Œ*, II, 946-947 ; *ŒPl*, I, 694)〔「象徴主義の存在」，『集成Ⅲ』所収〕。

(4)　ジッドとヴァレリー，ルイスとヴァレリーの初期作品の相互作用についてはそれぞれ次の拙稿を参照されたい。「ジッドとヴァレリーの詩をめぐる交流」，『ステラ』第34号，九州大学フランス語フランス文学研究会，2015年，289-317頁；« Valéry et Louÿs : "Narcisse parle" à "Chrysis" », *LITTERA*. *Revue de Langue et Littérature Françaises*, n° 3, Société japonaise de langue et littérature françaises, 2018.

(5)　1922年の『カイエ』の断章（*C*, VIII, 762 / *C2*, 460）を参照。

(6)　同前。

(7)　« Il contient la version primitive de la plupart des pièces qui figurent, parfois modifiées, dans "l'Album de Vers anciens". / On sait que l'auteur n'est pas ennemi du système des transformations successives et indéfinies d'un ouvrage, et qu'il considère un poème comme un objet intérieur inépuisable de reprises et de repentirs » (« Ad lectorem », *Poésies de la Conque*, Ronald Davis, 1926. Cf. *ŒPl*, I, 1533).

(8)　« Fragments des mémoires d'un poème » (*Œ*, III, 782 ; *ŒPl*, I, 1467).

(9)　*Ibid*. (*Œ*, III, 784 ; *ŒPl*, I, 1469).

(10)　*C*, XXVIII, 89 / *C1*, 222 [1944].

著者について——

鳥山定嗣（とりやまていじ）　一九八一年、愛知県生まれ。京都大学大学院文学研究科博士課程修了。現在、九州大学人文科学研究院専門研究員。専攻は、一九—二〇世紀フランス詩。主な論文に、「ポール・ヴァレリーの若書きの詩について——形式的観点から」（『フランス語フランス文学研究』第一〇六号、二〇一五年）、« Valéry et Louÿs : “Narcisse parle” à “Chrysis” » (*LITTERA. Revue de Langue et Littérature Françaises*, n° 3, 2018)、訳書に、ミシェル・ジャルティ『評伝ポール・ヴァレリー』（共訳、水声社、近刊）などがある。

装幀——宗利淳一

ヴァレリーの『旧詩帖』――初期詩篇の改変から詩的自伝へ

二〇一八年三月一〇日第一版第一刷印刷　二〇一八年三月二〇日第一版第一刷発行

著者――鳥山定嗣

発行者――鈴木宏

発行所――株式会社水声社

東京都文京区小石川二―七―五　郵便番号一一二―〇〇〇二

電話〇三―三八一八―六〇四〇　ＦＡＸ〇三―三八一八―二四三七

［編集部］横浜市港北区新吉田東一―七七―一七　郵便番号二二三―〇〇五八

電話〇四五―七一七―五三五六　ＦＡＸ〇四五―七一七―五三五七

郵便振替〇〇一八〇―四―六五四一〇〇

URL : http://www.suiseisha.net

印刷・製本――モリモト印刷

ISBN978-4-8010-0334-7